商务馆对外汉语专业本科系列教材

总主编　赵金铭　齐沪扬　范开泰　马箭飞
审　订　世界汉语教学学会

中国古代文学

（上册）

主编　王澧华

商务印书馆
2019年·北京

图书在版编目(CIP)数据

中国古代文学(上册)/王澧华主编. —北京:商务印书馆,2007(2019.11重印)
(商务馆对外汉语专业本科系列教材)
ISBN 978-7-100-05279-5

I.①中… II.①王… III.①古典文学—文学史—中国—高等学校—教材 IV.①I209.2

中国版本图书馆 CIP 数据核字(2006)第 150911 号

权利保留,侵权必究。

ZHŌNGGUÓ GǓDÀI WÉNXUÉ
中国古代文学
(上 册)
王澧华 主编

商 务 印 书 馆 出 版
(北京王府井大街 36 号 邮政编码 100710)
商 务 印 书 馆 发 行
北京新华印刷有限公司印刷
ISBN 978-7-100-05279-5

2007 年 8 月第 1 版　　开本 787×960　1/16
2019 年 11 月北京第 3 次印刷　印张 38¾
定价:85.00 元

主　编	王澧华			
副主编	顾伟列	魏崇新		
撰　稿				
第一卷	周　健	王澧华	归　青	刘锋焘
	刘怀荣	孙　丽	王友胜	文师华
	雷　磊	霍有明		
第二卷	吴广平	王　琳	踪　凡	刘　培
第三卷	徐　炼	傅蓉蓉		
第四卷	杨东甫			

内容简介

本教材依据对外汉语专业(本科)的教学目的和课程设置的实际需要编写,力求突出简明、实用和能力培养的特点。教材分为上下两册,每册均包括文学史和作品选两部分。文学史按文体分为诗、赋、词、曲、散文、小说、戏剧七卷,系统介绍了中国文学自先秦至清代的发展历史,阐述了各种文体的特点与嬗变、文学思潮的兴替以及各文学流派和团体的理论主张及创作风格,并对重要作家作品及其在中国文学发展中的地位和影响作了重点论述。这一部分立足文学本位,分体撰述,线索清楚,重点突出,论述不乏新意。每卷前的绪论部分,重在提示各文体的特点,介绍鉴赏门径及其在海外的传播与影响。作品选部分与文学史相辅相成,选篇精当,注释准确。本教材纲目清晰,内容简明而不乏新内容,体现了对外汉语专业中国古代文学课程的特点。

本教材可供对外汉语专业(本科)师生使用,也可供其他文学爱好者、研究者学习、参考。

前　　言

　　对外汉语教学专业的设立已经有二十多年的历史了。早在1983年经教育部批准北京语言学院在外语系内就设置了对外汉语教学专业,以培养对外汉语教师为主要目标。不久,北京外国语大学、上海外国语学院和华东师范大学也相继开设了类似的专业。

　　此后几年,该专业一直踽踽独行,没有名目。直至1988年,教育部颁布《普通高等学校本科专业目录》和《普通高等学校本科专业设置规定》,在一级学科中国语言文学类(学科代码0501)下,设"对外汉语"(学科代码050103)二级学科,这一专业才正式确立。

　　当初,设置这一专业,是为招收第一语言为汉语的中国学生,培养目标是将来能从事对外汉语教学及中外文化交流等工作。故该专业特点是,根据对外汉语教学对教师知识结构和能力的要求设计课程和确定教学内容。在1989年"对外汉语教学专业会议"(苏州)上,进一步明确了这个培养目标,并规定专业课程应分为三类:外语类、语言类和文学文化类。1997年召开"深化对外汉语专业建设座谈会",会议认为,根据社会需要,培养目标可以适当拓宽,要培养一川复合型、外向型的人才,既要求具有汉语和外语的知识,又要求有中国文化的底蕴;既要求懂得外事政策和外交礼仪,又要求懂得教育规律和教学技巧。这一切只能靠本专业的独特的课程体系、有针对性的教材以及特定的教学方法才能完成。

　　近年来,世界风云变换,中国和平崛起。随着汉语加快走向世界,对外汉语教学事业获得蓬勃发展。目前开设对外汉语专业的高等学校已有一百三十多所。大发展带来了丰富多彩，也伴随着不规范。对外汉语作为一个专业，既无统一的教学大纲，也无标准的课程设置，更无规范的教材。在业内对对外汉语教学的学科内涵，也还存在着不同的认识。目前，设立本专业的院校只能本着各自的理解，依据本单位的教学资源与教学条件设置课程，自编或选用一些现成的教材。

有鉴于此，在国家汉办的指导下，商务印书馆以其远见卓识，决定组织全国各高校对外汉语教学资深人士，跨校协商，通力合作，在初步制订专业课程大纲的基础上，编写一套对外汉语专业系列教材，以适应目前本专业对教材的迫切需求。

本教材以赵金铭、齐沪扬、范开泰、马箭飞为总主编，教材的编者经多次协商讨论，决定本着下列原则从事编写：

一、总结以往的经验，积成多年来对外汉语教学成果，以课程在教学计划中的地位、性质、任务和作用为依据，规定课程的基本内容，划定教学范围，确立教学要求。

二、密切关注语言学、特别是汉语语言学研究的最新进展，全面吸取汉语作为第二语言/外语教学研究的最新成果，着重体现语言规律、语言教学规律和语言学习规律。

三、教材的教学内容力求贯彻"基础宽厚，重点突出"的原则，注重基本理论、基本知识和基本技能，既要加强基础理论的教学，更要加强实践能力的培养。对课程的实践性教学环节应有明确、具体的要求，并有较强的可操作性。

四、教材要全面显示汉语作为第二语言/外语教学的性质、特点和规律，为加快汉语走向世界，为汉语国际推广，培养外向型、复合型的人才。

五、谨守本科系列教材的属性，注意教材容量与可能的课时量相协调，体现师范性，每一章、节之后，附有思考题或练习题。特别要注意知识的阶段性衔接，为本一硕连读奠定基础，留有空间。

基于上述考虑，我们对对外汉语专业的教学内容作了权衡与取舍。本着培养目标所要求的内涵，教材内容大致围绕着四个方面予以展开，即：基础知识、专业知识、教学技能和教师素质。我们把拟编的对外汉语专业本科系列教

材组成五大板块,共 22 册。每个板块所辖课程及教材编者如下:

一、语言学、应用语言学和汉语

    1.现代汉语 　　　　　　　　　齐沪扬(上海师范大学)

    2.古代汉语 　　　　　　　　　张　博(北京语言大学)

    3.语言学概论 　　　　　　　　崔希亮(北京语言大学)

    4.应用语言学导论 　　　　　　陈昌来(上海师范大学)

    5.汉英语言对比概论 　　　　　潘文国(华东师范大学)

二、中国文学文化及跨文化交际

    6.中国现当代文学 　　　　　　陈思和(复旦大学)

    7.中国古代文学 　　　　　　　王澧华(上海师范大学)

    8.中国文化通论 　　　　　　　陈光磊(复旦大学)

    9.世界文化通论 　　　　　　　马树德(北京语言大学)

    10.跨文化交际概论 　　　　　　吴为善(上海师范大学)

三、汉语教学理论、第二语言习得理论与实践

    11.对外汉语教学导论 　　　　　周小兵(中山大学)

    12.第二语言习得研究 　　　　　王建勤(北京语言大学)

    13.对外汉语本体教学概论 　　　张旺熹(北京语言大学)

    14.对外汉语教学课程论 　　　　孙德金(北京语言大学)

    15.双语与双语教育概论 　　　　关辛秋(中央民族大学)

    16.华文教学概论 　　　　　　　郭　熙(暨南大学)

    17.世界汉语教育史 　　　　　　张西平(北京外国语大学)

四、对外汉语教材、教学法与测试评估

    18.对外汉语教学法 　　　　　　吴勇毅(华东师范大学)

    19.对外汉语教材通论 　　　　　李　泉(中国人民大学)

    20.语言测试概论 　　　　　　　张　凯(北京语言大学)

    21.对外汉语教学模式概论 　　　马箭飞(国家汉办)

五、现代教育技术在对外汉语教学中的应用

    22.对外汉语教育技术概论 　　　郑艳群(北京语言大学)

本系列教材主要是为对外汉语专业本科生编写,也可供其他对外汉语教学工作者、研究者参考,同时也可以作为大专院校语言文学类专业的课外参考书。

　　目前,汉语国际推广正如火如荼,汉语作为第二语言/外语教学也面临着巨大的机遇与空前的挑战。我们愿顺应时代洪流,为汉语国际推广尽绵薄之力。大规模、跨地区、跨学校地组织人力进行系列教材的编写,尚属首次,限于水平,疏忽和不妥之处在所难免,敬祈专家、读者不吝指正。

赵金铭　齐沪扬
2007 年 6 月 5 日

目　录

中国古代文学·诗赋词曲
第一卷　诗

绪　论 ··· 3
    一　诗体的演变 ·· 3
    二　近体诗的格律 ··· 4
    三　意境与章法 ·· 5
    四　中国古代诗歌的海外传播 ··· 6

第一章　先秦两汉诗 ··· 8
    第一节　诗经 ·· 8
        一　《诗经》的概貌 ·· 8
        二　《诗经》的内容和思想意义 ·· 9
        三　《诗经》的艺术成就和影响 ·· 12
    第二节　楚辞 ·· 14
        一　楚风、楚辞与屈原 ·· 14
        二　《离骚》、《九歌》与《天问》 ······································· 16
    第三节　汉乐府民歌和文人诗 ·· 21
        一　乐府与汉代乐府民歌 ··· 21
        二　汉乐府的思想与艺术 ··· 21
        三　文人五言诗与《古诗十九首》 ······································ 24

第二章　魏晋诗 …… 28
第一节　建安风骨与正始之音 …… 29
　　一　建安风骨 …… 29
　　二　正始之音 …… 31
第二节　太康体与玄言诗 …… 33
　　一　缘情绮靡的太康诗风 …… 33
　　二　赏意忘言的玄言诗 …… 37
第三节　陶渊明 …… 38
　　一　陶渊明体 …… 38
　　二　陶诗的意义 …… 39

第三章　南北朝诗 …… 41
第一节　南朝诗 …… 41
　　一　刘宋时期的元嘉体 …… 41
　　二　齐梁时期的永明体和宫体诗 …… 45
第二节　北朝诗 …… 50
　　一　北朝诗坛概况 …… 50
　　二　庾信与王褒 …… 51
第三节　南北朝民歌 …… 52
　　一　南朝民歌 …… 52
　　二　北朝民歌 …… 55

第四章　唐诗 …… 57
第一节　初唐四杰与《春江花月夜》 …… 57
　　一　初唐诗坛概貌 …… 57
　　二　初唐四杰 …… 59
　　三　张若虚与《春江花月夜》 …… 61
第二节　盛唐山水田园诗与边塞诗 …… 62
　　一　盛唐诗坛概况 …… 62

二　山水田园诗派 …………………………………… 64
　　三　边塞诗派 ………………………………………… 68
第三节　李白与杜甫 …………………………………………… 74
　　一　李白及其诗歌 …………………………………… 74
　　二　杜甫及其诗歌 …………………………………… 81
第四节　韩愈与白居易 ………………………………………… 87
　　一　韩愈与韩孟诗派 ………………………………… 88
　　二　白居易与元白诗派 ……………………………… 92
　　三　柳宗元与刘禹锡 ………………………………… 95
第五节　杜牧与李商隐 ………………………………………… 97
　　一　杜牧与咏史诗 …………………………………… 97
　　二　李商隐与爱情诗 ………………………………… 99

第五章　宋金元诗 ………………………………………………… 104
第一节　欧梅与苏王 …………………………………………… 106
　　一　宋初诗风 ………………………………………… 106
　　二　宋调的开创者 …………………………………… 106
　　三　王安石与苏轼 …………………………………… 108
第二节　黄庭坚与江西诗派 …………………………………… 111
　　一　黄庭坚的诗歌创作 ……………………………… 111
　　二　江西诗派 ………………………………………… 113
第三节　陆游与南宋中后期其他诗人 ………………………… 115
　　一　陆游 ……………………………………………… 115
　　二　范成大与杨万里 ………………………………… 117
　　三　南宋其他诗人 …………………………………… 119
第四节　元好问与虞、杨、范、揭 …………………………… 124
　　一　元好问与金代诗歌 ……………………………… 124
　　二　虞、杨、范、揭与元代诗歌 …………………… 126

第六章 明代诗 131

第一节 高启与明代初期诗 131
　　一 高启 132
　　二 宋濂与刘基 133
　　三 台阁体与茶陵派 134

第二节 前后七子与明代中期诗 135
　　一 前七子 135
　　二 从吴中四才子到唐宋派 138
　　三 后七子 139

第三节 公安派与明代后期诗 141
　　一 公安派 141
　　二 竟陵派 142
　　三 复社与几社 143

第七章 清代诗 145

第一节 清初诗 145
　　一 吴伟业及梅村体 145
　　二 王士禛与朱彝尊 146
　　三 清初其他诗人 148

第二节 清代中期诗 152
　　一 清代中期诗 152
　　二 龚自珍 156

第三节 近代诗 158
　　一 前期诗 159
　　二 后期诗 161

第二卷 赋

绪 论 165

一　赋的文体特征 …………………………………… 165
　　二　赋的类别及其功能 ……………………………… 166
　　三　赋的影响与流传 ………………………………… 169
第一章　从高唐神女到宫阙苑囿 …………………………… 171
　第一节　宋玉及其《高唐赋》、《神女赋》 ………………… 171
　　一　宋玉的生平 ……………………………………… 171
　　二　宋玉的创作 ……………………………………… 172
　　三　赋体文学的开山祖师 …………………………… 176
　第二节　司马相如及其《子虚赋》与《上林赋》 …………… 177
　　一　汉赋——一代之文学 …………………………… 177
　　二　司马相如及其《子虚赋》、《上林赋》 ……………… 178
　　三　司马相如的影响与张衡的承前启后 …………… 181
第二章　魏晋南北朝赋 ……………………………………… 183
　第一节　魏晋南北朝赋概述 ………………………………… 183
　　一　题材的开拓 ……………………………………… 183
　　二　艺术表现 ………………………………………… 186
　第二节　魏晋赋举要 ………………………………………… 186
　　一　托物以寄情 ……………………………………… 187
　　二　登临以抒情 ……………………………………… 190
　第三节　南北朝赋举要 ……………………………………… 191
　　一　宋齐赋 …………………………………………… 191
　　二　梁陈赋 …………………………………………… 194
　　三　北朝赋 …………………………………………… 195
　　四　庾信 ……………………………………………… 195
第三章　唐宋元明清赋 ……………………………………… 198
　第一节　唐五代赋 …………………………………………… 198
　　一　律赋的产生和兴盛 ……………………………… 198

二　唐代文体改革与文赋的产生 ················ 200
　　三　古赋、小赋与俗赋 ···················· 201
第二节　宋金元赋 ························· 205
　　一　两宋赋 ························· 205
　　二　金元赋 ························· 208
第三节　明清赋 ·························· 210
　　一　明赋 ·························· 211
　　二　清赋 ·························· 212

第三卷　词

绪　论 ······························ 215
　　一　词的起源 ························ 215
　　二　词的理念与章法 ····················· 216
　　三　词的海外研究与传播 ··················· 221
第一章　唐五代词 ························· 223
第一节　敦煌词与中唐文人词 ··················· 223
　　一　敦煌词 ························· 223
　　二　中唐文人词 ······················· 226
第二节　温庭筠、韦庄和《花间集》 ················· 227
　　一　晚唐词家——温庭筠与韦庄 ················ 227
　　二　第一部文人词集——《花间集》 ·············· 229
第三节　南唐二主与冯延巳 ···················· 230
第二章　北宋词 ·························· 233
第一节　宋初词坛与柳永 ····················· 233
　　一　宋初词坛 ························ 233
　　二　柳永与晏几道 ······················ 234

第二节　苏轼与秦观 ………………………………………… 236
一　苏轼 ……………………………………………………… 236
二　秦观 ……………………………………………………… 239

第三节　贺铸与周邦彦 ………………………………………… 240
一　贺铸 ……………………………………………………… 240
二　词之集大成者——周邦彦 ……………………………… 241

第三章　南宋词和金词 …………………………………………… 244

第一节　李清照 ………………………………………………… 244
一　生平及其创作 …………………………………………… 244
二　语言风格 ………………………………………………… 246

第二节　辛弃疾与辛派词人 …………………………………… 247
一　辛弃疾 …………………………………………………… 247
二　辛派词人 ………………………………………………… 250

第三节　南宋中后期雅词 ……………………………………… 251
一　姜夔与张炎 ……………………………………………… 252
二　吴文英 …………………………………………………… 255

第四节　金代词 ………………………………………………… 256
一　王若虚 …………………………………………………… 256
二　元好问 …………………………………………………… 257

第四章　元明清词 ………………………………………………… 259

第一节　元词与明词 …………………………………………… 259
一　元代词 …………………………………………………… 259
二　明代词 …………………………………………………… 261

第二节　清代词学（上）——云间派与阳羡派 ……………… 263
一　云间词派 ………………………………………………… 263
二　陈维崧与阳羡派 ………………………………………… 264

第三节　清代词学（下）——浙西派与常州派　266

一　浙西派 ………………………………………………………… 266

　　二　常州派 ………………………………………………………… 268

第四卷　散曲

绪　论 ………………………………………………………………… 273

　　一　散曲的名称、渊源和分类 …………………………………… 273

　　二　散曲的格律 …………………………………………………… 275

　　三　散曲在海外的传播 …………………………………………… 279

第一章　元代散曲 …………………………………………………… 280

　第一节　关汉卿、马致远等散曲作家 …………………………… 281

　　一　关汉卿 ………………………………………………………… 281

　　二　马致远 ………………………………………………………… 282

　　三　白朴、乔吉与睢景臣 ………………………………………… 284

　第二节　张可久、张养浩等散曲作家 …………………………… 286

　　一　张可久 ………………………………………………………… 286

　　二　张养浩 ………………………………………………………… 287

　　三　贯云石等其他作家 …………………………………………… 288

第二章　明清散曲 …………………………………………………… 291

　第一节　陈铎、冯惟敏等明清散曲家 …………………………… 292

　　一　陈铎、冯惟敏与薛论道 ……………………………………… 292

　　二　康海与王九思 ………………………………………………… 295

　　三　王磐与施绍莘 ………………………………………………… 295

　第二节　明清俗曲 ………………………………………………… 296

　　一　明代俗曲 ……………………………………………………… 297

　　二　清代俗曲 ……………………………………………………… 298

中国古代文学作品选·诗赋词曲

第一卷 诗

先秦两汉诗

诗　经　关雎(303)　汉广(303)　静女(304)　木瓜(305)　子衿(305)　蒹葭(305)

屈　原　离骚(节选)(306)　九章·涉江(310)　九歌·山鬼(312)

汉乐府　有所思(313)　饮马长城窟行(313)　陌上桑(314)

古诗十九首　行行重行行其一(315)　迢迢牵牛星其十(316)

魏晋南北朝诗

曹　操　蒿里行(316)　短歌行(317)　苦寒行(317)

王　粲　七哀诗(三首)其一(318)　其二(318)　从军诗(五首)其四(319)

曹　植　美女篇(319)　公燕诗(320)　赠白马王彪并序(320)

阮　籍　咏怀诗(八十二首)其一(321)　其三(322)　其三十三(322)

张　华　情诗(五首)其三(322)　其五(323)

潘　岳　悼亡诗(三首)其一(323)　其二(324)

陆　机　长歌行(324)　赴洛道中作(二首)其一(325)　其二(325)

左　思　咏史(八首)其二(325)　其五(326)

王羲之　兰亭诗(五首)其一(326)　其二(327)

陶渊明　归园田居(五首)其一(327)　其二(328)　饮酒(二十首)其五(328)　其七(328)

谢灵运　登池上楼(329)　登江中孤屿(329)　登石门最高顶诗(330)

鲍　照　代出自蓟北门行(331)　拟行路难(十八首)其一(331)　其二(332)　梅花落(332)

谢　朓　暂使下都夜发新林至京邑赠西府同僚(333)　之宣城郡出新林浦向板桥(333)

萧　纲　楚妃叹(334)

何　逊　临行与故游夜别(334)

阴　铿　江津送刘光禄不及(335)

庾　信　拟咏怀(二十七首)其七(335)　其十一(336)　寄王琳诗(336)

南北朝乐府民歌　子夜四时歌(336)　三洲歌(337)　木兰诗(337)　敕勒歌(338)

唐　诗

王　绩　野望(339)

王　勃　送杜少府之任蜀川(339)

杨　炯　从军行(340)

骆宾王　在狱咏蝉(340)　于易水送人(340)

沈佺期　独不见(341)

宋之问　渡汉江(341)

贺知章　咏柳(342)

陈子昂　登幽州台歌(342)

张若虚　春江花月夜(342)

王　翰　凉州词(343)

王　湾　次北固山下(344)

崔　颢　黄鹤楼(344)

王之涣　凉州词(344)

王昌龄　从军行(七首)其一(345)　其四(345)　其五(345)　出塞(346)　闺怨(346)　芙蓉楼送辛渐(347)

孟浩然　望洞庭湖赠张丞相(347)　过故人庄(347)　宿建德江(348)

王　维　渭川田家(348)　山居秋暝(348)　鹿柴(辛夷坞)(349)　竹里馆(349)　少年行(349)　使至塞上(350)　相思(350)　九月九日忆山东兄弟(350)　送元二使安西(351)

高　适　燕歌行(351)　塞上听吹笛(352)　营州歌(352)　别董大(二首)其一(353)

岑　参　白雪歌送武判官归京(353)　走马川行奉送封大夫出师西征(354)　逢入京使(354)

李　白　蜀道难(355)　行路难(356)　将进酒(356)　子夜吴歌(秋歌)(357)　宣州谢朓楼饯别校书叔云(357)　秋浦歌(358)　玉阶怨(358)　峨眉山月歌(359)　渡荆门送别(359)　春夜洛城闻笛(359)　赠汪伦(360)　望天门山(360)　黄鹤楼送孟浩然之广陵(360)

杜　甫　望岳(360)　兵车行(361)　月夜(362)　春望(362)　羌村(三首)其一(363)　其二(363)　其三(364)　石壕吏(364)　新婚别(365)　蜀相(365)　春夜喜雨(366)　茅屋为秋风所破歌(366)　江畔独步寻花(七绝句)其六(367)　闻官军收河南河北(367)　绝句(四首)其三(367)　登高(368)　登岳阳楼(368)　江南逢李龟年(368)

韩　愈　山石(369)　左迁至蓝关示侄孙湘(369)　早春呈水部张十八员外(二首)其一(370)

孟　郊　游子吟(370)　秋怀(十五首)其二(370)

李　贺　李凭箜篌引(371)　雁门太守行(372)　梦天(372)　秋来(373)　金铜仙人辞汉歌并序(373)

白居易　长恨歌(374)　上阳白发人愍怨旷也(376)　琵琶行并序(376)　问刘十九(378)　钱塘湖春行(378)

元　稹　遣悲怀(三首)其三(379)

张　籍　秋思(379)

王　建　当窗织(380)

杜　牧　题乌江亭(380)　赤壁(381)　过华清宫绝句(三首)其一(381)　泊秦

淮(381) 寄扬州韩绰判官(382) 山行(382)
许　浑　咸阳城东楼(382)
李商隐　锦瑟(383)　夜雨寄北(383)　无题(二首)其一(383)　无题(384)
　　　　马嵬(二首)其二(384)　安定城楼(385)　常娥(385)

宋　诗

王禹偁　村行(386)　春居杂兴(二首)其一(386)
林　逋　山园小梅(二首)其一(387)
晏　殊　无题(387)
李　觏　乡思(388)
梅尧臣　鲁山山行(388)　田家语(389)
欧阳修　戏答元珍(390)　画眉鸟(390)　春日西湖寄谢法曹歌(390)
苏舜钦　淮中晚泊犊头(391)　览照(391)
王安石　明妃曲(二首)其一(392)　登飞来峰(392)　梅花(393)
王　令　暑旱苦热(393)
苏　轼　和子由渑池怀旧(394)　六月二十七日望湖楼醉书(五首)其一(394)
　　　　书鄢陵王主簿所画折枝(二首)其一(394)　荔支叹(395)
黄庭坚　登快阁(396)　寄黄几复(396)　雨中登岳阳楼望君山(二首)其一(397)
秦　观　春日(五首)其二(397)
陈师道　绝句(四首)其四(398)　除夜对酒赠少章(398)
张　耒　初见嵩山(398)
晁说之　明皇打球图(399)
徐　俯　春游湖(399)
曾　几　三衢道中(399)
陈与义　伤　春(400)　牡　丹(400)　道中寒食(二首)其二(401)
朱淑真　元夜(三首)其三(401)
刘子翚　汴京纪事(二十首)其一(402)

陆　游　游山西村(402)　关山月(402)　临安春雨初霁(403)　十一月四日风雨大作(404)　沈园(二首)其一(404)

范成大　四时田园杂兴(六十首)其二十五(404)　后催租行(405)　州桥(405)

尤　袤　题米元晖潇湘图(二首)其一(406)

杨万里　闲居初夏午睡起二绝句其一(406)　过松源晨炊漆公店(五首)其五(406)

萧德藻　登岳阳楼(407)

朱　熹　鹅湖寺和陆子寿(407)　观书有感(二首)其一(408)

姜　夔　过垂虹(408)

戴复古　夜宿田家(408)

赵师秀　约客(409)

翁　卷　乡村四月(409)

刘克庄　戊辰即事(409)　病后访梅九绝其一(410)

叶绍翁　游园不值(410)

文天祥　扬子江(411)　过零丁洋(411)

汪元量　醉歌(十首)其三(412)

谢　翱　西台哭所思(412)

金　元　诗

元好问　岐阳(三首选一)(413)　壬辰十二月车驾东狩后即事(五首选一)(413)　台山杂咏(十六首选一)(414)

杨　载　宗阳宫望月(414)　到京师(415)

范　梈　王氏能远楼(415)

虞　集　挽文丞相(416)　听雨(416)

揭傒斯　题风烟雪月四梅图(四首选一)(416)　梦武昌(417)

明　诗

高　启　牧牛词(417)　青丘子歌并序(417)　登金陵雨花台望大江(419)
李东阳　寄彭民望(420)
李梦阳　石将军战场歌(420)
何景明　秋江词(422)
唐　寅　桃花庵歌(422)
杨　慎　柳(423)
李攀龙　杪秋登太华绝顶其二(423)　挽王中丞其一(424)
王世贞　登太白楼(424)
袁宏道　显灵宫集诸公以城市山林为韵其二(425)
陈子龙　小车行(425)
张煌言　被执过故里(426)
夏完淳　别云间(426)

清　诗

吴伟业　临清大雪(427)
黄宗羲　山居杂咏(六首选一)(427)
顾炎武　海上(四首选一)(428)
屈大均　鲁连台(428)
王士禛　真州绝句(五首选一)(429)　秦淮杂诗(十四首选一)(429)　秋　柳(四首选一)(430)
施闰章　燕子矶(430)
宋　琬　九日同姜如龙王西樵程穆倩诸君登慧光阁(431)
查慎行　初得家书(431)
赵执信　出都(432)
吴嘉纪　绝句(432)
叶　燮　客发苕溪(432)
沈德潜　过许州(433)

袁　枚　马嵬(四首选一)(433)　遣兴(二十四首选一)(434)　苔(434)

赵　翼　论诗(434)　山行看红叶(434)　晓起(435)

郑　燮　竹石(435)　江晴(二首选一)(435)　喜雨(435)

金　农　题瘦马图(436)

黄　任　西湖杂诗(二首)(436)

严遂成　三垂冈(437)

黄景仁　都门秋思(四首选一)(437)　癸巳除夕偶成(二首)(438)

龚自珍　咏史(438)　己亥杂诗(三一五首选二)(439)　西郊落花歌(439)

林则徐　出嘉峪关感赋(441)

魏　源　寰海十章(选一)(441)

何绍基　山雨(442)

郑　珍　经死哀(442)

黄遵宪　今别离(四首选一)(442)

丘逢甲　往事(443)

谭嗣同　狱中题壁(444)

梁启超　读陆放翁集(四首选一)(444)

章炳麟　狱中赠邹容(445)

秋　瑾　日人石井君索和即用原韵(445)

苏曼殊　以诗并画留别汤国顿(二首选一)(446)　本事诗十章(选一)(446)

第二卷　赋

战 国 赋

宋　玉　高唐赋(447)　神女赋(451)

汉　赋

司马相如　子虚赋(455)　上林赋(460)

魏晋南北朝赋

王　粲　登楼赋(467)
陶渊明　归去来兮辞(469)
鲍　照　芜城赋(471)
江　淹　别赋(473)

唐宋赋

李　白　剑阁赋(478)
杜　牧　阿房宫赋(478)
欧阳修　秋声赋(481)
苏　轼　前赤壁赋(482)

明清赋

何景明　东门赋(484)
蒲松龄　绰然堂会食赋并序(485)

第三卷　词

唐五代词

敦煌词　凤归云(幸因今日)(489)　抛球乐(珠泪纷纷湿绮罗)(490)　菩萨蛮(霏霏点点回塘雨)(490)　菩萨蛮(枕前发尽千般愿)(490)　浣溪沙(五里滩头风欲平)(490)　浣溪沙(浪打轻船雨打篷)(491)　望江南(莫攀我)(491)　鹊踏枝(叵耐灵鹊多瞒语)(491)　南歌子(斜倚朱帘立)(492)
李　白　菩萨蛮(平林漠漠烟如织)(492)　忆秦娥(箫声咽)(493)
张志和　渔歌子(西塞山前白鹭飞)(493)
刘禹锡　忆江南(春去也)(493)　竹枝词(山桃红花满上头)(494)　竹枝词

(山上层层桃李花)(494) 竹枝词(杨柳青青江水平)(494) 浪淘沙(日照澄洲江雾开)(494) 浪淘沙(莫道谗言如浪深)(495)

白居易 花非花(花非花)(495) 忆江南(江南好)(495) 长相思(汴水流)(495)

张　籍 一七令(赋花)(496)

温庭筠 菩萨蛮(小山重叠金明灭)(496) 菩萨蛮(水精帘里颇黎枕)(497) 更漏子(玉炉香)(497) 梦江南(千万恨)(497) 梦江南(梳洗罢)(497)

韦　庄 菩萨蛮(人人尽说江南好)(498) 菩萨蛮(劝君今夜须沉醉)(498) 菩萨蛮(洛阳城里春光好)(498) 思帝乡(春日游)(499)

牛　峤 菩萨蛮(玉楼冰簟鸳鸯锦)(499)

张　泌 浣溪沙(晚逐香车入凤城)(499)

牛希济 生查子(春山烟欲收)(500)

李　珣 巫山一段云(古庙依青嶂)(500) 南乡子(乘彩舫)(500)

顾　夐 诉衷情(永夜抛人何处去)(500)

冯延巳 鹊踏枝(谁道闲情抛掷久)(501) 鹊踏枝(粉映墙头寒欲尽)(501) 谒金门(风乍起)(501)

李　璟 浣溪沙(菡萏香销翠叶残)(502)

李　煜 虞美人(春花秋月何时了)(502) 乌夜啼(林花谢了春红)(502) 乌夜啼(无言独上西楼)(503) 浪淘沙(帘外雨潺潺)(503) 破阵子(四十年来家国)(503)

宋　词

林　逋 相思令(吴山青)(504)

范仲淹 渔家傲(塞下秋来风景异)(504) 御街行(纷纷坠叶飘香砌)(505) 剔银灯(昨夜因看《蜀志》)(505)

张　先 天仙子(《水调》数声持酒听)(505) 木兰花(龙头舴艋吴儿竞)(506) 青门引(乍暖还轻冷)(506)

晏　殊　浣溪沙(一曲新词酒一杯)(507)　木兰花(池塘水绿风微暖)(507)
　　　　踏莎行(小径红稀)(507)　蝶恋花(槛菊愁烟兰泣露)(508)
宋　祁　玉楼春(东城渐觉风光好)(508)
欧阳修　踏莎行(候馆梅残)(508)　蝶恋花(庭院深深深几许)(509)　生查子
　　　　(去年元夜时)(509)　采桑子(群芳过后西湖好)(509)　浪淘沙(把
　　　　酒祝东风)(510)
柳　永　鹤冲天(黄金榜上)(510)　昼夜乐(洞房记得初相遇)(510)　雨霖铃
　　　　(寒蝉凄切)(511)　凤栖梧(独倚危楼风细细)(511)　定风波(自春
　　　　来)(511)　戚氏(晚秋天)(512)　望海潮(东南形胜)(513)　八声甘
　　　　州(对潇潇暮雨洒江天)(513)
晏几道　临江仙(梦后楼台高锁)(514)　鹧鸪天(彩袖殷勤捧玉钟)(514)　鹧
　　　　鸪天(小令尊前见玉箫)(514)　阮郎归(天边金掌露成霜)(515)　思
　　　　远人(红叶黄花秋意晚)(515)
苏　轼　江城子(凤凰山下雨初晴)(515)　江城子(十年生死两茫茫)(516)
　　　　江城子(密州出猎)(516)　水调歌头(明月几时有)(516)　浣溪沙
　　　　(簌簌衣巾落枣花)(517)　卜算子(缺月挂疏桐)(517)　水龙吟(次
　　　　韵章质夫杨花词)(517)　水调歌头(昵昵儿女语)(518)　定风波(莫
　　　　听穿林打叶声)(519)　念奴娇(赤壁怀古)(519)　满庭芳(三十三
　　　　年)(520)　蝶恋花(花退残红青杏小)(520)
秦　观　满庭芳(山抹微云)(520)　鹊桥仙(纤云弄巧)(521)　踏莎行(郴州
　　　　旅舍)(521)　浣溪沙(漠漠轻寒上小楼)(522)　好事近(春路雨添
　　　　花)(522)
贺　铸　捣练子(斜月下)(522)　鹧鸪天(重过阊门万事非)(523)　踏莎行
　　　　(杨柳回塘)(523)　行路难(缚虎手)(523)　青玉案(凌波不过横塘
　　　　路)(524)　六州歌头(少年侠气)(524)
周邦彦　瑞龙吟(章台路)(525)　兰陵王(柳阴直)(526)　苏幕遮(燎沉香)
　　　　(526)　六丑(蔷薇谢后作)(527)　满庭芳(风老莺雏)(527)　蝶恋
　　　　花(早行)(528)

李清照　点绛唇(蹴罢秋千)(528)　浣溪沙(闺情)(529)　如梦令(昨夜雨疏风骤)(529)　一剪梅(红藕香残玉簟秋)(529)　行香子(草际鸣蛩)(530)　如梦令(常记溪亭日暮)(530)　醉花阴(薄雾浓云愁永昼)(530)　凤凰台上忆吹箫(香冷金猊)(531)　渔家傲(天接云涛连晓雾)(531)　武陵春(风住尘香花已尽)(532)　永遇乐(落日熔金)(532)　声声慢(寻寻觅觅)(532)

辛弃疾　青玉案(元夕)(533)　水龙吟(登建康赏心亭)(533)　摸鱼儿(更能消几番风雨)(534)　踏莎行(进退存亡)(535)　丑奴儿(少年不识愁滋味)(535)　清平乐(茅檐低小)(536)　破阵子(醉里挑灯看剑)(536)　西江月(夜行黄沙道中)(536)　水龙吟(过南剑双溪楼)(537)　沁园春(叠嶂西驰)(537)　沁园春(杯汝来前)(538)　西江月(醉里且贪欢笑)(538)　鹧鸪天(壮岁旌旗拥万夫)(539)　贺新郎(甚矣吾衰矣)(539)　永遇乐(京口北固亭怀古)(540)

张元幹　贺新郎(送胡邦衡待制赴新州)(541)

张孝祥　六州歌头(长淮望断)(541)　念奴娇(过洞庭)(542)

陆　游　钗头凤(红酥手)(543)　卜算子(咏梅)(543)

陈　亮　水调歌头(送章德茂大卿使虏)(543)

刘　过　沁园春(斗酒彘肩)(544)

姜　夔　扬州慢(淮左名都)(545)　翠楼吟(月冷龙沙)(546)　踏莎行(燕燕轻盈)(546)　点绛唇(燕雁无心)(547)　暗香(旧时月色)(547)　疏影(苔枝缀玉)(548)　齐天乐(庾郎先自吟愁赋)(548)　鹧鸪天(肥水东流无尽期)(549)　汉宫春(一顾倾吴)(549)

吴文英　八声甘州(陪庾幕诸公游灵岩)(550)　莺啼序(残寒正欺病酒)(551)　唐多令(何处合成愁)(552)

周　密　一萼红(登蓬莱阁有感)(552)

张　炎　高阳台(西湖春感)(553)

元明清词

元好问　水调歌头(赋三门津)(553)　摸鱼儿(问世间,情是何物)(554)

杨　慎　临江仙(滚滚长江东逝水)(555)

徐　灿　踏莎行(芳草才芽)(555)
陈维崧　贺新郎(赠苏崑生)(555)
朱彝尊　解佩令(自题词集)(556)
王士祯　蝶恋花(和漱玉词)(557)
纳兰性德　长相思(山一程)(557)
厉　鹗　齐天乐(吴山望隔江霁雪)(557)
张惠言　水调歌头(五首选一)(东风无一事)(558)
周　济　渡江云(杨花)(558)

第四卷　散曲

元代散曲

关汉卿　[南吕·一枝花]不伏老(561)　[南吕·四块玉]别情(562)　[双调·沉醉东风]咫尺的天南地北(562)　[仙吕·一半儿]题情(563)

马致远　[双调·夜行船]秋思(563)　[越调·天净沙]秋思(564)　[般涉调·耍孩儿]借马(564)

白　朴　[中吕·阳春曲]知几(566)　[仙吕·寄生草]饮(566)

乔　吉　[双调·水仙子]重观瀑布(566)　[正宫·绿幺遍]自述(567)　[中吕·满庭芳]渔父词(567)

睢景臣　[般涉调·哨遍]高祖还乡(567)

张可久　[中吕·山坡羊]闺思(569)　[越调·凭栏人]江夜(569)　[中吕·卖花声]怀古(570)　[南吕·一枝花]湖上晚归(570)

张养浩　[中吕·山坡羊]潼关怀古(571)　[南吕·一枝花]咏喜雨(571)

贯云石　[双调·殿前欢]畅幽哉(572)　[双调·清江引]若还与他相见时(572)

徐再思　[双调·水仙子]夜雨(572)　[双调·沉醉东风]春情 (573)

刘时中　[正宫·端正好]上高监司(573)

卢　挚　[双调·蟾宫曲]沙三伴哥来嗏(576)

杜仁杰　［般涉调·耍孩儿］庄家不识勾栏(576)

明代散曲

陈　铎　［双调·水仙子］葬士(578)　［正宫·醉太平］挑担(578)　［双调·水仙子］刷印匠(579)　［双调·沉醉东风］夏夜(579)

王　磐　［中吕·满庭芳］失鸡(579)　［中吕·朝天子］咏喇叭(580)

冯惟敏　［双调·胡十八］刈麦其三(580)　［正宫·醉太平］李中麓醉归堂夜话(580)　［双调·清江引］八不用其一(581)

薛论道　［南商调·黄莺儿］塞上重阳(581)　［中吕·桂枝香］仕途其二(581)　其四(582)

朱载堉　［南商调·山坡羊］交情可叹(582)

施绍莘　［南仙吕入双调·步步娇］泖上新居(582)　［双调·新水令］夜雨(583)

清代散曲

吴锡麒　［南仙吕·掉角儿］吴兴道中观插秧者(584)

蒲松龄　［正宫·九转货郎儿］崔顶儿分明瓣块(584)

明清俗曲

同心(586)　得书(587)　春(587)　蜡烛(587)　小曲其一(587)　其二(588)　桐城歌(588)

中国古代文学

诗赋词曲

第一卷 诗

绪 论

一 诗体的演变

总体来说,与词曲并列的中国古代诗歌,其演进轨迹,乃是从民间歌谣走向文人创作,从依附于曲调走向立足于词章,从叙事走向抒情,从即事名篇、重章叠句走向注重立意与谋篇布局,从四言走向五言、七言,从古体走向近体、走向格律。

上古诗乐不分,歌谣共生。歌谣之起,起于人心之触动,情感之激荡。情动于中而形于言。在心为志,发言为诗,起而嗟叹之,继而永歌之。冲口而出之嗟叹,当多为感叹词,即噫、吁、乎、哉之类。叹之既久,由虚而实。如"贲如,皤如。白马,翰如。匪寇,婚媾"(《易经·贲·六四》)。又由一言而二言,由二言而成一节拍,而《弹歌》:"断竹,续竹。飞土,逐肉。"通篇已是实词。其后一节拍又发展为二节拍,如《涂山女歌》之"候人兮猗"(《吕氏春秋·音初篇》),《赓歌》之"股肱喜哉"(《尚书·益稷篇》),这便产生了四言。四言既成,而没有直线递进为六言、八言,是因为四言一句,四句一章,二三章节,重章叠句,回环往复,足成一篇。这就是上古的歌唱,也是大多数歌唱体的惯例。

四言诗,二节拍,属于嗟叹之词。嗟叹之不足,故永歌之。所谓永歌,大体是拖腔拖调,也就是延伸节拍。节拍一长,便需用语助词补足音节。如《诗经》"十亩之间兮,桑者闲闲兮,行与子还兮。十亩之外兮,桑者泄泄兮,行与子逝兮"(《魏风·十亩之间》)。随后,语助词又逐渐为介词、副词、代词进而是名词、动词所代替。如"投我以木瓜,报之以琼瑶"(《卫风·木瓜》),如"谁谓雀无角,何以穿我屋。谁谓雀无家,何以速我狱"(《召南·行露》),"之死矢靡它"、"之死矢靡忒"(《鄘风·柏舟》)。如此便产生了第三节拍。三节拍的产生,带有划时代的意义。三节拍的句式,在两两相对的骈偶节拍之中,神奇地介入一个奇畸节拍,使得音韵铿锵之外,平生抑扬顿挫之美。奇偶相生是中国古代哲理的理想境界,汉字语言艺术,无论诗词曲赋,皆以三(奇)节拍为基本格式。经由秦汉,三节拍的杂言,逐渐形成了整齐成篇的五言句式。这便是汉乐府的涌现与文人五言诗的兴盛。

汉乐府具有较为明显的叙事讲唱倾向,而文人五言诗则逐步转向抒情为主。从《古诗十九首》到曹魏诗人曹植、阮籍,在对五言乐府的模拟继作中,逐渐确立了"上二下三"的句式,一韵到底的押韵,重寄托、尚词采的立意,摈弃叙事讲唱的民歌模式,而代之以抒情言志的文人技巧。从此,作为诗体意义上的五言诗,不再是授之于口耳的声歌,而成为授之于视觉与心思的案头诗。

七言诗的兴盛晚于五言诗,但是,它并不是五言的直线推进。一般认为,它的渊源来自于骚体诗句和七言歌行。西汉刘细君的《悲愁歌》"吾家嫁我兮天一方"、张衡的《四愁诗》"我所思兮在太山"以及魏文帝曹丕的《燕歌行》"秋风萧瑟天气凉"即是例证。直至南朝齐梁时代,诗人们所作七言,也主要是乐府歌行体。

齐梁时期讲求声律的五言新体,风靡一百余年,经过包括北朝、隋朝以及唐初诗人的共同努力,古体诗完成了向格律严整的近体诗的转型。五言、七言的律诗与绝句,从此便成为中国传统诗型的代表式样。

二 近体诗的格律

中国传统诗歌的格律,是在长期的创作积累中逐渐形成的,也是汉语的语种特性决定的。

汉字是一种保留了象形特征而又以形声为主的表意文字。简单地说,方块字适宜于整齐排列,四种声调适宜于错综搭配,单音节适宜于一字一义的意义对称,这便为句式整齐、平仄抑扬、意义相辅相成的句法安排,提供了充分的条件。诗人对句式、声调与意义等方面的格式与规律的讲求,这就形成了诗的格律。

律诗以格律严整而得名。全篇8句,一韵到底,第2、4、6、8句押韵,多数情况下,首句也会押韵(本韵、邻韵皆可)。近体诗的韵脚须用平声,平(阴平、阳平)仄(上声、去声和入声)二声的分合,遵照平水(今山西临汾)人刘渊刊定的107部《礼部韵略》,后世称为"平水韵"(清代合并为106韵)。律诗两句组成一联,分别称作首联、颔联、颈联、尾联。其中颔联、颈联必须对仗,即上下两句词性相同,平仄相反,意义相对。

律诗分为三种,即五言律诗、七言律诗(简称五律、七律)和排律。排律即是对律诗的句数和对仗的铺排延伸,一般是10句、12句,或者更多。

绝句也分两种,即五言绝句与七言绝句(简称五绝、七绝)。绝句的平仄与对仗,是截取律诗的一半。8句平分或首尾拼合,即可产生不同的平仄格式与对仗要求。

与对仗同时出现的,还有黏合。同一联中的上下两句,平仄相反,此即"对";上一联的第2句与下一联的第1句,平仄相同,此即"黏"。"对"与"黏"的要求,大体是"一三五不论,二四六分明"。

三 意境与章法

中国诗歌,自古以来就有"诗言志"的优良传统,而近体诗篇幅短小,所以,它的用字行文与篇章结构,不能不格外讲究。它注重的是意境含蓄和章法井然。

意境创造的主要方式,是托物言志,借景抒情。表现情志是"写什么",托物言志、借景抒情则是"怎么写"。诗歌以抒情为重,而抒情又最忌直白,需要借助环境。大凡优秀的诗歌,几乎没有刻意写景、纯粹写景的。在"怎么写"上,中国人是非常讲究"情致"的。情致蕴藉,便是说写成"什么样子"。在此,试以杜甫的七律《登高》为例:

风急天高猿啸哀,渚清沙白鸟飞回。

无边落木萧萧下,不尽长江滚滚来。

万里悲秋常作客,百年多病独登台。

艰难苦恨繁霜鬓，潦倒新停浊酒杯。

"落木下，长江来"，好像没什么意味，添一"萧萧"和"滚滚"，而且对称而出，境界开始变得生动起来；再加上"无边"和"不尽"，读者眼前似乎呈现出一幅阔大的画面。再看"作客"、"登台"，平平淡淡、普普通通两件事，加上"常"字"独"字，便不一样了；"悲秋常作客"，而且"多病独登台"，开始让人受不了了；最无奈的，是"万里悲秋常作客，百年多病独登台"。而且，作者是在什么环境下"万里悲秋常作客，百年多病独登台"呢？是在"风急天高猿啸哀，渚清沙白鸟飞回"的情景下，是在"无边落木萧萧下，不尽长江滚滚来"的情景下。天涯倦客，深秋登高，天地萧瑟，家国飘零，此情此景，人何以堪。最后两句，"艰难苦恨繁霜鬓，潦倒新停浊酒杯"，有意把话题扯开，言有尽而意无穷，让读者自己去品味。通篇意境开阔，笔力雄健，而又一波三折，一唱三叹。这就是蕴藉，故明人胡应麟称之为"古今七言律第一"（《诗薮》）。

近体诗的谋篇布局，讲究"起"、"承"、"转"、"合"。律诗四联，绝句四句，各司其职。试看张籍的七绝《秋思》："洛阳城里见秋风，欲作家书意万重。复恐匆匆说不尽，行人临发又开封。"即是其例。起承转合，关键是"转"。

意境含蓄而又章法井然，这使得近体诗与西洋诗歌的激情咏叹形成了鲜明的对照。

四　中国古代诗歌的海外传播

中国是诗的国度，中国古代诗歌在海外的流传，久远、深入而又广泛。在此，只能作个简要概述。

《诗经》历来被奉为儒家经典，很早以前，就传播到了东亚、南亚地区。在朝鲜、越南，《诗经》也曾经是士人必须学习的经典。从江户时代开始，日本对《诗经》的注释与研究，几乎一直没有中断。17世纪初，法国传教士金尼阁首次用拉丁文将它介绍给西方读者，它的英文全译本则出自19世纪的传教士汉学家理雅各和中国学者王韬。从此以后，欧洲汉学家对《诗经》逐步展开了深入而新颖的研究，他们最早剥去了"以礼说诗"的儒教诗学观，将它还原为歌谣与史诗。稍后《楚辞》也传播到了欧洲，产生了多种语种的翻译和论著。

汉魏六朝诗歌的海外流传,主要借助于萧统的《文选》。隋唐时期,它几乎是文人学士的最高典范。它大约在7世纪传入日本,8世纪以后,则与《尔雅》一起成为士人考试的必读书。三曹诗、陶渊明与谢灵运、齐梁诗,在日本始终都有一定的读者和研究者,拥有铃木虎雄、斯波六郎、小川环树、冈村繁、兴膳宏等一大批学者。时至今日,六朝文学研究,依然是其重点。在朝鲜的新罗与高丽时期,《文选》也是文官考试和文人创作的主要参考书。韩国历史上的第一部诗文集《东文选》,就是完全仿照了它的编排方式。

唐诗的海外传播,以日本为最。白居易在世之时,他的诗集就流传到了日本。白诗通俗流畅,情真意切,深受日本读者的喜爱。日本平安时代,上至天皇,下至平民,都以诵读白居易诗歌为快,甚至出现了一批白诗的狂热爱好者,以至将之比为文殊菩萨。李白、杜甫也拥有广大的读者。江户时代,"俳圣"松尾芭蕉自号"桃青",与"李白"二字字面对应,用以表示自己的崇敬之情。松尾芭蕉也是杜甫的仰慕者,经常在自己的诗作中化用杜诗的字句。进入近现代,日本产生了一代又一代的唐诗研究专家。

欧洲学术界对唐诗的接受,也是始于早期的汉学家。20世纪以后,美国学者对唐诗的研究,则有后来居上之势。宇文所安(斯蒂芬·欧文)的《初唐诗》、《盛唐诗》、《迷楼》等著作,视角独特,感觉新颖,分析透彻,在唐诗研究者中享有盛誉。

中国古典诗歌的海外研究,还有赖于现当代华裔学者的大力推广。陆志韦、刘若愚、叶嘉莹、孙康宜等人做了大量的工作。随着中外文化交流的深入,也随着对外汉语教学的扩大,中国古典诗歌的传播与研究,必将取得更大的成就。

第一章 先秦两汉诗

中国是一个诗的国度,诗歌是中国古代文学遗产中最灿烂的瑰宝。早在文字产生以前,就有原始歌谣在口头流传。作为我国第一部诗歌总集的《诗经》,是中国文学的一个光辉起点。《诗经》中的作品,反映了各方面的生活,具有深厚丰富的文化积淀,显示了我国古代早期诗歌的伟大成就。

楚民族兴起以后,成为这一地域文化的代表。战国时期出现的楚辞,在中国文学史上有着特殊的意义。它和《诗经》共同构成中国诗歌史的源头。楚辞文学具有特殊的美学品质,屈原是中国文学史上第一位伟大的诗人。

两汉乐府民歌是汉代文学的奇葩,是继《诗经》、《楚辞》之后,中国古代诗歌史上出现的新诗体。两汉乐府诗以其匠心独运的立意命题、高超熟练的叙事技巧以及灵活多样的体制,深刻影响了中国文人诗歌的创作,也影响了中国诗歌发展的方向。

第一节 诗经

一 《诗经》的概貌

《诗经》原名《诗》,或称"诗三百",共有305篇,主要收集了周初至春秋中叶五百多年间的作品。汉代儒学奉为经典,故称《诗经》。

《诗经》产生的地域相当于今陕西、山西、河南、河北、山东及湖北北部一带。除了周王朝乐官制作的乐歌,公卿、列士进献的乐歌,还有许多原来流传于民间的歌谣。作者包括了社会各个阶层。时代如此之长,地域如此之广,作者如此复杂,显然是经过有目的的搜集整理才成书的。

《诗经》分为风、雅、颂三类,最初都是乐歌,也就是歌曲的歌词。"风"是音乐曲调的意思,分十五国风160篇,包括周南、召南、邶风、鄘风、卫风、王风、郑风、齐风、魏风、唐风、秦风、陈风、桧风、曹风、豳风。"国"是地区、方域之意。周南、召南、豳都是地名,"王"是指东周王畿洛阳一带,其余是诸侯国名,十五国风即这些地区的地方乐调。国风中,《豳风》全部是西周作品,其他除少数产生于西周外,大部分是东周作品。"雅"即正,指朝廷正乐,西周王畿的乐调。雅分为大雅和小雅。大雅31篇是西周的作品,大部分作于西周初期,小部分作于西周末期。小雅共74篇,除少数篇目可能是东周作品外,其余都是西周晚期的作品。大雅的作者,主要是上层贵族;小雅的作者,既有上层贵族,也有下层贵族和地位低微者。"颂"是宗庙祭祀之乐,许多是舞曲,音乐可能比较舒缓。颂共有40篇,包括《周颂》31篇、《鲁颂》4篇、《商颂》5篇。

《诗经》中的作品,最初主要用于典礼、讽谏和娱乐,是周代礼乐文化的重要组成部分,是实行教化的重要工具。编辑成书后,广泛流行于诸侯各国,运用于祭祀、朝聘、宴饮等各种场合,在当时的政治、外交活动中,发挥了重要作用,《左传》中大量记载了诸侯君臣赋诗言志的事例。秦火以后,《诗经》以其口耳相传、易于记诵的特点,得以保存,在汉代流传甚广,出现了传授和研究《诗经》的鲁、齐、韩、毛四个学派,但流传下来的只有毛诗一派。

二 《诗经》的内容和思想意义

《诗经》中的作品,内容十分广泛。它可以说是一轴巨幅画卷,当时的政治、经济、军事、文化以及世态人情、民俗风习等等,在其中都有形象的表现。

我国古代特别重视祭祀,保存在《大雅》和《颂》中的祭祀诗,大多是以祭祀、歌颂祖先为主,基本上是歌功颂德之作。如被认为是周族史诗的《生民》、《公刘》、《绵》、《皇矣》、《大明》五篇作品,赞颂了后稷、公刘、太王、王季、文王、武王的业绩,反映了西周开国的历史。五篇史诗,反映了周人征服大自然的伟大业绩、社会制度由原始公社向奴隶制国家的转化以及推翻商人统治的斗争,是他们壮大发展的历史写照。

《诗经》中的作品,不仅在道德观念和审美情趣上打上了农业文明的烙印,而且产生了一些直接描写农业生产生活和相关的政治、宗教活动的农事诗。《豳风·七月》是其中最优秀的作品。《七月》共有 88 句,380 字,它真实记录了处于农奴地位的农夫一年间艰苦劳动的过程和生活情况。他们种田、养蚕、纺织、染缯、酿酒、打猎、凿冰、修筑宫室,而劳动成果大部分为奴隶主所占有,自己无衣无褐,吃的是苦菜,住的是陋室;严冬时节,还要填地洞,塞窗隙,以御寒风。长诗《七月》语言朴实无华,按照季节的先后真实地描写了男女奴隶全年的劳动和生活。诗中对于节令变化的物候特征,写得非常生动。

《诗经》中还有以君臣、亲朋欢聚宴享为主要内容的燕飨诗,更多地反映了上层社会的欢乐、和谐。如《小雅·鹿鸣》就是天子宴群臣嘉宾之诗:"呦呦鹿鸣,食野之苹。我有嘉宾,鼓瑟吹笙。吹笙鼓簧,承筐是将。人之好我,示我周行。"《诗经》在很大程度上是周代礼乐文化的载体。燕飨诗以文学的形式,表现了周代礼乐文化的一些侧面。不仅祭祀、燕飨等诗中直接反映了周代礼乐之盛,而且在其他诗作中,也洋溢着礼乐文化的精神。产生于西周初期的燕飨诗,便是周初社会繁荣、和谐、融洽的反映。

西周中叶以后,特别是西周末期,周室衰微,社会动荡,政治黑暗,出现了大量反映丧乱、针砭时政的怨刺诗。怨刺诗主要保存在"二雅"和"国风"中,如"大雅"中的《民劳》、《板》、《荡》,"小雅"中的《节南山》、《正月》、《十月之交》,等等,反映了厉王、幽王时赋税苛重,民不聊生的现实。"国风"中也有一些与"二雅"性质相同的作品,但与"二雅"中对宗周倾覆、朝政日非、世衰人乱充满哀怨悲愤的情感不同,而是辛辣犀利地对统治者加以揭露和嘲讽。如《魏风·伐檀》对不劳而获、无功受禄者甚为愤慨,提出质问:"不稼不穑,胡取禾三百廛兮?不狩不猎,胡瞻尔庭有悬貆兮?"揭露了剥削者的寄生本质。而《魏风·硕鼠》则把统治者比作大老鼠,他们的贪残,使人民陷入绝境,为了摆脱这种绝境,人民不得不逃往他方。

　　"大雅"中的《江汉》、《常武》,"小雅"中的《出车》、《六月》、《采芑》等战争诗,正面描写了天子、诸侯的武功,表现了强烈的自豪感,充满乐观精神。也有一些战争诗表现出对战争的厌倦和对和平的向往,充满忧伤的情绪。如《小雅·采薇》的最后一章,把昔日离家时的依依惜别之情,今日归来的悲凄之感,表现得淋漓尽致:"昔我往矣,杨柳依依。今我来思,雨雪霏霏。行道迟迟,载渴载饥,我心伤悲,莫知我哀。"《东山》写出征多年的士兵在回家路上的复杂感情。在每章的开头,他都唱道:"我徂东山,慆慆不归。我来自东,零雨其濛。"他去东山已经很久了,现在走在回家路上,天上飘着细雨,衬托出他的忧伤感情。全诗通篇都是这位士兵在归家途中的心理描写,写得生动真实,反映了人民对和平生活的怀念和向往。还有一些诗以战争、徭役为背景,写夫妻离散的思妇哀歌。如《卫风·伯兮》,即写一位妇女由于思念远戍的丈夫而痛苦不堪:"自伯之东,首如飞蓬。岂无膏沐,谁适为容?"女为悦己者容,所爱的人不在面前,梳妆打扮还有什么意义呢?率真质朴地写出了思妇内心的相思哀痛。

　　以恋爱和婚姻为题材的诗作,在《诗经》中占有很大比重,大多清新可喜,情思优美。这些作品主要集中在"国风"之中,是《诗经》中的精华。如《诗经》开篇的第一首《周南·关雎》就是写男子对女子的爱慕之情,前三章表现了一个贵族青年对淑女的追求,和他"求之不得"的痛苦心情;末二章,想象若能和她在一起,将要"琴瑟友之"、"钟鼓乐之"。这种爱慕发展为两情相悦,便有了幽期密约,如《邶风·静女》描写男女幽会:

　　　　静女其姝,俟我于城隅。爱而不见,搔首踟蹰。

　　　　静女其娈,贻我彤管。彤管有炜,说怿女美。

　　　　自牧归荑,洵美且异。匪女之为美,美人之贻。

一对相约在城隅幽会的情人,当男子来时,女子却故意躲了起来,急得男子搔首踟蹰。女子出来后赠给男子一根彤管,他珍惜玩摩,爱不释手,并不是这礼物有什么特别,而是因为美人所赠。主人公的感情表现得细腻真挚。《郑风·子衿》、《王风·采葛》都写女子对男子的思念,都发出"一日不见,如三月兮"、"一日不见,如三秋兮"、"一日不见,如三岁兮"的咏叹,把相思之苦表现得如怨如诉、深挚缠绵。

在《诗经》时代,男女爱情虽还不像后代那样深受封建礼教的压制束缚,但已是"娶妻如之何,必告父母"、"娶妻如之何,匪媒不得"(《齐风·南山》)了。"仲可怀也,父母之言亦可畏也"、"仲可怀也,人之多言亦可畏也"。《郑风·将仲子》中的"仲子"是女子所爱之人,但她却不敢同他自由相会,也不敢跟他相爱。在男女不平等的夫权社会,婚姻的幸福对妇女来说,常常只是一个美好的愿望而已。《诗经》表现婚姻不幸的哀歌,为数不少。婚姻破裂后妇女被夫家休弃的悲惨结局,在《卫风·氓》和《邶风·谷风》中具有生动的刻画,抒发了弃妇的愤懑不平,充满了对负心人的控诉、怨恨和责难,是弃妇诗的代表作。《谷风》中那位贤惠的妇女初来夫家时,家境贫困,经过辛勤劳作,逐渐富裕起来,而其丈夫却变了心,另有所欢,还把她赶出门去。《氓》以一个普通妇女的口吻叙述自己从恋爱、结婚到被弃的痛苦经历。全篇叙事和抒情相结合,巧妙地将事件过程和弃妇的思想情感融为一体,在女主人公悔恨地叙述自己恋爱、结婚和婚后被虐、被弃的遭遇中,表现出刚强自爱、果断坚决的性格。

《诗经》不仅描述了周代丰富多彩的社会生活、特殊的文化形态,而且揭示了周人的精神风貌和情感世界,可以说,《诗经》是我国最早的富于现实精神的诗歌,奠定了我国诗歌面向现实的传统。

三 《诗经》的艺术成就和影响

赋、比、兴的运用,是《诗经》艺术特征的重要标志,开启了我国古代诗歌创作基本手法的先河。依据朱熹《诗集传》的解释,"赋"是"敷陈其事而直言之",这包括一般陈述和铺排陈述;"比"是"以彼物比此物",也就是比喻之意;"兴"是"先言他物以引起所咏之辞",也就是借助其他事物为所咏之内容作铺垫,大多用在诗歌的发端。赋、比、兴三种手法,在诗歌创作中,往往交相使用,共同创造了诗歌的艺术形象,抒发了诗人的情感。

赋是一种基本的表现手法,赋中用比,或者起兴后再用赋,在《诗经》中是很常见的。赋可以叙事描写,也可以议论抒情;比、兴都是为表达本事和抒发情感服务的。《诗经》中比的运用也很广泛,有的整首都以拟物手法表达感情,如《豳风·鸱鸮》、《魏风·硕鼠》、《小雅·鹤鸣》,独具特色。而一首诗中部分运用比的手法,更是丰富多彩,富于变化,如《氓》用桑树从繁茂到凋落的变化来比喻爱情的盛衰;《鹤鸣》用"他山之石,可以攻玉"来比喻治国要用贤人;《硕人》连续用"荑荑"喻美人之手、"凝脂"喻美人之肤、"瓠犀"喻美人之齿等等,都是《诗经》中用"比"的佳例。

《诗经》中有许多的兴句,与下文有着委婉隐约的内在联系。或烘托渲染环境气氛,或比附象征中心题旨,构成诗歌艺术境界不可缺的部分。《郑风·野有蔓草》写情人在郊野"邂逅相遇":

野有蔓草,零露漙兮。有美一人,清扬婉兮。邂逅相遇,与子偕臧。

清秀妩媚的少女,就像滴着点点露珠的绿草一样清新可爱。而绿意浓浓、生趣盎然的景色,和诗人邂逅相遇的喜悦心情,正好交相辉映。再如《周南·桃夭》以"桃之夭夭,灼灼其华"起兴,茂盛的桃枝、艳丽的桃花,和新娘的青春美貌、婚礼的热闹喜庆互相映衬。而桃树开花("灼灼其华")、结实("有蕡其实")、枝繁叶茂("其叶蓁蓁"),也可以理解为对新娘出嫁后多子多孙、家庭幸福昌盛的良好祝愿。诗人触物起兴,兴句与所咏之词通过艺术联想前后相承,是一种象征暗示的关系。如《关雎》开头的"关关雎鸠,在河之洲",原是诗人借眼前景物以兴起下文"窈窕淑女,君子好逑"的,但关雎和鸣,也可以比喻男女求偶,或男女间的和谐恩爱。《诗经》中的兴,很多都是这种含有喻义、引起联想的画面。《诗经》中赋、比、兴手法运用得最为圆熟的作品,如《秦风·蒹葭》等已达到了情景交融、物我相谐的艺术境界,对后世诗歌意境的创造,有直接的启发作用。

《诗经》主要采用四言诗和隔句用韵,但亦富于变化,其中有二言、三言、五言、六言、七言、八言的句式,显得灵活多样,读来错落有致。章法上具有重章叠句和反复咏唱的特点,大量使用了叠字、双声、叠韵词语,加强了语言的形象性和音乐性。《诗经》在表现客观事物时,词汇丰富、描写细致、表达准确。一些篇章工于描写,勾画出许多生动的细节,如《周南·芣苢》,三章诗中用了6个差别细微的动词：采、有、掇、捋、袺、襭，生动准确地描摹了劳动的情景。

《诗经》对中国文学特别是诗歌的发展产生了深远的影响：

首先，《诗经》奠定了中国文学以抒情传统为主的发展方向。《诗经》中绝大多数诗歌是抒情诗，《国风》尤其如此。对比同时代的古希腊的荷马史诗，就能发现荷马史诗奠定了西方文学以叙事传统为主的发展方向，而自《诗经》开创的抒情诗歌则成为中国文学的主要样式。

其次，《诗经》中的诗歌，现实主义色彩鲜明。除了极少数几篇，完全是反映现实的人间的悲欢离合、日常生活和政治风波。在这里，几乎不存在凭借幻想而虚构出的超越人间世界之上的神话世界，不存在诸神和英雄们的特异形象和特异经历。中国后代的诗歌也多为面对现实、直抒胸臆之作。关心民生疾苦，抨击黑暗弊政，讴歌人间真情成了中国诗歌的主旋律。

总而言之，《诗经》是中国诗歌，乃至整个中国文学一个光辉的起点。它从多方面表现了那个时代丰富多彩的现实生活，反映了各个阶层人们的喜怒哀乐，以其清醒的现实性，区别于其他民族的早期诗歌，开辟了中国诗歌的独特道路。从此以后，我国诗歌沿着《诗经》开辟的抒情言志的道路前进，抒情诗成为我国诗歌的主要形式。《诗经》表现出的关注现实的热情、强烈的政治和道德意识、真诚积极的人生态度，被后人概括为"风雅"精神，直接影响了后世诗人的创作。

第二节　楚辞

一　楚风、楚辞与屈原

长江流域很早就孕育着古老的文化。楚之立国虽较中原各国为晚，但楚地具有独特的民俗文化，特别是崇尚巫风的习气，自朝廷到民间，无处不在。"其俗信鬼而好祠，其祠必作歌乐鼓舞以乐诸神。"（王逸《楚辞章句·九歌序》)楚地的艺术很兴盛,而这些艺术很多与祭神有关,充满了奇异的浪漫色彩。

楚国在文学方面也有杰出的成就,特别是诗歌。代表楚国地方音乐的"南音",又名"南风",都是用"楚声"来制作的。"楚辞"二字的本义就是楚地的歌词,是一种具有浓厚地方色彩的新诗体。江汉流域传留至今的古歌,如《越人歌》、《徐人歌》、《孺子歌》等,都与《诗经》所收黄河流域的民歌有着不同的风格和情调。骚体诗歌楚辞的奠基者和代表作家,是楚国伟大的爱国诗人屈原。

楚国到了怀王、襄王时期,由盛而衰,一再丧师割地,连楚怀王本人也被秦劫留而死。在楚国内部,政治越来越黑暗,奸佞专权,排斥贤能,楚国由此走向没落。屈原正是在这艰难的政治环境中显示了自己的崇高品质,创造了《离骚》、《九歌》、《九章》等名垂千古的文学巨制。

屈原(约前340—约前277),名平,字原,是楚国的同姓贵族。祖先封于屈,遂以屈为氏。屈原年轻时受到楚怀王的高度信任,官为左徒,"入则与王图议国事,以出号令;出则接遇宾客,应对诸侯"(《史记》本传),是楚国内政外交的核心人物。后来怀王听信上官大夫等的谗言,"怒而疏屈平"。屈原被免职后,转任三闾大夫,掌管王族昭、屈、景三姓事务。此后,楚国一再见欺于秦,顷襄王即位后,屈原再次受到令尹子兰和上官大夫靳尚的谗害,又被顷襄王放逐。在长期的流放生活中,屈原积聚了深厚的悲痛和思念之情,并通过诗歌表达出来。可以说,他的大部分诗篇都是与漂泊生涯有关的。在屈原多年流亡的同时,楚国的形势愈益危急。到顷襄王二十一年,秦将白起攻破楚都郢(今湖北江陵),预示着楚国前途的危机。次年,秦军又进一步深入。屈原眼看自己的一度兴旺的国家已经无望,悲愤交加之中,在五月五日(端午节)自沉于汨罗江。

屈原的作品,在《史记》本传中提到的有《离骚》、《天问》、《招魂》、《哀郢》、《怀沙》五篇。《汉书·艺文志》载屈原赋25篇,未列篇名。东汉王逸《楚辞章句》载明了25篇的篇目,对于其中部分作品的归属和真伪,汉代就存在争议。目前学界一般认为屈原的作品共计23篇:《离骚》、《九歌》(11篇)、《天问》、

《九章》(9篇)和《招魂》。正是这23篇，奠定了屈原在文学史上的崇高地位。

二 《离骚》、《九歌》与《天问》

《离骚》是屈原最重要的代表作。全诗373句，2490字，是中国古代最长的抒情诗。它是屈原在政治上遭受严重挫折以后，面临个人的厄运与国家的危难，对于过去和未来的思考，是一个崇高而痛苦的灵魂的自白。全诗缠绵悱恻，感情十分强烈。

我们可以把《离骚》分成前后两大部分。从开头到"岂余心之可惩"为前半篇，侧重于对家世生平、一心为国的苦斗历程的回顾，多描述现实的情况；后半篇则着重表现自己蒙冤被逐后内心的矛盾与苦闷，以及誓死殉国的决心，并主要借助幻想的方式。

《离骚》的主旨是爱国和忠君。在《离骚》中，有不少"系心怀王"的诗句，诗中也用了一些婚姻爱情的比喻，如"曰黄昏以为期兮，羌中道而改路。初既与余成言兮，后悔遁而有他"等。弃妇的哀怨往往是以对夫君的忠贞为前提的，屈原以这种男女之间感情的不谐比喻君臣的疏远。在封建社会，国君是国家的象征，而且只有通过国君才能实现自己的兴国理想。我们可以说，屈原的忠君便是他爱国思想的一部分。屈原对祖先的深情追认，这种宗族感情也是爱国情感的一个组成部分。屈原的爱国感情更表现在对楚国现实的关切之上，从希望楚国富强出发，屈原反复劝诫楚王向先代的圣贤学习，吸取历代君王荒淫误国的教训，不要只图眼前的享乐，而不顾严重的后果。"惟夫党人之偷乐兮，路幽昧以险隘"，结党营私的小人只顾苟且偷安，使得楚国的前景变得危险而狭隘。他们不但"竞进以贪婪，凭不厌乎求索"，还"内恕己以量人，各兴心而嫉妒"，认为诗人受到重用阻挡了他们的道路。于是谣诼纷起，"谓余以善淫"，诬蔑诗人是淫邪小人。但掌握最高权力的楚王，却是昏庸糊涂的。《史记·屈原贾生列传》说："屈平正道直行，竭忠尽智以事其君，谗人间之，可谓穷矣。信而见疑，忠而被谤，能无怨乎？"楚王的不信任和佞臣的离间，使他无法实现进步的政治理想，这是屈原悲惨人生的症结所在。所以，他在诗中反复地咏叹明君贤臣，实际上也是对楚国现实政治的尖锐批判,更是对自己不幸身世的深切哀叹,其中饱含着悲愤之情。

《离骚》后半篇借助神话材料,以幻想形式展示了他的内心深处的活动,和对未来前途的探索。诗人在想象中驱使众神,上下求索。他来到天界,然而帝阍——天帝的守门人却拒绝为他通报。这表明重新获得楚王信任的道路已经被彻底阻塞。他又降临地上"求女",但那些神话和历史传说中的美女,或"无礼"而"骄傲",或无媒以相通。这又表明无法找到能够理解自己、帮助自己的知音。诗人转而请巫者灵氛占卜、巫咸降神,给予指点。灵氛认为楚国已毫无希望,劝他离国出走;巫咸劝他留下,等待君臣遇合的机会。于是,诗人驾飞龙,乘瑶车,扬云霓,鸣玉鸾,自由遨游在一片广大而明丽的天空中。"奏《九歌》而舞《韶》兮,聊假日以偷乐",诗中出现了一片迄今未有的神志飞扬、欢愉无比的气氛。这表明,诗人认识到离开楚国确实是一条摆脱困境和苦闷的道路。在幻想中,正当其"高驰邈邈"之时,"忽临睨夫旧乡。仆夫悲余马怀兮,蜷局顾而不行"。故乡引起了诗人的无限眷恋,他发现自己根本无法离开故土。无比深厚的爱国感情,终于战胜了种种诱惑。在全诗的结尾,诗人发出痛楚的哀叹:

已矣哉!国无人莫我知兮,又何怀乎故都!
既莫足与为美政兮,吾将从彭咸之所居!

既不能改变自己,又不能改变楚国,而且不可能离开楚国,诗人已经别无选择,他决心效法彭咸以身殉自己的理想。

《离骚》作为一篇爱国诗篇,可以从两方面概括它的思想内容:第一,表现了诗人崇高的政治理想和为祖国献身的伟大精神。屈原是一位爱国主义诗人,他不仅具有强烈深厚的爱国感情,同时还具有进步的政治理想和政治主张。他的"美政"理想和主张是通过政治革新、举贤授能、修明法度来振兴楚国,进而统一中国。尤其使我们感动的是他为祖国的命运担忧、赤心为国的献身精神。在"楚材晋用"的战国时代,许多在本国仕途受阻的贤人纷纷到别国去谋出路,但诗人却始终不肯离开祖国一步。他的与祖国共命运、以身殉国的伟大情操,激励了中国两千年来无数的志士仁人。第二,表现了诗人崇尚高洁、坚持操守的伟大人格和"九死不悔"的斗争精神。《离骚》是屈原用血泪写就的抒情长诗,具有浓烈的悲剧色彩。"虽体解吾犹未变兮,岂余心之可惩",屈原已将生死置之度外,他的死,表明他最终脱出浊秽,保持其廉行洁志,体现出他那坚定、顽强的斗争意志。

《离骚》在艺术上具有极高的造诣和独特的风格。《离骚》塑造了一个纯洁高大的抒情主人公的形象,这是中国文学史上一个伟大的艺术形象,不朽的爱国诗人的典型。诗人屈原因此也成为了中国文学史上第一个伟大诗人。《离骚》是一部积极浪漫主义作品。它吸收和发展了古代神话的浪漫主义精神,采用了幻想的形式,在天地间随意浮沉,天神和龙凤都供他自由驱使,塑造了一个神奇瑰丽的艺术境界。《离骚》在诗歌形式和语言上也有很大的创造。大量有系统性的、具有象征意义的比喻,构成这首抒情长诗鲜明的艺术特色。如香草、美人分喻贤臣、圣君;鸷鸟、鸠鸟分喻高士、佞人;荃蕙化为萧茅,喻人的蜕化变节……《离骚》的语言文采绚丽,词汇丰赡华美,突破了《诗经》的四言定格,提高了语言的表现力。诗中大量采用方言口语中的语汇及句式,极富楚地韵律风情。

屈原的重要作品,还有《九歌》、《九章》和《天问》等。

王逸《楚辞章句·九歌》曰:"《九歌》者,屈原之所作也。昔楚国南郢之邑,沅、湘之间,其俗信鬼而好祠,必作歌乐鼓舞以乐诸神。"这说明,《九歌》原是流传于江南楚地的民间祭歌,屈原加以改定而保留下来。《九歌》洋溢着楚地民间生活的情调,又鲜明地体现了屈原作品的固有风格。《九歌》虽是祈神、娱神的作品,仍深刻地织进了诗人的生活体验。神人爱恋的悲欢离合故事,凄婉绵长,富于人世间的情趣,拨动着人们的心弦。

《九歌》作品中,有一部分是写人们对于天神的热烈礼赞的,如《东皇太一》、《云中君》、《东君》等,虽也有流连哀婉之辞,但较多的是对自然神的颂扬,如"暾将出兮东方,照吾槛兮扶桑","青云衣兮白霓裳,举长矢兮射天狼"(《东君》)等,诗歌以无限敬仰之情描述了日神普照世界的壮丽气势,还描写了它为人类祛灾降福的神迹。《国殇》以一场异常惨烈的战争过程,描述了将士们奋勇杀敌,以及面对死亡所表现出的凛然气概。全诗节奏紧张,气氛浓烈,化凄凉为悲壮激越。诗云:"带长剑兮挟秦弓,身首离兮心不惩。诚既勇兮又以武,终刚强兮不可凌。身既死兮神以灵,子魂魄兮为鬼雄。"这些诗句不仅是对死者的颂扬,同时也是对生者的激励。

《九歌》中最多最动人的还是对人神情感的摹写,如《少司命》:"悲莫悲兮生别离,乐莫乐兮新相知。"《湘君》和《湘夫人》可以看作是男女配偶神的对歌。"横流涕兮潺湲,隐思君兮陫侧"(《湘君》),"沅有茝兮醴有兰,思公子兮未敢言"(《湘夫人》)。无论是巫还是神,他们都怀有十分真挚的爱情,但是别多聚少的经历又使他们变得很脆弱,所以,在希望和绝望的交织中,爱情表现得如此缠绵哀婉。《山鬼》所描述的则是山中女神的爱情故事:"若有人兮山之阿,被薜荔兮带女罗。既含睇兮又宜笑,子慕予兮善窈窕。"美丽的山鬼披荔带萝,含睇宜笑,只能与赤豹文狸相伴,强烈的孤独感使她的爱情变得凄艳迷离,希望渺茫;"风飒飒兮木萧萧,思公子兮徒离忧",描写一种解不开的愁结,使人寄予深切的同情。《九歌》中所流露出的这种不可抑制的忧愁幽思,显然契合了屈原的心态,所以不妨把《九歌》中所抒发的贞洁自好、哀怨伤感之情绪,看作屈原长期放逐生活之心情的自然流露。

《九歌》除《礼魂》一篇外,都是神话题材作品,充满了浪漫色彩和丰富的想象力。作者善于把周围的景物、环境气氛和人物的思想感情融和起来写,因而构成某种情景交融的意境。《九歌》的语言活泼隽永,自然清丽,优美而富有韵味;句式参差错落,绘景传情,无不精妙。

《九章》是屈原九个散篇的总称,包括《惜诵》、《涉江》、《哀郢》、《抽思》、《怀沙》、《思美人》、《惜往日》、《橘颂》、《悲回风》。其中《思美人》以下四篇,研究者或以为出于伪托,但无法确定。

从《九章》的九篇诗歌内容看,它们不是一时一地所作,而是不同时期各种经历和感受的真实记录。在《九章》中,《橘颂》的内容和风格都比较特殊。作品用拟人化的手法,细致描绘橘树的灿烂夺目的外表,和"深固难徙"的品质,以表现自我优异的才华、高尚的品格,和眷恋故土、热爱祖国的情怀。其他篇章,多为屈原在放逐期间所作。《涉江》是屈原在江南长期放逐中所写的一首纪行诗。诗中叙写作者南渡长江,又溯沅水西上,独处深山的情景。如:"入溆浦余儃佪兮,迷不知吾所如。深林杳以冥冥兮,乃猿狖之所居。山峻高以蔽日兮,下幽晦以多雨。霰雪纷其无垠兮,云霏霏而承宇。"这一段风光描写最为人称道,成为后世山水诗的滥觞。

《哀郢》作于秦将白起攻陷楚都郢以后。屈原在流亡队伍中,目睹了祖国和人民遭受的苦难,思前虑后,百感交集,以极沉痛的心情写下这首诗,哀叹郢都的失陷。诗歌从质问苍天开篇,将读者引入国都残破、人民罹难的悲惨情景中。其中"鸟飞返故乡兮,狐死必首丘"等句,尤为惊警动人。

《怀沙》一般认为是屈原临死前的绝笔。在作出最终的选择以后,诗人一方面再次申述自己志不可改,一方面以更为愤慨的语言指斥楚国政治的昏乱,表现出对俗世庸众的极度蔑视。"邑犬群吠兮,吠所怪也;非俊疑杰兮,固庸态也。"诗最后说道:"知死不可让,愿勿爱兮。明告君子,吾将以为类兮。"诗人希望世人能够从自己的自杀中,看到为人的准则。

《九章》的大部分都反映了屈原流放生活的经历,是研究屈原生平活动的重要材料。这些诗篇善于把纪实、写景与抒情相结合,以华美而富于表现力的语言,写出了复杂的、激烈冲突的内心状态。

《天问》是一篇奇文。它就自然、历史、社会以及有关的神话传说,一口气提出172个问题,可以看成是对客观世界种种奥秘的问难质疑。诗人并不满足当时已经有的解释,而提出严厉的追问,试图找到新的答案。诗中的问难,清楚表明了屈原对客观世界的严肃深远的思索,从中还可以看到他对于传统理念的叛逆精神。《天问》以问赋诗,构思新颖,情绪奔放,体现了屈原在艺术上的创新精神。

屈原以后的"楚辞"作家还有宋玉、唐勒、景差等人,但除了宋玉的《九辩》外,他们的其他作品都没有流传下来。历史上向以屈、宋并称,关于宋玉的生平,记载很少,王逸说他是屈原的弟子。宋玉的《九辩》着力描绘秋天的自然景象,渲染萧瑟凄怆的气氛,创造了一种高远悲凉的意境,抒发了失志感伤的哀怨情怀,有较强的社会意蕴和艺术概括力。语言方面,辞藻秀丽,音韵谐美,韵味深长,诵之令人回肠荡气。

第三节 汉乐府民歌和文人诗

一 乐府与汉代乐府民歌

乐府是掌管音乐的官署。以"乐府"作为这种官方机构的名称,大约始于秦代。汉承秦制,也设有专门的乐府机构。武帝时,乐府机构的规模和职能都大大扩大了,据载西汉末期乐府机关人员多达 829 人。其具体任务包括制定乐谱、训练乐工、搜集民歌及制作歌辞等。朝廷典礼所用的乐章,如西汉前期的《房中乐》和西汉中期的《郊祀歌》等,主要是由文人写作的;在普通场合演唱的歌辞,则主要是从各地搜集来的民歌。后世便以这个乐府官署所采集和保存的歌诗名之为"乐府"或"乐府诗"。因此,"乐府"就逐渐变成专指民间俗乐歌词。

当时乐府采集的民歌,据《汉书·艺文志》所著录的共 138 首,地域几乎遍及全国各地。但是这些乐府民歌流传下来的不多,一般认为现存汉代乐府民歌,大都是东汉乐府机构所采集的。这些作品基本上都收入了宋代郭茂倩所编的《乐府诗集》。现在所能见到的汉乐府民歌,共有四十多篇,大都作于东汉。可以认定是西汉的作品只有《江南》、《薤露》、《蒿里》、《鸡鸣》、《乌生八九子》、《平陵东》、《董逃行》7 首。《江南》可能是传世五言乐府中最早的一首:

  江南可采莲,莲叶何田田!鱼戏莲叶间。鱼戏莲叶东,鱼戏莲叶西,鱼戏莲叶南,鱼戏莲叶北。

这首小小的采莲曲,质朴、生动、别致,民歌风味极浓。

二 汉乐府的思想与艺术

《汉书·艺文志》在叙述西汉乐府歌诗时写道:"自孝武立乐府而采歌谣,于是有代、赵之讴,秦、楚之风。皆感于哀乐,缘事而发。"汉乐府民歌最鲜明的特点就是具有浓厚的生活气息,表现了激烈而直露的感情,尤其是具体而深入地反映了社会下层民众日常生活的艰难与痛苦。"相和歌辞"中的《东门行》、《妇病行》《孤儿行》表现的都是平民百姓的疾苦,是来自社会最底层的呻吟呼号。有的是妇病连年累岁,垂危之际把孩子托付给丈夫;病妇死后,丈夫不得不沿街乞讨,遗孤在家里呼喊着母亲痛哭。(《妇病行》)有的写孤儿受到兄嫂虐待,尝尽人间辛酸。(《孤儿行》)这些作品用白描的笔法揭示平民百姓经济上的贫穷,劳作的艰难,并且还通过人物的对话、行动、内心独白,表现他们心灵的痛苦,感情上遭受的煎熬。《东门行》写了一个城市贫民为贫困所迫走向绝路的场面:

  出东门,不顾归。来入门,怅欲悲。盎中无斗米储,还视架上无悬衣。拔剑东门去,舍中儿母牵衣啼。"他家但愿富贵,贱妾与君共铺糜。上用仓浪天故,下当用此黄口儿!""今非,咄!行!吾去为迟。白发时下难久居!"

《鸡鸣》、《相逢行》、《长安有狭斜行》三诗,把人带进另一个天地。这三首诗基本内容相同,都是以富贵之家为表现对象。《相逢行》点出了主人公的富有和尊贵:"兄弟两三人,中子为侍郎。"这是一个既富且贵的家庭,而且富贵程度非同寻常。黄金为门,白玉为堂。《鸡鸣》和《长安有狭斜行》把表现对象的显赫地位渲染得更加充分,或云:"兄弟四五人,皆为侍中郎。"或云:"大子二千石,中子孝廉郎。小子无官职,衣冠仕洛阳。"《相逢行》和《长安有狭斜行》二诗,作者是用欣赏的笔调渲染富贵之家,《鸡鸣》一诗则警告豪门荡子不要胡作非为,以免触犯刑律,带有劝谏和批判的成分。上述三诗对富贵之家气象的展现,对中国古代文学创作具有示范性。表现平民疾苦和反映富贵之家奢华的乐府诗同被收录在相和歌辞中,这就形成对比鲜明、反差极大的两幅画面。

  爱情婚姻题材作品在两汉乐府诗中占有较大比重,这些诗篇多是来自民间,或是出自下层文人之手,因此,在表达婚恋方面的爱与恨时,都显得大胆泼辣,毫不掩饰。"鼓吹曲辞"收录的《上邪》系铙歌18篇之一,是女子自誓之词:

> 上邪！我欲与君相知,长命无绝衰。山无陵,江水为竭,冬雷震震夏雨雪,天地合,乃敢与君绝。

对于背叛爱情的人,《有所思》又是毫无留恋,果断地愤怒地表示决裂:

> 有所思,乃在大海南。何用问遗君?双珠玳瑁簪,用玉绍缭之。闻君有他心,拉杂摧烧之。摧烧之,当风扬其灰。从今以往,勿复相思,相思与君绝!

汉乐府民歌在语言形式方面,使用了杂言体和五言体这种新的诗型,并逐步向五言的齐言方向发展。在篇幅方面,也由过去短小的歌诗,逐步演变成内容丰富、情节完整的长篇诗作。

汉乐府民歌奠定了中国古代叙事诗的基础。中国诗歌一开始,抒情诗就占有压倒的优势。《诗经》中仅有少数几篇不成熟的叙事作品,楚辞也以抒情为主。汉乐府民歌中约有三分之一为叙事性的作品,虽不足以改变抒情诗占主流的局面,但却能够宣告叙事诗的正式成立。尤其作为汉乐府民歌艺术性杰出代表的,正是两首叙事诗:《陌上桑》和《孔雀东南飞》。

《陌上桑》是一篇喜剧性的叙事诗。它写一个名叫秦罗敷的美女在城南隅采桑,人们见了她都爱慕不已,正逢一个"使君"经过,问罗敷愿否跟他同去,罗敷断然拒绝,并将自己的丈夫夸耀了一通。《陌上桑》中写秦罗敷的漂亮非同一般:

> 行者见罗敷,下担捋髭须。少年见罗敷,脱帽著帩头。耕者忘其犁,锄者忘其锄。来归相怨怒,但坐观罗敷。使君从南来,五马立踟蹰……使君谢罗敷:"宁可共载否?"……

对罗敷的美丽,作者没有直接加以表现,而是通过描写人们见了罗敷以后的种种失态来间接表现的,这和古希腊史诗《伊利亚特》通过描写那些特洛伊长老们见了海伦以后的惊奇与低语来表现海伦的绝世之美的手法有异曲同工之妙。这首诗以浪漫性的描写开始,既满足一般人喜爱美丽女子和浪漫故事的心理,又能顺应社会的正统道德观,而且避免了枯燥无趣的道德说教,最后以诙谐性的喜剧结束,所以得到人们普遍的欣赏。

《孔雀东南飞》原名《古诗为焦仲卿妻作》,最早见于南朝徐陵所编的《玉台新咏》。全诗长达353句,1765字,是中国历代诗歌中罕见的长篇叙事诗。它作于汉末建安中,由长期口头流传到最后写定,虽然杂有文人润色的痕迹,但民歌的风味依然浓郁。

《孔雀东南飞》写一个封建社会中常见的家庭悲剧。男主人公焦仲卿是庐江府小吏,与其妻刘兰芝感情甚笃。但婆婆却不喜欢儿媳,焦仲卿又常因公不在家,婆媳矛盾颇为激烈。刘兰芝向丈夫诉苦,焦仲卿去劝说母亲,却反被母亲骂了一通,并逼他休妻再娶。焦仲卿依违于母亲与妻子之间,不免进退维谷,于是他劝刘兰芝回娘家住一段时间。刘兰芝含泪而别,回到娘家。过了一段日子,县令和太守相继遣媒为子求婚,刘兰芝的哥哥逼迫她答应,刘兰芝走投无路,决心一死。婚期前一天,刘兰芝与闻讯赶来的焦仲卿抱头痛哭,约定"黄泉下相见"。在太守家迎亲之夕,刘兰芝与焦仲卿双双自杀,死后合葬在一起。

作者通过刘兰芝的自我诉述,揭露了封建专制势力和家长制的残酷无情:

  十七为君妇,心中常苦悲。君既为府吏,守节情不移。贱妾留空房,相见常日稀。鸡鸣入机织,夜夜不得息。三日断五匹,大人故嫌迟。非为织作迟,君家妇难为。

焦仲卿对爱情忠贞专一,虽然以死殉情之前有"徘徊庭树下"的犹豫不决的心理活动,最后还是"自挂东南枝",以死对封建势力表示了坚决的抗争。这首诗强烈的反封建内容和优美的艺术形式,千百年来一直震撼着读者的心灵。

三　文人五言诗与《古诗十九首》

汉代文学的主流是文人创作的辞赋,乐府民歌作为来自社会底层的歌唱,以其强大的生命力逐渐影响了文人的创作,促进了诗歌的蓬勃兴起。两汉乐府诗歌在中国文学史上,有着广泛深远的影响和极其重要的地位。在内容方面,"缘事而发"的乐府民歌继承和延续了《诗经》中的现实主义精神,并深刻影响了后世的诗歌创作。在艺术手法方面,汉乐府民歌善用白描和生动的问答形式,使叙事、抒情真切生动。由于乐府民歌的长期影响与时代、生活的需要,到了东汉中后期,文人创作的诗歌开始出现初步兴盛的局面,尤其是五言诗,以《古诗十九首》为代表,已经达到相当高的水平。

五言诗的兴起,归根结底是日益丰富的社会生活的需要。钟嵘在《诗品序》中指出:四言诗"每苦文繁而意少,故世罕习焉。五言居文词之要,是众作之有滋味者也"。还指出五言诗"指事造型,穷情写物,最为详切"。

文人五言诗之作,应以李延年的"北方有佳人"为首。此后则有班固的《咏史》、张衡的《同声歌》、秦嘉的《赠妇诗》、郦炎的《见志诗》、赵壹的《刺事疾邪赋》篇末的二诗、蔡邕的《翠鸟诗》。其中张衡作为东汉中期最杰出的诗人,还写作了中国诗歌史上现存第一首独立的完整的七言诗——《四愁诗》。而文人五言诗成熟的代表作则属东汉后期的《古诗十九首》。

《古诗十九首》之名,最早见于梁代萧统编的《文选》。《古诗十九首》不是一时一地所作,它的作者也不是一人,而是多人,但都没有留下作者的姓名。这些作品的内容、风格颇为相近,大体产生于东汉献帝之前数十年间,作者大约是汉末的一些中下层知识分子。

《古诗十九首》除了游子之歌,便是思妇之词,抒发游子的羁旅情怀和思妇闺愁是它的基本内容。二者相互补充,围绕着同一个主题,是一个问题的两个方面。《古诗十九首》所表现的游子思妇各种复杂的思想情感,在中国古代具有普遍性和典型意义,千百年来引起读者的广泛共鸣。

《古诗十九首》的作者绝大多数是漂泊在外的失意士子,他们身在他乡,胸怀故土,心系家园,每个人都有无法消释的思乡情结。"还顾望旧乡,长路漫浩浩。同心而离居,忧伤以终老。"(《涉江采芙蓉》)"客行虽云乐,不如早旋归。"(《明月何皎皎》)与《诗经》中游子思念父母双亲的作品不同的是,《古诗十九首》思乡焦点完全集中在妻子身上。

《古诗十九首》的作者多数是宦游子弟,他们之所以离家在外,为的是能够建功立业,步入仕途。《今日良宵会》写道:"何不策高足,先据要路津。无为守贫贱,轗轲常苦辛。"《回车驾言迈》亦称:"盛衰各有时,立身苦不早。"作为仕途上的失败者,他们要在其他方面寻找慰藉,用以保持心态的平衡。《驱车上东门》写道:"服食求神仙,多为药所误。不如饮美酒,被服纨与素。"话语虽达观,深层的悲哀仍然可以感受到。

《古诗十九首》所展示的思妇心态也是复杂多样的。和游子相比,思妇显得更加孤独。盼望游子早归固然是共同的心声,然而,盼归而不归,思妇的反应却大不相同。有的非常珍视婚姻,对游子远方捎回书信,她会置之怀中,"三岁字不灭"(《孟冬寒气至》);有的觉察到"游子不顾返"的苗头,只好宽慰自己"努力加餐饭"(《行行重行行》);也有的思妇在春光明媚的季节经受不住寂寞,发出"空床难独守"的感叹(《青青河畔草》)。

《古诗十九首》中还有抒发怀才不遇的慨叹以及男女的爱慕之情的篇章,如《西北有高楼》、《迢迢牵牛星》等。

《古诗十九首》是古代抒情诗的典范,它长于抒情,却不径直言之,而是委曲婉转,反复低回。它们透彻地揭示出许多人生哲理,如敏锐的节序感,微妙的空间感,生命意识与个体意识,永恒与有限,快乐与忧愁,仕途荣辱与世态炎凉,等等。《古诗十九首》对人生真谛的领悟使这些诗篇具有深邃的意蕴,诗意盎然而又不乏思辨色彩。

《古诗十九首》的艺术成就,一是把叙事、写景、抒情统一在一起,达到了水乳交融的境地;二是不假雕琢的语言,既浅近生动,又十分凝练;三是以生活中的典型细节,表现人物的思想感情。钟嵘在《诗品》中对《古诗十九首》的评价是:"文温以丽,意悲而远,惊心动魄,可谓几乎一字千金。"

作为汉代五言诗的代表性作品,《古诗十九首》一方面继承和发展了《诗经》、汉乐府民歌的体制和反映现实的精神,另一方面又开了建安魏晋五言诗的风气,对后代诗歌产生了深刻的影响。在曹丕、曹植、陆机等重要诗人的作品中,我们都可以看到模拟《古诗十九首》的痕迹;在以后漫长的历史时期,也仍然不断有人从《古诗十九首》中汲取营养,乃至有人称"古诗"为"风余"和"诗母"(明陆时雍《古诗镜》总论)。

思考与练习

1. 请你谈谈《诗经》的艺术特色以及《诗经》对后代文学的影响。

2. 为什么说《离骚》是一首伟大的爱国诗篇？为什么说它艺术上具有极高的造诣和独特的风格？

3. 请你说说"乐府"一词的历史沿革以及汉乐府民歌的特点。

第二章　魏晋诗

魏晋是一个文学自觉的时代。自《诗》、《骚》开源的中国古代文学，在这一时期取得了长足的发展。

首先是文学观念的推进。诗歌不仅用于言志，也可以悦耳，可以娱心，"诗缘情而绮靡"（陆机《文赋》）。对于《诗序》的"在心为志，发言为诗"，它突出强调了"绮靡"；对于扬雄的"诗人之赋丽以则，辞人之赋丽以淫"（《法言·吾子》），对于曹丕的"诗赋欲丽"（《典论·论文》），它在"丽辞"之上，更出以"情感"。这是一种升华，更是一种超越。

其次是文人五言诗的兴盛。五言诗孕育于乐府古诗。建安诗坛，五言腾涌，经由正始，"上二下三"的句式，一韵到底的押韵，重寄托、尚词采的立意，摈弃叙事讲唱的民歌模式，而代之以抒情言志的文人技巧，作为诗体意义上的五言诗，最终得以定型。从正始文人开始，五言诗已完全摆脱对乐府的音乐性的依附，而成为纯粹的案头文学。在命题上，它不再是旧瓶装新酒；在命意上，也不再是依样画葫芦，而是即事名篇，自出机杼。它不再是模拟的，而是原创的；不再是授之于口耳的声歌，而是授之于视觉与心思的案头诗。继之而起的太康诗人，三张两潘、二陆一左，清英绮靡，勃尔复兴。他们专注于五言，沉浸于词采，从而使五言诗完全取代了四言诗的诗坛盟主地位。

第三是题材的拓展与诗型的大增。魏晋诗人在诗歌题材上作出了不懈的努力，举凡君臣宴会、亲朋聚集、咏史感怀，以至行旅与游览、祖饯与赠答、招隐与游仙、祭吊与哀挽、修禊与归田等等，一一纳入吟咏范围，从而创造了公宴、雅集、咏怀、咏史、军戎、祖饯、招隐、游仙、哀挽、悼亡、修禊与归田诸多诗歌类型。

第四是范式的确立。这一时期的诗歌创作,在内容取向之外,还贡献了诗性意义上的风格范例。如征夫、思妇的意象,明月、清风的词汇,言此意彼的话头,大体对仗的句法,包括"梗概多气"、"情兼雅怨"、"师心使气"、"缘情绮靡"、"赏意忘言"等抒情方式,都成为后世诗人取法的榜样。

第一节　建安风骨与正始之音

一　建安风骨

建安(196—220)是汉献帝年号,正始(240—249)是魏少帝曹芳的年号。文学史上的"建安风骨"与"正始之音",指的是汉魏与魏晋两次易代之际所产生的两种不同诗风。简单地说,建安诗风慷慨而偏于激昂,正始诗风则慷慨而偏于严峻。

东汉末年,诸侯纷争,战乱四起,民不聊生。曹操迎汉献帝迁都许昌,挟天子以令诸侯。数年之间,辗转流离的南北文人纷纷投奔在曹氏门下。

曹操(155—220),字孟德,沛国谯郡(今安徽亳县)人。一生雅好文学,戎马倥偬之际,与随从横槊赋诗。其诗作,人称如幽燕老将,气韵沉雄。现存曹操诗歌,纯是乐府,多借乐府旧题,感慨时事。如《薤露行》("惟汉二十世")与《蒿里行》("关东有义士"),用民间挽歌旧曲,述天下战乱,悲生民涂炭,堪称实录与诗史;又如征伐途中所作《苦寒行》("北上太行山"),慷慨悲凉,古直深沉。

曹操的四言诗也不同凡响。他一方面继承了《诗经》与汉乐府的回环往复、重章叠句的歌谣传统,另一方面又能突破文人四言诗的篇章局促、句式板滞的旧习。他的《短歌行》"对酒当歌",诗句婉转流利,而又寄托高远;《步出夏门行》"东临碣石",大气磅礴,神采飞扬。总之,曹操的这些创作,吐露个人心声,抒发英雄怀抱,通侻激荡,不假修饰,对当时诗坛产生了很大的影响。

王粲(177—217),字仲宣,山阳高平(今山东邹县)人。避难南下,流寓荆州十余年,郁郁不得志。建安中依附曹操,官至侍中,后卒于军。钟嵘《诗品》将其列入上品,称其"善发愀怆之词"。萧统《文选》选录其《七哀诗》二首,第一首纯用乐府体,叙述逃亡途中的所见所闻,其中"出门无所见,白骨蔽平原。路有饥妇人,抱子弃草间"等句,尤为警绝,令人不忍卒读;第二首极写羁旅愁苦,从日暮独立大江,借孤舟落日、狐狸飞鸟、寒风白露种种凄冷景象,来倾诉国破家亡、有家难归的满腔痛苦,展示出建安诗人在诗歌审美表现上的开拓和创造。归附曹操之后的诗作,则以《从军诗》为代表。《文选》所选五篇,一反愁苦之色,洋溢着拯济苍生、建功立业的豪迈之气,反映出邺下文人集团奋发有为的精神风貌。

曹植(192—232),字子建,曹操之子,曹丕之弟,初封平原王,后封东阿王、陈王,谥曰"思",后世称为"陈思王"。曹操在世时,曹植基本上过着公子哥儿的贵游生活,与王粲、陈琳等著名文人游宴征逐、吟咏酬唱,这是他尽兴创作、开发诗艺的黄金时期。曹丕登基后,曹植俯首称臣,忧谗畏讥,在远离京城的封地郁郁而终,而所谓"清兼雅怨,体被文质"(钟嵘《诗品》)的佳作,也大体集中在这一时期。

与同时代的其他诗人一样,曹植最初也模拟创作了许多乐府旧题诗。通过这种拟创,从立意遣词到谋篇布局,建安文人始则吸收、进而积累最终创造了可贵经验和遗产。试看《美女篇》,无论是叙述为体的篇章结构,还是写景状貌的遣词造句,以及比喻、夸张等修辞手法的运用,无不显示出模拟汉乐府《陌上桑》的痕迹。但是,叙事讲唱的成分已有所减少,写景抒情的比例更有所增加,书面语言的色彩尤为突出。

拟题乐府之外,曹植还创作了许多新题五言诗。在这些诗篇中,已经开始出现着意对仗的诗句,如"良田无晚岁,高泽多丰年"(《赠徐幹》),"凝霜依玉除,清风飘飞阁"(《赠丁仪》),"从军度函谷,驱马过西京"(《赠丁仪王粲》),等等。这种整齐的对句,在诗人的酬唱赠答中频频出现,显示出他对诗句的形式美的自觉欣赏与追求。

前期的艺术积累,加上后期的生活遭遇,使得曹植有幸成为建安诗坛的代表人物。"愤而成篇"的《赠白马王彪》,七首之中,一连六处,首尾顶针,一腔激愤,倾泻而出。除此之外,霖雨与流潦,高冈与长坂,豺狼与苍蝇,寒蝉与落日,归鸟与孤兽,孤魂与灵柩,触目所见,纷然杂陈,令人感受到一种弥漫的压力。而"丈夫志四海,万里犹比邻。恩爱苟不亏,在远分日亲"等句,又透露出一股倔强之色,体现出建安文人特有的慷慨之气。后世称这一时期的诗风为"建安风骨",风者气也,骨者辞也。

二 正始之音

汉魏国统承继,大体属于战乱年代的除旧布新,是从动乱走向稳定,是人心思定,大势所趋,所以建安诗人基本上是归附曹魏政权的,诗风是积极向上的;可是,从魏到晋的改朝换代,却是和平年代里的阴谋篡夺与血腥谋杀,"司马昭之心,路人皆知"。魏末二十年,简直就成了司马氏祖孙三代有预谋、有步骤的篡国夺权史。国运将移之际,一切都是政治的,一切都是敏感的,一切都是残酷的。这一切,对于士人的思想行为,无不产生极为深刻的影响。在这种政治迫害的恐怖之中,正始诗人自然对现行政权持有难以化解的敌对情绪和疏远立场,其代表人物就是阮籍与嵇康。

阮籍(210—263),字嗣宗,陈留尉氏(今河南尉氏)人,其父阮瑀,列名建安七子,与曹氏父子甚有交情。生当建安文人之后,阮籍早年也曾怀有建功立业的志向,但是,身处魏晋之际,目睹司马氏父子的种种篡逆行径,哀愤两集而又无力改变,而玄学的兴盛又为士人提供了高韬远引、明哲保身的精神庇护。于是,他与嵇康、刘伶等七人酣饮邀游,佯狂避世,这便使他创作出了歌哭无端、玄隐难测的《咏怀诗八十二首》。

《咏怀诗八十二首》历来为人所重。颜延之曾说:"嗣卒身仕乱朝,常恐罹谤遇祸,因兹发咏,故每有忧生之嗟。虽志在刺讥,而文多隐避,百代之下,难以情测。"(《文选》李善注引)也就是说,它大体是以"忧生之嗟"、"志在刺讥"为创作主旨,而以"文多隐避"为创作手法的。如第三首,开篇是"嘉树下成蹊,东园桃与李。秋风吹飞藿,零落从此始",其末则转入"一身不自保,何况恋妻子。凝霜被野草,岁暮亦云已"。反复凌乱,而又兴寄无端,但作者内心的痛苦与绝望,却昭然若揭。此外,如"走兽交横驰,飞鸟相随翔"(第17首)、"杨朱泣歧路,墨子悲染丝"(第21首)、"蟋蟀在户牖,蟪蛄号中庭"(第24首)、"终身履薄冰,谁知我心焦"(第33首)、"青云蔽前庭,素琴悽我心"(第47首)、"出门望佳人,佳人岂在兹"(第80首),等等,或迂回比喻,或影射象征,偶尔又放言无忌,直抒胸臆。尤其值得注意的是,《咏怀诗八十二首》之中,几乎篇篇都有疑问词、否定句与反诘语气,"不"、"不能"、"不再"、"安在"、"安可"、"何足"、"何时"、"何必"、"谁知"、"谁言"、"谁能"、"岂可"、"岂若"、"焉得"、"焉敢"……几乎比比皆是,淋漓尽致地反映了作者的焦虑、彷徨、倔强、愤慨与绝望。

　　嵇康(223—262),字叔夜,谯郡铚(今安徽宿县)人。他为人正直、任性而又高傲,长于诗文、声乐与玄学,又是曹魏的宗室姻亲,授职中散大夫,因而在士人中享有很高的威望。易代之际,顺昌逆亡,嵇康龙性难驯,他对司马氏政权的毫不掩饰的不合作态度,终于招致杀身之祸。

　　嵇康长于四言诗的创作,他的《赠秀才入军诗》,现存18章,"鸳鸯于飞,肃肃其羽"、"寤言永思,寔钟所亲。所亲安在,舍我远迈"即化用多用《诗经》的成句与句式;"俯仰慷慨,优游容与",乃纯用双声叠韵来构词构句;而"交颈振翼,容与清流;咀嚼兰蕙,俯仰优游",则是篇章的循环往复与词句的抑扬顿挫相映成趣。除此之外,诗中还饶有新的句型和新的意象,如"风驰电逝,蹑景追飞"、"仰落惊鸿,俯引渊鱼"、"目送归鸿,手挥五弦",体现出作者对语言艺术的熟练运用。

　　嵇康诗作的总体特征,钟嵘谓之"过为峻切,讦直露才"(《诗品》)。在此可举《幽愤诗》为例:诗中"不训不师"、"抗心希古"、"托好老庄"、"养素全真"的直陈胸臆,"嗟我愤叹,曾莫能俦。事与愿违,遘兹淹留。穷达有命,亦又何求……予独何为,有志不就。惩难思复,心焉内疚"的横发议论,确实属于"师心使气"的代表之作。

　　论及正始诗坛,刘勰曾经概括为"嵇志清峻,阮旨遥深"(《文心雕龙·明诗》)。简言之,不同的政治态度,决定了不同的创作心态。以嵇、阮为代表的正始诗人,大多属于曹魏旧党,或为宗室姻亲,或为故人子弟,而在司马懿强权政治的压迫下,他们的创作,有意志,有幽思,有哀声。嵇阮之作,突出表现了易代之际那种风雨如磐的紧张感、黑云压城的危机感和坚守操行、顽强抗争的人格魅力。

第二节　太康体与玄言诗

一　缘情绮靡的太康诗风

太康是西晋(265—316)开国皇帝武帝司马炎的年号(280—289),这是西晋重要作家的主要创作时期,因此,人们习惯于用"太康体"来代表西晋诗风。

"晋世群才,稍入轻绮。张(华)、潘(岳)、左(思)、陆(机),比肩诗衢,采缛于正始,力柔于建安,或析文以为妙,或流靡以自妍,此其大略也。"(刘勰《文心雕龙·明诗》)沈约亦称之为"缛旨星稠,繁文绮合"(《宋书·谢灵运传论》)。由此可见,西晋诗风的基本特征,就是"绮靡"。张(华)、潘(岳)、左(思)、陆(机),即其代表。

张华(232—300),字茂先,范阳(今河北涿州)人。魏晋易代之际,张华即已归附司马氏,历任中书令、侍中、司空等要职,在"八王之乱"中被害。

张华是太康体的开创者。他的诗作,"其体华艳",究其原因,在于"巧用文字,务为妍冶",人称"儿女情多"(钟嵘《诗品》"张华"条)。张华作有《情诗》一组。以"情"命题,大概是建安诗人首创,但还没有摆脱模拟乐府、泛泛而言的旧套,而张华此诗,却颇多寄托,今读其"居欢惜夜促,在戚怨宵长"、"不曾远别离,安知慕俦侣"等句,确实能让人强烈感受到那种刻骨相思的真情实感。

除了诗作内容的风云气少儿女情多,在艺术形式上,张华还刻意炼字,甚至不惜自造新词来追求表达效果。如"末世多轻薄,骄代好浮华"(《轻薄篇》),"末世"是现存的,但"骄代"就恐怕是生造的了。又如"纤条被绿"对"翠华含英"、"朱幕云覆"对"羽觞波腾"(《太康六年三月三日后园会诗》),俱见匠心独运,着意求工。最典型的是《上巳篇》,竟是通篇用对:"和气"对"昊春","时月"对"良辰",简直不胜枚举。至于"临川"与"夹水","新乐"对"时珍","妙舞"对"悲歌","凤翼"对"龙鳞",显然是为对而对,临时组字成词,组词成句,对句成篇。如此一来,整个词句显得既整饬,又妍丽。

张华"巧用文字,务为妍冶"的第二个途径,是有意识地运用双声叠韵联绵词。即如《轻薄篇》,"玳瑁"、"莫邪"、"络绎"、"嵯峨"、"咨嗟"、"喧哗"、"堕落"、"冠冕"、"留连"、"蹉跎"、"滂沱"、"切磋",等等,平均四句即出现一次。此外,他还有意识地将这一修辞手法运用于对句之中,如"慷慨成素霓,啸吒志清风"(《壮士篇》),"倏忽似回飚,络绎若浮烟"(《游猎篇》),"徘徊存往古,慷慨慕先真"(《上巳诗》)。在此之前,阮籍《咏怀》已经开始有意识地使用这一修辞手法,如"徘徊空堂上,忉怛莫我知"(第八首),但是不如张华这样明显与集中。张华的卓异之处,是继承之上又加以创新,将前人对形式美的追求与技巧的积累发扬光大,继往开来。

潘岳(247—300),字安仁,荥阳(今属河南)人。一生追随权贵,曾列名"鲁公二十四友",在"八王之乱"中被杀。

潘岳现存作品,皆以才情见长。或侧重于才,或倾注于情。前者类多"轻敏"、"敏给",后者则可称"清绮绝世"、"哀感动人"。

相对而言,潘岳作品中倾注于情,尤其是悼亡伤逝的那部分也确实更具感染力。《悼亡诗》,如"望庐思其人,入室想所历。帏屏无仿佛,翰墨有余迹。流芳未及歇,遗挂犹在壁"(第一首),"凛凛凉风升,始觉夏衾单。岂曰无重纩,谁与同岁寒?岁寒无与同,朗月何胧胧。展转盻枕席,长簟竟床空。床空委清尘,室虚来悲风"(《悼亡诗》第二首),"徘徊墟墓间,欲去复不忍。徘徊不忍去,徙倚步踟蹰。落叶委埏侧,枯荄带坟隅。孤魂独茕茕,安知灵与无"(第三首),无不凄婉欲绝,催人泪下。自古悼亡,未有写得如此凄凉缠绵者。

真实而曲折地反映了他的躁进心态的,则是那些郁积于心、有感而发的抒发个人情怀的篇章。《河阳县作》,外冷内热。"微身轻蝉翼",开口便是寒酸腔,接着便絮絮叨叨列举出仕以来的恩遇,这是一层反复;"长啸归东山"似甚高洁,但"卑高"、"升降"、"飘蓬"、"倦游"等句又满含觊望;"谁谓邑宰轻"、"岂敢陋微官",脱口流露的正是对官职轻微的耿耿于怀,"谁谓",自谓也,"岂敢",岂不也。《河阳前庭安石榴赋》不正是浩叹"位莫微于宰邑,馆莫陋于河阳"吗?《在怀县作》,起首都是写景:"凉风自远集,轻襟随风吹","稻栽肃芊芊,黍苗何离离"。田园风光正美,忽然大发牢骚:"虚薄乏时用,位微名日卑。驱役宰两邑,政绩竟无施。自我违京辇,四载迄于斯。器非廊庙姿,屡出固其宜。徒怀越鸟志,眷念想南枝。"他念念不忘的是"宠辱"、"郊甸"、"朝寺",是"社稷"与"职司"。清人陈祚明评曰:"安仁作令诸诗,无非热中之感,抑扬尽态。"(《采菽堂古诗选》)可谓一针见血。

陆机(261—303),字士衡,吴郡华亭(今上海松江)人,父祖皆为吴国将相。吴亡,应征入洛,官至平原内史、河北大都督,在"八王之乱"中被杀。

张华叹陆机之才"乃患太多",钟嵘则形象地比喻为"陆才如海"。这似乎可以追索到他在吴亡之后面壁十年的勤学苦读。既有才气如海的资质,又有逞才使气的意愿,陆机就这样走上了西晋文坛。

《文选》收录陆机诗赋44篇累计近200首,为全编入选诗人之最,这充分表明了南朝文家对"陆才如海"的高度欣赏。被选入的作品中,接近一半是乐府体。其作年虽不可确切考,但大体应当是吴亡居家、闭门苦读以后之作。《拟古诗》12首,因为是脱离曲调,所以它只能在文本上刻意竞争,变口头语言为文学语言,紧扣题意表情达义,变比兴寄意为直抒胸臆,而且追求字词的艳丽、词组的构造与句型的整饬。又如《猛虎行》,通篇体现出对建功立业的渴望、功名不遂的焦灼,但他留给读者的,则是句型的错落有致、章法的回旋往复。《长歌行》亦同一主题,但以"逝矣经天日,悲哉带地川"劈空而来,继以"寸阴无停晷,尺波岂徒旋。年往迅劲矢,时来亮急弦"等句,议论比喻,交叉推进,岁时之俯仰倏忽,志士之慷慨激昂,便历历如绘,宛在目前。又如《从军行》、《苦寒行》,不管它是否陆机从军之作,但"奋臂攀乔木,振迹涉流沙"、"凝冰结重涧,积雪被长峦"已经强烈地传达出了从军之苦;《悲哉行》也是精心创作了新的句法:"游客芳春林",省略动词,而有动作意味;"春芳伤客心",把"芳春"倒转为"春芳",亦见诗人用心;"和风飞清响","飞"字新鲜而贴切;"目感"、"耳悲",全新的构词法,令人耳目一新。《壮哉行》更是不断变换组词法与造句法,几乎每二句即换出一种句型。这是句法的积累,也是范型的创造,更是手眼的展示,心法的示范。通篇皆体现出作者对自我才情的高度赏识和自觉运用。陆机曾在《文赋》中明确提出"诗缘情而绮靡",从他的创作实践来看,他确实是"缘情绮靡"的突出代表。

左思,字太冲,齐国临淄(今山东淄博)人,因其妹入宫,移居京城洛阳。后来也加盟"鲁公二十四友"。他以《三都赋》与《咏史诗》而著称于世。

左思《咏史》八首,具有三大特点:感慨万端、身世寄托与组诗呈现。这体现出他在体制上的继承与开拓。现存文人咏史之作,以班固为先。其后曹操的《短歌行》"周西伯昌",《善哉行》"古公亶甫",曹丕的《怨歌行》"为君既不易",王粲、阮瑀的《咏史》,曹植的《三良》以及《豫章行》"穷达难豫图"、"鸳鸯自朋亲"等,也多是一味感叹,并无个人身世寄托,因此,从题目、源流上讲,左思的《咏史》,可能综合吸收了汉魏以来的乐府歌辞与五言诗篇。他的突破,是变泛泛而吟为感激而咏,变单纯咏叹为多重寄托,而且出以组诗形式。这样,名为咏史,实为咏怀,如"英雄有迍邅,由来自古昔。何世无奇才,遗之在草泽"(第七首),借古伤今,有人有我,抑扬顿挫,使人一唱三叹。

左思诗风,钟嵘谓是"文典以怨,颇为精切,得讽谕之致"(《诗品》"上品"左思条)。其实,《咏史诗》的使气骂座、淋漓尽致,并不符合西晋诗风。真正谐和当时"结藻清英,流韵绮靡"诗风的作品,可能要数《杂诗》、《招隐诗》与《娇女诗》、《悼离赠妹诗》。从气象上看,《杂诗》还有几分接近《咏史》,但其意象却大不一样。它以感物写景为重点,秋风白露,明月晨雁,日月不居,冉忽岁暮,然而高志未遂,空堂独处,所以慷慨伤心。但是作为诗歌的艺术感染力,还是来自前八句的细腻与蕴藉。"非必丝与竹,山水有清音","惠连非吾屈,首阳非吾仁",这才是为当时看好的上乘之作。至于《悼离赠妹诗》,完全是将朋辈赠诗套路用于兄妹之间的悼离赠别,夸其才情,伤其乖离,但其句式却也颇见用心。如"飞翰云浮,摛藻星布。光曜邦族,名驰时路","至情至念,惟父惟兄",这样绵密的构词构句,体现出相当熟练的行文水平。左思自称是"何以抒怀,告情翰墨",从其诗作来看,他不愧为"二十四友"中人,也是"缘情而绮靡"的。

二 赏意忘言的玄言诗

玄言诗是学术界对兴盛于西晋末年、泛滥于东晋一代的玄理诗作的现代概括。整整一个世纪,诗人们乐此不疲,趋之若鹜。它堪称东晋的"一代之文学"。可是,在诗学批评史上,这个朝代及其诗人,这个诗体及其诗风,一直受到尖锐的指斥。如钟嵘即在《诗品》中一再指出:"永嘉时,贵黄老,稍尚虚谈,于时篇什,理过其辞,淡乎寡味。""永嘉以来,清虚在俗。王武子(济)辈诗,贵道家之言。"并且明确称之为"中原平淡之体";而东晋诸人诗作,则"弥善恬淡之词","皆平典似《道德论》"。此外,刘勰、沈约也各有辛辣讥刺。

玄言诗为什么受宠于当代而见嗤于后世?永嘉诸人诗作散佚殆尽,在此,让我们结合王羲之等人的兰亭诗来做个简单分析。永和九年的兰亭之游,可以看作典型的"玄对山水"。从王羲之亲笔书写的《兰亭集序》看来,"此地有崇山峻岭,茂林修竹,又有清流激湍,映带左右","是日也,天朗气清,惠风和畅",好一番良辰美景,赏心乐事。可是,面对如此好山好水,王羲之的六首《兰亭诗》又到底写了些什么呢?除了唯一一处写景句"仰望碧天际,俯磐绿水滨"之后,其余全是不厌其烦的"推理"。如果没有《兰亭诗》这个标题,我们不禁要问:这是暮春三月的会稽山阴之兰亭吗?这是"千岩竞秀,万壑争流,草木蒙笼其上,若云兴霞蔚"(《世说新语·言语》第88条顾恺之语)的会稽山川吗?这是"山川自相映发,使人应接不暇"(《世说新语·言语》第91条王献之语)的山阴道上吗?作者究竟是在游山玩水,还是在谈道析理?或者说,他究竟是想摛藻抒情,还是想布道说法?四十一首《兰亭诗》,究其主旨与章法,却与王羲之诗如出一辙,而且,在这些诗作中,即便是涉及山水物色,它们也基本都是虚幻缥缈的,缺少鲜活与灵动。可以说,他们的兰亭之游,不是具体可感的"目游",而是抽象难测的"神游"。在这种"神游"中,他们自得其乐地完成了一次精神的洗礼。既然如此"玄对山水",他们就不能不把注意力从具体的山川物态转移到抽象的哲学思考上。生动鲜活的"形",既然是屈就于玄冥莫测的"神",随之而来的,就是斐然可观的"文",让位于生涩无味的"理"。"玄对山水"的创作机制,加上"赏意忘言"的审美追求,不可避免地导致了玄言诗的重"理"轻"文"。

第三节 陶渊明

一 陶渊明体

陶渊明(365？—427),字元亮(一说名潜,字渊明),浔阳柴桑(今江西九江)人。一生有过几次短暂的出仕经历,后在彭泽县令任内,因不愿为五斗米折腰迎送来往小吏,遂挂冠而去,在任仅八十余日。此后即亲身参加田园劳动,直至贫病而终。

陶渊明的诗,在晋宋之际的诗坛独具标格,当时就有晚辈诗人效仿模拟,且称之为"陶彭泽体"。其后钟嵘将之列入"中品",许为"古今隐逸诗人之宗",称其诗"文体省净,殆无长语。笃意真古,辞兴婉惬","风华清靡,岂直为田家语耶"(《诗品》)。

确实,陶渊明的诗中,时时有归田之想,每每有田园风光,如《归园田居》,"羁鸟"、"樊笼"之喻、"丘山"、"自然"之想,加上"暧暧远人村,依依墟里烟。狗吠深巷中,鸡鸣桑树巅"的朴素描写,从此构成后人集中关注的典型的陶诗题材。江淹的那首《拟陶征君田居》,其语汇与句法,即多有取材于此一组诗者。其酷肖程度,几可乱真,以至于有人误认为《归园田居》的第六首了。但是,田园诗并不是陶诗的全部。

《形影神》、《杂诗》、《咏贫士》以及《读山海经》等,固然是议论为体,《九日闲居》、《连雨独饮》、《饮酒》、《止酒》也还是议论为体。《形影神》之序,称"贵贱贤愚,莫不营营以惜生,斯甚惑焉,故极陈形影之苦言,神辨自然以释之,好事君子,共取其心焉"。《九日闲居》之序亦谓"寄怀于言"。《饮酒》虽然说是"自娱",但还是要"命故人书之,以为谈笑"。也就是说,它们都是用于释疑解惑的。在"神辨自然以释之"这一点上,陶渊明体的这一部分哲理诗,与玄言诗中的谈玄论道者,完全是一脉相承的。其次是赠答诗,陶集中的这类诗作,既然是"辄依周礼往复之义"而作,那么,它们的创作动机、目的与效果,便在很大的程度上是"礼尚往来"的,而且,考其内容,往往又是"道"尚往来、"玄"尚往来的。如"愿言谢诸子,从我颍水滨"(《示周续之祖企谢景夷三郎》)、"吁嗟身后名,于我若浮烟"(《怨诗楚调示庞主簿邓治中》)、"迁化或夷险,肆志无窊隆"(《五月旦作和戴主簿》)、"栖栖世中事,岁月共相疏"、"去去百年外,身名同翳如"(《和刘柴桑》),比比皆是。通读陶渊明的行旅诗,明明白白只有一个主题:"归去来兮"。说白了,就是"我干不了,我不干了,我要回家"。无论是《始作镇军参军》的"望云惭高鸟,临水愧游鱼",还是《庚子岁五月中从都还》的"静言园林好,人间良可辞";无论是《辛丑岁七月赴假还江陵》的"商歌非吾事,依依在耦耕。投冠旋旧墟,不为好爵萦。养真衡茅下,庶以善自名",还是《乙巳岁三月为建威参军使都》的"伊余何为者,勉励从兹役?一形似有制,素襟不可易。园田日梦想,安得久离析",都可以用《归去来兮辞》的"既自以心为形役"与"曷不委心任去留"来概括。

二 陶诗的意义

委心事外,这本是东晋一朝的时代病;随心所欲,这就是那个时代的最强音。这种时代病,最具传染性;这个最强音,极具感染力。在这一点上,陶渊明体与玄言诗又时常是气味相投的。只不过,在眷然怀归之后,玄言诗表现的是"会稽有佳山水"与"太傅东山之志",而陶渊明体则突出了"园田居"的亲切与真实。但是,就在"采菊东篱下,悠然见南山"这种质直的田家语中,也仍然还有"此中有真意,欲辩已忘言"那种玄妙的江左气。概略地说,玄言诗主要是诉诸玄理,而陶渊明体则多数诉诸意绪;前者的说理是赤裸裸干巴巴的,而后者的议论是活生生的实实在在的。

由此,我们可以判断,陶体的题材,并不是单纯的田园风光,而是诗人崇尚自然、归隐田园的精神感受。

至于陶诗的风格特征,其友人颜延之称之为"文取指达",直至钟嵘作《诗品》时,仍然是"世叹其质直"。但钟嵘本人还是称其为"文体省静,殆无长语,笃意真古,辞兴婉惬",萧统则谓其"文章不群,词采精拔,跌宕昭彰,独超众类,抑扬爽朗,莫之与京"。这与两宋以后的"平淡尊陶"论,还是颇有出入的。可是,正如明人黄文焕所说:"以平淡概陶,陶不得见矣。"(《陶诗析义自序》)就以上所引诸诗立论,它们的风格,还是莫过于"文取指达"、"质直"、"省静"。这八个字,应该比"风华清靡"、"词采精拔"更准确,比"陶诗平淡出于自然"更贴切。

思考与练习

1. 魏晋时代的"文学自觉"有哪些具体表现?
2. "建安风骨"与"正始之音"的异同何在?
3. 两晋诗风为何背道而驰?
4. 陶渊明体的特征何在?

第三章 南北朝诗

公元420年,刘裕立宋,与北魏对峙,中国历史进入南北朝时期。南方历经宋齐梁陈四个朝代,偏安长江以南,称为南朝。北方则由北魏分裂为东魏、北齐,经过西魏、北周的递嬗演变,最后由周入隋,是为北朝。从政治上来说,这是一段由分裂缓慢地走向统一的历程。就文学特别是诗歌而言,则由于时代的影响呈现出不同以往的特色。

第一节 南朝诗

如果我们要用一个关键词来把握南朝诗歌基本特点的话,那就是"新变"。所谓新变,就是诗人通过在诗歌体貌风格和创作手法方面的不断创新,来刺激和吸引读者的阅读兴趣。南朝诗人比较注重诗歌题材内容的开拓,注重诗歌审美特征的探索。从诗风的发展变化来看,南朝诗歌可以划分为这样两个阶段:

一 刘宋时期的元嘉体

元嘉是刘宋文帝的年号(424—453),诗歌史上的元嘉体实际就是指刘宋占主导地位的诗歌。《文心雕龙·明诗》云:"宋初文咏,体有因革。庄老告退,而山水方滋。俪采百字之偶,争价一句之奇。情必极貌以写物,辞必穷力而追新。"这可以说是对元嘉诗风的准确概括。

刘宋时期诗风转变最明显的标志是山水诗的出现。山水诗的出现有其历史的必然性。玄言诗中本来就有以山水证道的倾向，当这种倾向在诗歌中所占的篇幅和分量增加到一定程度时，山水诗也就自然产生了。同时作为对玄言诗过分说理、淡化形象的反拨，刘宋诗人试图将视线转向外在的山水景物，这就催生了山水诗。谢灵运是中国诗歌史上第一个倾全力描绘山水景色的诗人，经过他的努力，山水诗终于由附庸而为大国，确立了它在诗坛上的地位，从而改变了玄言诗统治诗坛的局面。他的一些名篇，如《登池上楼》、《石壁精舍还湖中作》、《过始宁墅》等的确展示了诗歌的新境界。在他的带动下，用诗歌描写山水景物成为一时的风尚，这使山水诗成为刘宋诗坛上最主要的品种。与此同时，元嘉诗人们还把目光投注于现实的社会人生。在这一时期的诗歌中又出现了对功业、理想的追求和对社会不公的愤懑、批判。像鲍照的乐府诗，颜延之的《北使洛》、《还至梁城作》等诗中都充溢着一种对现实人生的强烈感情色彩。表现普通人日常生活感受的诗歌也较前剧增。有关爱情、友谊、乡思的题材在诗中大量出现，如谢灵运、颜延之、鲍照、谢惠连、谢庄等人都有这方面的作品。而咏物诗的开始出现则与山水诗一样预示着诗歌将朝着体物的方向发展，同时也显示出诗人对日常生活的兴趣。

从玄言诗中走出来的刘宋诗人颇为重视诗歌的词采之美，他们的诗风格绮丽繁富，博奥典雅，遥接太康，将绮靡诗风发展到了一个新的高度。这主要体现在这样三个方面：一是雕琢词句，精心刻镂。例如谢灵运的诗大抵是千锤百炼，刻意求新的结果。他的一些名句，如"白云抱幽石，绿筱媚清涟"（《过始宁墅》）、"春晚绿野秀，岩高白云屯"（《入彭蠡湖口》），"林壑敛暝色，云霞收夕霏"（《石壁精舍还湖中作》），"野旷沙岸净，天高秋月明"（《初去郡》）等，显然有意识地对色彩、线条和音响作了调配。而颜延之的诗更是浓艳繁缛，雕缋满眼。如"神御出瑶轸，天仪降藻舟。万轴胤行卫，千翼泛飞浮。雕云丽璇盖，祥飚被彩斿"（《车驾幸京口三月三日侍游曲阿后湖作诗》），用"瑶轸"、"藻舟"、"雕云"、"祥飚"等华美意象，则给人以一种色彩斑斓，浓得化不开的感觉。二是注重用事，讲究对偶。元嘉诸家的诗歌偶句特多。谢灵运诗中有大量对句，而在颜延之、鲍照诗中甚至有通篇对偶者。至于使事用典，则尤推颜氏为最。

颜诗缺乏兴会,好用典故,"文章殆同书抄"(钟嵘《诗品》)。如他的《和谢监灵运》,自述平生志趣和仕途的坎坷,洋洋170字,几乎句句用典,有的甚至一句两典,晦涩艰深,弥见拘束。这种特点对元嘉及其以后诗坛具有相当的影响。三是以赋体入诗,状物细密。从玄言诗中走出来的元嘉诗歌开始吸取赋体状物手法,注重对外物的描写刻画。这就是刘勰所说的"情必极貌以写物,辞必穷力而追新"。钟嵘《诗品》中评元嘉代表诗人的作品时也都提到了他们具有的"巧构形似"的特点。他称谢灵运诗"故尚巧似",颜延之"尚巧似",鲍照"善制形状写物之词","贵尚巧似"。以谢灵运为代表的山水诗的出现标志着体物手段成为诗歌的主要表现手法,以赋为诗成为诗歌的主要倾向,而咏物诗的出现则进一步加剧了这一趋势。

元嘉诗歌的代表人物是被称为元嘉三大家的谢灵运、鲍照和颜延之。他们的诗"乃各擅奇","不相祖述"(萧子显《南齐书·文学传论》),却在各具特色中有意无意地表现出共同的时代特色。

谢灵运(385—433),祖籍陈郡阳夏(今河南太康),生于会稽始宁(今浙江上虞)。谢玄孙,袭封康乐公,入宋降为侯。后为永嘉太守,不久辞官,隐居会稽。元嘉十年,因反对刘宋王朝被杀。他是诗歌史上大力描写山水景物的第一人,是山水诗的开创者。他的诗以精美的语言展示了江南佳丽之地的旖旎风光。这里有会稽、永嘉一带的青山绿水、茂林修竹,也有庐山、鄱阳湖的美丽景致;有登楼所见的盎然春意,"池塘生春草,园柳变鸣禽"(《登池上楼》),也有伫立江中孤屿,置身蓝天、白云、澄江、丽日之间的喜悦心情,"乱流趋正绝,孤屿媚中川。云日相辉映,空水共澄鲜"(《登江中孤屿》);有暮色苍茫中的湖光山色,"林壑敛暝色,云霞收夕霏。芰荷迭映蔚,蒲稗相因依"(《石壁精舍还湖中作》),也有骄阳激射下云日辉映的明丽之景,"江山共开旷,云日相照媚"(《初往新安至桐庐口》);有四季景物的不同,也有晨昏光色的变幻。他的诗成功地将自然界多姿多彩的状貌,优美迷人的魅力充分地展现出来,从而扭转了玄言诗风,开创了山水诗的时代。他的诗大抵刻画细密,虽有"初发芙蓉,自然可爱"之称,但实际却颇为注重声色,锤字炼句,以雕琢为工。在结构上往往有着大致相同的套路,即常常先由叙事入手,然后以写景铺展,最后安上一条玄言的尾巴。如《石壁精舍还湖中作》的"虑澹物自轻,意惬理无违。寄言摄生客,试用此道推",即是此类,其议论又显示着脱胎于玄言的痕迹。

鲍照(约414—466),字明远,祖籍上党(今属山西),后迁居东海(今山东苍山县南)。出身寒微,少有才华,曾从事农耕。临川王为江州刺史时,被擢为国侍郎。后历任海虞、秣陵、永嘉等县令及中书舍人等职。最后任临川王参军时,在战乱中被杀。

在元嘉诗坛上鲍照可以说是一个异数。由于他出身寒门,因此在注重门第阀阅的士族社会中备受排挤。但这也在很大程度上成全了他在诗歌创作上的成就。在元嘉诗坛上鲍照的诗歌是以题材广阔,情感深厚,骨力刚健为特征的。他的诗歌对当时不合理的社会现象发出了猛烈抨击,充满了对门阀社会的猛烈抨击和寒门士人沉沦下僚、抱负不得施展的苦闷。

泻水置平地,各自东西南北流;人生亦有命,安能行叹复坐愁。酌酒以自宽,举杯断绝歌路难。心非木石岂无感,吞声踯躅不敢言。(《泻水置平地》)

对案不能食,拔剑击柱长叹息。丈夫生世会几时,安能蹀躞垂羽翼?弃置罢官去,还家自休息。朝出与亲辞,暮还在亲侧。弄儿床前戏,看妇机中织。自古圣贤尽贫贱,何况我辈孤且直。(《对案不能食》)

郁勃不平之气在胸中回旋激荡,却又无可奈何,唱出了在门阀社会中遭受压抑的寒士的激愤。

鲍照还有一部分写男女之情的作品也能真切入微地写出封建社会中妇女的痛苦以及她们对爱情、幸福的追求,奔放热烈,倾炫心魂,洋溢着浪漫的激情和叛逆的情调。如《拟行路难》,诗中女主人为了追求自由和爱情,甘愿抛弃优裕富足的生活,显然带着冲决礼教网罗的勇气。在以模山范水、吟风弄月为时尚的刘宋诗坛上,鲍照以深广的社会内容入诗,可以说是继承了建安的传统,给当时诗坛带来了活力。鲍照的诗具有风格多样的特点。钟嵘以为他的诗"得景阳之諔诡,含茂先之靡嫚。骨节强于谢混,驱迈疾于颜延。总四家而擅美,跨两代而孤出"(《诗品》)。从上引诗例中我们也不难发现,他的诗既有俊逸夭矫,雄健刚劲的一面,也有华丽浓艳,发唱惊挺的一面。前者使鲍照在元嘉诗坛上异军突起,独树一帜;后者则体现了与当时时代风气一致的倾向。

　　鲍照在诗歌史上的贡献还在于他对乐府诗和七言诗的发扬光大。他"尝为古乐府,文甚遒丽"(《宋书》本传)。文人模拟乐府本来是魏晋以来的传统,但随着文人进入乐府诗的天地,乐府诗原有的质朴、刚劲的张力也在不知不觉间弱化,越来越带上了文人化的色彩,这不能不说是乐府诗的异化。鲍照继承和发扬了汉乐府的传统和精神,并在此基础上对乐府诗作了改造,使乐府诗重新焕发出旺盛的生命力。他的乐府诗的名篇是《拟行路难》十八首。这组诗不是一时之作,它以"人生不能恒称意"为基调,抒发了诗人怀才不遇的悲愤和被压抑的不平。他还大量写作七言体诗,不仅用丰富的内容充实了七言诗,而且变逐句押韵为隔句押韵,甚至可以自由转韵,为七言诗的发展开拓出了一条广阔的道路。

　　元嘉体是对玄言诗风的反拨,它对扭转玄言诗"理过其辞,淡乎寡味"(钟嵘《诗品序》)的风气作出了积极贡献。但同时这些诗歌又存在着若干缺点。除了内容有欠深厚,骨力不振之外,它在风貌体格上的缺点,例如辞采过浓,用词、用事比较典奥,风格比较滞涩等,也招致了不满,这就埋下了诗风变革的种子。元嘉体流行了将近六十年,一批年轻的诗人登上诗坛,他们开始用自己的理念来变革诗风,这样诗歌就进入了齐梁陈阶段。

二　齐梁时期的永明体和宫体诗

　　在南朝诗坛上齐梁是一个诗风变化、创作活跃的时期,相对而言,陈只是齐梁诗风的余波和尾声。齐梁诗人们一方面继承着元嘉诗人的成就,踵事增华,进一步强化诗歌的审美特征;另一方面又针对着元嘉体的弊病试图加以革新。相对于刘宋诗风,这一时期的诗坛呈现出一些新的气象。

　　首先,这一时期的诗歌在题材内容上有了进一步的拓展,除了一般的抒情诗和山水诗外,咏物诗、宫体诗和边塞诗相继出现,大大丰富了诗歌的品种。特别需要指出的是这一时期的诗歌在体物为主的同时,向缘情回归的趋势也表现得越来越明显了。不仅抒情诗大量出现,而且在那些以描写为主的诗歌中,情感的氛围也越来越浓厚。例如同样是山水诗,谢灵运的诗给人的感觉是,只是比较客观的描写自然景物,作者个人的情性却很少表露,因而有"酷不入情"(萧子显《南齐书·文学传论》)之评。但到了齐梁则有了变化,在谢朓等人的山水诗里尽管主要还是采用情景分写的手法,写景仍占着主要篇幅,但景色描写却是为抒情服务的,在山水景物的描写中抒情的气息开始浓厚起来了。

其次,在诗歌的体貌风格上,齐梁陈的诗歌有一种雅俗兼及的倾向,也就是说,他们的诗兼具文人诗的辞采、精致与民歌的朴素、明朗。一方面这一时期的诗人仍然讲究使事用典,注重辞采之美,并在元嘉的基础上,进一步从声律方面增强诗歌的语言美。另一方面,他们又不满于元嘉诗歌的过分藻饰和滞涩,试图加以革新。他们从民歌的自然明朗中受到启发,努力追求文雅与通俗的结合、华丽与平易的结合,从而发展出一种平易轻浅却不质木无文、精美明丽却不华丽繁缛、流丽畅达、圆美流转的诗风。他们的诗歌一般都比较短小,多为十几句之内的五、七言短诗,而尤多五言四句、八句式的作品,与刘宋动辄二十几句的现象相比,呈现出趋短的趋势。由于这些显然不同于刘宋诗歌的特点,因而被称为齐梁体或新变体。

这一时期的诗歌发展大致可以梁武帝中大通三年(531)萧纲入主东宫,执掌文坛为界分为前后两期。

前期诗歌繁荣的标志是永明体的出现。所谓永明体是南朝齐武帝永明年间(483—493)开始流行的诗歌风格。《南齐书·陆厥传》载:"永明末,盛为文章。吴兴沈约、陈郡谢朓、琅邪王融以气类相推毂。汝南周颙善识声韵。约等文皆用宫商,以平上去入为四声,以此制韵,不可增减,世呼为'永明体'"。这说明音律的协调和谐是永明体的基本特征。在诗歌中自觉的审音协律是魏晋以来声韵学发展的结果。齐代永明年间周颙著《四声切韵》,发现汉字有平上去入四声。沈约更进一步将四声原理引入诗歌创作。他在《宋书·谢灵运传论》中提出了永明声律理论的基本原理,指出:

夫五色相宣,八音协畅,由乎玄黄律吕,各适物宜。欲使宫羽相变,低昂互节,若前有浮声,则后须切响。一简之内,音韵尽殊;两句之中,轻重悉异。妙达此旨,始可言文。

意思就是要求在诗中做到声、韵、调配合,平仄相对,以求得既变化错综又和谐协调的效果。为了达到这一目的,沈约还提出要力避声律上的八种毛病,即平头、上尾、蜂腰、鹤膝、大韵、小韵、旁纽、正纽。沈约等人提出的声病理论和晋宋以来诗歌对偶形式相结合就形成了永明体最基本的特征。这一时期诗歌中已经出现了一些近体律绝的雏形。如:

微风摇紫叶,轻露拂朱房。中池所以绿,待我泛红光。(沈约《咏芙蓉》)

渠碗送佳人,玉杯要上客。车马一东西,别后思今夕。(谢朓《金谷聚》)

虽未做到全篇合乎格律,但从单句来看,则可以说是句句入律,这是永明体的普遍现象。这说明在诗歌声律化的道路上永明体还只是初步的尝试,它所注重的平仄调配还基本局限在二句之内,尚未顾及全篇。当时诗人的创作,也多未能完全符合声律理论提出的规范,说明此时诗人对声律技巧的运用还不够纯熟。追求诗歌的音乐美固然是永明体最突出的特征,但永明体的特色并不仅限于此。永明体也是新变体,它们大都写得清丽流畅,明净自然而又情味隽永。

永明体的代表作家有被称为竟陵八友的沈约、谢朓、王融、萧琛、范云、任昉、陆倕和萧衍。其中,沈约是永明体理论上的代表,也是当时诗坛的领袖,但真正代表永明体创作成就的则是谢朓。谢朓(464—499),字玄晖,陈郡阳夏(今河南太康)人。曾任宣城太守,后世称谢宣城。后因政变牵连,下狱死。死时三十六岁。他的诗清新秀发,自然流丽,尤以山水诗见长。只是相对于谢灵运那种"纯客观"描摹,谢朓开始在诗中有意识地融合情与景的关系。他力图以情感为中心来调度、安排景物。如:

灞涘望长发,河阳视京县。白日丽飞甍,参差皆可见。馀霞散成绮,澄江静如练。喧鸟覆春洲,杂英满芳甸。去矣方滞淫,怀哉罢欢宴。佳期怅何许,泪下如流霰。有情知望乡,谁能鬒不变。(《晚登三山还望京邑》)

虽然仍采用情景分写的手法,但二者间却有着内在的联系,前半部分的写景是为后半部分抒情服务的。当诗人回首眺望壮丽的京城宫阙,面对着绚丽的彩霞、浩瀚的长江以及生机勃勃的春江芳洲时,想到这些美好的景色不久都将消失在暮色之中,而自己将不得不告别京城,离开故乡,就更增添了诗人的惆怅,从而也就突出了他依依不舍的眷恋之情。诗中写景和抒情得到了较好的结合,体现着永明诗坛向缘情回归的趋势,也把谢灵运开创的山水诗提高到了一个新的水平。此外,清丽流畅,平仄谐调,结构凝练,锤字练句等都是谢朓超越谢灵运的所在。

后期诗歌繁荣的标志是宫体诗的出现。在齐代诗坛上,已经开始出现一些带着新变特征的艳诗,进入梁代这类诗歌数量有了进一步增加。梁武帝儿子萧纲颇富诗才,热衷于写作这类诗歌。随着萧纲被立为太子,执掌文坛,经过他的大力提倡,这种新变体艳诗便迅速在诗坛上流行起来,成为当时诗坛的主潮。由于太子居东宫,因而这种诗歌便被称为宫体诗。

宫体诗的基本特征表现在这样两个方面:从内容看,宫体诗实是一种艳诗。但与传统艳诗不同的是,宫体诗多从男性的审美目光出发,对女性之美加以品鉴、欣赏,因而在情调上带着比较明显的轻薄、游戏色彩,亦即所谓"轻艳"。宫体诗大抵有两种类型,一类是展现女性的容貌体态、歌声舞姿。这类诗一般不去表现男女二情的相悦相恋,而仅仅只是侧重于对女性外形、动作的精细刻画,实际上是把女性当作了一种特殊的物来加以观赏、玩味。如《咏内人昼眠》,作者在诗中根本没有去写男女双方的感情活动与交流,相反,只是用一种类似静物写生的手法,用相当的篇幅,分别从女子的面容、发髻、肌肤、内衣等角度对女子的睡态作了精细的描摹,实际是用咏物的手法来写人。在这类诗歌中还包括了一部分带有轻艳色彩的咏物诗;如某些咏衣领、绣鞋、床、帐、席之类的诗。这些诗歌中虽没有正面出现女性形象,但所咏之物却多与女性生活有着直接的关联,作者有意以此为线索与触媒引导读者发生某种联想,以此获得性感的满足。还有一类诗歌是着重表现女子的内心隐痛的作品,写得比较多的是闺怨、宫怨的内容,如:

非关长信别,讵是良人征。九重忽不见,万恨满心生。夕门掩鱼钥,宵床悲画屏。回月临窗度,吟虫绕砌鸣。初霜霣细叶,秋风驱乱萤。故妆犹累日,新衣襞未成。欲知妾不寐,城外捣衣声。(萧纲《秋闺夜思》)

荡子从游宦,思妾守房栊。尘镜朝朝掩,寒床夜夜空。若非新有悦,

何事久西东。知人相忆否,泪尽梦啼中。(萧纶《代秋胡妇闺怨》)

一写宫怨,一写闺怨,都能曲尽其情,颇为动人。不过需要指出的是,宫体诗中能够写得如此真挚动人的诗歌并不多见。大部分的作品尽管在一定程度上反映了封建时代女性的痛苦,但作者在表现这些哀怨时,却是带着一种轻薄的态度来玩味、欣赏的。

从形式上看,宫体诗又是一种新变体诗。与一般新变体诗一样,宫体诗也注重声韵、对偶。在声律的掌握与运用方面,宫体诗在永明体的基础上有了进一步的提高,其中有一些作品已与唐代的五、七言律绝相当接近了。另外,宫体诗的篇幅较之永明体更加短小,十二句以内的诗歌比例也有了明显的增加,五言四句、八句式的诗数量更多,显示了古典诗歌在体制方面接近于定型的倾向,七言诗的创作也有了长足进步。在表现手法上,宫体诗也具有一般新变体诗的共同特征,描写细密精巧,辞采柔媚婉转,风格清丽流畅,这在上举的诗例中可以看得很清楚。

在宫体诗弥漫诗坛的同时,还有一些诗人的作品却表现出一些新鲜的气象。比较突出的如阴铿、何逊、吴均。阴、何的诗大多抒发个人生活的感触。题材多为羁旅行役、离愁别恨、思乡怀人、友情赠答、山水景物,等等,如:

　　暮烟起遥岸,斜日照安流。一同心赏夕,暂解去乡忧。野岸平沙合,连山近雾浮。客悲不自己,江上望归舟。(何逊《慈姥矶》)

　　大江一浩荡,离悲足几重。潮落犹如盖,云昏不作峰。远戍唯闻鼓,寒山但见松。九十方称半,归途讵有踪。(阴铿《晚出新亭》)

这些诗歌虽然社会意义不大,但却感情真挚,颇有感染力,而且凝练精致,明净洗练。比较起来,吴均的诗歌中洋溢着一种慷慨激昂、郁勃不平之气。他出身寒微,却抱负远大,在门阀社会中屡遭打击,沉沦下僚。他的诗歌多表现理想与现实的矛盾,抒发才华不能施展的苦闷,如:

　　松生数寸时,遂为草所没。未见笼云心,谁知负霜骨。弱干可摧残,纤茎易凌忽。何当数千尺,为君覆明月。(《赠王桂阳》)

悲慨淋漓,激昂疏宕,久郁的悲愤一泻而出。这种诗遒劲有力,颇有风骨,在这一时期的诗歌中是颇为少见的。吴均的诗歌不仅质朴刚劲,同时又有新变诗歌的清丽流畅。只是与同时期的齐梁体相比没有流靡柔弱的气息,而是在清新中透着刚健。

第二节 北朝诗

一 北朝诗坛概况

相对于南朝而言,北朝经济、文化比较落后,文学亦不如南朝发达。《隋书·文学传》在论及南北朝文学的特点时指出:"江左宫商发越,贵于清绮。河朔词义贞刚,重乎气质。气质则理胜其词,清绮则文过其意。理深者便于时用,文华者宜于咏歌。此其南北词人得失之大较也。"由此可知,北方文学是以质朴刚健为本色的。不过,从北朝的诗坛状况来看,这种本色又似乎体现得并不充分,相反,倒是带着很浓重的南方色彩。虽然与南朝比较起来,北朝诗坛相对显得有些荒寂,然而从北朝诗歌自身的发展看,从东西魏对峙到北周入隋这一段时期,则是较为繁荣的时期。其时虽然南北对立,但双方的交流却始终没有停止,北朝诗人对于南朝诗歌心存仰慕,主动、积极地学习模仿南朝诗歌,此种倾向代表人物则是号称"北地三才"的温子升、邢劭和魏收。他们的诗歌大抵取法南朝,有着很明显的齐梁风味,缺乏自己的特点。如:

长安城中秋夜长,佳人锦石捣流黄。香杵纹砧知近远,传声递响何凄凉。七夕长河烂,中秋明月光。蠮螉塞边绝候雁,鸳鸯楼上望天狼。(温子升《捣衣篇》)

绮罗日减带,桃李无颜色。思君君来归,归来岂相识。(邢劭《思公子》)

春风宛转入曲房,兼送小苑百花香。白马金鞍去未返,红妆玉筯下成行。(魏收《挟琴歌》)

柔靡婉转,如与齐梁诗放在一起是难分彼此的。于此可见其时北方诗人倾慕南风,追随南朝的基本倾向了。真正把北朝诗歌推向高峰,并成为南北诗风融合的代表的则是庾信和王褒。

二 庾信与王褒

庾信(513—581),字子山,南阳新野(今河南新野县)人。早年仕梁。侯景反叛,信奔于江陵,元帝时,奉命出使西魏,适值西魏伐梁,即被扣留。不久梁亡,信遂仕于西魏及北周,官至骠骑大将军开府仪同三司,及陈宣帝时,始还陈。

他早年诗文与徐陵齐名,当时称为"徐庾体"。徐庾父子都是梁太子萧纲文学集团的主要成员,同是宫体诗的倡导者。以入北为界,他的生活和诗歌创作可分为前后两期。他前期的诗歌多以艳情为主,包括了咏物、游宴、奉和、应酬之作。这些诗歌的内容比较狭窄,但艺术表现则颇为精巧。后期由于亲身经历了南朝的败亡,流落异乡,环境发生了变化,思想感情也因此深厚起来,亡国之痛、羁旅之悲也就成为他诗歌的主题。代表作是《拟咏怀二十七首》。

    榆关断音信,汉使绝经过。胡笳落泪曲,羌笛断肠歌。纤腰减束素,
  别泪损横波。恨心终不歇,红颜无复多。枯木期填海,青山望断河。

写作者羁留北地不得南归的苦闷。假借一个流落在北方的南朝女子怀念故国的幽怨,来表现自己盼望返回故乡的沉郁心情。又如:

    摇落秋为气,凄凉多怨情。啼枯湘水竹,哭坏杞梁城。天亡遭愤战,
  日蹙值愁兵。直虹朝映垒,长星夜落营。楚歌饶恨曲,南风多死声。眼前
  一杯酒,谁论身后名。

是悲伤梁朝灭亡之作。他还有一些描写北国风光的诗歌,写得苍凉开阔,意境深远,反映出北国的自然特色。如:"风云俱惨惨,原野共茫茫。雪花开六出,冰珠映九光。还如驱玉马,暂似猎银獐。阵云全不动,寒山无物香。薛君一狐白,唐侯两骕骦。寒关日欲暮,披雪上河梁。"带上了北国苍茫深沉的特色,这是在他先前的作品中所没有的。在这些诗歌中深沉的思想感情与精致的艺术技巧完美地结合在一起。

在诗歌形式上,庾信沿着永明体的道路继续前进,取得了更大的成就。刘熙载说:"庾子山《燕歌行》开唐初七古,《乌夜啼》开唐七律。其他体为唐五绝、

五律、五排所本者,尤不可胜举。"(《艺概·诗概》)他的一些小诗如《望渭水》:"树似新亭岸,沙如龙尾湾。犹言吟暝浦,应有落帆还。"则已宛然五绝。

"庾信文章老更成,凌云健笔意纵横。"庾信是融合南北诗风的重要作家,他从宫廷诗人转变为面对社会现实的作家,他的诗中既有"宫商发越,贵于清绮"的江左文风,又有"词义贞刚,重乎气质"的河朔气魄,开拓和丰富了诗歌的审美意境,为唐诗的形成作了必要的准备。诚如明人杨慎所说,他的诗歌"为梁之冠绝,启唐之先鞭"(《升庵诗话》卷九)。

王褒(约513—576),字子渊,琅琊临沂(今山东临沂)人。身世与庾信相似。早年在梁时的诗歌不出齐梁体的范围。后入周,受到北方文士的尊崇。诗风亦有变化。入北后诗歌多写边塞和从军之事,也常有故国之思。代表作有《渡河北》:

秋风吹木叶,还似洞庭波。常山临代郡,亭障绕黄河。心悲异方乐,肠断《陇头歌》。薄暮临征马,失道北山阿。

苍凉刚劲,沉痛感人。对仗工整,音韵和谐,显示了南北诗风初步融合的特色。

第三节 南北朝民歌

一 南朝民歌

在南朝诗坛上特别值得注意的是南北朝的乐府民歌。南朝民歌分吴声歌、西曲歌、神弦歌三类,大部分保存在清商曲词中。关于吴声歌,《宋书·乐志》载:"吴歌杂曲,并出江东,晋宋以来,稍有增广。"《乐府诗集》卷四十四引《晋书·乐志》曰:"盖自永嘉渡江之后,下及梁陈,咸都建业,吴声歌曲起于此也。"说明吴声的产生时代在东晋南渡以后,而地域则在以建康为中心的长江下游。吴声歌现存有《子夜歌》、《子夜四时歌》、《华山畿》和《读曲歌》等二十余种,大都是恋歌。关于西曲歌,《乐府诗集》卷四十七引《古今乐录》:"西曲歌出于荆、郢、樊、邓之间,而其声节送和与吴歌亦异,故□(缺字,疑为'依')其方俗而谓之西曲云。"说明西曲的地域应在长江中下游和汉水两岸的荆楚一带,包括江陵、襄樊、邓县等城市。西曲歌现存有《石城乐》、《乌夜啼》等 34 曲,大都是写商贾的水上生涯和商妇送别怀人的。神弦歌则是民间祭神曲。有《白石郎》、《青溪小姑》等曲,多写神人相恋。在《乐府诗集》中把神弦歌归在"吴声歌曲"之下,但就其性质而言,与吴声歌曲中的其他作品不同,所以划归吴声歌曲,可能是因为声调仍属于吴声系统而其产地也在建业一带的缘故。

与汉乐府内容的深广不同,南朝民歌的内容比较单一,几乎可以说是清一色的恋歌情诗。这大约是因为南朝乐府的产地在长江中下游的城市,而其作者又多为船夫、贾客、市民、妓女,实际是一种市民文学。加以其时思想开放,传统道德的约束力已大不如前,言为心声,风情小调的广为传布也是势所必然的。而上层统治者的趣味嗜好,更是促成今存南朝民歌这一特点的关键因素。按照常理判断,当日实际传唱的民歌内容必不如此狭隘,今存乐府所以会是单纯的恋歌,则是因为收录者的编选方针使然,换句话说,是因为统治者的趣味决定的。

南朝乐府民歌既为情诗恋歌,它给人最深刻的感受就是感情的奔放热烈,真挚动人,充满着生命的活力和浪漫的情调。这些诗的主人公多为女性,诗中用女性特有的细腻婉曲的口吻抒写着她们的复杂感受。如:

始欲识郎时,两心望如一。理丝入残机,何悟不成匹。(《子夜歌》)
长夜不得眠,明月何灼灼。想闻散唤声,虚应空中诺。(《子夜歌》)
怜欢敢唤名,念欢不呼字。连唤欢复欢,两誓不相泣。(《读曲歌》)
打杀长鸣鸡,弹去乌白乌。愿得连暝不复曙,一年都一晓。(《读曲歌》)
折杨柳。百鸟园林啼,道欢不离口。(《读曲歌》)

这是写她们对情人的思念,委婉动人,一往情深,令人为之动容。但在封建社会中,爱情常常得不到实现,于是她们便在歌中唱出了失恋的痛苦。"未敢便相许。夜闻侬家论,不持侬与汝。"(《读曲歌》)一对情投意合的恋人遭到了家庭的阻挠和反对,女孩子心里矛盾极了,当她带着无限的歉疚对爱人表示"未敢便相许"时,我们可以真切地感受到她内心是何等痛苦。恋爱的痛苦并不仅仅来自社会,有时还来自恋人。人的感情是会变化的,特别是当她爱上了一个朝三暮四的人时,那么伴随着她的便是无尽的折磨。"侬作北辰星,千年无转移。欢行白日心,朝东暮还西。"(《子夜歌》)这到底是怨还是无可理喻的爱,实在是难以一语说清,我们只能为那女孩子的悲剧而惋惜了。而当悲剧已经铸成,爱人已经远离时,她们的悲痛更是难以用言语来表达。你看,她一夜无眠,泪流满面,"啼着曙,泪落枕将浮,身沉被流去"(《华山畿》)。语句的夸张正说明了她内心痛苦之巨,创伤之深,真使人担心她将如何平安地渡过危机。南朝民歌中的恋爱关系多为不被社会所认可的非正常关系。由于长江流域经济的发展和水运的便利,船夫商贾游走四方,于是异地相恋,转瞬相别也就成为司空见惯的事了。这样,在南朝民歌中也就留下了不少远行伤别的悲歌了。这些诗用夸张的语言和丰富的想象表达了那些一往情深的女子对情人远别的深切悲痛,即使千载之下的今天,读来仍然能感受到强烈的心灵的震撼。对爱情的执着追求,对心声的大胆披露,对幸福和自由的无限渴望就是南朝民歌给我们最深刻的印象。如果与同时代的南朝文人诗相比较的话,则这一特点将凸现得更为明显。

　　南朝民歌在艺术上也有着自己的特点。首先是体制短小,多五言四句的小诗。这类诗歌,约占全部歌辞的十分之七。五言四句的小诗,汉魏时代已经产生,但数量少,影响不大。一直到吴声、西曲中,五言小诗才大大地发展,成为五言诗的一种重要样式。而这对文人五言诗的创作是有着相当影响的。其次是语言的真率自然。南朝民歌以生动流美的口吻,恰当地表现了青年男女的思想感情。"歌谣数百种,《子夜》最可怜。慷慨吐清音,明转出天然。"(《大子夜歌》)可以说是南朝民歌语言特色的自我写照。这种语言特色同样也给了文人诗以深刻的影响。萧子显主张诗歌语言要"言尚易了","杂以风谣,轻唇利吻,不雅不俗,胸中独怀"(《南齐书·文学传论》),就是受到了民歌的启示。其三是使用了多样的修辞手法。特别要提出来的是南朝民歌中大量使用谐音双关的手法。所谓谐音双关,指的是利用谐音做手段,一个词语同时关顾到两种不同意义的词语。如《子夜歌》"黄檗郁成林,当奈苦心多",这里的"苦心"既是指黄檗的"苦心",又是指相思的"苦心"。《西洲曲》:"低头弄莲子,莲子青如水。置莲怀袖中,莲心彻底红。"这里的"莲子"双关"怜子";"莲心"双关"怜爱之心"。《三洲歌》:"遥见千幅帆,知是逐风流。""风流"二字既指江风的流动,又是指浪漫的爱情。《子夜夏歌》之十七:"春倾蚕蚕尽,夏开蚕务毕。昼夜理机丝,知欲早成匹。""机丝"之"丝"双关思念之"思";"布匹"之"匹"双关匹配之"匹"。既热烈大胆,又含蓄委婉,这是南朝乐府民歌的创造。

二 北朝民歌

现存的北朝民歌主要收录于《乐府诗集》"梁鼓角横吹曲"中,也有一些保存在"杂曲歌辞"和"杂歌谣辞"中。作者多为少数民族,也有少数汉人。北朝民歌数量不如南朝,但题材内容却远较南朝民歌为广。其中有反映战争和人民的尚武精神。北方自永嘉之乱,各少数民族入据中原,民族间战争不断。在长期战争气氛的笼罩下,北方人民有着一种雄健武勇的气概。如:

  健儿须快马,快马须健儿。跋跋黄尘下,然后别雄雌。(《折杨柳歌》)
  男儿须作健,结伴不须多。鹞子经天飞,群雀两向波。(《企喻歌》)
  新买五尺刀,悬著中梁柱。一日三摩娑,剧于十五女。(《琅琊王歌》)

也有反映爱情与婚姻的。不同于南朝民歌,在北朝民歌中写爱情与婚姻的题材的作品不多,在艺术上也不及南朝出色,但却有着自己的特色。如:

  月明光光星欲堕,欲来不来早语我。(《地驱乐歌》)
  驱羊入谷,白羊在前。老女不嫁,蹋地唤天。(《地驱乐歌》)
  门前一株枣,岁岁不知老。阿婆不嫁女,那得孙儿抱。(《折杨柳歌》)

豪放爽朗,有的简直就是对嫁娶的急迫要求。与南朝民歌的委婉细腻相比,北朝民歌中的情歌别具风味,从中也能看出民风的淳朴。反映人民的困苦生活和阶级对立是北朝乐府中的重要内容。如:

  雨雪霏霏雀劳利,长嘴饱满短嘴饥。(《雀劳利歌》)
  陇头流水,流离山下。念吾一身,飘然旷野。
  朝发欣城,暮宿陇头。寒不能语,舌卷入喉。(《陇头歌辞》)

展示了中原社会生活的许多真实面貌和广大人民的生活命运,是具有重大深刻的社会意义的。描写北地风光、游牧生活的诗也写得颇有特色。其中最著名的就是《敕勒歌》：

> 敕勒川，阴山下，天似穹庐，笼盖四野。天苍苍，野茫茫，风吹草低见牛羊。

只寥寥几笔就把读者带到了辽阔无际的北方原野。

北朝民歌一般体制比较短小，五言四句尤多，这是与南朝乐府民歌相似的。但同时北朝民歌又较多地使用了七言体和杂言体，这是不同于南朝乐府的地方。与南朝乐府的柔媚婉转不同，北朝民歌风格比较刚劲质朴，豪放真率，有着很明显的地域特色。

思考与练习

1. 简述"永明体"对"元嘉体"的改进及其成因。
2. 简述北朝诗人对南朝诗风的吸收与革新。

第四章 唐诗

第一节 初唐四杰与《春江花月夜》

一 初唐诗坛概貌

近一百年的初唐诗坛，大约可以分为三个时期：

前期诗人大都是由隋入唐的朝廷重臣。他们提倡文学有益于政教，但是，李唐建国之初，人们还不可能一下子摆脱齐、梁宫体文风的影响。所以，当时诗坛，从总体上看，依然为齐、梁诗风所笼罩，而最有代表性的诗人，就是虞世南与上官仪。

虞世南（558—638），字伯施，越州余姚（今浙江余姚）人，历仕陈、隋，入唐，进爵为公。其诗作不外乎歌功颂德，堆砌辞藻，受齐、梁浮艳诗风影响很明显，另有一些作品却透露出一种或清新或刚健的气息。虞世南工于咏物，其咏物小诗每寓兴寄，巧借物象来抒写个人的身世境遇、品格志趣。如其《咏萤》、《咏蝉》二首，写萤是"的历流光小，飘摇弱翅轻"，而蝉则是"垂缕饮清露，流响出疏桐"，状物形神毕肖。而二首诗的后两句又分别说，"恐畏无人识，独自暗中明"、"居高声自远，非是藉秋风"，寓意可谓自然巧妙。两首诗的格调也清隽高远。其中《蝉》一首同后来骆宾王、李商隐的同题之作，被推为唐人咏蝉"三绝唱"。

上官仪（608？—664），字游韶，陕州陕县（今河南陕县）人，隋末出家为僧，入唐官至宰相。"工五言，好以绮错婉媚为本，仪既贵显，故当时颇有学其体者，时人谓之上官体。"（《旧唐书》本传）上官仪的作品，重视诗的形式技巧、追求诗的声辞之美，图貌体物，技巧纯熟。不仅创作上如此，在理论上，他还提出了"六对"、"八对"之说,对诗歌的创作方法从理论上有着明确而自觉的要求。

这一时期,游离于当时诗风之外的诗人是王绩。他的诗作,像那些朝代更迭之际的隐士诗一样,带有一种避世的淡泊情思。在当时宫廷诗风笼罩诗坛的情形下,这样的作品显得格外的平实质朴而又清新。他的名作《野望》,已经是一首成熟的五律了。

中期诗人,有号称"文章四友"的李峤、苏味道、崔融、杜审言,以及并称"沈宋"的沈佺期、宋之问。他们都是宫廷诗人,对于近体诗的最后形成作出了重要贡献。他们在晚年被贬流放之后,写出了不少有真情实感的优秀作品。而这一时期真正能代表诗歌创作之方向的,则是"初唐四杰"。

与此前相比,这一阶段,诗歌创作在两个方面有了明显的变化:一是诗人的视野开阔了,诗歌的题材也随之变得广泛了;二是开始出现了昂扬的感情基调,而且思想深化了。

调露年间(679—680),陈子昂登上诗坛,初唐诗进入了第三个发展阶段。

陈子昂(659?—700),字伯玉,梓州射洪(今四川射洪)人。官右拾遗,直言敢谏,被陷下狱而死。当馆阁诗人醉心于应制咏物、寻求诗律的新变时,陈子昂的诗歌创作却表现出明显的复古倾向,主张恢复古诗比兴言志的风雅传统。这使他的诗呈现出一种不同于时俗的精神风貌。

其实,正如中国文学史上几乎所有的文学家一样,复古往往是为了革新。陈子昂明确地提倡汉魏风骨,倡导风雅兴寄,并且提出了具体的诗美理想。在著名的《修竹篇序》里,他这样正面地提出了诗歌革新的主张:"文章道弊五百年矣。汉魏风骨,晋宋莫传,然而文献有可征者。仆尝暇时观齐梁间诗,彩丽竞繁,而兴寄都绝,每以永叹,思古人,常恐逶迤颓靡,风雅不作,以耿耿也。一昨于解三处见明公《咏孤桐篇》,骨气端翔,音情顿挫,光英朗练,有金石声。遂用洗心饰视,发挥幽郁。不图正始之音,复睹于兹,可使建安作者,相视而笑。"他所倡导的,是"风骨"、"兴寄"、"风雅",向往的是正始、建安诗歌那样的格调,要求将壮大昂扬的情思与声律和词采的美结合起来。

陈子昂不仅有这样的理论主张,还有出色的创作。其《登幽州台歌》一首,以自身为中心,将上下左右、过去与将来贯通一体,发出世无知音的沉重喟叹,表现出一种"伟大的时代孤独感"。短短四句诗,质朴刚健,充盈着一种壮大昂扬的感情力量,有一种强烈的撼荡力。

陈子昂以他的创作和理论,明确地提倡兴寄、风骨,实现了唐诗"风骨"的概念。而以《春江花月夜》为代表的张若虚等人的作品,又创造出一种优美的意境,为唐诗注入了一种浪漫的成分。

二 初唐四杰

高宗、武后时期,当宫廷诗风盛行之时,诗坛上却崛起了几位锐意革新、自觉变革诗风的人物。他们就是号称"初唐四杰"的王勃(650—676)、杨炯(650—963?)、卢照邻(634—686?)、骆宾王(619—684?)。

与"四杰"同时代的诗人宋之问,在《祭杜学士审言文》中,最早将"王、杨、卢、骆"并列,说明当时人已经承认了他们四人的才名。四杰都是"年少而才高,官小而名大"(闻一多《四杰》),行为浪漫,遭际坎坷。从年龄上来说,卢、骆高出王、杨一辈;从人际关系上讲,卢、骆二人交情甚厚,王、杨二人关系密切;从创作特点上看,卢、骆擅长七言歌行,王、杨专工五律。宫体诗在卢、骆手里由宫廷走到了市井,突破了"江左余风"的牢笼,开出了一条新路。五律在王、杨的笔下从台阁移到了江山和塞漠,五律的形式也完全成熟。

四杰有着比较明确的文学主张,他们反对绮靡文风,追求刚健的骨气。杨炯《王勃集序》称:"尝以龙朔初载,文场变体,争构纤微,竞为雕琢。揉之以金玉龙凤,乱之以朱紫青黄。影带以徇其功,假对以称其美。骨气都尽,刚健不闻。思革其弊,用光志业。"对他们来说,"思革其弊"是一种自觉的行为。他们的作品,为当时的诗坛注入了新的活力。

王勃现存各体诗共九十余首,其中五、七言小诗较多。他的诗作,已形成了自己的独特风格。其名篇《送杜少府之任蜀川》,一改前人送别诗的悲凉情调,心境开朗,境界壮阔,表现了作者不凡的抱负,"海内存知己,天涯若比邻",已经成了千古流传的名句。他还有些小诗已近似后来的绝句。如《山中》一首:"长江悲已滞,万里念将归。况属高风晚,山山黄叶飞。"情景交融,感情真挚,悲凉高古,格调不凡。

杨炯的几首五律边塞诗尤其引人注目,最著名的当数《从军行》。此诗用跳跃式的结构,将一次从戎一出塞一作战的全过程,高度浓缩在极有限的篇幅里,表现了诗人"心中自不平"的爱国热情以及"宁为百夫长,胜作一书生"的抱负。从形式上看,它也是一首比较成熟的五言律诗。

卢照邻是四杰中身世最悲苦的一位。他生活贫穷,而且短暂的一生一直为疾病所折磨,最终投水而死,因此,他的作品时多悲苦之音。他自号"幽忧子","幽忧"二字,正是他生活及其作品的象征。

卢照邻的诗,以七言歌行写得最好。《长安古意》是他的名篇。这首诗的题材、词句和萧纲的《乌栖曲》等齐梁宫体诗非常接近,但思想感情却大不相同。它虽然继承了宫体诗,但也变革了宫体诗。正是这样的作品,把宫体诗由宫廷带入了市井,反映了都市的盛况;从情感内涵上来看,作品中热烈的爱情追求,代替了以往同类作品艳情的描写。

骆宾王是四杰中最具传奇色彩的一位,他"天生一副侠骨,专喜欢管闲事,打抱不平,杀人报仇,革命,帮痴心女子打负心汉"(闻一多《宫体诗的自赎》)。他自幼聪颖过人,七岁时就以一首《咏鹅》诗而才名远播。武则天掌权改制时,徐敬业起兵,骆宾王为"艺文令",负责文告案牍工作,其《讨武曌檄》,震动朝野。不久,徐敬业兵败被杀,骆宾王在混乱中跳水逃亡,不知所终。

骆宾王的诗歌创作以抒写人身世遭逢和建功立业的抱负为主要内容。与卢照邻一样,他也擅长写长篇歌行,《帝京篇》、《畴昔篇》是他的代表作。篇幅极为宏大。短篇中以《在狱咏蝉》一首最为有名。此诗咏物抒怀,人物合一,用比兴的手法寄托自己遭谗被诬的悲愤心情,被人誉为唐人咏蝉三绝唱之一。而《于易水送人》一首又别具特色:"此地别燕丹,壮士发冲冠。昔时人已没,今日水犹寒。"字里行间,充盈着一种郁勃不平的慷慨悲壮之气。

四杰作诗,拓宽了诗歌的视野,使之从宫苑台阁走向了江山和塞漠,大大地开拓了诗歌的题材范围。同时,在诗歌的形式体制方面也有不小的贡献,王、杨的五律,已经相当成熟,五律到了他们手里才初步定型;卢、骆的七言歌行，充分地展示了他们的创作个性，气势宏大，视野开阔、写得跌宕流畅，神采飞扬，较早地开启了新的诗风。

更主要的是，四杰的诗歌，重视抒发自己富有个性的感情，使其作品中开始出现了一种昂扬壮大的气势，有一种慷慨悲凉的感人力量。王、杨的作品如《送杜少甫之任蜀川》、《山中》、《从军行》等诗中有这种昂扬壮大的感情，卢、骆的作品中也有着这种感情基调，如卢照邻的《长安古意》，后人盛赞其"放开了粗豪而圆润的嗓子"，有着"生龙活虎般腾踔的节奏"。并进一步指出，卢、骆对于宫体诗的改造，"背面有着厚积的力量支撑着。这力量，前人谓之'气势'，其实就是感情。有真实的感情，所以卢、骆的到来，能使人们麻痹了百余年的心灵复活"（闻一多《宫体诗的自赎》）。这是四杰的诗风与当时宫廷诗风的不同所在。而这种壮大昂扬的感情基调，正是此后为人所称道的唐诗风骨的重要内涵。

四杰的创作，显示出了一种新的美学追求，即声律与风骨兼备，他们的创作，代表了当时文学革新前进的方向。杜甫《戏为六绝句》这样评价四杰："王杨卢骆当时体，轻薄为文哂未休。尔曹身与名俱灭，不废江河万古流。"明人王世贞也说："卢、骆、王、杨，号称'四杰'。词旨华靡，固沿陈、隋之遗；骨气翩翩，意象老境，超然胜之。"（《艺苑卮言》卷四《弇州山人四部稿》）"遣词华靡"是其旧影响，"骨气翩翩"则是其新倾向。

三　张若虚与《春江花月夜》

诗歌发展到初唐后期，题材拓展了，形式技巧丰富且成熟了，理论上有陈子昂等人明确地提倡风骨与兴寄。同时，还有一个重要的成就，就是诗歌作品的意境日趋优美，浪漫主义的色彩日趋浓郁。

这种优美的意境，这种迷人的浪漫主义情调，在张若虚的《春江花月夜》中有着典型的表现。

张若虚，扬州人，生卒年不详。他的诗，《全唐诗》仅存二首，而其中的一首《春江花月夜》却千古传诵，奠定了诗人在中国文学史上的不朽地位。

《春江花月夜》以春江花月夜为背景，着力描绘了月光下优美迷人的自然景色，营造出一种如真似幻的优美意境：

    春江潮水连海平，海上明月共潮生。滟滟随波千万里，何处春江无月明。江流宛转绕芳甸，月照花林皆似霰。空里流霜不觉飞，汀上白沙看不见。江天一色无纤尘，皎皎空中孤月轮。

"连"、"共"、"随"、"绕"、"照"、"流"等动词的运用，又使这一意境在空明纯静之中充满了一种动态的美。

  不仅如此，诗人更是借着这一背景抒写了游子思妇的两地相思之情，又融入了对青春年华的珍惜，对美好生活的向往，以及对宇宙、人生的探索。感情热烈而纯真，令人痴迷；诗境空明而纯美，令人陶醉。梁启超评价这首诗有如"虎跑泉泡的雨前龙井，望去连颜色也没有，但吃下去几点钟，还有余香留在舌上"（《中国韵文里头所表现的感情》）。闻一多更是盛赞它是"诗中的诗，顶峰上的顶峰"（《宫体诗的自赎》）。

第二节　盛唐山水田园诗与边塞诗

一　盛唐诗坛概况

  唐玄宗开元、天宝时期，唐帝国达到了它的鼎盛时代，诗歌创作也进入了黄金时代。

  这一时期，经济有了很大的发展，政治也相对清明，科举制大大增加了中下层士人登上政治舞台的机会，也鼓舞了他们的上进心和进取精神。他们意气风发，希图有所作为，对时代充满了责任感，对未来充满了憧憬。从思想界来说，宗教信仰自由，思想气氛活跃，各种思想可以自由发展，使文人们的思想不致受到多少束缚。政治、经济、军事力量的强大，思想的自由，各门类艺术的竞相发展，也同样反映在诗歌创作领域。就诗歌而言，这一时期的诗歌创作，体现出这样一些特点：

  第一，盛唐诗人在他们的诗作中表现了一种昂扬奋发、以天下为己任的积极向上的入世精神。他们不做生活的旁观者,而是立志效命苍生社稷。孟浩然写诗说"欲济无舟楫,端居耻圣明";王昌龄称"黄沙百战穿金甲,不破楼兰终不还";李白希望"申管晏之谈,谋帝王之术,奋其智能,愿为辅弼,使寰区大定,海县清一";杜甫"穷年忧黎元,叹息肠内热",都是他们积极入世的心态的真实表露。

第二,盛唐诗人在他们的诗作中表现出一种乐观、自信、蔑视权威,敢于创造的创新精神。他们的身上,都有一些狂气:王翰"发言立意,自比王侯"(《唐才子传》),李白"我本楚狂人,凤歌笑孔丘",宣称"安能摧眉折腰事权贵,使我不得开心颜",可以说是这方面的典型代表。

第三,从诗作的题材范围来看,有了前所未有的开拓。山水诗、田园诗、边塞诗,等等,都有了充分的开掘。

第四,从诗作的艺术技巧与意境方面来看,盛唐诗人力求创新,创造了丰富多彩的艺术境界。

第五,从体裁方面来看,盛唐诗歌众体皆备,五七律、五七绝、五七古,各种体裁都取得了很高的成就。

盛唐时期的诗坛,有李白、杜甫这样杰出的伟大诗人,还有其他很多成就很高的诗人,有如群星璀璨,照耀诗坛。就流派的角度看,还有山水田园诗派、边塞诗派等风格鲜明的诗歌流派。

在盛唐初期,由初唐转入盛唐的进程中,有两位关键性的作家,他们就是张说和张九龄。二人以政坛宰辅、一代文宗的身份和地位,倡导风雅,奖掖后进,对唐诗的变革和发展,起到了有力的推动作用。

盛唐初期的著名诗人,还有所谓的"吴中四士",即贺知章、包融、张旭、张若虚四人。其中张若虚活动的时间稍早一些,我们在前面已经做过介绍。其他三人中,贺知章的诗更出名一些。贺知章生性放旷,自称"四明狂客"。他的诗,有情思,有韵味,《咏柳》一篇是他的名作。还有《回乡偶书二首》也是脍炙人口的佳作。

"吴中四士"之外,当时有名的诗人,还有王翰、王湾等人。王翰我们将在后面的边塞诗派中介绍,王湾的一首《次北固山下》写得十分出色,中间两联尤为精彩:"潮平两岸阔,风正一帆悬。海日生残夜,江春入旧年。"用词精妙,形象生动,逼真传神。

二 山水田园诗派

(一)山水田园诗派的基本风貌

山水田园诗的盛行,有它的社会基础和思想基础:其一,社会安定,经济繁荣,给这些诗人提供了优裕的物质条件与悠闲的生活条件。当时,从朝廷大臣到下层士人都广置别业,形成了一种山庄别业化的生活环境。而诗人们也有了一定的社会闲暇。这是山水田园诗产生的重要的社会背景。其二,道教、佛教的教义与理念、道观佛寺的环境,为文人的漫游隐居、观照和把握大自然的美,提供了必要的环境氛围、物质条件和思想基础。其三,统治阶级提倡佛老,重视招纳在野的贤士,也造成一种特殊的政治生活局面,成了一条通往仕途的"终南捷径"。对那些有高官厚禄的文人,还可以边仕边隐,名利双收,因而使得隐逸在当时成了一种风尚。其四,统治阶级内部矛盾的发展,也促成隐逸思想的流行。其五,不少文人由于仕途受挫或不满现实,而半官半隐、漫游山水;或辞官归里,躬耕田园,在山水田园中去逃避现实或是求得心灵的慰藉与解脱。他们又大多拥有田庄别墅,具备漫游隐居的经济基础。这些人虽无明确的共同的文学主张,但相互之间常作山水田园诗酬唱切磋,于是就形成了远绍陶渊明、近学张九龄的清淡自然的流派特色。

山水田园诗派的主要作家是孟浩然和王维,还有储光羲、常建、祖咏、裴迪等人。储光羲的《钓鱼湾》一首甚为有名。

(二)孟浩然及其诗作

孟浩然(689—740),襄州襄阳(今湖北襄阳)人,前半生主要在家闭门苦学,曾一度隐居鹿门山。40岁时到长安求仕,未有结果,出京后在吴越等地漫游了几年,重回故乡。后张九龄任荆州长史,孟浩然应聘入幕,做过短期的幕僚,不久又辞归家乡,直到去世。他的一生,几乎都是在隐居和漫游中度过的。

其实,孟浩然并非无意仕进,与盛唐其他诗人一样,他怀有济时用世的强烈愿望。他禀性孤高狷洁,虽始终抱有济时用世之志,却又不愿折腰曲从。当他求仕无门,而且应举落第后,就吟诵着"不才明主弃,多病故人疏",放弃仕宦而走向山水。

孟浩然的诗,尤其是早年的不少诗作,表现着他心中的矛盾。这种矛盾,主要表现在退隐和进取的思想斗争上。《岁暮归南山》一首,自怨自艾"不才明主弃,多病故人疏","永怀愁不寐,松月夜窗虚";《望洞庭湖赠张丞相》一首,喟叹"欲济无舟楫,端居耻圣明。坐观垂钓者,空有羡鱼情";而《留别王侍御维》一首,又哀叹"当路谁相假,知音世所稀",于是不得不"只应守索寞,还掩故园扉"。这样的诗作,都是他心境的真实表白,反映出他矛盾的思想和寂寞苦闷的心情。毫无疑问,他心中是隐藏着一种怀才不遇的隐痛的。因此,他的诗歌,有时非常平淡,有时又情绪激昂。到了40岁以后,他才逐步在生活的矛盾中,求得了统一。

孟浩然的诗,最为人所称道的,是那些描写山水行旅和隐逸生活的作品,也就是人们常说的山水田园诗。这些作品数量既多,艺术上也有独特造诣,最能代表孟诗的风格。

孟浩然的山水诗,有雄浑、壮逸之作,《望洞庭湖赠张丞相》堪称典型,他如《彭蠡湖中望庐山》等篇也是如此。

但从总体上看,孟浩然的山水田园诗,以清幽淡雅或清空淡远为其主导艺术风格,其意境,以一种富于生机的恬静居多。如其《春晓》一首,写出了春天的早晨特有的宁静,而声声鸟啼又显示着勃勃的生机。

有时,他笔下的山水也不免染上一层冷清的色彩,如《宿建德江》一首,浓浓的暮色,冷清的沙渚,低垂的天幕,清冷的月光,映衬着诗人一缕淡淡的客愁。

孟浩然诗歌的语言,不钩奇抉异而又洗脱凡近,"语淡而味终不薄"(《唐诗别裁集》)。他的一些诗,看似不经意却十分洗练,素朴的白描中蕴藏着绵密的构思与精细的锤炼,表现出很高的艺术功力。例如他的名篇《过故人庄》,通篇侃侃叙来,似说家常,诗人的情思与其笔下的农家田园和谐地融为一体,恬静自然,韵味无穷。还有那首妇孺能诵的五绝《春晓》,也是以天然不觉其巧的语言,写出微妙的惜春之情。

孟浩然的山水田园诗,更贴近自己的生活,"余"、"我"等字样常常出现在诗里。诗中的景物描写,往往就是他生活环境的一部分,带有即兴而发、不假雕饰的特点。他的诗作,与同时的王维诗相比,更显淳朴,更接近陶渊明诗豪华落尽见真淳的境界。

孟浩然是唐代大量写作山水诗的第一个诗人,继谢灵运之后,开王维山水诗之先声。他的诗歌,从初唐时期的咏物、应制等狭窄的题材中解放了出来,更多地表现了生活,表现了那个时代士大夫的欢乐与哀愁;而且,题材扩大了,语言纯净了,格调也提高了,虽也时有初唐诗的残留痕迹,但已是盛唐之音了。

(三)王维及其诗作

王维(701—761),字摩诘,太原祁(今山西祁县)人,官至尚书右丞,后世称为王右丞,是盛唐山水田园诗的代表作家。

王维早年对功名也充满着热情和向往,有一种积极进取的生活态度。但后来经历了一些变故,尤其是安禄山叛军攻陷长安后,王维被迫接受伪职。乱平后,他很自然地因此而受到牵连。经过了这样的变故,加之早年受母亲的影响(他的母亲奉佛有三十多年),此后王维的消极思想更有发展。"在京师,日饭十数名僧,以玄谈为乐,斋中无所有,唯茶铛、药臼、经案、绳床而已。退朝之后,焚香独坐,以禅诵为事。"(《旧唐书》本传)

王维存诗四百多首,以40岁左右为界限,分为前后两期。前期,王维也写了一些关于游侠、边塞的诗篇。而后期,由于经历了自身仕途的坎坷,又对朝廷政治与现实社会之黑暗与险恶有了一定的认识,出世的思想愈来愈浓,诗作也相应地主要是写隐居终南、辋川的闲情逸致。

从题材方面来看,王维的诗歌主要表现这样几方面内容:游侠、边塞、友情与爱情诗以及山水田园。

王维的游侠诗,很能反映作者早年那种济世的志向和豪情,如《少年行四首》。而他边塞诗反映的盛唐精神,比其游侠诗更为丰富深刻。《燕支行》、《观猎》、《出塞作》等篇,写出了守边将士的气概与风采;而《老将行》、《陇头吟》等篇则揭示了军队中的黑暗腐败现象,有强烈的政治色彩;又有《使至塞上》诸作则写出了作者赴边视察时心情的变化,同时,又为诗国增添了"大漠孤烟直,长河落日圆"的壮阔境界。

王维写友情、相思、怀人之情的作品主要有《送元二使安西》《送沈子福归江东》、《相思》、《杂诗三首》、《九月九日忆山东兄弟》等,大多是脍炙人口的名篇,尤其是《送元二使安西》这样的作品,被人们谱成送别的歌曲,千古传唱。

不过,在王维所有的诗篇中,以山水田园诗最具特色,而王维自己之所以能在当时诗坛享有盛誉并影响后世千余年诗歌史,也是因为他山水田园诗的杰出成就。

王维的山水诗变化多彩,具有不同的风格与情调。如《终南山》等作气魄宏大,意境开阔。不过,这样的作品大多是他早年写的。他的山水诗大多写于后期,且更多的是表现大自然的幽静恬适。《山居秋暝》、《鸟鸣涧》、《山中》等篇是其典型的代表作。王维还有一些山水诗,意境空寂,感情落寞。如《竹里馆》、《鹿柴》等,诗中的意象是幽篁、深林、空山、青苔,场景是幽暗的深林,封闭的场景,反映着一种封闭的心境。

王维的田园诗,最有代表性的当数《渭川田家》。这样的作品中,农村的景物被表现得那么清澈、明净,田园生活变得那么平静、安详,野老、牧童活动的姿影也像水光山色一样被诗人安排得谐和而又闲远。这正是由于王维思想深处浸染了佛教清静无为的色彩,所以在他笔下的田园也就被描写得那么安谧和悠闲。

王维精通音乐,又擅长绘画,在描写自然山水的诗里,创造出一种"诗中有画,画中有诗"的诗境,兴象玲珑而难以句诠。

王维的诗中,又常常洋溢着浓郁的禅意与禅趣。由于个人性情及生平遭际(生逢安史之乱)等原因的影响,王维与其他盛唐诗人相比,对佛禅思想有着更浓的兴趣;反过来,佛禅思想对王维的诗歌创作也就有着比其他诗人更大的影响,使他的作品带上了浓浓的禅意与禅趣。王维的许多诗作,着力表现一种"空"、"寂"、"闲"的境界,如《辛夷坞》一首:"木末芙蓉花,山中发红萼。涧户寂无人,纷纷开且落。"诗中没有人的影子,而事实上诗人澄澈明净的心境又早与这洁净空灵的意境融为一体,在对这种静美的体验与感悟中传示出一种禅意的美妙,也表现出一种诗意的魅力。

王维诗中的艺术极境,就是能表现出佛家"拈花微笑"的空灵境界。在一种宁静优美的画面中,传示出一种灵动的情韵,如"明月松间照,清泉石上流",动中求寂,超于象外而又入于诗心,林间的月光、山间的小溪、静谧优美的自然景色与空明寂静的心境悠然交会,清幽的禅趣转化为悠远的诗意,静寂中有灵性,雅意与远韵水乳交融,尤显冲淡空灵。又如《鸟鸣涧》这样的作品,自然界在诗人的笔下是那样的静谧空灵,皎洁而朦胧的月光映照着夜晚的春山,大山如此的寂静,一声声鸟鸣更衬出春夜的幽寂,也给静寂中注入一丝活力与生气;诗人的心境是如此的闲逸,以至于桂花落地的轻微声响也能觉察得到。诗人神与物会,了无滞碍,一片禅心早已化入了春山、融入了月光,又随着桂花的飘落与山鸟的鸣叫而起伏流动。宋人严羽倾心仰慕唐诗"羚羊挂角,无迹可求……透彻玲珑,不可凑泊。如空中之音、相中之色、水中之月、镜中之象,言有尽而意无穷"的艺术境界,正是集中地体现在了王维这种充满禅意与禅趣的诗作之中。

三 边塞诗派

与王维、孟浩然等山水田园诗人同时出现于盛唐诗坛的高适、岑参、王昌龄、李颀等人,在创作追求上呈现了另外一种风貌。他们大多有过边塞生活的经历,他们的诗歌描写了塞外的奇异景色,抒写出将士乐观豪迈的精神和他们在征戍生活中复杂矛盾的情感,充满了浪漫的色彩。这就是边塞诗派。

盛唐的边塞诗,不仅数量多,题材非常广泛,而且产生了大量的艺术水准很高的优秀作品,形式多样,体裁完备,五古、五七绝、五七律、七言歌行,百花齐放,争奇斗艳。

边塞诗之所以能在盛唐时期呈现繁荣的局面,有着多方面的原因:

第一,边塞的风土人情、山水风光,都充满了传奇色彩,有着新奇的吸引力,吸引着人们去探索。这是边塞诗产生的基本条件。

第二,由民族矛盾引起的边疆战争,是边塞诗产生的直接原因。

第三,盛唐帝国国势的强大,极大地提高了人们的民族自尊心与民族自豪感,激发了士人建功立业的憧憬。投笔从戎,慷慨赴边,勇敢地走向战场、走向塞漠,在当时形成了一种时代风尚。这些,都是盛唐边塞诗充满雄奇瑰丽之浪漫色彩的现实背景。

第四,唐统治者重视武功,文人入幕是一个寻求仕进的机会。这是边塞诗产生的直接基础。

第五,从文学本身方面来说,以边塞题材入诗,古已有之,这一文学传统,对盛唐诗人们也是一种影响。

盛唐边塞诗人的主将是高适和岑参。

高适(700？—765),字达夫,渤海蓨(今河北景县)人。20岁时,高适曾赴长安求仕,当时踌躇满志,自以为"举头望君门,屈指取公卿",结果却发现"白璧皆言赐近臣,布衣不得干明主"(《别韦参军》),只好失望而归,回到家中,以务农为业。此后,高适曾北上蓟门,后又客游梁宋(今河南一带)。天宝十二载(753),高适入河西节度使哥舒翰幕,充掌书记。这是他一生的转折点。天宝十四载(755),安史之乱爆发,高适回到长安,任左拾遗迁刑部侍郎,转散骑常侍,加银青光禄大夫、进封渤海县侯,成为唐代"诗人之达者"(《旧唐书》本传)。

高适的边塞诗约有二十多首,同其他人的边塞诗一样,高适的边塞诗,有的反映战斗的场面,如五古《塞下曲》;有的歌颂守边的将领,如《送浑将军出塞》;有的写边塞风貌,如《营州歌》,形象地展示了边地的风情与"胡儿"的英姿;还有的诗反映征人思妇的感情,如《塞上听吹笛》一首,借月光下的缕缕笛声写思乡之情,颇有韵味。而"胡天"、"戍楼"、"关山"等意象组成的背景,也展示了北国边地的阔大场景与边塞的特有景象。

高适的边塞诗,洋溢着高昂的爱国激情,如《塞下曲》:"万里不惜死,一朝得成功。画图麒麟阁,入朝明光宫。大笑向文士,一经何足穷。"不过,高适边塞诗最显著的特点是,以政论的笔调,揭示边防政策的弊病,表达自己对战争的意见,表现对士卒的同情,即所谓"尚质主理"。这方面最有代表性的作品,是他的名作《燕歌行》。

《燕歌行》是高适创作中的一个里程碑。这首诗突破了以往的《燕歌行》"少妇城南欲断肠"的传统主题,以乐府旧题写时事,写边塞军事。在结构上,采用了双线的写法,先写战事,再写征夫思妇的思念,最后又回到主线(边塞战事)上来,用"君不见沙场征战苦,至今犹忆李将军"二句,深刻地揭示了主题。诗篇中,"大漠穷秋塞草腓,孤城落日斗兵稀"等句渲染景物、烘托气氛,"战士军前半死生,美人帐下犹歌舞"等句采用强烈的对比手法,突出主题,都极有特色。

岑参(715?—770),荆州江陵(今湖北江陵)人,出生于一个没落的贵族家庭,祖父、伯祖、伯父都做过宰相。但后来伯祖被杀,亲族数十人被流放,家道从此衰落。这样一个家庭,给岑参的思想打上了很深的烙印。

岑参一生曾两次亲赴边塞,这对他诗风的形成有着决定性的影响。赴安西途中,他写了一些记录自己真实行迹与心态的作品。这些作品中,有着对故乡的强烈思念。如《碛中作》一首写道:"走马西来欲到天,辞家见月两回圆。今夜不知何处宿,平沙万里绝人烟。"《西过渭州,见渭水思秦川》一首也写"凭添两行泪,寄向故园流"。因为思念家乡、思念亲人,诗中免不了有些低沉的情调,但建功立业的志向,使他的作品主调不陷于低靡。所以,另一首《银山碛西馆》就这样写道:"丈夫三十未富贵,安能终日守笔砚。"这种追求功业的心理,是盛唐士人的普遍心态,也是岑参慷慨赴边从军的一个重要的思想动机。

岑参的诗作,题材广泛,尤其擅长写边塞诗。他的边塞诗,题材也是很广泛的,大致说来,主要有以下几个方面:

一、歌颂边防将士豪迈的战斗生活,表现唐军威武的气势、高涨的士气和声威,俨然是一曲曲雄壮昂扬的军歌。这些内容,突出表现在他的名作《走马川行奉送封大夫出师西征》、《轮台歌奉送封大夫出师西征》等诗篇中。

二、记述汉族和少数民族之间互相团结、和睦相处的动人情景。如《赵将军歌》、《与独孤渐道别长句兼呈严八侍御》、《奉陪封大夫宴,得征字,时封公兼鸿胪卿》等篇中都有这样的描写。

三、描绘西北边地奇异的自然景色。胡天、飞雪、大漠、火山等奇绝瑰丽的景象,在他的诗作《白雪歌送武判官归京》、《天山雪歌送萧治归京》、《火山云歌送别》等篇中都有绘声绘色的描绘。

四、描写有关边塞的风土人情、风俗习惯、音乐、舞蹈等。如《酒泉太守席上醉后作》、《凉州馆中与诸判官夜集》、《玉门关盖将军歌》等诗中就充满了琵琶长笛、羌歌胡舞、野驼美酒的场面。

五、写边关将士的乡思边愁。《题苜蓿峰寄家人》等篇中就写了征人的"泪沾巾"和闺中人的"空相忆"。这里面,也有着作者自己的亲身感受,如《逢入京使》:"故园东望路漫漫,双袖龙钟泪不干。马上相逢无纸笔,凭君传语报平安。"又如《赴北庭度陇思家》:"西向轮台万里馀,也知乡信日应疏。陇山鹦鹉能言语,为报家人数寄书。"这样的诗歌,就是作者真实的自身写照。

安史之乱以后,岑参的诗中尤多忧国伤时的内容,谴责安史叛军及其他藩镇作乱给国家和人民带来的灾难,谴责吐蕃等外族的乘机入侵。如《从军行二首》、《过梁州奉赠张尚书大夫公》、《阻戎泸间群盗》等。

岑参的诗歌,形成了自己的风格特点,其最显著的特征就是一个"奇"字。杜甫说过:"岑参兄弟皆好奇。"(《渼陂行》)沈德潜《唐诗别裁集》中说:"参诗能作奇语,尤长于边塞。"翁方纲《石洲诗话》中说:"嘉州之奇峭,入唐以来所未有。又加以边塞之作,奇气益出。"《诗辨坻》卷三说:"嘉州轮台诸作,奇姿杰出,而风骨浑劲,琢句用意,俱极精思,殆非子美、达夫所及。"其实,正如杜甫所说,"好奇"是岑参写诗的特点,他早期的作品就已经表现出这一特点了,如"涧花然暮雨,潭树暖春云"(《高冠谷口招郑鄂》),"涧水吞樵路,山花醉药栏"(《初授官题高冠草堂》)等。出塞以后,这一特点得到了进一步的发展,传奇式的边塞从军生活、神异奇特的西域风光,使他的作品更为新奇峭丽、奇特峭拔,无论是记事,还是写人状景,都奇特得到了令人惊异的地步,如:

　　侧闻阴山胡儿语,西头热海水如煮。海上众鸟不敢飞,中有鲤鱼长且肥。(《热海行》)

　　火山五月行人少,看君马去疾如鸟。(《武威送刘判官赴碛西行军》)这种"奇"的特色,在《火山云歌》、《走马川行奉送封大夫出师西征》、《白雪歌送武判官归京》等一些名篇中表现得尤为突出,如《白雪歌送武判官归京》一诗写边地的景象是:"北风卷地白草折,胡天八月即飞雪。"而诗人的想象也是奇异新颖:"忽如一夜春风来,千树万树梨花开。""春风"的想象、"梨花"的比喻,给寒冷的雪天境界融入了一丝暖暖的春意。为了更充分地表现边地的寒冷,诗人又巧妙地运用对比的手法:"纷纷暮雪下辕门,风掣红旗冻不翻。"在表现气候寒冷的同时,飘飞的雪花与冻僵了的红旗,一动一静;整个视野中的遍地洁白与空中鲜艳的一面红旗,都是一种反差强烈的对比。诗人以矫健的笔力写边地奇观,或大笔挥洒,如"瀚海阑干百丈冰,愁云惨淡万里凝";或细节勾勒,如"风掣红旗冻不翻";或真实描摹,如"轮台东门送君去,去时雪满天山路";或奇妙想象,如"忽如一夜春风来,千树万树梨花开",展示了一幅奇异瑰丽的边地奇观图。通过这种奇异特殊的环境背景,衬托出一种不同寻常的送别之情。岑参的诗作,大多能够从自己的生活积累出发,实中求奇,善于用大胆的夸张、异乎寻常的想象,来表现自己的写作对象,从而显出奇异瑰丽的特色。

与高适、岑参诗风相类而生年又稍早一些的诗人还有王之涣、王昌龄、李颀、崔颢、王翰等人。

王之涣(688—742),绛州(今山西新绛)人。他一生只担任过主簿、县尉等吏职,曾不屑于"屈腰之耻"而拂衣去官。天宝元年去世。

王之涣为人"慷慨有大略,倜傥有异才",他的边塞诗"传乎乐章,布在人口"(靳能《唐故文安郡文安县太原王府君墓志铭并序》)。由著名的"旗亭画壁"的故事即可见其影响之一斑。

王之涣的诗,如今仅存六首,然皆是绝句精品,如《登鹳雀楼》一首,气象开阔,境界阔大,以恢弘的气势写出了作者开阔的胸怀与非凡的抱负。《凉州词二首》是唐代边塞诗的名篇,"黄河远上白云间,一片孤城万仞山",写景如画;而"羌笛何须怨杨柳,春风不度玉门关",联想奇妙,令人叫绝。

王翰,字子羽,并州晋阳(今山西太原)人。个性狂放、恃才不羁。代表作是《凉州词二首》,"葡萄美酒夜光杯"一首,通过一次战地的欢宴,写守边将士的豪情,极为劲健,为盛唐边塞诗另开一境。

王昌龄(690?—756?),字少伯,京兆万年(今陕西西安)人。出身贫寒,曾任江宁丞,所以人称王江宁,后被贬为龙标尉,故又被称为王龙标。

王昌龄是盛唐时享有盛誉的一位诗人,有"诗家天子(一作'夫子')王江宁"之称。他的诗主要有三类题材:边塞诗、宫怨闺怨诗、赠别诗。从体裁上看,他现存的177首诗,其中七绝75首,五绝14首,占了总数的一半,尤以七绝为最佳。

王昌龄的边塞诗大多是用乐府旧题写成的组诗,如《从军行》七首,《塞下曲》四首等。从内容与情调上看,有的写前线将士的爱国豪情和舍身报国的无畏精神,如《从军行》(青海长云暗雪山);也有的写战斗的捷报和胜利的喜悦,如《从军行》(大漠风尘日色昏);还有的写成边将士的思乡之情,如《从军行》(烽火城西百尺楼)、(琵琶起舞换新声)等。

与当时一般诗人不同的是,王昌龄不像别人那样一味地沉溺于以边功取封侯的幻想之中,而是更多地注意到战争给普通士卒带来的巨大痛苦。因此,他的诗作对于将士的境遇给予了充分的同情。

而更引人注目的是,在王昌龄的边塞诗中,表现出一种深沉的历史感,在同情将士们不幸遭遇的同时,深刻地揭示出其本质的原因,如被誉为唐人七绝压卷之作的《出塞》一诗,末句直揭主题,"但使龙城飞将在,不教胡马度阴山",指出之所以征人未还、胡马南侵,乃是因为缺乏李将军这样得力的将帅。

边塞诗以外,王昌龄其他题材的作品亦颇具特色。

王昌龄的宫怨诗写出了宫女们的悲惨遭遇和内心痛苦。如《西宫春怨》、《长信秋词》等,"熏笼玉枕无颜色,卧听南宫清漏长","玉颜不及寒鸦色,犹带昭阳日影来",正是宫女们哀怨悲凉心境的写照。他的闺怨诗亦多有精品,如《闺怨》(闺中少妇不知愁)一首,写一女子因见"陌头杨柳色"而顿生思念之情。看似不经意地开篇,实则精心构思,巧比天工。

王昌龄还写了不少赠别诗,《芙蓉楼送辛渐》一首尤为有名,"洛阳亲友如相问,一片冰心在玉壶"早已成了人们表白心地纯洁的常用语。

可以看出,王昌龄的诗虽说是充满了北方士人的阳刚气质,但又带有南国的婉转与含蓄,这正是南北诗风交融的结果。

王昌龄的七绝善于捕捉典型的情景,善于概括和想象,语言圆润蕴藉,音调和谐婉转,民歌气息很浓,构思精巧新奇,手法婉曲多变。他的七绝,善于表现人的内心活动,尤其善于捕捉和表现刹那间的心理感触,如《闺怨》中因"忽见"一句引起的感触,《从军行》(烽火城西百尺楼)一首中笛声引起的感触,等等。

由于王昌龄在七绝方面出色的成就,前人往往将他与李白并称,如明胡应麟《诗薮》云:"七言绝,如太白、龙标,皆千秋绝技。"王世贞也将王昌龄与李白的七绝并列为"神品"(见胡震亨《唐音癸签》)。清王夫之甚至推其为唐人七绝第一。这些都说明了他在七绝方面的成就。

第三节 李白与杜甫

李白和杜甫,是中国文学史上最杰出的代表性作家。他们的作品,是唐诗的典范。李白的诗作,最能体现盛唐诗歌的浪漫主义特征;杜甫的诗作,博大精深,为后世诗坛开了无数法门。

一 李白及其诗歌

(一)李白的生平、思想与创作

李白(701—762),是一个富于传奇色彩的人物。关于他的出身、他的出生地,就有多种不同的说法。就生平经历而言,李白的一生,大致可以分为这样几个时期:

1. 蜀中时期(705—725):这个时期,是他读书习剑、学道漫游的时期。他自称"五岁诵六甲,十岁观百家"(《上安州裴长史书》),"十五观奇书,作赋凌相如"(《赠张相镐》)。魏颢《李翰林集序》说他:"眸子炯然,哆如饿虎……少任侠,手刃数人。"可见,少年时期,他所学习的不只是儒家学说,所受的教育比较驳杂。

值得注意的是,早年的李白,诗歌创作已经显露了其不凡的才华和一定的个性色彩。24岁时李白游峨眉山,沿平羌江(青衣江)东下,至渝州,写下了著名的《峨眉山月歌》。这首诗,笔调流畅,自然明快,而且开始出现了他以后诗中那种奔放的气势和浓烈的感情,"思君不见下渝州",明快之中浸透着一种绵厚的真挚感情。

2. 第一次漫游时期(725—742):此次出峡,他不愿走应试入仕的道路,希望通过隐逸学道、投诗献文、干谒权贵而一鸣惊人,走一条捷径。因而,他结交了道士司马承祯、元丹丘、胡紫阳和著名文人孟浩然、王昌龄等,干谒过安州都督、荆州刺史等官员,后又入长安,隐居终南山,结交过玉真公主等。

经过十余年的活动,李白终于于天宝元年(742)应诏入长安。"仰天大笑出门去,我辈岂是蓬蒿人"(《南陵别儿童入京》),由此可见他当时那种得意至极的心情与忘形之态。

就诗歌创作而言,李白这一时期的作品逐渐显露个性。这一时期的代表作还有《渡荆门送别》、《襄阳歌》、《长干行》、《望庐山瀑布》、《横江词》、《黄鹤楼送孟浩然之广陵》等。

3. 长安时期(742—744):李白奉诏入京,受到了前辈诗人、已八十高龄的太子宾客贺知章的接见,并被贺称为"谪仙",从此声名大振。玄宗皇帝也对他优宠有加,诏见他时"降辇步迎,如见绮皓"(李阳冰《草堂集序》),命他待诏翰林院,起草诏诰,陪驾游幸。但是,玄宗皇帝只不过把他当作一个御用文人而已,这与李白的政治理想相差太远。加之李白兀傲的个性与言行也容易招致他人的忌恨。于是,李白感到失望,感到一种理想不得实现的强烈苦闷,所以上疏求去,离开了朝廷,离开了长安。

长安时期,是李白的生活和创作发生转折的重要时期。这一时期,他有过终于出人头地的高兴,有过一些沾沾自喜,而更重要的,他对当时社会的黑暗面,对统治阶级的腐败,有了相当程度的认识。而他又不愿放弃自己的理想和抱负,所以,他心里的苦闷加深了,思想斗争激烈了,作品也就表现出波澜动荡的特点。内心世界翻滚澎湃的岩浆,形诸作品,便使他的诗歌具有了气势磅礴、摄人魂魄的艺术魅力。这一时期的代表作有《蜀道难》、《行路难》三首、《古风》等。

4. 第二次漫游时期(744—755):此次漫游,他曾东游梁宋、齐鲁,亦曾南下剡中,又北上燕蓟,后又往来于宣城、金陵等地。总的来说,这一时期,李白的生活是比较困窘的,而社会的情况更是每况愈下,政治日益黑暗,危机愈来愈严重。所以,李白的心情更加忧愤,写下了许多表现理想不得实现、抒发内心苦闷的作品,如《梦游天姥吟留别》、《将进酒》等。同时,还写了不少抨击时弊、揭露现实弊端与黑暗的作品。

值得一提的是,这次漫游期间,李白与杜甫相识,先后三次相聚,诗酒唱和,结下了深厚的友谊。杜甫后来写过《梦李白》二首、《梦李十二白二十韵》、《春日忆李白》、《不见》等诗篇。

5. 安史之乱时期(755—762):天宝十四载(755),安史之乱爆发,李白避地剡中,不久即隐居庐山。至德元年(756),应永王李璘之召,入其幕府。次年,肃宗派兵讨伐李璘,璘兵败被杀,李白也以附逆罪入浔阳狱。出狱后,又被流放夜郎。面对"世人皆欲杀"的处境,诗人"平生不下泪,于此泣无穷"(《江夏别宋之悌》)。乾元二年(759),遇赦得还,往来于宣城、金陵间。上元二年(761),李白还打算入李光弼幕府,参加征讨史朝义的工作,因病而返。次年,病逝于当涂。

这一时期,由于时代及个人遭际的原因,李白直接关注社会现实的作品比以往任何时候都多,现实主义的成分增加了。《永王东巡歌》、《古风·西岳莲花山》等是这个时期的代表作品。

李白的思想是比较复杂的,少年时期接触的就是各种思想的熏陶,儒、道、佛、侠、纵横家的思想对他的一生都有很大的影响,而且随着境遇的不同,不同的思想在不同的时期占据着主导地位。

李白一生,受道教思想的影响至为深刻,但儒家思想对他的影响同样也是深刻的。他把儒、道、侠等思想融于一身,形成了一个贯穿他一生的主导思想,就是"功成身退"。他始终幻想着"平交王侯"、"一匡天下"而"立抵卿相",建立盖世功业之后功成身退,归隐江湖。这种思想,既受儒家"达则兼济天下,穷则独善其身"观念的影响,又有老子"功成名遂身退"思想的影子。但老庄宣扬的重点在身退,而李白的"功成身退",虽以栖隐为人生之归宿,但必期之于功业成就之后。这种思想一经确立,终其一生也未曾动摇过:青年时期的"功成谢人间,从此一投钓","愿一佐明主,功成还旧林",晚年时期的"终与安社稷,功成去五湖","齐心戴朝恩,不惜微躯捐。所冀旄头灭,功成追鲁连",都贯穿了这条主线。李白一生都在努力实践自己的这一人生理念。因其一生没有功成业就,所以他一生也就没有真正地"浮五湖,戏沧洲",直到去世的前一年,还一心想着要参加李光弼的军队,请缨杀敌。(参考管士光《论李白政治思想的主导因素及其发展历程》)

(二)李白诗歌的艺术特色

李白是一位伟大而典型的浪漫主义诗人,他是盛唐诗坛的泰斗。他的诗歌,是盛唐诗歌的光辉典范。

1. 李白的诗作,创造了鲜明的个性化的艺术形象,有着强烈的主观感情和自我表现的色彩。

李白的诗歌创作带有强烈的主观色彩,主要表现为侧重抒写豪迈气概和激昂情怀,很少对客观物象和具体事件作细致的描述。这种主观表现,常常是十分直率,得意时,他高歌"仰天大笑出门去,我辈岂是蓬蒿人",郁闷时,他大呼"大道如青天,我独不得出",感情表现得很纯粹、很率真。这种主观表现,还有一个引人注目的特点,就是其诗作中有着十分鲜明的自我形象。李白诗中,有一个非常醒目而独特的现象:直接提到"我"、"吾"、"余"、"予"、"李白"的诗篇占其全集的半数以上。而且,这一"我"的形象往往唯我独尊,驱遣万物,如"太白与我语,为我开天关","夜台无李白,沽酒与何人"。甚至,自然界的形象也都成了他自己的化身,如"大鹏一日同风起,扶摇直上九万里。假令风歇时下来,犹能簸却沧溟水"(《上李邕》),"大鹏飞兮振八裔,中天摧兮力不济。余风激兮万世,游扶桑兮挂石袂"(《临路歌》)。此外,凤凰、黄鹤、松柏等自然形象的描写中也都表现着作者的人格与个性,寄寓着作者的情操和感情。而这么多不同的形象,这么多复杂的思想性格、气质特征又都完美和谐地统一在诗人的"自我"之中。

2. 强烈的抒情性是李白诗歌的另一突出特征。正是因为他的诗歌有着强烈的抒情性,以及充沛、饱满的情感,才使其作品具有撼人心灵、动神荡情的巨大艺术感染力。

李白诗歌的抒情,往往是喷发式的,有如山洪暴发,滔滔滚滚,不可遏止。在诗中,诗人时而高歌,时而痛哭,时而大笑,时而悲怆。他的喜怒哀乐、他的爱憎好恶,不加掩饰,喷涌而出,诗情充沛而饱满,丰富而强烈,波澜起伏,变化多端。不仅整体上如此,就具体的诗篇看也不例外。如著名的《梁甫吟》、《行路难》、《将进酒》、《宣州谢朓楼饯别校书叔云》、《梦游天姥吟留别》等篇均是如此。

3. 李白的诗歌常常运用越超现实的意象,表现出大胆惊人的艺术夸张,丰富奇特的想象,且善于运用历史、神话题材,因而创造出一种充盈着奇情壮采的神奇瑰丽的艺术境界。

李白诗歌中的意象虽也有清丽优美的,但更引人注目的是,他的诗歌,颇多吞吐山河、包孕日月的壮美意象,这些意象又往往是超越现实的。而这些意象的组合,总是能创造出一种阔大雄奇的意境,给人一种崇高的审美感受。

李白的诗歌中,充满了大胆惊人的夸张。"燕山雪花大如席","白发三千丈,缘愁似个长",等等,极度夸张,匪夷所思而又不让人觉其荒诞。

李白的诗歌,又充满着丰富奇特的想象,表现出惊人的想象力,如《蜀道难》中关于蜀道之险峻的描写就全是想象,充分地体现出浪漫主义诗歌创作的鲜明特征。他的想象,常常是无端而来,想落天外,如思念友人,他就说"我寄愁心与明月,随君直到夜郎西","狂风吹我心,西挂咸阳树",真是奇之又奇。

李白的诗歌,还善于运用历史、神话题材。这也是浪漫主义诗人创作上的特点。采用历史神话题材入诗,可以激发人们驰骋想象,又可不避禁忌,正好放笔抒写,更可增加作品的蕴涵与浪漫色彩。李白的许多作品,正是这方面成功的典型。

4. 李白诗在语言方面的特色,是清新自然,雄健豪放。不拘于格律,不雕琢字句,一切统归于自然。用他自己的诗句讲,就是"清水出芙蓉,天然去雕饰"。

关于其雄健豪放,主要表现在古体诗中,如:"弃我去者,昨日之日不可留;乱我心者,今日之日多烦忧!""君不见黄河之水天上来,奔流到海不复回。君不见高堂明镜悲白发,朝如青丝暮成雪!""噫吁嚱,危乎高哉,蜀道之难,难于上青天!"这种雄健豪放,又是十分精练而形象的。

当感情达到高潮时,李白又往往能冲破格律的限制,出现一些散文化的诗句。如"清风朗月不用一钱买,玉山自倒非人推"(《襄阳歌》),"其险也若此,嗟尔远道之人胡为乎来哉"(《蜀道难》)。

李白诗歌的语言又是清新自然、流畅活泼的。诗人不屑于雕章琢句,好似随口说来,明白如话而又韵味隽永。这一特点,又主要表现在他的绝句和一些民歌式的乐府短章中,如《静夜思》、《黄鹤楼送孟浩然之广陵》、《早发白帝城》、《子夜吴歌》等。

李白的诗歌,是浪漫主义的典范。但在他的作品中,也有不少现实主义的诗篇。而且,许多作品表现出浪漫主义与现实主义的结合。如《古风·西岳莲花山》等篇就是如此。

李白诗歌的体裁是多样的,但贡献最大的还是乐府歌行与绝句。他的乐府与歌行,往往主观性很强,想象丰富,比喻大胆,笔法多变,摇曳多姿,体现出作者发兴无端、气势壮大的特色。与此不同,他的绝句却多是随口而发,自然明快,另有一番神韵。

李白诗歌的风格是丰富多样的,他的许多诗作,尤其是长篇歌行,大都写得慷慨激昂、豪迈奔放、气势磅礴,总有一种迂曲盘旋的情感或奔腾澎湃的气势充溢其间。如《蜀道难》、《梦游天姥吟留别》、《将进酒》、《行路难》、《梁甫吟》等篇都是如此。而当他心境变了的时候,又会写出一些王、孟一类的恬静淡远的小诗,如《独坐敬亭山》。另外,他又会写出许多轻松愉悦、欢快流畅的作品,如《早发白帝城》等。而有时,他又会写出一些萦回着淡淡的惆怅或忧伤的小诗,如《峨眉山月歌》、《静夜思》等。

可以说,与其语言特色一样,就风格而言,李白的乐府歌行,主要体现出大气磅礴、雄奇奔放的壮美风格,而他的绝句,则更多地体现出一种清新俊逸、自然明快的优美情韵。

(三)李白诗歌的文学渊源、地位和影响

从文学渊源上讲,李白的创作,受庄子和屈原的影响最大。"庄屈实二,不可以并,并之以为心,自白始"(龚自珍《最录李白集》)。庄子愤世嫉俗、蔑视权豪、追求自由的思想以及一些消极的思想对李白的影响都很大。就艺术方面而言,庄子散文丰富奇特的想象、生动形象的比喻、雄放恣肆的笔力等艺术特色,对李白的创作也有很大的影响。而屈原高度的爱国主义精神和浪漫主义的创作方法则从另一个侧面影响了李白。李白诗歌强烈的浪漫主义精神和一系列浪漫主义的表现方法,都与庄、屈的影响密不可分。

李白的诗歌,还有受以《诗经》为代表的现实主义传统影响的一面。他在诗中这样感慨:"大雅风不作,吾衰竟谁陈","我志在删述,垂辉映千春"(《古风》其一)。他现存的150首左右的乐府诗虽多沿用旧题,却能针砭时弊,翻出新意,就是他继承和发扬《诗经》劝谏、讽喻、美刺传统的体现。

李白的创作,也积极地学习了魏晋六朝一些优秀诗人的诗作,汲取他们各方面的养分。我们从他的古风、他的乐府歌行中,能够明显地感受到阮籍、鲍照、陶渊明等人的影响,尤其是那种与现实抗争的精神及不为五斗米折腰的气节。此外,谢朓的诗歌对李白的影响也很大,后人称他"一生低首谢宣城"(王士禛《论诗绝句》),他自称"月下沉吟久不归,古来相接眼中稀。解道'澄江静如练',令人长忆谢玄晖"(《金陵城西楼月下吟》)。李白在数十首诗歌中都提及谢朓,充分表明了他对谢朓的心仪神往。杜甫《春日忆李白》一诗也说:"白也诗无敌,飘然思不群。清新庾开府,俊逸鲍参军。"在讲李白诗歌风格特点的同时,也指出了庾信、谢朓等人对他诗风的影响,换言之,指出了李白诗歌的文学渊源。

李白继屈原之后,把我国古代浪漫主义的创作推上了一个新的高峰。他以自己的诗歌创作理论和实践(尤其是后者),扫清了六朝以来华艳绮靡的诗风,完成了陈子昂诗歌革新的伟业,以其天才的艺术创造力,极大地开拓了诗歌的艺术境界,丰富了诗歌的艺术技巧,使古典诗歌的内容和形式都得到了创造性的发展。

李白的诗歌当时就蜚声海内,这从贺知章、杜甫、李阳冰等人的评价中可以看出。对后世,一方面,他诗作中表现出的鲜明的人格力量和个性魅力始终产生着巨大的影响;另一方面,他作品的艺术成就、那种他人难以企及的浪漫主义特色对后世诗人来说更是一座取之不尽的艺术宝库。韩愈、李贺、杜牧、苏轼、陆游、辛弃疾、高启、黄景仁、龚自珍等著名诗人都受到过他深刻的影响。如李贺乐府的浪漫主义手法,陆游以梦境述志抒情的浪漫主义特点,龚自珍反叛社会、追求理想、呼唤风雷的个性特征,等等,都可以看出李白诗歌的影响。

二 杜甫及其诗歌

(一)杜甫的生平与创作

杜甫(712—770),字子美,河南巩县人,是我国诗歌史上最杰出的现实主义诗人。他的一生,可以分为四个时期:

1. 35岁以前,读书与壮游时期(712—745):杜甫出身于一个有着做官传统的家庭,自十三世祖杜预以下,几乎每一代都有人出任不同的官职。所以,杜甫在《进雕赋表》中自豪地宣称"奉儒守官,未坠素业":他称做官是他们家族的"素业"——世代相袭的职业;唐代是重视诗歌的时代,杜甫的祖父杜审言是武后时代著名的诗人,杜甫曾很自豪地对儿子说:"诗是吾家事。"(《宗武生日》)因而,事业功名与不朽的诗名,成了杜甫一生中不懈追求的两个人生目标。

杜甫的青少年时期,正是大唐王朝最为繁荣昌盛的时期,也是诗人自己精力充沛、意气风发的时期。这一时期他生活的主要内容就是读书与漫游。他曾游历吴越、齐赵、梁宋等地,历时十年之久。

就诗歌创作而言,这一时期是诗人创作的准备时期。壮游丰富了他的阅历,扩大了他的视野。而盛唐时期的时代氛围使得他像同时代的其他诗人一样,心中充满了高昂的热情与强烈的自信。这一时期的作品从格调上来看是昂扬的、浪漫的。代表性诗作《望岳》表达了他的抱负和自信:"会当凌绝顶,一览众山小。"《画鹰》等作品也表现了他渴望建功立业的愿望。

2. 35岁至44岁,困守长安时期(746—755):长安十年,杜甫到处碰壁,一事无成。天宝六载(747),他也曾应诏赴举,然而这次考试却被奸相李林甫上奏"野无遗贤",未容一人及第,成了一场闹剧。这期间,杜甫总是过着"朝扣富儿门,暮随肥马尘"的生活,使他逐渐深入地了解了社会,看到了社会的不平,体验到了下层人民的苦难,增加了对社会的认识,重新塑造了他的生活理想。他的心态和观察社会的角度,也从盛唐诗人那种充满理想主义的视角转为面向现实人生。也就是在这一时期,他写出了《兵车行》、《丽人行》、《自京赴奉先县咏怀五百字》等优秀的作品。《兵车行》一首,可以看作他创作生涯中的一个里程碑,标志着杜甫从此走上了用诗笔写"诗史"的现实主义的创作道路。

3. 45岁至48岁,陷贼与为官时期(756—759):安史乱起,长安陷落,杜甫携家小逃难,后为叛军抓获,解往长安。在长安,山河破败、物是人非的景象,使诗人写下了《春望》、《哀江头》等名篇。其后杜甫逃离长安,来到凤翔行在,"麻鞋见天子,衣袖露两肘",被任命为左拾遗。不久,因事触怒肃宗,被问罪几死。乾元元年(758)六月,杜甫被贬为华州司功参军。次年春天,诗人从洛阳回华州的路上,看到了安史之乱给人民造成的巨大灾难,写下了《三吏》、《三别》这样不朽的组诗,他的现实主义创作达到了高峰。

4. 48岁至59岁,漂泊西南时期(759—770):48岁那年,杜甫由陕入川,开始了他长达十一年之久的漂泊生活。初到四川,在成都西郊的浣花溪畔盖了所草堂,过了几年相对安定的生活。此后境况愈来愈糟,在湖北、湖南漂泊了数年,最后死在一条破船上。

就诗歌创作而言,在成都浣花溪草堂的一段时间,诗人的生活相对安定,心境也比较平和,其诗作也表现出一种清新畅达的风格和新的意境。如"细雨鱼儿出,微风燕子斜";如"好雨知时节,当春乃发生。随风潜入夜,润物细无声"。这一时期的许多作品,如《堂成》、《江村》、《客至》诸篇,都表现出一种安闲恬静的风格。但从移居夔州以后,杜甫贫病交迫,多灾多难,悲愤满腔。此时的诗作多拗体,也多奇崛古拙之作,律诗的创作达到了一种新的境界,风格更加悲怆老成。《秋兴八首》、《登高》、《登岳阳楼》等篇是这一时期的代表作。

杜甫的一生,大部分是在忧伤和痛苦中度过的。由于他的忧伤和痛苦与他所生活的时代是紧密联系在一起的,因而他的诗真实地反映了唐代社会由极盛转向大衰这一历史过程中的种种社会现象及其本质,而被称为"诗史"。

(二)杜甫律诗的艺术成就

杜甫的诗歌，众体兼备，无所不精，而尤以古体和律体最佳。前者如《自京赴奉先县咏怀五百字》《北征》《三吏》《三别》《洗兵马》，还有他著名的乐府诗《兵车行》等都是不朽的名篇；后者如《月夜》《春望》《秋兴八首》，以及他那"平生第一快诗"《闻官军收河南河北》等，都是流传千古的名作。

就律诗而言，杜甫的创作，扩大了律诗的表现范围，丰富了律诗的表现手法，完善了律诗的体制。而且，无论是五律还是七律，都写得十分成功。五律如《春望》《月夜》《登岳阳楼》等，都是律诗的典范之作。这样的作品，感情深厚，格调不凡，诗人以博大的胸襟创造出厚重阔大的诗境，又以细致入微的表现手法为作品注入了细腻而又真挚饱满的感情。"国破山河在，城春草木深"，"吴楚东南坼，乾坤日夜浮"，是何等雄浑壮阔的艺术境界！"感时花溅泪，恨别鸟惊心"，"亲朋无一字，老病有孤舟"，"何时倚虚幌，双照泪痕干"，又是何等深刻的内心感触，感人肺腑、撼荡人心！

但比较而言，杜甫在七律体制的建设方面，贡献更大。当杜甫登上诗坛的时候，各种诗歌体裁都已经定型且成熟，唯独七律还没有最后定型，杜甫以其天才的才情与深厚的学识使七律在他手中得以最后定型，使七律的创作方法得以完善。他的七律创作，从题材、技巧等方面来说都达到了炉火纯青的地步，真可谓"无才不有，无法不备"。

在杜甫之前，也有人写过七律诗，但除过初盛唐之交的李颀所写的《送魏万之京》等个别作品外，大都很不成熟，即便天才诗人李白也不例外，李白的诗作存994首，但七律只有8首，不到百分之一；而杜甫诗作今存1458首，七律151首，占十分之一，仅从数量方面就远远超出了前人。而且更为主要的是，他的七律创作取得了他人无法企及的成就。

杜甫的七律，感情充沛而流畅，气势阔大，而又有很强的整体感，如其名作《登高》诸篇，浑厚深沉，浑然一体而又不乏流动感，给人一种十分厚重的感觉。

杜甫的七律，在炼字方面也十分讲究。他自称"为人性僻耽佳句，语不惊人死不休",在实际创作中也确实取得了令人称叹的成就。如"江间波浪兼天涌,塞上风云接地阴",波浪在地而称"兼天",风云在天而曰"接地","兼"字与"接"字,十分传神。又如"穿花蛱蝶深深见,点水蜻蜓款款飞"一联,用"深深"、"款款"两个修饰词,将蝴蝶与蜻蜓的神态描写得活灵活现。此外,为了主题的需要,杜甫还能将词语的次序作巧妙的变化,"香稻啄余鹦鹉粒,凤凰栖老碧梧枝"更是千古名句。

杜甫的七律,纵横恣肆,极尽变化之能事,合律而又看不出格律的束缚,中规合矩而又丝毫不见雕琢的痕迹,如被人称为"老杜平生第一快诗"的《闻官军收河南河北》一首,写诗人欣喜若狂的激动心情,一改老杜平生作诗的传统,一气呵成,酣畅淋漓,而且用了"即从"、"便下"、"穿"、"向"等口语俗词,看似随手挥写,但细细分析,又是十分规范的律诗。这正是杜甫的过人之处。

杜甫七律的最高成就,是把七律这种有严格要求的体式,写得浑融流转,无迹可寻,《闻官军收河南河北》诸作已经显出了这种特点,而具体的诗句如"老妻画纸为棋局,稚子敲针作钓钩",以具体的家常事家常语入诗,写来竟能如此地合律而又自然,令人叹为观止!

(三)杜甫诗歌的艺术风格

杜诗的风格,历来被大家公认为"沉郁顿挫"。宋人严羽在《沧浪诗话·诗评》中指出:"李杜二公,正不当优劣。太白有一二妙处,子美不能道;子美有一二妙处,太白不能作。子美不能为太白之飘逸,太白不能为子美之沉郁。太白《梦游天姥吟留别》、《远别离》等,子美不能道;子美《北征》、《兵车行》、《垂老别》等,太白不能作。"道出了李、杜诗歌的不同风格,即李诗飘逸而杜诗沉郁。

其实,最早提出这一概念的,当属杜甫本人。他在《进雕赋表》中说:"臣之所作,虽不能鼓吹六经,先鸣诸子,至于沉郁顿挫,随时敏捷,扬雄、枚皋之流,庶可企及也。"当然,他这里说的"沉郁顿挫"与我们现在所说的概念不尽相同。但是,在中国风格美学史上,正是杜甫首先把"沉郁顿挫"作为一种风格整体而标举的。

"沉郁顿挫",说得简括一些,可以从内容与形式两方面着眼,"沉郁"主要说的是内容,偏指诗歌的内容与情思特点;"顿挫"则主要说的是形式,偏指诗歌的章法结构与声律节奏等艺术形式方面的特征(当然,这只是一种简便的相对的归类。如此归类,是为了表述的方便。事实上,"沉郁"中也有形式的因素,"顿挫"中也有内容的成分)。也就是说,"沉郁顿挫"的风格恰好显示了杜诗的内容与形式的高度统一。

杜甫的诗作,思想内容充实,博大深厚,如"国破山河在,城春草木深"(《春望》)、"穷年忧黎元,叹息肠内热"(《自京赴奉先县咏怀五百字》),忧国忧民,感慨无限。他的诗作,感情饱满、充沛、强烈,又总是含有一种深沉的忧思,显得忧郁悲凉。而这种情感,往往又十分强烈,如"乾坤含疮痍,忧虞何时毕"(《北征》)、"访旧半为鬼,惊呼热中肠"(《赠卫八处士》),深沉悲凉与真挚热烈并存,故而使其作品产生一种激荡澎湃、悲壮浑厚的力度感。他的诗作,语言质朴而凝重,如"丛菊两开他日泪,孤舟一系故园心"(《秋兴八首》),如"万里悲秋常作客,百年多病独登台"(《登高》),凝练厚重,意蕴深邃。这些,再加上他那沉着、蕴藉而又含蓄的表现手法,总会使他的作品呈现出一种阔大深沉的意境,如"无边落木萧萧下,不尽长江滚滚来"(《登高》),如"玉露凋伤枫树林,巫山巫峡气萧森"、"江间波浪兼天涌,塞上风云接地阴"。上述种种,使得他的诗作显得特别的深厚广重。正如清人赵翼《瓯北诗话》所说:"盖其思力沉厚,他人不过说到七八分者,少陵必说到十分,甚至有十二三分者,其笔力之豪劲,又足以副其才思之所至,故深人无浅语。"这就是"沉郁"。

"沉郁"与浮薄对立,"顿挫"则与平直相反,指的是一种起伏变换的势态。在杜甫的诗作中,"顿挫"表现为章法上开合变换,波澜叠出;句法上精练警策又多有起伏和转折;诗歌的音韵节奏顿挫抑扬,奇正转换,富于变化。这些艺术形式方面的特点,再加上其一首诗,甚至一联、一句诗中内容情思等方面有意识地抑折逆转,以及作者常常使用的千回百折、反复咏叹的抒情方式,就使得其诗作具有了跌宕抗坠的"顿挫"之美。(参张迎胜《"沉郁"刍言》,《草堂》1982年第2期)

要言之,杜诗的"沉郁顿挫"是指其诗歌以一种抑扬曲折、跌宕顿挫的方式,含蓄委婉地表现其深沉、浓厚、忧愤、郁勃的诗情。这样的作品,浑厚饱满,阔大深沉,显出一种动荡的力度,给人一种"悲壮"的审美感受。

而这种诗风的形成,与当时动荡的时代背景,与诗人自身的遭际和思想性格是密不可分的。社会的动乱、人民的疾苦与诗人自己饱经忧患、壮志难酬的境遇交织在一起,郁结于心,而后诉之于诗,不能不深厚而沉郁;而诗人那种非常复杂而又强烈的人生情感,表达时又往往受到理性的节制,受到儒家温柔敦厚诗教观的制约,于是,那些喷薄欲出的悲怆与忧愤就变得缓慢、深沉,变得波澜起伏,使人感到愈受控制反而更有力度,再以一种低回往复、反复咏叹的方式表现出来,这就使得其作品更显力透纸背,更具顿挫之美。

当然,杜诗中也不只此一种风格。遭际不同,心境不同,诗风也就自然不同。当诗人处于困顿流离状态,或者处于战乱之中时,他的作品便更多地抒写家国之思、身世之慨。这样的作品,其风格大都沉郁顿挫。如长安困顿时期、安史之乱时期以及夔州以后的诗,多数是这类风格。当他生活比较安适时(如成都草堂时期),他就写出一些平淡自然的诗。而当平乱胜利的捷报传来,他又能写出《闻官军收河南河北》这样的"平生第一快诗"。这说明,杜甫的诗歌,有着多样化的风格;更说明,生平经历及时代风云的变化对杜甫的诗歌创作有着巨大的影响,说明诗人的脉搏总是与时代的脉搏在同时跳动着(参袁行霈主编《中国文学史》第二卷,高等教育出版社,1999年8月第11版)。

(四)杜甫及其诗歌的地位与影响

杜甫被人们称为"集大成"的诗人。他的诗作,在中国文学史上有着极其崇高的地位和巨大而深远的影响。

清人叶燮《原诗》这样评价杜甫在中国诗史上的地位:"杜甫之诗,包源流,综正变。自甫以前,如汉魏之浑朴古雅,六朝之藻丽秾纤、澹远韶秀,甫诗无一不备。然出于甫,皆甫之诗,无一字句为前人之诗也。自甫以后,在唐如韩愈、李贺之奇崛,刘禹锡、杜牧之雄杰,刘长卿之流利,温庭筠、李商隐之轻艳,以至宋、金、元、明之诗家,称巨擘者,无虑数十百人,各自炫奇翻异,而甫无一不为之开先。"虽则不完全准确,却也大致不差。

杜甫对后世诗人的影响主要表现在两个方面:一是其爱国忧民的崇高精神和社会责任感;二是其艺术成就。

就唐代诗歌而言,杜甫乃是一位承前启后的转折性人物。自杜甫以后,唐诗的风貌就发生了变化,此前那种重在抒发理想的浪漫成分日趋减少,诗人们更多地转向忧念苍生社稷,冷静地观察现实,理智地反省内心。就杜诗的具体影响而言,元、白等人以乐府诗写生民疾苦,皮日休、聂夷中、杜荀鹤等人用诗作针砭时弊,就是直接继承了杜甫缘事而发、反映现实的精神;而韩孟诗派写诗重锤炼好奇崛的特点、李商隐等人诗作章法的严密组织、晚唐的苦吟派,又都明显地受了杜诗之艺术特色的影响。

宋代以后,杜诗的地位更高,影响更大,还出现了许多以学杜相号召的诗歌流派。另外,对杜诗的研究也越来越广泛而深入,有关杜诗的整理笺注本越来越多,出现了所谓"千家注杜"的局面。总的来说,杜诗对后世之所以能产生无与伦比的巨大影响,其艺术特色的影响固然是因为人们对诗艺的热爱;而其创作精神的影响则有着深刻的社会原因:一方面,中国士人近乎本能的忧国忧民的情怀和社会责任感与杜诗的创作精神十分吻合;另一方面,时代脉搏的跳动也总能显示出杜诗的价值与意义,尤其是在社会矛盾尖锐的时代和需要社会责任感的时代,杜诗就尤能激发士人们的爱国忧民之情而受到人们的喜爱。

第四节 韩愈与白居易

安史之乱后的大历年间,是唐诗发展的一个过渡阶段,代表人物有以山水诗见称的刘长卿、韦应物和以边塞诗闻名的李益,以及"大历十才子"(卢纶、吉中孚、韩翃、钱起、司空曙、苗发、崔峒、耿湋、夏侯审、李端)。当时社会已渐趋安定,歌舞升平与山水隐逸成为诗歌的基本主题,但战乱的创伤依然触动着诗人的心灵,因此,萧索、凄冷的境界和浓重的感伤情绪,是当时诗歌的两大显著特点。也有的诗人有意追摹盛唐,但只有卢纶《塞下曲》、李益《夜上受降城闻笛》等少数诗作,还能稍有盛唐余音。

中唐时期,社会矛盾更加激烈,朝政多变,藩镇割据,宦官专权,吐蕃入侵,赋税沉重,百姓生活困苦不堪,但同一时期,城市商业经济也有了较大的发展。这种复杂的社会状况给诗人提供了丰富的创作素材和广阔的思维空间,不仅题材多样,内容丰富,而且风格迥异,形成了特色鲜明的流派。其中最有代表性的,一是发展了杜甫诗歌艺术精神,重在从诗歌形式、语言、风格等方面出奇制胜,诗风奇险怪异的韩(愈)孟(郊)诗派,代表诗人还有贾岛、李贺、卢仝等;二是继承了杜甫诗歌道德精神,重视诗歌社会伦理功能,以通俗浅易,写实白描见长,诗风浅显平易的元(稹)白(居易)诗派,代表人物还有张籍、王建、李绅等。这两派诗人双峰对峙,相映成趣,共同构成了中唐诗坛上的奇丽风景。

一 韩愈与韩孟诗派

韩愈(768—824),字退之,河阳(今河南孟县)人,因自谓郡望昌黎,故后人又称他为韩昌黎,有《昌黎先生集》40卷,《外集》10卷。韩愈不仅是古文运动的领袖,在散文发展史上占有重要地位,在诗歌创作方面也有着突出的贡献。如果说他"文以明道"的主张和黜骈文、倡古文的创作实践,与元白在诗歌方面重视政教功能,以明白易晓为尚的审美追求颇为相似,那么,他重抒情,强调"不平则鸣"的诗歌主张,却与元白大异其趣。韩愈独辟蹊径,推崇雄奇怪诞之美,使诗歌在经历了盛唐的辉煌灿烂之后,又走进了一个柳暗花明的新天地。赵翼《瓯北诗话》曾曰:"(诗)至昌黎时,李杜已在前,纵极力变化,终不能再辟一径。惟少陵奇险处,尚有可推扩,故一眼觑定,欲从此劈山开道,自成一家。"无论在审美情趣上,还是在表现技巧上,韩诗都表现出与以往大为不同的特点。

首先,韩愈诗歌常以荒诞怪异的笔法表现光怪震荡的境界,使诗歌往往具有变化多样的形式美和雄奇怪诞的意境美。大历、贞元以来的诗人,大多局限于写个人狭小的伤感与惆怅,他们感情细腻,想象力不足。韩愈则以其宏大的气势,丰富的想象力,成为诗坛的一股新的冲击力量。如《岳阳楼别窦司直》中写道:"洞庭九州间,厥大谁与让。南汇群崖水,北注何奔放。潴为七百里,吞纳各殊状。自古澄不清,环混无归向。炎风日搜搅,幽怪多冗长。轩然大波起,宇宙隘而妨。巍峨拔嵩华,腾踔较健壮。声音一何宏,轰辐车万两。"气势宏大,想象丰富。《忽忽》中写人生幻变的感受也是气势磅礴,恢弘大气:"安得长翮大翼如云生我身,乘风振奋出六合,绝浮尘。"在《陆浑山火一首和皇甫湜用其韵》中,韩愈造语险怪,把大火想象成是水神和火神的一场大战,根据自己的感受对客观事物进行了极度夸张的表现,诗中的文字更多地强调了火神的威势和水神的惨败,带有很强的虚构性,类似于神魔小说的写法。《和虞部卢四酬翰林钱七赤藤杖歌》则将神话传说融入其中,说这根藤杖是"共传滇神出水献,赤龙拔须血淋漓。又云羲和操火鞭,暝到西极睡所遗",而且进一步强调了藤杖的神秘性,"归来捧赠同舍子,浮光照手欲把疑。空堂昼眠倚牖户,飞电著壁搜蛟螭"。境界光怪陆离,虚幻荒诞,出人意表。司空图评价说:"愚尝览韩吏部歌诗累百首,其驱驾气势,若掀雷挟电,撑抉于天地之垠。"(《题柳柳州集后序》)

其次,韩愈在诗歌形式上打破了诗的回环往复、讲求对称的传统,在不对称中寻求诗歌形式的变化与创新。他常常把散文、骈赋的句法引进诗歌,使诗歌形式跌宕起伏、变化多端。如"忽忽乎,余未知生之为乐也,愿脱去而无因"(《忽忽》),这完全就是一种散文的写法,虽然不合常规,但读来却使人仿佛听闻诗人发自内心深处真切的叹息,所以沈括说"韩退之诗乃押韵之文耳"(胡仔《苕溪渔隐丛话》引)。韩愈以文为诗的写法,打破了过去规范整齐的诗歌写法,使得诗歌形式变得自由活泼。在《南山诗》中,诗人连用五十多个"或",采用长篇的排比句法。《嗟哉董生行》开头采用的则是传记文学的写法:"淮水出桐柏山,东驰遥遥千里不能休。氿水出其侧,不能千里百里入淮流。寿州属县有安丰,唐贞元时县人董生召南隐居行义于其中。"这些写法都为诗歌的进一步发展开辟了广阔的道路。

再次,韩愈在诗歌中大量运用了奇字、拗句、险韵。如《陆浑山火一首和皇甫湜用其韵》有云:"水龙鼍龟鱼与鼋,鸦鸱雕鹰雉鹄鹍,燖炰煨爊孰飞奔",用字奇怪生僻,令人费解。在《征蜀联句》:"刑神咤雊牦,阴焰颬犀札。翻霓纷偃蹇,塞野颎块圠。"这样的句子随处可见,但有时也不免生涩拗口。

此外,韩愈也写了一些清新自然、充满生活情趣的诗歌。《山石》是其中非常有代表性的作品,诗作描写的是诗人到寺中的一次游览。诗人以时间为顺序,写了从"黄昏到寺"、"夜深静卧",以至"天明独去"游览过程中的所见所想,从"芭蕉叶大支子肥",到"清月出岭光入扉",再到"山红涧碧纷烂漫,时见松枥皆十围",处处充满了盎然的生活情趣。流动的画面,亲切的氛围,诗人将纷繁的景物安排得井井有序。从艺术技巧上来说,《山石》已经达到了高度成熟的程度。又如《早春呈水部张十八员外》:"天街小雨润如酥,草色遥看近却无。最是一年春好处,绝胜烟柳满皇都。"淡淡几笔,早春充满生机的景象尽现眼前,诗歌轻快自然,清新可爱。另外,《晚春》、《盆池五首》等都是这方面的代表作。

应当指出的是,为韩愈赢得巨大声誉的主要还是那些雄奇怪诞的诗篇。这类诗歌中,虽然也有语言生涩、缺乏诗味的败笔,但其中的成功之作,却从题材、表现手法和意境创造等多方面,都给人耳目一新之感,为唐诗的百花园增添了奇异诱人的新品种。不仅为韩孟诗派其他诗人的创作提供了典范,也影响到后来的宋代诗坛。叶燮《原诗》说:"韩愈为唐诗之一大变,其力大,其思雄,崛起特为鼻祖。宋之苏(舜钦)、梅(尧臣)、欧(阳修)、苏(轼)、王(安石)、黄(庭坚),皆愈为之发其端。"可谓中肯之论。毋庸讳言的是,韩愈"以文为诗"不成功的一面,对后来诗歌的发展也产生过消极的影响。

孟郊(751—814),字东野,湖州武康(今浙江德清)人,有《孟东野集》10卷。孟郊长于五言,几乎不写长诗,短短数言,字字斟酌,大多托兴深微,古拙奇险,以苦思闻名于世。他的《秋怀》15首,几乎都有这样的特点。如"秋月颜色冰,老客志气单。冷露滴梦破,峭风梳骨寒。席上印病文,肠中转愁盘。疑怀无所凭,虚听多无端。梧桐枯峥嵘,声响如哀弹。"(其二)诗中"秋月颜色"竟然是"冰","冷露"可以"滴梦破","峭风"至于"梳骨寒",均极尽主观想象之能事。诗人调动各种感觉,将老病孤贫的落寞哀愁化作了可感可见的形象,这样的写法无疑是前所未有的。孟郊的苦吟其实主要是着力于字句的提炼,为避流俗,经常会选择一些常人不愿用或不敢用的字句,如《寒溪九首》(其九):"溪风摆余冻,溪景衔明春。玉消花滴滴,虮解光鳞鳞。悬步下清曲,消期濯芳津。千里冰裂处,一勺暖亦仁。凝精互相洗,涟漪竟将新。忽如剑疮尽,初起百战身。"诗人在这首诗中描写的是大地回春、冰雪消融时的溪水,咏的是平常景物,偏偏用字、造句乃至构思又独出心裁,不与俗同。无论是"摆"字,还是"衔"字,都是出人意料、别具一格的,而把冰雪融化比作"玉消"、"虬解",把大地春回比作"忽如剑疮尽,初起百战身",也是特别新鲜的。

贾岛(779—843),字浪仙,范阳(今北京附近)人,有《长江集》10卷。早年出家为僧,法号无本。与孟郊齐名,有"郊寒岛瘦"(苏轼语)之说。欧阳修《六一诗话》也说:"孟郊、贾岛皆以诗穷至死,而平生尤自为穷苦之句。"他为"鸟宿池边树,僧敲月下门"两句用"推"字还是用"敲"字苦吟费神,以至于冲撞了韩愈的轿子,为诗坛留下了一段千古佳话。其《题诗后》自述苦吟情事曰:"二句三年得,一吟双泪流。"更是形象地说明了他对字斟句酌的良苦用心。代表作有《寻隐者不遇》、《剑客》等。

李贺(790—816),字长吉,河南福昌(今河南宜阳)人,有《李长吉歌诗》四卷。李贺是韩孟诗派中艺术成就最高的诗人之一。他的诗无论是遣词造句还是布局谋篇,都与韩愈有相似之处,但又绝不同于韩愈。李贺诗歌主要有两个特点:一是诡幻,二是冷艳。诗人将诡幻、艳丽、哀怨融为一体,将艳丽作了冷色调的处理,形成了非常独特的艺术风格。其《苏小小墓》曰:"幽兰露,如啼眼。无物结同心,烟花不堪剪。草如茵,松如盖,风为裳,水为佩。油壁车,夕相待。冷翠烛,劳光彩。西陵下,风吹雨。"以惊人的想象给阴森可怖的墓地增加了生气,使之具有了独特的艺术美感。李贺诗歌常常并不在乎事物本身的常理和逻辑,而是通过主观的想象,对客观外物进行艺术再创造和变形处理,以诡异的手法表现悖理却合情的自我体验。如在《金铜仙人辞汉歌》有云:"魏官牵车指千里,东关酸风射眸子。空将汉月出宫门,忆君清泪如铅水。"其中铜人之"清泪",看似悖理,但却是非常合情的。韩愈为不蹈前人,力求新颖,所以选用生僻字和古字;而李贺用的却是常见字,可他却能通过通感等手法,进行独特的意象组合,获得同样使人叹为观止的效果。如"冷红"、"老红"、"愁红"、"寒绿"、"颓绿"、"静绿"等大量见于他诗中的意象,就是这方面的典型例证。

值得注意的是,李贺的诗歌常常在颓废荒凉中饱含着强烈的生命欲望,在幽冷寂寞里又充满着喧闹的华美和艳丽,但这种强烈的矛盾在诗人的笔下居然惊人地做到了水乳交融。如《秋来》:"桐风惊心壮士苦,衰灯络纬啼寒素。谁看青简一编书,不遣花虫粉空蠹。思牵今夜肠应直,雨冷香魂吊书客。秋坟鬼唱鲍家诗,恨血千年土中碧。"秋风秋雨引发了诗人怀才不遇的无边悲苦和寂寞,但他却无处诉说,只能将一腔"苦"心寄托于夜间艳丽的"香魂",在颓废中仍不熄灭人生的希望之灯,在幽冷里透露出人生真实的愿望。在他的笔下,鬼蜮世界反倒比人世间有着更多的温情,然而鬼蜮世界也同样充满了不遇之恨,"恨血千年土中碧",既是鬼魂们深沉悲唱的原因,又何尝不是诗人动地惊天之余恨难消的历史见证。这种借鬼蜮世界而将人生悲情夸张到极点的写法,可谓空前绝后,难怪清人方世举说李贺诗"足以泣鬼",世人也称他为"鬼才"。

二 白居易与元白诗派

元白诗派重写实,崇尚的是一种经过锤炼而趋于平易、雅俗共赏的风格。其代表人物是白居易。白居易(772—846),字乐天,晚号香山居士,下邽人(今陕西渭南附近),有《白氏长庆集》71卷。

白居易在《与元九诗》中说:"文章合为时而著,歌诗合为事而作。"他在"饥者歌其食,劳者歌其事"和乐府"缘事而发"的基础上,继承了杜甫的现实主义传统,创作了大量的新乐府诗。在《新乐府序》中,白居易明确阐述了他的主张:"为君,为臣,为民,为物,为事而作,不为文而作也。"与此相关,他的《秦中吟》十首及《新乐府》五十首等讽喻诗,大多描写了下层百姓的穷困生活和他们悲惨的命运,表现了诗人关心社会时政、力求有补于世的创作追求。如《重赋》(《秦中吟》)描写了生活在下层的百姓在官府的盘剥下,不堪重赋,以致"幼者形不蔽,老者体无温;悲喘并寒气,并入鼻中辛"。《买花》(《秦中吟》)借一个田舍翁之口发出"一丛深色花,十户中人赋"的感叹。《卖炭翁》(《新乐府》)写了一位靠卖炭为生的凄苦的老人形象:"卖炭翁,伐薪烧炭南山中。满面尘灰烟火色,两鬓苍苍十指黑。卖炭得钱何所营,身上衣裳口中食。可怜身上衣正单,心忧炭贱愿天寒。"

其次,白居易还反映了连年的边疆战争给人民带来的灾难。《新丰折臂翁》(《新乐府》)写一位在天宝年间逃过兵役的老人,当时无数被征去服兵役的人们最终客死异乡,老人因"偷将大石锤折臂"才幸免于难。然而,这种所谓的"且喜老身今独在"的幸运,其实却是"至今风雨阴寒夜,直到天明痛不眠"。

再次,白居易还在诗歌中揭露了统治阶级的骄奢荒淫。《伤宅》(《秦中吟》)写了贵族们大兴土木,建造起了奢华的高楼大厦,"丰屋中栉比,高墙外回环。累累六七堂,栋宇相连延"。他们不仅"一堂费百万",而且生活也奢华无度,"厨有臭败肉,库有贯朽钱"。《红线毯》(《新乐府》)则通过宣州太守向皇宫进贡红线毯的事实,揭露了统治阶级的横征暴敛和挥霍无度,诗人质问:"宣州太守知不知?一丈毯,千两丝。地不知寒人要暖,少夺人衣作地衣!"

此外,白居易对于女性的悲惨命运也给予了充分的关注。在《上阳白发人》(《新乐府》)中,诗人刻画了一个幽闭于上阳宫四十余年的老宫女,通过"入时十六"和"今六十"的对比,描绘了一个宫女红颜渐老、白发丛生的悲凉遭遇,"上阳人,苦最多。少亦苦,老亦苦,少苦老苦两如何",表达了作者对这些不幸女性的深切同情。

元和以后,白居易讽喻诗渐少,而闲适诗转多,这类诗歌风格恬淡平和,明朗自然。如《钱塘湖春行》:"孤山寺北贾亭西,水面初平云脚低。几处早莺争暖树,谁家新燕啄春泥。乱花渐欲迷人眼,浅草才能没马蹄。最爱湖东行不足,绿杨阴里白沙堤。"作者描写了春天的西湖风光,早莺新燕,飞花浅草,绿杨白堤。诗中处处春意盎然,字里行间流露出诗人轻松喜悦的心情。又如《问刘十九》:"绿蚁新醅酒,红泥小火炉。晚来天欲雪,能饮一杯无?"短短二十字,为我们刻画了一幅冬夜待友图。室内"绿蚁"、"红泥"所散发的诱人的温暖,与室外的晚来欲雪,寒气逼人,形成鲜明的对照。而更令人心动的是诗人那份从容招饮的闲适之情。全诗顺手写来,却妙趣横生。

白居易的感伤诗虽然数量上不是很多,但是却占有十分重要的地位。其中,《长恨歌》和《琵琶行》两首长篇叙事诗,可以看作是白居易的代表作。《长恨歌》共120句,描写了李隆基和杨玉环惊天动地的爱情故事。情节可谓曲折,但却偏偏不以情节取胜,反是诗中浓重的感伤意绪和悲怆气氛摄人心魄,使人为之心伤。全诗清词丽句,缠绵婉转,如描写唐明皇对杨贵妃的思念之情,诗人写道:"归来池苑皆依旧,太液芙蓉未央柳。芙蓉如面柳如眉,对此如何不泪垂。春风桃李花开日,秋雨梧桐叶落时。西宫南苑多秋草,落叶满阶红不扫。梨园弟子白发新,椒房阿监青娥老。夕殿萤飞思悄然,孤灯挑尽未成眠。迟迟钟鼓初长夜,耿耿星河欲曙天。鸳鸯瓦冷霜华重,翡翠衾寒谁与共。"诗中鲜见对唐明皇重色轻国的批判,反而处处充满了对李杨二人之间真挚爱情的赞美和同情,令人读后觉得荡气回肠,欷歔不已。而诗中的一些词句,如"排空驭气奔如电,升天入地求之遍。上穷碧落下黄泉,两处茫茫皆不见","悠悠生死别经年,魂魄不曾来入梦","在天愿作比翼鸟,在地愿为连理枝。天长地久有时尽,此恨绵绵无绝期",千百年来更是为大家所熟知和传诵。

《琵琶行》同样也是一首叙写诗人生平际遇的感伤诗歌。诗人在浔阳江上巧遇琵琶女,听了女子出神入化的弹奏后,又听闻她讲述自己"今年欢笑复明年,秋月春风等闲度"以及"老大嫁作商人妇"的经历,联想到自己谪居卧病的遭遇,不由泪湿青衫,发出"同是天涯沦落人,相逢何必曾相识"的感叹。全诗一气呵成,字字肺腑,句句凄凉,是一首寓情于事的典范之作。

白居易诗歌的语言平易浅切,通俗易懂。他在《新乐府序》中说:"其辞质而径,欲见之者易喻也;其言直而切,欲闻之者深诫也。"也就是要求文字上要做到直截了当、浅显易懂。但从另一方面来说,由于诗人过于追求写实和通俗,所以难免会流于过分烦琐,特别表现在讽喻诗歌中,因为功利性太强,削弱了诗歌的艺术性,而一些可以高度浓缩的语句,也往往变得分散,成了大白话,从而也就在一定程度上失去了诗歌的含蓄美和韵味美。

元稹(779—832),字微之,河南(今河南洛阳)人,有《元氏长庆集》60卷,《补遗》6卷。其诗与白居易齐名,时称"元白"。两人文学主张相同,彼此唱和,共同推动了当时的新乐府创作。他的乐府诗虽多用古题,但在反映现实方面与白居易乐府诗并无二致,只是批判精神稍差一些。如《织妇词》反映了织妇"缲丝织帛犹努力,变缉撩机苦难织"的辛劳和"为解挑纹嫁不得"的悲苦。《估客乐》写了"求利无不营"的商人,勾结官府,"先问十常侍,次求百公卿。侯家与主第,点缀无不精",最终控制市场,牟取暴利,"富与王者勍"。他的长篇叙事诗《连昌宫词》与白居易《长恨歌》并称,借宫边老人之口,对安史之乱作了理性的反思。

但元稹最为出色的诗歌是为亡妻韦丛而作的悼亡诗。这些诗歌写得情深意切,真挚自然,很能打动人心。其中《遣悲怀》三首能以口语化的诗句表达真挚的情感,如"昔日戏言身后意,今朝皆到眼前来……诚知此恨人人有,贫贱夫妻百事哀"(其二),"唯将终夜长开眼,报答平生未展眉"(其三)。这些诗句与《离思》中的"曾经沧海难为水,除却巫山不是云"(其四)千百年来一直为人传诵,已成为表现爱情的名句。他的《行宫》:"寥落古行宫,宫花寂寞红。白头宫女在,闲坐说玄宗。"含蓄蕴藉,余味无穷,历来受到读者的称赞。

张籍(约766—约830),字文昌,和州乌江(今安徽和县)人,有《张司业集》8卷。他的乐府诗题材非常广泛,《野老歌》对于农民贫困的生活深表同情;《寄衣曲》《征妇怨》等描写了战争带给人民的苦难;《离妇》《北邙行》等抨击社会上流行的恶俗,艺术上大多语言浅显,风格平实,明白易懂,充满了民间气息。

王建(766—约830以后),字仲初,许州(今河南许昌)人,有《王司马集》8卷。最能代表王建艺术成就的是他的新题乐府诗。他描写下层人民生活困苦的作品大多写得相当成功,如《田家行》《当窗织》《海人谣》等。此外,王建还有描写宫女生活的《宫词一百首》。在艺术上,王建诗歌具有通俗明快,清丽小巧的特色。

三 柳宗元与刘禹锡

中唐时代,还有两位诗人因久遭贬谪,长期远离政治中心,故其诗风与上述两派很不相同,这就是柳宗元和刘禹锡。柳宗元(773—819),字子厚,河东(今山西永济县)人。因参加王叔文领导的永贞革新,被贬为永州司马。十年后转为柳州刺史。有《柳河东集》45卷,《外集》2卷。

柳宗元与韩愈同为古文运动的领袖人物,他的诗多表现政治失意和离乡去国的酸楚哀怨,如《登柳州城楼寄漳汀封连四州》:"城上高楼接大荒,海天愁思正茫茫。惊风乱飐芙蓉水,密雨斜侵薜荔墙。岭树重遮千里目,江流曲似九回肠。共来百越文身地,犹自音书滞一乡。"表现了被贬的愤懑和愁思。《与浩初上人同看山寄京华亲故》:"海畔尖山似剑铓,秋来处处割愁肠。若为化得身千亿,散上峰头望故乡。"则写了强烈的思乡之苦。元人方回说:"柳诗哀而酸楚。"(《瀛奎律髓》卷四)金人周昂《读柳诗》也说:"开卷未终还复掩,世间无此最悲音。"柳宗元的山水诗,曾得到"发纤秾于简古,寄至味于淡泊"(苏轼《书黄子思诗集后》)的评价,以往的诗论家多把他与陶渊明、韦应物并称。其实,这些诗作中多不乏幽愤寂寞之感,如他的山水名作《南涧中题》,末四句曰"索寞竟何事,徘徊只自知。谁为后来者,当与此心期",又如《江雪》"千山鸟飞绝,万径人踪灭。孤舟蓑笠翁,独钓寒江雪",也给人深深的"索寞"之感,这与陶、韦又是不尽相同的。

刘禹锡(772—842),字梦得,洛阳人。因参加王叔文领导的永贞革新,与柳宗元同时被贬,此后在偏远之地任地方官23年之久。有《刘梦得文集》40卷。

长期的贬谪生活使刘禹锡远离政治中心,但他的性格与柳宗元完全不同,仕途上的失意反而更激发了他的豪迈之情。他的诗歌多具有刚健豪宕的特点。如《秋词》二首(其一):"自古逢秋悲寂寥,我言秋日胜春朝。晴空一鹤排云上,便引诗情到碧霄。"在悲秋的传统之外,发掘出了全新的刚健昂扬的情感体验。最典型的是他的《酬乐天扬州初逢席上见赠》:"巴山楚水凄凉地,二十三年弃置身。怀旧空吟闻笛赋,到乡翻似烂柯人。沉舟侧畔千帆过,病树前头万木春。今日听君歌一曲,暂凭杯酒长精神。"历尽艰辛,感慨万千,却并不消沉,而且诗中"沉舟侧畔千帆过,病树前头万木春"两句,极富哲理性。

哲理性是刘禹锡诗歌的另一个重要特点。这在由他开始大量创作的咏史诗中得到了更为集中的表现,他将一个先觉者和思想家对现实人生的敏感思考,借咏史的方式,作了形象的表达。如《西塞山怀古》:"西晋楼船下益州,金陵王气黯然收。千寻铁锁沉江底,一片降幡出石头。人世几回伤往事,山形依旧枕江流。今逢四海为家日,故垒萧萧芦荻秋。"《金陵五题·乌衣巷》:"朱雀桥边野草花,乌衣巷口夕阳斜。旧时王谢堂前燕,飞入寻常百姓家。"这些咏史诗在借古喻今之外,包含着丰富的人生哲理,对晚唐咏史诗的兴盛产生了直接的影响。

对民间歌谣的借鉴是刘禹锡诗歌的又一特点。如《竹枝词》二首(其一):"杨柳青青江水平,闻郎江上唱歌声。东边日出西边雨,道是无晴却有晴。"《杨柳枝词》九首(其四):"金谷园中莺乱飞,铜驼陌上好风吹。城中桃李须臾尽,争似垂杨无限时。"皆能以通俗浅显的语言,鲜明生动的形象,将情感、景物和哲理融为一体,不仅充满睿智,而且余味无穷。与元白诗派的乐府诗相比,自是别具一格。

第五节　杜牧与李商隐

晚唐时期,各种社会矛盾更加突出。宦官专权、藩镇割据、牛李党争,加上接连不断的边患,严酷的现实使诗人心态发生了明显的变化。他们虽然依旧不乏建功立业的雄心壮志,但更多的却是难以回避的痛苦、失望,乃至绝望。这种矛盾的心理,构成了他们进行现实和历史思考的一个重要的前提。继刘禹锡之后,以杜牧、李商隐和许浑等为代表的一批诗人,在这种痛苦的思索中,创作了大量的咏史怀古诗,标志着咏史诗的发展已经进入了一个新的阶段。与此同时,晚唐诗人继中唐韩孟诗派之后继续内转,在诗歌创作中,对个人情感世界的关注成为诗歌表现的重心之一。以李商隐为代表的一批诗人,大力发展了表现幽微细腻情感的爱情诗,开拓出一个全新的诗歌境界。这两个方面共同构成了唐诗发展的最后一个高峰。

一　杜牧与咏史诗

杜牧(803—853),字牧之,京兆万年(今陕西西安)人。有《樊川文集》20卷。与李商隐齐名,时称"小李杜"。

诗人生活在多事之秋,写下了大量关注现实的咏史诗,如《登乐游原》:"长空澹澹孤鸟没,万古销沉向此中。看取汉家何事业,五陵无树起秋风。"《泊秦淮》:"烟笼寒水月笼沙,夜泊秦淮近酒家。商女不知亡国恨,隔江犹唱后庭花。"《过华清宫》三首,前两首或对汉王朝的消逝表现了无限的伤悼,或对陈后主的亡国给予无情的讽刺,但仔细品味,却无不与政治腐败和唐王朝盛世难再的现实有关;第三首则更是直接揭露了唐明皇的荒淫奢侈。

杜牧的咏史诗善于在广阔的历史背景中,以独到的眼光对历史事件作出视角独特的评价,常常能发前人之所未发。如《题乌江亭》:"胜败兵家事不期,包羞忍耻是男儿。江东弟子多才俊,卷土重来未可知。"《赤壁》:"折戟沉沙铁未销,自将磨洗认前朝。东风不与周郎便,铜雀春深锁二乔。"前一首以为项羽不该在乌江自刎,而应该忍辱负重,等待时机,卷土重来;后一首认为如没有东风的便利,"二乔"可能会被曹操深锁于铜雀台中。二诗均为议论风生、观点新颖的翻案之作,开创了咏史诗的一种新写法。

将对某一历史事件的看法,升华为对历史、人生的哲理思考,是杜牧的咏史诗的又一特点。《题宣州开元寺水阁阁下宛溪夹溪居人》:"六朝文物草连空,天淡云闲今古同。鸟去鸟来山色里,人歌人哭水声中。深秋帘幕千家雨,落日楼台一笛风。惆怅无因见范蠡,参差烟树五湖东。"诗人在对六朝的怀念中,更清楚地看到了自然的永恒与人生的短暂,更敏锐地觉察到了现实的无望,但他却把自己对历史、人生的思考,凝聚于对范蠡深深感佩和怀念之中。

杜牧是一位发展全面的诗人,咏史诗之外,他的其他诗作也多有佳作。如反映流民痛苦的《早雁》,历叙安史之乱后藩镇跋扈现状,表达自己报国无门之苦闷的《感怀诗》,尤其是他的七绝,更是以清丽俊爽、韵味悠长而受到历代读者的喜爱。如《清明》、《山行》、《秋夕》、《寄扬州韩绰判官》、《寄远》等,至今依然脍炙人口。

李商隐也写了大量的咏史诗。《行次西郊作一百韵》从作者在长安西郊所见农村荒凉破败的景象写起,追述百年来唐王朝兴衰演变的历史,表现了诗人忧国忧民的思想。诗歌在构思上深受杜甫《北征》的影响,结构谨严,风格苍劲,气势磅礴,是晚唐独一无二的杰作。与杜牧理性化的思索不同,李商隐咏史诗更擅长抓住史实中最具戏剧性的片段,进行艺术再创造,并无情地嘲弄历史,指斥时事。如《南朝》:"地险悠悠天险长,金陵王气应瑶光。休夸此地分天下,只得徐妃半面妆。"作者以"半面妆"借题发挥,对南朝君主只能守着半壁江山,苟安一隅,作了辛辣的讽刺。《贾生》:"宣室求贤访逐臣,贾生才调更无伦。可怜夜半虚前席,不问苍生问鬼神。"在讽刺汉文帝对贾谊之"知遇"的同时,对晚唐诸帝的嘲弄也自在不言中。相比之下,《马嵬》敢于质问:"如何四纪为天子,不及卢家有莫愁?"不仅观点独特,对唐玄宗的嘲讽也更为尖锐辛辣。由于运笔独特,构思新颖,李商隐的咏史诗在晚唐自成一家。

许浑,生卒年不详,字用晦,润州丹阳(今属江苏)人。许浑诗歌的成就主要体现在他的咏史怀古诗中,他有不少咏史怀古的名篇。如《咸阳城东楼》:"一上高城万里愁,蒹葭杨柳似汀洲。溪云初起日沉阁,山雨欲来风满楼。鸟下绿芜秦苑夕,蝉鸣黄叶汉宫秋。行人莫问当年事,故国东来渭水流。"诗作借眼前景物写怀古之情,信手拈来,将今日之鸟、蝉与昔日之秦苑、汉宫,眼前流水与旧时国事巧妙地组合到一起,很好地表达了怀古的幽情。尤其是"山雨欲来风满楼"一句,以其丰富的象征性,历来备受称赞。《金陵怀古》也是借助景物展示了历史的风云变幻,抒发了诗人江山依旧,物是人非的感慨。诗中历史与现实的结合,又使得诗歌的内涵更加丰富和深刻。另如《姑苏怀古》、《骊山》等,也不愧是咏史佳作。但许浑的怀古咏史诗虽然技巧娴熟,在写法上却很难摆脱先写物是人非,再辅以议论,阐明主题的习惯模式,结构缺少变化,意境也往往重复,总体成就不及杜牧和李商隐。

二 李商隐与爱情诗

诗至晚唐,以李商隐为代表的一批文人开始冲破礼教的束缚,对刻骨铭心、缠绵执著而又深沉难言的男女情爱,进行了细腻大胆的表现。爱情诗在他们笔下散发出阵阵幽香,成为晚唐诗坛上的一朵奇葩,也达到了前所未有的高度。

李商隐(813—858),字义山,号玉溪生,又号为樊南生,怀州河内(今河南沁阳)人,有《李义山诗集》3卷。在他短暂的一生中,写了大量的诗歌,其中尤以爱情诗最为著名。李商隐的爱情诗,多用写意的笔法,着力于对人物心灵深处细微体验的发掘,对于人物形貌及恋爱事件、场景,往往只字不提,或一笔带过。这种写法不仅适于传达缠绵悱恻、含蓄深藏的爱情,同时也使李商隐开辟出了全新的艺术天地,他的爱情诗也以独特的艺术魅力受到历代读者的喜爱。

首先,意境的幽深窈渺是李商隐爱情诗的特点之一。李商隐善于用比兴、象征手法构成幽深窈渺的意境。这种山沓水匝,树杂云合的境界,与凄迷幽深的爱情心理本身就有着深层的契合。如《春雨》:"怅卧新春白袷衣,白门寥落意多违。红楼隔雨相望冷,珠箔飘灯独自归。远路应悲春晼晚,残宵犹得梦依稀。玉珰缄札何由达?万里云罗一雁飞。"全诗写的是因所爱者远去而产生的种种惆怅、寥落的情思。"春雨"既是题目,也是全诗的核心。正是那迷离飘忽的春雨,撩动了诗人相思相盼的情思;也正是那漫天而下、蒙蒙无边的春雨,将诗人与所爱隔绝。此时相望,何止天涯。何况怅卧而短梦无凭,雁过而锦书难寄。这境界正如无声无息、迷蒙多变的春雨,也正是寥落无绪、愁如雨丝、恍惚迷茫的诗人的内心世界。这种情景交融的境界,把诗人的主观情感表达得淋漓尽致,同时又给人以隔雾看花,美不胜收的感觉,因而生发出无穷的艺术魅力。从全诗来看,"春雨"、"孤雁"无不具有象征意义,同时这种象征意义又寓于比兴之中,"万里云罗一雁飞",满天阴云,一雁独飞。这种由象征、比兴手法构成的意境,若有若无,若远若近,虚虚实实,变幻多姿。读者从不同的角度可以得到不同的感受,并赋予其不同的意义。这是一种极致的诗歌境界,也是李商隐爱情诗难解却又总是为读者喜爱的根本原因。

其次,以超现实和超逻辑的意象表达可意会不可言传的情思是李商隐爱情诗的又一特点。李商隐对诗歌意象有独特的把握和运用,他诗中的意象多是以心象融合物象,有意营造和刻意安排的,不仅具有超现实性,如蓬山、青鸟、梦雨、灵风、瑶台等等,而且更为重要的是,这些意象在构成诗歌意境时,又是大量省略了理性思维中的因果关系,而形成了一种超逻辑的组合。因此,即使是现实性很强的意象,在这种超逻辑的组合中,也多处于可解不可解之间。如《锦瑟》:"锦瑟无端五十弦,一弦一柱思华年。庄生晓梦迷蝴蝶,望帝春心托杜鹃。沧海月明珠有泪,蓝田日暖玉生烟。此情可待成追忆,只是当时已惘然。"诗中的锦瑟、蝴蝶、杜鹃、珠泪、玉烟五个意象,就同时具有上述两大特点。可以说《锦瑟》的艺术魅力,在很大程度上与这几种意象的营造是分不开的。又如《重过圣女祠》、《无题四首》、《银河吹笙》等,虽然,诗歌意象并不都是超现实的,但其意象组合多无明显的逻辑联系,作者略去了许多中间环节,又不作理性的提示,既给读者留下了广阔的想象空间,也使诗歌具备了明显的多义性,而朦胧难言的爱情体验则借此得到了很好的表达。

再次,李商隐爱情诗构思巧妙,表现手法也更加独特。典型的如《夜雨寄北》:"君问归期未有期,巴山夜雨涨秋池。何当共剪西窗烛,却话巴山夜雨时。"分隔两地的情人一问一答,不尽的思念和绵绵的情意缓缓流淌,充盈整首诗作。诗人匠心独运,跨越时空,由眼前别离忆起昨日相聚,又跳至未来的重逢,再重回眼前的形单影只,与开头相呼应,形成了一个语义的回环。诗作虚实相生,扑朔迷离,不仅以细密的构思表现了细腻的情感,也用迂回的结构传递了百转千回的情思。

李商隐还特别善于用典故来表现爱情。最典型的如《牡丹》:"锦帏初卷卫夫人,绣被犹堆越鄂君。垂手乱翻雕玉佩,折腰争舞郁金裙。石家蜡烛何曾剪,荀令香炉可待熏。我是梦中传彩笔,欲书花片寄朝云。"此诗或以为是咏物诗,或以为是"《无题》之流也"(清人何焯《义门读书记》)。清人程梦星也说:"此艳诗也。以其人为国色,故以牡丹喻之。结二句情致宛转,分明漏泄。"(清人朱鹤龄注、程梦星删补《重订李义山诗集笺注》)诗中八句全部用典,既描摹了牡丹的国色天香,也写出了意中人的动人风采。清人纪昀赞其"八句八事,却一气鼓荡,不见用事之迹,绝大神力"(《玉溪生诗说》)。又如"萼绿华来无定所,杜兰香去未移时"(《重过圣女祠》),用两个仙女的典故表达不见意中人的惆怅;"贾氏窥帘韩掾少,宓妃留枕魏王才"(《无题四首》之二),其中以贾氏、宓妃的如愿反衬自己的无望。正用反用都十分巧妙。典故的运用,更强化了李商隐爱情诗朦胧多义和韵味深长的特点。袁枚《随园诗话》称赞李商隐用典"皆用才情驱使,不专砌填也"。

华美清丽、引人深思的语言也是李商隐爱情诗吸引读者的一个重要特点。有些诗句早已成为古今传诵的名句,如"春蚕到死丝方尽,蜡炬成灰泪始干"(《无题》),"身无彩凤双飞翼,心有灵犀一点通"(《无题二首》之一),"春心莫共花争发,一寸相思一寸灰"(《无题四首》之二),"一春梦雨常飘瓦,尽日灵风不满旗"(《重过圣女祠》)等。李商隐还喜欢用华美的词语来表现主观感受。如"红楼隔雨相望冷,珠箔飘灯独自归",以"红楼"和"珠箔"反衬离人的心情,更表现出其寥落无绪。"蜡照半笼金翡翠,麝熏微度绣芙蓉"(《无题四首》之一),以"金翡翠"、"绣芙蓉"来反衬孤独寂寞之情,都具有很强的艺术效果。

最后,还应当指出的是,李商隐爱情诗在表达爱情的执著与痛苦、痴狂与失落的同时,还融入了他个人"一生襟抱未曾开"(崔珏《哭李商隐二首》其二)的丰富的人生体验,融入了他对历史、政治和人生的诸多感慨,这无疑使他的爱情诗愈加生动厚重,因而,不仅创造了一种全新的朦胧美,也写出了人生的悲剧之美。

温庭筠(812?—866),本名温歧,字飞卿,太原祁(今山西祁县)人。其诗作富丽,自成一派,多写女子的容态风情。诗风香艳柔媚,代表性诗作有《常林欢歌》、《经旧游》、《偶游》等。与李商隐爱情诗注重对内在情感世界的开掘,长于表达真情痴情之美不同,温庭筠爱情诗往往描摹感官的满足,而流入艳情,于缠绵中露出冶荡。

诗歌发展到晚唐后期又发生了较大的变化。一方面,以皮日休、杜荀鹤、聂夷中为代表的诗人以揭露社会黑暗现实、叙写民生疾苦为内容,表现出了极强的批判性;另一方面,以司空图为代表的诗人开始追求淡泊的情思与境界,对于政治和生活采取了一种冷淡甚至冷漠的态度,并希望能够从中寻求内心的平静。这在皮日休、陆龟蒙的创作中也有明显的表现。爱情诗发展到唐末五代,又重新回到艳情,如韩偓的《香奁集》,以写女子姿容和情人间的幽欢为能事,侧重表现感官享受和情欲满足,如《五更》(往年曾约郁金床)、《席上有赠》等,格调不高,与李商隐爱情诗已不可同日而语。

思考与练习

1. 明人陆时雍《诗镜总论》谓初唐四杰的诗作"调入初唐,时带六朝锦色"。试谈谈你对此语的理解与评价。

2. 试比较高适与岑参诗风的异同。

3. 试论李杜诗风与诗歌体裁的联系。

4. 你最喜欢唐诗中的哪一类？原因何在？

第五章 宋金元诗

宋代是继唐代之后中国诗歌发展史上的一个重要阶段,宋调与唐音是中国诗歌的两种经典范式。"就内容论,宋诗较唐诗更为广阔;就技巧论,宋诗较唐诗更为精细。然此中实各有利弊,故宋诗非能胜于唐诗,仅异于唐诗而已。"(缪钺《论宋诗》)具体地说,宋诗"异于唐诗"的新特征表现在以下几方面:

其一,宋代诗人、诗作众多,且高产作家较多。清代康熙年间所编《全唐诗》及今人陈尚君编《全唐诗补编》两书所存,作者不过三千六百余人,诗歌五万五千余首,而据北京大学古文献所编的《全宋诗》统计,宋代有作者9079人,诗歌247183首(不计残句),存诗在2卷以上者多达402人。非惟如此,现存宋人别集也是唐集的数倍。陆游77岁时即自夸"六十年间万首诗"(《小饮梅花下作》),晏殊"末年编集者乃过万篇"(宋祁《宋景文笔记》),杨万里据文献载曾写过两万首诗,虽然后两者今存诗远没有这个数量。刘克庄《竹溪诗序》即谓宋代"人各有集,集各有诗","少者千篇,多至万首"。

其二,宋代诗歌流派繁多。唐诗在发展过程中也曾形成过一些很有影响的流派,但宋诗更多。从某种意义上说,一部宋诗史实际上是各种流派消亡的历史。每一流派具有自立门户的精神与努力,流派之间的更替,既是对上一流派的变革与改造,又是下一流派滋生的逻辑起点。严羽《沧浪诗话·诗体》最先指出宋诗体派的丰富性,如以时代而论有本朝体、元祐体、江西宗派体;以人而论有东坡体、山谷体、后山体、王荆公体、邵康节体、陈简斋体、杨诚斋体等。

民国年间梁昆所著《宋诗派别论》则是对这一学术问题的专门研究,其所分体派有香山派、晚唐派、西昆派、昌黎派、荆公派、东坡派、江西派、四灵派、江湖派、理学派及晚宋派。

其三,宋诗在题材上表现出了较强的书卷气与人文味。宋代帝王很重视文化建树,文献典籍得到整理,兼之印刷术兴起,藏书普遍增多,因而宋人读书风气甚浓,常将其研读的生活感受写入诗中。如魏野《晨兴》"烧叶炉中无宿火,读书窗下有残灯",郭震《纸窗》"不是野人嫌月色,免教风弄读书灯"等句即是表现其夜读的勤苦;陆游《剑南诗稿》中的读书诗则多达数百首之多。宋诗的书卷气、人文味还表现在大量描写作者的琴、棋、书、画、茶、酒等生活,而且还出现了大量的题画诗。宋人孙绍远所编的《声画集》8卷即存录苏轼题画诗140首,苏辙86首,黄庭坚83首,这还不是他们题画诗的全部。

其四,宋诗在写作上也形成了一些有别于唐诗的新特色,如诗中好发议论,喜用典,爱说理。不过比较而言,宋诗最明显的写作特点是以文为诗,即运用散文的字法、句法与章法写诗。散文常见字法喜用虚字、重字及语尾助词,宋诗亦然。宋诗不甚讲究匀称,往往句式参差,甚至化偶句为单句,在节奏上也与律句大不相同,如苏轼《赠王子直秀才》诗:"五车书/已留儿/读,三顷田/应为鹤/谋",改七言律句的二二三式为三三一式。另外,宋诗篇幅较唐诗更长,动辄数百言上千言,诗题、诗序之长几如小品散文。如苏轼的《七月二十四日……》诗题长61字,孙觌的《绍兴士子……》诗,诗题长达186字。宋人以文为诗的特点扩大了诗歌的篇幅体制,增加了诗歌的思想容量,使之更有利于抒情达意,表现生活,但也带来了诸如拖沓冗长、缺乏情韵与含蓄的弊端,招致后人"皆文之有韵者尔"的批评。

正因唐音与宋调有着各自不同的写作特点与审美情趣,故性情不同的人,或同一读者在不同的年龄阶段对唐宋诗的取舍便会有别。钱锺书《谈艺录》"诗分唐宋"条说:"一集之内,一生之中,少年才气发扬,遂为唐诗;晚节思虑深沉,乃染宋调。"

第一节 欧梅与苏王

一 宋初诗风

宋初约七十年间,具有宋调风味的诗歌尚未产生,此间活跃于诗坛的是三个以模拟唐诗为主的诗歌流派。方回《送罗寿可诗序》亦云:"宋划五代旧习,诗有白体、昆体、晚唐体。"具体地说,白体指以王禹偁、李昉李至兄弟、徐铉徐锴兄弟及王奇为代表的一批诗人,其创作"诗务浅切,效白乐天体"(吴处厚《青箱杂记》卷一),尤其喜承元白、皮陆唱和诗风,唱和为他们的必备本领与彼此应酬交际的重要方式。其中仅王禹偁诗能自拔于流俗,关涉时政,言多规讽。其《对雪》、《感流亡》等诗开宋人以诗议论时政之先河。晚唐体代表诗人有寇准、潘阆、魏野魏闲父子、林逋、赵抃、鲁三交及九僧等,除寇准曾二度为相外,其他均为在野文人,尤多隐士与僧人。其诗宗法晚唐贾岛、姚合,题材上以描写山林风物与个人隐逸生活见长;艺术上善于白描,讲究句法锻炼,以轻灵小巧取胜;形式上特别重视五律,尤用功于中间两联。昆体是典型的馆阁体,其主要作家有杨亿、刘筠、钱惟演钱惟济兄弟、丁谓及张咏等,多为在朝文人,其诗师法李商隐,用典、炼字、属对为其典型特征,内容上多颂圣、咏物、酬献及贵游之作,多用近体,具有雕琢华靡、浮艳典丽的诗风。

二 宋调的开创者

清代叶燮《原诗·外篇下》云:"开宋诗一代之面目者,始于梅尧臣、苏舜钦二人。"吴之振《宋诗钞序》也说:"宋初诗承唐余,至苏、梅、欧阳,变以大雅。"

梅尧臣(1002—1060),字圣俞,宣州(今属安徽)宣城人。官至尚书都官员外郎,故称梅都官;宣州古称宛陵,故又称宛陵先生,文集曰《宛陵集》。

梅尧臣是宋代继王禹偁之后又一现实主义诗人,其《田家语》与《汝坟贫女》历来被视为姊妹篇,揭示了租税、兵役及天灾给农民带来的深重苦难。而

《陶者》一诗采用对比的手法,揭露了"陶尽门前土,屋上无片瓦。十指不沾泥,鳞鳞居大厦"的不合理现象。《猛虎行》、《闻欧阳永叔谪夷陵》等诗反映朝廷内部激烈的党争,表达了对革新派的同情及对保守派极大的愤恨。《故原战》一诗则描写了宋军将士与西夏紧张激烈的战斗场面。此外,如《鲁山山行》、《春风》、《东溪》等描写山水自然风光的作品清新明丽,别具一格。尤其是《东溪》"野凫眠岸有闲意,老树着花无丑枝"二句,工巧新颖,已入宋调。尧臣论诗崇尚平淡,为宋代平淡诗风的开创者,自谓"作诗无古今,唯造平淡难"(《读邵不疑学士诗卷》),"必能状难写之景如在目前,含不尽之意见于言外"(欧阳修《六一诗话》引),足见其在提倡"美"、"刺"的同时,也注意形象的塑造。元代龚啸评尧臣诗云:"去浮靡之习,超然于昆体极弊之际,存古淡之道,卓然于诸大家未起之先,此所以为梅都官诗也。"(《宛陵集跋》)

苏舜钦(1008—1048),字子美,梓州(今属四川)铜山人,生于开封。与梅尧臣齐名,并称"苏梅",祖父苏易简有诗入《禁林宴会集》。苏舜钦本生性刚正,犯颜直谏,因娶与范仲淹同党的宰相杜衍之女而陷入党争,庆历四年(1044)被御史中丞王拱辰弹劾削籍为民,放废吴中,隐居沧浪亭。苏舜钦文学上反对西昆体,主张诗文革新,其《石曼卿诗集序》指出"诗之原于古,致于用而已",强调诗歌与现实的密切关系,其退隐前的创作正是如此。如《庆州败》一诗通过描写宋王朝一场丧师辱国的战争,深刻地揭露了朝廷的腐败昏庸与主将的懦弱无能。《吾闻》诗则相反,抒发将士们"马跃践胡肠,士渴饮胡血",敢于杀敌报国的豪情壮志,也表达了诗人"予生虽儒家,气欲吞逆羯。斯时不见用,感叹肠胃热。昼卧书册中,梦过玉关北"的英雄抱负,对南宋陆游等爱国诗的创作产生巨大影响。《吴越大旱》写天灾给人民带来的深重灾难,而《城南感怀呈永叔》诗"十有七八死,当路横其尸。犬豕咋其骨,乌鸢啄其皮。胡为残良民,令此鸟兽肥"数句,栩栩如生地刻画出了当时饿殍遍野的惨景,对人民倾注了满腔的同情。闲居后的近五年中,作者的政治热情锐减,表现出了对山水自然风光的无限向往。《望太湖》、《夏意》、《独步游沧浪亭》及《吴江岸》等诗均清新恬淡,饶有情趣,尤其是《淮中晚泊犊头》受韦应物《滁州西涧》影响甚深。刘克庄《后村诗话》谓其"极似韦苏州",但其意蕴与气势更胜韦诗一筹。总的说来,苏舜钦诗感情迸发,笔力雄健,于宋代诗坛开一新视界。

欧阳修(1007—1072),字永叔,40岁自号醉翁,晚年又号六一居士,吉州庐陵(今江西永丰)人,官至参知政事。其诗现存850余首,与"苏梅"同为宋调之开创者。

作为朝廷重臣,欧阳修的诗多反映党争,关注时政之作。其在滁州任所作的《读徂徕集》、《重读徂徕集》对因支持"庆历新政"而受夏竦等人诬告的石介所经受的政治遭遇与苦难寄予深切同情,对奸臣陷害直士的卑劣行径作了猛烈的抨击。《边户》一诗通过澶渊之盟前后宋辽边境居民生活的对比,反映了他们"虽云免战斗,两地供赋租"的痛苦与屈辱。《食糟民》写农民荒年无粮,被迫以霉烂的酒糟充饥。《明妃曲和王介甫作》、《再和明妃曲》则通过描写王昭君"玉颜流落死天涯"、"红颜胜人多薄命"的不幸遭遇,侧面揭露了封建统治者的昏庸和残忍。以上作品风格或雄健豪放,或沉郁感慨,随其情感起伏而不断变化。欧阳修贬官各地所作山水诗则清丽畅朗,流动圆转,于摹景状物中深寓人生感触,如在滁州所作《幽谷晚饮》、《幽谷泉》、《啼鸟》、《丰乐亭游春》及《别滁》诸诗,它如赴贬所夷陵途中所作《晚泊岳阳》、《宿云梦馆》及《黄溪夜泊》,在颍州所作《西湖》、《梦中作》及《望佳》等诗即是。《春日西湖寄谢法曹歌》"雪消门外千山绿,花发江边二月晴"二句,对仗工致,意境开阔,摹写初春景色生动传神,堪为宋诗名句。作为具有开创性的诗人,欧阳修转益多师,其诗虽无李白的豪放飘逸,却有其清新明快的一面;虽逊韩愈的雄奇浩瀚,却有其铺排洒脱的一面。其诗喜用赋体,好发议论,句式参差,颇有韩愈"以文为诗"的遗风,对后世诗人创作产生了较大的影响。

三 王安石与苏轼

在英宗、神宗时期,宋代诗坛迎来了诗歌创作的高峰期:其中有以邵雍为代表的理学诗人,有以司马光为代表的名臣诗人,有以王令、郭祥正为代表的豪放诗人,有以曾巩、苏辙为代表的古文家诗人,不过,在灿若群星的诗人中,王安石、苏轼无疑是最杰出的两位。

王安石(1021—1086),字介甫,号半山,抚州(今属江西)临川人。晚年封荆国公,后人因称王荆公。累官至参知政事,在神宗支持下力主变法改革达六七年之久,后因保守派的反对而失败,退隐江宁十年。

王安石尝编《唐百家诗选》,诗学杜甫,主张诗文要"务为有补于世",故其前期所写的政事诗多关注现实政治,揭露社会弊端,反映民生疾苦,抒写理想抱负,议论剀切,见解深刻。《河北民》诗中"家家养子学耕织,输与官家事夷狄。今年大旱千里赤,州县仍催给河役。老小相携来就南,南人丰年自无食"数句,写宋朝与辽、西夏接壤的西北边界百姓所受赋役与徭役之苦,被迫四处逃难的惨境,批判了朝廷不惜以重币贿敌求和的屈辱政策。《秃山》以寓言诗的形式,通过写海岛上群猴只知贪图享受,以致坐吃山空,以此讥讽朝廷群臣巧取豪夺,终使国库一毛不留,成为秃山。与政事诗类似的是四十余首使辽诗,这是王安石嘉祐五年春奉敕伴送辽使回国时往返途中所作。如《白沟行》诗写诗人行至宋、辽交界处的白沟河,亲眼看到番兵演武射猎,而宋军却松懈怠慢,不禁对国家安危表示深重的忧患,而《涿州》、《澶州》、《入塞》及《塞翁行》等诗或写沿途山川形胜,或述边疆风土人情,或抒个人使北襟怀,凡此皆具特定的生活基础与真实的感受,开北宋苏辙、苏颂等人使辽诗,南宋朱弁、洪皓、曹勋、杨万里、范成大等人使金诗之先河。《临川集》中亦有不少咏史怀古诗,大多以借古讽今取胜,以立意新颖见长。如《孟子》、《商鞅》、《贾生》、《诸葛武侯》、《双庙》及《杜甫画像》等诗通过对历史上有作为的政治家孟轲、商鞅、贾谊、诸葛亮,将军张巡、许远,爱国诗人杜甫等的赞咏,寄托了自己立志革新弊政,毫不妥协的坚强意志。《明妃曲》二首尤为王安石咏史诗杰作,作者通过写王昭君远嫁异国的不幸遭遇,表达"人生失意无南北"的共同遭遇,借以抒发其怀才不遇的愤慨,形象鲜明,议论纵横,颇富艺术感染力,当时和者甚众,然均无出其右者。

罢官退隐后,王安石已渐次消减了早期的政治热情,转而徜徉山水,大量的写景诗取代了前期的政治诗。这类诗在体裁上以律体尤其是绝句为多,讲究声律、对仗、用典,创造了被严羽《沧浪诗话》所称许的"王荆公体"。佳作如《江上》"青山缭绕疑无路,忽见千帆隐映来",陆游《游山西村》"山重水复疑无路,柳暗花明又一村"即从此化出;《泊船瓜洲》"春风又绿江南岸,明月何时照我还",其中"绿"字凡数改而始定,成为"诗眼"的典范。它如《书湖阴先生壁》、《北山》、《南浦》、《金陵即事》、《载酒》、《北陂杏花》等诗,或流连光景,或感慨人事,皆清丽自然,精妙娴雅。黄庭坚赞其"暮年小诗,雅丽精绝,脱去流俗,不可以常理待之也"(《跋王荆公禅简》),叶梦得说"王荆公晚年诗律尤精严,造语用字,间不容发,然意与言会,言随意遣,浑然天成,殆不见有牵率排比处"(《石林诗话》卷上)。总之,王安石不仅有力地推动了宋人宗杜学杜之风,而且好议论,多用典,喜炼字,以致诗歌散文化、议论化等方面均对宋人诗歌创作起到了不少的影响。

继王安石之后,宋代诗坛迎来了诗坛巨子苏轼。苏轼(1037—1101),字子瞻,号东坡居士,四川眉山人。其父苏洵、弟苏辙、幼子苏过均有文集传世。苏轼四十年的宦海生涯起伏升沉,其诗歌创作亦随之消长变化。

苏轼诗歌中思想性最强的是社会政事诗。如《荔支叹》指斥权贵媚上邀宠,不顾百姓死活,其中"宫中美人一破颜,惊尘溅血流千载",尤为惊警。《吴中田妇叹》讽刺新法所造成的钱荒谷贱而伤农的现象,《和子由蚕市》深感社会上贫富差异苦乐不均,《汤村开运盐河雨中督役》描写被迫为官府服徭役的农民的艰辛生活。

苏轼诗集中最富美学价值的是写景咏物诗。此类诗歌再现祖国河山的壮美,展示农村风俗民情的朴厚,体现作者爽朗的襟怀,往往以生动的描绘,浓郁的抒情和警策的寄意寓理见长,极具艺术魅力。《登州海市》写渤海烟云的气势,其中"东方云海空复空,群仙出没空明中。荡摇浮世生万象,岂有贝阙藏珠宫"几句更是充满神奇的幻想。《新城道中》"岭上晴云披絮帽,树头初日挂铜钲。野桃含笑竹篱短,溪柳自摇沙水清"数句写江南山村韵致,深为后人赞赏。《百步洪》连用七个比喻,生擒活捉,描绘洪水奔腾的气势,前人诗中罕见。《饮湖上初晴后雨》一诗描写西湖晴雨中不同的景色,脍炙人口,家喻户晓。苏轼所作咏物诗亦多,其中咏梅诗即有四十余首。它如《海棠》、《赠刘景文》分咏海棠、菊花,往往摹物入神,栩栩如生。

苏轼诗集中还有不少哲理议论诗、抒怀诗、和陶诗及探讨诗、画、书法、音乐理论的诗。《题西林壁》论述了人们认识事物须入乎其中,出乎其外的道理。

《琴诗》:"若言弦上有琴声,放在匣中何不鸣?若言声在指头上,何不于君指上听?"指出了矛盾的两个方面互为依靠的理论。《薄薄酒二首》句式参差,议论英发,抒发了"是非忧乐两都忘"的旷达心情。《惠崇春江晚景》为题画名作,《韩干马十四匹》写马活灵活现,呼之欲出。《书鄢陵王主簿所画折枝二首》"论画以形似,见与儿童邻。赋诗必此诗,定知非诗人。诗画本一律,天工与清新"几句,探讨了神似与形似,诗与画的辩证关系。

苏诗境界大、笔力豪、变化多,发展了韩愈"以文为诗"的传统,熔议论化、散文化于一炉,丰富了诗的表现手法。赵翼《瓯北诗话》卷五说:"以文为诗,自昌黎始,至东坡益大放厥词,别开生面,成一代之大观。"苏诗各体皆工,而尤以七言见长,其七古恣意挥洒,篇幅恢弘,最能体现作者奔放豪迈的才情;七绝精美、明快,有不少快意之作。苏诗语言博洽、飞动、圆熟,举凡经史诗赋、佛老道藏、生活口语,无不汇聚笔端,任其驱遣。苏诗想象丰富,比喻生动、形象、贴切,引人入胜。南宋陈骙《文则》即将苏诗的比喻细分为直喻、隐喻、简喻、详喻、博喻等,钱锺书《宋诗选注》本传则谓之"莎士比亚式的比喻"。苏诗风格多样,其中前期以豪健清雄为主,晚年则趋于平淡自然。总之,苏轼在艺术上转益多师,取径不一。大致说来,有李白的宏放而无其飘逸,有杜甫的浑涵而无其沉郁,有韩愈的劲拔而无其奇险,有白居易的流丽而无其通俗。苏轼对后世诗人创作无论是在思想心态上,抑或是艺术技巧上都产生过很大的影响。

第二节 黄庭坚与江西诗派

一 黄庭坚的诗歌创作

两宋之际,有影响的诗人多为苏轼的门生亲友,如苏辙、黄庭坚、张耒、秦观、晁补之、陈师道、苏过、唐庚及以黄庭坚为代表的江西诗派。他们虽然追随苏轼,但其诗歌创作却与苏轼有很大的不同。正是这些诗风各不相同的众多明星共同烘托出了北宋后期诗坛璀璨的天空。我们先从与苏轼并称"苏黄"的大诗人黄庭坚说起。

黄庭坚(1045—1105),字鲁直,号山谷,又号涪翁,洪州分宁(今江西修水)人。几度出任地方官吏,后被除名,羁管宜州(今广西宜山),并卒于此。

黄庭坚现存诗约一千九百余首,就题材而言,抨击时弊、干预现实的诗非常少,而较多的是在抒写个人情怀,展示主观世界的多重感受。思亲怀友、咏物感时及表现羁旅行役、生活遭遇与读书治学的诗约占三分之二,其中友朋间赠答酬唱的诗即多达 537 首。如为人们所激赏的名篇《寄黄几复》、《登快阁》等,前诗"桃李春风一杯酒,江湖夜雨十年灯",后诗"落木千山天远大,澄江一道月分明"等皆为宋诗中脍炙人口的佳句。《雨中登岳阳楼望君山二首》(其一)抒发诗人历经放逐,几近绝境,终于化险为夷,得以生还的悲喜交集的心情。

黄庭坚涉及音乐、绘画、书法、建筑的诗亦较多,此类诗或摹景写物,或生发议论,其中不乏佳作。如《题竹石牧牛》,虽为题咏之作,作者却并不局限于状写石、竹、牧童和老牛,而是表达其对大自然的向往喜爱及自然美被破坏后无比痛惜的心情。《徐孺子祠堂》借题咏徐孺子祠堂,赞扬徐孺子守身如玉的美好品德,感慨世无伯乐致使人才埋没。值得一提的是,黄庭坚还写有许多描写人物形象的诗,如医生、卜者、隐士、贵胄、豪侠、诗人等都曾出现在他的笔下,其中以写怀才不遇,贫贱自守的奇人异士为主。诗歌本以抒情写景见长,黄庭坚以诗写人,实属可贵。除此以外,黄庭坚诗还有次韵诗多、六绝多的特点,其次韵诗有 567 首,占全集的百分之二十九,六绝诗有 66 首。

黄庭坚诗在艺术上具有"三奇"。一是构思奇巧,不平铺直叙,而是章法细密,起结无端,常出人意表,不落俗套。《六月十七日昼寝》、《睡鸭》等诗即由常见题材翻新出奇。二是造语奇特,喜用僻典,句句用典,用典多用"翻案法",反古人意而用之,谓之用事奇;长于点化锻炼,下语奇警,讲究炼字,谓之用字奇;喜用博喻描绘一事,或将两件看似无关的事物互相比拟,谓之比喻奇。三是格律奇拗,或打破平常的平仄规律,故意造成平仄不协;或运用虚词使诗歌产生一种浑灏古朴的气势;或用散文的自然节奏取代诗的固定节奏,造成诘屈拗口的不和谐音。

二 江西诗派

黄庭坚因其诗歌创作与理论上的巨大成绩,在宋代诗坛产生了很大的影响,在他周围形成了一个声势不凡的诗歌流派——江西诗派。该派诗人以江西人为多,其师承传授与理论主张均与黄庭坚有一脉相承之处。关于该派诗人名单,南北宋之交的吕本中作《江西诗社宗派图》,首推黄庭坚为该派之祖,下列陈师道等二十五人。该派的殿军,宋末元初的方回编《瀛奎律髓》,首倡"一祖三宗"之说,谓"古今诗人当以老杜、山谷、后山、简斋四家为一祖三宗"(见该书卷二六)。

陈师道(1053—1102),字无己,别号后山居士。先后学文于曾几,学词于苏轼,学诗于黄庭坚,以讲究风节,富有骨气而受人称赏。在各体文学中,陈师道以诗歌创作成就最高,与黄庭坚齐名,并称"黄陈"。他在《答秦觏书》中说,"仆于诗初无师法","及一见黄豫章,尽焚其稿而学焉";"仆之诗,豫章之诗也"。在诗歌理论上,陈师道主张学杜,倡导创新,强调锻炼,讲究技巧,批评苏诗"失于粗"(《后山诗话》),因而黄庭坚有"闭门觅句陈无己"之句。但另一方面,陈师道也要求写诗"宁拙毋巧,宁朴毋华,宁粗毋弱,宁僻毋俗"(《后山诗话》),即提倡朴实自然的诗风,矫正尖巧、华靡、纤弱、浅俗的弊端。

与黄庭坚一样,陈师道诗取材于现实政治与社会者较少,而最受人关注,让人感动的是表现亲情与人伦的诗。这类诗多写因生活窘迫而被迫与妻子儿女分离的真情及与亲人重逢后的喜悦感激,如《送内》、《示三子》、《别三子》、《东阿》、《送外舅郭大夫概西川提刑》、《忆少子》、《春怀示邻里》及《送外舅郭大夫夔路提刑》等。其中《别三子》诗云:"有女初束发,已知生离悲。枕我不肯起,畏我从此辞。大儿学语言,拜揖未胜衣。唤耶我欲去,此语那可思。小儿襁褓间,抱负有母慈。汝哭犹在耳,我怀人得知。"作者抒发与儿女临别时依恋难舍的情感。《示三子》则描写与儿女久别重逢的悲喜交集的复杂心情。两诗语朴情浓,真挚感人。陈师道一生穷愁,饱受人间磨难,故其集中亦多表现诗人困顿拮据生活的诗,《秋怀十首》、《拟古》、《暑雨》、《赠关彦长》、《怀远》、《寄李方叔》等诗即写诗人贫无一锥,屋漏生菌,齑盐度岁,炊事难继的穷酸与凄苦,而《谢宪台赵史惠米》《寄单州张朝请》两诗甚至写到自己衣食无着,只得寄望于友人周济的苦衷。

陈师道诗,语言朴实无华,风格清丽雅致,感情真挚浓郁。如寄给苏轼的《怀远》诗:"海外三年谪,天南万里行。生前兄为累,身后更须名。未有平安报,空怀故旧情。斯人有如此,无复泪纵横。"以平常语写至真至浓情,清新明快,如脱口而出。然有时也因过于追求语言的质朴,从而产生许多形象枯燥、缺乏风神的作品;或过于追求言简意赅,将文字压缩过甚,以至语言破碎不全,艰涩难懂。钱锺书在《宋诗选注》中说,读他的诗"就仿佛听口吃的人或病得一丝两气的人说话,瞧着他满肚子的话说不畅快,替他干着急"。

陈与义(1090—1138),字去非,号简斋居士。以《墨梅》诗为徽宗所赏识,此后官运亨通,官至参知政事。

陈与义的诗歌创作分为两个阶段:前期创作受江西诗风影响,多写怀、咏物、唱和、酬赠、题画、叹时之作,或感叹职卑官冷,或嘲讽庸俗世态,或流连山水林泉。如《书怀示友十首》《和张矩臣水墨梅五绝》及《十月》等诗,艺术上注重锻炼,取资博洽。后期创作受世乱影响,多感叹流亡、忧愤时政、颂扬抗敌、怀念故国之作。如《邓州西轩书事十首》《避虏入南山》《次韵尹潜感怀》《伤春》及《牡丹》,皆叙事性加强,以雄浑阔大见胜,沉着中有流动之致。其中,《伤春》诗痛斥"庙堂无策可平戎"的腐败无能,表彰向子諲奋勇抗敌的爱国精神,音调响亮,感情沉郁。陈与义还长于写景,且不事雕琢,以白描见长,如"朝来庭树有鸣禽,红绿扶春上远林。忽有好诗生眼底,安排句法已难寻"(《春日》),而"客子光阴诗卷里,杏花消息雨声中"(《怀天经智老因访之》)二句,尤为难得佳句。

曾几(1084—1166),字吉甫,号茶山居士。祖籍赣州,生长洛阳。他与黄庭坚、陈师道、陈与义、吕本中并为江西诗派重要诗人。他在创作上曾学黄庭坚、韩驹、吕本中,其诗歌的成就比吕本中要高,因而在南宋的影响也比吕本中要大,陆游、杨万里、范成大及部分江湖派诗人均曾师从曾几。

身逢乱世之际,与其他诗人一样,曾几也写过一些反映抗金生活的诗,如《寓居吴兴》及《喜闻天兵已临衢寇》等,但他最受人欢迎的是模山范水的小诗。

《三衢道中》"绿荫不减来时路,添得黄鹂四五声",写出了自然界中的变化,十分传神。《雪作》亦为佳作,其中"一夜纸窗明似月,多年布被冷于冰",将大雪的色彩与温度描摹得历历在目。曾几的咏物诗也很有特色,他爱石如痴,喜梅成癖,故集中咏石、咏梅之作较多,尤其是咏梅诗多达26首。

南宋初诗歌创作进入一个低落期,较有实绩的诗人除江西诗派的第二代作家韩驹、吕本中、曾几外,尚有曾为朱熹之师的理学家刘子翚,四六文创作为南宋"中兴第一"的汪藻,因写送胡铨诗而"大名愈著"的王庭珪等。刘子翚的《汴京纪事二十首》,汪藻的《己酉乱后寄常州使君侄四首》,王庭珪的《送胡邦衡之新州贬所二首》,或表现国家兴亡、历史盛衰之感,或描写战乱后难民流离失所的惨景,或抒发奸臣无道、英雄受挫的愤慨,均体现了崇高的正义感与时代的最强音,具有强烈的爱国精神。另外,洪皓、朱弁曾滞留金国十多年,曹勋也曾出使过金国,他们的使金诗能保持坚贞的民族气节,描写异域风俗民情,同情遗民悲惨生活,故皆有可观之处。

第三节 陆游与南宋中后期其他诗人

南宋中期,江西诗派虽尚有一定的影响,许多诗人均从师法江西入手,但最终还是从江西的樊篱中解脱出来,自成一家。其中成就较大者有南宋中兴四大诗人,即陆游、范成大、杨万里及尤袤。尤袤留存于世的作品已无多,可存而不论。

一 陆游

陆游(1125—1210),字务观,号放翁,越州山阴(今浙江绍兴)人。曾任夔州通判,做过著名诗人范成大的幕僚。后虽曾二度复出,但晚年大部分时间是在闲适退居中度过的。

陆游诗歌的题材极为丰富,其中最为人称道的是爱国主题的诗。陆游爱国诗的内容,首先表现在作者坚定地站在抗战派一边,对投降派作了无情揭露与严厉谴责。他认为"和亲自古非长策"(《估客有自蔡州来者感怅弥日》),"生逢和亲最可伤,岁辇金絮输胡羌"(《陇头水》)。在《关山月》中,诗人假托一位戍边老士兵之口,痛斥了投降派为达到苟且偷安贪图享乐的目的,以一纸和议即抛弃祖国半壁江山的丑恶行径,倾诉了爱国将士与沦陷区人民的满腔悲愤。《追感往事》(其五)更直截了当地指出:"诸公可叹善谋身,误国当时岂一秦?"认为南宋王朝中投降派非止秦桧一人,矛头直指以宋高宗赵构为首的整个妥协投降派,其揭露问题的尖锐大胆在当时是很少有的。

陆游有时将笔触伸向广大人民尤其是中原遗民,因而反映沦陷区人民惨遭金兵蹂躏,渴慕收复失地、统一祖国的诗歌则是陆游爱国抗金诗的又一重要思想内容。陆游虽然不像辛弃疾那样直接生长于中原,但却与中原父老的心息息相关,"赵魏胡尘千丈黄,遗民膏血饱豺狼"(《题海首座侠客像》),"北望中原泪满巾,黄旗空想渡河津"(《北望》),这些诗句无不表达了诗人对中原百姓的满腔同情与真切关怀。在《秋夜将晓出篱门迎凉有感》诗中,陆游更是十分沉痛地说:"三万里河东入海,五千仞岳上摩天。遗民泪尽胡尘里,南望王师又一年。"如此近距离地将心贴近苦难深重的沦陷区人民,这是难能可贵的。

陆游不仅是诗人,更是志士,是亲赴南郑前线有过抗金经历的士兵。他的爱国诗也常表现其杀敌报国的英雄气概与壮志未酬的无比悲愤。如其《金错刀行》"千年史策耻无名,一片丹心报天子",《夜泊水村》"一身报国有万死,双鬓向人无再青",《夜读兵书》"平生万里心,执戈王前驱。战死士所有,耻复守妻孥"等,即为收复中原呐喊,言其扫胡尘、靖国难之志,唱出了时代的最强音。其《书愤》、《感愤》、《枕上》、《三月十七日夜醉中作》、《十一月四日风雨大作》及《示儿》等诗亦复如此。其情感或飞扬激越,或低回悲怆,但抗金的心是始终不渝的。梁启超曾说:"诗界千年靡靡风,兵魂消尽国魂空。集中十九从军乐,自古男儿一放翁。"(《读陆放翁集》二首其一)

除此以外,陆游还是写景咏物的能手,这类诗占去了诗人全集的绝大部分。其《临安春雨初霁》描写江南春雨与书斋生活,《游山西村》赞美淳朴的民俗风情。其中前诗"小楼"一联,后诗"山重"一联尤为脍炙人口。陆游描写与表妹唐琬爱情婚姻悲剧的诗也值得一提,其《沈园》二首表达故地重游、触景生情的感慨,读来哀婉沉痛。宋代爱情诗极少,陆游这类诗歌弥足珍贵。

陆游在创作上从学习江西诗派入手,最后又能突破其樊篱,"自成一体"。他有着杜甫那种强烈的现实主义精神,能真实地反映自己所处的时代与社会,同时又汲取李白诗歌的艺术营养,长于用梦的形式表现其理想,其诗由此具有浓厚的浪漫色彩,诗人当时即有"小李白"之称。在风格上或雄浑奔放,或沉郁悲愤,或清新明丽,并不拘于一格。在体裁上古体、律诗、绝句皆善,而尤以七律见长,为前人所推崇。在宋代诗人中,陆游是与苏轼齐名并称于后世的。清代御编《唐宋诗醇》,于宋诗即取苏、陆二家。

二 范成大与杨万里

范成大(1126—1193),字致能,号石湖居士,吴郡(今江苏苏州)人。一生仕途通达,以使金不屈和为官有政绩为人所称。官至参知政事,五十八岁时因病辞归,退居苏州石湖达十年之久。

范成大现存诗一千九百多首,其中关注国计民生的诗多表现于咏史、怀古、纪行、写景、叙事等题材中,出使金国时所写的大型组诗"纪行诗",凡72首,或谴责失地误国的投降派,或痛惜中原残破景象,或揭露金人的野蛮统治,或歌颂古代爱国志士,或反映沦陷区人民的苦难生活与渴求恢复的愿望,或表达诗人尽节报国的决心,或描写北国的山川、风土与物产,题材丰富,议论剀切,为其爱国诗的代表作。范成大具有儒家的"仁政"与"民本"思想,其农事诗即是这种思想的艺术表现,如《催租行》、《后催租行》、《劳畲歌》、《夔州竹枝歌》及《缫丝行》等,深刻地揭露了南宋王朝赋敛之重,官吏催逼之酷,百姓受害之深,表现出了对下层劳动人民的关心与同情。《后催租行》中"室中更有第三女,明年不怕催租苦"二句,卒章显志,以曲言反语聊以自慰,具有催人泪下的艺术效果。

在中国诗歌史上,范成大的田园诗尤为人称道、赞誉。他晚年退居石湖所作的《田园四时杂兴》六十首、《腊月村田乐府》十首堪为此类诗的代表作。

其中《四时田园杂兴》分春日、晚春、夏日、秋日、冬日五组,每组 12 首,作者以组诗的形式栩栩如生地描写了江南农村的风俗民情,表现了劳动者的欢乐、悲苦及奋斗历程,如"静看檐蛛结网低,无端妨碍小虫飞。蜻蜓倒挂蜂儿窘,催唤山童为解围","采菱辛苦废犁锄,血指流丹鬼质枯。无力买田聊种水,近来湖面亦收租",其反映的生活面较广,犹如一幅农村耕织的风俗画卷,代表了中国古代田园诗的最高水平,作者由此也被认为是古代田园诗的集大成者。

杨万里(1127—1206),字廷秀,号诚斋,吉州(今属江西)吉水人。因拜谒当时谪居永州的抗金名将张浚,张勉之以"正心诚意"之学,万里遂自号"诚斋"。

杨万里一生作诗数万首,今存四千二百余首,自《江湖集》至《退休集》,凡九集。方回谓"杨诚斋一官一集,每一集必一变"(《瀛奎律髓》卷一),指出了其诗作因时因地而变的特点。杨万里诗歌思想性较强的是表达其关心国事,坚持抗战立场的爱国诗。《初入淮河四绝句》为其特任接伴金国贺正旦使者时所作,当时他北渡淮河,亲眼看到沦陷区人民遭受的苦难生活,感慨万端,遂写下此组充满爱国激情的诗,表达了对南宋王朝屈辱苟安的不满,对中原百姓渴慕恢复的同情。《读罪己诏》三首指出不要为貌似强大的金人所折服,朝廷要振奋精神,国家大有可为。杨万里诗集中亦不乏反映农民劳动生活的作品,此类诗或揭露官府的苛酷,或同情农民的艰辛,或描写农业生产情况。如《插秧歌》即以俚俗之语描写农民春插的劳动场面,字里行间洋溢出诗人对农村的喜爱及对劳动生活的向往之情。《至后入城道中杂兴》"升平不在箫韶里,只在诸村打稻声"二句,则流露出对丰收的无比喜悦之情。其《视旱遇雨》、《再观十里塘捕鱼有叹》等诗则抨击朝廷横征暴敛的罪行,后诗"江湖无避处,而况野塘滨"二句,不禁令读者想到晚唐杜荀鹤《山中寡妇》"任是深山更深处,也应无计避征徭",两者有异曲同工之妙。

比较而论,杨万里爱国诗的数量与质量不及陆游,民事诗揭露时弊的深广度不及范成大。其诗价值最高、对后世影响最大的是描写山水景物的诗,这类诗也最能体现"诚斋体"的创作特点,即自觉地摆脱过去模仿江西诗派带来的不良影响,甚至焚烧早期诗作千余首,转而以"活法"为师,师法自然,开创一种新鲜活泼、风趣幽默的写法:其一,将一些富有诗意而往往为人所忽视的细节以幽默诙谐的语言表达出来;其二,如同摄影师,用快镜头捕捉稍纵即逝、妙趣横生的一瞬,在一瞬间留下永恒;其三,构思新巧,想象丰富奇特,其诗往往出人意料之外;其四,语言通俗流畅,明白如话,不堆砌典故。试看以下两首诗,《寒雀》:"百千寒雀下空庭,小集梅梢话晚晴。特地作团喧杀我,忽然惊散寂无声。"《嘲稚子》:"稚子金盘脱晓冰,彩丝穿取当银铮。敲成玉磬穿林响,忽作玻璃碎地声。"杨万里诗的幽默俏皮、清丽流畅,善于摄取特写镜头的写作特点于此表现得淋漓尽致。

三 南宋其他诗人

南宋中期诗坛,除中兴四大诗人外,较有影响的诗人还有朱熹。朱熹(1130—1200),字元晦,号晦庵,徽州婺源(今属江西),南宋著名的理学家。他一生倡导义理,以义理为诗文的根底与指归。尝自谓"不能诗"、"绝不作诗",然其文集中还是为我们留下了一千二百五十多首诗。如同当时大多数诗人一样,朱熹也写过一些爱国诗及关心民瘼的民事诗,但其最负盛名的还是那些含有哲理情趣的七绝,如《观书有感二首》,前一首以池塘活水源源不断流出为喻,寓示读书学习要经常获取知识与理论,补充艺术营养,才能使思想活跃,学问大进;后一首以水浅船搁、水深船行为喻,寓示一个人知识越丰富渊博,其思想言行就愈自由无碍。《春日》诗更是如此,"胜日寻芳泗水滨,无边光景一时新。等闲识得东风面,万紫千红总是春"。作者以无边春水、万紫千红为诗境,探求为学的心得体会,道出一旦闻道,即满目皆春的哲理,此非读书求道深有造诣者不能做到。更可贵的是,诗人虽是道学家,却没有道学气,没有直接用诗来议论哲理,而能寓哲理于生动的形象之中,读者感受到的是鲜明具体的形象,又在不知不觉中领会、接受到了诗人想要阐述的深刻哲理,这种本领工夫是宋代其他理学家很难做到的。

南宋后期,宋诗已在走下坡路。诗坛既乏名家,又鲜名作。不过比较而言,永嘉四灵、江湖诗派倒值得一提,而宋末爱国遗民诗人群更是宋诗的最后一抹晚霞。

永嘉四灵指赵师秀、翁卷、徐照、徐玑四位诗人。他们皆为温州人,温州古称永嘉,兼之四人的字号中都有"灵"字,故称"永嘉四灵"。四灵同出永嘉学派开创人叶适之门,叶适还编选了《四灵诗选》,共500首,经书商陈起刊行后,风行一时。四灵中成就较大的是赵师秀(1170—1219),他虽为宋宗室,然宦迹不显,尝编贾岛、姚合诗为《二妙集》,因特重五律,又编选唐代76位诗人五律为《众妙集》。著有《清苑斋诗集》,存诗141首。四灵在诗歌理论主张上既不赞同理学家们要求的诗以"明道",也反对江西诗派"资书以为诗"的作风,提倡诗是陶写性情的工具,主张尽量白描,"捐书以为诗","以不用事为第一格",这些主张是四灵创作上想摆脱前人影响、独辟蹊径的反映,同时也与他们的才力不济有关。

由于没有更多的官场应酬,四灵的生活圈子较为狭小,但彼此常相酬唱,旨趣相近,又都经叶适的揄扬与鼓吹,故很自然地形成了大致相同的诗风。就题材内容而言,反映时政,同情民瘼的重大题材在四灵的诗集中十分少见,偶尔有几首,如赵师秀的《九客一羽衣……》,翁卷的《京口即事》,徐照的《放鱼歌》、《促促词》,徐玑的《传胡报二十韵》等,其反映现实的深度与广度自然无法与陆游、范成大等相比,其艺术上也缺乏提炼与情韵,故鲜有名作。相比较而说,四灵在创作上较有实绩的是即事、写景、相思送别与感怀身世的诗。如赵师秀的《约客》通过环境烘托,细节描写,将主人公在朋友爽约后寂寞闲适之情表现得十分真切。翁卷的《乡村四月》描写江南初夏农村风光与农忙景象,清新明丽,脍炙人口。他如赵师秀的《冷泉夜坐》、《小舟》,徐照的《石门瀑布》,徐玑的《山居》、《六月归途》、《新凉》,翁卷的《山雨》、《野望》等,亦清新可读。因为四灵在创作上均极力效仿、标榜晚唐的姚合、贾岛,追踪其瘦寒的诗风,故喜雕琢字句,刻意求工,讲究苦吟,成了他们共同的特点。如赵师秀《千日》说,"苦吟无爱者,写在户庭间";徐照《访观公不遇》说,"昨来曾寄茗,应念苦吟心";翁卷《寄葛天民》说,"传来五字好,吟了半年余"。由于四灵仅在字句上用功夫,故其诗意境狭小,气体纤弱,格局不高,有名句而少名篇。在艺术风格上,四灵清冷幽寂,清而不枯,淡而有味。总之,永嘉四灵是一个在创作上取得过一些成绩,然终因社会阅历不多,学识才力不广而导致其诗不免破碎尖酸之病的诗歌流派。他们在南宋诗坛如昙花一现,对后世创作影响并不大,很快就被江湖派取代了。

江湖诗派本是一个比较松散的作家群体,他们既没有共同的活动地点,也缺乏公认的诗学盟主与统一的理论主张,人员众多,成分复杂,时间跨度达半个世纪之久,但他们除刘克庄、洪迈等外,大多是以布衣、游客为主的下层文人,功名不显,漂泊江湖,或干谒权贵,或教授生徒,或出卖诗文字画,或接受朋友馈赠,以此取得生活之资。当时南宋都城临安书商陈起将他们的诗稿陆续刻成《江湖集》、《江湖前集》、《江湖后集》、《江湖续集》,"江湖诗派"由此得名。其成立亦应以宝庆初年(1225)《江湖集》刊行为标志。

与四灵诗派一样,江湖诗派也不满于江西诗派"资书以为诗"、字字句句有来历的做法,转而宗尚晚唐。他们大多数人并不甘于清贫,不再坚持操守,希望通过干谒权贵以求得一定的声名与物质利益,故献谒、应酬之作特多。这些诗往往或颂赞主人或自叹穷酸,表现出"寒伧尘俗之气"。而关心时政,反映现实问题的诗相对较少。不过他们生活在社会底层,对农民及城市贫民的悲惨生活较为熟悉,时常将其写入诗中。当他们流连山水、摹景状物时,也写出了一些较好的诗作来。

江湖诗派中诗名最著名的是刘克庄。刘克庄(1187—1269),字潜夫,福建莆田人。其《后村先生大全集》存诗约四千五百首,数量之多在宋代仅次于陆游。刘克庄早期受到过四灵诗派的影响,但后来逐步转移到主要学习陆游,甚至在诗歌数量上也有意与陆游竞赛,其《八十吟》(十首其八)云:"诚斋仅有四千首,惟放翁几满万篇。老子胸中有残锦,问天乞与放翁年。"受陆游的影响,刘克庄的诗多反映当时激烈的民族矛盾,或抨击昏庸、苟安的当权者,或赞扬爱国忠勇的将士,或同情敌占区深受苦难的人民,如《戊辰即事》:"诗人安得有青衫,今岁和戎百万缣。从此西湖休插柳,剩栽桑树养吴蚕。"即讥讽朝廷向敌人称臣纳贡的软弱无能。《魏胜庙》及《哀江帅张常》诗则对为国殉难的将领表达哀悼之情。《北来人》两首描写逃归南方的中原难民的悲苦生活。刘克庄常用七言乐府诗的体裁来表达他的爱国思想,如《国殇行》、《筑城行》、《苦寒行》、

《开壕行》《运粮行》及《军中乐》等,这类诗皆能继承乐府诗"感于哀乐,缘事而发"的传统,描写生动,揭露深刻,笔调较为雄健,气势较为恢弘,堪为刘克庄爱国诗的代表作。

戴复古(1167—1252?)是江湖诗派的又一名家。他布衣终生,漂泊游历,以诗行谒,广泛交结了各种身份的诗友数百人。从这层意义上说,他更能代表江湖诗人的心态与创作。戴复古著有《石屏诗集》,存诗约有900首,其思想价值最高的依然是些关注社会现实的作品。如《频酌淮河水》由游濠梁、酌淮水联想到恢复中原的大业,发出"莫向北岸汲,中有英雄泪"的感慨,包孕深厚,情极哀婉。由于戴复古远离政治中心,故敢于将矛头指向权贵甚至是最高统治者,其《见真舍人奏疏有感》"朝廷为计保万全,往往忘却前朝耻",《张端义应诏上书谪曲江……》(二首其一)"汉武求言诏,贾生流涕书。龙颜那可犯?谪向曲江居"。其揭露之尖刻大胆,在江湖诗人中极为罕见。由于政治地位的悬殊,戴复古关心民生疾苦的诗比刘克庄等多而好,《庚子荐饥》(六首其三)描写百姓"饿走抛家舍,纵横死路歧。有天不雨粟,无地可埋尸"的惨境,抨击"官司行赈恤,不过是文移"的残忍冷漠。

如同其他江湖诗人一样,模山范水,写景状物也是戴复古诗集中常见的题材,且时有佳作,如《初夏》"红紫光阴不久长,一声啼鴂静年芳。阴阴绿树黄鹂语,将与人间作夏凉";《江村远眺》(二首其二)"江头落日照平沙,潮退渔舠搁岸斜。白鸟一双临水立,见人惊起入芦花",诗中声色俱佳,动静结合,传神地写出了鸟入芦花的动态感受,颇有杨万里"诚斋体"的风味,由此可见戴复古的诗多用白描手法,很少使事用典,语言清丽浅俗,易于理解。但过于求通俗,有时也会流于油滑,这也是江湖诗人常犯的毛病。

公元1276年,元兵攻占南宋都城临安,恭帝投降;1279年,南宋的最后一个据点厓山亦为元兵占领,南宋宣告覆亡。"国家不幸诗家幸"(赵翼《题元遗山集》),这一大的历史变革使宋诗放射出最后的光彩。诗人们或是起兵抗元,以身殉国;或隐居不仕,保持气节,同时以诗为武器,抒发抗元复国的雄心壮志,揭露元军的侵略暴行,并倾泻其国破家亡、漂泊离乱的悲痛。这些以血泪凝成的悲歌具有高度的纪实性与抒情性。这一诗人群体中比较优秀的有文天祥、汪元量、谢翱、谢枋得、林景熙、郑思肖等,文学史上一般称之为爱国遗民诗人。

文天祥(1236—1283),字宋瑞,江西吉水人,是宋末杰出的爱国民族英雄,也是此间诗歌成就最高的诗人。他二十一岁状元及第,四十岁起兵勤王,以此为界,他的思想与创作可分为前后二期。前期著有《文山诗集》,存诗240余首,大多草率平庸,偶尔有感时抒怀的佳作;后期从毁家纾难、入卫临安到壮烈殉国,其诗歌题材与思想为之一变,艺术上也更趋精工、完美。此间诗歌收录在《指南录》、《指南后录》、《吟啸集》及《集杜诗》中。《指南录》与《指南后录》取其《扬子江》"臣心一片磁针石,不指南方不肯休"之意。这一期间的诗作,采用诗与序相结合,按经历的先后顺序编排等手法突出其强烈的纪实性。其中《过零丁洋》"人生自古谁无死,留取丹心照汗青"二句,洋溢着高度的爱国热情,激励了一代又一代的仁人志士。《吟啸集》因是当时书坊所刊,其第一首诗《正气歌》为文天祥的五古杰作,也是对元廷向其劝降的答词。诗人热情颂赞了古代为正义而斗争的义士,表达了在任何险恶环境下不屈的顽强意志,表现出了可贵的民族气节。《集杜诗》为作者被囚禁在燕京监狱中时,集杜甫的诗而成的五绝200首,其《集杜诗自序》云:"凡吾意所欲言者,子美先为代言之,日玩之不置,但觉为吾诗,忘其为子美诗也。"作者继王安石后,将宋代集句诗创作推向高潮。

汪元量(1245?—1331?)是一位宫廷琴师,宋亡后随宋宗室帝后被俘北上,目睹了宋亡的过程,羁留北方十余年,其间曾多次至狱中探视文天祥。他的《读文山诗稿》云:"燕荆歌易水,苏李泣河梁。读到艰难际,梅花铁石肠。"其诗今存约480首,其中最为人称誉的有组诗《湖州歌》98首,《越州歌》20首及《醉歌》10首,如"丞相催人急放舟,舟中儿女泪交流。淮南渐远波声小,犹见扬州望火楼"(《湖州歌》其四二),"乱点连声杀六更,荧荧庭燎待天明。侍臣已写归降表,臣妾佥名谢道清"(《醉歌》其五),这些诗感情真挚沉痛,语言质朴自然,真实地记录了南宋覆亡之后的一段历史,李珏《湖山类稿跋》高度称赞汪元量是"纪其亡国之戚,去国之苦,间关愁叹之状,备见于诗","水云之诗,亦宋亡之诗史也"。

第四节　元好问与虞、杨、范、揭

一　元好问与金代诗歌

金代上接北宋,与南宋处于同一个历史时期,在空间上与南宋并峙。从文学渊源看,金代文学主要受北宋文人特别是苏轼的影响。翁方纲《书元遗山集后》诗称:"程学盛南苏学北。"与宋诗相比,金诗显得较为质拙,诗中的文化积淀也远不如宋诗。宋诗重视理趣,以文为诗,用典较多;金诗则没有这种倾向,而是充溢着更多的清劲刚健之美和浓郁的朴野之气,给诗歌发展注入了新的活力。北方民族游牧骑射生活、剽悍尚武的民族精神及其对儒雅风流的汉文化的吸收,是形成金诗风貌的决定性因素。

金初诗坛(从太祖到海陵朝),可称为"借才异代"(清庄仲方《金文雅序》)时期,主要诗人是由宋入金的士大夫,如宇文虚中、吴激等,还有一些是由辽入金的汉族文士,如韩昉、虞仲文等。他们的诗中充满了忧怀故国的情思,诗风明丽凄清,在金诗发展中起到了奠基作用。大定、明昌时期,由于世宗重视文治,章宗提倡辞艺之美,一时文风兴盛,诗歌创作出现了多元化的态势。蔡珪、刘迎等人开创了气骨苍劲的"国朝文派"诗风;党怀英、王庭筠、赵秉文等人,则以超轶绝尘为审美理想,致力于清雅诗境的创造;周昂、王寂等人更突出地展现出气骨苍劲的风貌;与此同时,在章宗诗风的引导下,浮艳尖新的风气也很有势力。

"贞祐南渡"以后,金朝形成了两个诗歌流派:一派以赵秉文、王若虚为代表,一派以李纯甫、雷渊(希颜)为代表。他们都致力于扭转明昌、承安年间尚尖新、多艳靡、拘声律的风气,把诗歌创作引向质朴健康的轨道。在金末丧乱时期,元好问以雄浑苍劲之笔,写国破家亡之痛,把金诗推向了雄奇壮丽的高峰。

元好问(1190—1257),字裕之,号遗山,太原秀容(今山西忻县)人。他是北魏鲜卑拓跋氏的后裔,魏孝文帝拓跋宏由平城迁都洛阳,始改姓元氏。元好问早年拜学者郝天挺为师,肆意经传,贯串百家,打下了广博的学问基础。兴定五年(1221),举进士登第,历任镇平、内乡、南阳三县令。继而奉诏赴京,任左司都事。天兴二年(1233),蒙古大军破汴京,金亡。元好问被俘,囚于聊城。四年后回故乡秀容隐居,收集、整理、编纂金源一代历史资料,编成了金诗总集《中州集》和史学著作《壬辰杂编》。

元好问具有多方面的文学才能,其诗规模李、杜,力复唐音。他曾嘱咐门人:"某身死之日,不愿有碑志也;墓头树三尺石,书曰'诗人元遗山之墓',足矣。"(魏初《书元遗山墓石后》)

元好问诗歌的成名之作是南渡之初面世的《箕山》、《元鲁县琴台》等。《箕山》诗云:"干戈几蛮触,宇宙日流血。"抒发了忧时伤乱的心情,风格苍莽质朴。自此以后,元好问相继写下了大量富有现实意义的诗作,其中思念沦陷于蒙古军队铁蹄之下的家乡,是他南渡初期诗歌中最突出的一个主题。如《八月并州雁》:"八月并州雁,清汾照旅群。一声惊晚笛,数点入秋云。灭没楼中见,哀劳枕畔闻。南来还北去,无计得随君。"此诗作于寓居三乡之时,诗人羡慕从家乡并州飞来的秋雁,日见其影,夜闻其声,几乎到了魂牵梦萦的程度。由于兵火阻隔,关山难越,诗人避居大河以南之后特别喜欢可以展翅高飞,来去自由的大雁,常在诗中言及。如"秋意渐随林影薄,晓寒都逐雁声来"(《郁郁》)、"随阳见鸿雁,三叹惜淹留"(《九月晦日王村道中》)、"乐事渐随花共减,归心长与雁相先"(《山中寒食》)等等,举不胜举。

金亡前后,汉人蒙受有史以来罕见的浩劫。作为历史的见证人,元好问把国破家亡、生灵涂炭的一腔幽愤化为慷慨悲歌,堪称一代诗史。如写于南阳县令任上的《岐阳三首》(其二),描写了蒙古军攻陷凤翔所造成的惨绝人寰的灾难,颔联和颈联,以流水呜咽衬托难民哭声,以草萦战骨、残照空城烘托大屠杀后的悲惨气氛,尤为沉痛入骨。至于身陷汴京围城和被俘北渡时的诗作,则更是"感时触事,声泪俱下,千载后犹使读者低徊不能置"(赵翼《瓯北诗话》卷八)。如《壬辰十二月车驾东狩后即事五首》之"惨淡龙蛇日斗争",是著名的"丧乱诗"之一,描绘了围城中残酷的战争所造成的满目疮痍的景象,抒写了对金朝灭亡的悲痛之情。全诗用典贴切,感情强烈,风格沉郁。

元好问晚年主要以史笔自任,然而登山临水、游目骋怀之际,也未能忘怀诗情。直到谢世的前两年,诗人仍然宣称"苦被诗魔不放闲"(《乙卯端午日感怀》)。不过这时的作品以模山范水、题咏赠答为主。《泛舟大明湖》、《游泰山》、《游黄华山》、《台山杂咏十六首》等,描绘了祖国北方山川的雄伟壮丽,显示了诗人赏爱自然的心灵。

元好问对中国文学的贡献不仅在于诗歌创作,而且也在于诗论方面。其诗论代表作,当首推历代传诵的《论诗三十首》。他在这组论诗绝句中,相当完整地评述了汉魏以来、下迄宋代,一千多年间的作家作品、诗派诗风,俨然是一部简明的诗论史。《论诗三十首》开篇写道:"汉谣魏什久纷纭,正体无人与细论。谁是诗中疏凿手,暂教泾渭各清浑。"他以"诗中疏凿手"自任,要别裁伪体,发扬正体,使之泾渭分明。所谓"正体",是指《诗经》为源头的风雅之脉,也就是诸多"发乎情,止乎礼义"、典雅中正、乐而不淫、哀而不伤的文学作品。他评价曹植、刘桢的诗"曹刘坐啸虎生风,四海无人角两雄"(其二);肯定陶渊明的诗"一语天然万古新,豪华落尽见真淳"(其四);指出阮籍的诗"纵横诗笔见高情,何物能浇块垒平"(其五);称赞《敕勒歌》"中州万古英雄气,也到阴山敕勒川"(其七)。曹、刘之慷慨,阮籍之沉郁,陶潜之真淳,《敕勒歌》之豪放浑朴,在一定的程度上看,这四种风格,乃是元好问"疏凿"出来的"正体"。

二 虞、杨、范、揭与元代诗歌

元代文学的起讫时间,一般定为从蒙古王朝灭金(1234)到统一的元王朝灭亡(1368)。元代文学有两个基本特点:一是自宋代开始明显的俗文学和雅文学的分裂局面继续发展;二是雅文学即传统的诗文领域内出现了新变现象,诗歌中盛行"宗唐得古"的风气。

元人在诗歌创作上一反宋诗因受理学影响而形成的"以文为诗"、"言理而不言情"的倾向,广泛学习唐诗,重视抒情,讲究词采之美,这种现象无疑是与程、朱理学的文学观点背道而驰的。但在诗歌理论上,元人又不违反正统儒学重视教化、崇尚典雅的观点,到了元末杨维桢提出"人各有情性,则人有各诗"

(《东维子文集》卷七《李仲虞诗序》),强调诗人的个性,才使元代诗论真正出现了新鲜气息。

元代诗歌,以仁宗延祐元年(1314)恢复科举为界,可分为前后两个时期(据邓绍基《元代文学史》)。前期诗歌作家情况比较复杂,有由金入元者,如元好问、李俊民等;有由宋入元者,如方回、戴表元等;还有元朝的开国功臣,如耶律楚材、郝经等。作家成分的复杂化,推动了南北诗风的融合。由宋入元的方回、戴表元在诗坛上影响比较深远。方回是宋代江西诗派的殿军,论诗专主江西,强调以"格高"为第一,特别注重"响字"、"活句"、"拗字"和"变体"等法则。戴表元则深谙宋代"四灵"、江湖派和江西派诗歌的弊端所在,力求革除其弊,希望创造出较为明朗刚健的诗风。

元初罢科举,到仁宗延祐元年(1314)才开始恢复。次年会试,杨载、欧阳玄、黄溍、马祖常等诗人均于此年中进士。这标志着新的一代由元朝皇帝所培育的文人已经成熟,登上了文坛,因此,历来论元代文学者大多认为这是元代诗歌的一个新的开端。

延祐恢复科举后的新的诗风表现为雅正、尚古、尚辞章,诗学上形成了愈来愈盛的师古乃至复古的倾向,所谓元诗四家正是这种风气孕育下的产物。"元四家"是指虞集、杨载、范梈、揭傒斯四人,他们都曾任职于集贤、翰林两院,驰骋清要,翰墨往复,更相酬唱。四人的诗风,虞集曾做过这样的概括:"杨仲弘诗如百战健儿,范德机诗如唐临晋帖。"揭傒斯诗"为三日新妇","而自比汉廷老吏也"(揭傒斯《范先生诗序》。"汉廷老吏",一作"汉法令师")。明人胡应麟则进一步解释为:"百战健儿,悍而苍也;三日新妇,鲜而丽也;唐临晋帖,近而肖也;汉法令师,刻而深也。"(《诗薮》外编卷六)四家之中,虞集成就、影响均比较大,是其代表人物。一般认为,杨载才具不及虞集,范梈、揭傒斯又次之。应酬之作太多则是四家的通病。

杨载(1271—1323),字仲弘,浦城(今属福建)人,以布衣荐授翰林国史院编选官,著有《仲弘集》八卷。

杨载以《宗阳宫望月分韵得声字》诗,名重当时。宗阳宫原是宋德寿宫的后花园所在地,有老君台。杨载参加杜道坚于中秋在老君堂举行的赏月宴会,与会者玩月赋诗，他的诗被推为首唱。此诗声律圆润，意境清空高远，风格接近唐诗。尤其颔联描绘了月色朦胧的夜景，境界飘忽而幽静，为诗中佳句。杨载还写了一些优美的绝句，如《到京师》，借冬去春来的景物变换，表现到达京师的喜悦心情，笔调清新明快，当是诗人年过四十方登仕途的抒怀之作。他的送别诗虽属应酬，但也不乏感情真挚之作，如七律《赠孙思顺》的前四句"天涯相遇两相知，对榻清谈玉屑霏。芳草漫随愁共长，青春不与客同归"，抒发了沦落天涯的惆怅，人生易老的无奈。

杨载作诗，在炼字造句上颇下工夫，瞿佑说他见到过杨载的草稿，"字画端谨，而前后点窜几尽，盖不苟作如是"（《归田诗话》）。虞集称杨载的诗如"百战健儿"，大概也是指他重视诗法，犹如老兵重视战法一样。杨载诗中少见通篇俱佳的好诗，但往往有工整可诵的句子，如《送李侍郎使安南》"马首塞云起，腰间宝剑横"，《冬至次韵张宣抚》："落日依平嶂，洪河入大荒"，均给人一种雄奇壮阔的美感。

范梈（1272—1330），字亨父，人称文白先生，清江（今属江西）人。耽诗工文，用力精深，有《范德机诗集》七卷，另有《木天禁语》、《诗学禁脔》、《诗格》各一卷。其诗格调高逸，正与其立身行事相合。

范梈写诗，"尤好为歌行"（揭傒斯《范先生诗序》），追慕李白、杜甫和岑参七言长篇古诗的情调，但缺乏唐人的气势，只在片段上表现出他才思的闪光。如《题李白郎官湖》"青猿夜抱月光啼，挂在东湖之石壁"，写出了局部的悲凉意境。其代表作有《王氏能远楼》、《京下思归》等。《王氏能远楼》（游莫羡天池鹏）借高楼痛酌，抒发世事无常、人生变幻的感慨。诗中意象飞动，豪气超迈，接近李白的风格。《京下思归》（黄落蓟门秋）写秋日思归，锤炼中见悲慨，有杜甫《登岳阳楼》"亲朋无一字，老病有孤舟"的况味。但杜诗国仇家恨融合，深沉博大；范诗拘于老病思乡，意境显得较为窄小。

虞集（1272—1348），字伯生，号道园，祖籍仁寿（今属四川）。早岁与弟槃辟书舍为二室，书陶渊明、邵尧夫诗于壁，左曰"陶庵"，右曰"邵庵"，故世称邵庵先生。有《道园学古录》五十卷、《道园遗稿》五十卷。

虞集推崇程朱之学，以治经名世，又长期居于馆阁，所以论诗也带有浓烈的正统色彩,提倡学习古代醇正博雅的诗文风格。其《李仲渊诗稿序》云:"某尝以为世道有升降,风气有盛衰,而文采随之,其辞平和而意深长者,大抵皆盛世之音也。"

虞集存诗两千余首,是元代最有名的诗人,也是存诗最多的诗人之一。他称自己的诗如"汉廷老吏",显然是以章法严密、格律工稳自许。七律《挽文山丞相》是其代表作,风格沉郁苍劲,感慨遥深,既是追挽爱国忠臣文天祥,也是哀悼南宋的灭亡,字里行间流露出深沉的民族情感。陶玉禾评此诗云:"意到、气到、神到,挽文山诗,此为第一。"(《元诗选》)

虞集诗歌在深沉老练之余,还体现出典雅甚至相当清新的一面。他在京城为官,虽然宦途比较顺达,但常常希望到江南故乡归老田园,并写下了一些清新隽永的七言小诗。如《听雨》,描绘了满腹乡愁的诗人形象,表现了叹老嗟卑和退隐田园的情思。《腊日偶题》后二句"为报道人归去也,杏花春雨在江南",化用陆游诗句"小楼一夜听春雨,深巷明朝卖杏花",描绘了江南独有的春色,成为神韵超妙的佳句。

揭傒斯(1274—1344),字曼硕,龙兴富州(今江西丰城)人。前后三入翰林,至正初年,诏修宋、辽、金三史,任为总裁官。揭傒斯为诗清丽婉转,别具风韵。今存《揭文安公全集》14卷及《诗法正宗》、《诗宗正法眼藏》。

虞集认为揭诗如"三日新妇",隐喻其色彩艳丽,但不耐读。清人顾嗣立则说揭诗"长于古乐府选体,而律诗长句伟然有唐人风"(《元诗选》小传)。七律组诗《忆昔四首》是揭傒斯的代表作,也是体现馆阁诗人风格的标志。诗的第一联说:"天历年中秘阁开,授经新拜育群才。"天历二年(1329)二月,当时还身为太子的元文宗在大都设立了奎章阁学士院。奎章阁的建立,使馆阁诗人有了新的园地,而揭傒斯、虞集,与其他先后在奎章阁中任职的诗人康里巎巎、柯九思等,成为当时京师以至全国影响最大的诗人群体。

揭傒斯喜作五言短句,其中佳作具有自然悠长的特点,如《题风烟雪月四梅图》(其二)"高花开几点",描绘了画中烟雾朦胧,梅花稀疏、淡雅的意境,堪称优秀的题画诗。《题芦雁》(其四):"寒就江南暖,饥就江南饱。莫道江南恶,须道江南好。"此诗采用比兴手法,委婉地嘲讽了蒙古统治者一面掠夺南人的财富,一面又歧视南人的行径,语言质朴无华,但寓意深刻,是难得的讽刺之作。作于晚年的七律名篇《梦武昌》,把昔日的游历与梦中的景象绾结在一起,表现了诗人孤单寂寞、思乡念友的心情,境界雄浑苍凉,格调深沉顿挫,明显地受到了杜甫律诗的影响。

思考与练习

1. 与唐诗比较,宋诗有哪些特色?
2. 为什么说苏诗代表了宋诗创作的最高成就?
3. "黄陈"诗在艺术上有何不同?
4. 陆游的爱国诗在题材内容上表现在哪些方面?
5. 谈谈江湖诗派的文化成因及创作特点。
6. 元诗何以开始宗唐?

第六章 明代诗

　　明代由太祖朱元璋于洪武元年(1368)开国,到思宗朱由检崇祯十七年(1644)自缢于北京,历经277年。

　　与社会政治、经济、思想等的变动相适应,明代诗歌的发展,有沉寂,有兴盛,有衰落,大致可分为三个阶段:前期,从明开国到成化末年(1368—1487)百余年,由于政治高压的影响,明代诗歌发展相对冷落,其后宋濂、王祎等提倡"文以明道",要求诗歌为政治服务,于是台阁体兴起,歌功颂德,诗风平易,统治诗坛数十年。其间唯有高启真实反映了个体心声和社会现实,且能兼善众体,雄深淋漓。中期,从弘治到隆庆(1488—1572)近百年时间,经济逐渐繁荣,思想控制松动,心学开始流行,明代诗歌随之复苏,其标志是"前七子"的崛起,从而根本扭转了诗坛积弱的局面,其后诗歌流派纷呈,互相批驳,各有贡献,诗学兴盛。后期,从万历到明末(1573—1644),个性解放思潮汹涌,公安派盛行,主张自由表达个人的思想和情感。但晚明社会人欲横流,有失控之势,竟陵派乘机而起,欲收敛人心。不过随着社会危机、民族危机加剧,诗派斗争渐熄,而爱国诗篇大放光彩,明代诗歌也完成了它复杂而曲折的变化。

第一节　高启与明代初期诗

　　元末诗歌崇尚个性,绮丽诗风盛行。高启、宋濂、刘基等人由元入明,承袭元末诗风而又加以变化,开启了明诗风貌。但明初社会政治迅速走向严酷,思想禁锢,自永乐至成化,与政治保持高度一致的台阁体笼罩诗坛达百年之久,诗歌发展呈现停滞的状态。

一 高启

高启诗歌颇具个性色彩,同时兼学众体,浑融挥洒,一定程度上扭转了元末绮丽诗风,成为明代最优秀的诗人之一。

高启(1336—1374),字季迪,号青丘子,长洲(今属江苏苏州)人。元末,张士诚据苏州时,其参政官饶介赏识高启,待为上宾。高启不愿交接,乃隐居青丘。洪武初,召修元史,授翰林院国史编修官。擢户部右侍郎,推辞不受,仍归故里。太祖朱元璋由此怀恨,后借故牵连高启,将其腰斩于市。

高启优秀诗歌大多创作于元末明初,七言歌行体《青丘子歌》即展现了张扬的个性、高蹈的情怀和对诗艺的执著追求。"不肯折腰为五斗米,不肯掉舌下七十城","不问龙虎苦战斗,不管乌兔忙奔倾",表明诗人对末世政治的根本否定。"但好觅诗句,自吟自酬赓","斫元气,搜元精,造化万物难隐情。冥茫八极游心兵,坐令无象作有声","妙意俄同鬼神会,佳景每与江山争",表明诗人转向追求艺术化的人生,追求个体与天地精神相往来的独大境界。

入明后,大一统的局面曾一度激发了诗人的政治热情,如《登金陵雨花台望大江》,描写金陵城外长江与钟山形势相争的雄伟景象,"大江来从万山中,山势尽与江流东。钟山如龙独西上,欲破巨浪乘长风"。接着展开对这座六朝古都的历史回顾,结句自然引出"从今四海永为家,不用长江限南北"的感叹,表达了诗人对国家统一的欣喜之情和对新的王朝的委婉真诚的期望。通篇写景逼真,气势雄浑,音韵顿挫,用典精妙,具有深沉的历史意识,是高启诗歌的代表作之一。

但是,随着朱元璋残忍暴戾本性的显露,高启逐渐对政治失望,辞官归里前后,诗歌作品中忧患意识和悲剧色彩增强。如《池上雁》,整首运用隐喻手法,诗人以"为弋者取"而暂游"华沼"的鸿雁自拟,抒发了在仕宦中感到的"不复少容与"的拘束和"孤宿敛残羽"的孤独。辞官回乡后,作者仍然在精神压抑和痛苦中度日,"如何得归后,犹似客中情"(《步至东皋》),就表达了他个体精神与政治理想的漂泊失落的情绪。

正是由于孤傲的性格和批判的精神,高启落得被腰斩的厄运。但这不仅是个体的悲剧,更是时代的悲剧。腰斩高启是对明代文人士气和明代诗歌的重大打击,标志着诗歌发展正常进程的中断,诗歌与政治疏离的关系逐渐转变为诗歌为政治服务的关系,明代诗歌开始陷入衰败冷落的境地。

与高启齐名的还有杨基、张羽、徐贲,人称"明初四杰",以比照"初唐四杰",但成就均不如高启。不过作为整体,他们对元诗过渡到明诗也作出了一定的贡献。

二 宋濂与刘基

明初诗歌沉寂后,官方意识形态支配下的道统文学占据了主流地位,提倡者有宋濂、刘基等人。

宋濂(1310—1381),字景濂,号潜溪,浙江浦江人。元末隐居乡里,一度信奉道教。洪武二年(1369)诏修《元史》,任总裁,官至翰林学士承旨、知制诰。明初朝廷"一代礼乐制作,濂所裁定者居多",被称为"开国文臣之首"(《明史》本传)。后因其孙慎受胡惟庸一案牵连,全家谪徙,病死途中。有《宋学士文集》。

宋濂主张文以明道,他说:"文非道不立,非道不充,非道不行。"(《徐教授文集序》)因此他强调文道合一,认为"文外无道,道外无文"(《白云稿序》)。以韩愈、欧阳修为代表的唐宋古文家就主张"文以明道",而宋代理学家更提出"文道合一"甚至"作文害道"的观点。不过,古文家重在德,理学家重在理,而宋濂重在治。他说:"故凡有关民用及一切弥纶范围之具,悉囿乎文,非文之外别有其他也。"(《文原》)这样,宋濂就将文学与政治久已疏离的关系拉近了,文学为政治服务遂成为当然的官方意识。宋濂以散文名家,不擅长诗歌,但作为御用文学理论家,对明初诗坛影响极大。

刘基(1321—1357),字伯温,浙江青田人。元天顺八年(1333)举进士,授编修。至正二十年(1360)与宋濂同为朱元璋所召,善计谋,为明开国功臣。官至御史中丞,封诚意伯。有《诚意伯文集》。

刘基与宋濂同为官方文豪,但宋濂性格平和冲容,而刘基个性张扬,疾恶如仇,不为规矩所缚。刘基亦以诗名,所作多乐府古诗,锐意摹古,风格慷慨沉郁、奇崛瑰丽,开明一代风气。如《蜀国弦》,描写诡谲奇丽的山川景象以抒发盘郁愁苦的忧思,显然受李白《蜀道难》和李贺《蜀国弦》的影响,意象怪诞似李贺,气势流转似李白。《二鬼》诗长达1200余字,写管理日月的二鬼结邻和郁仪被放人间、再造天地秩序而不得之事,用构想奇特的神话故事,表达了动乱后重建儒家政治秩序的幻想以及被朱元璋所豢养而带来的苦闷。

但总的来说,刘基、高启等人入明以后所作已明显不如元末之作。

三　台阁体与茶陵派

永乐(1403—1424)至成化(1465—1487)年间出现的台阁体诗,是"文以明道"思想的产物。与高启、刘基等诗歌的二重性不同,台阁体诗几乎全身心拥抱了政治。其代表人物是三杨:杨士奇(1365—1444)、杨荣(1371—1440)、杨溥(1372—1446),他们都先后官至大学士。三杨诗歌多为应制、赠答、题跋之类,内容贫乏,大都"颂圣德,歌太平"(杨溥《东里诗集序》),词气安闲,雍容平易。但不尚辞藻,甚至有反对修辞的倾向。台阁体风行诗坛近百年之久,然其末流"肤廓冗长,千篇一律"(《四库全书总目·杨文敏集提要》),成为后人批评甚至唾弃台阁体的口实,渐至消亡。

从成化(1465—1487)到弘治(1488—1505)年间,继台阁体而起的是茶陵派。领袖是李东阳,成员有谢铎、张泰、陆釴、邵宝、鲁铎、石瑶等人。

李东阳(1447—1516),字宾之,号西涯,湖南茶陵人。天顺八年(1464)举进士,官至吏部尚书、华盖殿大学士。有《怀麓堂集》。

李东阳官位隆显,而且"主文柄,天下翕然宗之"(《明史·李梦阳传》),他在文坛上的地位可比肩杨士奇。因此,李东阳诗歌的台阁气息自不可免,同样多赠答、送别、题跋等应酬之作,思想贫乏。就是他的得意之作《拟古乐府》百首,不过用乐府诗体作史论,说教味颇浓。

但是,值得注意的是,李东阳已开始自觉扭转台阁体风气,注重探讨诗歌的文学特性。他说"宋诗深,却去唐远;元诗浅,去唐却近"(《怀麓堂诗话》),实质上是重视诗歌的情感特性。李东阳又多谈体格、声律、诗法等诗歌内部问题,要求反复讽诵,从声调、格律方面,体味出诗的妙境。因此,他极力推崇情感、声调、格律臻于极致的杜甫诗歌。这些都直接影响了"七子派"的尊情论、格调说、拟古法等。可以说,李东阳是明代诗歌由台阁体过渡到前七子的关键人物。

基于上述的文学思想,李东阳创作了不少有真情实感、格律谐婉的诗歌。如《茶陵竹枝歌》描写了家乡的风土人情,清新朴素。又如《沧浪吟》:

沧浪水,清且闲。朝持长竿去,暮踏轻舟还。江湖悠悠厌奔走,独挂渔罾向溪口。水面游鱼不避人,江间白浪空回首。细草平沙带绿茞,微风不动波粼粼。忽如青丝飏红鳞,低头坐睡了不闻。亦知在兴不在物,江村水市徒纷纷。沧浪水,清不浊。耳可洗,缨可濯。江南风景殊不恶,耕田不如捕鱼乐。我家住在潇湘东,长向沧浪忆钓翁。借问矶头旧江水,春来几度桃花风。

此诗抒写了作者临渊垂钓的闲情逸致,流露出对官场的厌恶及思归之情。《寄彭民望》则颇得杜诗意趣,用典精到,意绪拗折,声调顿挫,真挚感人。

第二节　前后七子与明代中期诗

明代中期,国力强大,社会稳定,政治宽缓,思想松动。以李梦阳、何景明为主的前七子,反对台阁体卑弱的习气,主张复古,提倡劲健朗畅的文风。在他们的鼓吹下,明代文学风气大变,创作复苏。吴中四才子就是这种复苏形势在南方诗坛上的表现。但前七子复古的主张过于狭隘,杨慎、陈束等人先后提出不同的师古主张,以纠前七子之偏。

一　前七子

从弘治(1488—1505)到正德(1506—1521)年间,前七子崛起诗坛,兴盛一时。前七子是明代诗歌复古运动的开端,领袖人物为李梦阳、何景明,世称

"何、李",成员还有王九思、边贡、康海、徐祯卿、王廷相,合称"前七子"。

明初政治严酷,思想禁锢,程朱理学是官方的意识形态,这样的政治环境要求文学无条件地服务政治。宋濂、王祎等提倡"文以明道"在先,台阁体兴起在后,都是这个要求的体现。到了明代中期前后,随着社会的稳定和文化、经济的发展,已不需要也不再出现强权皇帝,政治开始宽松,思想开始解冻。在思想领域,王阳明心学兴起,重视个性的自由。在文学领域,以林鸿为首的闽中十子专学唐诗,袁凯等人专学杜诗,复古思想已经萌芽;李东阳多谈格调、法度,理论趣味已向文学本体转移。但他们或处于边缘,或位居馆阁,未能力倡变革。弘治年间,李梦阳、何景明等人,先后进士及第,为官京城,互相砥砺,振臂力呼,大肆批判台阁体,提倡"文必秦汉,诗必盛唐"(《明史·李梦阳传》),以复古为革新,破除文学对政治的附庸。天下文人群起响应,文学于是全面复苏,复古派遂盛极一时。

李梦阳(1473—1530),字献吉,号空同子,甘肃庆阳人,弘治七年(1494)进士,累迁江西提学副使。为人正直,得罪权贵,屡次入狱,以气节著称。有《空同集》。

李梦阳认为"学不的古,苦心无益"(《答周子书》),主张摹古。他所追求的诗歌格调,就是以"汉魏"、"盛唐"诗歌为代表的刚健遒劲、精神弥满的高格、古调,这对于扭转台阁体"啴缓冗沓"的诗风当然具有积极的意义。但是,他学习"汉魏"、"盛唐"诗歌往往是句拟字摹,食古不化,如婴儿学语,如临摹古帖,缺乏个性和创造。可以说,复古派挣脱政治的束缚,又落入了拟古的窠臼。七子派风行十余年后,种种弊端显露,同派人物何景明由先前的支持者转为李梦阳的批评者。何景明反对李梦阳"刻意古范,铸形宿模,而独守尺寸",主张对待前代诗歌要"富于材积,领会精神,临景构结,不仿形迹",目的是"舍筏而登岸",由模仿而至创造,最终"自创一堂室,开一户牖,成一家之言"(《与李空同论诗书》)。受到何景明批评的激发,李梦阳在一定程度上修正了自己的理论,提出"以我之情,述今之事,尺寸古法,罔袭其辞"的主张(《驳何氏论文书》),以情、事与法并列。特别是到了晚年,他给予诗歌中情感因素以特别的重视,认为"言不必同,同于情"(《叙九日宴集》),文章不必模拟,但不可无情。又认识了民歌的价值,发出"今真诗乃在民间"(《诗集自序》)的呼喊。但是,不管是李梦阳的"尺寸古法",还是何景明的"领会精神",七子派文学理论的出发点都是法古,因此,"摹拟蹊径二人之所短略同"(《四库全书总目·大复集提要》),他们始终脱离不了模拟的泥淖。随着何、李两派互相攻讦的展开,复古派渐趋衰歇。

李梦阳不仅以理论,也以创作相号召。其诗才力富健,得北人劲直之气,题材上,喜作边塞诗;体裁上,擅长七言古诗,沈德潜评其七古为"雄浑悲壮,纵横变化"(《明诗别裁集》卷四)。如《石将军战场歌》写明将石亨重创瓦剌族的清风店战役,从敌、我、百姓多方展开叙事,纵横开阖,渲染对照,极力颂扬石将军的英雄孤胆、功高盖世,诗末并流露出英雄不再、边事难为的感慨。虽然有模拟杜诗之嫌,但全诗情绪激昂,气势雄放,章法错落,不失为佳作。被汪端誉为"空同七古压卷"(《明三十家诗选》)的《林良画两角鹰歌》,同样能体现李梦阳七言歌行豪宕的本色。此诗前半赞画,联想丰富,气势逼人;后经讽刺宋徽宗玩物误国转而论治,引出今王之事,似颂实讽;结句"宁使尔画不值钱,无令后世好画兼好畋",照应前文,寄慨遥深。另外,李梦阳也擅长七言近体,如边塞诗佳作《秋望》:"黄尘古渡迷飞挽,白月横空冷战场。闻道朔方多勇略,只今谁是郭汾阳?"风力遒劲,慷慨悲凉。但是,李梦阳的诗歌假古董也不少,空有腔调,因而一直受到后人的批评。

何景明(1438—1521),字仲默,号大复,河南信阳人。弘治十五年(1502)进士,官至陕西提学副使。有《大复集》。

何景明诗歌的风格是"清新俊逸",与李梦阳的"沉着雄丽"颇相对待,各有妙处。如《秋江词》通过描绘秋江美丽景色随着时间的变幻,烘托出青年男子对江中采莲女子的爱慕之情渐渐浓郁,全诗化用《诗经》、《楚辞》等古典意象,笔触细腻,意境幽远,格调清新,颇能代表何诗的总体风格。他还善于用近体写送别、怀人、思乡之类诗歌,感情真挚。如《别相饯诸友》:

> 双井山边送客时,满林风雪倍相思。西行万里遥回首,太华终南落日迟。

末句点化李白"落日故人情"的拟人手法,表达作者依依思念之情,构想别致。

此外,何景明为人耿介,有国士之风,诗歌有直陈时弊者,如《鲥鱼》"赐鲜遍及中珰第,荐熟谁开寝庙筵"等,讽刺皇帝宠信宦官,轻忽国事,颇能以小见大。

二 从吴中四才子到唐宋派

在南方的苏州,作为地域文学和边缘文学的代表,"吴中四才子"(祝允明、唐寅、文徵明、徐祯卿)之诗风行一时。早期的吴中四才子,与前七子并无联系。他们反对程朱理学,追求个性自由,诗歌绮丽艳情,放达自适,与市民趣味相沟通。其诗歌面目与主流文学的代表前七子迥异,但精神实质颇有一致之处,即反对文学臣服于政治,拒绝精神的平庸。吴中四才子的出现,使地域文学和边缘文学大放异彩,不仅带动了吴中文学的兴盛,对于其他地域文学的繁荣也有示范作用。至此,明代诗歌已从主流文学与边缘文学两个方向全面复兴。

徐祯卿后期转向了七子派,这一点受到了吴中士人的批评。但真正意义上对前七子进行批评并产生较大影响的是杨慎。杨慎(1488—1559)是明代最为博学者之一,又极具批判精神。鉴于前七子模拟、不学之弊,他主张博学众体,融会贯通,自成一家。杨慎重视学习六朝初唐诗歌,认为六朝初唐诗歌着盛唐之先鞭,更胜一筹。如《柳》诗,作者通过咏柳来表现自己浓浓的离愁,全诗字词重叠,逐句对仗,着色秾丽,语调流转,颇有六朝体格。杨慎创作六朝初唐诗歌,还能融入个性解放的时代精神,追求人格的独立,他的风流韵事当时就广为流传。杨慎诗学思想有不少的追随者,俨然自成一派,因为他主要是提倡学习六朝诗,可称之为六朝派。

嘉靖(1522—1566)初,受杨慎、薛蕙等人的影响,以陈束、唐顺之为主的嘉靖八才子(另六位是王慎中、赵时春、熊过、任瀚、李开先、吕高),"共倡为初唐六朝之作,以矫李、何之习"(《四库全书总目·陈后冈(束)诗集提要》),声势颇壮,主流诗坛风气骤变,"更为初唐之体"(陈束《苏门集序》),圆转流丽的诗风盛行,与高华雄迈的盛唐诗异趣,可称为初唐派。

初唐派诗歌并未盛行多久。陈束、唐顺之等人虽然大力提倡初唐诗,但他们的创作并不成功。因此,当其领袖陈束英年早逝后,初唐派创作渐趋沉寂。

以后,唐顺之跟随王慎中提倡唐宋文,从古文方面反对前七子"文必秦汉"的主张,同时试图恢复被前七子冷落的程朱理学。因为王慎中、唐顺之等人在古文方面取得了巨大的成就,超越前七子,影响深广,所以,人们大多忽视了他们早期提倡初唐诗歌的功过。

不管是六朝派,还是初唐派,它们都是明代文学复古思潮的组成部分。它们从古代传统中追求不同的审美理想,打破了前七子盛唐独尊的局面,提供了许多有价值的创作经验,有利于诗歌的多元化发展。但是,它们的眼界局限于复古,对于诗歌发展的更为重大的问题关注不够,如诗歌与政治的关系、诗歌与现实的关系、继承与创新的关系等等,因此,它们未能更有力地推动诗歌的发展。

三 后七子

作为前七子的盛唐派的反对派,杨慎、薛蕙等人的六朝派和陈束、唐顺之等人的初唐派,对前七子盛唐派进行了有益的批判,但他们的诗歌创作并未完全取得成功,诗歌成就不如前七子。因此,嘉靖初期,六朝派、初唐派等先后退潮,主流诗坛相当冷落。嘉靖(1522—1566)中期以后,后七子(李攀龙、王世贞、谢榛、宗臣、梁有誉、徐中行、吴国伦)继承前七子的诗学思想,并注意吸取各派的批评成果,努力修正其理论缺陷,乘势而起,兴盛一时。李攀龙、王世贞是后七子派公认的领袖,世称"李、王"。

李攀龙(1514—1570),字于鳞,号沧溟,山东历城人。嘉靖二十三年(1544)进士,官至河南按察史。有《沧溟集》。

李攀龙主张"文自西京,诗自天宝而下,俱无足观"(《明史·李攀龙传》),与前七子宗旨略同。但取法稍宽,他说"汉、魏以逮六朝,皆不可废,惟唐中叶不堪复入耳"(《报刘子威》),对六朝、初唐诗也能有所重视。

李攀龙才思劲骛,诗名最著,"操海内文章之柄垂二十年"(《列朝诗集小传》丁集上)。他擅长七言律诗和七言绝句,沈德潜认为是"高华矜贵,脱弃凡庸"(《明诗别裁集》卷七)。如七律《杪秋登太华绝顶》,描写登华山所见瑰伟奇丽的景色,境界开阔,气势雄浑,颇能代表李氏诗歌沉着劲健的风格特色。又如《初春元美席上赠茂秦得关字》：

> 凤城杨柳又堪攀,谢朓西园未拟还。客久高吟生白发,春来归梦满青山。明时抱病风尘下,短褐论交天地间。闻道鹿门妻子在,只今词赋且燕关。

形象地勾勒出谢榛(字茂秦)"短褐论交"、"词赋燕关"的潇洒风貌。此诗颇得杜甫抑扬顿挫之法,技巧高超。但是,李攀龙的乐府和古体诗"临摹太过,痕迹宛然"(《明诗别裁集》卷七),甚至有些作品"更数字为己作"(《明史·李攀龙传》),实同剽窃,对明代诗歌的发展也造成了极坏的影响。

后七子的理论家,早期有谢榛,后来是王世贞。

谢榛(1495—1575),字茂秦,号四溟山人,山东临清人。有《四溟集》。后七子结社之初,谢榛实为盟长。他论诗主张取法李杜等盛唐14家,"当选其诸集中之最佳者,录成一帙,熟读之以夺神气,玩味之以衷精华。得此三要,则造乎浑沦,不必塑谪仙而画少陵也"。"若能出入十四家之间,俾人莫知所宗,则十四家又添一家矣"(《四溟诗话》)。他融会李梦阳"尺寸古法"和何景明"领会精神"之论,又颇能切实,因此后七子颇能取法其言。但因为后期与李攀龙交恶,谢榛被削名七子之外。

王世贞(1526—1590),字元美,号凤洲,又号弇州山人,江苏太仓人。嘉靖二十六年(1547)进士,官至南京刑部尚书。有《弇州山人四部稿》、《续稿》。

李攀龙死后,王世贞主持诗坛二十年,声名大盛。他认为"文必西汉,诗必盛唐,大历以后书勿读"(《明史·王世贞传》),仍为复古论调。但到晚年,心气平和,他在一定程度上摆脱了复古派的褊狭之见。例如,在对待宋诗的问题上,他由抑宋论变为用宋论,还提出了"代不能废人,人不能废篇,篇不能废句"的观点。他又主张"以心之声而为诗"(《章给事诗集序》),"有真我而后有真诗"(《邹黄州鹪鹩集序》),发展了李梦阳的真情观。王世贞的《艺苑卮言》同胡应麟的《诗薮》都是颇知甘苦、较有系统的文学批评著作,为明代诗学的发展作出了贡献。

同李攀龙相比,王世贞以乐府和古诗胜,才力富赡,深于锻炼,气象宏大。如《袁江流钤山岗当庐江小吏行》,洋洋1600字,拟古乐府诗《孔雀东南飞》,而刺严嵩之事,嬉笑怒骂,酣畅淋漓,非亦步亦趋者可比。其近体诗虽华赡有余,但精深不足。其《登太白楼》颇能写出李白天才凌铄的气象,流露出各领风骚的自赏心情,已属难得佳作。

第三节 公安派与明代后期诗

晚明社会,政治腐败,官僚堕落,渐渐失去了维系人心的力量。因此王阳明的心学特别是王学左派主张个性自由的主张,一时风行天下。公安派的"独抒性灵"说就来源于个性解放思潮。然而不久,竟陵派代之而起,欲以"深幽孤峭"之旨纠公安派俚俗浅易之失。明亡之际,复社、几社等文学社团活跃,但它们的政治性极强,其中陈子龙、夏完淳等人后来从事抗清斗争,写出了不少表现民族气节的诗篇。

一 公安派

万历(1573—1620)以后,后七子末流模拟之弊日益彰显,此时,王阳明心学特别是王学左派大兴,个性解放思潮汹涌。公安派直接受到李贽"童心说"的影响,反对模拟,主张"独抒性灵"。其诗学思想振聋发聩,闻者从风如靡。

公安派的主将是袁宗道、袁宏道、袁中道三兄弟,袁宏道为其核心。

袁宏道(1568—1610),字中郎,号石公,公安(今属湖北)人。万历二十年(1592)进士,官吏部郎中。有《袁中郎全集》。

袁宏道持文学进化观,认为"世道既变,文亦因之"(《与江进之》),且"一代盛一代"(《与丘长孺》),因此完全不必模拟。既然"不师先辈",那么就应"师心"(《叙竹林集》),所以他提出"独抒性灵,不拘格套,非从自己胸臆流出,不肯下笔"的口号。他反复强调性灵、趣、韵、质与真,提倡真情文学,显然是受李贽"童心说"的影响。

袁宏道才气最大,识见超迈,成就也最高。如"自从老杜得诗名,忧君爱国成儿戏",表达对世道人心虚伪、颓废的痛心疾首,"眼底浓浓一杯春,忉于洛阳年少泪"(《显灵宫集诸公以城市山林为韵》),则抒发个人无能为力的愁闷悲恸,议论精到,情感真切。又如《答李子髯》(其二):

  草昧推何、李,闻知与见知。机轴虽不异,尔雅良足师。后来富文藻,诎理竞修辞。挥斥薄大匠,裹足戒旁歧。模拟成俭狭,莽荡取世讥。直欲凌苏、柳,斯言无乃欺? 当代无文字,闾巷有真诗。却沽一壶酒,携君听《竹枝》。

这是一首论诗诗,在肯定的基础上批判何、李、王、李的模拟诗风,作者时年27岁,却有"大雅久不作,吾衰竟谁陈"(李白《古风》)的才力、识力和胆力。但是,袁宏道大多数诗过于浅白俚俗,殊少韵味。如《西湖》云:"一日湖上行,一日湖上坐。一日湖上住,一日湖上卧。"又《偶见白发》:"无端见白发,欲哭翻成笑。自喜笑中意,一笑又一跳。"俳谐调笑,率易而成。公安派的诗学主张有矫枉过正的弊端,其末流甚至于"狂瞽交扇,鄙俚公行,雅故灭裂,风华扫地"(《列朝诗集小传》丁集中),这是三袁也始料未及的。于是,以钟惺、谭元春为主的竟陵派代之而起,提倡深幽孤峭,以纠鄙俚之习。

二 竟陵派

  钟惺(1574—1625),字伯敬,号退谷,湖北竟陵人。万历三十八年(1610)进士,官至福建提学佥事。有《隐秀轩集》。谭元春(1586—1637),字友夏,号鹄湾,与钟惺同乡。天启七年(1627)始中解元,崇祯十年(1637)死于赴京会试的旅途中。有《谭友夏合集》。

  竟陵派的宗旨,是追求意象深幽隐复、精神孤独峭拔的诗风。在文学理论上,这是试图对前后七子模拟剽窃和公安派浅俗率易之弊的纠正;在社会思想上,是对反个性解放思潮和末世景象的反映;在个体性格上,是他们孤僻的性格和特异的审美情趣的产物。他们接受了前后七子"学古"的观念和公安派"独抒性灵"的思想,但是反对七子只知学习古人的"途径"、"法度",反对公安派"必于古人外,自为一人之诗以为异",因为七子派和公安派所得到的都是古人"极肤极狭极熟"的东西,而遗漏了古人的真精神,都不是真诗。

  钟惺认为,真诗是真精神所为,而学习古人的真精神就是"察其幽情单绪,孤行静寄于喧杂之中,而乃以其虚怀定力,独往冥游于寥廓之外"(《诗归序》),用这样的真精神写出的文章,是要到"极无烟火处"(《答同年尹孔昭》)。竟陵派追求超凡脱俗、隐幽难明的文字,确实能纠正公安派俚俗俳谐之失。但是,他们的主张,却又使当时的诗歌创作走上个人化的狭窄的道路,而且他们也极少能创作出精神弥满、感动大众的作品。正像钱谦益批评的那样,竟陵派的所谓"深幽孤峭","如木客之清吟,如幽独君之冥语,如梦而入鼠穴,如幻而之鬼国",是"以凄声寒魄为致","以嘌音促节为能",虽然"浸淫三十余年,风移俗易,滔滔不返"(《列朝诗集小传》丁集中),却是国家衰亡的征兆。可见,竟陵派染上了时代的精神衰弱症。

三 复社与几社

天启、崇祯(1621—1644)期间,政治腐败,党争激烈,社会危机、民族危机加剧,文学团体与政治斗争相结合,已经无暇深入探讨文学内在的发展问题。复社、几社虽然继承七子的文学思想,以复古学相号召,但是在政治败坏、民族存亡的关头,却能超轶七子派复古理论,诗穷而后工,创作了大量的优秀爱国诗篇,其代表人物是陈子龙和夏完淳等。

陈子龙(1608—1647),字卧子,号大樽,华亭(今属上海松江)人。崇祯十年(1637)进士,南明弘光朝时任兵科给事中。清兵攻破南京后,曾组织抗清活动。后被捕,投水而死。有《陈忠裕公全集》。复社领袖张溥死后,他实际上成了复社和几社的主帅,也是明末文学的领袖。当国家动荡之际,他创作了不少感伤时事的作品,如《小车行》反映了百姓流离失所、生计窘困的社会现实,令人触目惊心。明亡后,诗作沉郁悲壮,成就更高。如《秋日杂感》:

满目山川极望哀,周原禾黍重徘徊。丹枫锦树三秋丽,白雁黄云万里来。夜雨荆榛连茂苑,夕阳麋鹿下胥台。振衣独上要离墓,痛哭新亭一举杯。

行吟坐啸独悲秋,海雾江云引暮愁。不信有天常似醉,最怜无地可埋忧。荒荒葵井多新鬼,寂寂瓜田识故侯。见说五湖供饮马,沧浪何处着渔舟。

描写国亡后的惨痛,典雅雄深,是他晚期的代表作。

夏完淳(1631—1647),字存古,与陈子龙同里,尊之为师。抗清被捕,投水而死,年仅17岁,有《夏节愍全集》。夏完淳少年早慧,诗笔老成。《细林夜哭》悼念他的老师兼战友,长歌当哭,欲哭而呼,催人泪下。代表作《别云间》是诀别故乡之作,表达出对故乡的深切依恋和期望复国的不渝信念,将思乡、爱国之情融成一片。

明末爱国诗人还有瞿式耜(1590—1650)和张煌言(1620—1664)等,他们共同唱出了明代诗歌的绝响。

思考与练习

1. 李东阳在明代文学发展中占有怎样的地位?

2. 前后七子主张"诗必盛唐"是什么意思?通过比较"何(景明)"与"李(梦阳)"、"王(世贞)"与"李(攀龙)"的诗歌创作,说明各自的特点。

3. 公安派与竟陵派的诗歌主张有何不同?

第七章 清代诗

明清易代,沧桑变革,中国的古典诗歌也酝酿着一场新变。无论是社会现实的要求,还是文学发展自身规律的要求,都需要涤荡明代复古颓风,为清诗的发展开辟道路。

第一节 清初诗

一 吴伟业及梅村体

吴伟业(1609—1671),字骏公,号梅村,江苏太仓人。明崇祯四年(1631)进士,官至左庶子。曾参加复社。明亡后,隐居不出。顺治十年(1653),被迫仕清,官秘书院侍讲,国子监祭酒。有《梅村集》。

与陈子龙相似的是,身际沧桑之后,吴伟业的诗歌直接反映社会现实,诗风一变而为激楚苍凉。试观其五律《野望》二首:

京江流自急,客思竟何依。白骨新开垒,青山几合围。危楼帆雨过,孤塔阵云归。日暮悲笳起,寒鸦漠漠飞。

衰病重闻乱,忧危往事空。残村秋水外,新鬼月明中。树出千帆雾,江横一笛风。谁将数年泪。高处哭途穷。

此诗为作者顺治九年(1652)在镇江时作。作品寓情于景,于荒凉凄清的江南景色的描写中,寄寓了诗人对明亡的悲恸之情。

从扭转明诗"独尊盛唐"复古风气、开出清诗新风的角度着眼,吴伟业在清初诗坛上的贡献则主要在于其七言歌行,兼收并蓄,翻旧为新,创造出一种"梅村体"。

如同前人所言,吴伟业的歌行虽仍是师法唐人,但已摆脱了盛唐的樊篱,而主要是取径于初唐四杰和中唐元白。在取径之时,又能融会贯通,有自己的创造。王士禛《分甘余话》就说他的歌行是"源于元、白,工丽时或过之"。这里所谓的"工丽",一是指语言的华丽,二则是指格律之"工"。

在吴伟业的歌行中,多有色彩缤纷、辞藻艳丽之语。如:"海色瞳瞳照深殿,红桑日起觚棱炫。金井杯承帝子浆,玉颜影入昭阳扇。"(《勾章井》)"芳草乍疑歌扇绿,落英错认舞衣鲜。"(《鸳湖曲》)就这一特点而言,显然是受到了初唐四杰歌行的影响。总体而言,吴伟业歌行中的这一特点是适应于其内容所需要的,有时还专意为之,以收讽刺之效。如其代表作《圆圆曲》,前曰:"恸哭六军俱缟素,冲冠一怒为红颜。"后曰:"全家白骨成灰土,一代红妆照汗青。"出意新奇,着色艳丽,并且形成强烈反差,辛辣地讽刺了吴三桂为了宠妾陈圆圆而引清兵入关的卖国行径。而其歌行中的格律之"工",则是指句式的工整、平仄和对仗的讲究,以及押韵的流转有度。

由于吴伟业歌行中具备这样一些"工丽"的特点,既发挥了古体诗转韵灵活而气势流走的优势,又吸取了近体诗格律严谨而音调铿锵的特长,纵横变化,不拘常套,从而形成了被前人称为"梅村体"的艺术特色。

就吴氏歌行的内容而言,则吸取元白歌行长篇叙事的特点以反映明清之际的重大历史题材,如《圆圆曲》为吴三桂而作,《临江参军》为杨廷麟而作,《洛阳行》为福王而作,《后东皋草堂歌》为瞿式耜而作,《鸳湖曲》为吴昌时而作,《松山哀》为洪承畴而作,"皆可备一代诗史",从而构成了"梅村体"在内容方面的基本特点。吴伟业在清初诗坛上的地位甚高,特别是他开创的"梅村体",在当时更是影响甚大,为人所效法。

二 王士禛与朱彝尊

继吴伟业之后逐步成为清初诗坛领袖的是王士禛。其神韵说,主张妙悟,追求盛唐王、孟那种冲淡闲远的境界，影响清代诗坛约百年之久。当时诗坛上能够与之比肩的，唯有朱彝尊，人称"南朱北王"。

王士禛（1634—1711），字贻上，号阮亭，又号渔洋山人，山东新城（今恒台）人。顺治十五年（1658）进士，官至刑部尚书。有《带经堂全集》。

王士禛为康熙诗坛领袖，"执吟坛牛耳者几五十年"（朱庭珍《筱园诗话》），论诗则以"神韵"为宗。通观王士禛的论诗著作，并未对神韵从理论上进行过系统、明确的阐述。但从其有关言论考察，所谓"神韵"，即以描写山水田园等自然景物为主，从而所表现出的物境清幽、心境淡远的艺术风格。在创作中，他强调"兴会神到"、"伫兴而就"、"妙合自然"。王士禛认为，冥思苦想写不出好作品，只有生于兴会，出自"妙悟"，才可能写出具有"神韵"的作品。从作品内容看，王士禛诗集中虽多歌功颂德、流连光景、咏怀古迹之作，但亦有少量反映了社会现实。

其诗之擅场，在于七言绝句，也最能体现其神韵理论。如《真州绝句》："江干多是钓人居，柳陌菱塘一带疏。好是日斜风定后，半江红树卖鲈鱼。"又如《江上》一诗："吴头楚尾路如何，烟雨秋深暗白波。晚趁寒潮渡江去，满林黄叶雁声多。"应当说，标举"神韵"，虽非王士禛首创，但他将神韵作为诗歌创作和批评鉴赏的最高标准，由此构成诗歌审美理论中的一个独特范畴，则可说是我国千百年来对于意境美探究的一次理论总结，其贡献值得肯定。但是，由于王士禛对神韵说的大力倡导，后来遂成门户，而过分追求神韵，流于空虚，又造成了诗坛上新的形式主义诗风。

朱彝尊（1629—1709），字锡鬯，号竹垞，浙江秀水（今浙江嘉兴）人。康熙十八年（1679）召试博学鸿词，官翰林院检讨。有《曝书亭集》等。

朱彝尊的创作具有一种以博学为诗的倾向，务求典雅，杂有宋诗风气。这不仅体现在其《风怀》这样长达二百韵的巨制里，在绝句中也同样如此。如《来青轩》："天书稠迭此山亭，往事犹传翠辇经。莫倚危楼频北望，十三陵树几曾青？"这是一首悼念故国、感叹兴亡之作。来青轩在北京西山香山寺内，明朝皇帝曾在此先后题写了"来青轩"、"郁秀"、"清雅"、"望都"等四匾，第一句意思即谓此。第二句意思是说，至今犹传说着明代的皇帝乘车来此游历的故事。其中,翠輦即是典故,指饰有翠羽的皇帝所乘之车。如唐太宗《过旧宅》:"新丰停翠辇,谯邑驻鸣笳。"第三句,则化用李商隐《登北楼》"此楼堪北望,轻命倚危栏"之意。诗人的博学,于此小诗中亦可见,而写帝车称"翠辇",写远眺言"北望",皆有来历,可谓"句酌字斟,务归典雅"。朱彝尊的这种创作风尚,对清初浙诗产生了重大影响,衍化为浙诗派的基本艺术特征。

三 清初其他诗人

清初期著名诗人,依地域来划分,则有"岭南三大家"、"江左三大家"、"南施北宋"、"南查北赵"之目。而黄宗羲、顾炎武和王夫之,作为清初三大思想家,其诗歌在遗民诗人中亦具代表性。

(一)岭南三大家

屈大均(1630—1696),初名绍隆,字翁山,广东番禺人。清兵南下时,曾参加抗清斗争。明亡,一度削发为僧,法名今种,字一灵,又字骚余。后还俗,更今名。屈大均与梁佩兰、陈恭尹齐名,在清初诗坛上颇有影响,时有"岭南三大家"之称。就诗歌创作成就而言,屈大均无疑要在梁、陈二人之上。这既是由于其诗歌中所充盈的"九死吾何伤"(《咏怀》之十二)的强烈爱国主义精神,也是由于其诗歌缘此上承屈骚所形成的浪漫主义风格。

陈恭尹(1631—1700),字元孝,号半峰,晚号独漉子,又称罗浮布衣,广东顺德人。王士禛《渔洋诗话》中认为,岭南三大家作品中以陈恭尹"尤清迥拔俗",其诗如"离忧在湘水,古色满衡阳"、"帆随南岳转,雁背碧湘飞"、"映花溪路闭,漱水石根虚"、"桄榔过雨垂空地,玳瑁乘潮上古城"、"家山小别吟兼梦,水驿多情浪与风"等,"皆得唐人三昧"。显然,王士禛是站在神韵派的立场上来评论陈诗,其鉴赏标准则是依据他本人提出的冲淡清远的神韵境界来作为取舍,因而未能中肯。实际上,激昂盘郁、风格遒上乃是陈诗的主要特点,内容则多反映亡国之痛及人民疾苦,这可以其七律为代表。

梁佩兰(1629—1705),字芝五,一字药亭,号郁洲,广东南海人。康熙二十七年(1688)进士。梁佩兰虽与屈大均、陈恭尹并称为"岭南三大家",但从艺术成就来看,实不能与屈、陈二人相比,集中惟以七古较胜,如《养马行》、《日本刀歌》等,此外佳作亦不多见,往往堕入空滑一路。

(二)江左三大家和曹溶

龚鼎孳曾与钱谦益、吴伟业并称为"江左三大家"。龚鼎孳(1615—1673),字孝升,号芝麓,安徽合肥人。明崇祯七年(1634)进士,官兵科给事中。李自成入京,授直指使。降清后,官至礼部尚书。尽管龚鼎孳在清初甚有诗名,但从总的创作成就来看,却实不及钱、吴二人。然而,由于他当时身居高位,且在位期间,"艰难之际,善类或多赖其力",如遗民诗人傅山、阎尔梅等得其开脱,方免于死,又惜才爱客,振恤孤寒,为士流所归,故得享重名。龚诗在七绝方面的成就较为突出,如其七绝《上巳将过金陵》:"倚槛春风玉树飘,空江铁锁野烟消。兴怀何限兰亭感,流水青山送六朝。"就曾为王士禛所激赏。

曹溶(1613—1685),字洁躬,又字鉴躬,号秋岳,一号倦圃,浙江秀水(今嘉兴)人。明崇祯十年(1637)进士,考选御史。入清官至户部侍郎。曹溶诗词在当时具擅名,曾与龚鼎孳并称为"龚曹"。诗作中近体则专崇初、盛唐。徐世昌指出:"(秋岳)五七律根柢浣花,间涉昆体,盖魄力深厚,故能奄有众长也。"其所和王士禛《秋柳》之作,当时有人甚至认为超过原作。

(三)南施北宋

继"岭南三大家"、"江左三大家"之后,严格意义上的"国朝"诗家陆续涌现。这其中,则可以施闰章、宋琬、朱彝尊、王士禛、查慎行、赵执信等清初"六家"代表当时诗坛上的最高成就。朱庭珍《筱园诗话》中曾指出:"顺治中,海内诗家,称南施北宋。康熙中,称南朱北王。谓南人则宣城施愚山、秀水朱竹垞,北人则新城王阮亭、莱阳宋荔裳也。继又南取海盐查初白,北取益都赵秋谷益之,号'六大家'。后人因有《六家诗选》之刻。"

施闰章(1618—1683),字尚白,号愚山,安徽宣城人。顺治六年(1649)进士,官至翰林院侍读。施闰章的诗歌中,有不少反映清初人民疾苦之作,现实性较强。不过,施闰章作品中最为时人所称道的,还是其五言体中部分吟咏山水之作。如其《赠登封叶明府井叔》一诗颔联"翠屏横少室,明月正中峰",就受到时人的赞赏。

宋琬(1614—1673),字玉叔,号荔裳,山东莱阳人。顺治四年(1647)进士,官至四川按察使。宋琬的诗歌中,亦有反映清初人民疾苦之作。如《同欧阳令饮凤凰山下》二首之二:"茅茨深处隔烟霞,鸡犬寥寥有数家。寄语武陵仙吏道,莫将征税及桃花。"即景抒怀,借用桃花源的典故,暗讽了清初繁重的赋税无所不至,表达出作者对人民疾苦的关注。但是,与施闰章相比,宋琬诗歌中的此类作品却可谓甚少,而主要是反映个人的失意与愁苦。

就诗体所擅而论,施闰章长于五言,宋琬则长于七言。其七言古如《栈道平歌为贾胶侯尚书作》、《从军行送王玉门之大梁》、《赠蜀中李鹏海进士》等,皆悲壮激昂,气韵深厚,为时人和后人所称颂。

(四) 南查北赵

查慎行(1650—1727),初名嗣琏,字夏重,后改今名,字悔余,号初白,浙江海宁人。康熙四十二年(1685)进士,官翰林院编修。有《敬业堂诗集》。

查慎行喜好苏轼诗,作苏诗《编年补注》30年,注释精审。然而,查慎行诗歌最为前人所称道的,并非其师法苏轼所作的那种议论之诗,而是其纯用白描手法的清真隽永之作。试观其《舟夜书所见》:

月黑见渔灯,孤光一点萤。微微风簇浪,散作满河星。

前两句写静景,渔灯一盏,孤光似萤,给人以阴冷局狭的感觉。后两句则化静为动:微风忽然吹来,在水面漾起一圈圈涟漪,映照在水面的原来一点"孤光"顿时变成为"满河"繁星晃动,整个境界豁然开朗,呈现出一派宏伟气象。全诗朴素如话,堪称白描之上品。

赵执信(1662—1744),字伸符,号秋谷,山东益都(今山东博山)人。康熙十八年(1679)进士,授翰林院编修,官至右春坊右赞善。赵执信虽"早通仕籍,才名振天下",然不过十年,即以"国恤"(康熙佟皇后死)中与友人洪昇等宴饮观演《长生殿》传奇被劾罢官归里,时年尚未三十。故时人有"可怜一曲《长生殿》,断送宫坊到白头"之诗句。其后一直徜徉山水,自写性情,为人恃才傲物,于王士禛神韵说多所不满,著《谈龙录》以斥其非。他的诗歌,则意主刻露,力矫浮响,诗风镌刻清新。虽时有率笔,不取酝酿,亦足在清初诗坛上自成一家。

(五) 黄宗羲、顾炎武与王夫之

黄宗羲(1610—1695),号南雷,又号梨洲,浙江余姚人。曾积极参加抗清斗争。明亡不仕,讲学著书以终。有《南雷诗历》及《南雷文案》等。观其诗集,诗作中所郁结的炽烈感情,确如撕裂重阴禁锢的风雷在激荡。如《八月小尽接家书有感》:"擎拳竖脚此苍天,惭愧何曾让昔贤。一击便当千里近,孤身只合万山巅。握中算子饶王伯,筑里新声杂铁铅。斯意今人无会取,故令花草得嫣然。"诗人虽经历了战争、监禁和饥寒交迫等种种痛苦,诗中却表现出宁折不弯的战斗精神,充溢着阳刚之气。

顾炎武(1613—1682),字宁人,号亭林,江苏昆山人。明诸生。清兵入关后,在江南参加了抗清的武装斗争,失败后,继续奔走于长江南北、大河上下,进行隐蔽的抗清活动。晚年定居华阴,卒于曲沃。有《亭林诗集》六卷。

顾炎武是一位具有初步民主思想的思想家和学者。他曾提出"保天下者,匹夫有责"(《日知录》十三)的口号,对当时和后世都产生过很大的影响。试观顾炎武的诗作:"祖生多意气,击楫正中流。"(《京口即事》)"我愿平东海,身沉心不改!大海无平期,我心无绝时!"(《精卫》)"路远不须愁日暮,老年终自望河清。"(《五十初度》)"三户已亡熊绎国,一成犹启少康家。苍龙日暮还行雨,老树春深更著花。"(《又酬傅处士次韵》)俱如其"诗主性情"的论诗主张所言。沈德潜曾指出:"宁人肆力于学……韵语其余事也,然词必己出,事必精当,风霜之气,松柏之质,两者兼有。就诗品论,亦不肯作第二流人。"堪称的评。作为遗民诗人的代表,顾炎武同黄宗羲一样,为清诗的崛起作出了自己的贡献。

王夫之(1619—1692),字而农,号姜斋,湖南衡阳人。崇祯十五年(1642)举人,永历(1647—1661)时官行人司行人。南明亡后,窜身岩洞,历尽艰险,后筑土室于湘西石船山,闭门著述以终。学者称船山先生。有《船山全书》传世。

王夫之是清初的著名思想家,著述精卓宏富,堪称与黄宗羲、顾炎武鼎足而三。他不仅对我国的哲学、历史学作了较系统的整理和研究,对宋儒的唯心主义理学和封建的君主制作了深入的批判,在诗歌评论方面也有独到的见解。

观王夫之诗歌,有的缅怀故国,感慨平生;有的描写满清统治下人民生活的苦难,均反映了当时的民族矛盾与社会生活。如:"寒烟扑地湿云飞,犹记余生雪窖归。泥浊水深天险道,北罗南鸟地危机。同心双骨埋荒草,有约三春就夕晖。"(《续哀雨诗四首》之一)"千秋欲识丈夫心,独上危峰揽苍翠。"(《仿李邺侯天复吾歌广其意示于礼》)前者为追忆南明亡后与其妻由桂林逃归湖南时的艰险遭遇,后者则抒发壮志难伸的抱负,皆感情深沉,风格遒劲。

当时,在清初诗坛上较为著名的诗人还有归庄、吴嘉纪、沙张白、吴兆骞和陈维崧等。

第二节　清代中期诗

一　清代中期诗

经过康熙雍正两朝,清王朝逐渐步入中期。就思想内容而言,这一时期的诗歌在反映社会生活和揭露现实矛盾方面显然要逊色于清初。但就艺术上而言,这一时期的诗歌则呈现出发展变化的趋势,主要表现为题材的开拓、各种诗歌体式运用的成熟和诗坛上流派纷呈、风格多样、群星璀璨的壮观局面。自然,毋庸讳言,即使是这种在艺术方面的探究,也往往多少受到当时官方意志和文化专制政策的影响或制约。

叶燮(1627—1703),字星期,一字己畦,嘉兴籍吴江人。有《己畦诗集》10卷、《原诗》4卷。

康熙(1662—1722)中,针对诗坛时弊,叶燮则出来力倡"才、胆、识、力"之说。其所作《原诗》,以推究诗歌创作的本原为宗旨,企图纠正明代以来诗歌发展中的偏向,为清代重要诗歌理论专著之一。在清代作家中,叶燮尽管不以诗名,但诗仍有其特色,可说较自觉地实践了"凡一切庸熟陈旧浮浅语须扫而空之"的诗歌理论。观叶燮《己畦诗集》,其五、七言古体继承杜甫反映现实的传统,内容深广,风格沉郁苍凉。其七律,则雄浑健举,格高味永。

沈德潜(1673—1769),字确士,号归愚,江南长洲(今江苏苏州)人。乾隆四年(1739)进士,官至礼部侍郎。著有《归愚诗文集》、《说诗晬语》,并选编有《古诗源》、《唐诗别裁》、《明诗别裁》、《清诗别裁》等。

乾隆(1736—1795)中,沈德潜重弹明前后七子的复古老调,鼓吹格调说。由于其适应清中期封建统治者的需要,因而逐步取代了王士禛的神韵说,使诗坛风气变化。继王士禛之后,沈德潜成为乾隆时"诗家广大教主",主盟诗坛达数十年。

明前后七子论诗推崇汉魏、盛唐,主张从格律声调上学习古人。沈德潜沿袭了这种复古论调并予以发挥,"古体必宗汉魏,近体必宗盛唐"。而他宗汉魏、宗盛唐,则主要是宗其"格"、宗其"调"。在《说诗晬语》中,他强调"不能竟越三唐之格","诗至有唐,菁华极盛,体制大备","而宋元流于卑靡"。所谓"调",即强调音律的重要性,如说:"诗以声为用者也,其微妙在抑扬抗坠之间。读者静气按节,密咏恬吟,觉前人声中难写、响外别传之妙,一齐俱出。朱子云:'讽咏以昌之,涵濡以体之。'真得读诗趣味。"又说:"乐府之妙,全在繁音促节,其来于于,其去徐徐,往往于回翔屈折处感人,是即依永和声之遗意也。"沈德潜重倡格调说的要义,自然不单纯是为了模拟古人,也不单纯是为了提倡声雄调畅的格调,而是在于加强正统封建文学的规范化,企图振兴正统封建文学。但应当指出的是,沈德潜复张复古旗帜,提倡声雄调畅的盛唐诗风,实际上也是适应了清中期封建统治者的需要。康熙(1662—1722)后期至乾隆(1736—1795)时期,清王朝进入"盛世",社会经济由恢复转入繁荣,国力强盛。随着清王朝政权的加强、统治口味的变化,所需的是直接、正面礼赞统治者功德的体格闳丽的颂歌,古淡闲远、萧疏寒瘦的声调自然已不适应,而需代以雄浑豪壮、富丽堂皇的黄钟大吕之音。沈德潜的格调说之所以能取代王士禛的神韵说,使诗坛风气发生变化,这绝不是偶然的。

袁枚(1716—1797),字子才,号简斋,浙江钱塘(今杭州)人。乾隆四年(1739)进士,改庶吉士。乾隆七年至十三年,先后任溧水等地知县。辞官后,寓居江宁(今南京)小仓山,筑室随园,人称随园先生。有《小仓山房集》80卷、《随园诗话》16卷等。

袁枚论诗,推崇性灵,与沈德潜的格调说针锋相对。其性灵说建立在反道学、反礼教、追求个性自由的思想基础之上。在《随园诗话》中,"性灵"一词,反复出现。如:"自《诗三百》至今日,凡诗之传者都是性灵,不关堆垛。""必欲繁其例、狭其径、苛其条规、桎梏其性灵,使无生人之乐,不已傎乎?""使人夭阏性灵,塞断机栝,岂非诗话作而诗亡哉?"那么,袁枚性灵说的内涵究竟是什么呢?通观其诗论,可大致概括为推重性情和灵机。

袁枚的"性灵说",具有反对儒家正统诗论、把诗歌创作与个性自由的要求联系起来的鲜明特点及进步意义。综观其文学主张,可看出由明后期进步思想家李贽至清鸦片战争前夕开时代风气之先的龚自珍这一思想系统间的演进轨迹。对此,我们自当充分肯定。林钧《樵隐诗话》中曾指出:"国朝著作家奚啻数千,而其脍炙人口者,在诗话惟《随园》,在文章惟《聊斋》,小说惟《红楼梦》,三部而已!其他汗牛充栋,吾未见家诵而户读之也。"于此足见其影响。但是,毋庸讳言,其诗论中也存在着不少历史局限,如忽略了诗歌是社会生活的反映,"性灵说"中也存在着唯心的因素,等等。不仅如此,其所推重的性情之内涵,亦存在着阶级的局限性。我们应当指出这种局限性,但亦不必苛求。

袁枚与赵翼、蒋士铨并称为"乾隆三大家"。其集中有一些咏史之作,向来为人们所称道。如《秦中杂感》其五:"百战风云一望收,龙蛇白骨几堆愁。旌旗影没南山在,歌舞楼空渭水流。天近易回三辅雁,地高先得九州秋。扶风豪士能怜我,应是当年马少游。"又如《马嵬》四首其二:"莫唱当年《长恨歌》,人间亦自有银河。石壕村里夫妻别,泪比长生殿上多。"

然而,袁诗的主要特点,则在于抒写性灵,广泛表现个人生活遭际中的真实感受、情趣和识见。艺术上则不拘一格,自成面目,如其七古《同金十一沛恩游栖霞寺望桂林诸山》。不过,《小仓山房诗集》中最能体现袁枚性灵说内涵,也最能显示出袁枚诗歌艺术风格的,还是其部分绝句。如:"十里崎岖半里平,一峰才送一峰迎。青山似茧将人裹,不信前头有路行。"(《山行杂咏》)"江到兴安水最清,清山簇簇水中生。分明看见青山顶,船在青山顶上行。"(《由桂林溯漓江至兴安》)"沙沟日影渐朦胧,隐隐黄河出树中。刚卷车帘还放下,太阳力薄不胜风。"(《沙沟》)"桐江春水绿如油,两岸青山送客舟。明秀渐多奇险少,分明山色近杭州。"(《桐江作》)"牧童骑黄牛,歌声振林樾。意欲捕鸣蝉,忽然闭口立。"(《所见》)这些诗歌,纯用白描,不使典故,直状眼前之景,直抒心中之情,诗风"清新隽逸"。

袁枚在诗歌理论和创作实践两方面揭橥"性灵"大旗,一时从者甚多。赵翼等同时并起,郑燮、金农等"扬州八怪"亦相继出现。

赵翼(1727—1814),字云崧,号瓯北,江苏阳湖(今武进)人。乾隆二十六年(1761)进士,历官贵西兵备道。后辞官家居,专心著述,曾主讲扬州安定书院。有《瓯北诗集》、《瓯北诗话》。

就论诗主张而言,赵翼也颇有与袁枚相同之处。其《书怀》之三曰:"人面仅一尺,竟无一相肖。人心亦如面,意匠戞独造。同阅一卷书,各自领其奥;同作一题文,各自擅其妙。问此何为然?各有天在窍。乃知人巧处,亦天工所到。所以才智人,不肯自弃暴。力欲争上游,性灵乃其要。"从抒写性灵的目的出发,赵翼尤其强调创新,这可说是其诗论的最鲜明特色。如云:"词客争新角短长,迭开风气递登场。自身已有初中晚,安得千秋尚汉唐。"(《论诗》)其诗中佳句如:"古寺月明僧定夜,空林雪满鹤归时。"(《梅花》)"武陵水映春无色,露井风开月有痕。"(《白桃花》)意境优美,一片性灵流出。"远岭路高人似豆,空江水落岸如山。"(《桂平道中》)"枯树万鸦栖似叶,荒芦群雁宿为家。"(《江干晚步》)皆情景交融,戞戞独造。

郑燮(1693—1765),字克柔,号板桥,江苏兴化人。乾隆元年(1736)进士,曾为山东范县、潍县知县。郑燮擅画兰竹,又工书法,诗亦自成一家。为人狂放不羁,多愤世嫉俗之言行,以是得"狂"名,为"扬州八怪"的代表人物。

从经世致用的观点出发,郑燮的诗歌中颇多关心民间疾苦、敢于面对现实之作。如:"衙斋卧听萧萧竹,疑是民间疾苦声。些小吾曹州县吏,一枝一叶总关情。"(《潍县署中画竹呈年伯包大中丞括》)其诗歌中亦不乏陶写性灵之作。如:"云满长林冻不开,朝飞饥鸟暮飞回。板桥尽日无人迹,为探梅花去又来。"(《题画》)"庭前积雪窗生白,活火烹茶易有香。一卷《离骚》读未了,自呵冻墨写潇湘。"(《题画》)

翁方纲(1733—1818),字正三,号覃溪,顺天大兴(今北京)人。乾隆十七年(1752)进士,官至内阁学士。有《复初斋诗集》、《石洲诗话》、《苏诗补注》。翁方纲为清乾嘉时著名学者,其"肌理说"独树一帜,对乾嘉乃至近代诗坛都产生了深刻影响。

乾嘉之际,诗坛形成了性灵、格调、肌理三派鼎立的局面。受当时考据学风的影响,翁方纲大张"学人之诗"旗帜,称"士生今日,经籍之光,盈溢于世宙,为学必以考证为准,为诗必以肌理为准"。其意图,则在于以"肌理说"补救"神韵说"的空疏、纠正"格调说"的模拟,隐然与当时盛行的"性灵说"分庭抗礼。

翁方纲"肌理说"的基本内涵,包括两个方面:一是强调"义理之理",即思想内容之"理";二是强调"文理之理",即形式表达之"理"。具体而言,翁方纲所谓的"义理",包括诗人须具有植根于六经的学问,以及作品须具备质实的内容。翁方纲所谓的"文理",则大略是指诗歌辞藻、音韵、结构、艺术表现等形式方面的要素。其诗中尚有佳作,但他那些将经史、金石的考据入内的"学问诗",则的确价值不高,当时就受到人们的批评。

清中期,以地域来划分流派,则"浙派"可谓当时最大的一个诗歌流派。但是,由于这仅为依照地域所作的区分,因而这一诗派成员在论诗宗尚和创作风格方面都表现出不同。以清初的著名浙西作家朱彝尊、查慎行为发端,此时的浙派则衍化为四个支派:一是以钱塘厉鹗为首领的刻琢研炼、幽新隽妙的一派,重要作家先后有杭世骏、金农、吴锡麟等;二是以山阴胡天游、秀水王昙先后为代表的才情富艳、奇气横溢的一派,成为后来龚自珍的先导;三是继朱彝尊之后形成的秀水派,取径于杜甫、韩愈、黄庭坚,造语拗折盘硬,专于章句上争奇,代表作家为钱载,主要作家则先后有王又曾、万光泰、诸锦等;四是以袁枚为首的要求打破传统束缚、追求个性自由的性灵派,从而推动了当时诗歌新精神的空前高扬。自然,这可说是广义上的"浙派",而传统上所谓的"浙派",则专指钱塘厉鹗一派。

二　龚自珍

乾隆(1736—1795)后期,社会矛盾逐渐激化。嘉庆(1796—1820)以降,国势日非。封建统治者对农民的剥削日益加重,阶级矛盾更为激化;而西方资本主义列强对中国进行疯狂的政治、经济侵略,又大大加剧了民族危机。受时代的特征所影响,这一时期的诗歌则呈现出新的特色。预感到暴风雨即将来临,期待迎接新时代曙光的代表作家,则是龚自珍。

龚自珍(1792—1841),字璱人,号定庵,浙江仁和(今杭州)人。道光九年(1829)进士,授内阁中书,历官礼部主事。

在龚自珍之前,已有不少诗人如黄景仁、宋湘、黎简、舒位、王昙等在诗歌中触及清王朝腐朽衰败的现实,但都远不如龚氏诗歌中批判锋芒之犀利。可以这样说,龚自珍诗歌中所充溢的对当时"衰世"尖锐无情的社会批判精神,不仅在当时具有振聋发聩的意义,而且还开出了其后近代进步诗人在诗歌中积极反映社会现实的风气。《七律·咏史》是龚自珍诗中揭露当时官场黑暗的名篇。诗名虽为咏史,实则为写实。又如《己亥杂诗》中以下两首:"不论盐铁不筹河,独倚东南涕泪多。国赋三升民一斗,屠牛那不胜栽禾!""只筹一缆十夫多,细算千艘渡此河。我亦曾縻太仓粟,夜闻邪许泪滂沱!"诗中揭露了清朝封建统治者不讲求盐铁生产,不筹划治理水患,只顾享乐而对老百姓无穷榨取的行为,反映出社会危机日益深化的时代本质。

龚自珍对于"衰世"的揭露,则莫过于其对封建制度摧残人才的控诉。在《夜坐》之二中,诗人忧心忡忡,"沈沈心事北南东,一眽人材海内空";与此同时,又强烈表达了其要求任用贤才和变法革新的愿望:"万一禅关砉然破,美人如玉剑如虹。"追求美好理想的实现。《己亥杂诗》第125首,更是其抨击整个清代封建官僚制度的名篇。从表面看,这是龚自珍应道士之请所作的一首"青词",故诗中出现"风雷"、"天公"等字眼。然而,诗人笔下的"天公",实则是指清朝最高统治者,而"风雷"则象征着冲破沉闷窒息的政治局面的巨大变革。诗人认为,当今所出现的"万马齐喑"局面,是封建统治者"拘一祖之法,惮千夫之议",对人才重重束缚、压制的结果,这实在令人悲愤!因此,他期望统治者破格任用人才,通过这种改革,重新焕发"九州"的"生气"。这种革新思想,自然有其局限,也实际上是一种幻想。但尽管如此,龚自珍毕竟看到了封建衰世的来临,提出了革新的口号,预示了"风雷"的到来,因而仍具有划时代的意义。

由于其"哀乐恒过人"(《寒月吟》)和"气悍心肝淳"的气质,在龚自珍的诗歌中呈现出鲜明的艺术个性,构思神奇,想象丰富,具有一种奔放不羁的强烈浪漫主义特色。这可以其《西郊落花歌》为代表。在诗之前半,诗人既不惜花,也不伤春,而是用极度浪漫主义的手法描绘了艳丽鲜奇的落花景象。从"如钱塘潮夜澎湃"至"又如先生平生之忧患,恍惚怪诞百出难穷期",诗人接连运用一连串的比喻来描绘落花的景象,"千光百怪,奔迸而出"。而最后忽以落花之景譬之自己生平所遭受的打击,稀奇古怪,变幻莫测,既出人意表,且流露出诗人怀才不遇的深沉感慨。接下来,语意又变昂扬,诗人由喜爱《维摩诘所说经》中的天女散花故事兴起,转而向往落花厚积的西方净土,心醉神驰,隐隐表现出他对封建专制统治的不满和对未来理想的追求。最后,诗人则又从虚幻世界中的"落花"转回到现实"忧患"世界中的落花,尽情地呼唤:"安得树有不尽之花更雨新好者,三百六十日长是落花时!"含蓄地表达出诗人要求变革的愿望。

龚诗中充满了丰富的想象力,其诗中的诸多形象也极为生动有力,并往往掺入了诗人的强烈情绪。例如:"黄金华发两飘萧,六九童心尚未消。叱起海红帘底月,四厢花影怒于潮。"(《梦中作四截句》之二)该诗以"说梦"为题,通过抒写"童心",表达了诗人灵魂深处对真与美的追求,实际也是对于自由的渴望。

在龚自珍的诗歌中,有"庄骚两灵鬼,盘踞肝肠深"这样的诗句(见《自春徂秋偶有所触拉杂书之漫不诠次得十五首》)。而龚自珍的诗歌,正是上承《离骚》的积极浪漫主义优良传统,"酌奇而不失其真,玩华而不坠其实",同时又广师前人,博取众长,由此形成了其"奇境独辟"的浪漫主义艺术特色。在清代中期至中国近代的诗歌发展历程中,龚自珍的诗歌起到了承先启后的作用。

第三节 近代诗

从鸦片战争爆发到清朝灭亡,中国近代诗歌的风貌与其时社会的政治状况息息相关。以中日甲午战争为界,近代诗歌的历程可大致分为前后两个阶段。

一 前期诗

张维屏(1780—1859),字子树,号南山,广东番禺人。张维屏曾与林则徐、龚自珍、魏源、黄爵滋等在北京结宣南诗社。其早期诗作多抒写个人情怀。晚期不少作品反映鸦片战争中人民抗英斗争,格调高昂,富于爱国精神。《三元里》一诗可为其代表。诗风清新朴实,不事雕饰。与黄培芳、谭敬昭并称为"粤东三子"。

林则徐(1785—1850),字少穆,福建侯官(今福州)人。嘉庆十六年(1811)进士,历任江苏巡抚、湖广总督、两广总督等。林则徐为鸦片战争中主战派首要人物。曾受命为钦差大臣,赴广东查禁鸦片,后革职远戍伊犁。其早期诗作多为官场酬唱及题图咏画之作。鸦片战争后,所作多抒发爱国激情,感情深沉,气势磅礴,格律严整。"苟利国家生死以,岂因祸福避趋之"(《赴戍登程口占示家人》),即是其后期诗作之名句。

魏源(1794—1857),字默深,湖南邵阳(今隆回县)人。魏源与龚自珍同为鸦片战争时期的著名思想家,人称"龚魏"。由于魏源亲身经历了鸦片战争的整个过程,目睹了其时日渐深重的民族危机,由此激发起他向西方学习的决心,并提出了著名的"师夷之长技以制夷"的改革主张。其受林则徐委托所编之《海国图志》,正缘此而成,于当世影响颇大。

从文学须重功利、重教化的思想主张出发,魏源创作有《江南吟》10首和《都中吟》13首等新乐府诗。这些诗作,继承了白居易新乐府中那种使"握军要者切齿"的讽喻精神:或揭露社会黑暗,或反映百姓疾苦,或谴责统治阶级的残暴,或抨击帝国主义的侵略,都深刻地表达了作者的忧国忧民思想。试观其《江南吟》,既表露"销金锅里乾坤无"、"藩决膏殚付谁守"的担心,揭露鸦片烟对中国的危害之烈,又揭露了养痈遗患、中庸误国的"无形"之瘾的危害,从而指出,"中朝但断大官瘾,阿芙蓉烟可立尽"。《寰海》、《寰海后》、《秋兴》及《秋兴后》等,也都反映出鸦片战争时期的历史风云。

此外，魏源的山水诗作在当时也颇负盛名，如《天台石梁雨后观瀑歌》、《华山西谷》、《剑阁》等。陈衍《石遗室诗话》将其列入"道光以来""清苍幽峭"一派，则正是指其这类诗歌而言。

清代道光咸丰之际形成的宗宋诗派，在中国近代诗坛上曾有很大声势，并且影响久远。陈衍在《近代诗钞叙》中说："文端（祁寯藻）学有根柢，与程春海（恩泽）侍郎为杜（甫）、为韩（愈）、为苏（轼）黄（庭坚），辅以曾文正（国藩）、何子贞（绍基）、郑子尹（珍）、莫子偲（友芝）之伦，而后学人之言与诗人之言合而恣其所诣。"可说概括了这一诗派的特色和代表人物。

郑珍（1806—1864），字子尹，号巢经巢主，贵州遵义人。出身于寒素之家，一生科场失意。一生中多半时间是在故乡度过。因此，他的诗歌里多有反映贵州乡俗土风、描述黔地人情世态之作，如《播州秧马歌》等。这类诗作，具有独特的艺术感染力。其诗集中不少山水之作也引人注目。在诗人的笔下，那些"元柳目未经，陶谢屐不逮"的贵州山水十分神奇绚丽。这可以其描写黄果树瀑布奇观的《白水瀑布》及《云门墱》等作品为代表。郑珍的诗集中还有一类以学为诗、以文为诗的作品，风格"生涩奥衍"，如《腊月廿二日遣子俞季弟之綦江吹角壩取汉卢丰碑石歌以送之》等。陈衍《石遗室诗话》说郑作"语必惊人，字忌习见"，誉为道光（1821—1850）以来"生涩奥衍"一派之"弁冕"，即是指此类作品。

何绍基（1799—1873），字子贞，号东洲，又号蝯叟，湖南道州（今道县）人。在当时的宋诗派中，何绍基不仅以诗歌创作体现出此派风格，而且还能以较系统理论阐述此派的宗旨。其集中部分作品，"不名一体，随境触发，郁勃横恣"（朱琦为何绍基《使黔草》所作"叙"），最能体现其"学人之诗"的风格。如其七古大篇《飞云岩》等。故前人有推何绍基为"晚清诗人学苏最工者"（金天羽《艺林九友歌序》）。

何绍基另有一些小诗，与古体诗中诸多山水之作的风格截然不同。试举数首："几处渔村欸乃歌，轻烟染就万峰螺。乌篷摇入潇湘路，才信春江是绿波。"（《春江》）"坐看倒影浸天河，风过栏干水不波。想见夜深人散后，满湖萤火比星多。"（《慈仁寺荷花池》）皆写得清隽动人。

二　后期诗

十九世纪末,伴随着以"戊戌变法"为高潮的政治改良运动,在文学界也兴起了一场包括"诗界革命"、"文界革命"和"小说界革命"在内的文学改革运动。这场"诗界革命",是晚清诗歌陷入形式主义绝境的必然结果,是改良主义运动的需要,也是近代进步诗歌潮流的进一步发展。当时,作为"诗界革命"的实际中坚,在诗歌理论和诗歌创作方面都作出突出贡献的,则首推黄遵宪。

黄遵宪(1848—1905),字公度,号人境庐主人,广东嘉应(今梅县)人。光绪二年(1876)举人。历任日本国参赞、美国旧金山总领事、英国参赞、新加坡总领事及湖南按察使等。有《人境庐诗草》11卷、《日本杂事诗》2卷。此外,尚撰有《日本国志》40卷。

"穷途竟何事,余事作诗人。"(《支离》)黄遵宪是中国近代资产阶级改良主义政治运动中的著名活动家,其平生抱负,并不在诗歌创作一途。然而,他一生的成就,却主要体现在诗歌理论特别是创作方面。早在1868年,黄遵宪在其《杂感》中即已明确表露出诗体改革的观点,主张"我手写我口,古岂能拘牵",成为他新体诗创作的宣言,开"诗界革命"之先声。值得注意的是,所谓"我手写我口",不仅是从诗体语言的着眼点出发,更有强调诗中须有"我"在、诗歌之生命在于真实的意图。这一创作主张,对清代诗坛上规模唐宋、模拟汉魏的复古之风可说是有力的批判。

黄遵宪的诗歌,多反映中国近代的重大历史事件,还有不少描写海外风物的诗篇,能够"熔铸新理想以入旧风格"(梁启超《饮冰室诗话》),表现"古人未有之物,未辟之境"(《人境庐诗草自序》)。如《登巴黎铁塔》、《今别离》、《纪事》、《锡兰岛卧佛》等。其诗体,则长于古体,形式多变,语言通俗,五古尤为出色。

康有为(1858—1927),字广厦,号长素,广东南海人。康有为早年深究今文经学,接触西方资本主义文明,并遍读译本西书,察知香港、上海工商秩序,从而形成其改良主义思想。1888年起,他先后七次上书光绪皇帝,建议变法图强。甲午战争次年,发起赴京会试千余举子"公车上书",要求拒签和约,维新变法,遂成为"戊戌变法"领导者。变法失败后,逃亡海外,组织保皇会,反对民主革命,主张君主立宪。其前期诗作多反映重大事变,发抒愤郁之情,形象瑰丽,造语自然,并在运用传统诗歌形式上多有独创。后期诗作常流露对清王朝的哀悼之情。梁启超称其诗"元气淋漓,卓然称大家"。

丘逢甲(1864—1912),字仙根,号蛰仙,台湾彰化人,祖籍广东镇平(今广东蕉岭)。甲午战败,清廷割弃台湾,丘逢甲与台湾士民奋起抗日保台,血战二十余昼夜。因弹尽援绝,率军离台内渡,在广东创办学校,推行新学。辛亥革命时,赴南京任孙中山临时政府参议员。其诗学杜甫、陆游,所作近万首,多抒发爱国情怀,表现牺牲精神,慷慨悲壮,英气奋发,深得"诗界革命"倡导者梁启超、黄遵宪等赞赏。梁启超称其为"诗界革命一巨子"。

谭嗣同(1865—1898),字复生,号壮飞,湖南浏阳人。谭嗣同自幼随其父遍游西北、东南各地。怀救国之志,擅文章,好任侠。曾在湖南创办时务学堂、南学会和《湘报》,鼓吹变法图强,抨击封建名教,成为维新运动中激进派领袖。戊戌变法失败,慷慨赴死,为"戊戌六君子"之一。其诗充满爱国激情,情词激越,境界阔大,风格遒劲。尤擅长写景抒情,将咏物与言志融为一体。其所作"新学诗",如《金陵听说法》组诗,虽不甚成功,亦不失为一种可贵的革新尝试。

梁启超(1873—1929),字卓如,号任公,别署饮冰室主人,广东新会人。有《饮冰室合集》。梁启超是康有为的弟子,维新变法运动首倡者之一,与康有为并称"康梁"。戊戌变法失败后,逃亡日本,宣扬君主立宪。晚年致力学术,著述宏富。他是近代重要文学家,曾力倡"诗界革命"、"小说界革命",创作了大量戏曲、小说、诗歌、散文。其诗早期学龚自珍,后期学宋人,学杜甫,以旧风格写新现实,被誉为"一代诗史"。绝大部分诗歌作于流亡国外期间,充满忧患意识,表现理想精神,热情奔放,直抒胸臆,语言明白晓畅。

陈三立(1852—1937),字伯严,号散原,江西义宁(今修水)人。陈三立曾辅佐其父参加戊戌变法。变法失败,与其父同被革职。辛亥革命后,以遗老自居。工诗文,是近代同光体诗人首领。诗宗黄庭坚,而刻意生新,风格清奇拗涩,早年诗多感时抚事之作。

章炳麟(1869—1936)，一名绛，字枚叔，号太炎，浙江余杭人。章炳麟为近代民主革命家，曾编撰《时务报》，参与维新而被通缉；后鼓吹革命，因"苏报案"而入过狱。他精通经史、小学、佛学诸门。作诗不多，主要是五言诗，表现民族革命思想，风格浑厚苍劲，但文辞古奥难读。早期少数近体诗较为平易。

秋瑾(1875—1907)，字璿卿，号竞雄，别署鉴湖女侠、汉侠女儿，山阴(今浙江绍兴)人。秋瑾蔑视封建礼法，能文章，好剑侠，目睹庚子事变，痛恨清廷腐败，遂于1904年东渡日本留学，次年参加孙中山领导的同盟会。返国后，创办《中国女报》，提倡男女平权，鼓吹民主革命。并在绍兴主持大通学堂，同徐锡麟筹建"光复军"，策划皖浙两省反清起义。事泄被捕，1907年就义于绍兴，年仅33岁。工于诗文。其诗豪迈奔放，慷慨悲歌，抒写革命激情，倾吐救国之志。如《黄海舟中日人索句并见日俄战争地图》等。

苏曼殊(1884—1918)，原名玄瑛，字子毂，后出家为僧，法号曼殊，广东香山(今中山)人，生于日本。苏曼殊于民国元年加入南社，为南社著名作家。其身世奇特，敏感多愁。诗以七绝为主，富有浪漫气息，多抒写幽怨哀婉之情，别具韵味。

此外，还有王闿运、邓辅纶等人的汉魏六朝派；有樊增祥、易顺鼎等人的晚唐诗派。然而，随着时代的演进，以及文学发展的自身要求，所有这些都即将成为过去。伴随着在天际滚动的隆隆雷声，"五四"新文学革命后兴起的新体白话诗，此时已经呼之欲出。

思考与练习

1. 简述袁枚的"性灵说"与沈德潜的"格调说"的异同。
2. 为何说龚自珍是开风气的代表作家？
3. 简述近代诗作的时代精神。

第二卷 赋

绪　论

一　赋的文体特征

　　赋是中国特有的一种文体,关于它的起源,学术界说法很多,最早的说法是汉代班固提出的诗源说,认为赋是"古诗之流",创作思想源自《诗经》。班固又认为赋的创作手法源于《楚辞》,在《汉书·艺文志》的《诗赋略》中,他把屈原的楚辞列在首位,称作"屈原赋"。在汉代,楚辞和赋都被称作"赋",可见在当时人们的心目中,赋与楚辞是一种文体。王逸的《楚辞章句序》即称《离骚》为"词辞宗"。考虑到赋体文学的具体特点,清代章学诚提出了赋是综合《诗》、《骚》、战国散文而形成的一种文体。他的《校雠通义·汉志诗赋第十五》中指出:"古之赋家者流,原本《诗》、《骚》,出入战国诸子。假设问对,《庄》、《列》寓言之遗也;恢廓声势,苏、张纵横之体也;排比谐隐,韩非《储说》之属也;征材聚事,《吕览》类辑之义也。虽其文逐声韵,旨存比兴,而深探本原,实能自成一子之学。"章学诚的看法在近现代的学术界有广泛的影响。上世纪四十年代,冯沅君先生在《古优解》、《汉赋与古优》等文中提出了赋出于俳词的观点,认为汉赋源自古代优人的调笑娱乐之作,以天才作家的创作而发扬光大。虽然这种看法在当时没有产生多大反响,但是随着尹湾汉简《神乌傅(赋)》的出土和敦煌文献中的俗赋的被重视,越来越多的学者倾向于这种观点:赋源自民间,传播于优人之口,以后由于文人的参与,吸收《诗》、《骚》、战国散文的文学思想和创作手法,逐渐由民间文学而登堂入室,蔚为大观。不过,目前学术界对辞赋的渊源还没有形成较为一致的意见。

赋是介于诗与散文之间的一种文体,它既有诗的和协音韵、整齐句式,又有散文的流畅气势,铺张描写。在发展过程中,赋逐渐形成了一些明显的体式特征:

1. 设词问答。除骚体外,大多数的赋多以对答来结构文章,如较早的宋玉的《高唐赋》、《神女赋》、《登徒子好色赋》就是这样。枚乘的《七发》,司马相如的《子虚赋》、《上林赋》继承了这一传统,并对以后的辞赋产生深刻的影响。

2. 韵散配合。一篇成熟的辞赋作品,或纯以韵语行文,或韵文与散体文结合。一般来说,散体主要用于叙述、论述,在作品中起到引启、交代、转折、归结等作用,而韵文则主要用于铺排描写,是作品的主体。

3. 铺陈描写。与其他文体相比,赋长于全方面地描写作品涉及的对象,司马相如说过:"赋家之心,包括宇宙,总揽人物。"(《西京杂记》)晋代成公绥在《天地赋序》中也说:"赋者,贵能分赋物理,敷演无方,天地之盛,可以致思矣。"在《七发》中,枚乘对音乐、饮食、车马、观涛等作了细致的描写,《两都赋》、《二京赋》则对长安布局作了全方面的描述。即使以抒情见长的赋作,也往往对情感作淋漓尽致的展示。赋的这一特征,使它保存下大量丰富的古代文化资料,为我们了解当时的社会生活提供了方便。

赋的结构大体可以分为三部分:序、本部、乱。序是赋的附属部分,许多赋都有序。《文心雕龙·诠赋》说:"序以建言,首引情本。"意思是说序用来确定说话的范围,先提出中心思想。序的作用是说明作赋的缘起,概述赋的主旨,一般用散文,也有间杂韵文的。本部是最能体现赋的特色的主体部分。它以韵语为主,多罗列名物,堆砌辞藻,是作者驰骋才情的地方。乱是赋的结尾。王逸《楚辞章句》说:"乱者理也,所以发理词旨,总撮其要也。"意思是说,乱就是总结,是用来表明主旨、归纳大意的。可见乱是篇末的总结。

二 赋的类别及其功能

赋有上千年的演变历史,在发展过程中形成了许多形式类型,这包括骚体、大赋、俳赋、律赋、文赋、七、杂体、俗赋等,由于赋在题材内容上有很强的因袭性,从题材上又可分为征行赋、宫苑京殿赋、都邑赋、典礼赋、山川风物赋、咏物赋、田猎赋、抒情赋、言志赋、俳谐赋等。

骚体:"骚"本指屈原的《离骚》,后代指楚辞。汉代"辞"、"赋"不分,屈原的作品就被称作"赋",后人随将形式上继承楚辞的作品称作骚体或骚体赋。骚体不光在句末或句中多用语气词"兮",而且以抒情见长,且善于抒发幽愤之情。

大赋:也称散体大赋,是经由司马相如《子虚赋》、《上林赋》定型的赋体,特点是以设词问答结构全文,曲终奏雅,以铺陈描写见长,相当重视辞采的繁缛华美和文采的新奇,像描写都邑、田猎、宫观、典礼、山川等多用这种赋体。大赋对作者古文字学、典章制度、名物训诂等的知识积累要求相当高,因此为文人们所重视,认为是衡才的重要标准之一。

俳赋:又称骈赋,是受魏晋以来散文骈俪化的影响而形成的赋体,其特点是句式以骈偶句为主,讲究声律的协调、用典的繁密典雅和辞藻的华美倩丽。

律赋:这是为适应隋唐以来科举试赋而形成的一种赋体,由骈赋演化而来。与骈赋相比,律赋的创作受到命题、用韵、谋篇结构等方面的限制。铃木虎雄在《赋史大要》中指出:"律赋者,实尚音律谐协、对偶精切者也。故单据此点,则与俳赋有同性质,而更与俳赋相区异者,以于押韵为设制限,而采用于官吏登用之试也。"今存最早的应试之律赋当是《王勃集》内的一篇以"孤清夜月"为韵的《寒梧栖凤赋》。唐代进士试赋自中宗神龙(705)以后逐渐形成制度,宋代试赋,限制比唐代更为严格,赋题多出儒典,语言更趋散体文化。明清科举用的八股文与律赋有甚深的渊源关系。

文赋:这是形成于唐代中期,在北宋时期确立的一种赋体。在中唐时期古文运动的影响下,辞赋创作也呈现出散体化的倾向。韩愈的《进学解》、《毛颖传》,柳宗元的《骂尸虫文》均呈现出文赋风范。杜牧的《阿房宫赋》是文赋佳作。北宋时期,辞赋进一步散体化、议论化,文赋大量涌现。欧阳修的《秋声赋》、苏轼的前后《赤壁赋》、邵雍的《洛阳怀古赋》等作品是当时的佳构。文赋不是一味摒弃骈偶句式,而是以散体文的语势行文,将骈偶句融会在散体语势中。

七:又名"七体",是赋的一种特殊形式。它源自西汉枚乘的《七发》,多以对话结构全文，围绕一个主题铺排七件事物。

俗赋：在古代中国，民间还流行着俗赋。有的学者认为俗赋是文人赋的直接源头。上世纪初，敦煌藏卷中的通俗故事赋被发现以后，引起了学者们对俗赋的广泛兴趣。据张锡厚《敦煌赋集校理》统计，敦煌写卷中的唐人赋作有20篇。近年来出土的尹湾汉简《神乌傅（赋）》也是俗赋。

从赋的功能来看，它主要体现在娱乐、导泄人情、显示学识、颂美政治等几个方面。

赋的娱乐功能相当特出。先秦两汉时的优人、文学弄臣作赋以娱君王，如宋玉的《风赋》、《高唐赋》、《神女赋》，司马相如的《子虚赋》、《上林赋》虽义归讽谏，但娱乐助兴的功能是非常明显的。赋还具有调笑的功能，如扬雄的《逐贫赋》、蔡邕的《短人赋》、袁淑的《驴山公九锡文》、孔稚圭的《北山移文》、徐贞卿的《丑女赋》等。这类赋有人称作俳谐赋。

赋与政治的关系较其他文体为密切。在颂扬圣德、美化现实政治方面，赋发挥着重要作用。在封建时代，每当国家有值得庆贺的重大事件，如改朝换代、改元、新朝即位、勒兵、祀天地等，多以赋来颂美其事。就拿北宋初期来说，太宗征辽时，何蒙献上《銮舆临塞赋》、钱熙作《四夷来王赋》。太宗行藉田、大蒐、大阅礼，丁谓作《大蒐赋》，王禹偁作《藉田赋》、《大阅赋》。真宗东封西祀，杨亿作《天禧观礼赋》颂美其事。赋还具有规讽政治的功能，文人们通过作赋，对当朝政治之失进行讽谏，汉大赋的曲终奏雅部分即以劝谏为主。有的赋甚至纵论政治，类同政论文，如北宋李觏的《长江赋》，畅论江南地区的重要性。

大赋一般体制宏伟，铺排繁密，有利于对表现对象的形象、历史等方方面面的情况作细致描绘，如描写都邑、宫观、饮食、杂技、音乐、边疆、日常器用等内容的赋，记载、传播知识的功能相当突出，因此，赋还是古代文化的重要载体。

散体大赋，规模宏大，骈赋、律赋则结构谨严。这对文人知识的积累和辞章素养的要求非常高。因此，在古代，辞赋在衡才方面的作用相当突出。古代文人常献赋给君王、权贵或文坛耆宿以期博取青紫或文坛令誉。在科举、官员的铨选考核方面，律赋曾担当着非常重要的角色。由于人们重视赋，擅长作赋会博得文坛上的高名,为此,文人们一般会在赋作中尽情展示自己的学识才力,会殚精竭虑地把赋作好。

作为文学作品,导泄人情是辞赋最基本的功能。辞赋中的骚体、言志、征行诸体均以抒发失志之悲为务,这里就不一一赘述了。

三 赋的影响与流传

赋对中国文学产生了广泛的影响。在表现题材方面,许多是赋先涉及,然后诗、词等随之。如描写音乐、天文等题材即是这样。怀才不遇、悲秋的题材也是先由赋开拓而进入其他文学领域的。赋的铺排夸张的描写手法在发展过程中某些样式固定下来,对唐传奇、章回小说、古典戏曲等产生了极其深刻的影响。如唐传奇《游仙窟》与描写神女的辞赋有直接联系。许多小说、戏曲中的章节有些就是用赋的形式写成的。赋兼具诗与散文的特征,有的赋向诗靠拢,诱发了排律、歌行体诗的形成,有的赋向散文靠拢,促进了散文中抒情美文的发展。

赋不仅在国内有广泛的影响,而且还流传、影响到国外。早在日本的奈良时代(710—793),朝廷举行的进士考试规定要考辞赋,士子们大都将萧统《文选》中的赋读得烂熟。日本大正十一年(1922),冈田正之和佐久节两学者将萧统《文选》全部翻译成日文出版,《文选》中的赋作因之也极便于日本读者阅读。1935年,日本京都大学教授铃木虎雄撰写出版了《赋史大要》。1963年,日本爱媛大学教授中岛千秋又撰写出版了《赋的形成与发展》(《赋の成立と展开》)。目前,在日本研究中国辞赋的学者有一大批。韩国的三国——高句丽、百济、新罗时期(公元前一世纪至公元七世纪),相当于中国的唐代前期,中国的赋体文学已经传入。据《高丽史·选举志》记载,韩国从光宗九年(958)开始正式实行科举制,考试科目以诗、赋、颂、时务策为主,赋体文学是重要的考试科目。韩国古代文士喜模仿中国辞赋而进行创作,如崔滋(1187—1260)就模拟左思《三都赋》而创作了同题的辞赋作品。目前,韩国有白承锡、安秉钧、朴云锡、金星坤、文钟鸣、朴现圭等一批专治中国辞赋的专家学者。在西方,第一位研究中国辞赋的学者是英国的韦理博士(Arthur waley,1889—1966),他在

1918年到1923年将宋玉的《风赋》、《登徒子好色赋》、《高唐赋》，司马相如的《子虚赋》，王延寿的《鲁灵光殿赋》等中国辞赋作品翻译成英文。而马古烈(Georges Margouliès)的《文选辞赋译注》(Le "Fou" dans le Wen-siuan. Etude et texts)则是最早的中国辞赋法文译本，书中翻译了班固《两都赋》、陆机《文赋》、江淹《别赋》。而奥地利汉学家赞克博士(Erwin von Zach)，最早将《文选》中的辞赋全部翻译成德文。近几十年来，美国的海陶玮(James Robert Hightower)、马瑞志(Richard Mather)、华滋生(Burton Watson)、康达维(David R. knechtges)等汉学家也致力于将中国辞赋译成英语，其中华滋生教授编译了《汉魏六朝赋选》(Chinese Rhyme-Prose: Poems in the Fu Form from the Han and Six Dynasties)，康达维则英译了《文选》中的全部辞赋。康达维教授1976年还撰写出版了《扬雄辞赋考》(The Han Rhapsody: A Study of the Fu of Yang Hsiung)，对扬雄辞赋作了全面精深的研究，是辞赋研究的扛鼎之作。而法国学者吴德明教授(Yves Hervouet)1964年出版的《汉宫廷诗人：司马相如》(Un Poète de cour sous les Han: Sseu-ma Siang-jou)，对司马相如作品研究的深入可以说是其他任何语言的著作所不及的。

第一章　从高唐神女到宫阙苑囿

赋是具有鲜明的中国民族特色的文体,它介于诗歌与散文之间,韵散兼行,可以说是诗的散文化,散文的诗化。战国时期楚国的辞赋作家宋玉是赋体文学的开山祖师,他创作了《风赋》、《高唐赋》、《神女赋》、《登徒子好色赋》等一系列赋作,标志着赋体文学的正式形成。汉代作家大多都将主要精力集中于辞赋创作,涌现出了司马相如、扬雄、班固、张衡、蔡邕等一批杰出的辞赋作家,创作出了许多经典的辞赋作品,全面地反映了汉代丰富多彩的社会生活,形成了辞赋创作的繁荣局面,使辞赋成为汉代最有代表性的文学样式,对后世产生了深远的影响。

第一节　宋玉及其《高唐赋》、《神女赋》

一　宋玉的生平

古人论及楚国文学,常常屈、宋并称。司马迁《史记·屈原贾生列传》载:"屈原既死之后,楚有宋玉、唐勒、景差之徒者,皆好辞而以赋见称,然皆祖屈原之从容辞令,终莫敢直谏。其后楚日以削,数十年竟为秦所灭。"可知宋玉是屈原之后的楚国的辞赋作家。

宋玉大约生于楚顷襄王元年(前298)前后,一生经历了楚顷襄王、楚考烈王、楚幽王、楚王负刍四朝。汉王逸《楚辞章句·九辩序》以及《隋书·经籍志》

又都说宋玉是屈原弟子。宋玉是否是屈原弟子,今人大多存疑。但宋玉为景仰屈原道德文章的后学,则是可以肯定的。

宋玉所处的时代正是战国后期。这时各诸侯国之间政治军事斗争更加激烈,社会动荡不安,所谓七国争雄的局面已为秦、齐、楚三强鼎立所替代。三国中秦国势力最强,楚国从怀王被骗辱国失地、客死秦邦后,国力逐渐衰微。顷襄王二十一年(前278)郢都为秦兵所破,这距离楚国的最后灭亡(前223)不过半个世纪了。生活在这样的时代,作为楚襄王的小臣,宋玉曾多次向襄王微词讽谏和献计献策,但均不被采纳。宋玉的为人还受到世俗的讥评,楚大夫登徒子、唐勒都曾在楚顷襄王面前诋毁过宋玉。据他在《九辩》中说,他不久便"失职"了,并说自己"无衣裘以御冬"。据宋玉《笛赋》"宋意将送荆轲于易水之上",可知荆轲刺秦王时,宋玉尚在人世。荆轲刺秦王发生在楚王负刍元年(前227),宋玉大约卒于楚亡之时(前222)。宋玉卒时,大约76岁。

二 宋玉的创作

司马迁说宋玉"好辞而以赋见称"。宋玉的赋,今存者有《风赋》、《高唐赋》、《神女赋》、《登徒子好色赋》、《笛赋》、《大言赋》、《小言赋》、《讽赋》、《钓赋》、《微咏赋》10篇。过去受疑古思潮的影响,宋玉这些赋几乎全部被断定为伪作,怀疑的主要理由是战国时期不可能产生散体赋。1972年4月,考古工作者在山东临沂银雀山一号汉墓(属武帝时期)发掘出土的宋玉赋佚篇《御赋》,正是一篇散体赋。

《风赋》是一篇以风为喻的讽谏之作。全篇采用问答体,通过楚襄王和宋玉的四问四答来叙述风的发生过程和各种态势,并将风分为"大王之雄风"与"庶人之雌风"来进行对比描写,从而阐明了"其所托者然,则气与风殊焉"的道理,反映了王公贵族生活的豪奢和黎民百姓生活的悲惨,表现了作者对前者的不满和对后者的同情,讽刺了统治者自诩"不择贵贱高下而加"的虚伪性。从骨子里看,宋玉《风赋》将风分为"雄风"与"雌风",实脱胎于《庄子·齐物论》将风分为"天籁"和"地籁"。但庄子所描写的"天籁"与"地籁"与宋玉所描写的"雄风"与"雌风",在艺术上却各有千秋。这主要是因为宋玉借鉴了庄子的写法,又注意了翻新出奇。《风赋》既是一篇咏物赋,又是一篇寓言赋。它描写细腻,措辞巧妙,寓意深刻,对比鲜明,想象奇特。其君臣问答的结构形式、散韵并用的句式特点和铺张扬厉的艺术风格,奠定了汉代散体大赋的体制。尤其是对风的生动描绘,更是曲尽其态,显示了作者高超的艺术技巧。因此,元代郭翼《雪履斋笔记》云:"古来绘风手,莫如宋玉雌雄之论。"

《登徒子好色赋》也是一篇名赋。刘勰《文心雕龙·谐隐篇》云:"楚襄宴集,而宋玉赋《好色》,意在微讽,有足观者。"《文选》李善注也认为:"此赋假以为辞,讽于淫也。"宋玉创作此赋的目的就是要讽谏楚襄王不要沉溺于女色而不顾国政,而应当"目欲其颜,心顾其义,扬诗守礼,终不过差"。全赋情致滑稽,语言幽默,讽刺辛辣,谐趣横生,宛若一幕轻松的喜剧,读之令人捧腹,实乃千古奇文。其形容之妙似庄子,而措辞之巧则似辩士。此赋大量运用了夸张、排比、比喻、衬托、对比等修辞手法和以虚写实、铺陈描述、烘托渲染等表现方法,成功地塑造了东家之子、登徒子之妻与登徒子三个人物形象。东家之子天生丽质,十全十美,是最理想的美女的化身。作者首先说:"天下之佳人莫若楚国,楚国之丽者莫若臣里,臣里之美者莫若臣东家之子。"这三句造句相同而选字各异,"佳"、"丽"、"美"字眼的变化正表明程度的不同,犹如拾级增高,层层递进。宋玉运用这种独特的句法,将范围逐步缩小,使形象逐步提升,通过烘云托月,大肆渲染,使东家之子一出场就千娇百媚。"东家之子,增之一分则太长,减之一分则太短,著粉则太白,施朱则太赤。"此乃以虚写实,极力夸耀东家之子那不可言喻的美。而接着几句:"眉如翠羽,肌如白雪,腰如束素,齿如含贝。"又连用四个比喻来具体描写美人的眉毛、肌肤、腰肢、牙齿,比喻中兼有夸张渲染,使得美女的形象更加鲜明夺目。收束写东家之子"嫣然一笑,惑阳城,迷下蔡",倾国倾城、魅力四射的美女在嫣然一笑中,给读者无穷的回味。而登徒子之妻"蓬头挛耳,齞唇历齿,旁行踽偻,又疥且痔",头发蓬乱,耳朵蜷曲,嘴唇短短的,露着一口稀稀拉拉的牙齿,背又驼,腿又跛,走起路来东倒西歪,既长了疥疮,又长了痔疮。这样集天下奇丑于一身的女人,毫无疑问,是宋玉妖魔化的结果。而登徒子居然对这样的女人也产生性爱,在后世便成为好色之徒的代名词。

《高唐赋》与《神女赋》向来都被视为内容上相互衔接的姊妹篇。清人何焯说:"两赋当相次合看,乃见全旨,亦犹相如之《子虚》、《上林》,扬雄之《羽猎》、《长杨》,合二篇见抑扬顿挫之妙。"(张惠言《七十家赋钞》引)从两篇赋的题材内容来看,都是写的楚王与巫山高唐神女恋爱的故事。《高唐赋》写的是楚怀王梦中艳遇巫山高唐神女的故事。《神女赋》则写的是楚襄王梦中艳遇巫山高唐神女的故事。从两赋整体上看,它是以神话为题材的写景言情之作。但两赋的内容又有相对的独立性。《高唐赋》以写景为主,主要铺叙了巫山地区大自然景观,是一篇描写山川胜景的美文。后篇《神女赋》以写人为主,成功地塑造了一个美丽多情的神女形象,是一篇爱情作品。这两篇赋奠定了用梦境表达情思与性爱主题的创作模式,是中国文学史上最早的描写性梦与性爱的文学作品。

在赋史上,宋玉的《高唐赋》、《神女赋》已代表了赋体文学的成熟,因此,明人陈第认为:"盖楚辞之变体,汉赋之权舆也。《子虚》、《上林》,实踵此而发挥畅大之耳。"(《屈宋古音义》)《高唐赋》是宋玉所有赋中最长的一篇,此赋对巫山的自然景观作了全面细致的描绘。开头叙事,以散体对答,叙述作赋之由。从"唯高唐之大体兮"至结束,以韵文写景议论,为赋之重点,着重写巫山高唐之景物。巫山最具特色、最富诗情画意的自然景观是云雨。故《高唐赋》开篇就写巫山云雨。作者赋予巫山云雨以绮丽的诗意和优美的传说,说那变幻的云霞,那交加的风雨,就是高唐神女的化身,美丽的巫山有了神奇仙女的附丽,于是就有了飞动的灵魂和鲜活的故事。因此,当作者写到巫山云蒸霞蔚、翻云覆雨、神妙莫测、气象万千的神奇景观时,一下子就把读者引入到一个迷离神秘的境界中,使人心驰神往。赋的主体部分作者又用经天纬地的如椽巨笔,描写了巫山那遮天蔽日的重峦叠嶂,鬼斧神工的飞岩走石,漫山遍野的佳木芳卉,蔚为大观的珍禽异兽,巫峡那壁立千仞的悬崖峭壁,险象环生的湍流巨涡,震天撼地的惊涛骇浪,神出鬼没的鼋鼍鳣鲔,以及众多方士举行的庄严隆重的祭神仪式和君王带头参与的声势浩大的狩猎活动。整篇赋描写巫山、巫峡的风景,镂金错彩,铺张扬厉,腾蛟起凤,笔酣墨畅。加之作者又特别注意写景的张弛互济、疏密相生、动静结合、虚实搭配,因此将巫山、巫峡的风光写得波谲云诡、多彩多姿。像渲染巫山的崇高险峻和巫峡的水深流急,繁弦急管,笔挟风雷,何其惊心动魄!而描写巫山的禽兽草木和巫峡的龟鳖虫鱼,则又轻快活泼,明丽清新,令人惬意爽心。像《高唐赋》这样全方位、多层次地描绘一个地方景物的作品,在中国文学史上,还从未有过。因此,《高唐赋》堪称中国第一篇山水文学作品,宋玉则堪称中国山水文学之祖。

《神女赋》写的是一个带有传奇色彩的人神相恋的神话传说故事。楚襄王梦遇高唐神女,因被其丽姿妙质所吸引而产生爱慕之情。但高唐神女是一位虽有佚荡之情,但终能以礼自防的女性,因此使楚襄王重温父王云雨梦的强烈愿望全然落空。《神女赋》的主体部分成功地塑造了栩栩如生的神女形象,着力表现了她内心世界中情与礼的矛盾与冲突。她既美丽、多情,又矜持、庄重,"发乎情,止乎礼",是一位光耀千古的女神形象。高唐神女是彩云的化身,是一位旷世美神。她"晔兮如华,温乎如莹",绚烂似鲜花,温润如美玉。她有时穿着绫罗绸缎,珠光宝气,遍体生光;有时又穿着漂亮的罩衣,得体地化着淡妆。她穿着宽松的衣服不显得矮,穿着紧身的衣服不显得高。"貌丰盈以庄姝兮,苞温润之玉颜。眸子炯其精朗兮,瞭多美而可观。眉联娟以蛾扬兮,朱唇的其若丹。素质幹之醲实兮,志解泰而体闲。既姽嫿于幽静兮,又婆娑乎人间。"宋玉用大量的笔墨对虚有的神女作了最切实的描绘。写了神女"淡妆浓抹总相宜",细致地描写了神女的玉颜、明眸、蛾眉、朱唇和她丰姿绰约、婆娑多姿的体态。特别值得注意的是,宋玉在强调高唐神女的美丽时,赞叹道:"茂矣美矣,诸好备矣。盛矣丽矣,难测究矣。"连用了六个"矣"字。这和《高唐赋》极力赞美高唐所说:"高矣显矣,临望远矣。广矣普矣,万物祖矣。"句式如出一辙。这种赞叹一般是不轻易说的,它似乎只是赞美妖艳绝伦的神女和让人顶礼膜拜的圣山的专用句式,因而显得特别神圣!后来汉武帝登临泰山赞叹曰:"高矣极矣!大矣特矣!壮矣赫矣!骇矣惑矣!"连用八个"矣"字,也具有类似感情色彩和魔力功能。另外,宋玉还创造性地运用了一种特殊的否定句式,如"上古既无,世所未见,瑰姿玮态,不可胜赞";"五色并驰,不可殚形";"其象无双,其美无极。毛嫱障袂,不足程式;西施掩面,比之无色"等等,同《高唐赋》中夸饰巫山、巫峡自然景观所运用的否定句式也一模一样。日本学者藤原尚认为:"这些都是说,想要写出神女美丽的语言是不存在的。……作者想要极力拿出表述手段上的全套解数,可是却拿不出来。为此他反复使用否定式表述手法。他把神女当作自然所产生的最美丽的东西来描写。从'何神女之姣丽兮,含阴阳之渥饰'二句看,神女含有超越人间的性质甚明。"这样一位绝世美人,"意似近而既远兮,若将来而复旋"。既温柔多情,又庄重矜持。若即若离、不即不离。既令人捉摸不透,又有无穷的诱惑力!《神女赋》在艺术上取得了很高的成就,其生动的外貌描写、细腻的心理刻画和巧妙的艺术构思,对后代文学影响很大。曹植的《洛神赋》在内容和艺术手法上就都直接仿效了宋玉的《神女赋》。另外,赋中作者宋玉代表襄王、用襄王的口气来叙事和抒情,开汉代辞赋"代言体"之先河。

三 赋体文学的开山祖师

宋玉是一位爱好楚辞而以赋体文学著称的作家。宋玉的作品,除《楚辞章句》所收的《九辩》、《招魂》两篇为楚辞体诗歌外,《风赋》、《高唐赋》、《神女赋》、《登徒子好色赋》、《笛赋》、《大言赋》、《小言赋》、《讽赋》、《钓赋》、《御赋》,均是赋体文学,且均是散体赋,基本确立了铺张扬厉的大赋体制。《文心雕龙·诠赋》说:"荀况《礼》、《智》,宋玉《风》、《钓》,爰锡名号,与《诗》画境,六义附庸,蔚成大国。述客主以首引,极声貌以穷文,斯盖别诗之原始,命赋之厥初也。"虽然荀况《礼》、《智》、《云》、《蚕》、《箴》五篇赋较早以赋名篇,但荀况赋"遁词以隐意,谲譬以指事"(《文心雕龙·谐隐》),带有谜语的色彩,与后来铺张扬厉的赋体有异。加之荀况赋质木无文,和宋玉赋文采斐然完全不同,创作时代又后于宋玉,故前人往往将其忽略,而只将宋玉视作赋体文学的开山祖师。清人何焯评宋玉赋时即云:"铺张扬厉,已为赋家大畅宗风;词尚风华,义归讽谏。须知赋之本意:义本于诗,而体近于骚。故有屈之《离骚》,则有宋之赋。其时荀卿亦以赋著,而荀赋近质,宋赋多文,宜赋家之独宗宋也。"(张惠言《七十家赋钞》引)宋玉赋大多开头部分为散体,"述客主以首引";中间部分为韵文,"极声貌以穷文";结尾部分又为散体,"发理词旨,总撮其要"。如《高唐赋》自"昔者楚襄王与宋玉游于云梦之台"至"玉曰唯唯"为散文首部,自"惟高唐之大体兮"至

"获车已实"为韵文中部,自"王将欲往见"至末为散文尾部。宋玉赋这种由散文首部、韵文中部、散文尾部三部分组成的写作格式,成为汉大赋的基本结构形式。宋玉在屈原之后别开生面,创立赋体文学,成为赋体文学的开山祖师,在楚辞与汉赋之间具有承前启后的作用。对此,前人是明确承认的。任昉《文章缘起》就说过:"赋,楚大夫宋玉作。"程廷祚《骚赋论·上》也说过:"或曰:骚作于屈原矣,赋何始乎?曰:宋玉。"

宋玉历来与屈原并尊为"中国文学之祖"。刘师培说:"中国文学至周末而臻极盛。……而屈、宋楚辞,忧深思远,上承风雅之遗,下启词章之体,亦中国文学之祖也。"(《论文杂记》)陆侃如说:"谁是中国文学之祖?我毫不迟疑地说:屈原与宋玉。他们不但给予楚民族文学以永久的生命,并且奠定了中国文学的稳固的基础。""古代若无屈、宋,则文学史绝没有那样灿烂;而楚民族若无屈、宋,则楚文学也绝占不到重要的地位。所以,凡研究中国文学的人——尤其研究古代文学的人——都不可不从屈、宋下手。"(《屈原与宋玉》)"屈平联藻于日月,宋玉交彩于风云。"(《文心雕龙·时序》)"屈宋逸步,莫之能追。"(《文心雕龙·辨骚》)

第二节　司马相如及其《子虚赋》与《上林赋》

一　汉赋——一代之文学

赋是汉代代表性的文学样式,汉赋历来与楚辞、六朝骈文、唐诗、宋词、元曲、明清小说齐名,被称为"一代之文学"。汉赋的发展经历了四个时期。西汉初期为准备期。这个时期以骚体赋为主,贾谊的《吊屈原赋》是其代表;散体大赋刚刚形成,枚乘的《七发》是其标志。西汉中期为繁荣期。这个时期出现了司马相如等有代表性的散体大赋作家,产生了《子虚赋》、《上林赋》这样有代表性的散体大赋作品。另外,东方朔创作了《答客难》,标志着对问体赋的形成。西汉后期至东汉前期为模拟期。扬雄、班固等辞赋作家几乎都模拟司马相如。

东汉中后期为转变期。张衡集中体现了这种历史转变,他既创作了《二京赋》那样的表现出传统特色的京都大赋,又创作出了《归田赋》那样的抒情小赋。在中国文学史上,前人往往把司马相如、扬雄、班固、张衡四位著名的散体大赋作家称为"汉赋四大家"。其中司马相如更是辉耀当世、影响后来的杰出赋体文学作家。他创作的《子虚赋》、《上林赋》等赋作,成为后人竞相仿效的范本和崇奉的经典。

二　司马相如及其《子虚赋》、《上林赋》

司马相如(前179—前117),字长卿。西汉蜀郡成都(今四川省成都市)人。少好击剑读书,凭借资财而出任郎官,侍奉孝景帝,担任武骑常侍。景帝不好辞赋。适逢梁孝王来朝,随从的文学之士有邹阳、枚乘、庄忌等,相如一见如故,遂称病辞官,至梁为孝王门客。在梁数年,著《子虚赋》。梁孝王卒,相如归蜀,结识了临邛富商卓王孙,卓王孙之女卓文君随之私奔。相如家贫,两人在临邛开酒店,文君当垆卖酒,相如系着围裙,在街市中洗涤酒器。卓王孙深以为耻,就给了卓文君家奴一百人,钱一百万,以及各种财物,让他们回到成都,购买了田地房屋,成了富人。武帝继位后,偶读《子虚赋》,认为写得非常精彩,于是感叹道:"我偏偏不能和这个人同时代呵!"恰巧司马相如的同乡人杨得意担任狗监,侍奉皇上,听了皇上的感叹,就说:"我的同乡司马相如自称他写了这篇赋。"武帝十分惊喜,于是召见了司马相如。相如又创作了《上林赋》进献给武帝,武帝非常高兴,就任命他为郎官。后又被提拔为中郎将,奉命出使巴蜀。因有人上书说相如出使时接受了贿赂,因而被免除官职。过了一年多,他又被朝廷召去任郎官,复又被任命为孝文帝的陵园令。后来因病被免职,家住茂陵,卒于家。

司马相如的辞赋最杰出的代表作是《子虚赋》和《上林赋》。两赋并非作于同一个时期,《子虚赋》作于游梁时期,《上林赋》则作于汉武帝召见的时候。但经作者修改润色,已将两篇赋贯穿起来,融成为一个整体。《史记》的《司马相如列传》、《汉书》的《司马相如传》都作一篇,《文选》始分为两篇。在题材上,这两篇赋都以描写帝王宫廷生活为中心。在内容上,《子虚赋》假设楚国使者子虚出使到齐国，齐王出动其全部兵车人马，与使者一起出去游猎。游猎结束后，子虚去拜访乌有先生，遇亡是公也在座。子虚向乌有先生讲述了面对齐王在自己面前炫耀兵车人马之众时，自己则夸耀楚王在云梦游猎的盛况来回敬他。乌有先生听后不服，加以诘难，批评子虚"不称楚王之德厚，而盛推云梦以为高，奢言淫乐，而显侈靡"这种做法是错误的；明确主张："在诸侯之位，不敢言游戏之乐，苑囿之大。"《上林赋》一开始亡是公就劈头盖脑地批评楚王有过失，而齐王的举动也未见得正确。他认为子虚和乌有先生所言，都不是致力于阐明君臣之间的正确关系，摆正诸侯在天子面前的位置，而是只就游猎之乐、苑囿之大展开辩论，双方都是互相比奢侈、比荒淫。这样争论不能给自己的国家带来名誉，相反只会降低各自国君的威望，损害各自国君的形象。接着亡是公就极力夸耀上林苑的巨丽和汉天子在上林苑游猎的壮观，来压倒齐、楚诸侯国，表明诸侯之事的微不足道，极力渲染了大汉帝国的空前强大和繁荣富强，表现了汉天子凛然不可侵犯的独尊地位，反映了中央王朝在削除诸侯王分裂割据势力方面已经取得彻底的胜利，大汉帝国已经空前统一。最后写天子怅然长叹："此大奢侈！"这一结论全然推翻了前文的夸扬，暗示出作者夸饰上林，渲染游猎，是在暴露奢侈，而不是歌颂功德。继而巧借天子之口，提出了治国安民的政治主张：鼓励开垦荒地，发展生产；开放苑囿山泽，以便民利；开仓济贫，恩泽天下；减轻刑罚，改革政治；并且批评了诸侯王穷奢极欲，"务在独乐，不顾众庶"，只追求个人享乐，不顾人民大众的疾苦。这两篇赋都有推尊天子、贬抑诸侯的倾向，展示了大汉帝国的富饶与辽阔、雄风和气派，这与汉武帝朝的国家形势是完全相称的，具有历史的进步意义。两赋都"曲终奏雅"，"其卒章归之于节俭，因以讽谏"（《史记·司马相如列传》），奠定了汉代散体大赋"劝百讽一"的赋颂传统。

　　这两篇赋在艺术上很有特色。首先是规模宏大，铺叙细腻。作者重视对同一对象进行多角度、多中心描写，描写力求繁富。例如《子虚赋》描写云梦泽中的"山"，"铺采摛文，体物写志"，"极声貌以穷文"，我们从中可以看出其重铺叙、重夸饰的特点。本来云梦泽是楚国最大的湖泊，而作者却要说是楚国七个湖泊中最小的一个。作者用此狡猾之笔，故意造成耸人听闻的艺术效果。接着作者分别从"其山……其土……其石……其东……其南……其高燥……其埤湿……其西……其中……其北……其树……其上……其下……"十三个角度来描写云梦泽中的山,面面俱到地铺陈描述,不忌堆砌,不避繁复。首先总写云梦泽中的山陡峭险峻,连绵起伏,高耸入云,遮天蔽日。然后从东、南、西、北、中、上、下、高燥、埤湿不同的位置来罗列陈述山上的名物,写到山上的土则罗列了丹(朱砂)、青(石青)、赭(赤土)、垩(白泥)、雌黄(石黄)、白坿(石灰),写到山上的石则罗列了赤玉、玫瑰(一种紫色的宝石)、琳瑉、琨珸、瑊玏、玄厉(一种黑色的石头)、瑌石、碱砆,写到山上的花草则罗列了蘅(杜衡)、兰(春兰)、芷(白芷)、若(杜若)、芎藭、菖蒲、江蓠、蘪芜、诸蔗(甘蔗)、巴苴(芭蕉)、葴(马蓝)、菥、苞、荔、薛(艾蒿)、莎、青薠、藏莨(狗尾巴草)、兼葭(芦苇)、东蔷、雕胡(菰米)、莲藕、觚芦、菴䕡、轩芋(莸草)、芙蓉(荷花)、菱华(菱花),写到山上的树则罗列了楩(黄楩树)、楠(楠树)、豫章(樟树)、桂(桂花树)、椒(花椒树)、木兰(木兰树)、檗(黄檗树)、离(山梨树)、朱杨(赤茎柳)、楂梨(山楂树)、樗栗(黑枣树)、橘(橘子树)、柚(柚子树),写到山上的动物则罗列了神龟、蛟(蛟龙)、鼍(扬子鳄)、玳瑁、鳖(甲鱼)、鼋(大鳖)、鹓雏、孔(孔雀)、鸾(鸾鸟)、腾远(腾猿)、射干(一种似狐而小的动物)、白虎、玄豹、蟃蜒(一种似狸的狼类大兽)、貙(一种似狸而大的猛兽)、犴(一种似狐的野狗)。众色炫耀的泥土,美不胜收的玉石,各种知名的和不知名的奇花异草、佳木芳卉、飞禽走兽、水中生物,就这样纷至沓来,令人目不暇接。作者罗列名物不厌其烦,多多益善,漫无节制,因此如同"类书"。这虽然笨拙、呆板,但厚重、雄浑,正好显示了大汉帝国全盛时期的堂皇气派。后来许多赋家模仿司马相如创作散体大赋,描写都力求繁富,动辄千言。因此,以大为美,就成为散体大赋的共同特色。

其次是语言华美而有气势。首先是大量堆砌形容词,尤其是双声叠韵形容词,使之音韵铿锵,以增加语言的音乐美。如《上林赋》中描写山的一段:

于是乎崇山矗矗,龙嵷崔巍;深林巨木,崭岩嵾嵯。九嵕巀嶭,南山峨峨,岩陁甗锜,摧崣崛崎。振溪通谷,骞产沟渎,谽呀豁閕。阜陵别隝,崴磈嵔廆,丘虚堀礨,隐辚郁㠝,登降施靡。

我们今天读这段文字,只觉得奇字满篇,不忍卒读,但当时的人诵读起来当不会有困难,而且,由于其中运用了大量双声叠韵形容词,读起来还会十分悦耳动听。值得一提的是,汉代的赋家大多是文字学家。司马相如著有《凡将篇》,扬雄著有《方言》与《训纂篇》,班固著有《续训纂》,都是当时有名的字书、词典。因此,他们好用奇字僻字以炫耀自己的博学多才,这也是事实。这种现象到后来愈演愈烈,因此,汉赋又有"字典"之讥。

最后是较多使用骈偶句以增强语言的对称美。如《上林赋》中描写歌唱的一段:

> 于是乎游戏懈怠,置酒乎颢天之台,张乐乎胶葛之宇;撞千石之钟,立万石之虡;建翠华之旗,树灵鼍之鼓;奏陶唐氏之舞,听葛天氏之歌;千人唱,万人和;山陵为之震动,川谷为之荡波。

这种句子排偶对称,排山倒海、铺天盖地而来,读来气势充沛,波澜壮阔,增加了词采的富丽。

司马相如曾说自己的作赋理论是:"合綦组以成文,列锦绣而为质,一经一纬,一宫一商,此赋之迹也。赋家之心,苞括宇宙,总揽人物,斯乃得之于内,不可得而传。"(《西京杂记》)赋的艺术形式应当像经纬宫商那样互相交错而又和谐统一,应当像精美织锦那样鲜艳华丽而又结构明晰;赋的描写范围应当吞吐日月,含孕乾坤,总揽天人,贯通古今,细大不捐,无远弗届,将古往今来、天上人间的万事万物囊括无遗。这就不但要铺采摛文,堆砌辞藻,而且要追求容量的深广,气势的恢弘。司马相如的《子虚赋》和《上林赋》正是这种创作理论的产物,它继承与发扬了宋玉开创与确立的铺张扬厉的大赋体制。

三 司马相如的影响与张衡的承前启后

《子虚赋》、《上林赋》两赋规模宏大,铺叙细腻,是汉代大赋的代表作。它的"劝百讽一"的赋颂传统,铺张扬厉的大赋体制,对后来的辞赋影响很大。西汉后期,扬雄模仿司马相如的《子虚赋》、《上林赋》创作了《甘泉赋》、《河东赋》、《羽猎赋》、《长杨赋》。这四篇赋内容上都是颂扬汉朝的声威和皇帝的功德,并针对汉成帝腐化奢侈的生活进行讽喻。艺术上处处仿效司马相如,使辞赋创作走上了模仿因袭的道路。扬雄又创作有《蜀都赋》,开后世京都赋的先河。

后来,东汉班固又模仿司马相如的《子虚赋》和《上林赋》,创作了《两都赋》,是汉代京都赋的代表作。《两都赋》较之《子虚赋》《上林赋》更铺张、更类型化。其后张衡又模仿司马相如的《子虚赋》《上林赋》和班固的《两都赋》,特别是模仿《两都赋》而创作了《二京赋》,铺叙夸张得更加厉害,成为京都赋"长篇之极轨"。张衡承前启后,又创作了《归田赋》,开抒情小赋的先河。此赋篇幅短小精悍、语言清新明快、写景生动形象、抒情真切自然,完全摆脱了汉大赋板滞、堆砌、繁冗的毛病。从此,散体大赋走向衰微,抒情小赋勃然兴起。赵壹的《刺世疾邪赋》、蔡邕的《述行赋》、祢衡的《鹦鹉赋》等,都是东汉抒情小赋的名篇佳作。

思考与练习

  1. 宋玉赋体文学的代表作有哪些?各自的思想内容与艺术特色如何?
  2. 为什么说辞赋是汉代代表性的文学样式?
  3. 司马相如《子虚赋》和《上林赋》在艺术上有哪些特点?

第二章 魏晋南北朝赋

魏晋南北朝是我国辞赋发展的一个重要转折时期。在内容上,它由汉代的体物为主,发展为抒情为主,具有明显的诗赋合流的趋势;在语言上,由汉赋的韵散兼行,发展为注重骈偶,产生了一大批骈赋;在艺术风格上,由汉代散体大赋的堆垛板滞,转变为清深绮丽;在题材上,由汉大赋的以描写宫殿、游猎、京都、歌舞为主,扩展到描写登临、凭吊、悼亡、伤别、游仙、招隐,辞赋的题材大大扩展了。

第一节 魏晋南北朝赋概述

一 题材的开拓

魏晋南北朝赋今存逾千篇(含残篇),题材内容空前广泛,其重要成就,表现在对汉赋没有涉及或罕有涉及的领域的探索和开拓。

首先,对男女爱情的吟咏,对妇女不幸命运的同情,形成赋史上表现这类题材的高潮。以前,描写爱情、婚姻的作品主要是汇集周代民歌的《诗经·国风》;《楚辞·九歌》的一些篇章涉及爱情,但并非屈原自创,而是根据南楚民间祀歌所整理加工而成;汉代描写男女相思的作品集中于乐府民歌及出自下层文人之手的"古诗十九首"中,辞赋中仅出现寥寥几篇。时至六朝,倾慕美色描摹爱情的赋作大量涌现,盛况空前,敢于尽情表白对美好女子炽烈的爱,吐露作者沉湎于爱情中的丰富复杂的内心世界是其主要特色。譬如曹植《感婚赋》、《洛神赋》，陶渊明《闲情赋》等作抒写对美好爱情的渴望，极其火热缠绵，流淌着抒情主人公不能自已、回肠荡气的深情。潘岳《悼亡赋》等哀悼病故的妻子，一往情深，为历代吟咏丧失伉俪之哀痛的典范。那些同情被无辜抛弃的妇女、孤苦无依的寡妇、容华日衰的游子妇的作品，如王粲《出妇赋》、《寡妇赋》，曹丕《出妇赋》、《寡妇赋》、《离居赋》，潘岳《寡妇赋》，江淹《倡妇自悲赋》，萧绎《荡妇秋思赋》，庾信《荡子赋》等，作者的笔触深入到妇女的心灵世界，显现了她们作为有血有肉的"人"的丰富情感。

其次，对节物变迁、人生短促的感叹，对亲友故土的怀念，对离愁别绪的描写，是六朝赋家着力表现的又一重要领域。这类作品貌似感伤消极，实则体现了六朝人对生死离别等人生基本问题及情感的觉醒和重视，是对在儒学思想禁锢下的汉代士人拘执于政治功利而忽视个体生命及个性抒发的矫正。曹丕《感离赋》，曹植《秋思赋》、《感节赋》，王粲《思友赋》，向秀《思旧赋》，夏侯湛《秋可哀》、《秋夕哀》，潘岳《怀旧赋》，陆机《叹逝赋》、《感物赋》、《感丘赋》、《述思赋》、《怀土赋》，江淹《别赋》、《恨赋》等，它们是六朝抒情赋中的一大门类，与婚恋赋一起，堪称由两汉文人重视"言志"向六朝文人重视"抒情"转变的重要标志。

第三，对秀美壮丽的山川景物的专门描绘。在汉赋中，山水景物大多是作为"京殿苑猎"赋铺陈形势物产时的环境与背景的面目出现的，并未取得独立的审美地位。建安以降，伴随着文学的自觉，人们的山水审美意识日益高涨，对自然美的爱好渐成风尚，涌现出大量专门描写山水的赋作。尤其是魏晋两代，诗歌的主要功能体现在抒情言志方面，以体物见长的赋在描摹山水上取得长足发展，优秀作品迭出，如曹丕《登城赋》、《临涡赋》，傅玄《阳春赋》，成公绥《大河赋》，胡济《瀍谷赋》，木华《海赋》，郭璞《江赋》，曹毗《涉江赋》，孙绰《游天台山赋》，支昙谛《庐山赋》等，它们标志了当时山水文学的主要成就，同时也为南朝山水诗的兴盛在题材了奠定了基础，在艺术上积累了经验。而南朝的山水赋也并未因山水诗的盛行而消歇，谢灵运《山居赋》、《岭表赋》，江淹《江上之山赋》、《赤虹赋》，张融《海赋》，谢朓《临楚江赋》，萧詧《游七山寺赋》，王宿《宿山寺赋》、吴均《八公山赋》等作描绘了一些山水诗未涉及的领域,仍有不可忽视的价值。

第四,对当代重大政治事件的记录,对故国兴亡的反思,也是此期赋作内容中不可忽视的一个方面。汉代,统治集团内部矛盾颇为激烈,政治变故频生,但在赋中却罕有直接表现。六朝赋在这方面却有巨大的突破。譬如潘岳《西征赋》写到晋武帝死后、惠帝后贾氏发动政变诛灭杨骏集团这一重大政治变故,谢晦《悲人道赋》写到刘宋初期台阁权臣与皇族的剧烈冲突,李暠《述志赋》写到十六国时期"五凉"兴衰的历史,李谐《述身赋》写到北魏后期的一系列动乱。而萧詧《愍时赋》、沈炯《归魂赋》、庾信《哀江南赋》与《伤心赋》、颜之推《观我生赋》等作则写到南北朝后期最为重大的政治事件"侯景之乱"及"江陵之陷";尤其是《哀江南赋》,作者以冷静的反思精神,对萧梁王朝的兴衰历程作了完整而公正的描述,为一篇宏伟的"史诗"般的杰作,在赋史上具有里程碑的意义。

综观魏晋南北朝赋,抒情之作尤受后人称道。由于儒学的衰微,文学观念的自觉,六朝赋家比较普遍地冲破了汉代文人以歌颂和讽谕为主旨的政教功利主义文学观,而特别重视个人情怀的抒发,情感成为时人辞赋批评的主要标准,"抒情"、"言情"、"缘情"、"遂情"、"娱情"等语成为时人表白作赋动因时常用的概念。曹植首称"雅好慷慨",张华主张"先情后辞",潘岳自叹"吾今信其缘情",陆机反对"寡情鲜爱",陆云推崇"深情至言",萧绎认同"流连哀思"、"情灵摇荡",都呼唤着重情的时代强音。与此密切相关,六朝抒情赋风盛行,各题材呈现普遍的抒情化的趋势。汉赋的抒情,主要集中于"悼屈"与"序志"两类,且在艺术上模拟多于创新,其他题材的则寥寥无几。六朝赋的抒情,则遍及所有题材,赋家的情思,延伸得相当广泛。陆机《怀土赋》序:"方思之殷,何物不感?曲街委巷,罔不兴咏;水泉草木,咸足悲焉",正说明了这种情况。爱情、婚姻、吊古、悼亡、叹逝自不必说,举凡游览、行旅、山水、咏物、隐逸、纪征之作也情韵十足。就连传统上最为"寡情鲜爱"的都邑赋,在六朝人笔下亦颇能一改故辙而融入浓重的感情,曹植《洛阳赋》、阮籍《东平赋》、鲍照《芜城赋》、吴均《吴城赋》等就属这类作品。如果说屈原的作品仍处于仅仅抒写所谓"贤人失志"之情的阶段,那么六朝人的作品则是进而扩展到表现日常生活中各种鲜明动人的感情,而与当时的诗歌一样,成为一种具有多功能的包容丰富的抒情载体。

二 艺术表现

此一时期辞赋的艺术特色,主要表现在以下几个方面:

一是抒情的个性化。诸如曹植之自伤失志,阮籍之愤世嫉俗,潘岳之哀唱悼亡,陆机之感时叹逝,江淹之情念徘徊,庾信之悲叹身世,都各具面目。即使是同一作家的抒情赋,也往往风格多样,如陶渊明虽仅存三篇抒情赋,但《闲情赋》情调热烈,《归去来兮辞》情怀旷达,《悲士不遇赋》感情悲愤,艺术风格各异,却从不同侧面表现了作者丰富而完整的精神世界。

二是情景交融手法的普遍使用。情景交融本是战国后期屈原、宋玉辞赋的优良传统,但在汉赋中除了司马相如《长门赋》、班彪《北征赋》、蔡邕《述行赋》等数篇外,其他作家罕有采用。六朝赋家在自然景物与创作情感的关系上空前自觉,陆机《文赋》提出"遵四时以叹逝,瞻万物而思纷,悲落叶于劲秋,喜柔条于芳春"的理论,大幅度地借助自然景物来烘托、宣泄感情,追求情景交融的意境成为当时抒情之赋的主要艺术特征。著名作家大多染指于此,优秀作品大多深深地刻着这一印迹,与唐诗精华多钟情于这种表现艺术相仿佛,而在赋史上写下值得骄傲的一页。

三是篇制的普遍短小化。篇制短小精练是诗歌异于其他文体的一大特征,六朝赋的诗化的又一明显趋向是普遍认同这一特征,自觉地革除繁冗,追求省净,从而使小型化成为当时辞赋创作的主导潮流。就今存较完整的作品考察,篇幅基本在一百至五百字之间,即便是素称文辞繁富的陆机,赋作也比较简短精练,呈现与诗歌靠拢的趋向。

第二节 魏晋赋举要

建安前期的优秀抒情赋,或托物以寄情,或登临以抒情,革除了两汉辞赋中习见的繁冗迂缓、雕琢堆砌、艰深难识的弊病,把东汉后期兴起的抒情小赋推向一个更加成熟的境界。

一 托物以寄情

祢衡、王粲是其中两位出色的作家。祢衡的《鹦鹉赋》,托鹦鹉自况,即物即人,把自己流离异乡、寄人篱下的悲哀一气道出,情思凄切。作为赋史上的名篇,开启了晋宋文人借禽鸟为己之写照的先河。

王粲的压卷之作《登楼赋》,为登麦城(一说当阳)城楼而作。作为一个才高志大的士子,当中原战乱不息之际,久滞荆州而未被刘表重用,登高览景,便情思勃发,写下郁积心底的久客异地的乡愁和怀才不遇的悲慨。全赋语言自然流畅,景物描写完全适应情感表现的需要,显示了高超的艺术匠心:首段配合"销忧",作者笔下俨然出现一幅绮丽富庶的沃野图;次段以路遥山高川深之景烘托有乡难归之情;末段将萧瑟苍凉的薄暮图景与年华流逝、壮志难酬及前程未卜的惆怅融为一体,尤其动人。

王粲的其他抒情赋也多是伤夭念丧及同情妇女不幸命运的作品。《出妇赋》抒发了弃妇的哀怨及其对负心郎的谴责;《寡妇赋》通过对生活场面和景物环境的描绘,表现寡妇的孤苦凄哀,感人颇深;《思友赋》以简洁的景物点染烘托怀旧之情,"夏木兮结茎,春鸟兮愁鸣。平原兮泱漭,绿草兮罗生。超长路兮逶迤,实旧人兮所经",意境清远生动。这些作品在题材上、艺术上对两晋赋都有直接的影响。

建安后期抒情赋的代表作家是曹植。他的《洛神赋》熔铸神话题材,借人神恋爱的悲剧,表现对美好理想的追求及幻灭的苦闷。此赋想象丰富,描写细腻,词采流丽,情思缠绵,其中对洛神美丽多情形象的刻画十分生动传神:

其形也,翩若惊鸿,婉若游龙。荣曜秋菊,华茂春松。仿佛兮若轻云之蔽月,飘飘兮若流风之回雪。远而望之,皎若太阳升朝霞;迫而察之,灼若芙蕖出渌波。……于是洛灵感焉,徙倚彷徨,神光离合,乍阴乍阳。竦轻躯以鹤立,若将飞而未翔。践椒涂之郁烈,步蘅薄而流芳。超长吟以永慕兮,声哀厉而弥长。

赋的后面抒写洛神与作者间绵绵不尽的爱慕之情，笼罩以浓厚的悲剧气氛，读来使人荡气回肠，无限怅惘。

曹植还有一些抒情赋直接表现对美好爱情的憧憬。如《静思赋》写自己不论身处高岑之荫，还是渌水之滨，都思慕着心上人，并为不得见恋人而悲愁万分；《感婚赋》写对妖娆姑娘的思念，表达之大胆不拘，为前世文人所罕见。

三国后期，愤世嫉俗、悲吟怀旧一变成为竹林名士赋的主题。代表作家是阮籍与向秀。

阮籍抒情赋主要表现愤世嫉俗、孤独忧伤及崇尚隐逸的情绪。如："外察慧而内无度兮，故人面而兽心"(《猕猴赋》)；"唱和矜势，背理向奸"(《东平赋》)；"侧匿颇僻，隐蔽不公"(《亢父赋》)等，都充满对欺诈世风的批判精神。

向秀的《思旧赋》，是作者怀念被司马昭杀害的好友嵇康、吕安而作。赋仅156字，但感喟深沉：

> 将命适于远京兮，遂旋反而北徂。济黄河以泛舟兮，经山阳之旧居。瞻旷野之萧条兮，息余驾乎城隅。践二子之遗迹兮，历穷巷之空庐。叹《黍离》之愍周兮，悲《麦秀》于殷墟。惟古昔以怀今兮，心徘徊以踌躇。栋宇存而弗毁兮，形神逝其焉如。昔李斯之受罪兮，叹黄犬而长吟。悼嵇生之永辞兮，顾日影而弹琴。托运遇于领会兮，寄余命于寸阴。听鸣笛之慷慨兮，妙声绝而复寻。停驾言其将迈兮，遂援翰而写心。

其中包含着对往日共同游宴生活的眷恋，也包含着对嵇康命运的哀伤、同情以及自己迫于死亡而不得不仕的感慨。"妙声绝而复寻"，可以作为这篇抒情小赋艺术风格的简当概括。全赋之妙就在于含蓄不尽，给读者以联想回味的余地。

西晋时期，抒情赋风弥漫不衰，成就较高的作家是潘岳和陆机。潘岳之赋，主要抒写对亲友亡故的哀悼之情，量多而质优。如《悼亡》、《寡妇》诸赋，"善叙哀情"，"情洞悲苦"；《怀旧赋》颇得向秀《思旧赋》之情韵。另外，他的《秋兴赋》《闲居赋》抒写向往隐逸之情,素为古今读者传诵。

　　陆机抒情赋多叹逝之作,思想比较深沉。迁逝之悲本质上是感叹人生短促的生命之悲,在感伤的外壳中实则体现了人们对自身生死存亡的重视,体现了人们的生命意识的觉醒。陆赋的深沉,就表现在他对生命之短促的问题比别人想得更多更深入。《叹逝赋》为其代表作。

　　东晋抒情赋成就较高的是陶渊明。他的作品今存《闲情赋》、《感士不遇赋》、《归去来兮辞》三篇,分别抒写男女爱情、愤世嫉俗和归隐田园之情。《闲情赋》所表达的对美好女子刻骨铭心的思慕,十分动人:

　　　　愿在衣而为领,承华首之馀芳;悲罗襟之宵离,怨秋夜之未央。愿在裳而为带,束窈窕之纤身;嗟温凉之异气,或脱故而服新。愿在发而为泽,刷玄鬓于颓肩;悲佳人之屡沐,从白水以枯煎。愿在眉而为黛,随瞻视以闲扬;悲脂粉之尚鲜,或取毁于华妆。愿在莞而为席,安弱体于三秋;悲文茵之代御,方经年而见求。愿在丝而为履,附素足以周旋;悲行止之有节,空委弃于床前。愿在昼而为影,常依形而西东;悲高树之多荫,慨有时而不同。愿在夜而为烛,照玉容于两楹;悲扶桑之舒光,奄灭景而藏明。愿在竹而为扇,含凄飙于柔握;悲白露之晨零,顾襟袖以缅邈。愿在木而为桐,作膝上之鸣琴;悲乐极而哀来,终推我而辍音。

热恋美人,但愿为其所用之物,经常厮守,又唯恐不能长久,一往情深之痴态,跃然纸上。《归去来兮辞》为作者辞去彭泽令时所作,全文荡漾着"久在樊笼里,复得返自然"的喜悦舒畅之情。语言表达极平易,极真率,"沛然如肝肺中流出,殊不见斧凿痕"。其中的一些写景句,形象地体现了自然界自生自化的灵韵,似乎也寄托着作者一定的感情或节操个性,如"舟遥遥以轻飏,风飘飘而吹衣,问征夫以前路,恨晨光之熹微","云无心以出岫,鸟倦飞而知还,景翳翳以将入,抚孤松而盘桓","木欣欣以向荣,泉涓涓而始流,善万物之得时,感吾生之行休"等,或表现摆脱官场拘束,而格外轻松自由,恨不得一下子扑向憧憬已久的大自然怀抱之中的情态;或象征误落尘网、终于归隐的经历及不同流合污的高尚志节;或流露对和谐美好之大自然的无限眷恋。这一切都很生动传神。

二　登临以抒情

魏晋文人在个性意识觉醒，大力抒写自我情感的同时，向外则逐渐发现了自然美，游赏山水蔚然成风，山水赋随之开始兴起。

曹丕是魏代写景赋的高手，写有《登城赋》、《登台赋》、《临涡赋》等，其《登城赋》描绘初春原野景象：

> 平原博敞，中田辟除。嘉麦被垄，缘路带衢，流茎散叶，列倚相扶。水幡幡以长流，鱼裔裔而东驰。

作者完全革除汉赋中写景罗列堆垛的手法，而把视线集中于广袤原野上的麦田和河流，勾勒了一幅真实而亲切的华北平原春色图，平易通俗的语言中流淌着一股盎然的春意春情。清人评曹丕诗"以自然独胜"，此赋亦然。

西晋的山水景物之赋，先有傅玄《阳春赋》、杨泉《五湖赋》、成公绥《大河赋》等。后有夏侯湛《春可乐赋》、木华《海赋》等。

傅玄之作风格接近曹丕，但描写趋于细致，其《阳春赋》写春天之美好宜人：

> 依依杨柳，翩翩浮萍。桃之夭夭，灼灼其荣。繁华晔而曜野兮，炜芬葩而扬英。鹊营巢于高树兮，燕衔泥于广庭。睹戴胜之止桑兮，聆布谷之晨鸣。……习习谷风，洋洋绿泉，丹霞横岭，文虹竟天。

以平易的笔法，描摹出优美和谐的境界，读之使人心旷神怡。《海赋》尤为著名，它前半部分刻画海浪的奇形异状，善于捕捉其随时变化的动态特征，揭示大海的气势和力量，给人以身临其境的感受。赋的后半部分分述海底、海边、海中、海岛之物，手法近乎汉大赋，但又能革除汉人堆垛罗列的陈规。如写岛屿洲渚景观，仅刻画初生之小鸟群飞并戏、关关嘤嘤的形象，富有鲜活生动的艺术魅力。

东晋的山水赋，著名的有郭璞《江赋》、孙绰《游天台山赋》。《江赋》铺写长江奔腾流荡的磅礴气势及博富的物产，笔力遒劲，与木华《海赋》俱被后人视为晋代咏江海之作的双璧。《游天台山赋》，据赋前序文，作者并未游历天台山，但因向往此山的神秀奇美，"所以驰神运思，昼咏宵兴，俯仰之间，若已再升者也",系一篇虚拟的纪游之作。由于作者久居会稽,又任过永嘉太守,常遨游于"千岩竞秀,万壑争流,草木蒙笼,若云兴霞蔚"的大自然中,积累了丰富的山水审美经验,所以此赋仍能给人以相当真切的感受,如:

> 披荒榛之蒙笼,陟峭崿之峥嵘。济楢溪而直进,落五界而迅征。跨穹隆之悬磴,临万丈之绝冥。践莓苔之滑石,搏壁立之翠屏。揽樛木之长萝,援葛藟之飞茎。虽一冒于垂堂,乃永存乎长生。必契诚于幽昧,履重险而逾平,既克隮于九折,路威夷而修通。恣心目之寥朗,任缓步之从容。藉萋萋之纤草,荫落落之长松。觌翔鸾之裔裔,听鸣凤之锵锵。过灵溪而一濯,疏烦想于心胸。荡遗尘于旋流,发五盖之游蒙。

作者紧扣"游"字,"先从险处游起,写其一路艰危","后复从平处游起,写其一路闲旷"(《文选集评》引方伯海语),在纪游中逐渐展示天台山景物的雄奇、灵异和丰富的内心世界,运笔次序井然。

第三节 南北朝赋举要

南北朝是骈赋独盛的时代。骈赋也称俳赋,它除押韵及有的作品结尾保留"歌曰"之类形式外,基本特征与骈文相同,故名。其主要特征是讲究对偶,句式以四言、六言为主,此外在丽藻、用典、声律等方面也有一定的追求。骈赋的发展过程,也是与骈文并行的。清人孙梅《四六丛话》所谓:"左(思)、陆(机)以下,渐趋整炼,齐梁而降,益事妍华,古赋一变而为骈赋。江(淹)、鲍(照)虎步于前,金声玉润;徐(陵)、庾(信)鸿骞于后,绣错绮交。"大体来说,魏晋是骈赋的形成时期,南北朝特别是南朝是骈赋的兴盛时期。

一 宋齐赋

宋齐时期,骈赋佳作甚多,不仅对偶精工,而且情采并茂,相继出现谢惠连、谢庄、鲍照、江淹等名家。

谢惠连《雪赋》和谢庄《月赋》,借描摹自然景物以抒情,构境优美,情思绵长。兹录《月赋》一段文字：

> 若夫气霁地表，云敛天末，洞庭始波，木叶微脱。菊散芳于山椒，雁流哀于江濑。升清质之悠悠，降澄辉之蔼蔼。列宿掩缛，长河韬映；柔祇雪凝，圆灵水镜；连观霜缟，周除冰净。

境界极其清幽素洁，历来的咏吟月夜之作，罕有达此水平的。

鲍照骈赋，最出色的是《芜城赋》。一般认为，此赋是作者有感于淮左历史名城广陵遭受战乱的严重破坏而作。赋采用盛衰并置的结构方式，借助夸饰以渲染气氛，从而在极盛极衰的强烈对比中造成使人惊心动魄的艺术效果。如其写衰云：

> 泽葵依井，荒葛胃涂。坛罗虺蜮，阶斗䴏鼯，木魅山鬼，野鼠城狐，风嗥雨啸，昏见晨趋。饥鹰厉吻，寒鸱吓雏。伏虣藏虎，乳血飧肤。崩榛塞路，峥嵘古馗。白杨早落，塞草前衰。棱棱霜气，蔌蔌风威。孤蓬自振，惊沙坐飞。灌莽杳而无际，丛薄纷其相依。通池既已夷，峻隅又已颓。直视千里外，唯见起黄埃。凝思寂听，心伤已摧。

由广陵的萧条残破、阴森恐怖景象，作者又联想到那些曾经不可一世、图谋永久统治的王侯贵族，连同他们游宴歌舞的馆所及美姬艳妾，都如过眼云烟，不复存在。最后发出迷茫的感叹，吟出沉重的悲歌：

> 天道如何？吞恨者多。抽琴命操，为芜城之歌。歌曰：边风急兮城上寒，井径灭兮丘陇残。千龄兮万代，共尽兮何言！

在这样的尾声中，我们可以体会到作者的慨叹不仅仅是针对广陵一城的今昔变化，他的更深沉的感喟在于千秋万代的盛衰无常，其组诗《拟行路难》十八首有不少是表现"君不见柏梁台，今日丘墟生草莱；君不见阿房宫，寒云泽雉栖其中；歌妓舞女今谁在"之类感慨的，即为佐证。这种情调虽然比较低沉，但却是魏晋以来，尤其是刘宋时期社会急剧动荡的曲折反映。如果理解得再宽泛一些，似乎又可以说它客观上深刻地展示了历代统治者的贪婪意愿将最终化为泡影的必然命运，相比于那些为统治者捧场的歌颂之赋，无疑是有进步意义的。

鲍照的骈体咏物赋也有较高的成就，其主要特色是篇篇有所寄托，从各个方面表现了作者的才质个性及有志难伸、备受压抑的忧愤。如《芙蓉赋》先以色泽极丽,质性极清,冠绝众卉的芙蓉象征自己的美好才华和高洁的人格;后以芙蓉虽有超群之奇美,却随岁月的流逝而花零芳歇,比况自己怀才不遇、落拓沉沦的惨淡命运。《观漏赋》、《舞鹤赋》亦然,皆睹物兴情之作。前者由光阴之流逝,联想到自己年华虚度、功业无成,不禁感慨万端。悲思郁结,如泣如诉。后者借描写鹤身受羁绊、不能高翔的情境,寄托自己有志难骋的悲伤,亦感人至深。

江淹是南朝最重要的骈赋作家,所作甚多,质量亦优。他的赋在一定程度上继承了鲍照的传统,但布景更为淋漓,写情更为透彻。布景淋漓,首先表现在他的赋往往发端即景,突兀横出,遒劲奇矫,扣人心弦。其次是更注重辞藻的瑰丽杂错,构造五彩斑斓的境界,如"青郊未谢兮白日照,路贯千里兮绿草深"、"假青条兮总翠,借黄花兮舒金"(《青苔赋》),"水黯黯兮莲叶动,山苍苍兮树色红"(《哀千里赋》),"挂青萝兮万仞,竖丹石兮百重"(《江上之山赋》)。最后是长于撮合四时物色于一篇,拓宽了写景的跨度和容量,《四时赋》、《丽色赋》都采用这种写法。江赋写情透彻,最突出的是擅长细致入微地描摹世上各种身份人们的心理情绪特征,将人间几种最强烈的情感加以集中表现,类型化与个性化得到有机的结合。这在赋的发展史上是一种质的提高与推进。在《恨赋》中作者捕捉社会上处境各异的几种人物类型来概括,其中包括皇帝之恨、藩王之恨、名将之恨、美人之恨、名士之恨种种,每种类型都以一个历史人物作为描写的典型,对每个人物都能把握其"饮恨而吞声"的特定情绪,如写名将李陵之恨:

至如李君降北,名辱身冤。拔剑击柱,吊影惭魂。情往上郡,心留雁门。裂帛系书,誓还汉恩。朝露溘至,握手何言?

李陵投降匈奴,心情是复杂而痛苦的,作者简括地截取他降北后生活中的某些情态,再现了一代名将误入歧途的人生遗恨,颇见个性。《别赋》刻画各种类型人物的离愁别绪,改变了《恨赋》以个体人物囊括群体类型的处理方式,显示了更强的概括性。其中写到富贵者之别、剑客之别、从军者之别、夫妻之别、情侣之别等等,每类人物别时及别后的情绪都把握得极有分寸,恰到好处,体现了作者洞察人情的高超能力。

江淹赋写情透彻的另一特色,是往往通过景物形象来烘托渲染感情,景为情设,景中含情。如《恨赋》写王昭君之恨,辅之以"紫台稍远,关山无极,摇风忽起,白日西匿,陇雁少飞,代云寡色"的景象;《待罪江南思北归赋》写自己的贬徙之悲,辅之以"云清泠而多绪,风萧条而无端,猿之吟兮日光迥,狖之啼兮月色寒"的景象,都能给人以"凄凉日暮"的深切感受。至于《别赋》中某些以景衬情的段落,更堪称绝唱,如写情侣之别:

> 下有芍药之诗,佳人之歌,桑中卫女,上宫陈娥。春草碧色,春水渌波,送君南浦,伤如之何!至乃秋露如珠,秋月如珪,明月白露,光阴往来。与子之别,思心徘徊。

二 梁陈赋

梁陈骈赋,多描写月露风云、闺思怨情之作,语言风格清丽婉转、通俗流畅,诗化色彩浓重是其主要特色。某些融写景、抒情于一体的作品较好,如萧衍《孝思赋》中一段文字:

> 至如献岁发晖,春日载阳,木散百华,草列众芳。对乐时而无欢,乃触目而感伤。朱明启节,白日朝临,木低甘果,树接清阴。不娱悦于怀抱,但罔极而缠心。蒹葭苍苍,白露为霜,凉气入衣,凄风动裳。心无迫而自切,情不触而独伤。若乃寒冰已结,寒条已折,林飞黄落,山积白雪,旅雁鸣而哀哀,朔风鼓而飕飕。目触事而破碎,心随感而断绝。

语言浅易流畅。"春日载阳"、"蒹葭苍苍,白露为霜"分别采用《诗经》中《豳风·七月》和《秦风·蒹葭》的成句,但与前后文意浑然一片,可谓"用事不使人觉,若胸臆语"(《颜氏家训·文章篇》引)的佳例。萧衍之子萧绎的《荡妇秋思赋》写闺妇思夫之情:

> 登楼一望,唯见远树含烟。平原如此,不知道路几千。天与水兮相逼,山与云兮共色。山则苍苍入汉,水则涓涓不测。谁复堪见鸟飞,悲鸣只翼?秋何月而不清?月何秋而不明?况乃倡楼荡妇,对此伤情!……相思相望,路远如何!鬓飘蓬而渐乱,心怀疑而转叹。愁鬓翠眉敛,啼多

红粉漫。已矣哉！秋风起兮秋叶飞，春花落兮春日晖。春日迟迟犹可至，客子行行终不归！

婉曲细致,犹如诗化的赋,又似赋化的诗,感染力是很强的。

三　北朝赋

北朝辞赋流传于今的作品仅及南朝的六分之一,但在反映社会生活方面比较广泛,艺术风格虽缺乏南朝赋的清丽婉转风致,但也有一些华实相扶、情采飞扬的佳制,尤其是以庾信为代表的北朝末期的赋作,在唐前赋史上具有举足轻重的地位。

十六国至北魏前期赋坛,作品很少,佳制甚鲜,唯西凉李暠《述志赋》值得一读。李暠为李广十六世孙,于公元五世纪初建立西凉政权。当时河西一带尚存在着两个割据政权,一是鲜卑族秃发傉檀的南凉,一是匈奴族沮渠蒙逊的北凉,与李氏的西凉成三足鼎立之势。赋文针对这种形势,主要抒发了作者欲延揽忠勇的文臣武将以统一河西的志向,对群雄混战,社会遭受严重破坏的局面有所反映,并对人民的苦难流露了同情态度。内容颇为充实,多用排偶之句而不乏气势。

北魏中后期辞赋数量明显盛于前期,内容亦趋广泛,或讽刺时事,或反映政局变乱,或抒写身处昏暗之世的苦闷,或表现希企隐退以求独善的心理,或表现羁旅思归之情。李骞的《释情赋》、李谐的《述身赋》长于将国家盛衰与个人经历的描写结合一体,时用典故,而笔力遒劲,显示了较高的艺术水平。其笔法对数十年后庾信《哀江南赋》、颜之推《观我生赋》的创作是有所影响的。袁翻的《思归赋》内容比较单纯,抒写羁旅思归之情而已;艺术上则主要规仿南朝江淹赋的风神,属于北魏中后期文人较多染指南朝新变赋风的一个特例,虽系模拟之作,却有积极意义,因为南北文风的融合必然要经历一个过渡进程。

四　庾信

致使南北赋风有机融合,并取得卓越成就的是北朝末期的部分作家,代表人物是庾信。

庾信在入北后的二十多年中,羁旅异域之愁、国破家亡之悲、屈身仕敌之耻煎熬着他的心灵,使他的思想发生了巨大的变化,感情日益深沉,灵魂逐渐净化。他的文学创作也从早期的狭小天地摆脱出来,而转向了广阔的社会与人生,写下了一些高视六代、彪炳千古的优秀作品。唐代伟大诗人杜甫云:"庾信平生最萧瑟,暮年诗赋动江关。"(《咏怀古迹》)又说:"庾信文章老更成,凌云健笔意纵横。"(《戏为六绝句》)

庾信后期赋最重要的是《哀江南赋》,这篇作品以宏大的体制,凌云纵放之健笔,将个人的身世与梁朝兴亡的历史镕铸一炉,华实相扶,文情并茂,在六朝赋史上树起一座巨大的里程碑。《哀江南赋》围绕"悲身世"、"念王室"的主旋律展开。作者之"悲身世",最可贵的是他并不局限于自悲的层面,而且也写到广大人民的流离失所之悲。江陵失陷后,梁朝的十万人民被西魏军队掳掠为奴,对此,庾信以饱蘸血泪的笔调沉痛地写道:

> 冤霜夏零,愤泉秋沸。城崩杞妇之哭,竹染湘妃之泪。水毒秦泾,山高赵径。十里五里,长亭短亭。饥随蛰燕,暗逐流萤。秦中水黑,关上泥青。于时瓦解冰泮,风飞电散,浑然千里,淄渑一乱。雪暗如沙,冰横似岸。逢赴洛之陆机,见离家之王粲。莫不闻陇水而掩泣,向关山而长叹。况复君在交河,妾在青波。石望夫而逾远,山望子而逾多。才人之忆代郡,公主之去清河。栩阳亭有离别之赋,临江王有愁思之歌。

类似的描写在庾信《伤心》、《竹杖》诸赋中也有一些,但比较简略,没有达到历史掌故与现实情景如此契合,叙事与抒情如此真切的境界。作者以艺术家的敏锐才华,截取了江陵人民被驱赶入魏的典型片断,绘出一幅惨不忍睹的流民图。在六朝赋史上,这种图景是罕见的。作者之"念王室",也没有仅仅停留在伤怀故国的层面上,而往往以理性批判的精神与客观公正的立场描绘梁朝兴亡的时代面影。作为梁室旧臣,庾信并未堕入为尊者讳的迷津,去回护旧主,对梁武帝的苟且偷安、不修武备、清谈误国,对梁元帝的耽于内讧、自私无能,以及对诸将帅的贪生怕死等丑行,都有直书无隐、一针见血的揭露。

作为一篇描述梁朝兴亡的长赋,《哀江南赋》的确借鉴了一些散文尤其是史传性散文的写法,是"以骈文为形式"而"以散文为精神"的(瞿蜕园《汉魏六朝赋选》评语）。其一，在材料的裁剪、选择上，作者能够做到繁简互出，详略得当。赋文紧紧围绕"金陵瓦解"和"江陵失陷"两大历史事件而展开，对这两大事变之前因后果的描述是作者的最用力处，用笔也颇为繁详，而在其中具体层次的笔墨分配上，则该繁则繁，该略而略。其二，在行文气势上，突破了一般骈体之赋平稳寡变的程式，而是曲折尽变，时而笔势磅礴、淋漓酣畅，时而文气转缓、间以清疏，使二者得以有机地调节，形成跌宕起伏、疏密相间的散文态势。其描述侯景之乱前梁朝的升平景象，相应地辅之以比较舒缓的笔调；"乘渍水"以下写危急形势，笔力随之遒劲，至"韩分赵裂"愈益推向激越，惊心动魄的劫难场面跃然纸上，富于扣人心弦的艺术魅力；此后自然地插入自己流亡经历的描述，略微缓解了上文的惊险气氛，继之以昂亢笔调描写元帝讨伐侯景，使文势又一次升腾；接着抒写对简文帝的凭吊之情，笔势复趋平抑："周郑含怒"以下写兵祸云构，悲状纷纭，气势酣畅，臻于赋的峰巅；"若江陵之中否"以下行文，纵健之缰又得调控，终在绵绵不尽的哀思中收束全文。如此回旋往复、文以情变的写法，实为历代长赋所罕见。《哀江南赋》用典艺术高超精绝，往往能把典故融化于真实可感的情景描绘中，给人以"使事无迹"的印象，又往往不拘泥于原典之义，善作反用，灵活多变。

庾信《伤心赋》"虽伤弱子，亦悼亡国"（倪璠《伤心赋》注）；《枯树》《竹杖》二赋，把贾谊《鹏鸟赋》的借题为咏、虚构情节、直抒胸臆、自由发挥与祢衡、鲍照《鹦鹉》《舞鹤》诸赋以物象寓精神的手法紧密结合，抒写亡国之痛、流寓之悲和屈仕之悔等真实而复杂的情绪；《小园赋》以白描手法写小园的朴素清新，融会作者希企隐居之意，但赋的后半，不禁又回忆往事，抒发故国沦亡的悲恸。这些都属于庾信后期赋的佳作。

思考与练习

1. 简述魏晋南北朝赋的题材开拓与艺术表现的新变。
2. 简述庾信赋作的时代意义。

第三章 唐宋元明清赋

唐代以后,赋体文学仍然保持着旺盛的生命力。唐代律赋、宋代文赋,都曾盛极一时。降至明清,作赋甚至成为文人士子的常课,因而留下了数以万计的赋体文学作品,在体制、内容、艺术手法等方面,都有不断的开拓和创新。

第一节 唐五代赋

同汉魏六朝赋相比,唐五代赋有不少革新与发展,这主要表现在以下几个方面。

一 律赋的产生和兴盛

律赋是唐五代时期最具代表性的赋体,它是在六朝骈赋的基础上形成的。律赋的产生和兴盛与科举考试密切相关。科举试赋始于隋代的秀才科试,至唐高宗(650—683)末年转换到进士科试中,成为一种固定的取士制度。功名利禄的诱惑极大地刺激了文人士子的创作欲望,律赋创作迅速兴盛,律赋作品与日俱增。现存约一千五百余篇唐五代赋,大多数是律赋。考官为了阅卷的方便,也为了有效地检查应试者的文字工夫,于是对律赋在结构、语言、声韵诸方面都提出了不少具体要求,这就使律赋在形式上具有了鲜明的特色。

首先,律赋对用韵有严格的限制。早期的律赋对韵数多寡、平仄次序并无严格限制,有三韵、四韵、五韵、六韵、七韵等种种情况。但在太和(827—835)

以后,科举试赋便以八韵之数为常格。如李程《金受砺赋》,以"圣无全功,必资佐辅"为韵;王起《庭燎赋》,以"早设王庭,辉映群辟"为韵;李宗和《平权衡赋》,以"昼夜平分,铢钩取则"为韵。到后来,律赋不仅讲韵数,讲平仄,还讲次韵,如《旗赋》以"风日云野,军国清肃"为韵脚,必须依次押这八个韵,不得颠倒错乱。后来甚至还讲究五声次第,即上平、下平、上声、去声、入声。限制越来越多,使律赋成了一种专门用于考试的文字游戏,学子皆被形式所缚,很难产生行文酣畅的优秀作品。

其次,律赋还讲究用典与对偶。用典和对偶,在汉赋中已经出现,六朝骈赋习用之,至唐宋律赋,更成为一种自觉的追求。用典是一种艺术手段,将古代的历史故事或文学作品中的意象,用极凝练的语言揭示出来。巧妙用典可以使作品含蓄蕴藉,耐人寻味,富有表现力,同时也显示出作者读书之广,见闻之博,联想之丰富。如王棨《凉风至赋》,本来是铺陈凉风的,赋中云:"悄丝管于上宫,陈娥翠敛;飐楹檐于华省,潘鬓霜凋。"上句用了汉武帝陈皇后被幽居长门宫,百无聊赖,迎风奏琴的典故,见司马相如《长门赋》;下句则用了潘岳《秋兴赋》头发斑白、临秋风而抒写哀愁的典故。王棨巧妙化用,含蓄而深刻地表现了寒风的凄楚、悲凉。当然,用典既能展示作者的修养与才华,同时也对读者的文化水平提出了更高的要求。但用典过于偏僻、堆砌,也会使作品晦涩难懂、失去生机。律赋中的对偶更为普遍,请看王起《五色露赋》的开头:

露表嘉瑞,国昭元吉。发五色以斯呈,掩百祥而非匹。辉光骇目,知泛滟之惟新;变化殊姿,觉凄清之有失。若非泽无不被,化无不率,则何以感之于寥天,荣之于圣日?尔其寂历地表,希微天宇。无声而零,有色斯睹。

或四字对,或五字对,或六字对,或四六作对,除了"若非"、"尔其"、"且其"、"何以"之类的连接词(或短语)外,几乎全是工稳的对偶句式。汉语的对仗功能,在律赋中表现得十分充分。

第三,律赋还十分重视破题,即在开头就扣住题目,揭示主题。如贞元十二年的科举考试,题目是《日五色赋》,李程开篇就说:"德动天鉴,祥开日华。"既扣住了题目中的"日"字,又点明了颂扬圣德的主题;结尾云:"故曰惟天为大,吾君是则。"又与开头相照应,设计颇为巧妙。这一点很受考官的赏识,李程也因此从落第生被擢为状元,在当时传为佳话。李调元《赋话》卷一云:"唐人试赋,极重破题。……陈佑《平权衡赋》起句云:'俾民不迷,兹器维则。'八字典重而浑成,殆欲与'日华'、'天鉴'之句并驱中原矣。"这里称赞陈佑《平权衡赋》破题极佳,可与李程《日五色赋》媲美。其实"俾民"二句,正是对题目"平权衡"三字的巧妙解释。从中可见古人对破题(点题)的重视。

既然律赋在韵脚、对仗、用典等方面有许多具体要求,其篇幅自然也就受到限制,一般不超过400字。这不同于汉代的散体大赋,也不同于魏晋南北朝抒情小赋。由于科举试赋的导向作用,律赋的表现内容大多局限于描述符瑞、称颂圣德,或阐发经义、吟咏物态,真正抒发个人性灵的作品极少。这种文体在唐宋时期久盛不衰,至元代以古赋取士,律赋才中息下来。清代是律赋的复兴期,也是它走向衰亡的时期。

二 唐代文体改革与文赋的产生

六朝骈俪之风延至唐代,受到许多有识之士的批判。唐前期的魏征、王勃、陈子昂、李白等皆曾致力于改革文风,但均未提出系统的理论与主张。至中唐韩愈、柳宗元,才以先秦两汉古文为标的,明确提出"文以载道"、"陈言务去"的纲领,使六朝绮靡文风为之一洗。古文运动的领袖韩愈所作的《进学解》、《吊田横墓文》,柳宗元所作的《起废答》、《骂尸虫文》等,皆以赋笔为之,但皆文风古朴,遒劲有力,与唐代流行的律赋之体迥然不同。晚唐杜牧的名作《阿房宫赋》,则是从律赋走向文赋的转折点。该赋有不少工稳的对偶句,如"六王毕,四海一。蜀山兀,阿房出","歌台暖响,春光融融;舞殿冷袖,风雨凄凄",等等。但杜牧善于将散句与对偶句交叉使用,使文章参差错落;赋中很少用生词僻典,所以读起来明白晓畅。更可贵的是,杜牧还将对仗演化为排比,使行文气势磅礴,有一泻千里、不可遏止之势:

> 嗟乎!一人之心,千万人之心也。秦爱纷奢,人亦念其家。奈何取之尽锱铢,用之如泥沙!使负栋之柱,多于南亩之农夫;架梁之椽,多于机上之工女;钉头磷磷,多于在庾之粟粒;瓦缝参差,多于周身之帛缕;直栏横槛,多于九土之城郭;管弦呕哑,多于市人之言语!使天下之人,不敢言而

敢怒。

对仗、排比、夸张，又益以唱叹的笔调，淋漓尽致地揭露了秦始皇穷奢极欲的生活以及对老百姓无穷的奴役。此外，杜赋结尾还有一大段议论：

   呜呼！灭六国者，六国也，非秦也；族秦者，秦也，非天下也。嗟乎！使六国各爱其人，则足以拒秦；使秦复爱六国之人，则递三世可至万世而为君，谁得而族灭也？秦人不暇自哀，而后人哀之；后人哀之而不鉴之，亦使后人而复哀后人也。

从历史中总结经验教训，以为后世之鉴戒，这是政论文的表现内容，杜牧却援之入赋，为赋体文学注入了新的内容。宋代文赋有散文化、议论化的倾向，实肇始于此。

三　古赋、小赋与俗赋

  在律赋兴盛、文赋生成的唐五代时期，汉魏六朝的散体赋（后人称古赋）、咏物小赋、抒情小赋等赋体也有新的发展。下面即略作介绍。

  （一）古赋。唐代是中国封建社会的鼎盛时期，国力强盛，文化繁荣，各民族之间交往密切。蒸蒸日上的国势极大地拓宽了知识分子的眼界和心胸，于是产生了继承汉大赋风格的颂扬王朝声威、赞美最高统治者的赋作。据姚铉《唐文粹·古赋》的编录，这类作品的表现题材有圣德、京都、郊庙、符宝、象纬、阅武、誓师等，代表作品有李庚的《西都赋》、《东都赋》，李华的《含元殿赋》，李白的《明堂赋》、《大猎赋》，杜甫的《三大礼赋》（即《朝献太清宫赋》、《朝享太庙赋》、《有事南郊赋》)和《封西岳赋》等。这些作品反映了唐代知识分子对太平盛世的讴歌以及强烈的参与政治的愿望，不能简单地视为歌功颂德或阿谀奉承。此外，还有一些描写山水的赋如卢肇《海潮赋》、皮日休《霍山赋》等，也写得体制雄伟，气势恢宏，继承了郭璞《江赋》、木华《海赋》的体制和风格。总的看来，唐五代的散体大赋在题材、风格、语言等方面对汉晋大赋有所继承与发展。

  （二）咏物小赋。唐五代的咏物赋亦颇兴盛。《文选·赋》收录先秦至南朝梁代的赋，按其题材分为15类，其中物色、鸟兽、音乐3类为咏物赋，仅占五分之一。《文苑英华·赋》收录南朝梁至唐五代的赋，以唐赋为主。该书按题材将赋分为39类,其中乐、钟鼓、杂技、饮食、射奕、工艺、器用、服章、图画、宝、丝帛、舟车、薪火、鸟兽、虫鱼、草木等16类均可算作咏物赋,占总数的三分之一强。咏物赋种类的迅速增多,说明赋至唐代,其表现领域已大为扩大,也说明唐代文人喜欢在赋中描绘大千世界中的各种事物。赋的体物功能,在唐五代已得到更为充分的发展。

好的咏物赋往往在生动细致的描绘中,寄寓作者的世俗情怀或人生感悟。唐代产生了不少这样的优秀作品。如初唐卢照邻《病梨树赋》,将病梨树与其他树木对比,又将病梨树辉煌的过去与衰败的现状对比,寄寓了作者身染恶疾、抱负无法伸展的身世之悲。王维的《白鹦鹉赋》,铺写白鹦鹉的来历、外貌以及尊宠优裕的宫廷生活,而"单鸣无应,只影长孤"、"时衔花而不语,每投人以方息"的孤独心境,以及"傥见借于羽翼,与迁莺而共飞"的良好希冀,则显然以鹦鹉自况,将客体物象的描绘与主观感情的抒发巧妙融合,委婉而深刻地表达了作者自身的命运和心境,十分感人。值得一提的还有柳宗元的《牛赋》和《瓶赋》,兹录后者于次:

昔有智人,善学鸱夷。鸱夷蒙鸿,罍罃相追。谄诱吉士,喜悦依随。开喙倒腹,斟酌更持。味不苦口,昏至莫知。颓然纵傲,与乱为期。视白成黑,颠倒妍媸。己虽自售,人或以危。败众亡国,流连不归。谁主斯罪,鸱夷之为。

不如为瓶,居井之眉。钩深挹洁,淡泊是师。和齐五味,宁除渴饥。不甘不坏,久而莫疑。清白可鉴,终不媚私。利泽广大,孰能去之?绠绝身破,何足怨咨?功成事遂,复于土泥。归根反初,无虑无思。何必巧曲,徼颉一时。子无我愚,我智如斯。

鸱夷是一种盛酒的革囊,形如鸱鸟之腹,故名。柳宗元此赋,以鸱夷比喻小人,腹内盛酒,谄诱贤士,颠倒黑白,败众亡国;以瓶比喻君子,深井取水,清白可鉴;利泽广大,功成身退。在对比之中,既谴责了谗佞小人妖言惑众、紊乱国政的罪恶,也表达了作者洁身自好、功成不居的情怀,是一篇精致喜人的咏物小赋。该赋效法扬雄《酒赋》(也称《酒箴》),而描写更为成功。

(三)抒情小赋。唐五代还产生了一些抒情小赋,其中不乏精彩的篇章。

如王勃的《春思赋》，极力描写长安、洛阳、巴蜀的艳丽春景，表达了作者在美好春光的激荡下所产生的积极向上、建功立业的政治抱负，风格清新质朴，语言遒劲有力，透露出新的时代气息。李白《剑阁赋》、《照清秋赋》更为优美，前者云：

> 咸阳之南直望五千里，见云峰之崔嵬。前有剑阁横断，倚青天而中开。上则松风萧飒瑟飓，有巴猿兮相哀。旁则飞湍走壑，洒石喷阁，汹涌而惊雷。
>
> 送佳人兮此去，复何时兮归来？望夫君兮安极，我沉吟兮叹息。视沧波兮东注，悲白日兮西匿。鸿别燕兮秋声，云愁秦而暝色。若明月出于剑阁兮，与君两乡对酒而相忆。

这篇精美的短赋，是李白为送别友人王炎入蜀而作。前段描写山高水急，地势险恶，松风萧飒，巴猿哀鸣，极力渲染路途的艰辛；下段便自然转入对友人的关心、忧虑、留恋与惜别之情。沧波东注，白日西匿，在愁苦之极的悲叹声中，忽然唱出"若明月出于剑阁兮，与君两乡对酒而相忆"一句，陡然跳出送别的时空，将思绪飞向未来：两人相隔千里，却能对月举杯，饮酒相思。全赋便在这美好的向往中结束，而对友人的一片深情，便也在这对未来的幻想中而托之欲出了。李赋恰如李诗，豪放飘逸，跌宕纵横，笔意驰骋，百转千回，任何格律或章法都无法约束。祝尧《古赋辨体》称此赋："其前有'上则'、'旁则'等语，是揪敛《上林》、《两都》铺叙体格，而裁入小赋，所谓'天吴与紫凤，颠倒在短褐'者欤？故虽以小赋，亦自浩荡而不伤俭陋。盖太白天才飘逸，其为诗也，或离旧格而去之，其赋亦然。"这是切中肯綮的评价。中唐以后的抒情小赋，如韩愈《闵己赋》，柳宗元《闵生赋》，李翱《述怀赋》、《幽怀赋》，刘禹锡《问大钧赋》、《伤往赋》，陆龟蒙《幽居赋》等，大多抒发赋家仕途失意的苦闷与不平，具有较强的现实针对性。

（四）俗赋。俗赋是赋体文学的一种重要形态，但因封建正统文人的轻视而长期被人们遗忘。敦煌石室中发现的刘希夷《死马赋》、白行简《天地阴阳交欢大乐赋》、赵洽《丑妇赋》，以及无名氏的《秦将赋》、《晏子赋》、《韩朋赋》、《燕子赋》（甲）（乙）、《茶酒论》、《孔子项讬相问书》等，大多是唐人撰写的俗赋。根据这些俗赋的表现内容和艺术风格，大致可以将其分为三类：

1. 鸟兽故事赋。敦煌《燕子赋》(甲)、(乙)二篇都是讲述禽鸟相争故事的俗赋。其中《燕子赋》(甲)讲仲春二月,一对夫妻燕精心筑巢,不料有一只"头脑峻削"的黄雀将巢霸占。燕子前来索要,却遭到黄雀一阵毒打,结果燕子"头不能举,眼不能开。夫妻相对,气咽声哀"。无奈之下,燕子便去凤凰处告状。凤凰派鸰鹩去捉拿黄雀,黄雀先是贿赂鸰鹩不果,只好对簿公堂;接着又反诬燕子"眯目上下",自己"被燕谤枉夺宅",还义愤填膺地"请王对推"。但凤凰不为迷惑,明断是非,最终宣判黄雀有夺巢之罪;后考虑到黄雀曾在贞观中随大将军征讨辽东,"有上柱国勋",才予释放。黄雀出狱后十分欢喜,遂请燕子饮酒,从此化敌为友。赋中燕子的谨慎、老实,黄雀的蛮横狡诈,凤凰的明察秋毫,鸰鹩的秉公办事,鹊鸰的巧言劝解,无一不是现实生活中各色人物的真实写照。至于雀妇探监、黄雀逞强、鸿鹤嘲讽等细节,又具体而微地展示了人间的世态人情。从赋中雀儿用"明敕括客,标入正格"等语恐吓燕子,可以看出该赋反映的是武则天之后唐玄宗之前朝廷屡次实行"括客"(搜寻隐匿户口)措施,官僚与恶霸借机横行、以强凌弱的社会现实。《燕子赋》(乙)情节与此类似,但该篇中的雀儿显得机灵可爱,带着儿童的天真和稚气,与甲本中横行霸道、狡诈无赖的黄雀有明显差异。此外,甲本以四言为主,杂用六言,是标准的赋体;乙本却用整齐的五言,很像是一首叙事诗。

两篇《燕子赋》都以禽鸟夺巢故事来反映现实生活中的利益之争,其源头可以追溯到两汉。1993年在江苏连云港尹湾汉墓出土的《神乌傅(赋)》,讲雌雄二鸟衔材筑巢,其建筑材料被盗鸟窃取。雌乌在与盗鸟的搏斗中身负重伤,又被贼曹捕取,托孤后投地而死。这是一个悲剧故事,反映了现实生活中强梁肆意行凶、弱者无处申冤的不合理现实。唐代《燕子赋》(甲)(乙)却以燕、雀和解言欢作结,从中不难看出我国古代审美趣味的变迁。

2. 历史故事赋。敦煌《韩朋赋》以历史故事为题材,讲述韩朋在与贞夫结婚后三天即出仕宋国,逾期不归。贞夫思念韩朋,便写了一封信,不料却落入宋王之手。宋王把贞夫骗到宋国,欲为皇后,贞夫不肯;宋王恼怒,便打落韩朋的板牙,让他去筑青陵之台,迫使贞夫就范。贞夫与韩朋以情相许,双双自杀。宋王不许合葬,但两人坟墓各长出一棵大树,树根相连,树枝相交;宋王派人砍伐,砍下的木片却变成鸳鸯,其中一片羽毛化作利剑,使宋王人头落地,行凶者终得恶报。这是一个凄婉动人的爱情故事,它歌颂了韩朋夫妇生死不渝的真挚爱情,控诉了统治者的荒淫残暴,具有震撼人心的力量。另有一篇《晏子赋》,讲齐相晏子出使梁国,梁王知其短小,让他从小门进入。接下梁王分别从"狗门"、"齐国无人"、"短小"、"脸黑"、"先祖"等方面来侮辱晏子,晏子一一进行辩驳。最后,梁王又提出"天地之纲纪"、"阴阳之本性"等一系列问题,晏子都对答如流。通过一系列问答,表现了晏子的机智善辩以及对祖国尊严的维护,也揭露了梁王的卑劣与昏庸。全赋对比鲜明,妙语连珠,颇有喜剧效果。

3. 诙谐杂赋。敦煌俗赋中还有一类作品,基本上没有故事情节,而是以极其夸张的笔法来刻画现实生活中的某类人、某种事,或某种现象。如赵洽《丑妇赋》中的丑妇,鬓如飞蓬,唇涂绿色,"眉间有千般碎皱,项底有百道粗筋。贮多年之垢污,停累月之重皴"。不仅相貌奇丑,而且又馋又懒,骄横嫉妒,搬弄是非,打骂子女,粗野狠毒,无一是处。她还喜欢涂脂抹粉,乔装打扮,连使用的胡粉、胭脂也蒙冤告屈,痛苦不堪。如此描写丑妇,主要是想供茶余饭后的谈笑之资,同时也能起到一些警世的作用。无名氏的《祭驴文》却是另一种风格,作者深情回忆了与驴共度的艰辛生活,实际上已把驴当成了亲密伙伴、真挚朋友,甚或是相依为命的亲人,对驴的"中途疾作"、一命归天更是充满同情和感伤。此文以赋体写成,选材独特,诙谐中见真情。

唐代的俗赋,对宋元以后的戏曲、小说和讲唱文艺,均有一定影响。

第二节　宋金元赋

一　两宋赋

宋赋承唐赋之余绪,古、俳、律、文各体皆有不少作品出现。相比较而言,今存唐赋以律赋居多;今存宋赋约1200余篇,律赋仅占五分之一。中晚唐时期兴起的文赋,在宋代显示出强大的生命力,一跃而成为宋赋的主力军。宋人的思辨性格与尚理倾向还导致了不少非文学赋的产生,形成宋赋的另一鲜明特色。下面即略作介绍。

(一)文赋的兴盛。文赋既不要求平仄和用典,也无韵数限制,篇幅长短不拘,适于抒发跌宕起伏的感情,因而一产生就得到不少文人的喜爱。但宋初文赋,如田锡、晏殊、杨亿、钱惟演等人之作,大都未摆脱骈俪之风。至欧阳修以清新平易的语言来抒情说理,文赋这才走向成熟。

欧阳修是北宋诗文革新运动的领袖,他在诗、词、散文、赋以及史学方面都有重要贡献。其《秋声赋》是文赋发展史上的一篇重要作品。该赋采用传统的问答形式展开情节,一开始就铺陈秋声的听觉效果:"初淅沥以萧飒,忽奔腾而砰湃。如波涛夜惊,风雨骤至。其触于物也,鏦鏦铮铮,金铁皆鸣。又如赴敌之兵,衔枚疾走,不闻号令,但闻人马之行声。"以巧妙的比喻,生动而贴切地描摹出秋声由弱到强、席卷而至的情景。但作者并不局限于秋声的描绘,而是进一步思考产生秋声的原因。他先从秋色、秋容、秋气、秋意四个方面渲染秋天的惨淡萧条,秋声的悲凉凄切自然在情理之中。接下作者又宕开一笔,从更深的层次挖掘秋声悲凉的内在原因:

夫秋,刑官也,于时为阴。又兵象也,于行为金。是谓天地之义气,常以肃杀而为心。天之于物,春生秋实。故其在乐也,商声主西方之音,夷则为七月之律。商,伤也,物既老而悲伤;夷,戮也,物过盛而当杀。

在阴阳五行体系中,秋为金,主杀伐、征战;在音乐中,秋为商声,乃衰老悲伤之音。大自然的运行规律便是春生秋杀,那么秋声悲凉,便是天地自然周期运转的必然结果。这就从哲学观和宇宙观的高度揭示了秋声悲的必然性。最后,作者又从哲学探索转向对人生观的讨论,认为人是万物之灵,"百忧感其心,万事劳其形。有动乎中,必摇其精。"既然生老病死是自然规律,又何必劳神苦形,加速衰老的进程?《庄子·在宥篇》云:"必静必清,无劳女形,无摇女精,乃可以长生。"欧阳修显然接受了庄子的观点,认为只有顺应自然,不劳心智,通过对自然规律的认识来化解秋声激起的悲凉情绪,使心灵归于恬静安宁,才是可取的人生态度。描写秋声始于宋玉《九辩》,后有潘岳《秋兴赋》以及李德裕、王起、刘禹锡的同题之作《秋声赋》。他们的作品或着力描写秋声之悲切,或刻意表现各种人物的悲秋情绪。但只有欧阳修在赋中融入了这么多的分析和议论,甚至可以说,分析与议论正是该赋的核心内容。因其逻辑严密,语言清新,并且融入了作者恬淡旷达的情怀,所以读起来摇曳自然,入情入理,毫无抽象晦涩之感。

　　文赋发展史上另一重要人物是苏轼。苏轼是北宋时期伟大的文学家,他在诗、词、散文、赋、书画等方面都取得了突出成绩。其《前赤壁赋》是文赋中的极品,也是中国文学史上家喻户晓的名作。该赋一开始就点明游览的时间(壬戌之秋,七月既望)、地点(赤壁)、人物(苏子与客)、方式(泛舟),宛然是一篇山水游记。接下以优美的笔触描写了月夜泛舟的美丽景色和愉快心情,于是举杯畅饮,吟诗作赋。但客人"如怨如慕、如泣如诉"的箫声却引起了一场关于人生价值的讨论。其中"客"从一世之雄曹操最终难逃被历史淹没的命运,进而感叹人生渺小短促,不觉悲从中来。而"苏子"却以眼前水的流逝和月的盈虚为喻,讨论万物不灭、天地永恒的哲学道理,进而表达了与天地自然相沟通的旷达乐观的人生态度。以议论入赋,在赋中表达独特的人生感悟,此前已有欧阳修《秋声赋》为之,但苏轼此赋更为成熟,已达到炉火纯青的地步。该赋将写景、抒情、议论融为一体,妙合无垠。情因景生,饮酒赋诗;乐极生悲,又自然引入对人生的讨论。而议论中巧用比喻,层层深入,推理自然。赋中有叙事,有抒情,有问答,有歌唱,有隽语,有妙悟,有现实,有想象,由喜而悲,又由悲转喜,"文理自然,姿态横生"。结尾写客主二人洗盏更酌,一起举杯纵饮,酣睡舟中,直至天明而不知,俨然是一幅充满理趣又饱含诗情的图画,给人以无尽的回味。

　　(二)非文学赋渐成规模。赋是一种以铺陈为主要特色的文体,本身就有非文学性的倾向。如张衡《二京赋》,包含有不少研究汉代建筑、民俗、艺术等方面的资料,并不仅仅是文学作品。唐代出现了杨炯《浑天赋》、卢肇《海潮赋》、窦息《述书赋》等以赋体阐述科学道理或学术观点的作品,可视为非文学赋的发端。及至宋代,此类赋渐多,举其要者,大致有以下几种:

1. 义理赋。欧阳修《秋声赋》、苏轼《前赤壁赋》皆含哲学思想,但二赋将景、情、理融而为一,仍属文学作品。至于王曾《有物混成赋》、范仲淹《自诚明谓之情赋》等,或敷陈人生哲理,或演绎儒家经义,文学色彩大为减弱。又如田锡《圣德合天地赋》、范仲淹《乾为金赋》、高似孙《读易赋》等,则专门阐释《周易》的思想,反映了时人对儒家经典的接受与发挥。

2. 方术赋。如珞琭子《三命消息赋》、吴季鸾《玄机赋》、无名氏《飞星赋》、葛长庚《金丹赋》等,介绍算命、相宅、相墓、炼丹的基本道理和方法,迷信成分较多,科学成分很少,反映出宋代的某些民俗观念。

3. 类事赋。据《宋史·文苑传》中的《吴淑传》,吴淑曾参与编修大型类书《太平御览》、《太平广记》和诗文总集《文苑英华》,学养极深,后又作《事类赋》并注,分成30卷。《事类赋》实际上是用赋体写成的类书,分为天部、岁时部、地部、宝货部、乐部、服用部、什物部、饮食部、禽部、兽部、草木部、果部、鳞介部、虫部,凡14部100子目,可供学者为诗作赋时采摘典故之用。因赋与注同出吴淑之手,事无舛误,故颇为后人所重。

4. 《春秋》赋。《宋史·艺文志》经类春秋目著录有崔昇《春秋分门属类赋》3卷(杨均注)、裴光辅《春秋机要赋》1卷、尹玉羽《春秋音义赋》十卷(冉遂良注)、《春秋字源赋》2卷(杨文举注)、李象《续春秋机要赋》1卷等。这些赋今皆不存,但可见当年士子通过赋体来研究《春秋》经和《左传》的情况。

5. 地理赋。南宋王十朋撰有《会稽三赋》(即《会稽风俗赋》、《民事堂赋》、《蓬莱阁赋》)。该赋很像是地方志,对认识会稽的山川、物产、人物、古迹、民俗、历史甚有帮助。

宋代的非文学赋已成规模。这些赋从内容与主题上来看并非文学作品,但也表现了相当的文字技巧,与文学有着密切关系,可视为赋的变种。

二　金元赋

金赋今仅存十家,三十余篇,主要见于张金吾的《金文最》。其中存赋最多的为赵秉文(16篇)、元好问(4篇)两家,而以元好问《秋望赋》成就最高。《秋望赋》作于蒙古军入侵、作者家乡沦陷、胞弟遇难之际,因而赋中表达了强烈的报家仇雪国耻的愿望,风格慷慨悲凉,笔力雄浑苍劲。

今存元赋二百余家,五百余篇,主要见于《历代赋汇》、《青云梯》和元人别集之中,其数量远远超过了今存汉赋的篇数。汉有散体赋,六朝有骈赋,唐有律赋,宋有文赋,降至元代,在赋之各体皆已充分发展的情况下,元人已无法另辟蹊径,再创新体。但律赋过于强调韵数与骈偶,缺乏真情实感;文赋追求散文化的语言和内蕴的哲理,亦少阳刚之气和精美的文辞。元人充分认识到律、文二体的弊端,遂以变革赋体、恢复风雅相标榜,试图绍继先秦两汉古赋的优良传统。尤其是在延祐二年(1315)恢复科举之后,由于停试律赋,将古赋与经义并重,律赋遂受到沉重打击,取而代之的是刚健质朴的古赋。在此风浸染下,还产生了不少研究古赋、指导古赋写作的赋学专著,如郝经《皇朝古赋》、虞廷硕《古赋准绳》、吴莱《楚汉正声》、陈绎曾《文筌·楚汉赋谱》、祝尧《古赋辨体》等。这种复古之风一直延续到明代,成为元明两代辞赋创作与批评的主流。

从创作实绩看,元前期的赋如郝经《怒雨赋》,刘因《渡江赋》、《苦寒赋》等,大多境界开阔,饶有风骨,郝经赋尤富豪情壮采。中期赋家则多寄意山水,追求个人精神的完善与超越,反映了儒家文人在异族歧视政策下的无奈与自适自全的心态,袁桷《桐柏观赋》、赵孟頫《吴兴赋》、刘诜《兰亭赋》、马祖常《伤亡赋》等堪称代表。至元代末年,由于社会矛盾的激化,遂产生了吴莱《狙赋》,朱德润《幽怀赋》,杨维桢《忧释赋》、《骂虱赋》之类金刚怒目的作品。

元代存赋最多、成就最高的作家是杨维桢。杨维桢(1296—1370),字廉夫,号铁崖,后号铁笛,会稽(今浙江绍兴)人。元泰定(1324—1327)进士,为官刚直,元亡后不仕。著有《东维子集》、《丽则遗音》、《铁崖赋稿》、《铁崖文集》等。铁崖作赋多达90余篇,为前此所罕有。他的赋较为深刻地反映了元代末年的社会现实。其中《些马赋》虽为哀马,实为伤己,反映了元末知识分子彷徨瞻顾找不到出路的苦闷和忧郁;《忧世赋》描绘世途的艰难险恶;《怀延陵赋》以季札让国之不当来影射元英宗以后朝政的混乱;而《骂虱赋》对现实的批判尤为强烈。该赋开头有序称:"昔玉溪生、荆舒老人先后为嫉虱之作,而未有指斥是物者,岂其潜于昔而出于今,抑其幸见漏于指斥也?余既楚其毒,乃成文骂之。"该赋首先铺写"虱"昼伏夜出,"脱走如珠,狙刺如矢。使人胁不得以帖席,肱不得以曲几。追踪捕痕,若亡若存。遁影朽空,灭迹密纹"。活灵活现地刻画出既毒害生灵、又狡猾隐蔽的恶人形象。然此文之妙尚不在此,主人骂虱辞尽,又转而入梦,在梦中听到了"虱"的一阵申诉:

  吾既见骂,尔文者辞义既严,敢不退避?然吾小毒小臭,尔亦知世有大毒大臭者乎?奸法窃防,妨化圮政,剥人及肤,残人至命,阚若豺虎,戾甚枭獍……且吾起伏适节,消息乘机,白露洒空,劲风吹衣,蝉蜕而退,莫知予之所归。子试絜夫大毒者,毒无已时;大臭者,臭无穷期,孰为可詈而不詈乎?子不穷南山之竹以为辞,而詈予琐琐不已!

在此,作者借"虱"之口,指出那些贪赃枉法、残害百姓的贪官暴吏,才是应该"穷南山之竹"痛加詈骂的"大毒大臭",嬉笑怒骂,畅快淋漓,主人听后"增愤加怖,涕泗不支",宛然透露出作者的痛世之深与救世之切。以杨维桢为代表的元末赋家,并未在动荡萧条的衰世中沉沦,而是在悲愤中自醒,在苦闷中探索。其森然入骨的批判锋芒和刚健苍凉的审美风格,确实使人有颓风一振之感。

第三节 明清赋

  明清两代赋承元之余绪,在体制上没有多少突破。但今存明赋已达五千余篇,主要见于黄宗羲《明文海》、陈元龙《历代赋汇》、周履靖《赋海补遗》和大量的明人别集之中,其数量超过了现存元以前各代赋的总和。今存清赋更多达一万五千余篇,主要见于庐江太守《赋海大观》、大量的清人赋集和作家别集中,其数量又超过了明以前各代赋的总和。很显然,明清赋是一座巨大的尚待开发的富矿。从宏观上讲,明代翰林馆阁试赋继承元制,例为古赋,所以明代以古赋为宗;清代科举试赋则远绍唐宋,改为律赋,加之清人态度平和,兼容并包,所以不仅律赋再兴,其他赋体也得到了长足发展。但清赋的辉煌并不能挽救它灭亡的命运,随着清帝退位、科举考试的废除,赋作为一种文体也就基本上退出了历史舞台。

一 明赋

馆阁试赋的导向和复古思想的传播,使古赋成为明赋创作的主流。表现在题材上,就产生了不少描写都邑山川的鸿篇大赋。明前期有金幼孜《皇朝大一统赋》、陈敬宗《北京赋》,莫旦《大明一统赋》,桑悦《北都赋》、《南都赋》,董越《朝鲜赋》等,明后期有黄佐《北京赋》、《粤会赋》,顾起元《帝京赋》,钱幹《北京赋》等。这些赋继承了汉晋散体大赋的传统,在描写都城风光物产的同时,颂扬了明皇朝的功德和声威。此外,尚有盛恩的《金山》《焦山》《北固山》三赋、谢肇淛的《东方三大赋》、祝允明的《大游赋》之类摹山绘水之作,无不境界阔大,气象恢宏。

明赋最突出的内容就是对时事的反映和对现实社会的批判。如王廷相《悼时赋》、何景明《东门赋》、吴应箕《悯乱赋》、夏完淳《大哀赋》等,或揭露时局危殆,或反映人民苦难,表现了知识分子忧时伤世的政治情怀,也在一定程度上揭示了明王朝走向衰亡的历史原因。另外还有一些讽刺小赋,笔法新颖,入木三分。或类聚某种社会现象以讽时世,如李梦阳《钝赋》、王廷陈《左赋》、孙宣《巧赋》等;或刻画某类人物以警世人,如徐祯卿《丑女赋》、王世贞《老妇赋》、陈子龙《妒妇赋》等;更多的则是咏物托讽,通过对蚊、蝇、虱、蚤之类的描绘来鞭挞阴贼小人,如靳学颜《莽草赋》、杨慎《蚊赋》、王立道《怜苍蝇赋》、顾大韶《又后虱赋》等。这些赋作表达了正直士大夫对恶人小人的憎恨,大都篇幅短小,精警深刻。

明代还出现了一些故事赋和小品赋。如唐寅有《娇女赋》和《金粉富地赋》,祝允明有《烟花洞天赋》和《风流遁赋》,皆以小说笔法写艳情,轻佻华艳,自娱为乐。戏剧家王骥德撰有《千秋绝艳赋》,该赋敷衍《西厢记》故事,赋中描写,颇类传奇。如开头介绍崔张故事云:"河中丽人,洛下书生,媕娟蕙质,缱绻兰情。嫣然色授,睇兮目成。宛转生前之恨,婵娟身后之名。"无论是思想情趣还是语言风格,都与传奇、戏剧文学相仿佛。明清小说家常常使用赋笔铺叙或抒情,使小说张弛相济,摇曳生姿;而以小说笔法作赋者,则很少见。王氏《千秋绝艳赋》,正是赋文学与明清戏曲、小说文学互相渗透的典型范例。明代还有人以小品文的笔法写赋。如徐渭的前后《破械赋》与《十白赋》，王思的《倒撑船赋》、《大爷赋》、《糟赋》、《大头和尚赋》等，信笔挥洒，饶有情趣，是古代小品赋中的杰作。

明代赋家，当以刘基、祝允明、夏完淳为代表。夏完淳是明末民族英雄，其《大哀》一赋，仿庾信《哀江南赋》而制，但其抚今追昔，总结明亡之教训，抒写亡国之沉痛，悲郁壮烈，实远胜之。该赋共分四部分，先写明朝腐败混乱，由盛而衰；次写清兵入关，战火燎原；再写群雄奋起，砥砺抗清；最后写追慕先烈，誓死复仇。全赋犹如一首明亡史诗，体制宏伟，感情悲壮。赋中云："推本先朝，追原祸始，神祖之垂拱不朝，熹庙之委裘而理，罪莫甚于赵高，害莫深夫褒姒。"将最高统治者的荒淫无道视为祸乱之根，叹息伤惋。但赋末又以韩信、荆轲自喻，希望能纠集同志，共赴疆场，表达了誓死卫国、舍生取义的英雄气概："韩王孙之城下，知已谁人？宋如意之堂前，伤心何极！下江但见夫绿林，圯桥未逢夫黄石。此孤臣所以辍食而挢心，枕戈而於邑者也。"《大哀赋》是中国赋史上不可多得的爱国主义名作，清初朱彝尊为之题词云："束发从军，死为毅魄。其《大哀》一赋，足敌兰成（按：庾信，字兰成）。昔终童未闻善赋，汪踦不见能文，方之古人，殆难其匹。"良非过誉。

二　清赋

清代是中国古代学术文化全面总结的历史时期，表现在赋文学创作上，便是古赋、骈赋、律赋、文赋各体的全面繁荣。清代的思想家如黄宗羲、王夫之，考据家如孙星衍、钱大昕、江藩，古文家如李光地、全祖望、方苞，骈文家如陈维崧、吴兆骞、洪亮吉，诗人如袁枚、龚自珍，词人如朱彝尊、张惠言，小说家如蒲松龄、曹雪芹，赋论家如李调元、张惠言、王芑孙等，皆有不少赋作传世。他们的赋风格不同，写法各异，但也有人诸体兼擅。

若从赋的流变来考察，清初三十年是清赋的肇始期。此期的赋家多为明代遗民，他们经历了国家和民族的巨大变革，对明代的腐败亡国和清初的民族压迫政策有着切肤之痛，因而他们的赋中往往蕴含着深刻的亡国之痛和难以抑制的悲愤情绪，其中黄宗羲《避地赋》，王夫之《惜余鬓赋》、《孤雁赋》堪称代表。康熙帝继位至1840年是清赋的兴盛时期。此期出现了一些歌功颂德的大赋，如纪昀《平定西域赋》、朱筠《哨鹿赋》等；同时也产生了不少揭露社会现实、反映世态人情的作品，如方苞《七夕赋》、蒲松龄《屋漏赋》、汪中《哀盐船文》等。但最能代表此期特色的，是那些反映文人学士博识雅趣的作品，如朱筠《笔赋》、《金鱼池赋》，阮元《蔷薇赋》，张惠言《秋霖赋》、《爱石图赋》等，或咏物，或抒情，或说理，或论艺，无不指事类情，幽微精妙，雅致峻洁，涉笔成趣。其中李调元《雪浪石赋》云："势诘诎以成奇，质晶莹而表洁。中含水德之精，外露山灵之节……看千峰之凿出，似结阳冰。乍万壑以浮来，疑团古雪。"锦心绣口，风韵嫣然，颇得自然之妙趣。而袁枚的《秋兰赋》、《不系舟赋》等作品，借物咏怀，抒发性灵，词旨清峻，尤为可喜。自鸦片战争以迄清帝退位的七十年，是清赋的衰微期。此期的赋主要有两类：一类是守旧文人的仿古之作，如李鸿章《天台仙子赋》、李慈铭《西陵赋》、王闿运《哀江南赋》等；另一类是进步文人反映社会斗争和先进思想的作品，如章炳麟《哀山东赋》、喻长霖《鸭绿江赋》、欧阳鼎《七痛》等。

蒲松龄(1640—1715)是一位很有个性的清代赋家。他本是著名的讽刺小说家，其《聊斋志异》"写鬼写妖高人一等，刺贪刺虐入木三分"（郭沫若语）。蒲氏以小说笔法入赋，用诙谐的语言、夸张的笔法描摹世态人情，也同样达到了"入木三分"的地步，如《绰然堂会食赋》，描写两名塾师、六名弟子吃饭时的丑态，可谓栩栩如生。众人先是"出两行而似雁，足乱动而成雷"，一齐向绰然堂狂奔；大人起初还故作矜持，一旦入堂，便"并肩连袂，争坐争席"；看准好菜，大家各显身手：有的长袖拂篸，有的举身远探，"箸森森以刺目，臂密密以遮眶。脱一瞬兮他顾，旋回首兮净光！"有的抢夺未遂，声色俱变；有的赤手夺肉，饼破流汤。结果是"骨横斜其满地，汁淋漓以沾裳"，一片狼藉景象。为了多吃美味，甚至"连口直吞，双睛斜瞪。脍如掌而下咽，噎类鹅而伸颈"，丑态百出，令人喷饭。抢完菜肴，众人才"息争心，消贪念。箸高阁，饼干咽"，无奈之下，只好"呼葱觅蒜"，勉强噎饭。肚饱肠满，才"哄然而一散"。结尾一句"日日常为鸡鹜争，可怜可怜馋众生！"使人领悟在那令人捧腹的游戏笔墨背后，饱含着作者刺世警世的激切情感。蒲氏《酒人赋》刻画醉生丑状，比喻人世昏惑，主旨与此相类。除了小说家作赋之外,清代小说中亦多赋笔。如曹雪芹《红楼梦》第5回有《警幻仙姑赋》,叙述贾宝玉神游太虚仙境、喜遇警幻仙姑的情景,骈词丽语,风姿绰约,给人以亦幻亦真、征实返虚的神奇感,为红楼情事拉开了序幕。他如第1回甄士隐对《好了歌》的解说,第21回贾宝玉对《庄子·胠箧》续写,第78回贾宝玉为晴雯作《芙蓉女儿诔》等,皆以赋笔铸成。这些赋已成为小说的有机组成部分,对于结构全书、推动情节、深化主题起到了不可忽略的作用。即使在清帝退位之后,赋也没有完全绝迹。不少现代诗人以赋的写法敷衍成诗,相声作品也以赋笔展示客观事物,近年又出现了霍松林《香港回归赋》,魏明伦《中华世纪坛赋》,孙继纲《龙门赋》、《牡丹赋》等脍炙人口的作品。赋作为中国传统文化的精髓,值得继承和发扬。

思考与练习

1. 律赋在形式上有哪些特点?
2. 联系具体作品,论述文赋产生和发展的经过。
3. 简述清赋的流变。

第三卷 词

绪 论

词作为中国传统文学中的后起样式,它既与诗有着千丝万缕的联系,是诗歌这株花繁叶茂、根系绵长的参天大树的一个分枝,又因为自己独具特色的体态和不可言传的韵味在抒情诗王国中赢得了特殊的地位。

一 词的起源

"词"是依既定的音乐曲调填写的长短句歌词。这种形式,在汉代以来的乐府诗里偶有出现。例如,六朝时梁武帝所作的《江南弄》七首,可以说已经具有了词的一些基本特征。它是依曲作歌的一个典型例子,但这还不是后来意义上的词。第一,在以齐言形式为主体的乐府诗中,这种句式参差的体式只能算是特例或者变格,而不是一种新的诗体。第二,它们所配合的音乐,还属于旧时期的宫廷雅乐。

使得当时的人们普遍地、有意识地、时尚地、大量地应音乐的需要和要求写作歌词的历史条件,是隋唐燕乐的形成和盛行。燕乐的"燕"就是"宴",它是自上古以来宫廷宴享之际用来佐欢助兴的音乐。到了隋唐时期,"燕乐"的内涵发生了历史性的重大改变。在音乐成分上,它不仅包含了本土的中原俗乐(里巷之曲),而且慷慨大气地吸纳、融合了当时的边疆民族和外族乐(胡夷之曲),因而它的音乐风格比之前代的清乐,就大为富丽多彩。它繁声促节,华赡悦耳。与此相应,燕乐的应用范围也大跨度地超出了宫廷宴欢、庆典的窄小圈子而走向街衢里巷、舞榭歌台,成为当时朝野官民、老幼妇孺都喜闻乐见、万口相传的通俗流行音乐。

就是在这样诱人的流行乐刺激下，度曲填词的风尚自隋以来逐渐兴起。据宋代王灼《碧鸡漫志》等记载，隋炀帝已开始制作燕乐新曲，可惜词作都没有留存下来。我们今天见得到的最早的词，是唐词。

教坊是宫廷中专门教习音乐歌舞的场所。在盛唐的开元年间（713—741），唐玄宗在长安隆重地创设了宫廷内外两教坊，为的是满足他本人对俗乐的热衷和痴迷。这个机构成为了当时全国真正的音乐中心。教坊里不仅集中了杰出的乐人不断创制新曲，而且又是全国乐曲的最大集散地。来自域外、边州的胡夷之声，来自民间的俚歌俗调，都汇集到这里，又通过它的整理加工和流布，传播开来。

唐教坊成为催生、繁衍歌词创作的温室。教坊搜集、制作的乐曲种种各别：歌曲、舞曲、戏弄曲、说唱曲……而其中有相当一部分成为了后来的词调。开元年间一位有心的乐人崔令钦，事后通过回忆撰写了著名的《教坊记》。由它的载录，我们得以见到三百多种隋唐燕乐曲调的名称（这当然不会是当时曲调的全部）。据分析，其中约有一百五十种用于歌唱、[抛绣球]等七十多种演变为唐五代的词调——相当于今天我们所谓歌谱。而在教坊采录它们的同时或之前，已经有人依着这些曲调在填字作词了。

二　词的理念与章法

要讨论词，且让我们从"词"与"诗"的区别入手。

第一，就音乐性而言，词起源于"曲子"而且始终与音乐有着千丝万缕的联系，诗则很早就与乐分家，成为一种纯阅读性的文体。因此，对诗而言，是否入乐是个被忽略的问题。早在《楚辞》时代已出现不可歌之篇章，汉代的文人诗除纳入乐府者外几乎皆不可歌，六朝时乐府诗固可依和清乐而歌，但这只是针对民间作品而言，文人拟作乐府只是仿拟其声情气韵，亦不斤斤计较于乐了。

因为脱离了应歌的需要，为诗的目的便不再是娱乐众听，文人将它置诸案头，成为陶写自我情怀的工具。也因为不再以娱乐为目的，人们有意识地把它与政教更为紧密地联系起来，发扬先秦时代"赋诗言志"的传统，以诗表现社会性情感，使之成为世道盛衰的反映。

词则不然。它配合"燕乐",常用于燕享场合。出于娱人的目的,在这些歌词中作者当然不会倾注太多"庄重"的情感,他们努力使歌词悦耳动听,甚至为迎合多数人的审美习惯不惜媚俗。由于演唱者多为女性,为适应她们"语娇声颤"的特点,文人只能多作婉转软媚之辞,这样一来,词就形成了绮艳的特点,题材范围也相应局促于闺房儿女、怨愁苦恨一类。虽然自南宋始,词乐逐渐分离,但词论家和创作者仍然不能完全忽视其音乐性。

与音乐不同的亲疏关系,在体制上外化为词的长短句和诗的齐言之别。唐代燕乐的"曲辞"一部分是声诗。《乐府诗集》中《近代曲辞》四卷及《杂曲歌词》的一部分保留了唐代声诗入乐的大体风貌。但是,以近体诗入乐,五七言的整齐句式与乐曲之间存在矛盾,因而伶人乐工们尝试着某些变化,打破五七言整齐的句型,以文就声,而人们开始依谱填词,词体由此产生。较之齐言,长短句更有一种与乐俱存的流美。诗的节奏只能靠抑扬顿挫来调剂,而词则声动情随,境由声出,有声情相生的入微之妙。为体现音节美,词人采用了多种手法。诚如张炎在《词源》中所说:"词与诗不同。词之句语有两字、三字、四字至六字、七八字者。若堆叠实字,读且不通,况付之雪儿乎?合用虚字呼唤,单字如正、但、甚、任之类,两字如莫是、又还、那堪之类,三字如更能消、最无端、又却是之类,此等虚字却要用之得其所。"这些虚字在近体诗中是不甚受欢迎的,它们会使端严凝练的语意流发生断裂,且增加对仗的难度。而在词中,以虚字呼唤,却显现出合乎情辞表达需要的动荡美。

第二,就理念而论,"诗言志"与"词缘情"形成对峙。"言志"与"缘情"是一种功能划分。长期以来,人们为诗、词分别定位于两种不同的功能,甚至出现了一见"缘情"之诗便说"风期未上",一读"言志"之词即谓"要非本色"的偏执。所谓"诗庄词媚"几成定律。

"诗言志"的传统源自先秦。《尚书·尧典》曰:"诗言志,歌永言,声依永,律和声,八音克谐,无相夺伦,神人以和。"《左传》又有"诗以言志"的话语,可见"言志"早就成了诗人的天职。尽管六朝时陆机作《文赋》曾标举"诗缘情",但毕竟没有被视为正宗,即如大写缘情之作的六朝诗人也不敢公然背弃"言志"的观念,于是只能采取变通之法。"诗言志"的要求保证了诗人具有一种关怀情结,既关怀自身的立身处世,也关怀人类全体的命运。因而中国诗歌与任何一个国家的诗歌相比较,都有更为强烈的责任感与使命感。诗人,特别是作为多种社会角色复合体的诗人,企图通过诗歌的影响来规范人类生活。这样做固然保证了文学作品的严肃性,但同时也限制了作品的多样性,乃至情感的真实性。因为诗人作为个体的人的多层次、多方面的需要被忽略了,在诗歌作品中,他们很难展现全部的自我。中国诗歌史上,能够无拘检无顾忌地表现自己欲望需求的作品不多,作为主流的中国诗歌是流淌着伦理道德之美的长河。

而词在其源起之时便被定位于"缘情"。刘禹锡《竹枝词序》颇能说明词在初起时文人对它的观点:"四方之歌,异音而同乐。岁正月,余来建平。里中儿联歌《竹枝》,吹短笛,击鼓以赴节。歌者扬袂睢舞,以曲多为贤。聆其音,中黄钟之羽,卒章激讦如吴声,虽伧佇不可分,而含思宛转,有淇澳之艳焉。"其中"含思宛转,有淇澳之艳",实际正是对民间词情致缠绵动人的写照。至《花间集序》将"词为艳科"作为词的本色,词缘情的要求也随之进一步得到确认。北宋,随着词学的发展,缘情之情范围有所扩大,层次有所提升,但也仅限于从单纯陶写闺情绮思转为人生感叹,其情感仍偏于私密性而非社会化。宋室南渡引起的社会动荡曾促使一批"言志"词的出现,但这些作品往往受到正统眼光的排斥。元代"言志"词学稍有抬头,清代阳羡词派更企图全面重振"言志"词学,却并不能改变"缘情"词学的优势。"词言志"如"诗缘情"一样被视作与正统相偏离。其中深层的原因还在于人类的情感世界的多元化,诗歌当其地位上升为政教的化身时,其抒情的成分必然削弱,因此,词的出现可以说是诗的天然补充。

因为被人目为"诗余"、"小道",所以词的创作便少了点约束,多了份自由。在这里,可以尽其所能发抒个人之情感,而不畏惧正统批评家"约情合礼"的严厉要求。在宋代诗歌表现对象日益琐细和平淡的状况下,词在文坛上的崛起有效地弥补了感性的失落,"感伤"这一母题也找到了自己的最佳归宿。人们将不便发泄于诗的情感寄托于词,在作品中体现强烈的"女性意识",藉此勾勒出创作者身处社会等级体系中被压抑的心理特点。虽然,词在不断地趋归诗化,但"词缘情"作为一个传统始终没有被抛弃,即使言志的词,其中包含的情感因子也占了很大的比重。正是"词缘情"丰富了文人的精神生活,也平衡着他们的心理失重,在诗日益成为政治的图解,道德的诠释之后,是词保存了抒情文学的细腻多感的特性,寄托了文人的敏锐悲郁的情思,并最终成为一种璀璨的文化存在。

第三,从文本体貌而言,词之用语较之于诗,口语化的成分更多。因为它脱离民间文学的时日不很久,在音乐的带动下,自然轻快的语言更能传情入神,也因为词的口语化成分较重,与凝重整切的诗语相比,难免被视为村俗。

关于"词语"当如何,"诗语"又当如何,明人朱承爵与元人杨载的总结恰可比照。朱氏《存余堂诗话》云:"诗词同一机杼,而词家意象亦或与诗略有不同。句欲敏,字欲捷,长篇须曲折三致意,而气自流贯乃得。"杨氏《诗法家数》有言:"诗要铺叙正、波澜阔、用意深、琢句雅、使字当、下字响,观诗之法,亦当如此求之。"

第四,以表现技巧来说,词因为与诗存在着体制上的差异,因而有着与诗歌相异的表现方式。

其一,词在字声上较诗有更多变化,最典型的例子如李清照的《声声慢》,起句"寻寻觅觅,冷冷清清,凄凄惨惨戚戚"连用十二个叠字,且多用齿音,表现冷落孤寂的情怀。张正夫云:"此乃公孙舞剑手。本朝之能词之士,未曾有一下十二叠字者;后叠又云'到黄昏点点滴滴'又使叠字。"这种手法在诗歌中是难以想象的。叠字增添的是音节上的圆润之美,诗之音节是工整谨严的,所以极少采用此法。同时,在词中也多采用双叠字,如"尚相看脉脉,似隔盈盈醉玉添春。梦云同夜惜卿卿"(赵可《望海潮》)中的"脉脉"、"盈盈"、"卿卿",或"更艳艳绵绵,泼眼浓如酒"(李裕翁《摸鱼儿》),等等。双叠字延宕了音节,使之产生悠扬之感,而在诗歌中为在有限齐整的文字空间中展现更为丰富的内容,这种双叠字的运用亦不广泛。

其二,为了增加语势动宕起伏之美,词中可用"领字"。"领字"亦叫"虚字",常用于长调慢词之中。慢词所依据的慢曲,有曼声歌唱的意思,是一种节奏舒缓,旋律多变的曲体。张炎《词源》云:"慢曲不过百余字,中间抑扬高下,丁抗掣拽,有大顿、小顿、大柱、小柱、打等字。真所谓上如抗,下如坠,曲如折,止如槁木，倨中矩，句中钩，累累乎端如贯珠之语。"反映的正是这一特点。因为慢曲在声音上多转折变化，所以需要有种种起伏顿渐，"领字"由是流行起来。通常一个领字可以管领几句句子，提起辞气，一脉流走，如周邦彦"正单衣试酒，怅客里，光阴虚掷"，柳永"叹霜风凄紧，关河冷落，残照当楼"中的"正"和"叹"均有此用。较之律诗中纯用实字对仗的诗句，固有一轻灵、一板滞之别，即使与诗中也用虚词对仗的句联"请看石上藤萝月，已映洲前芦荻花"（杜甫《秋兴八首》）、"曾是寂寥金烬暗，断无消息石榴红"（李商隐《无题》）等相比，运用了领字的词句也显得更为跳脱多姿。因为"领字"管带的句子本来就可以长短不一，场景多样，如异珍奇珠，各臻其妙，又连为一体，所以其表现力不受句子工稳与否的限制。

其三，赋化技巧在词创作中运用，较之诗更为广泛。所谓"赋"，即"敷陈其事而直言之"，手法源自《诗经》，至汉代发展成一种独立文体。词中用"赋"的手法成型于柳永，通常是上片布景，极写风物之美，下片说情，尽其缠绵之致，此即所谓"屯田家法"。柳氏采用"只是实说"的态度，以铺叙的笔法写其所见所感，其名作《八声甘州》就是典型的一例。这种做法的好处是层次感极强，远景、近景、动景、静景一览无余。词的覆盖面变得异常广阔，承载的内容也颇为复杂。据说柳永《望海潮》词曾诱发金主饮马长江之志，可见赋化之笔的魅力所在。自柳永后，这种写作模式被固定下来。到了周邦彦手中得到了进一步改造，将柳永式的平铺直叙转换成情事景物的交叉叙写，使之纯熟而转接无痕。这将赋化技巧发展到更完善的程度。强焕序周词云："美成词，模写物态，曲尽其妙。"陈质斋又云："美成词多用唐人诗语，隐括入律，混然天成，长调尤善铺叙，富艳精工，词人之甲乙也。"均指明了周氏对赋化技巧的精研。在咏物词中，赋笔为词的特色更为鲜明。这一技巧在律诗中很难得到充分展示，它多数出现于长篇歌行体中。如卢照邻《长安古意》、骆宾王《帝京篇》等，这主要是受篇幅体制的约束。歌行体中所用赋笔往往又描述过多，情景结合得不够紧密。可以说"赋化"技巧是词人吸取了诗歌创作的营养并且进一步定型的。

总而言之，词以鲜灵活泼的生命形态登上文坛，从俗文学的领域走向雅文学，它的存在价值正在于它始终在诗学传统巨大同化力之下保留下来的相对独立个性。

三 词的海外研究与传播

关于词的海外传播,可以从两个方面来看,一是词学研究,二是作品翻译。先就研究来说,由于词独特的体性特点和艺术规律,所以它不是处于异质文化背景中的海外学者研究的热点,然而凭借西方文学批评的新理论体系开展词学研究,倒有不少出人意料的成果。首先是曾经长期执教于多伦多大学的叶嘉莹教授。她凭借一流的艺术感悟能力和理性的诠释能力,结合西方的文学理论与中国的传统文化,取得了令人信服的成果。在北美词学研究领域中取得相当可观成绩的还有耶鲁大学孙康宜教授。其《晚唐迄北宋词体演进与词人风格》是一部有影响的词学专著。密歇根大学的林顺夫教授著有《中国抒情传统的转变——姜夔与南宋词》。该书把南宋的格物观念应用在咏物词的研究上,揭示出中国思想史与文学的密切关系。加州大学艾郎诺(Ronald Egan)教授有一本研究欧阳修的著作——《欧阳修的文学作品》,其中也论及欧阳修的词,并将欧阳词与晏殊词进行比较,有些新的见解。叶嘉莹教授的高足、加拿大麦吉尔大学的方秀洁(Grace S.Fong)博士的专著《吴文英与南宋词的艺术》,在北美也颇受关注。

在日本,从事词学研究的学者相对较多。他们的选题,有比较宏观的,如《中国诗歌中的落花与伤春惜春的关系》;也有小题大做的,如《柳永的对句法》、《对仗与重复》,做得都比较深细,有些见解很新颖。日本学者惯用的统计法、历史追溯法和比较法等研究方法,也有参考价值。特别值得一提的是村上哲见先生的《唐五代北宋词研究》和青山宏的《唐宋词》,都已先后译成中文在我国出版,对国内词学研究的思路开拓有所借鉴。

再看作品翻译。中国古典诗词的翻译因为语言习惯与文化内涵方面的差异向有难度,所以词的翻译也不活跃。相对来说国内学者做的尝试比较多。著名学者林语堂先生曾有《译东坡"行香子"二首》、《译乐隐词》等作品问世,可谓开风气之先。1992年湖南出版社出版了许渊冲英译,张秋红、杨光治今译的《汉英对照·文白对照·宋词三百首》也是一个有益的探索。至于海外学者,在 20 世纪 50 年代,当时的苏联汉学家巴斯曼诺夫先生翻译了花间派词并对李清照进行了研究,格鲁比夫先生也翻译了宋词,特别是苏东坡的词。近年来,泰国的诗琳通公主翻译了一百多首唐诗宋词,从中选出几十首,出版了两本译诗集《神韵闪耀》和《琢玉诗词》,后者已再版多次。诗琳通因此成为将中国古典诗词翻译成泰文出版的第一人。

第一章 唐五代词

第一节 敦煌词与中唐文人词

一 敦煌词

敦煌,在自汉至唐的华夏文化史上,堪称一处圣地。它是著名的"丝绸之路"上的经济、文化重镇,大西北连接内地和边关、域外的交通枢纽。数百年间,曾经有东去西来数不清的戍卒、藩将、商旅、僧侣、伎艺百工路过和盘桓于此地,在这里贸易宣教,驻脚流连。中土和西域、边州的文明,在熙来攘往的人流中汇聚、交流、播散传扬。敦煌词就是其中的一样。

这些词,很大一部分出自民间无名作者之手,另外的是文人之作,也有一部分民间作品经过了文人修饰。所谓民间作者,是指敦煌的过客和他们所联系、所代表的庶民阶层。饥者歌其食,劳者歌其事,敦煌词所咏唱的,大都是当时百姓的命运遭遇,喜怒悲欢。词中所涉及的"事",有些就发生在作者的身边。这些沉埋了一千多年的文字为我们留下了编年史一般的记载。比如在安史之乱中,河西地区渐次为叛军所据,敦煌危在旦夕,在敦煌词里就可以看到"敦煌郡,四面六蕃围。生灵若屈青天见,数年路隔失朝仪。目断望龙墀……若不仗天威力,河湟必恐陷戎房"(《望江南》)的景象。

时事的意义往往超乎时事,许多主题的歌咏既是当下的所感,也是历史回廊中的和声,比如征夫思妇的主题。在敦煌词里,我们听到了和同时代的边塞诗一样的旋律。"秦时明月汉时关"(王昌龄《出塞》),中国中世纪烽火不绝的边境战争,造成了古代人民最沉重最长久的呻吟。"将军白发征夫泪",多少少壮的男人在边关熬白了头发,流尽了热血;这又使得同样数量的妇女在家中流干了眼泪,想断了愁肠。敦煌词《生查子》"三尺龙泉剑"、《菩萨蛮》"敦煌古往"、《破阵子》"年少征夫"等多首,表现着喋血边庭、杀敌报国的男儿意气;同时,也有这样的关于战争的恐惧和怨恨——"低头落泪悔吃粮,步步近刀枪"(失调名,"十四十五上战场"),它揭示出战争的另一副面孔:无辜人民的灾祸之星。更多的词写的是边卒们家中妻子的眼泪、长夜和梦魂。

征夫思妇之怨不过是在战争条件下显现出来的男女之情。战争是历史性、阶级性的,男女情爱却是永恒的。在敦煌词里,爱情题材占据着重要的位置。在这一点上,敦煌词俨然就是唐代的《诗经·国风》。中国古代民间爱情的主角和叙事者往往更多的是女性(尽管常由男性来代言)。敦煌词里,有她们在《诗经》时代就高呼过的"之死矢靡它"式的决绝的爱情誓言。《送征衣》的主人公坚信:"心穿石也穿!"在《菩萨蛮》"枕前发尽千般愿"这首著名的民间词里,女主人公一连用了六种绝无可能发生的自然现象来表白自己的痴心不改;而在很多情况下,对爱情的执著是通过它的反面情感——怨恨来显示,那是当爱情受到欺骗、受到抛弃、受到拒绝和冷漠的时候。

在词的语言中,女性的悲剧命运特别通过环境的映照凸显出来。她们身边的大自然常常充满了明媚和自由:"日暖风轻"、"燕语"、"流莺"、"绿窗"、"芳草"……这一切就如同她们花蕊般的青春年华,然而她们的内心世界却处在长久的暗夜和沉重之中:"珠泪"、"心穿"、"肠断"、"孤眠"是她们无法摆脱的生活。外在生命的峥嵘、美丽,内在生命的病变、衰竭,构成了冷酷的悲剧情境。

内涵广大、五方杂处是民间文化产品的自然本色。在敦煌词里可以看到的,除了以上所述,还有行商旅客的乡愁、劳作妇女的苦辛、宫廷生涯、隐士情怀、道士降魔、佛家劝世、儒门劝学,乃至乞巧拜月、簪花斗草、世情民风、四时节庆。

敦煌词是一种本色的词,以"应歌"为写作目的。因而敦煌词在字音造句的选择上要服从于现成的曲调。其种种文本特征也据此而生:

1.有衬字。衬字是在不妨碍节拍的情况下,由于表情达意的需要所随机增添的、格律以外的字。例如《南歌子》:"白日长相见,夜头各自眠。终朝尽日意悬悬。愿作合欢裙带,长绕(在)你胸前。"后来在元代兴起的曲中,加衬字成为规则所允许的普遍手法。而在敦煌词以后的词中却很少见了。这种规范化的趋向，一方面加强了词律形式的严整精致，另一方面却牺牲了必要的达意的灵活性。

2. 多咏调名本意。一支曲调诞生之后，最早为它填写的词或者该调早期的某一首有影响的词所采用的题材，往往成为它调名（即词牌）的来源。在词的初创阶段，填词所咏的题材多与调名相关，如《西江月》写水乡夜景，《更漏子》写思妇待漏无眠。它是词与乐曲紧密结合的表现。

3. 词律没有完全定型。这主要表现在：

（1）同调异体。同一支曲调有不同字数、句数、句式的多种体式。这种现象，主要是由于为了歌唱的方便或添加了衬字，或把一句拆作两句，或把两句并作一句来唱的结果。

（2）不讲究平仄。唐代是近体诗兴盛的时期，而敦煌词还没有自觉地这样做，而这似乎又并不影响它合乐歌唱。

（3）押韵方式尚不固定。在敦煌词里，押韵的方法趋尚简朴，多一韵到底，用韵比较宽，也不拘平仄，还偶尔出韵，同时也不避重韵，押方言韵，等等。

如果拿文人词来对比，那么敦煌词的一个显著特点是它的叙事性。敦煌词显然受它同时的说唱艺术的影响，或者说，有一部分词简直就是表演性的说唱艺术。通过故事性、戏剧性的情节、情境来演说民俗世情，讽咏世态人心，是典型而有趣的民间本色之一。《凤归云》"幸因今日"和"儿家本是"两首，一问一答，讲述的是丈夫从军远征，妻子在深闺守望。当妻子为丈夫断肠的时候，不想另有一位"锦衣公子"也正为这位少妇姿色"生心""肠断"。词中模拟少妇的口吻，表白了她"身如松柏"的志节，拒绝了这位唐突的爱慕者。它类似于汉乐府《陌上桑》或唐张籍《节妇吟》的故事格局。著名的《鹊踏枝》"叵耐灵鹊"编排了一场人鸟之间的有情对话。盼望丈夫归来的少妇责怪喜鹊无故聒噪，几次骗得自己空喜一场——多么可怜可爱而又诗意的责怪啊。

就体裁样式和艺术风格的多样性而言，敦煌词也堪称当之无愧的众流之源。体式上，它有小令，也有长调，还有不少在同一词调下反复填写、吟咏同一主题的大型组词。它的风格，或俗或雅，或俚或文，可柔媚婉约，也可明丽清朗，或刚健豪迈。它创制和预演了词体发展的多种可能性。后世的宋人应该是读到了敦煌汇集的这些篇章的，于是，通过后代名家之手，种种的风格和体式，便由悄然汩没的源头之水渐次拓展为长江大河。

二　中唐文人词

初唐文人词，作者多为帝王和他们周围的侍臣学士，词意多为颂圣和宴飨之欢，而词体多同于五、七言诗。这类歌词，虽然入曲歌唱，却少有严格意义的"词"（多是齐言的"声诗"）。盛唐时期，填词在民间已蔚成风气，相形之下，文人染指的现象却颇显寂寥。文人词的写作到中唐才具备了比较可观的规模和气象。

文人词在中唐悄然兴起，首先应该记住的是刘禹锡这个重要的名字。"请君莫奏前朝曲，听唱新翻杨柳枝"（刘禹锡《杨柳枝》）。刘禹锡曾长期谪居在巴蜀、沅湘的苍山碧水之间，亲耳聆听《杨柳枝》、《浪淘沙》、《竹枝》一类当地俚曲谣讴。他满怀热情，像当年屈原作《九歌》时那样采撷民间曲调，饱蘸着乡土风情写下一支支歌曲。

在中唐文人词的字里行间可以感受到同时期敦煌民间词的深刻影响。在民间影响下的新乐府精神扩展着词人的艺术视野，并体现于他们对时代、人生主题多向度的触觉和关切。张志和（字子同，743？—810？）的一曲超然尘埃之外的《渔歌子》"西塞山前"，把田园诗歌咏的主题引入词中，成为后世隐逸词的先声和典范；戴叔伦（字幼公，732—789）、韦应物（737—786？）的两支《调笑令》"边草"和"胡马"，姚合（779—846）的《剑器词》，是词中的沙场之情、塞外之声，在下一个时代的豪放词人那里，我们将听见它们遥远宏大的回响。

中世纪生活中最寻常也最深挚的离人思妇情结，在词中也得到了广泛深入的表现，如韦应物《调笑令》"河汉"，王建《江南三台》"扬州池边"、"青草台边"及《调笑令》"杨柳"，李涉（约806年前后在世）《竹枝词》"十二峰头"；还有帝王制度下特殊的"思妇"——宫中女性们的幽怨，如王建《调笑令》"团扇"。这些词中也有抒发兴亡之悲的历史情怀的篇什，如刘禹锡《潇湘神》"湘水流"、"斑竹枝"，《杨柳枝》"炀帝行宫"。还有一种形式别致的《一七令》，似乎是专门用来托物咏怀的。中唐词的这些题材,大多具有开启后来的意义。

第二节 温庭筠、韦庄和《花间集》

一 晚唐词家——温庭筠与韦庄

晚唐温庭筠是中国文学史上第一位以词名家的诗人,有词集《握兰集》、《金荃集》,均不传。今存词60余首。后世把词别称为"诗余",在温庭筠之前,唐人确实是以作诗的余力来填词的。诗和词在地位上的分别,就犹如今天所谓"诗坛"与"歌坛"的区别一样。而温庭筠结束了这种历史。更重要的是,温庭筠在词的领域建立了独特而饶有意味的个人风格。这种风格被当作典范而引起广泛效仿,这就是"花间"词风。从文体意义上说,这种风格使得词体词境和词味迥然不同于诗,使词作为一种"体"的风格得以从此而树立;而从词自身的演变过程的意义上,它又是文人词从民间词脱胎后,由模仿民间、依违于民间而终于告别民间,走向文人自觉写作的一个醒目的路标。

吸引温庭筠词笔的,几乎只有少女思妇们的日常起居、幽怨情愁。她们青春的幽思困扰、独居的寂寥、守望盼归的殷切、被弃的痛苦,差不多就是温词的整个世界。但人们看重温词之处,并不在于他写什么,而在于他如何来写这个"什么"。在温词的字面上,触目皆是的是精美的室内陈设,考究的衣服首饰,入时的装扮和姣好的面容,词中满溢着绮罗之艳和脂粉之香,因而被人称为词中"严妆美人"。

烟柳、芳草、梨花、梧桐、绿窗、珠帘、斜阳、残月、稀星、更漏、鸡鸣、雨声、飞蝶、双燕、鸳鸯、鹧鸪……在温词里,它们就是一种抒情方式,一种抒情语言。这些"景物"出现在词的特定语境中,都被赋予着不言而喻的情感、情绪的暗示和象征意蕴。它们既可能是触发某种心情的媒介,像"杨柳色依依,燕归君不归"(《菩萨蛮》),又可以是某种心情下的特殊感受,像"梧桐树,三更雨,不道离情正苦。一叶叶,一声声,空阶滴到明"(《更漏子》),还可以同时是情绪本身的一种"形象化"表现,像《荷叶杯》"绿茎红艳两相乱,肠断,水风凉"。温庭筠的代表作之一《菩萨蛮》"小山重叠"就是用绮丽的字面和精美的"道具"描述一位闺中少女起身梳妆的详细过程。词写她懒起弄妆的慵态,"花面交相映"的美艳。了解了温词的言情方式,读者才能意会到在词的结尾处似乎不经意地点染闺中人服饰的一句"双双金鹧鸪",或许在深惋地透露着某种消息:这成双的鸟儿牵动了主人公的什么心思?

温庭筠也有一部分词明快平易甚至明白如话。在这类作品中,词人有时也能创造出风致优雅、意味深长的意境。他的名作《梦江南》"梳洗罢",以高度洗练而又余味无穷的笔墨,写思妇倚楼盼归的情绪,其中"斜晖脉脉水悠悠"一语,堪为景语中意蕴悠远的典范。以意态的香软、意象的绵密、意境的迷离隐微,温庭筠为文人的艳词树立了一种典则。词为艳科、词以婉约为宗的观念由此而奠定。他被奉为"花间鼻祖",他所开创的花间词风或多或少、或明或暗地影响着他身后的人们关于词的意识、词的写法。

韦庄(836？—910),字端己,是由晚唐而入西蜀的诗人和词人。韦庄词多数也不外乎抒写"绮怨",在词史上,韦庄和温庭筠并称"温韦",他们分别以各自的格调共同缔造了花间词风。

韦庄一生历经战祸乱离,为避兵燹而入蜀。故国之思、漂泊之感、身世之叹,不时流露在流连光景的情致意想之中。《菩萨蛮》"人人尽说江南好",词的主体部分饱含着对江南一往情深的吟赏,却在结束处忽然转向,"未老莫还乡,还乡须断肠",使得全词成为对不可回归的江南故乡的痛苦追忆。"洛阳城里风光好,洛阳才子他乡老"(《菩萨蛮》),是词人晚年无法抚平的阴郁情结。把自身经历的实感和真情诚挚地写入词章,更写入"艳词",公然袒露作者本人的情感隐私,这是韦庄不同于温庭筠的重要之处(《荷叶杯》"记得那年花下"),由此便在"代言"体或第三人称叙事的"绮怨"之词中,引入了以作者为第一人称抒情主人公的样式,原本是娱兴佐欢代人言情的小歌词,于是成为作者情愫的自我抒写之具。

韦庄的多数艳词词风也明显地有别于温词。论者一般认为温词秾丽,韦词清爽;温词绵密,韦词疏朗;温词蕴藉,韦词明快。韦庄的"绮怨"虽然也像温词一样多用渲染烘托,写背景、写气象、写氛围来暗示剧中人的感受,但却不像温词叙事那样绰约闪烁,而多为明白流畅。温词言情常求深含隐秘,终不"道破",韦词却常以道破为快。如《酒泉子》"月落星沉",《定西蕃》"挑尽金灯"、"芳草丛生"。他那一阕令人难忘的《思帝乡》"春日游",被后人赞赏为词中"作决绝语而妙者"。这决绝语是一位未嫁的少女在杏花春雨的季节里矢口说出的深情自白。她在见到风流少年的第一眼中就为自己私许了终身,为了这醍醐灌顶般的一瞬间,她愿意将未知的一生全部付出,甚至包括可能被弃而承受的极端痛苦。这是一位对闺阁生涯十分熟悉、亲近而充满同情的词人。

二 第一部文人词集——《花间集》

后蜀广政三年(940),西蜀官员赵崇祚编选了一部《花间集》。它是最早而且规模也最大的唐五代文人词总集。共10卷,辑录了温庭筠等18位词人的500首词。花间派词人欧阳炯在为《花间集》写的序里说:"有唐以降,率土之滨,家家之香径春风,宁寻越艳;处处之红楼夜月,自锁嫦娥","则有绮筵公子,绣幌佳人,递叶叶之花笺,文抽丽锦;举纤纤之玉指,拍按香檀。不无清绝之词,用助娇娆之态"。这段话十分贴切地概括了五代时期词体大兴、绮艳词风大炽的现实背景。《花间集》的编选宗旨,也于此大体可见。

五代词的写作,有两个中心,一是西蜀,一是南唐。《花间集》所选的,主要是西蜀词人之作。18位词人中,温庭筠、皇甫松为晚唐人,韦庄由唐入蜀,和凝仕于后晋,孙光宪仕于荆南,其余薛昭蕴、牛峤、张泌、毛文锡、牛希济、欧阳炯、顾敻、魏承班、鹿虔扆、阎选、尹鹗、毛熙震、李珣等13人都为西蜀词人。

花间词既然多为花间月下、赏玩声色而作,故而它延续而且放大了温庭筠词侈丽绮艳、脂腻粉香的一面。它感染着六朝宫体诗的习气,不仅写女性的舞姿歌态、珠翠罗裳,并且写她们的朱唇蛾眉、肌肤香泽、病体愁容、笑靥娇嗔。

花间词遭到后代文人严厉地谴责诟病,根本原因可以说并不在于它的纵乐性质而在于纵乐的政治伦理背景,即它是唐末社会大动荡中西蜀君臣偏安保守的政治态度的副产品。如果淡化这种背景来重读这些歌词,将体会到它在艺术上绝非像在封建伦理价值方面那样地一无是处。即使这些所谓"香艳"

的描写,也在很多方面为宋代婉约词的写作提供了重要的经验、方法启示和引导。

《花间集》中,还有一部分作品的内容并不在"花间"范围之内。其中有牛峤《定西蕃》、毛文锡《甘州遍》"秋风紧"这样的边塞之作;孙光宪《河传》"太平天子"这样的咏史之作;鹿虔扆《临江仙》"金锁重门"和欧阳炯《江城子》"晚日金陵"这样的怀古之作;李珣《渔歌子》四首这样的隐逸之作。最值得注目的是承续中唐"竹枝"传统的"水乡女儿"词。在当时,它们都是在《采莲子》、《南乡子》、《竹枝》等这些词调下歌唱的。反复吟诵这些节奏轻快的词句,人们会感到不由自主地身在湖上,操起棹桨,衣襟上溅满水花,耳边响彻采菱女伴们的欢声笑语(李珣《南乡子》"乘彩舫")。见惯了深院重楼中近乎病态的"绮怨"春思,水乡的女儿世界会更令人眼前倏然一亮。在李珣的《南乡子》"相见处"里,为什么那个"蛮夷"之乡的少女要故作无心地"遗落"一双美丽的翠羽,然后避开女伴跨上大象涉过溪水,向幽静神秘的丛林走去呢?在皇甫松的《采莲子》里,采莲女子为什么神情恍惚地任凭自己的小船漫江漂荡,为什么莫名其妙地向对岸抛撒莲子呢?这些歌词会带我们走进一个个活泼可爱的心灵。

第三节　南唐二主与冯延巳

南唐是五代时期建立于淮南、江南一带的割据政权。南唐中主李璟、宰相冯延巳和后主李煜都是词史上重要的人物。从政治史的角度看,成就这三位词人的,一是南唐王国的偏安,二是南唐王国的覆亡。

中主李璟(916—961),字伯玉,他只有 4 首词留存下来。但它们已经较充分地显现了南唐词风,它不同于《花间》的绮怨、离情或怀古伤今。中主的代表作《浣溪沙》"菡萏香销"开始自觉地表达一种普泛而无以名状的感怀。这是词在文人化过程中的一个重要转变。同时,李璟词也显示出作者更自觉地讲求词中意境的完整浑成和情境的感染力量。

李煜(937—978),字重光,自号钟隐,南唐末代皇帝,世称李后主。他在天下岌岌的危困形势下继任国主,终于国破身辱,为宋太祖所俘虏、软禁并杀害。词作多散佚,今存仅三十余首。

从某种意义上说,亡国之君李煜的失败和不幸成就了词人李煜。李煜自幼有很好的文化环境和艺术修养,尤其精通音律,嗜好填词,君臣唱和,上下沉迷,终生乐此不疲。与他的人生阶段相对应,李煜的词作大致有如下三个时期:宫闱纵乐、伤别悼亡和楚囚生涯。李煜早期生活的奢靡享乐、声色征逐是放纵无度的。《浣溪沙》"红日已高"、《玉楼春》"晚妆初了"一类作品如实地反映了这一切。另有不少艳词属于这一时期。像这样的词句"眼色暗相钩,秋波横欲流"(《菩萨蛮》)、"奴为出来难,教郎恣意怜"(《菩萨蛮》)、"绣床斜倚娇无那,烂嚼红茸,笑向檀郎唾"(《一斛珠》),似比一般的"花间"词还要香艳入骨。当他28岁之年爱子夭亡,而后和他有琴瑟之好的大周后去世,李煜的人生悲剧便从此开始。他的词里也开始出现"剪不断,理还乱"、"别是一番滋味"的难言之痛(《乌夜啼》),"恰如春草"的"离恨"(《清平乐》)。

公元975年,李煜国亡被俘。一夜之间,由南面王而为阶下囚,其中的滋味,用"恍如隔世"或"天上人间"(《浪淘沙》)来形容,是毫不夸张的。故国所遭受的沧桑变故,个人命运所遇到的瞬间颠覆,使得原本就多愁善感性格脆弱的李后主堕入万劫不复的深刻绝望和与日俱增的尖锐痛苦、愧悔、耻辱之中。李煜那些哀感顽艳,令后人感喟嗟伤不已的绝美的词作,就诞生于这种心境。"问君能有几多愁,恰似一江春水向东流!"人们感动于李煜的,并不是历史上哪个大小王朝的覆亡、君主的椎心之痛,而是他悲剧体验所具有的普遍性伦理和人性的美感。

李词的这种美感,既出于情感的天籁,也出于审美化的感触和表达。李煜在漫长"日夕只以眼泪洗面"的日子里,几乎终日沉睡在同一个梦境中。"故国梦重归"(《子夜歌》),"多少恨,昨夜梦魂中"(《望江南》),"闲梦远,故国正芳春"、"闲梦远,故国正清秋"(《望江南》)。他的梦里有一个花团锦簇的世界,"还似旧时游上苑,车如流水马如龙"(《望江南》),"船上管弦江南绿,满城飞絮辊轻尘,忙杀看花人"(《望江南》),"梦里不知身是客"(《浪淘沙》),他苦苦地执著在这个迷人的梦境里,因为害怕一旦睁开双眼就即刻要正视着故国的"无限江山"。李词的这种境界,正是作者"恍如隔世"的现实境况和楚囚心态的真实直观。人们注意到后主词自写襟抱,全用"赋体"直抒而不事比兴、寄托。李煜词中这种由历史成就的真实表达,使得他取得了"词中之帝"的地位,也由于这种真实品格,人们公认他的词风是无法效仿的。

冯延巳(903—960),一名延嗣,字正中,是南唐词风的开创者。他有词集《阳春集》,为古代词人中最早的个人专集,存词100首左右,在唐五代词人中存词最多。

在冯延巳词中的抒情主人公,已有很多是作者自己的形象。"每到春来,惆怅还依旧","为问新愁,何事年年有",是冯词中频频出现的主题。这类情绪,可能关乎世运时事,关乎叹离伤别,关乎个人遭际,或者关乎人生苦短、烦恼羁绊。

词的写作中对"物色"的感受和表现在南唐冯延巳阶段也已经达到了很高的水平。这种水平,一方面表现在词人为物象传神写照的真切感,所谓"写景如在目前",像冯词的名句"风乍起,吹皱一池春水"(《谒金门》);另一方面表现为景语的抒情功能的成熟,即情景相洽亦景亦情,如冯词"楼上重檐山隐隐,东风尽日吹蝉鬓"(《鹊踏枝》)之类。

晚唐五代是词的初萌以及新生期,这种伴随着燕乐悠扬婉约的新诗体,日益从民间走向文人,也将在日后从边缘走向文坛的中心。

思考与练习

1. 敦煌词在词学史上价值何在?
2. 《花间集》怎样奠定了词的本色意识?
3. 西蜀词与南唐词在艺术手法和境界塑造上最大的差异是什么?为何存在这些差异?

第二章　北宋词

第一节　宋初词坛与柳永

一　宋初词坛

公元979年,宋太宗赵光义剿灭了最后一个割据政权北汉,从此开始了宋王朝三百多年的统治。立国之初,天下承平。因此,类似五代时期偏安政权西蜀南唐恬嬉纵乐的环境,又历史性地出现在宋初宫廷中,金樽檀板,正是歌词文学生长的温床。宋代最早出现的几位词人如寇准、晏殊、宋祁、范仲淹、欧阳修等,都是当时的达官显宦,所作之词,也大体上有意无意地在重复着南唐君臣的遗风。

从某种意义上说,词是宋代士大夫文人"柔软"和私情的一面。宋人一面在学术和诗文领域大倡风教节概,先天下忧,奉杜诗为"诗史",而与此同时,又不妨在小词中毫无顾忌地醉月吟风,偎红倚翠。这种由"边缘"而来的文体写作犹如公务之余的闲步小憩。宋诗与宋词所反映的这种双重人格,既有鲜明的时代印记,而引申来看,其实也不妨看作普遍人性的双重品格。而表现人的社会心理中柔性的一面、感性的一面、私密的一面、欲语而莫可所以告语的一面,逐渐成为词的约定俗成的专职,古人概括地称之为"诗庄词媚"。

词的这种性质在宋初就鲜明地体现出来。人生苦短、流连光景、行乐及时的惆怅情绪,弥漫在当时词林。宋祁(字子京,998—1061)的一句"为君持酒劝斜阳,且向花间留晚照"(《玉楼春》)道出了其中的无限绸缪。"时光只解催人老"(晏殊《采桑子》)的忧戚,同聚散离合的感伤结合起来,凝成更沉重的感喟。晏殊(字同叔,991—1055)的名句"无可奈何花落去,似曾相识燕归来"(《浣溪沙》），又仿佛是对无奈感伤的温婉劝慰。

宋初词人创造出与此种情绪相融洽的意境。如张先（字子野，990—1078）词中为人称道的"三影"："云破月来花弄影"（《天仙子》），"无数杨花过无影"（《木兰花》），"隔墙送过秋千影"（《青门引》），幽寂、朦胧而缥缈。词文学感受细腻、微妙的特长，也是经一代代作家努力而成就的。

有一个与众不同的声音是范仲淹（字希文，989—1052）。他守边数年，功勋卓著，所作《渔家傲》，苍凉悲壮，为宋代最早的边塞词。

二 柳永与晏几道

柳永（984—1053）原名三变，后改名永，字耆卿。有词集《乐章集》，存词二百一十余首。柳永与晏殊同时，但就词的分期来说，柳永却属于一个新的时代，这个时代，正是他本人所开创的。

柳永词和他的人格，是宋代繁华竞逐、风流狭邪的都市生活的产物。柳永青年时期，在汴京就流连冶游于花衢柳陌，与歌女舞姬们为伴，为她们制作妙曲新词。但使得他几乎成为一个终身的职业词人的，竟然也是因为一首特别的小词。在这首《鹤冲天》里，柳永肆意发泄了他应试不第的抑郁牢骚，骄傲地表示他并不在乎这种挫败，他要从自己作为"才子词人"所受到的来自民间的广泛尊重中，从自己"偎红倚翠"的风流生涯里找回心理的平衡。据说这首词使得当朝皇帝仁宗极为不快，在此后的科举和荐举中两次将柳永黜落，叫他"且去填词"！

词人柳永将自己的大部分生命都倾注在填词事业上了。与他的人生经历相映照，他的词一部分表现他青少年时期十分沉迷的都市繁华。除此之外，柳永词主要表现的是两种情感：男女"艳情"和漂泊羁旅之情。在后期的词中，这两种情感又常常相互扭结交织。柳永一生不仅厕身青楼楚馆，而且长期为衣食之谋而浪迹四方，两种情感都为他所亲历实践。他的所谓"艳情"之作因此而迥然区别于宋初诸人。

首先，他的许多艳情之作都是诚挚的自我抒写，而不再是五代宋初"男子作闺音"的代言模式。这是一个划时期的变化。它结束了早期"词言情"话语的那种羞羞答答的姿态,把以自身为当事人的儿女情当作沉重而庄肃的人生经历、情感经历来书写,这就等于把宋人人格的"侧面"公然当作了正面。"衣带渐宽终不悔,为伊消得人憔悴"(《凤栖梧》),柳永这一句特别能打动人心的情语,很像是他的人格宣言。

另一方面,由于柳永与他的女主人公之间"平视"的亲切关系,柳词中的女性便开始具有个性化倾向。她们往往是有名有姓,有各自的风姿情态,各自的心事和喜怒悲欢。

柳永后期久沉下僚,漂泊游宦,他的词境也从此进入孤凄的寒夜,凝结了严酷的人世风霜。"渐霜风凄紧,关河冷落,残照当楼"(《八声甘州》),这种境界所流露的沉重感,已经超出了一般的离怀别绪、儿女情长,一般的乡关之思,而具有一种升腾弥漫、大而化之的悲剧体验、悲怆情怀。

在词的艺术领域,柳永确实是一位如他以游戏笔墨而自许的"白衣卿相"。他天资聪颖,精于音律,博学多才。在宋人中,他最先大量地创制"新声"(新词调),制作慢词长调。这种体式大幅度地拓展了词体的容量。作为流行音乐大家,柳永的词,声律谨严,音韵谐美。作为文学作者,他以自己的杰出创作奠定了长调的基本写法——铺叙。词的长调,要求就一个核心的意蕴丰富多姿地展开叙事和想象。既要脉络清晰、头绪井然,又要曲折盘桓、摇曳生姿。柳永的写景名作《望海潮》"东南形胜"是他长于铺叙的范例之一。钱塘(今杭州)是风物绮丽的"东南形胜",又是人烟辏集的"三吴都会",全词就以自然景观和人文景观循环交错作为推移画面、展示"好景"的线索,巧妙地表现了古代都市天工与人巧融贯为一的典范之美。长达二百二十多字的三叠词《戚氏》"晚秋天",从眼前景象、眼前处境、往事追想最终返回眼前情境。络绎写来,以画面景象的不断切换体现主人公视线和意念的流转,类似现代电影蒙太奇式的思维。

柳永可能是在有生之年拥有读者最多的一位词人。舞榭歌台,寻常巷陌,居然"千夫竞声","凡有井水饮处,皆能歌柳词",在广大民间,这显然是当时当之无愧的"主流艺术"。在井水边所歌的柳词,应当有一大部分是柳永大量写作的俚词,它甚至可以说是"柳永时代"的主调。自晚唐五代而来,词韵渐雅。而柳永率先拾起唐敦煌词的传统，涉足俚调。所谓俚俗，概指民间风调。柳永之俚，不唯使用民间语言，而且使词完全同化于民间"话语"，以他所谙熟的里巷歌儿匹夫匹妇们的口角，代他们说自家身边家常事，据说晏殊曾讥讽过的《定风波》"彩线闲拈伴伊坐"一词可以为例。柳永俚词在历史和文化上更深远的意义，一直要到元代关汉卿们的杂剧散曲之兴，晚明冯梦龙等人倾倒于民间小调《打枣竿》、《锁南枝》之际，一直要到一切市民文化洪波涌起、沾溉文人之笔的时代，才能水落石出地显露出来。文人而作里巷之声，虽为"代言"却能设身处地，如其口出，根本的历史原因就在于，代言双方必须"同是天涯沦落人"。

晏几道（1048？—1113？），字叔原，号小山。生于柳永将谢世的时代，不能算宋初人，但词风却属于这一时期。把个人情爱当作庄重的情感经历、人生主题来写，在这一点上晏几道有如柳永；写艳情不失优雅，不涉狎昵，写富贵不落恶俗，这一点晏几道又似乃父晏殊。晏几道生性狷介高傲，以清节自守，却于儿女之情一往而深。他的言情佳作，多是为几位深交的歌女舞伎而作。"记得小蘋初见"、"曾照彩云归"（《临江仙》），"笑艳秋莲生绿浦"（《蝶恋花》）——这是她们的名字。"今宵剩把银釭照，只恐相逢是梦中"（《鹧鸪天》），"渐写到别来，此情深处，红笺为无色"（《思远人》）……小山词中这些动人的情语，只有在情场中亲历沉浮者才能道出。同时小山词也多有景、事、情通贯浑成的妙境，例如"舞低杨柳楼心月，歌尽桃花扇底风"，"梦魂惯得无拘检，又踏杨花过谢桥"（《鹧鸪天》），"当时明月在，曾照彩云归"（《临江仙》），等等。

第二节　苏轼与秦观

一　苏轼

苏轼有词集《东坡乐府》，存词300余首。在封建文人性格中，苏轼是一个典范：在官场能秉正不阿，忧君忧民；在党争中遭受残酷长久的排挤、迫害，能以旷达淡荡的襟怀面对进退得失,面对半生极其潦倒沉沦的困苦生涯。其精神境界不是常人所能想见的。苏轼在词界的革新创建,正源于他这种异乎寻常的人格。在文学艺术的各门类中,苏轼又是一位全才。除词以外,诗、文、书、画都有独造之境。苏轼在词界的独创性,也与他会通变化的才能和思路有关。

熙宁八年(1075),苏轼在密州写下后来广为传诵的《江城子·密州出猎》一词后,十分得意地向友人夸示说:"近却颇作小词,虽无柳七郎风味,亦自是一家。"这的确是将要到来的词坛巨变的一个重要消息。苏轼的出现,明确地针对着当时正风靡天下的柳词。相对于晚唐五代来说,柳永的创造大体是沿着"词为艳科"的窄小河道向更深处开掘,是一种同向的努力;而相对于柳永来说,苏轼的创造则是对晚唐以来文人词的整体美学的颠覆或分道扬镳,是一种逆向的特立独行。这使得自宋以来,一直有相当多的人对苏词是否合于词的"本色"持有保留态度。

苏轼的新词风,传为李清照所作的《论词》中批评苏词"皆句读不葺之诗耳"是很有见地的。这个评语,简称为"以诗为词"。它可以帮助我们更简约地体察苏词的美学取向:

第一,词—乐分袂的开端。词多不谐音律,是人们认定苏词"要非本色"的重要一端。他好像是有意不再将音乐作为填词的第一性要求。这不仅意味着词的内容在向日趋严苛的形式要求一定的自由,更标志着填词意识中"文学性"(相对于"音乐性")的觉醒。牺牲一部分音乐性而使"文学性"得以更自由地舒展,从主要供"听的文学"转向主要供"看的文学",正是中国诗的发展趋势之一,从这一意义上,苏词的革新也取法于诗。从歌场走向案头,对于诗歌文学来说,很难片面孤立地判定其究竟是坏事或者好事,音乐性和文学性的推移消长就是诗歌之流本身的流动形态。

第二,风格的"诗化"。风格包含很多内容,从抽象上来说是作品表现出的审美趣味,而从具象上来讲就落实到词材、词境、词语。苏轼词有多种类型,也就有多种面貌和风韵。倾吐壮怀的如《念奴娇·赤壁怀古》慷慨磊落;了悟世事的如《满庭芳》"蜗角虚名",淡荡疏旷;描绘乡村风情的如《浣溪沙》五首,熙熙穆穆;与亡妻的对语《江城子》"十年生死",凄恻悲凉,刻骨铭心……因此,如果用"随运任化"来形容苏轼词风似乎更为恰切。批评者关于苏轼词风的断语,就有"清雄"、"韶秀"、"清丽舒徐"、"旷达"、"空灵动荡"种种,正可见他的无所不可。与其说苏轼着意以雄放鞭挞来抗拒柳词的柔腻深婉,不如说是以他的多彩多姿来扩展了当时文人词"非儿女之情不道"的单一的绮艳。南宋人胡寅说:"及眉山苏氏,一洗绮罗香泽之态,摆脱绸缪宛转之度,使人登高望远,举首高歌,而逸怀浩气,超然乎尘垢之外。于是《花间》为皂隶,柳氏为舆台矣!"雄放清旷等格调的引入,自然也体现着以诗为法的思路。此外,苏轼把原本只习惯于在诗赋中书写的众多材料如感事伤时、怀古、悼亡、集句、咏物比兴、吊贺酬赠以至于嘲谑调笑,悉用之于词。在引入多样题材的同时,也就把万象缤纷的"诗境"(诗的意境)纳入了词中。从花间词以来脂粉风月的窄小境地中一眼望出,不能不惊异于苏轼无比开阔的天地。

"以诗为词"也涵括了语言形式的新变,除了陌生新奇的词语,苏轼在句式和句法上也常常独出心裁或恣意出格,如"旧官何物与新官,只有湖山公案"(《西江月》)句法似苏诗。即便散文句式也不妨用之于词,像"三十三年,今谁存者,算只君与长江"(《满庭芳》),"杯行到手休辞却,这公道难得"(《劝金船》)。偶尔在某些调中,出于表意的需要,还任意地调整原调中的句读。有些词的铺叙方式又接近于赋。总之,无事不可入,无境不可造,无法不可施。

第三,词言寄托始于苏轼。寄托是诗人对于过分激烈的政治话语的避讳。苏轼自觉地把诗所惯用的寄托手法移到作词,正是由于词的内容在苏轼手中开始了向政治性、严肃性的转移。他的词句"莫听穿林打叶声"、"高处不胜寒"、"拣尽寒枝不肯栖"、"天涯何处无芳草"等等,大体都包含着"感士不遇"的隐形主题。

约言之,博大弘深,佻达天放,这就是苏轼词的自然本色与艺术个性。在《江城子·密州出猎》中,可以看到纵马狂奔、豪气干云的"少年"苏轼;在《念奴娇·赤壁怀古》中,可以听到他与前代英魂相遇时激荡起的澎湃心潮;在《卜算子》"缺月挂疏桐"中,他像那只忧郁而美丽的孤鸿,宁可在孤独中死去而不肯牺牲自己的高傲;从《定风波》"莫听穿林打叶声"中,他向我们揭示了关于"心境"的真谛,显示心间的无碍如何化去世间的风雨;《蝶恋花》"花退残红"的一句"天涯何处无芳草",令世间一切失意彷徨的人再度憧憬前途;《水调歌头》"明月几时有"中,他徘徊于自己进退出处的内心困境,在无私的明月朗照下,主人公心中的阴翳全消,净化为一缕俯瞰人寰的如月的光华。一向作为边缘化的小道的词,到了苏轼这位命途多舛却襟怀旷达的大文豪手中,便产生了一个广阔的世界——词至东坡,倾荡磊落,如诗如文,如天地奇观。

二 秦观

秦观(1049—1100),字少游,学者称为淮海先生。他是苏轼的仰慕者,受苏轼的称许和鼓励,步入仕途。后来又因与苏门的关系,一再遭受贬谪、流放。他的一生,与苏轼同其坎坷,却不像苏轼那样旷放达观,最后在潦倒困顿的处境和黯淡郁结的心情中先于苏轼死去。其《淮海集》中有长短句三卷,后人辑为《淮海词》。

秦观是多情才子,生平颇有恋眷情好,这一点似柳永;仕途偃蹇,久困科场,后期又远徙穷边,惨淡悽惶,这一点也似柳永。《淮海词》多写男女恋情,而秦观的某些词语和词味,也被时人(如苏轼)和后人判为学柳之过。然而在后世的某种眼光看来,秦观却位居婉约正宗,词品绝高于柳。这在于以某种评判艳情之"品味"和言情内涵、方式的眼光作为一种微妙的尺度。在这种尺度规测之下,少游之艳情或者显得更"醇正"、雍容端庄。秦柳两人的艳情,本来无所谓"醇正"端庄可言,其间所能把握的分辨尺度,也许只有通过区分艳情中究竟更多于向生理倾斜的"色"还是更多于向心理倾斜的"情"来厘定品次。他的《鹊桥仙》"两情若是久长时,又岂在朝朝暮暮"成为后世的爱情座右铭。

李清照评价说少游"专主情致"。情致可以理解为既饶深致又有韵致地表现情衷。秦词抒情的风韵特别通过景语的营造流露出来。秦观极长于述景。留意他许多作品的结尾处,往往是"正销凝,黄鹂又啼数声"(《八六子》),"伤情处,高城望断,灯火已黄昏"(《满庭芳》),"凭栏久,疏烟淡日,寂寞下芜城"(《满庭芳》),"天外一钩残月,带三星"(《南柯子》)……这种结束方式使得抒情呈现出开放的状态,令人在对景语的悠然意会中生出无限遐思。

第三节 贺铸与周邦彦

一 贺铸

贺铸(1052—1125),字方回。有词集《东山词》,存词二百八十余首。出身于没落贵族,个性十分鲜明。倔强耿介,任侠尚武,又睥睨权势,疾恶如仇,以至终生蹭蹬困顿。贺铸曾是一名带甲操戈的武弁,同时又是一位手不释卷的儒生。这直接支配着他的词风。这在词坛是极有个性的。

在他的代表作《六州歌头》"少年侠气"中,贺铸展现了他"雄姿壮采"的一面:尽管身负"少年侠气",尽管有武弁如云,尽管有汉代终军那样请缨破敌的万丈豪情,然而在当世只落得仅供围猎粗使之用。满腹块垒,只有面对大好江山,遥望长天,空自嗟叹。《六州歌头》作于北宋边境扰攘,当朝因循妥协的元祐时期,其胸次胆识,极其难能可贵。贺铸当时的感受不幸成为历史悲剧的预感,他所处的情境,在南渡后便成了众多抗敌志士们更残酷、更沉痛的眼前现实。张孝祥、辛弃疾、刘过等人都满怀悲愤地重新填写过这只《六州歌头》。

贺铸的婉约词散发着浓郁的唯美气息。"试问闲愁都几许? 一川烟草,满城风絮,梅子黄时雨",这一组意象和"闲愁"之间的微妙隐喻,特别能体现贺铸诗性感受中的唯美情怀。这一首《青玉案》抒发对"爱而不见"之恋人"芳尘"的缥缈遐想,词中充满了云遮雾笼的象征用典,氤氲迷离。贺铸确实有意承绪《离骚》遗风而在词中广为寄托。《踏莎行》"杨柳回塘"一阕是使用双重寄托的例子:词咏荷花,"断无蜂蝶慕幽香,红衣脱尽芳心苦","当年不肯嫁春风,无端却被西风误"的荷花形象,象征曲高和寡、"幽居空谷"的薄命红颜,天然神似。而中国传统中的女儿命薄又与文士自身的"感士不遇"有着约定俗成的隐喻关系,由此又构成这首咏物词的又一层寄托。贺铸在现实的儿女情中尤其披肝沥胆,一往而深。《半死桐》中"空床卧听南窗雨,谁复挑灯夜补衣"这样的"断肠人"语,真正能令千载之下尚有余情。由于有真切深挚的心理经验,贺铸在体验和表达离情闺怨时特别能把捉女性心意中殷切动人的片断:"不为捣衣勤不睡,破除今夜夜如年"(《捣练子》);特别能把捉动人的深情和动人的美感悴然相遇的瞬间:"伤心南浦波,回首青门道。记得绿罗裙,处处怜芳草"(《绿罗裙》)。

二 词之集大成者——周邦彦

周邦彦(1057—1121),字美成,号清真居士,钱塘(今浙江杭州)人。词集版本甚多,有《片玉集》、《清真集》等,存词二百八十余首。周邦彦的词,部分为赠妓应歌而作,一部分摹景咏物,一部分是后期经忧患飘零感慨身世之作。清真词获得普遍、热烈认同的时期是在南宋以后。而清真被奉为词坛宗主,是由于他在词的艺术和技巧上达到了很高的造诣,这种造诣,又和他在词美学中缔造的一种经典性的体式风格相为表里。

周邦彦被不少后人公认为词界集大成者。简单说来,就是把文人婉约词文雅化。

词在周邦彦手里变得更"文"了。把唐人的现成诗句直接地或者稍作修整安排到自己的作品里,是周词善用和惯用的法门。这种做法得到不少好评,原因是这种"偷古句"的方法,常常能在对作品"全豹"的把握中来选义考辞,论者把这叫做"融化如己出"。在作词中这样牵引融化"古句",与黄庭坚诗"夺胎换骨"一类手法性质相近。它让文字在纸墨间缭绕着书香,它使得词的体性由于"文"化而变得雅致。个别地融化诗句,还属于"使事用典"这一范畴的做法,即一种局部的修辞。再进一步,还可以融化古人整首诗的"诗意",变成自己某一首词的主体构思,这就叫作"用唐人诗隐括入律",属于立意谋篇上的"继承"挪用了。隐括词的典范之作有著名的《瑞龙吟》"章台路"。以立意而论,它只是将唐人崔护"去年今日此门中,人面桃花相映红;人面不知何处去,桃花依旧笑春风"(《题都城南庄》)一诗"旧曲翻新",但比之原诗,周词已是面貌风韵迥然有别的另一制作了。对故地重游、物是人非这一母题,崔诗只是略述情节梗概,把无限遐想,留给后人。周邦彦却置身其中,非常漂亮、非常唯美地抒写了自己的一段遐想。词写得低迴婉转,悱恻缠绵。在追寻旧欢之梦时,词人把刘阮天台遇仙、李商隐《燕台》诗赠柳枝、杜牧杜秋娘、张好好事等才子风流故事都"融化"进自己的遐想,使得这段悲剧性的怅惘感触显得既风情万种又风韵悠然。既艳且雅,这就是清真词本色。另一首《西河》,根据刘禹锡诗《金陵五题》隐括而成。

词在周邦彦这里变得更精致了。周邦彦精于长调,对长调的结构更精心地布置安排。注意于层次的转换关合,意脉的流转起伏断续接应。摇曳变换,曲径通幽。《瑞龙吟》也是结构方面的一个范例。就现实的时间关系而言,这首词只有今、昔两个层面。而作者通过"主观视像"的建立而构造了在今、昔之间往复跳跃的多个层次。词中关于"昔"的画面从叙事意义上看只是倒叙,表回忆。但用心体会可以明白作者在全词中表现的,只是主人公重游故地时主观视像的不断切换。黯然伫立在昔日曾携手闲步的"章台路"上,在第二次重见的背景上,他眼前仿佛一次次叠印出当年那个"盈盈笑语"的可爱面容。这些叠印的昔日画面,虽然都通过"因念"、"犹记"等提示语标明了它们的发生时间,但从词的叙事里读者可以体会到,它实际上发生了两次:第一次出现是现实性的,第二次出现是虚拟性的,即发生于主观幻觉中的。由这种一实一虚的双重"叠映"不露痕迹地传达了主人公对往事浓郁绸缪的惜惋情怀。这类委婉深致的结构手段在周邦彦的不少长调如《夜飞鹊·别情》、《兰陵王》"柳阴直"等当中,都可遇到。

由于繁多的使典用事,清真词让一些读者感到如雾中看花。雾中看花固然也不失为一种美感,但也不免使观看失去一些有意味的细节,况且作者的某些意图和智慧由此而容易被忽略。清真词可能是词集中最早有注的。对字句、用典出处的笺注是一种阅读中介,它体现着这种语言的特性:其一,它是高度"文"化雅化的产物,由此它先天地选定了自己的读者群;其二,它的美感接受在很大程度上是非直觉性的。

清真词的另一种精致在它的声韵。周邦彦用"顾曲"作自己的堂名,这是词人自诩像当年的周瑜一样精于乐律,事实的确如此。他不仅以知音闻名,能自度曲,而且曾经提举大晟府(宫廷音乐机构),期间做过许多整理创作音乐的工作。词乐虽已失传,但从周词下字用韵的声调之考究精严可以体会到它十分当行的音乐性。词律在早期,声调分平仄即可,到柳永开始细密,仄声字要分出上去入。周邦彦则更精心讲求,词律真的具有了"律令"的意义。不但平分阴阳,仄辨上去(入),从类似诗律的平仄两分细化到分出五声,而且自己填词字推句敲,严守不失,还创制出"平去对照"、"隔平配去上、去入"一类精细的声律格式。因而周词读来珠圆玉润,谐婉美听,被后世一些填词者字字奉为准绳。

周邦彦深湛的艺术修养和唯美的艺术感受力较多地倾注在他对大自然的观看中。现存周词,几有半数是咏四时景物。"水亭小,浮萍破处,帘花檐影颠倒"(《隔浦莲近拍》),"渐飒飒,丹枫撼晓。横天云浪鱼鳞小"(《霜叶飞》),"长条故惹行客,似牵衣待话,别情无极"(《六丑》)。看了这些词句,我们就能体会到王国维所说的"写景如在目前"之所指,体会到王国维赞赏周邦彦"叶上初阳干宿雨,水面清圆,一一风荷举"的描绘为"真能得荷花之神理者"的意谓。周词摹景咏物的佳处,往往是以上这类不假故实,不事藻绘的表现和直观造化、得之自然的亲切感受。这种洗尽铅华的趣尚倒是适宜用他本人的号"清真"来形容,然而与他精工典雅的主导词风却几乎正相反动。

周邦彦的艳情词中也有十分"清真"的作品。他的一首引人注目的《少年游》"并刀如水"写女子夜深时分对来访少年的挽留。女子说了很多挽留的理由,但显然都是"顾左右而言他"的借口。女主人公对少年的殷殷情意,温婉缠绵的挽留态度,却通过她"纤手破新橙"等含情脉脉的行为诗意地表达出来。人们从这首词中附会出周邦彦与李师师、宋徽宗之间的三角关系,足见词的动人魅力。

北宋词人通常"满心而发,肆口而成",因此尽管参与创作的有许多大家,但词依旧保持着它的本色。不过与晚唐五代相比,我们发现,它开始自觉不自觉地走向雅化,渐渐与单纯的"曲子"拉开了距离。

思考与练习

1. 从抒情主体角度谈谈你对柳永与苏轼的词风异同的看法。
2. 周邦彦为什么被后人视为集大成者?

第三章 南宋词和金词

第一节 李清照

一 生平及其创作

李清照(1084—1155?),号易安居士,历城(今山东济南)人。两宋之际女词人、女诗人,词史上以至文学史上最杰出而有影响的女性。有词集《漱玉词》失传,词大多散佚,今存仅五十首左右。

李清照出身书香门第,受过良好教育,南渡以前,与丈夫赵明诚伉俪情深,有过十分美满的婚姻生活。靖康之变时,李清照43岁,北宋旧王朝的突然覆灭,把她明媚轻柔的闺中之梦毁于一旦。在此后数年的战乱中,她经历了举家逃亡,丈夫病逝,受人诬陷,视同性命的珍贵文物被盗劫净尽,再嫁张汝舟、"讼而离之",并被牵连系狱等一连串惨痛变故。哀怨起骚人,诗词伴随她度过了孤寂凄凉而漫长的晚年。

李清照之为李清照,难能之处正在于她较为彰显的性别意识,尽管这种意识先天不足而且终究有限。《如梦令》"长记溪亭日暮"正是以女性情怀记女儿意趣而令人耳目开豁。她的脍炙人口之作,另一首《如梦令》"昨夜雨疏风骤"之所以能别开生面,"轻巧尖新",实与作者为女性,且为多情善感、心细如发的女性有莫大关系。这首词,正是由于记下了这位年轻女性敏锐颤动的生命节奏与自然生命的微妙运动之间所发生的神秘共振而使人动心。此外,不应忘记,李清照寄赵明诚的那些闺中之作,乃是一位真正的妻子向丈夫吐露的心曲——因为在中国古代久远的"代言"传统之下,这类话语也完全可能由男性设身处地地来模拟。而男子模拟(作闺音)则可,女子自道闺情却反须谨慎。

在儒教背景之下,尽管是名正言顺的夫妇,女方对男方的过分亲昵缠绵仍是有越礼之嫌的。不过,李清照这些闺中寄语却得到比较一致的认可。"莫道不消魂,帘卷西风,人比黄花瘦"、"此情无计可消除,才下眉头,却上心头"、"惟有楼前流水,应念我、终日凝眸"等等,作为清词丽句,受到历代男性读者的普遍赏睐。论其究竟,还在于它们向男性话语习惯有意无意地靠近。过分亲昵固然不可,但在适度地保持矜持含蓄态度的前提下向丈夫诉诉衷情却无大碍。李清照的多数闺情词正是由于恰到好处的矜持姿态而获得"词史"的接纳。评论者认为,这一部分词虽属闺怨,体现的却是难得的"林下风气"——女流中的名士风度。虽然言愁道恨,却能有所约束,"怨而不怒",能蕴藉"雅畅",无闺阁气,甚至有"不食人间烟火"的超逸,更且言辞清俊疏朗。易安词在"词史"中的这种形象,部分来自男性批评话语的塑造,同时也出于词人有意无意地向男性"词统"去中和、同化的取向。

靖康国难,山河破碎,李清照夫死家亡,颠沛流离。这种心灵的膏肓之疾,切肤之痛,自然成为女词人后期写作无可选择的主调。"寻寻觅觅,冷冷清清,凄凄惨惨戚戚",对她在后期词作《声声慢》里连续使用的这14个沉甸甸的叠字,评论者大都仅仅看作句法中标新立异的奇观,这不能不说是对李易安情感世界的冷漠和辜负。吟咏之下不难体会:这些重叠连绵的言语形式,不过是主人公在现实压抑下反复堆积的惨切悲愁的直观呈现而已。它们之所以是堆砌的形式而并不给人以堆砌感,只是由于它们出自人心之本能。寻觅,反复地、执著而无望地寻觅,是已一无所有的李清照眼下唯一能拥有的一点心灵自由。

由于她体验痛苦的这种特殊的怀抱,使得李清照南渡后的词作,虽然有着亡国破家惨痛经历的现实背景,但在词风上却大致依然延续着早期闺怨词的婉约格调——此所谓"婉约",乃是指处理情感的方式有意婉转,有所约束,有所控制,有所压抑。前后词风之所以能保持基本一致,从根本上看,出于李清照对于词之文体风格的某种固执而深刻的理解。词言情,私情也。国难中的个人辛酸苦痛不妨尽在词中言说。当然个人感受中可能包孕着深广沉重的社会意义,而且,笃于私情者也不妨同时负有英雄肝胆、国士襟怀,但这一部分怀抱的抒写在李清照看来更应该从发愤言志的诗文中去歌呼倾吐。这种界限分明的文体意识，只要看作者以下这些"坚硬"的诗句自会明白："生当作人杰，死亦为鬼雄。至今思项羽，不肯过江东！"(《夏日绝句》)，"子孙南渡今几年，漂流遂与流人伍。欲将血泪寄山河，去洒东山一抔土！"(《上枢密韩公工部尚书胡公》)。另一方面，词之不同于诗，又在于词贵蕴藉深婉，以百折千回终不"道破"为尚，因此在李清照词中不容易看到明白交代的、主人公抒情的具体缘由和现实指向，这和陈亮等人直接在词中大写"万里腥膻如许"、"何事昆仑倾砥柱，九地黄流乱注"之类语，又适成鲜明对照。主张"词别是一家"的李清照和"以诗为词"的苏轼，分别代表着词美学的两种选择，两条思路。她宁可让词和诗各守疆域，各展所长，以文体的"狭隘"和"自闭"来换取自身的纯净和独异。

二　语言风格

李清照无愧词界语言大师，这一点古今从无异议。评论者说她的词"能曲折尽人意，轻巧尖新，姿态百出"。漱玉词在语意上的新和巧，在宋人中可谓首屈一指。然而，人们又都注意到：凡李清照最为人所乐道的那些尖新的隽语警句，往往总能在前人的吟咏中找到始源，几乎可以当得"无一字无来处"。例如："此情无计可消除，才下眉头，却上心头"(《一剪梅》)，脱胎于"都来此事，眉间心上，无计相回避"(范仲淹《御街行·秋日怀旧》)；"只恐双溪舴艋舟，载不动，许多愁"(《武陵春》)，载愁之说，来自"不管烟波与风雨，载将离恨过江南"(郑文宝《柳枝词》)；令人啧啧称奇的"绿肥红瘦"，也有韩偓诗"海棠花在否？侧卧卷帘看"在前。没有人认为李清照在"掠美"前贤，随人作计；没有人认为李清照有"檃括"蹈袭之嫌。相反，正是由于被李清照所"化用"、"脱胎"的缘故，那些"原创"诗词才开始引起广泛的注意和认同。它们被赋予的使用意义，显然来源于作者不可重复、不可替换的特殊感受。

李清照的语言天赋成就了她的"易安体"。所谓"易安体"是指词的一种语体风格。根据辛弃疾的《丑奴儿·博山道中效李易安体》，我们知道这种"体"指的是把采用口语语汇和言语方式的"寻常语"谱入词调，像"一年春事都来几？早过了，三之二"(《青玉案》)，"牵牛织女，莫是离中？甚霎儿晴，霎儿雨，霎儿风"(《行香子》),"守着窗儿,独自怎生得黑","这次第,怎一个愁字了得"(《声声慢》),等等。李清照在语言的平易化、俚俗化方向的作为,非但没有像柳永俚词那样大受訾议,反而被认作词的雅俗之辨中取舍有度、浓淡相宜的一种典范。这大体是因为:第一,它虽俚,但不"鄙",在意义上还不失淳雅之音,有"以俗为雅"的意思;第二,它虽平易,却不浅薄,在意味上不失风致隽永,有"以浅易为深隽"的意思;第三,易安词中,同时也大有"念武陵人远,烟锁秦楼"一类文调在,而俚语与文调之间,往往能两不相妨,反而显得转盼自如,相映成趣。

李清照语言上的创造经营,体现着一种自觉的语言陌生化的努力。通过对语言使用习惯的有意破坏和更新,把读者的语言神经从庸常而沉重的文体熟套所造成的麻木状态中唤醒,她使词的语言恰如其分地家常化,与她对词的文体的体认直接相连。她显然认为,词之于诗"别是一家",在诗的面前,词还是大体保持一种较低的姿态,以家常的方式言说身边家常的言动起居、情怀意绪为宜。

第二节　辛弃疾与辛派词人

一　辛弃疾

辛弃疾(1140—1207),字幼安,号稼轩,历城(今山东济南)人。南宋伟大的爱国词人。存词六百二十余首。

辛弃疾的词总是最先受到历史意义方面的关注。它是南宋英雄主义的心灵史。英雄失路,民族悲剧,千古悼恨,尽在其中。《鹧鸪天》"壮岁旌旗"一词,是辛弃疾一生命运遭际简约而精彩的概括。南归后,他三次被南宋朝廷起用,一旦受任便励精图治,积极备战,念念不忘光复山河。而正由于主战的积极姿态和为人刚直不阿,辛弃疾又一次次遭到中伤弹劾,罢官家居。历史的尘沙冷漠地埋葬了一位悲剧的英雄,而又因此成就了一位词坛的豪杰。

扫荡中原,还我河山,是辛词响彻始终的呐喊。"举头西北浮云,倚天万里须长剑"(《水龙吟·过南剑双溪楼》),"要挽银河仙浪,西北洗胡沙"(《水调歌头》),"袖里珍奇光五色,他年要补天西北"(《满江红》),"马革裹尸当自誓,蛾眉伐性休重说"(《满江红》)。词人一生,在种种人际交往形式中,在宾主酣畅的宴饮之际,在送别友人的临行之际,以至在为人贺寿的礼仪中,几乎总不忘作上一首意气昂扬的壮词相赠,以马革裹尸、洒血沙场自誓,以杀敌报国、恢复中原共勉。"待他年,整顿乾坤事了,为先生寿"(《水龙吟》),"我最怜君中宵舞,道:'男儿到死心如铁!'看试手,补天裂"(《贺新郎》)。以英雄自许,以英雄许人,稼轩词是古代民族英雄主义的典型史诗,是特立独行、不可效法的"英雄之词"。"稼轩词仿佛魏武诗,自是有大本领大作用人语。"(《白雨斋词话》)它更新了词的文体风格、书写内容和抒情职能。

在《水龙吟·登建康赏心亭》这首词里,读者可以看到辛弃疾在南归后的境遇中产生的多重焦虑:第一,"遥岑远目",北望故国山河,仍是愁云惨淡,恢复无期;第二,"把吴钩看了,栏干拍遍,无人会、登临意";第三,自己本可以舍之则藏,退居田舍,却又禁不住由衷地自责自羞;第四,词人从逐渐衰朽变质的树木枝杈上,从年复一年的"风雨"中,感受到了时间有如利刃,对自己生命的无情侵蚀。在他的杰作《摸鱼儿》"更能消几番风雨"中,辛弃疾几乎是不加掩饰地流露了对这种境遇的极度焦虑和愤懑。这首词,列举了古来后宫嫉妒争宠的多名女性典型,十分明白地影射着南宋皇帝身边环绕的龌龊小人,以至引起当时皇帝孝宗的十分"不悦"。在另一首词《鹧鸪天》中所感慨的"江头未是风波恶,别有人间行路难"也像是由这种境遇而发。

把君臣际遇,社稷安危的严重主题托之于男女艳情,作隐喻性的表达,这种被命名为"美人香草"的寄托手法始自《离骚》,宋人有意在词中使用这种故技大约始于苏轼。辛弃疾的几首出色的"绮艳"之作,《摸鱼儿》"更能消几番风雨"、《青玉案》"东风夜放"、《祝英台》"宝钗分"都有显而易见的托讽之意。在辛词里,它其实是被改装的怒骂,是隐忍和倾泻之间的奇特的折中。

稼轩词喜用典故,以至于被人讥为"掉书袋"。辛词的用典,最醒目的就是大量古代英雄故事。稼轩把这些已经远去的高大身影亲切地邀至眼前,与他们偕游共话,这岂不是很明白地倾诉着一种现实的缺失吗？时代缺少英雄,缺少英雄的同道者、知音者、抚慰者,这是稼轩之所以有"栏杆拍遍"而无人会意的焦虑的重要缘由。在一首《贺新郎》中,词人更直白地自道:"不恨古人吾不见,恨古人不见吾狂耳！知我者,二三子。"

辛词喜欢征引的另一位重要的古代人物是陶渊明。在这位古老的隐者指点下,辛稼轩的眼前"悠然见南山",开始走向田园。稼轩笔下,有一个像陶渊明用想象描绘过的、令人流连忘返的世外仙境,其中有稻香氤氲,十里蛙声,清风明月;有醉卧垄亩、熙熙而乐以尽天年的白发翁媪。这片天地,能让人浑然忘却北地烽烟的阴霾,半壁江山的危机和耻辱。这应当看作辛弃疾的有意追求。这种故作姿态的忘却意识,在被当作隐逸词的《水调歌头·盟鸥》》、《丑奴儿》"千峰云起"这一类作品里,可以清晰地感受到。其中包含了多少沉痛愤激、怅恨与无奈,不妨从他的"如今识尽愁滋味,欲说还休。欲说还休,却道'天凉好个秋'"(《丑奴儿》)这一声感慨万端的叹息中去领会。词人始终都在执著而徒劳地寻觅着什么,在现实世界里他找到了陈亮、朱熹、姜夔、刘过、陆游等人,偶尔一吐胸中抑郁。更多的时候他只能在自己的内心世界里盘桓和寻绎——这就是在人们看来稼轩词长于想象的实质。

"雄深雅健"其实也是稼轩作词自觉追求的境界。继苏轼之后,他成为在词的领域自我作古别开天地的一人。以审美风貌而论,他的词可刚可柔,豪放高旷者可以"傍素波、干青云,登高望远,吞吐八荒",婉约深致者又可以簪黄花、怨杨柳,"其秾纤绵密者亦不在小晏、秦郎之下";以境界而论,既可以"在龙蛇影外,风雨声中"、"长空万里,直下看山河",又可以"曲岸持觞,垂杨系马",或者"昨日春如十三女儿学绣";以词体中所包容的"文体流别"而论,他的词可以仿骚仿赋,以诗为词,以文为词,更有"效白乐天体"、"效花间体"、"效李易安体"等多种词体仿作;以词的语言风格而论,则可文可雅,可俚可俗。文词如"江左沉酣求名者,岂识浊醪妙理",俚语如"有个尖新底,说底话,非名即利。说得口干罪过你！且不罪,俺略起,去洗耳"。二者判若云泥又相映成趣;在题材内容方面,辛弃疾一如苏轼,几乎要把词的领地扩大到无所不包的程度。稼轩的词风会令人想到传说中黄帝在洞庭湖的无边旷野之上奏起咸池之乐,"其声能短能长,能柔能刚;变化齐一,不主故常"。正如刘辰翁所说:"及稼轩横竖烂漫,乃如禅宗棒喝,头头皆是;又如悲筯万鼓,平生不平事并厄酒,但觉宾主酣畅,谈不暇顾。词至此亦足矣。"

二 辛派词人

洗雪国耻、恢复中原是南宋词坛与时代相始终的主题。在辛弃疾之前、同时和身后,关于击楫渡江的慷慨悲歌从未止息,辛词和辛派词人的出现是历史的必然。岳飞(1103—1141)的一曲《满江红》,虽千载之下,依然生气凛凛。曾经亲身与金兵浴血苦战的张元幹(1091—1161),是在词中倡言抗敌恢复的先驱者。正是由于作了两首慷慨激烈的《贺新郎》,张元幹曾被秦桧削籍下狱。词中"天意从来高难问,况人情老易悲难诉"直斥当朝怯敌议和的鄙懦之态,同时心胆开张地披露自己"目尽青天怀今古,肯儿曹恩怨相尔汝"的国士襟怀,热血贲张。从这些词中可以清晰感受到南宋陆游、辛弃疾、陈亮、刘过等一辈爱国词人即将出现的前兆。

略早于辛弃疾的张孝祥(1132—1169)是南宋爱国词人的又一位先驱。他状元及第时23岁,恰好与辛弃疾建立奇功回归南宋时的年龄相同。及第这年,张孝祥立即上书为岳飞鸣冤表忠。由于主战的立场,他长时期受到主和派的排挤迫害。张孝祥的杰作《念奴娇·过洞庭》,向人们敞开了一种高旷无碍的境界,它是古代的"国士"们在经受了残酷的社会政治斗争洗礼、人身迫害之后作出的一种精神回应,显示着对现实困境、世俗情怀的主动解脱和超越。词人心中的一片空明,与南国秋夜的皓月清辉偶然地相遇于洞庭的"三万顷""琼田"之上,奇妙地成就了"表里俱澄澈"的永恒的瞬间。以"扁舟一叶"的渺小之躯寄身于宇宙,却能以"尽挹西江,细斟北斗,万象为宾客"的无量胸怀同化宇宙、包举宇宙,张孝祥在词的领域表现了类似杜甫诗的人格境界。张孝祥的另一首名作《六州歌头》表达他在淮水前线视察之际北眺中原故土的满腔激愤。据说这首词即兴作于他任建康留守的筵席上,当时抗金名将张浚听后,为之罢席而入。

陈亮(1143—1194),字同甫,人称龙川先生,婺州永康(今属浙江)人。辛弃疾词曰:"我最怜君中宵舞,道'男儿到死心如铁!'"就是写给这位与他同时、同道的当代英雄的。与辛弃疾一样,陈亮以毕生精力积极谋划参与恢复事业,并因此屡遭诬陷中伤。在半壁沦丧、强敌窥境的南宋政局中,陈亮是一名高倡实践事功的思想家,这种以匡时救世为急务的思想性格也直接体现于他的词美学:飞扬蹈厉,放言高论,慷慨悲歌,在词中直议天意国耻、社稷存亡,谈不暇故。虽被某些批评指为"叫嚣怒张",指为"词论",读之却往往有淋漓酣畅、倾心吐胆的快感。他在著名的《贺新郎》中喊出的"尧之都、舜之壤、禹之封。于中应有,一个半个耻臣戎"无疑是当时血性男儿的共同心声。

刘过(1154—1206),字改之,号龙洲道人,吉州太和(今江西泰和)人。刘过终生一介布衣,但终生为北伐呼号奔走,且写下许多纵恣激昂的词。如《六州歌头·题岳鄂王庙》、《沁园春·御阅还上郭殿帅》、《沁园春·寄辛稼轩》、《贺新郎》"弹铗西来路"、《西江月·贺词》等。嘉泰三年(1203),辛弃疾在绍兴府任上,闻刘过之名,邀其相见。刘过因事不能往,写下一首《沁园春》答谢致歉。刘过在词里表示:能受到豪爽的主人邀请自然是令人胸襟豁朗的大快事,但自己将行之际,却被西湖上三位已故的诗人殷勤挽留,他们是白居易、林逋和苏轼。词中引述三人咏西湖的名句,描写自己与诗仙们意兴遄飞地当面唱和的情景——词人说,这就是自己暂时不能奉召的原因。这首词无中生有、异想天开,化庸常为神奇,深得后人喜爱。

第三节　南宋中后期雅词

慷慨豪迈的辛派词风随着南宋国势的衰退而江河日下。当词人们意识到再狂热的激情呐喊也无法改变社会的现状,面对可以预知的未来,他们将无限的失落与忧患化作了雅致凄凉的词句,反复吟唱。因而,在南宋中后期的词坛上形成以姜夔、张炎为代表的风雅词派和以吴文英、周密为代表的格律词派双峰并峙、二水分流。并且,在这两个词派共同作用下,宋代词学完成了自己最终的发展。

一 姜夔与张炎

姜夔(1155?—1209?),字尧章,人称白石道人,江西鄱阳人。姜夔与辛弃疾大抵同时,而且彼此有过接触和相互影响,但两人分别代表了或者说开创了南宋风格迥异的两个词派。

姜夔一生漂泊,终身布衣,寄人篱下。他所结识的多为当时名人巨公,如萧德藻、杨万里、范成大、尤袤、张镃、张鉴、辛弃疾等,但这种交往始终没有改变他孤寒而且有些孤傲的人格及漂泊旅食的生活方式。有一首咏蟋蟀的《齐天乐》,不妨看作姜夔孤寒心地的婉转自白。这首词寻绎古今,感兴多端,写尽了蟋蟀"一声声更苦"的冷落凄凉,"伤心无数"。而在词序里,却似有意似无意地提到"中都"斗蟋蟀的风气,提到以重金购买和豢养蟋蟀的"好事者",在词尾,又有意无意地提到了以捕捉蟋蟀为笑乐之具的"世间儿女"。这样,词人不动声色地构造了一个惨痛的悲剧性情境:不仅吟唱者的痛苦不为人知,而且,由于痛苦而发出的吟唱,恰恰是蟋蟀的听者和豢养者用来娱乐、玩赏的对象——毫无疑问,这正是姜夔对自身处境的深刻感伤。"一春幽事有谁知"(《小重山令》),要问姜夔的词里,为什么有那么多与人世隔绝的"幽独"形象,那么多不胜寒苦的凄冷境界,像"数峰清苦,商略黄昏雨"(《点绛唇》),"岑寂。高柳晚蝉,说西风消息(《惜红衣》),"客里相逢,篱角黄昏,无言自倚修竹"(《疏影》),"淮南皓月冷千山,冥冥归去无人管"(《踏莎行》),等等,读过《齐天乐》咏蟋蟀词,便不难领会。

可能有一种情感曾给词人孤寂的心地带来些许慰藉,这就是他与那位"合肥旧欢"之间刻骨铭心的一段爱恋。姜夔词的四分之一都是为此而作。然而在这些本该色彩"绮艳"的情词里,姜夔却很少写花前月下,耳鬓厮磨,脂香粉腻。相反,却几乎总是在写不可逾越的间阻,渺远难寻的往事,冷寂荒凉的梦境……这很容易让人想起晚唐李商隐的某些《无题》诗,留给人的是对人间错忤的怅悒无奈,命运磨难的嗟叹忧伤。有人把这称为"以健笔写柔情",事实上这只是姜夔对人生的悲剧性体验延伸到了他的恋情之内,或者说"柔情"给予他的只是一种永远失落的冷酷的心灵体验。"人间别久不成悲。谁教岁岁红莲夜,两处沉吟各自知"(《鹧鸪天》),"离魂暗逐郎行远。淮南皓月冷千山,冥冥归去无人管"(《踏莎行》)……这些情语的真实性毋庸置疑。伤心人别有怀抱,它是不可模仿、无从矫饰的。

  一生与孤舟、寒鸦为伴的姜夔,对自己采取了一种高蹈的姿态。孤舟漂泊的物质生活方式向内幻化为一种"飘扬"的精神形式,生计上不得不俯仰随人,而其灵魂却更向往自由和孤傲。于是在白石词里,人们看到的是一个"野云孤飞,去留无迹"的白石,一个"此地宜有词仙,拥素云黄鹤,与君游戏"(《翠楼吟》)的白石,"旧时月色,算几番照我,梅边吹笛"(《暗香》)的白石。这是词到南宋阶段由姜夔的自我塑造而诞生的一个新型的抒情主人公形象,宋代词史上不可或缺的典范形象。对于南宋词的雅化、诗化,这是一个重要因素。姜夔之所以为姜夔,白石词之所以被赏识者褒誉为"仙品",也主要是由于姜夔对自己"词仙"形象的有意塑造。此外,姜夔词为后世某些词家所特别看重之处是它有"骚雅"气质。这两个字的本义都含有政治关怀、社会批判的意义,而"骚"更兼有婉言讽谕,比兴寄托的意思。

  南宋初年,不忘国耻、北伐中兴是许多志士和词人为之大声疾呼的时代主题。姜夔虽然只是一名落拓江湖的书生,面对半壁山河,也常常不免在笔下流露出追念故国的黍离铜驼之悲,甚至对当局恬嬉偏安的鸵鸟政策也有所不满和影射。只是这些情绪和意向的表达,相当委婉曲折,甚至朦胧隐晦。这又涉及人们对白石词风另一特征的体认,即所谓"清空"。清空可以体会为一种境界——清冷空寂。"燕燕归来,问春何在,唯有池塘自碧"(《淡黄柳》)一类,是姜夔词里让人十分熟悉的画面。同时,"清空"也像是对词的写法的归纳。例如,一方面,读者很容易产生这样的印象:在姜夔的许多词里几乎不见"人烟",这就是一种"清空"的写法。姜夔早期所作的那首忧时伤乱的《扬州慢》是一个出色的范例。扬州是前代繁华之地,宋南渡后,屡遭兵祸。淳熙三年(1267),姜夔经此,感而有作。这首词全篇写眼前黄昏清寒中一座废墟般的空城。词中写到"春风十里"的明媚光景,写到曾在这里享受韶华之梦的杜牧,想到他"豆蔻枝头"和"二十四桥明月夜"的唯美诗句——这一切都已成梦幻。如今"二十四桥仍在",却只有"波心荡,冷月无声"。而全词的重要叙事——金兵多次侵扰劫掠扬州的情景,也是通过一句"废池乔木,犹厌言兵"来讲述。这一句受到批评家极力称赏,认为"写兵燹后情景逼真……他人累千百句,亦无此韵味"。这种以少胜多的韵味,就来自以虚写实的清空手法。

认为白石词有对国事时局的感愤忧思,倒并非没有根据的猜测,词人次韵稼轩北固楼词的那首《永遇乐》,明白地抒写过这种忧思。还有一首《翠楼吟》为武昌"安远楼"而作,意在言外地讽刺了一下南渡政权恬嬉苟安的政治态度。只是词人一介寒士,书生本色,既不会像辛稼轩身负国运,心雄万夫,横槊赋诗,也不会像另一种寒士如刘过那样,以身许国,怒发冲冠,击筑悲歌。他只是以一名帝国子民的身份意识,当国家受到威胁、民族遭遇不幸的时代,发出自己应有的嗟怨与呻吟。正是这样一种卑弱的身份与无奈的怀抱,成就了姜夔独特的"骚雅","骚雅"词风在姜夔身后有众多的崇尚者和追随者,正显示着姜夔人格模式及相关的美学性格在中世纪社会的普遍性。

姜夔受到推崇的另一重要原因是他精通乐律,能自度曲。今所传姜词中17 首附有自注工尺旁谱,这是宋代词乐流传至今的唯一可考文献,十分珍贵。

张炎(1248—1323),字叔夏,号玉田。词集名《山中白云》,今存词 302 首。张炎出身显贵,六世祖张俊为南渡名臣,曾祖张镃是南宋著名词人。张炎前期在钟鸣鼎食之家过着贵游公子的日子,南宋既亡,张家也被籍没,张炎落魄漂泊于吴中,真正尝到了国破家亡的滋味。他可能曾经试图在新朝谋一个官职,但希望很快破灭,处境潦倒极了。然而张炎关于亡国之痛的哀吟却仍然是十分贵族化的。他作《词源》,力主"词要清空,不要质实",其意思包含着要求话语中的现实指向要虚幻一点、朦胧含混一点,多方比兴,意在言外,使作者要说的话像野云孤飞似的在字面上去留无迹。又主张作词不要"为情所役",这其实是儒家诗教里"怨而不怒,哀而不伤"的另一种说法。它需要的是写作状态中的一种矜持,要求作者在情绪激越之下同时保持理性克制,有所收敛,有所检束,把握说话的分寸,让吐词属意雍容得体、不逾轨范——这就是所谓"雅正"。词体自盛唐兴起,经晚唐五代以至宋初柳永,大部分时期都是以非主流非正统——也就是外在于"诗道"的"小道"——姿态厕身于文坛。经过苏轼、周邦彦、辛弃疾和姜夔等人之手,渐次和诗道发生联系。到张炎的"雅正"或"骚雅"说,就索性用《毛诗》时代的诗教来管领词学,无论这个结尾体现的是规律,还是悲剧,或是末路,它都反映了诗教生命的无比强大和久远。怨而不怒哀而不伤,甚至连抒写忧深痛剧的亡国之悲也不能例外地脱离它的规范。

张炎本人的写作大抵都遵行清空骚雅的主张。《高阳台·西湖春感》《月下笛》"万里孤云"等,都是通过面对故国风物的黯淡心情和今昔之感来隐蔽深婉地表达亡国之思的。

二 吴文英

吴文英(1205?—1268?),字君特,号梦窗,四明(今浙江宁波)人。今存词三百余首。像姜夔一样,吴文英一生没有功名,数十年都在游幕生涯中度过。吴文英生活的年代已是大宋风雨飘摇的末世了,但是"亡国之音哀以思"的风调,在梦窗词中却不太容易感受到。

吴文英教人作词"发意不可太高",显然是不主张像辛派词人那样把君国社稷、天下苍生这些话语直接放在词里表现的。他的词有时也涉及历史沧桑、国难时艰,例如《八声甘州·灵岩陪庾幕诸公游》《金缕歌·陪履斋先生沧浪看梅》等作品,但在这些作品里,历史或现实事件却被有意地虚化和淡化了,鲜明的是主人公眼下的况味,即时的幽怨伤悼。以较为个人化的情怀来面对和感受某些重大的社会主题,这正是由辛弃疾到姜夔所发生的深刻变化,而吴文英自觉地强化了这种趋向。另一方面,这位词人十分重视声律和辞采,讲究"研炼之功",在形式和表现方面刻意求工,是宋末的唯美主义者。

吴文英所讲究的"美"是带有文化贵族趣味的阳春白雪。继周邦彦和姜夔之后,吴文英更自觉地把词文雅化、精致化,有意在这条路子上谋求自己的个人风格,因而被某些批评者讥为华丽炫目的"七宝楼台"。吴文英式的文雅精致,其一是尚文词、黜俚语。宋代文人词在语体风格上,大体一贯在雅俗之间取中庸和多元的标准,到吴文英则明确地坚持唯文唯雅的单一风格。其二是进一步追求表意的隐秘性。用心深曲幽微,修辞隐匿闪烁,频繁地采用代字和密集的典故等等,来最大限度地造成表意的非直接性。如"艳锦"指云霞,"润玉"指肌肤,"香笼麝水,腻涨红波"指水中芙蓉,"溯红渐、招入仙溪"指刘、阮天台遇仙事之类。有人因此把词中的吴文英比作诗中的李商隐。吴文英倡导的雅化,一方面可以理解为在多种经典词风行世的背景下另辟蹊径、"以取重于当世";另一方面,它也是对读者群的一种苛刻选择和限制。吴文英的读者,只能是那些淹通经籍、风致清雅、对阅读又有着熟观亵玩的唯美兴趣的人。

《莺啼序》"残寒正欺病酒"是吴文英的代表作之一。在这首少见的四叠长调中,词人讲述了令他终生萦系的一场艳情。从客里相逢缱绻眷爱,写到人亡事去,徒赋招魂,是吴氏"幽邃绵密"、隐约深曲的典型写法。毕竟是曾经沧海,悲从中来,词写得悱恻感伤,章法也是脉络井然,摇曳多姿,殊少所谓"碎拆下来不成片断"的毛病。

词至南宋,走上了一条曲折多变的发展之路。从南渡后的慷慨悲歌、虎啸龙吟,到中后期的雅词复归,或清空,或密丽,光彩斑斓,词这种文体,已然高度成熟和完善,而且生机盎然。

第四节 金代词

金代词学与南宋词学并峙,而又有一定差异。大体说来,它的发展线索比较单一,始终以"主性情"为理论核心,以激楚苍凉为词的风格体貌,体现出对东坡乐府诗化传统的继承与发展。

一 王若虚

王若虚(1174—1243),字从之。他在《滹南诗话》中论及词学共十八条,其中两条提及苏词:

> 后山谓子瞻以诗为词,大是妄论……盖诗词总是一理,不容异观。自世之末作习为纤艳柔脆,以投流俗之好,高人胜士亦或以是相胜,而日趋于委靡,遂谓其体当然,而不知流弊至此也。(卷二)

在他眼中词与诗无异,不能固守"纤艳柔脆"的"流俗之好"。他不从音乐的角度着眼,而是认为诗词应当有同样的表情达意功能。"诗词一理"体现出他对词体的尊重。其次,他还针对晁无咎所说的"眉山苏公之词短于情,盖不更此境耳"提出了自己的观点:

  呜呼!风韵如东坡,而谓不及于情,可乎?彼高人逸士,正当如此,其溢为小词而间及于脂粉之间,所谓滑稽玩戏,聊复尔尔者。若乃纤艳淫媟,入人骨髓,如田中行、柳耆卿辈,岂公之雅趣也哉?

王氏将"真情"与高人逸士的"风韵"、"雅趣"相联系,这种情不为脂粉、玩戏所拘限,表现的是慷慨放恣、旷达自适的文人情怀。

  王若虚的词学审美观以"自然"为主,他主张在创作时不要以辞害意,在解读作品时不要过度穿凿,这种观念与苏轼的审美观相通,也体现了他本人论诗讲究"自然",所谓"天生好语,不待主张"的观念。

二 元好问

  元好问也是从苏词入手,展现自己的词学主张:"唐歌词多宫体,又皆极力为之,自东坡一出,情性之外不知有文字,真有一洗万古凡马空气象……自今观之,东坡胜处非有意于文字以之为工,不得不为之工也。"(见《新轩乐府引》)他主张以倡扬性情为词之核心,并且把东坡视为高举主体情性旗帜的代表,在这一点上,他是真正把握了"以诗为词"的理论内涵,摆正了情性与文字的主从位置。

  现存金代的词总集唯《中州乐府》一部,乃元好问所编,在元代已广为流传。这个选本准确反映了金源词人承传东坡词诗化传统而进行词学创作的实际情况。集中首列吴激、蔡伯坚词,这两人风格激楚苍凉,被称为"吴蔡体",集中又收赵秉文词多首,而赵氏又被人目之为"金源一代一坡仙",编者的选择倾向明白无余。

  纵观金代词学,可以说它是沿着苏轼开辟的"诗化"道路前进的,它的词学观直接影响到元代词学的发展。

思考与练习

1. 李清照词在艺术上有哪些特点？
2. 试论辛弃疾从哪些方面继承了苏轼"以诗为词"的词学观念？
3. 姜夔与吴文英词的异同点是什么？

第四章　元明清词

第一节　元词与明词

一　元代词

　　走过了两宋的绚烂,元代词学可以说是一个低谷。在强大的时代新文学样式——杂剧与散曲的压力下,元词去意徊徨。

　　在表现形式上开始失去自己的体性特点,走向驳杂。在创作层面上,词人往往混用曲牌。在元人词集中每每杂入曲调。如张弘范用《天净沙》作"梅梢月",用《喜春来》作"襄阳战",仇远《无弦琴谱》中收《八拍蛮》,等等。小令的曲牌看似与词牌相似。实则平仄韵脚均不相类,小令的音乐背景与词亦有不同。诚如万树在《词律》凡例中云:"若元人之'后庭花'、'干荷叶'、'小桃红'(即平湖乐)、'天净沙'、'醉高歌'等但为曲调,与词声向不侔,倘欲采取,则元人小令最多,收之无尽矣……"杂用曲牌,说明元人对词与曲之间的界限实际并不分明,而且为大众所喜闻乐见的"令曲"已深入文人之心。

　　不仅如此,元词的语言上也浸染了曲作的风格。词与曲的语言,本有一定的区别。简言之,词用字近雅,曲用字近俗,词用字宜含蓄,曲用字不妨直露。然而元人词作的语言,却常常不避俚俗与直露,试将元人吴镇的《沁园春·画骷髅》与吴文英的《思佳客·赋半面女骷髅》作一比较,即可见分晓:前者全然不加修饰,信口直出如"爹娘"、"狃扮"、"了觉"、"皮囊"等口头语,风趣有余而余韵不足。后者则优雅含蓄,若无小序,几乎令人难以想到作者究竟写的是什么。同样是为了表现人生的虚无,一俗一雅,判然有别。其中分野正是因为词人观念中从俗和尚雅的不同。对元词语言的俗化后人甚多讥评,然究其实,却也有不得不然的理由。毕竟曲的影响力是相当广泛的。

　　从元人词集的编撰思想上，也可以反映出他们视词曲为同道。元代中期有一个著名的曲子集，名《阳春白雪》，编者为杨朝英，由著名元曲大家贯云石作序。虽为曲子集，序言却从对词人的评价写起。贯序称："盖士尝云东坡之后便到稼轩，兹评甚矣。然而北来徐子芳滑雅，杨西庵平熟已有知者；近代疏斋媚妩如仙女寻春，自然笑傲，冯海粟豪辣灏烂，不断古今，心事天与，疏翁不可同舌共谈。关汉卿、庚吉甫造语妖娇，如少女临杯，使人不忍对殢。"在他看来，元曲作家是承传两宋词脉，而且自具特色的。该书"大乐"一卷，所选全是宋代及金代词人的作品。既有豪放如东坡之《念奴娇》"赤壁怀古"，也有婉约如小山之《鹧鸪天》"彩袖殷情捧玉钟"。这些词与关汉卿诸人的小令、套曲放在一处，充分展现了元人的词学观：在很大程度上，他们看重的是词曲相同的特质。

　　在元人的词学创作中，有一类很特殊的作品，那就是道家词。这一类词，在元词总数中所占比例颇大。它们或单独结集，如丘处机之《磻溪词》、李道纯之《清庵先生词》等；或附于他人集后，如虞集之《道园乐府》附冯尊师《苏武慢》20首。从总体而言，这类词多是宣扬服砂炼丹，餐风枕霞的神仙乐趣，纵谈出世之志，没有太多的艺术趣味。对这类作品可否算文学创作，历来有所争议。即以其中的大型总集《鸣鹤余音》为例，它被收入《道藏》的"太玄部"，而《道藏》则是道家文献之大成，属于"子部"而非"集部"，但《四库全书》"词曲类"亦收录了一些道家词集。总体来说，这是一种用文学形式记录的非文学的作品。

　　道家词出现于元代，自有其特定的社会原因。其一，元代社会的动荡以及对汉族士人的歧视使文人把如何在这种环境中保全性命并找到生活的乐趣作为自己关注的问题。因而那些宣扬道骨仙风、讲究"性命"之学的作品当然受欢迎。其二，元代是一个缺乏主导文化信仰的时代。"辽亡于佛，金亡于儒"的教训使元代统治者对这两者敬而远之，所以两教的势力大大削弱。然而早在元立国前，元太祖铁木真即曾邀全真道士丘处机及其弟子赴蒙古说法，并封丘氏为长春真人，他对这位真人的推重无疑有力地推动了道教在北中国的发展。而且元代的道教已不再是单纯的一家之言，它亦吸取了佛、儒之长，甚至不惜借用其他宗教的概念。如丘处机之《无俗念·居磻溪》中所道的"色身"即是来源于佛典,而另一首"赞师"云:"学易年高心大",《易经》又是儒家经典。李道纯更有一首《沁园春》标榜"三教一理",这种圆通的态度显然使道教能为最大多数士人所接受。道家词作为道教通俗浅显的传播口诀,其广泛流行亦不足为怪了。

随着元代中后期社会的稳定,复开科举之后,文教日隆。诗文创作领域崇尚清醇雅正的风气开始流行。与之相呼应的,是承传南宋姜张一派的词学观念,雅正之风重新抬头。张炎的《词源》所标举的清空、骚雅,以及以词谐律、重视作法等种种观念,均被元代词论家们在不同程度上加以吸取。

在注重音律的同时,人们亦开始注重词的语言特点,不再专门"以诗论词"了。王礼在《胡涧翁乐府序》中就明确指出,"文语不可以入诗,而词语又自与诗别",对于元初以来词的语言过度口语化的倾向,提出了批评。他认为,词的语言一定要"婉娈曲折",方与名体相称;反对"刻镂缀簇",主张"用事而不为事所用,叙实而不致塞滞";所标举的"雅而不俚,丽而不浮",与张炎对语言尚雅的要求相符。在他看来,清真、少游、小晏都做到了这一点,而"宋季诸贤"尤为高明,也正体现了雅词对他的影响。此外,还有杨维桢作《渔樵谱序》,称其友素庵之词"遗山天籁之风骨,花间镜上之情致,殆兼而有之"。这也是对其语言雅健而不失情致的揄扬。

尽管词不是元代文学中的重头戏,但在这一时代,词延续了自己的生命力,并成为后代词学发展的过渡。

二 明代词

在词学发展史上,明代是一个重要的转折环节。明人以"主情"为其词学观念的核心,它直接决定了明代词学的走向和定位。

"主情"的观念,贯穿了有明一代。王世贞《艺苑卮言》云:"即词号诗余,然而诗人不为也。何者?其婉娈近情,足以移情而夺嗜。"诗人不为,在于因为诗以言志为传统,而词的特点却在于"婉娈近情"和"移情夺嗜",它正是以主情而区别于诗。明人所重视的情是一种委婉动人的儿女之情,而且越出了诗教的规范。王世贞说:"故词须婉转绵丽,浅至儇俏,挟春月烟花于闺幨内奏之,一语之艳,令人魂绝,一字之工,令人色飞,乃为贵耳。至于慷慨磊落,纵横豪爽,抑亦其次,不作可耳。作则宁为大雅罪人,勿儒冠而胡服也。"(《艺苑卮言》)将"春月烟花"之婉美妍丽,与张炎《词源》提倡的"使情而不为情所役"、"性情之正"相比勘,明人所谓的情更多的带有个体化与私密性。他们不主张以词言志,所以"慷慨磊落,纵横豪爽"的情志在词中是不被欢迎的。为了强调"情"的特性,王氏甚至说出了惊世骇俗的话语,"宁为大雅罪人",可见其坚执。

基于这样的词学观念,在明人的作品中,我们读到的是一派不加矫饰的倚红偎翠:"日长睡起无情思,帘外夕阳斜。带眼频移,琴心慵理,多病负年华"(杨慎《少年游》),是深闺弱质的幽怨慵懒;"柔绿篙添梅子雨,淡黄衫耐藕丝风"(王世贞《忆江南》),是江南少女的清秀妩媚;"骎骎娇眼开仍瞤,悄无人至还凝伫。团扇不摇风自举,盈盈翠竹,纤纤白苎。不受些儿暑"(文徵明《青玉案》),是绣幌佳人的散漫娇柔。仿佛,我们又回到了晚唐北宋这段词体文学初露头角的年代。用明末陈子龙的话来说,"于是以温厚之篇,含蓄之旨,未足以写哀而宣志也,思极于追琢而纤刻之辞来,情深于柔靡而婉娈之趣合,志溺于燕婧而妍绮之境出,态趋于荡逸而流畅之调生"(见《三子诗余序》),明确指出词之情乃出于闺幨,而且越出了温厚含蓄的规范,是柔靡乃至荡逸的。应该说,这种大胆的表白超越了南宋后期词学的核心观点——"词归雅正",而直接"花间"传统。

真正将词分为两个对立的流派的观念也始自明代。明代文坛为求主流地位,为承诗统而论争日盛,诗派林立。在这种潮流的影响下,词学研究的理论家们便特别重视前人词作中相似相近的风格倾向,并且自然而然地将他们以派为名,区分开来。最早提出明确的体派观念的是张綎。他在《诗余图谱·凡例》中说:"词体大略有二:一婉约,一豪放。婉约者欲其辞情蕴藉,豪放者欲其气象恢弘。盖亦存乎其人,如秦少游之作多婉约,苏子瞻之作多豪放。"这种着眼于词作风格并且联系具体词人的个性气质概括出来的"体"即是"流派"。张綎此说在明代以及其后的词学发展中具有深远的影响。比张氏稍后的文体学家徐师曾在《文体明辨》"诗余"一条中就采用了他的说法:"至论其词,则有婉约、有豪放者。婉约者欲其辞情蕴藉,豪放者欲其气象恢弘。"及至清代,虽有不少理论家以为这种划分未免简单或以偏概全,但也无法对其漠然视之。更有一些理论家虽不用婉约、豪放的字眼,表达的意思却与张氏大同小异,如周大枢《调春词自序》分词家为秦柳、苏辛二派,冯煦《东坡乐府序》则分刚、柔二派。"体派说"的确立标志着词学研究打开了一个崭新的天地,人们可以立足于具体作品,找出不同作家之间的相通或相异的特点,进而更全面地把握一代词学。

第二节　清代词学(上)——云间派与阳羡派

清代词学号称中兴,在经历了一场地覆天翻的家国之变以后,高张的文网扼杀了文人诗文歌哭的渠道,却不经意给了词这种传统观念中视为小道的文体发展壮大的机会。

一　云间词派

云间词派活跃于明清换代之际,在清初,它保持着很大的影响力。就其组成而言可以作如下区分:以云间(今上海松江)词人陈子龙、李雯、宋征璧兄弟为代表,计南阳等为羽翼的"正宗"云间词家;毛先舒、沈谦等"西泠十子"因其与陈子龙久有渊源,故也认定为该派中人。毛氏自云:"西泠派即云间派也。"这十位作家推动了云间家法在浙中一带的流行。此外,非云间人而深受云间词派思想与创作影响的尤侗、刘体仁等可被视为云间外围作家。至于活跃于广陵词坛的邹祗谟、彭孙遹以及诗坛盟主王士祯等人,他们的词学思想总体而言没有完全突破云间窠臼,但已有新变的成分。

云间论词重视"言情"的功能。沈雄《古今词话》收宋征璧两条词论,其一云:"情景者,文章之辅车也。故情以景幽,单情则露,景以情妍,独景则滞。今人景少情多,当是写及月露,虑鲜真意。然善述情者,多寓诸景,梨花榆火,金井玉钩,一经染翰,使人百思。哀乐移情,不在歌㕡也。"(见"词品"下卷)这里作者详细论述了词中情景的关系问题,指出词中上品当是情景完美融合。景之感人在于意象中贯注了人的哀乐之情,情若真要动摇人心也必须寻求与之相契合的景物。其二云:"词家之旨,妙在离合,语不离则调不变宕,情不合则绪不联贯,每见柳永,句句联合意过久许,笔犹未休,此是其病也。"(同上)这里要求通过"离合"之妙使词具有动宕变化之美。而这种离合主要受情感的变化的带动。虽然这两则"词话"都不是直接阐发"情"在词中的核心位置,但论景、论势不离于情的做法本身就显示出"情"在云间词论中的价值与地位。只不过,面对新的形式和处境,"情"也在起微妙的变化。

以大家而论,清初云间除在晚明已蜚声词坛的陈子龙、李雯以外当推宋征舆。且看他的《蝶恋花·秋闺》,其中有"新样罗衣浑弃却,犹寻旧日春衫着",及"曾误当初青女约,只今霜夜思量着"之句,深情缅邈,含蓄宛转,俨然是传统的爱情词的体式规模。然而词中隐约透露出来的还有作家身处新朝,进退失据,追思往事,悔不当初的复杂情绪。以情词为体貌,暗托怀抱正是云间词派许多作家选择的方式。

二 陈维崧与阳羡派

云间词派最终因为自身的局限性而渐渐沉寂。代之而起的是阳羡派,以言志为观念核心。这一词派大大抬高了词体地位,表现出对苏辛词学观念的全面继承与发展。它站在云间派的对立面,与较其稍后兴起的浙西词派双峰并峙。

其实在阳羡派之前清初词坛上的一批遗民词人已经开始了以词为史,抒亡国长恨,写复国之志。如王夫之"君莫诉。君不见,桃根已失江南渡。风狂雨妒,便万点落英,几湾流水,不是避秦路"(《摸鱼儿》),用比拟手法写江南士人失国失家,漂泊无依,不知所归的深沉苦痛;吴伟业的"六月北风寒,落叶无朝暮"也用相似的方式表明作者内心的隐痛。虽然,这些作者在血雨腥风的高压之下不能直抒胸臆,但我们仍可从中看到他们字面背后的别有怀抱。

阳羡派的宗主是陈维崧。陈维崧(1625—1685),字其年,号迦陵,阳羡(今江苏宜兴)人,有《湖海楼全集》传世。无论是创作还是理论,他对清词的发展均有很大贡献。他的《词选序》概括了这一流派共同的词学观念：

其一，主张文章体格无高下之别，为词体争得与其他文体平等的地位。他认为，文体无所谓正宗与非正宗，所以苏轼、辛弃疾之长调可比之于汉乐府与杜诗。"天之生才不尽，文章之体格亦不尽"，文学样式不可胜数，只有随人的才性加以选择，方可人尽其才，体极其妙。

其二，重视词的表现内容，反对以"艳科"论词。他认为，不但鸿文巨制关乎造化，即使"谰语卮言"也要追求精深，即有深沉思想内涵。他从"思"、"气"、"变"、"通"四方面提出要求，认为无论经史诗词都要遵循这些要求。

其三，存词即存经存史。这是在尊体基础上提出的一个大胆论断，说明在阳羡词家心中，非但"词为小道"的观念已经烟消云散，而且，词选也在文学批评领域争得了一席之地。

在阳羡词派内部，从创作题材上抒述民生之哀的作品开始大量出现。汤思孝有《念奴娇·江南奇旱》，陈维崧有《贺新郎·纤夫词》，孙朝庆又有《满江红·黄河渡口》，等等，这些"怨以怒"的词篇撕开了词体文学惯常温柔敦厚的面纱，给人以心灵的强烈震撼，表现出与诗一样的直面人生的社会责任感。同时，正如他们在理论上一再强调的，以词写家国之恨也是出现在这一群体笔下的常见主题。最为集中的表现，是由陈维崧、曹亮武、史惟圆、蒋景祁等人发起的，阳羡词人内部群体题咏《钟山梅花图》的活动。词人们把亡国之思寄寓在梅花图上，将深沉的哀痛以曲折而不隐晦的方式表现出来。

除此之外，从词的语言来看，阳羡词派突破了传统规范，以诗为词、以文为词的特色十分鲜明。试看陈维崧《醉落魄·咏鹰》一首："寒山几堵，风低削碎中原路，秋空一碧无今古。醉袒貂裘，略记寻呼处。男儿身手和谁赌，老来猛气还轩举。人间多少闲狐兔，月黑沙昏。此际偏思汝。"名为咏鹰实则自写怀抱。起首三句，词人勾勒了一幅秋空寒山的背景，用词生新，大刀阔斧。特别是其中以"几堵"来形容山形山势，给人一种四顾途穷的感觉；而"削碎"一词更平添了世路艰难的况味同时也兼有家国之悲，辅以秋空无垠，我们感受到的是一种孤独苍凉。下阕俨然如辛弃疾词，为我们塑造的是一个虽年华老去却犹堪与猛禽搏击的英雄形象，显然更多的是寄托作者胸中的郁勃之气，咏物即抒怀。陈宗石《湖海楼词序》谓陈维崧"里语巷谈一经点化,居然大雅",陈匪石《旧时月色斋词谭》又称其"至无语不可入词而自然浑脱"。实际上,大多数阳羡词人均可以上述评价,只不过陈维崧因研习杜诗,工骈文,造诣特高而已。其余如任绳隗《大江东去·闻雁》、徐喈凤《青玉案·警悟》等也毫不逊色。这种不拘一格、纵横恣肆的语言使词的表现力大大增强,有力地扫荡了柔靡之风,提高了词品。

第三节 清代词学(下)——浙西派与常州派

一 浙西派

浙西词派之兴与《乐府补题》的刊刻有很大的关系。正是通过对《补题》中诸作的唱和,才形成了以朱彝尊为宗主的词学群体。而浙西词人对《乐府补题》内容意旨的改篡,也正是他们开宗立派的观念核心所在。浙西词派的旗号,是彰显南宋姜夔、张炎的雅正词风,意在以高雅俊洁的文本形态营造清醇雅正的词体特色。这便是他们选择的词学之路。

朱彝尊(1629—1709),字锡鬯,号竹宅,浙江秀水(今嘉兴)人。其词早年偏于小令,有北宋风致,后来随着词学观念的变化由北入南,以姜夔、张炎为宗,词作雅洁又高致。以《长亭怨慢·雁》为例:"别浦,惯惊移莫定,应怯败荷疏雨。一绳云杪,看字字悬针垂露。渐欹斜、无力低飘,正目送、碧罗天暮。写不了相思,又蘸凉波飞去。"词中写大雁在秋空列队而行,身影仿佛文字,书写着寂寞与相思。这本是一个传统的咏物命题,但作者在结句处用了个开放式结局,将读者的思绪从低沉萧瑟中牵引出来,给人以疏朗高远之感,这种抖转逆折之法便是姜夔词的常用之法。

最能代表浙西词派词学观念的是朱彝尊编选的《词综》,这个选本附有汪森所作序言,是该派的纲领性文件。首先,汪森从文本句式长短的角度入手,阐述了词上接古诗、乐府,而非由古诗、乐府、近体代降而成之的观念。把词视作在形式上与诗平等的文体,带有明显的为词尊体的意味,但这与传统的"尊体"说从音乐角度入手不同,说明浙西词人对于词的文本形式更为重视。其次,汪森勾勒出南宋词坛上以姜夔为核心的词学流派,揭示了这一词派对于词学发展的重要意义,认为词体文学到了这一词派手中已经渐臻极致。

自朱彝尊后,厉鹗被奉为浙西派的旗帜。厉鹗(1692—1752),字太鸿,号樊榭,浙江钱塘(今杭州)人,有《樊榭山房文集》传世。浙西后期词人吴锡麒在《詹石琴词序》中,曾这样评价厉鹗:"吾杭言词者,莫不以樊榭为大宗,盖其幽深窈渺之思,洁静精微之旨,远绪相引,虚籁相生,秀水以来,其风斯畅。"(《有正味斋骈体文续集》卷二)这里既指出了厉鹗在浙西词派中的地位,也指明了他的创作风格。事实上,厉鹗对浙派的功绩正在于用"清"、"雅"二字互为表里,构建最高的词学审美规范,把词宗姜张的风气极端化。

厉鹗的词论主张集中在其《论词绝句》12首中:首先,他认为词是承《离骚》一脉而来的,"美人香草本《离骚》",这带有明显的尊体观念。其次,樊榭论词标举"格高韵胜",以"清"为审美典范。他说:"张柳词名柱并驱,格高韵胜属西吴",用意乃在于标出张词中的"三影"名句有清灵之格,非柳永所及。同样,他褒扬晏几道等人,认为他们能为"清歌",有不堕"绮障"之词。这说明浙西中期以后,词人们对于"词为艳科"的距离越来越拉开了。他们追求的是清雅的文人韵致。其三,重视咏物之作。对咏物词的推重是浙西开派以来的一贯作风,因为这一类词最具"雅正"的品格与"清婉"的风貌,也最能体现学问。同时,咏物词可以染上一些淡淡的若有若无的寄托,既不触碍文网,多少也能宣泄一下心中的抑郁。如"头白遗民涕不禁,《补题》风物在山阴,残蝉身世香莼兴,一片冬青冢畔心。"即是其例。

厉鹗本人的创作很好地体现了自己的词学观。以下是他的《齐天乐·秋声馆赋秋声》一首:

簟凄灯暗眠还起,清商几处催发?碎竹虚廊,枯莲浅渚,不辨声来何叶?桐飘又接。尽吹入潘郎,一簪愁发。已是难听,中宵无用怨离别。

阴虫还更切切。玉窗挑锦倦,惊响檐铁。漏断高城,钟疏野寺,遥送凉潮呜咽。微吟渐怯。讶篱豆花开,雨筛时节。独自开门,满庭都是月。

"秋声"指的是秋夜的各种声息,欧阳修有《秋声赋》咏之。厉鹗以此入词,细致婉转。仿佛,词人中夜而起,听到风吹叶响,清愁无限。他侧耳细听虫吟、更漏、晚潮,似乎什么都可以想,什么都可以不想。推门而出,满庭月色。整首词看不到什么剧烈的情感起伏,意境也不闳大,但它仿佛具有穿透人心的力量,让读者沉浸在淡淡的惆怅与感慨中。

在浙西派大行其道时,立于其藩篱之外的词家也有很多,其中代表者,首推纳兰性德。

纳兰性德(1654—1685),字容若,号楞伽山人,满族正白旗人,传世有《饮水词》。纳兰性德功名显赫,位居清要,却情思抑郁,为词推崇南唐后主李煜,王国维称为"北宋以来,一人而已",足见他在创作上的成就之高。在纳兰词中有两类作品最见特色,一是出塞,二为悼亡。前者在历代词的创作中数量比较少,而作者写来或境界阔大,或别有怀抱:如《长相思》中,"山一程,水一程,身向榆关那畔行。夜深千帐灯",景象壮丽,有杜诗气格;又如《采桑子·塞上咏雪花》,"别有根芽,不是人间富贵花",借题抒怀,写尽羁縻人间的不自由;再如《蝶恋花·出塞》:"今古河山无定据,画角声中,牧马频来去",则是抚今追昔,感慨万端。后者虽是常见题材,但词人赤诚淳笃,所以哀乐之状如在眼前:"被酒莫惊春睡重,赌书消得泼茶香。当时只道是寻常"(《浣溪沙》),往日的寻常的闺房之乐如今只剩追忆;"卿自早醒侬自梦,更更,泣尽风前夜雨铃"(《南乡子·为亡妇题照》),是悼人也是自悼,斯人已逝,而词人却仍需独自流连在无味的人间,生者与死者也不知谁的痛苦更深一些。可以说,纳兰性德从深度和广度两方面拓展了清词的境界。

二 常州派

常州词派兴起于嘉庆(1796—1820),大畅于道光(1821—1850),其代表人物为张惠言和周济。

张惠言(1761—1802),字皋文,号茗柯先生,常州武进人,著名经学家,著有《周易虞氏义》和《茗柯词》。他的词学主张主要体现在他与其弟张琦合力选编《词选》中。在《词选序》中,他提出了"意内言外"的词学观。"意内言外"出自东汉许慎的《说文解字》,原指外在的语言形式同内含的意义结合而成语词,张惠言借此论词,其用意在于指出词是言志的。他所说的"意"非一般情意,乃是"贤人君子幽约怨悱"之旨,也就是他在《词选》一书的笺释中大力鼓吹的"感士不遇"和"忠爱之忱",所以他才拿来和"诗之比兴,变风之义,骚人之歌"相并比。另外,他所谓的"言"也不同于一般言辞,特指"微言",即可以用来以小喻大的物象。他主张通过讴唱"里巷男女哀乐",来表达"贤人君子"的情怀,则完全跟《诗》、《骚》的"香草美人"一脉相承。不过,将这一传统运用于词,却有其特殊的效应。"词为艳科",本来就多男女欢爱的描写,现在从"微言大义"上去解释,不都成了"贤人"之志的表白了吗?

事实上,张惠言自己的创作也努力实践着"意内言外"的理论。以其最享大名的《水调歌头·春日赋示杨生子掞》五首中的一些名句为例:"难道春花开落,又是春风来去,便了却韶华?花外春来路,芳草不曾遮",传统的伤春题材到了词人笔下却变得充满希望,春去春总会再来;又如"迎得一钩月到,送得三更月去,莺燕不相猜。但莫凭栏久,重露湿苍苔",夜深人独立,原本是凄凉境地,而词人却劝人毋需过多忧虑;再如"一夜庭前绿遍,三月雨中红透,天地入吾庐。容易众芳歇,莫听子规呼",则是教人以虚静之心容纳世间万物。

使张惠言"意内言外"之说得以光大,常州词派蔚为大宗的,是生活于嘉、道之际的周济。周济(1781—1839),字保绪,号介存,一号止庵,江苏荆溪人,著有《味隽斋词》、《词辨》,并编选了《宋四家词选》。他有力地阐扬了常州词派的理论观念,对由张惠言提出而未及详细论述的种种命题一一加以推衍。周济不仅在其词学著作《介存斋论词杂著》中阐述自己的词学观,更以《宋四家词选》为羽翼推广了常州宗风。

周济的理论最为有力之处是提出了"词亦有史"的观念。在传统文人心目中,"史"具有极为崇高的文化地位。作史者往往是抱着"通古今之际,究天人之变"的目的,来记述往圣先贤的行为与言论,总结自然与社会变迁的经验教训。可以说,"史"是文化与文明的化石,而"词",这样一种历来为人所不重视的文体与"史"相联系,显然作者是有意为它洗脱所谓"绮罗香泽"、"轻靡软媚"

的本色,给它的价值功用重新定位。故此,周济不满于将词的表现范围局限于"离别怀思"、"感士不遇"的个人化的、小我的幽约怨悱之情,而是要求词人作品更多地融汇时代精神与社会心理,将社会盛衰的真实图景,以及面对这种图景的真实感受反映出来,成为后人论世之资。同时,周济指出,虽然创作主体的"性情"、学问、境遇不同,但在为词时必须出于"由衷之言",维护作品表现情志的真实性、独立性与深刻性。""词史"与"诗史"并提,使词摆脱了"小道"、"卑格"之论,较之单从长短句式或音乐入手,显然更为靠近乃至触及词体文学的要害——母题的选择。

周氏词学观念的另一个重心是他的"出入寄托"理论。"词有寄托",是指词人将自己内心的幽思感怀,通过对"一事一物"的刻画表现出来,其精妙之处能够做到"意物相称",也就是指"寄托"与"本事"结合紧密、恰当。所谓"无寄托",并非是要降低词的思想性,而是要求词人将特定的寄托转化为具有广泛涵盖性和包容性的意象,便于读者自己从意象中去生发联想,绅绎情思。他同时指出,"有寄托"是物与情结合的初级阶段,需要高度的艺术技巧方能有所作为;而"无寄托"则是物情结合的高级阶段,词人将由外物所触及而生的感情积淀下来,在某一个兴会神到的时刻恣意挥发,将"寄托"与情景融为一体,泯灭其痕迹,使人难以实指,给读者留下广阔的想象空间。

以自身创作论,周济的作品因为过于求寄托难免晦涩,但一些小令却颇佳,能以寻常字面出言外之想:"满眼颓垣欹病树,纵有余英,不值风姨妒。烟里黄沙遮不住,河流日夜东南注"(《蝶恋花》),虽是伤春,却分明充满了末世哀感;"冥冥,车轮落日,散绮余霞,渐都迷幻景。问收向红窗画箧,可算飘零?相逢只有浮云好,奈蓬莱东指,弱水盈盈。休更惜,秋风吹老莼羹"(《渡江云·杨花》),明是咏杨花,实则是感于时势,对国运和自身的命运都存在着深深的疑虑。

与两宋词的辉煌相比,元明两代是一个蕴涵转机的低谷,经过短暂的蛰伏,到了清代,尽管词已经失去了时代主流文学样式的地位,但是它同样焕发出异样的光彩。词的生命,没有在两宋完结,清代词学以其理论深湛、流派纷呈、佳作迭出而重新站在了高山之巅。

思考与练习

  1. 明代词学的主要特点是什么？为什么会形成这样的特点？

  2. 浙西词派将哪些词人作为自己的学习对象？他们在创作实践中有无突破？如有，表现在哪些方面？

  3. 常州词派的理论核心是什么？这样的理论对他们的创作风气有何影响？

第四卷　散曲

绪　论

散曲作为起源于民间新声并深受词、诸宫调等文体影响的文学体裁，是一种与格律诗、词同类的韵文文学样式，它在体制、格律、风格等方面均有自身的鲜明特点。

一　散曲的名称、渊源和分类

"散曲"一词首见于南北朝。南朝王融曾将他的一首诗取名为《散曲》，这里的"散曲"尚非文体名称。早期散曲作品出现于金、元之际，元好问、杨果、刘秉忠、杜仁杰等由金入元的文人均作有散曲。元代是散曲文学的第一个黄金时代，但当时还没有"散曲"一名。散曲在元代的称谓主要有三种：一是"小令"，又称"叶儿"，指独立成篇的单支曲。二是"套数"，指由两支以上单曲按照一定规则组合而成的组曲。这一称谓也适用于戏曲中的同类作品。三是"乐府"，一般是对小令和套数的统称。元燕南芝庵《唱论》："有尾声名套数，时行小令唤叶儿。"作为文体称谓的"散曲"出现于明代。这个概念的最初指称对象还不十分明确，如明初散曲家朱有燉的散曲集《诚斋乐府》分为"散曲"和"套数"两卷，其中的"散曲"专指小令。到了明代中后期，"散曲"才成为统指小令和套数的文体名称。吕天成《曲品》说："不作传奇而作散曲者：周宪王有燉，字诚斋；王九思渼陂，鄠县人；陈铎秋碧，南京人；……以上二十五人俱上品。……盖诸公多濬文章之派，并扬词曲之波。歌套数洋洋盈耳之欢，唱小令呜呜沁心之妙。篇章应不朽，姓字必兼存。允为上品。"这里的"散曲"，既包含"洋洋盈耳"的"套数"，也包含"呜呜沁心"的"小令"。及至近现代，"散曲"一名成为与戏曲相对而称,包含小令和散套两大子类的文体专名。

　　散曲是在综合吸收前代的词、诸宫调、赚词、诗歌等韵文文学因素,并汲取民间俗曲养料的基础上孕育而成的。其中词和诸宫调对散曲的影响尤大,可以视为散曲的母体。近200只散曲曲牌直接取自词牌;散曲中的小令源自词之小令,二者形式相近;一些曲谱甚至直接引用词作品作为曲牌的例证;散曲中的套数形式来自诸宫调与赚词。

　　根据最初产生、流行地区的不同,散曲可分为南散曲和北散曲两大类。无论是南散曲还是北散曲,依照篇幅容量和文体特点的差异,都分为小令、套数两个子类。

　　小令是指内容和形式都独立成篇的单支散曲。例如马致远的[越调·天净沙]《秋思》、张养浩的[中吕·山坡羊]《潼关怀古》都是小令。其形式与词中的小令(如[十六字令])大致相同,但散曲小令是不分上下阕的。这种体式的形成,既与词体小令有密切关系,同时也受到杂言诗和酒令等文体形式的影响。

　　小令中有一些比较特殊的形式,也视为小令的变体,主要包括"幺篇"、"带过曲"和"集曲"。

　　北散曲中某些小令,在作完一首之后,用同一曲牌的格律再作一首连接其后,两首之间一般标有[幺],后一首就是"幺篇",即"后篇"之意。因这种形式在整体上被视为"幺篇",所以尽管两首相连,仍被视同小令。元人冯子振作有42首这种形式的小令,如[正宫·鹦鹉曲]《故园归计》:"重来京国多时住,恰做了白发伧父。十年枕上家山,负我潇湘烟雨。[幺]断回肠一首阳关,早晚马头南去。对吴山结个茅庵,画不尽西湖巧处。"需要注意的是,北杂剧中的套数也常用幺篇,但剧曲幺篇与散曲幺篇有所不同,第一首之后的各首均各自独立成篇。

　　带过曲也是散曲中的体式之一,它以二至四支(二支占绝大部分)在音律上能够互相衔接的曲调(曲牌)完整地组接起来,成为一支新的曲调,在第一支牌名之后加上一个"带"或"带过"、"过"、"兼"、"后连"等的组接词,串起另外一个或几个牌名,作为这支新曲调的曲牌名,例如[雁儿落带得胜令]、[骂玉郎带过感皇恩采茶歌]等。就形式而言,带过曲大抵介于小令与套曲之间。一方面,它和小令一样是一个独立存在的曲体,具备小令的所有特征;另一方面,它由几支曲组合而成,具有套曲的基本构成特征,但又不同于套曲,因为它有套曲所没有的带过曲曲牌,而且不用尾声,而尾声是套曲的标志。因此带过曲是一种特殊的小令。北散曲中有50余种带过曲曲牌,南散曲中也有数种。

集曲是南散曲小令最主要的类型。《九宫大成南北词宫谱》所收曲牌中,属集曲曲牌者就达507支。所谓"集曲",按吴梅的说法,就是"取一宫中数牌,各截数句而别立一新名是也"(《顾曲麈谈·原曲》)。意思是从同一宫调的原有曲牌中选取若干支,又从这些曲牌中各截取一些句式,凑成一个新的曲调,另取一个新牌名。如明代曲家王骥德所作集曲[南仙吕入双调·姐姐寄封书]:"[好姐姐]可怜空房静悄,难消受孤灯独照。亲题几字、教奚奴,相奉邀。[一封书]到朝,月儿高,千万来陪奴宿一宵。"集[好姐姐]和[一封书]两曲而成,前四句取自[好姐姐]首四句,后三句取自[一封书]末三句,新的曲牌名也是截取原来两个曲牌的一些词连缀而成,这是最基本的集曲形式。从现有作品推断,集曲在元代就已产生,元南戏《荆钗记》中就有[女临江]、[临江梅]等集曲。[女临江]集[女冠子]和[临江仙]而成,[临江梅]集[临江仙]、[一剪梅]而成,但集曲的兴盛始于明代。集曲所集的原曲调,少则两支,多则可达30支,而以集二至三支最常见。

套数又名"套曲"或"散套",是由数支至数十支曲连缀而成的组曲。体制上有如下特点:套数中各支曲的曲牌须属同一宫调;曲词须一韵到底;最后一曲多用"尾声"或"煞曲","尾声"是专用于套数收尾的曲牌,有"尾"、"余音"等别称,"煞曲"是由[煞]这种曲牌与其他曲牌组合而成,如[煞尾]、[后庭花煞]等;组成套数的曲少则二到三支,多者可达三十余支;曲牌间的衔接组合有一定顺序,不能随意组接。

二 散曲的格律

"格"指散曲创作中规定的格式要求,包括句数、各句字数、结构、对仗等。"律"指声韵之规律,包括各字的平仄、各句的用韵以及宫调、曲牌的选择等。

(一)宫调与曲牌

每一支曲都有一个曲牌,或者说都是按照某一个曲牌的格律要求创作而成的,每个曲牌都属于某一个宫调。

宫调是古代音乐术语,由七音、十二律组合而成。七音又称"七声",指构成音乐的七个基本乐音,即宫、商、角、变徵、徵、羽、变宫,相当于西乐的一至七声。十二律又称"十二律吕",是古代指称规律性的成体系的标准音高的音乐术语,共12个名称,由低音到高音排列为:黄钟、大吕、太簇、夹钟、姑洗、仲吕、蕤宾、林钟、夷则、南吕、无射、应钟。十二律又分为六律、六吕,依前排列,单数的六个为六律,双数的六个为六吕。十二律大致相当于西乐的十二调。以七音分别与十二律相配,所得名称即为宫调名。其中,以"宫"与十二律配得者直称为"××宫",以其余六音与十二律配得者另加"调"字,称为"××调"。例如,以"宫"配"黄钟",即得"黄钟宫"的宫调名;以"商"配"黄钟",即得"黄钟商调"的宫调名,依此类推。此种相配而得的宫调名为正式名称,又各有俗称,俗称往往比正式名称更为通行。宫调主要有三个作用:第一,限定乐曲的调式和基调高低;第二,显示乐曲不同的感情色彩;第三,统率各种曲牌(曲调),限定套曲创作的选曲范围,并作为曲牌的分类类目。

以七声配十二律,理论上应得 84 个宫调,但实际使用的只是其中的一部分,南北曲宫调用得更少。从传世作品来看,北曲实际使用的宫调为 12 种,即:仙吕宫、南吕宫、中吕宫、黄钟宫、正宫、双调、商调、越调、大石调、般涉调、商角调、小石调。南曲实际使用的宫调为 15 种,即:仙吕宫、南吕宫、中吕宫、黄钟宫、正宫、道宫、双调、商调、越调、大石调、般涉调、高平调、小石调、羽调、仙吕入双调。南北曲通用、常用的宫调为五宫四调:仙吕宫、南吕宫、中吕宫、黄钟宫、正宫、双调、商调、越调、大石调,称为"九宫"或"南北九宫"。

曲牌就是曲调调名。古人给每种曲调各用一个代号命名,这名称就是曲牌,也称为"牌名"。王骥德《曲律·论调名》:"曲之调名,今俗曰牌名。"今天所说的曲牌,一般都是指南北曲曲牌。散曲曲牌数量丰富,仅据传世作品统计,就多达一千五百多种。曲牌的形成途径与来源很多,或来自词牌及诸宫调曲名,或以集曲形式及其他方式自创新牌等。

曲牌的作用体现在文学和音乐两个方面。从文学角度说，曲牌规定着使用该曲牌创作作品时的各方面要求，如多少句、每句多少字、各个字用平或用仄、何处用韵、何处用对仗、何处可用衬字等。从音乐角度说，曲牌规定着各曲调的唱腔、调式、板眼、音色、风格、感情色彩等，如某曲牌属悲曲，某曲牌属欢曲，某曲牌属急曲，某曲牌属慢曲，某处是板眼所在，某字是高音低音等，这在工尺谱中多有体现。随着时代的发展和散曲文学本身的发展，曲牌在音乐方面的规范作用逐渐淡化，到了晚清民国时代，曲牌的音乐指导意义已大体消失，这时的散曲大多成为案头文学，一般情况下已不再用来配乐歌唱。现当代为数不多的曲作者们，除了极少数名家如吴梅之外，一般也无法依照各曲牌旧有音律对曲作加以演唱了。

(二)用韵

散曲与格律诗词一样，在用韵方面也有严格的规定，但其用韵和格律诗词的用韵存在差异。主要表现在：

1. 自立韵部。诗词一般遵从《平水韵》，分 106 个韵部；散曲一般遵从《中原音韵》，分 19 个韵部。

2. 平仄通押。即在同一篇曲作中，只要是同属一个韵部的字，均可作为韵脚字，在遵守曲谱规定的前提下，作家可以在同一韵部的所有字中自由选择韵脚字，不受平声、仄声的限制。诗词用韵均不能如此。

3. 一韵到底，不能换韵。同一首小令或套曲，不管有多少句，只能用同一个韵部的字作韵脚字，不能杂用其他韵部的字。诗词则除近体诗外，古体诗和词都可换韵。

4. 韵密。散曲押韵密，一首曲中通常七八成句子是押韵的，不少作品句句用韵。诗词韵稀，一般隔一句或数句押一韵。

5. 不忌重韵。即同一字可在同一篇作品中作为韵脚字出现两次以上。近体诗和词则忌重韵。

(三)衬字和增句

散曲与格律诗词的又一明显区别是曲可用衬字，少数曲牌还可增句。格律诗词均不用衬字，不能增句。衬字是指曲中除规定用的字(正字)之外由作者根据表达需要增加的字。所谓"规定",一般指曲谱所定者,实际上也就是约定俗成而经统一规范的作曲规则。例如北曲[双调·水仙子],按规定是八句,各句字数依次为"7,7,7。5,6。3,3,4。"共42字。而元刘庭信[双调·水仙子]《相思》其三:"恨重叠重叠恨恨绵绵恨满晚妆楼,愁积聚积聚愁愁切切愁斟碧玉瓯,懒梳妆梳妆懒懒设设懒爇黄金兽。泪珠弹弹泪珠泪汪汪汪汪不住流,病身躯身躯病病恹恹病在我心头。花见我我见花花应憔瘦,月对咱咱对月月更害羞,与天说说与天天也还愁。"共100字,衬字比正字还多。从传世的散曲作品看,使用衬字的作品远多于完全不用衬字的作品。

衬字可用于句首、句中,不能用于句末。不论小令、套曲,一句中或一篇中用多少衬字,原则上无限制。但从实际使用情况看,套曲用衬字较多,小令用衬字较少;北曲用衬字较多,南曲用衬字较少。一些固定用于句末的定格助词,如"也么哥"、"也波"之类,不算衬字,因其有音无义,又在句尾。衬字的作用主要表现在:一是通过对正字的修饰或补充以充实文意;二是增强曲的表达功能,作家可以突破字数限制,淋漓尽致地表情达意;三是使曲通俗化、大众化的特点得到进一步的发挥。格律诗词的字数受严格限制,选词用语,力求典雅而含义丰富,多用典故,因此诗词典雅凝练,而散曲则以通俗见长。

散曲除可用衬字外,少数曲调如北曲中的[混江龙]、[后庭花]等还可以在规定的句数之外,增加若干句子。增句可以增加曲作的表现空间和容量,也便于作者尽情地发挥才情,而格律诗词是不能增句的。

(四)风格与表现手法

含蓄典雅是诗词的常见风格,散曲则以通俗、诙谐、泼辣、尖新为本色。这一风格特色在套数中表现得更为明显,小令中虽然不无风格雅丽清婉之作,但质朴仍是主流。总体上说,诗词与散曲的审美取向不同,诗词以雅为美,散曲则以俗为美。

散曲此种风格的形成,与其表现手法及语言特点密切相关。散曲多用铺叙手法,从头写来,反复渲染,惟恐言不尽意;多用白描,少用典故,开门见山,不尚含蓄;多用口语、俗语和助词,特别是多用二字、三字、四字式叠字修饰词;多用衬字,句式灵活,各句字数少者一二字,多者二三十字;多用对仗,且形式多样,有鼎足对、连璧对等独具特色的对仗形式。

三 散曲在海外的传播

散曲受重视程度不如诗词,加之翻译散曲难度较大,所以散曲在国外的译介与传播不如诗词、戏剧和小说。20世纪50年代以来,散曲逐渐引起国外汉学界的注意和兴趣,在散曲翻译和研究领域取得一定的成果。这些汉学家中较有成绩者有:美国的 Wayne schlep(施文林)、James L.Crulmp(柯润璞)、Richard Fu-sen Yang(杨富森)、Charies R.Metzger(梅茨格)、Chun Jo Liu(刘君若)、Jerome P.Seaton(西顿)、Dale R.Johson(章道犁)、Richard John Lynn(林理彰),荷兰的 Kurt W.Radtke(黎德机),日本的田中谦二、田森襄和韩国的尹寿荣等。他们或从事散曲理论研究,或致力于作品的翻译,有的两方面均有涉足。就散曲翻译而言特点有二,一是多为英译,二是所译作品均为元散曲。最早的英译元散曲集是由杨富森、梅茨格合译的《元人散曲五十首》,1967年出版,计有小令47首、套数3套。此书译法及体例自成一格,正文部分的译作,有中文原文作对照,作者姓名、题目、曲牌包括部分宫调均译出。另有附录及索引,附录中包括一些注释、评述以及所有作品的另一种译法,即逐字对译。西顿翻译的《元代道教徒饮酒歌》,出版于1978年,此书选译的作品,题材多属歌咏林泉隐逸之乐或看破红尘及时行乐一类。译法颇不规范,曲牌和多数作品的题目均未译出。选译的作品全为小令,共100首。规模更大的英译散曲见于柯润璞的两部专著:《上都乐府》(1983)和《上都乐府续》(1993)。这是两部研究元代散曲的学术著作,论者出于论述举例的需要,翻译小令191首、套数7套。林理彰的《贯云石》(1980)是研究色目曲家贯云石的专著,书中有贯云石小令79首、套数9套的译文,几乎是贯氏散曲作品的全部了。黎德机的《元代诗歌》以元散曲中的小令为研究对象,作者翻译了60首小令,并有较详的评注。施文林的《散曲:技巧和意象》(1970)也有48首小令及4首散套只曲的译文。除英译外,也有一些日译的作品,如田中谦二的《乐府·散曲》一书中就有18首小令的译文。

第一章 元代散曲

　　1260年,忽必烈继承蒙古汗位,其后定都大都。1271年,定国号为元。1276年,元军攻占南宋都城杭州,南宋灭亡。1279年,元军消灭南宋余部,统一全国。

　　国家的统一,使遭受战争破坏的经济得以逐步恢复和发展。都市商业繁荣,既积聚着财富,也荟萃着人文。社会变革给文学带来的显著变化,就是元曲的兴起,通俗文学首次占据了一代文学的主流地位。

　　元曲包括散曲和剧曲(主要是杂剧)两类。散曲与音乐关系密切,其曲调是北方少数民族的"胡夷之曲"与燕赵民歌的"里巷歌谣"以及大曲、词、诸宫调等传统音乐的糅合。元散曲基本上全为北曲,这是因为散曲起于北方,前期的创作中心在大都一带的缘故。中后期散曲的创作中心南移至杭州一带,但这一性质基本未变。

　　元代散曲流传至今的作品,基本上都收录于隋树森所编元散曲总集《全元散曲》中,计小令4053首、套数478套。由于在流传过程中大量散佚,流失的作品应远多于存世之作。

　　元散曲内容丰富,题材多样。一是男女情爱,其中描写对自由恋爱和美满婚姻追求的作品,有较高的认识价值,少数作品因侧重于感官和肉欲的描写,格调不高。二是渔樵隐逸,或表现超脱闲适的生活情趣,或表达对功名利禄的蔑视和对官场污浊的不满。三是写景咏物,往往借题发挥,自写怀抱。四是怀古咏史,或借怀古以讽今,或借咏史以寄慨。元代民族歧视严重,汉族知识分子因统治者一度取消科举而求宦无门,他们沉沦于社会底层,往往借散曲抒写怨愤。元散曲中也有直面社会现实、反映重大社会现象的作品,代表作有刘时中[正宫·端正好]《上高监司》等,但数量不多。

　　元散曲的艺术风格在中国韵文文学领域内别开生面。总体上看,元散曲摒弃诗词的绮丽典雅,多用口语与白描,善用铺陈,形成豪爽、泼辣、诙谐、通俗的新风。

　　元代散曲作家中有作品传承至今的约二百一十人,其中马致远、张可久、关汉卿、张养浩、乔吉、刘时中、贯云石、王和卿、白朴、徐再思、卢挚、薛昂夫、杜仁杰、睢景臣、汪元亨、钟嗣成、曾瑞、周德清、冯子振、张鸣善、刘庭信等,都是元散曲名家。

　　从创作角度看,元代散曲作家可以分为两类,一类作家既写散曲又从事戏曲(主要是杂剧)创作,如关汉卿、马致远等;另一类作家则专门致力于散曲创作,如张可久、张养浩等。

第一节　关汉卿、马致远等散曲作家

　　关汉卿、马致远、白朴、郑光祖被称为"元曲四大家"。"四大家"均以杂剧名世,而关、马、白又皆为散曲高手。

一　关汉卿

　　关汉卿,生平不详。散曲今仅存小令52首、套数14套,少量作品的作者归属尚有争议。他的散曲大多描写男女间的相思相爱和离愁别恨,有的则通过写景状物以渲染自己的悠闲适意生活,抒发怀才不遇的怨愤。套数[南吕·一枝花]《不伏老》是备受传诵的名篇。此套由四曲组成,以诙谐通俗的语言、跳宕流走的长句和铺排夸张的笔法,"破罐破摔"式地抒发胸中不平之气。前三曲中,作者对自己"半生来折柳攀花,一世里眠花卧柳"的风流浪荡生活作了尽情铺排,并自封为"盖世界浪子班头"、"锦阵花营都帅头"。[尾]曲则更是一篇不折不扣的"浪子宣言",宣称"除是阎王亲自唤,神鬼自来勾,三魂归地府,七魄丧冥幽",否则就坚决不改这些"歹症候"。在玩世不恭、自暴自弃的外衣下,透露的是对黑暗社会的抗争和对传统说教的嘲弄。他如[南吕·四块玉]《闲适》四首,着意讴歌田园生活的闲适自乐:"适意行,安心坐,渴时饮饥时餐醉时歌,困来时就向莎茵卧",尽情渲染"离了名利场"、"跳出红尘恶风波"的快活,与《不伏老》一样,表达了对功名的否定。

关汉卿长于男女之情的描写。他长年混迹于烟花丛中,熟知男女情事,其深刻的体验发诸笔端,颇具市井情趣。小令[仙吕·一半儿]《题情》四首、无题套数[双调·新水令](楚台云雨会巫峡)等都是描写男女欢爱的佳作,艺术上不避俚俗,以直露见称。作者描写情人间的离愁别恨,多从女子角度落笔。[南吕·四块玉]《别情》中的女子,与情人握别后,凭栏远眺,伫立目送,尽管"溪又斜,山又遮,人去也",依然独立怅望,身上洒满杨花,仍不想归去,痴情难舍之状,如在目前。

关汉卿的写景状物曲,善于凸现景物特征,如其描写渔村雪景的无题小令[双调·大德歌]云:"雪粉华,舞梨花,再不见烟村四五家。密洒堪图画,看疏林噪晚鸦。黄芦掩映清江下,斜揽着钓鱼艖。"大雪飞舞,天地一色,渔村人家淹没于雪海中,唯有寒鸦数点,鸣于疏林。结末二句轻加点染,黄芦掩映下的清江之畔,"独钓寒江雪"的渔船给萧疏的雪景添上一层亮色,堪称曲中有画。

王国维在《宋元戏曲考》中称关汉卿戏曲"一空依傍,自铸伟词,而其言曲尽人情,字字本色"。曲尽人情,字字本色,是关汉卿杂剧的特点,也是关汉卿散曲的特点。

二 马致远

马致远,号东篱,生平不详。在元代曲坛上,他的名声地位与关汉卿相近,当时就有"曲状元"之称。明初曲学家朱权作《太和正音谱》,品评元代曲家187人,列马致远为第一,称其曲"有振鬣长鸣、万马皆喑之意。又若神凤飞鸣于九霄,岂可与凡鸟共语哉!宜列群英之上"。就散曲创作而言,马致远的成就当在关汉卿之上。其散曲传留至今的有小令115首、套数26套,作品数量位居前期散曲家前列。叹世、叙事、杂咏和写景是其散曲的主要内容,艺术上创作手法多样,雅俗兼备。

叹世类题材多写官场污浊、功名误人、人生苦短、田园诗酒可恋等。[双调·蟾宫曲]《叹世》、[双调·庆东原]《叹世》六首、[南吕·四块玉]《叹世》九首、[双调·清江引]《野兴》八首等是这类题材中的佳作。套数[双调·夜行船]《秋思》更为人称道。此套由七支曲组成,先写人生短暂如梦,欢饮是真;继写天下独尊的帝王、名播宇内的豪杰、腰缠万贯的富人,其结局一概是"荒坟横断碑,不辨龙蛇",既感慨富贵无常,又揭示名利的虚幻。下半部分着意赞叹乡村的自然风光和隐居的宁静生活,尾曲通过对名利之徒与山林高士的对比,表明作者的人生态度:厌恶那些犹如"密匝匝蚁排兵,乱纷纷蜂酿蜜,急攘攘蝇争血"的争名夺利现象,最向往的生活方式是"和露摘黄花,带霜烹紫蟹,煮酒烧红叶",不为物役,及时行乐,洒脱不羁。这种貌似颓唐的处世态度,与关汉卿《不伏老》同调,其实是对社会现实和自身际遇的抗争,在故作潇洒的背后蕴含着辛酸苦涩。这套曲体现了作者深厚的艺术功力,元代曲学家周德清在《中原音韵》中引以为典范,认为"韵险语俊","无一字不妥",乃是"万中无一"的曲中绝品。明代王世贞也盛赞此套"放逸宏丽,而不离本色,押韵尤妙。……元人称为第一,真不虚也"(《曲藻》)。

[越调·天净沙]《秋思》是千古传唱的名篇,被誉为元曲写景小令的压卷之作。此曲寥寥五句,前三句每句三个名词,分写九种景物,不同色调的景物相互映衬。第四句为前面的秋景抹上夕阳的余晖,浓浓一笔,蓄足气氛。末句"断肠人在天涯"为点睛之笔,表达了游子思乡、倦于漂泊的主题。通篇情景交融,"秋思"因秋景而愈增其悲凉氛围,秋景因"断肠人"之秋思而愈显其萧瑟情调,情因景生,景因情显。周德清《中原音韵》誉之为"秋思之祖";王国维《人间词话》认为此曲"甚得唐人绝句妙境。有元一代词家,皆不能为此也";吴梅《顾曲麈谈》赞其"直空今古"、"不可及"。此外,[双调·寿阳曲]《远浦帆归》、[双调·寿阳曲]《渔村夕照》诸作,都是写景如画的佳作。

马致远散曲题材与表现手法的多样化,更体现在他的叙事和杂咏之作上。九曲套数[般涉调·耍孩儿]《借马》是叙事曲中的杰作。此套中的主人公爱马如命,作品描写他人前来借马时他不愿借却不能不借的复杂心情。作者以主人公的口吻袒露其心理活动:唯一的这匹马新买不久,经过"逐宵上草料数十番",才"喂饲得膘息胖肥",它既是名贵的"蒲梢骑",又"似云长赤兔,如益德乌骓",这心爱宝物岂肯借人,可是借马者偏是"不晓事颓人"又得罪不起的"兄弟","不借时反了面皮",于是只得含泪咬牙出借,不由肚里连骂粗话,并向借马者交代将近30条无法记全的注意事项,马未上路,他已准备含泪远眺倚门等候了。这首曲题材别致,风格幽默,心理描写丝丝入扣,笔法夸张而不失其真,体现了马致远散曲雅俗兼备的特点。

三 白朴、乔吉与睢景臣

白朴(1226—?),字仁甫,又字太素,终生不仕元朝。散曲作品仅存小令37首、套数4套。他的散曲才情富赡,本色味浓,抒情超迈旷放,写景清丽俊逸。白朴少年时身经国亡家破、母亲被掳的惨剧,入元后隐居不仕,这种身世遭遇对其散曲创作有很大影响。他的散曲多写全身远祸,不近功名,酒中避世,诗中寻乐。"今朝有酒今朝醉,且尽樽前有限杯。回头沧海又尘飞"([中吕·阳春曲]《知几》四首之二);"知荣知辱牢缄口,谁是谁非暗点头。诗书丛中且淹留"(同上之一)。不计荣辱,不谈是非,不慕功名,只愿诗酒度日。表面上看破红尘,实际上愤世嫉俗,在貌似旷达的外衣下,隐藏着忧郁和愤激。如被周德清《中原音韵》赞为"命意、造语、下字俱好"的[仙吕·寄生草]《饮》:"长醉后方何碍,不醒时有甚思。糟腌两个功名字,醅淹千古兴亡事,麴埋万丈虹霓志。不达时皆笑屈原非,但知音尽说陶潜是。"表面上说但愿长醉不愿醒,实则借酒浇愁,愁思倍增,强作旷达之语,反而更露愁情。

白朴的景曲、情曲也有佳作。如[越调·天净沙]《秋》:"孤村落日残霞,轻烟老树寒鸦,一点飞鸿影下。青山绿水,白草红叶黄花。"与马致远那首同调名作《秋思》相较,功力应在伯仲间。

乔吉(1280? —1345),字梦符(亦作孟符),山西太原人,曾久居杭州,平生未仕,放浪江湖,沉湎于山水、青楼与诗酒中。乔吉是兼作杂剧的散曲大家,散曲成就在杂剧之上。散曲今存小令210首、套数11套,数量之多位居元散曲家第二,仅次于张可久。与张可久齐名,同有盛誉。

讴歌纵游林泉的闲适生活、描写男女恋情相思,以及模山范水是乔吉散曲的基本内容。他自称是不应举的江湖状元,不思凡的风月神仙,宣称喜过青楼买笑、诗酒为友、啸傲湖山的生活,蔑视一切功名富贵。[正宫·六幺序]《自述》标榜自己"不占龙头选,不入名贤传。时时酒圣,处处诗禅。烟霞状元,江湖醉仙。"[双调·折桂令]《自述》把自己的隐居生活描绘得如同神仙境界:"华阳巾鹤氅蹁跹,铁笛吹云,竹杖撑天。伴柳怪花妖,麟祥凤瑞,酒圣诗仙。不应举江湖状元,不思凡风月神仙。断简残编,翰墨云烟,香满山川。"[中吕·满庭芳]《渔父词》居然连皇帝的宝座也瞧不起:"卧御榻弯的腿疼,坐羊皮惯得身轻。"于狂放潇洒、玩世不恭中一吐淡泊功名的心志。乔吉的写景咏物曲,多用夸张比喻,颇具奇思妙想。名篇[双调·水仙子]《重观瀑布》将瀑布喻为一匹悬在霄汉"几千年晒未干"的"雪练",收尾三句说:"似白虹饮涧,玉龙下山,晴雪飞滩。"想象和用喻十分奇特。[双调·水仙子]《咏雪》:"冷无香柳絮扑将来,冻成片梨花拂不开。大灰泥漫了三千界,银棱了东大海。探梅的心噤难捱。面瓮儿里袁安舍,盐堆儿里党尉宅,粉缸儿里舞榭歌台",几乎句句用喻。这种博喻的修辞手法在其情曲中也多有运用,如[双调·水仙子]《为友人作》、[双调·水仙子]《怨风情》等,新颖的比喻纷至迭出。所以李开先评乔吉散曲有"种种出奇而不失之怪"之特点(《乔梦符小令序》)。乔吉的散曲风格多样,既有清丽委婉之作,又有豪放之风;语言运用既长于清词丽句,又善于驱遣俗谚市语入曲。

睢景臣,字景贤,扬州人,大德七年(1303)移居杭州,生平不详,或认为他以布衣终身。作有杂剧3种,皆失传,以散曲名世。散曲仅留存套数3篇,以[般涉调·哨遍]《高祖还乡》最为著名。此曲以汉高祖刘邦称帝后衣锦还乡的史实为素材,加以联想虚构。创作上采用代言体,通过一个熟悉昔日刘邦的乡民的眼光来写刘邦还乡时的情景,以独白的形式历数其当年的种种劣迹。皇帝还乡时的威严与排场,经未见过世面的村民口吻道出,变成了滑稽可笑的场面:大旗上的龙、凤、飞虎图案成了"蛇缠葫芦"、"鸡学舞"、"狗生双翅";威风八面的侍从官们成了一群"穿着些大作怪衣服"的"天曹判"、"递送夫"。尤其令人忍俊不禁的是,在那村民看来,这无赖皇帝所以把原名"刘三"改为"汉高祖",就是为了赖掉当年欠自己的钱粮债。这种拿皇帝开涮的主题,令人耳目一新;语言幽默尖新,有嬉笑怒骂皆成文章之妙。

第二节　张可久、张养浩等散曲作家

一　张可久

张可久(1270?—1348?),字小山,庆元(今浙江宁波一带)人,久居杭州西湖一带,一生沉沦下僚。他是极负盛名的散曲大家,有散曲集《小山乐府》等,今存小令868首、套数9套,数量几占现存元散曲的五分之一。明清曲论家对其散曲成就多有推崇,朱权《太和正音谱》列其为元曲家第二,称之为"词林之宗匠";李开先《乔梦符小令序》称之为"词中仙才",比作诗中杜甫;刘熙载《艺概》也称他为"词中翘楚"。所作散曲风格清新秀丽,讲究曲律和音韵,对仗工整,部分作品失去了曲的本色,近于小词。

张可久散曲的题材范围主要包括山水风物与酬唱赠答、人生感慨及不遇牢骚、恋情闺怨与别意离愁三类,此外还有少量愤世嫉俗的叹世之作。艺术上不乏出色的佳构。"西风信来家万里,问我归期未。雁啼红叶天,人醉黄花地。芭蕉雨声秋梦里。"([双调·清江引]《秋怀》)写游子秋日乡愁,意境凄迷,富有诗情画意,与马致远[天净沙]《秋思》异曲同工,艺术上较之于马致远的散曲更显典雅,他的写景曲风格多类于此。被李开先誉为"古今绝唱"的描写西湖美景的套数[南吕·一枝花]《湖上晚归》第一曲[一枝花]:"长天落彩霞,远水涵秋镜。花如人面红,山似佛头青。生色围屏,翠冷松云径,嫣然眉黛横。但携将旖旎浓香,何必赋横斜瘦影。"[双调·落梅风]《春晚》:"东风景,西子湖,湿冥冥柳烟花雾。黄莺乱啼蝴蝶舞,几秋千打将春去。"不仅写景如画,而且融隐逸山水的情趣于画面之中。张可久一生困顿,所谓"牢落江湖,奔走在仕途"([中吕·齐天乐过红衫儿]《道情》),然而其仕宦生涯,不过是几任以资糊口的小吏幕僚之职,所以作品中常常表达高蹈出世、鄙薄尘世之想,抒发沉沦下僚的不平,所谓"学范蠡归湖,张翰思莼"(同前),学严光"不恋朝章,归钓夕阳,白眼傲君王"([越调·寨儿令]《过钓台》)等,字里行间含有自我解嘲的不平之叹。张可久作有大量恋情闺怨之作,描写含蓄蕴藉,用语清新淡远,富于文人情调,如[中吕·山坡羊]《闺思》。[中吕·卖花声]《怀古》是咏史类题材中的名作,作者借怀古以寄托忧民的感怀,所谓"伤心秦汉,生民涂炭,读书人一声长叹",主题与张养浩名作《潼关怀古》同一机杼。

二 张养浩

张养浩(1269—1329),字希孟,号云庄,山东济南人,是元代著名散曲家中屈指可数的官位较高的汉族作家之一,官至礼部尚书、参议中书省事,后弃官归隐。元文宗天历二年(1329),陕西大旱,他被朝廷任为陕西行台中丞,前往赈灾,他毅然复出,到任仅四月,劳瘁而死。

张养浩的散曲多作于退隐期间,当时就编成集子,题名《云庄休居自适小乐府》,收小令161首,套数2套。作品内容主要有四类:一是对百姓疾苦的关心,二是对险恶污浊官场的揭露,三是怀古咏史,四是对隐居之乐和田园风光的赞美。以第四类作品数量最多。张养浩为政清廉,关心百姓疾苦。在写于陕西救灾时的套数[南吕·一枝花]《咏喜雨》中,作者说自己"用尽我为民为国心",但灾害严重,流民在途,饿殍遍地,忧心如焚竟至"雪满头颅";他为天降甘霖而与百姓同声欢呼,欣喜之余犹念着百姓"从前受过的苦",曲中表露的仁者情怀,颇为感人。代表作[中吕·山坡羊]《潼关怀古》更以高远的境界、开阔的视野和深刻的思考,咏唱百姓苦难,揭示造成百姓苦难的根源,入木三分地概括出封建社会的铁律:"兴,百姓苦;亡,百姓苦!"不管秦皇汉帝前王今主,无论谁兴谁亡,百姓都无法摆脱受苦受难的命运,立意高远深刻。套数[双调·新水令]《辞官》是一篇辞官归隐宣言;[双调·雁儿落带得胜令](往常时为功名惹是非)通过对过去做官与今日隐居这两种生活的多角度对比,抒写今日的自在快乐;[中吕·朝天曲](柳堤,竹溪)、[双调·水仙子]《咏江南》等赞美隐居地的风光景物,意象清新。

三　贯云石等其他作家

贯云石(1286—1324),号酸斋,色目贵族出身,官至两淮万户府达鲁花赤、知制诰同修国史等职,不到30岁即辞官南下,逍遥于山水声色笔墨诗酒之中,死时不足四十岁。他本为武人,青年时弃武从文,具有很高的文学修养。其散曲今存小令86首、套数9套。风格爽朗豪俊,内容上多写弃官隐居之乐、男女情思和山水景物。[双调·清江引]三首描写摆脱险恶官场后的无拘无束;[双调·清江引]《知足》四首抒写看破红尘知足常乐的心绪,可视为经历宦海浮沉、领悟世态炎凉的坦陈。[中吕·红绣鞋]《欢情》描摹热恋中幽会的男女欢不够爱不够的心情,热烈奔放。[双调·清江引](若还与他相见时)写男女离情,手法夸张,想象大胆,富有表现力。

徐再思,字德可,号甜斋,生卒年不详,与乔吉、贯云石等同时,嘉兴(今浙江嘉兴)人,曾任小吏。传世的120首散曲均为小令。朱权评其曲风"如桂林秋月",清新纤巧。题材大多为恋情、宴游、山水、旅愁等。最负盛名的作品是描写羁旅愁思的[双调·水仙子]《夜雨》,曲中营造了梧叶报秋、芭蕉滴雨、孤馆灯花的环境氛围,以烘托"枕上十年事,江南二老忧,都到心头"的乡愁,极具形象性和感染力。开头形成扇面对的"一声梧叶一声秋"三句,尤见功力,清李调元《雨村曲话》赞为"人不能道"。所作情曲也多有佳构。[双调·清江引]《相思》以欠债状写恋人相思,比喻新奇。[双调·沉醉东风]《春情》写一女子在远远见到久别离的情人时,高唱对方熟悉的歌曲以引其注意,生活气息浓郁。

刘时中,生平不详。《全元散曲》收录其小令74首、套数4套。以两篇[正宫·端正好]《上高监司》套数最著名。这是江西大旱时作者写给江西道廉访使高某的两套作品。前套描写灾情严重,百姓惨不忍睹,颂扬高监司赈灾救民的德政。后套向高提出建议,请他整顿当时混乱不堪的钞法,整治官府中无法无天的贪污腐败现象。内容与主题,均涉及当时重大的社会现实问题。作者以散曲的形式表现陈言献策的内容,堪称散曲史上的创举。以散曲论政,扩大了散曲的社会功能。后套包括了34支曲,是中国散曲史上少见的长套。

卢挚（1243？—1315？），字处道，号疏斋，涿州（今属河北）人，与张养浩一样，他也是元代极少数官职较高的汉族散曲家之一，官至江东道廉访使、翰林学士承旨。散曲今存小令 120 首，在当时就得到杨维桢、周德清、贯云石等名家的好评，杨维桢甚至将他与关汉卿并列（《周月湖今乐府序》）。他只作小令不作套数，尤喜使用［双调·蟾宫曲］曲牌。怀古咏史之作约占其作品的四分之一。怀古曲约二十首，大抵感叹往事如烟、人生若梦而应及时行乐，情调比较消沉。［双调·蟾宫曲］《杨妃》等 8 首咏史曲，指斥帝王荒淫好色，误国祸身，有一定积极意义。更多的作品是写自己"旋敲冰沉李浮瓜，会受用文章处士家"（［双调·沉醉东风］《避暑》）的优雅舒适的有闲生活，以及赠人即事、画景写情等内容。少数作品富有生活气息，如［双调·蟾宫曲］（沙三伴哥来嗏），描写活泼顽皮的农村少年及其所处的田园风光，读来情趣盎然。

　　杜仁杰（1201？—1283？），字善夫，一字仲梁，济南长清（今山东长清）人。一生未仕。他是由金入元的文人，有文名，著有诗集《善夫先生集》。散曲仅存小令 1 首、套数 3 套及两个残套。杜氏存世散曲虽少，但质量较高，尤以套曲［般涉调·耍孩儿］《庄家不识勾栏》最著名。此套主人公是个从未看过杂剧演出的庄家人，他首次到城中花钱"买票"看戏，作者描摹其看戏过程中的所见所感，突出主人公的理解与事实之间的南辕北辙，幽默诙谐，令人忍俊不禁。作品不仅以构思新巧、语言精彩、风格幽默取胜，而且给后世留下了元杂剧演出的第一手资料，诸如广告宣传、演出程序、演员化妆、剧场戏台设置、门票票价等，十分珍贵。

思考与练习

　　1. 马致远散曲的代表作有哪些？对他的［双调·夜行船］《秋思》的主题思想如何理解？

　　2. 杜仁杰［般涉调·耍孩儿］《庄家不识勾栏》、马致远［般涉调·耍孩儿］《借马》、睢景臣［般涉调·哨遍］《高祖还乡》这三套套曲在艺术方面有什么共同点？

　　3. 关汉卿、张养浩、刘时中这三位曲家的散曲代表作有哪些？这些作品的主要内容是什么?

4.元散曲中,直面现实的作品较少,而高唱隐逸的作品很多,原因是什么?

第二章 明清散曲

明代散曲的总体地位和影响虽然不及元散曲,但也不乏创新和发展,而且作品数量远多于元代。今存明代散曲大多收入谢伯阳所编《全明散曲》中,据编者统计,此书收录有姓名作者406人,小令10606首、套数2064篇,数量约为元散曲的三倍左右。

明散曲的题材范围在元散曲的基础上有新的拓展。例如,陈铎的散曲集《滑稽余韵》,描写当时下层社会140种行业人物,真实形象地展示了形形色色的社会现象与下层劳动者的艰辛,堪称明代社会的风俗画长卷。这样的题材和气魄,不仅在中国散曲史上,而且在中国古代韵文文学史上,都是空前绝后的。又如,薛论道把军旅题材首次引入散曲创作中,"无奈楚天高,听征鸿云外号,声声刺入人心窍。风吹战袍,月明宝刀,朱颜红叶皆零落。冷萧萧,乡关何处?万里路迢迢"([商调·黄莺儿]《边城秋况》),这类悲壮的军歌也是以往曲坛未曾有过的。

在思想意义方面,明散曲体现了直面人生、抨击时弊的写实精神。其锋芒之锐利,批判之深刻,为元散曲所不及。例如冯惟敏对农民苦难生活的反映、薛论道对卑劣官场的攻击、朱载堉对浇薄人情和堕落世风的讥刺,都超迈前人,独步曲坛。

明散曲打破了元散曲以北曲一统天下的局面,南散曲因此得到长足发展,与北散曲分庭抗礼甚至后来居上。南北合套的形式的流行、集曲的大量出现都是明散曲的重要特色。套数的发展也令人瞩目,元散曲家小令的创作远多于套数,个人作套数最多者不过20余套;明代散曲家们个人创作套数的数量往往多达三五十套，如施绍莘所作套数多达86套，陈铎多至近百套。此外，不少明代散曲家还编有个人散曲专集，使其创作得以保存。

清代散曲的成就与地位不及元、明，但也取得一定的成绩。仅凌景埏、谢伯阳所辑《全清散曲》，就收有曲家342家、小令3214首、套数1166套（其中有一部分作家作品应属民国时期）。清代散曲缺乏大家名作，但如蒲松龄描写科举考试的套数[正宫·九转货郎儿]，仲振履摹写候补官员穷困处境与微妙心态的套数[双调·新水令]《羊城候补曲》，吴锡麒、厉鹗、赵庆熺的即事状物小令等，都是深得曲家三昧的佳作。中前期的清散曲内容远离现实，这与康、雍、乾时代严酷的文字狱有关。后期散曲题材注入了新的时代内容，如谢元淮的[南吕·一枝花]《感怀》反映第一次鸦片战争的史实，杨后的[双调·新水令]《哀江南曲》记叙了太平天国在江南的活动，林乔荫的[仙吕·点绛唇]、[南仙吕入双调·步步娇]两篇套数以第一手资料介绍西藏的民情风俗，都以内容新颖引人瞩目。清散曲在艺术形式方面也有所创新，例如，在曲中大量加注、无曲牌的自度曲的制作，以及长达千余字的长篇只曲等，体现了当时曲家的新探索。

第一节　陈铎、冯惟敏等明清散曲家

明清散曲的重要作者，有陈铎、冯惟敏、薛论道、王磐、康海、王九思、金銮、施绍莘、朱有燉、梁辰鱼、朱载堉、杨慎、黄峨、李开先等。

一　陈铎、冯惟敏与薛论道

陈铎（1488？—1521？），字大声，号秋碧，下邳（今江苏邳县）人。出身于贵胄之家，袭任卫指挥使。他怠于公事而倾心于散曲创作，在当时的曲坛上有"乐王"之称，所作散曲广为传唱。他在生前就已印行有《秋碧乐府》、《梨云寄傲》等多种散曲集，明人汪廷讷曾收集陈铎散曲编为《精订陈大声乐府全集》。明代曲论家王世贞、沈德符、吕天成、何良俊、汤有光、曹学佺、汪廷讷等从艺角度一致高度评价陈铎散曲。如沈德符称之为"南词宗匠"(《万历野获编》),曹学佺赞其"前无古人"(《汪昌朝精订陈大声全集序》)。《全明散曲》收入陈铎小令471首、套数99套,套数之多,古今无两。男女之情、游宴之乐和闲适之趣是其散曲的基本内容。这类作品数量众多,艺术精到,"韵发而意新,声婉而辞艳,其体贴人情,描写物态,有发前人所未发者"(汤有光《精订陈大声乐府全集序》)。如铺叙重阳登高览胜、饮酒赋诗之乐的套曲[南吕·一枝花]《九日》,当时即被论者推崇为可与马致远名套[双调·夜行船]《秋思》比肩。陈铎对散曲文学的真正贡献,表现在他的别开生面的散曲集《滑稽余韵》中。此集作品全为小令,共140首,每首写一个行业,笔墨广涉下层社会各行各业各色各样的小人物,如木匠、铁匠、车夫、挑夫、屠户、媒婆、相士、小店铺主人等等。作者将下层社会各类人物拢于笔底,既表现了对下层劳动者的同情和对社会渣滓的憎恶,又从不同角度反映出明代社会的真实风貌,这些作品构成一幅社会风俗画长卷,其取材与构思堪称韵文史上的创举。

冯惟敏(1511—1580),字汝行,号海浮山人,青州临朐(今山东临朐)人,曾任知县、教授、通判等小官,晚年弃官归隐。诗文杂剧兼擅,以散曲著名,有散曲集《海浮山堂词稿》,收小令531首、套数48套。作品量多质高,为明代散曲代表作家之一。所作散曲题材广泛,内容丰富,风格豪宕爽朗,朴实流畅。关心百姓疾苦,揭露社会矛盾,抨击官府的横征暴敛和官吏的贪婪不法,是冯惟敏散曲中最具价值的内容。[双调·玉江引]《农家苦(次洞厓韵)》描写农民"又无糊口粮,那有遮身布"的生活状况;[双调·胡十八]《刈麦》四首描写农民灾年卖儿卖女卖田宅的悲惨境遇,指出导致民众苦难的原因是政府、官吏的盘剥勒索,人祸之烈远胜于天灾;[南仙吕·傍妆台]《忧复雨》四首对农民因水灾而"家家少米又无柴"、"千愁万苦告苍天"的痛苦深表同情,呼吁官府速"将荒政拯群黎";[中吕·朝天子]《感述》八首对贪赃枉法的官吏和污浊黑暗的官场予以痛快淋漓的诅咒;[双调·清江引]《八不用》讽刺争名夺利、"乌纱帽满京城日日抢,全不在贤愚上"的朝政吏治;长套[正宫·端正好]《吕纯阳三界一览》别开生面,借鬼写人,嘲骂是非颠倒、贿赂公行的社会腐败等,都体现了较深刻的现实意义。他的述志抒怀、歌咏隐居之乐的作品也不乏佳作。在艺术形式上,冯惟敏散曲多作有序跋,有的序文长达千字,这在此前散曲中尚不多见。他的散曲大多为北曲,语言不避俚俗,体现了通俗自然的本色美。所以明李维桢《大泌山房集·冯氏家传》称其曲"尤号当家,西北人往往被之弦索";王世贞《曲藻》赞其"北调独为杰出,无不曲尽"。

薛论道(1531?—1600),字谈德,定兴(今河北易县)人。脚残,喜谈兵,青年时辍学从军,在边塞服役30年,屡立战功,官至神枢参将加副将,晚年因受排挤弃官归乡。他是一位重要的散曲家,有散曲集《林石逸兴》十卷,每卷用一个曲牌作小令百首,总数达千首之多。其曲风格豪雄,有铁马金戈之气势。在散曲史上,他首次把军旅生活的题材引入散曲领域,创作了不少描写征战生涯和边塞风光的作品,开拓了散曲的题材范围,丰富了散曲的表现功能。由于长期亲历戎行,作品感情真实,体验深刻,无论抒怀写景,都有苍凉壮伟的气势和雄浑开阔的意境。[南商调·黄莺儿]《塞上重阳》四首、[南商调·黄莺儿]《边城秋况》四首,将苍茫伟丽的边地风景、杀敌立功的雄心壮志与绵绵不尽的乡思客愁熔于一炉,富于感人的魅力。[双调·水仙子]《为将》四首,抒发自己杀敌建功、忠勇为国的抱负,阐明自己的为将之道,发自肺腑,真切自然。[南商调·山坡羊]《吊战场》描绘的战场惨景令人毛骨悚然,当为作者所亲历。[双调·水仙子]《寄征衣》四首将闺情相思与征夫军旅生活联系在一起,构思别具匠心。薛论道散曲的另一个特点是以多达上百首的作品,从不同角度抨击龌龊官场、腐败朝政和恶劣世风,锋芒所向,义正词严,表现出高度的现实性与正义感。[仙吕·桂枝香]《仕途》四首直刺官场"妨贤病国千般有,天理人心半点无"、"头尖的上天,老实靠后",文章无用,"全凭铜臭";[中吕·朝天子]《不平》四首尖锐地揭露当时官场庸才恶少占据高位,清廉方正的人才却穷困潦倒的不公世相;[双调·沉醉东风]《四反》四首甚至借指责纵容恶人横行善人遭殃、听任是非颠倒的"天公",来贬刺当朝最高统治者,如第三首云:"贪婪的乔迁叠转,清廉的积谤丛愆。忠良的各个嫌,奸佞的人人羡。竟不知造物何缘。空有天公不肯言,任傍人胡褒乱贬!"[双调·沉醉东风]《题钱》12首紧扣"钱"字,讽刺唯钱是敬、钱可通神的社会现象,笔触所至,犀利辛辣。

二　康海与王九思

康海、王九思二人，既是同乡，又是同僚，命运相似，文学成就相近。康海（1475—1540），字德涵，号对山、沜东渔父，乾州武功（今陕西武功）人，弘治十五年（1502）状元，官翰林修撰。王九思（1468—1551），字敬夫，号渼陂，鄠（今陕西户县）人，弘治九年（1496）进士，官至吏部郎中。两人在大阉刘瑾被诛后同受牵连，罢官归乡，从此不再出仕，彼此曲酒唱和，"每相聚沜东鄠、杜间，挟声妓酣饮，制乐造歌曲，自比俳优，以寄怫郁"（《明史·文苑二·李梦阳传》附王九思传）。他们都是明代文学史上"前七子"的成员，但在诗文领域建树不大，而以杂剧和散曲知名。康海有散曲集《沜东乐府》，今存小令258首、套数42套。王九思有散曲集《碧山乐府》等数种，今存小令448首、套数38套。所作散曲都是后半生隐居自适生活和放情任性情怀的真实描写，或感慨官场仕途之险，或歌咏闲居优游之乐，寄寓失意之感，抒发不平之鸣。细加比较，两人作品在风格上呈现不同特色。康海因救李梦阳受牵连致祸，李见其落难却甩手不救，故其散曲愤世嫉俗，不加掩饰地暴露官场的污秽和世风的浇薄，尽情赞美隐居林泉的悠闲快活。[仙吕·寄生草]《读史有感》、[仙吕·点绛唇]《归田述喜》、[正宫·塞鸿秋]《漫兴》、[南吕·骂玉郎带过感皇恩采茶歌]《丁卯即事》、[双调·水仙子]《山居》等，均直抒胸臆，不尚含蓄。其宴游赠别、祝寿应酬、写景咏物之作，往往借题发挥，以抒郁愤。

王九思的散曲情绪平和，他歌颂"无官一身轻"的闲适，自认时运不济，安于林泉放逸。"谁不愿身游五凤？谁不愿禄享千钟？生时八字有穷通。八座三公位，一品五花封，好则好咱生来是无分种。"（[中吕·红绣鞋]《解微》）其作品不似康海故作豪语，激愤抒怀，表现为蕴藉平和。两人的各自特色如何良俊所评："康对山词迭宕，然不及王蕴藉。"（《四友斋丛说》）

三　王磐与施绍莘

王磐（1470？—1530），字鸿渐，号西楼，扬州高邮（今江苏高邮）人，一生不仕。有散曲集《西楼乐府》，今存小令66首、套数9套。王磐散曲数量不多，但特色鲜明，当时即受推崇，王骥德《曲律》列其为北曲之冠。他的散曲风格诙谐幽默，在明曲家中独树一帜。[中吕·满庭芳]《失鸡》拿自家鸡被偷一事打诨找乐；[双调·沉醉东风]《蚊雷》和[中吕·朝天子]《瓶杏为鼠所啮》揶揄蚊子老鼠，话中有话；[南吕·一枝花]《嘲转五方》嘲笑游方和尚的丑态窘状，都体现出幽默尖新的鲜明特色。明人江盈科说王磐这类曲作"朗诵一过，殊足解颐"（《雪涛诗话》）。王磐曲中价值较高的是直面现实的作品，[中吕·朝天子]《咏喇叭》借咏喇叭指斥当时权势熏天的宦官，揭露其出行时对百姓的骚扰，物与人关合，嘲讽与夸张兼用，最能体现其尖新泼辣的风格。

施绍莘（1581-1640），字子野，松江华亭（今上海松江）人。家道殷富而科场屡败，一生优游于湖光山色间，寄情于曲酒声色中。有散曲集《秋水庵花影集》，今存小令72首、套数86套。从艺术成就看，施绍莘是晚明重要散曲家，其曲音律和谐，语言流丽而不失本色，常有独出心裁的清词妙句，既善于传神描摹，精雕细刻；又长于大笔勾勒，铺陈排比。风格也较多样，写景写情，清丽飘逸；抒怀赠别，常有豪雄之气。就作者在其散曲集"自序"中所概括的创作题材来看，大体为"高山流水之雄奇，松龛石室之幽致……分鞋破镜之悲离，赠枕联钗之好会"一类，基本未离个人赏山玩水、青楼艳遇、诗酒交游的范围。他的作品以写景题材数量最多，大多表现隐士的闲情逸致和名士风度，[南仙吕入双调·步步娇]《泖上新居》可为代表。其悼念亡父的套数[南南吕·懒画眉]《先君百日感怀》，发自肺腑，声随泪下，以悲情动人。

第二节　明清俗曲

俗曲又称俚曲、民歌、小曲、小调、时调等，是兴起于民间并流行于市井村巷的通俗歌曲形式。虽非正宗散曲，却是明清市民文学的重要组成部分，也是散曲的重要偏师，散曲的部分曲调即由俗曲曲调演化而来。

一　明代俗曲

俗曲在明代中期逐渐繁荣,它的村野气息和鲜活的生命力,不仅受到普通民众尤其是市民阶层的欢迎,而且受到文人士大夫的注意与青睐。在一些明人著作中可以找到不少相关的记载。沈德符《万历野获编·词曲》说,明中叶之后,先后流行[锁南枝]、[泥捏人]、[驻云飞]、[闹五更]、[罗江怨]、[银绞丝]、[打枣杆]、[挂枝儿]等多种民间曲调,"不问南北,不问男女,不问老幼良贱,人人习之,亦人人喜听之,以至刊布成帙,举世传诵,沁人心腑。其谱不知从何而来,真可骇叹"。李开先《市井艳词序》称赞此类俗曲"语意则直出肺肝,不加雕刻","情尤足感人"。王骥德认为"今所传[打枣杆]诸曲,有妙入神品者"(《曲律·杂论上》)。卓人月甚至认为民歌俗曲是明代文学唯一可与唐宋元文学抗衡的一绝:"我明诗让唐,词让宋,曲让元,庶几[吴歌]、[挂枝儿]、[罗江怨]、[打枣杆]、[银绞丝]之类,为我明一绝耳。"(陈鸿绪《寒夜录》引)不少文人从俗曲中吸取营养以丰富自己的创作,如袁宏道说:"世人以诗为诗,未免为诗苦;弟以[打枣杆]、[劈破玉]为诗,故足乐也。"(《与伯修书》)一些文人如冯梦龙、刘效祖、赵南星等还亲自参与俗曲的创作和整理刊印,其中尤以冯梦龙成绩显著。一些文人编集南北曲选集,如陈所闻《南宫词纪》、郭勋《雍熙乐府》、张禄《词林摘艳》、熊稔寰《徽池雅调》等,都收入若干民歌俗曲作品,不少民歌俗曲得以传世。今所见明代的俗曲集有:冯梦龙编辑的三种:《挂枝儿》,收曲435首;《山歌》,收曲380首;《夹竹桃》,收曲123首。不知编者、由金台鲁氏于成化年间(1465—1487)刊行的四种:《新编四季五更驻云飞》,收曲77首;《新编题西厢记咏十二月赛驻云飞》,收曲72首;《新编太平时赛赛驻云飞》,收曲38首;《新编寡妇烈女诗曲》,残,存曲22首。此外尚有收于各种选集中者,如黄文华编选的《时尚楚歌罗江怨》,收曲55首;龚正我编选《时尚古人劈破玉歌》,收曲46首。

明代俗曲多以男女恋情为题材内容,如俗曲集《挂枝儿》即以情歌为主。"挂枝儿"本为俗曲曲牌名,晚明已广泛流行。冯梦龙搜集以此牌创作的俗曲,加上他自己和友人的少数模拟之作,编成此书。全书分为私部、欢部、想部、别部、隙部、怨部、感部、咏部、谑部、杂部 10 部,每部一卷,共收曲 435 首。男女情爱题材约占九成。"私"、"欢"二部主要写偷情幽会,"想"、"别"、"感"三部主要写别后相思,"隙"、"怨"二部主要写打情骂俏式的怨艾。大胆、热烈和率直是这类情歌的基本风格。它们一反士大夫式的遮掩含蓄,运用口语白话,直歌其事,直抒其情。大部分作品采用女子的口吻,这些女性渴望理想爱情,并执着追求,忠贞不渝。"俏冤家,近前来,与你罚一个咒。我共你,你共我,切莫要便休。得一刻,乐一刻,还愁不勾。常言道牡丹花下死,做鬼也风流。拼得个做鬼风流也,别的闲话儿都丢开手。"(《欢部·咒》)"要分离,除非是天做了地;要分离,除非是东做了西;要分离,除非是官做了吏。你要分时分不得我,我要离时离不得你。就死在黄泉也,做不得分离鬼。"(《欢部·分离》)"青山在,绿水在,冤家不在。风常来,雨常来,书信不来。灾不害,病不害,相思常害。春去愁不去,花开闷不开。泪珠儿汪汪也,滴没了东洋海。"(《想部·泣想》)态度坚定,情感炽热,表达坦诚,从中可见明代中叶后兴起的注重个人情欲的新思潮。也有部分描写男欢女爱场面的作品流于色情味,格调不高。"咏"部写法较为特别,全为咏物的形式,以各种日用杂物、食物、景物等为歌咏对象,名为咏物,实则借物咏情,表现手法不同于文人诗的注重含蓄,而是直书其情。例如《杨花》:"俏冤家,情性儿好似三春柳絮。轻狂性,随着风往各处飞。乱纷纷飘荡荡,没有个主意。风向东你便向东,风向西你便向西。只怕流落在泥涂也,那时风儿也不睬你。"《谑部》、《杂部》中的俗曲除写男女风情外,还有一些描写社会世俗情态的作品,如《银匠》写制银器的工匠瞒天过海克扣顾客银子,《山人》嘲讽名为隐居实则奔走权门以沽名博利的假隐士,都具有认识意义。

二 清代俗曲

俗曲发展到清代更为繁荣,不仅数量和种类超越前代,而且题材广泛,内容丰富。清代俗曲的繁荣始于乾隆时期(1736—1795),当时地方戏曲蓬勃兴起,带动了俗曲的兴盛。现存清代各种俗曲集,数量远多于明代,较重要的有:颜自德《霓裳续谱》,收曲 622 首;华广生《白雪遗音》,收曲 843 首(另有地方戏曲二种);无名氏《时兴小唱钞》,收曲 267 首;无名氏《时兴杂曲》,收 163 首;无名氏《百万句全》,收 167 首;无名氏《苏州小曲集》,收 123 首;无名氏《丝弦小曲》,收 103 首;无名氏《万花小曲》,收 118 首;无名氏《时兴呀呀呦》,收 140 首。题材内容方面,清中前期的俗曲依然是情曲的天下,新的题材在清后期相继出现,如歌咏历史事件、表现历史人物和小说戏曲中事件及人物、反映时事、诉说女性不幸遭遇、描写风物习俗以及写景咏物等。较之于明俗曲,清代俗曲的题材范围有明显的开拓。

清代俗曲的写作方法也多有创新,如乾隆九年(1744)由北京永魁斋刻印的《新镌南北时尚万花小曲》,收曲 118 首,题材内容大抵秉承明俗曲以情曲为主的传统,但手法别开生面。如《小曲》中的"孤雁在天边叫"一首,写孤雁与鲤鱼相互爱恋却因被水波阻隔无法相会,通篇无一字写人,却句句以物喻人,颇见巧思。又如[劈破玉]中的"秋来到"一首:"秋来到,秋来到,秋天来到。金风起桐叶坠细雨飘飘,秋寒蛩不住地在窗前噪。秋月凉如水,秋扇慢慢摇。秋菊花开,冤家,秋病又发了。"紧扣"秋"字展开描写,秋景衬托"秋病",末句点睛,翻出本意,遣词命意通俗尖新,手法纯熟。

思考与练习

1. 与元代散曲相比,明代散曲总体上有什么特点?有哪些代表作家?
2. 陈铎的《滑稽余韵》是怎样一种作品?在散曲史上有何贡献及地位?
3. 薛论道、冯惟敏、王磐这三位作家的散曲各有什么主要特色?

中国古代文学作品选

诗赋词曲

第一卷 诗

先秦两汉诗

诗 经

关 雎

关关雎鸠[1],在河之洲[2]。窈窕淑女[3],君子好逑[4]。
参差荇菜[5],左右流之[6]。窈窕淑女,寤寐求之。
求之不得,寤寐思服[7]。悠哉悠哉[8],辗转反侧[9]。
参差荇菜,左右采之。窈窕淑女,琴瑟友之。
参差荇菜,左右芼之[10]。窈窕淑女,钟鼓乐之。

【注释】

[1]关关:雌雄二鸟相和答的鸣声。雎(jū):雎鸠,大约是鸠类的鸟。传说它们情意专一。 [2]洲:水中的陆地。 [3]窈窕(yǎotiǎo):幽娴、恬静的样子。 [4]好逑:理想的配偶。逑:配偶。 [5]荇(xìng)菜:一种可以吃的水生植物。 [6]流:同"摎",用手捞取。 [7]思服:想念。 [8]悠:忧思深长的样子。 [9]辗转:在床上翻来覆去。 [10]芼(mào):同"覒",用手拔取。

汉 广

南有乔木,不可休息[1];汉有游女,不可求思[2]。汉之广矣,不可泳思;江之永矣,不可方思[3]。

翘翘错薪,言刈其楚[4];之子于归[5],言秣其马。汉之广矣,不可泳思;江之永矣,不可方思。

翘翘错薪,言刈其蒌[6];之子于归,言秣其驹。汉之广矣,不可泳思;江之永矣,不可方思。

【注释】

[1]乔:高。休:休息。息:应据韩诗作"思",是语尾助词。 [2]汉:水名,自湖北汉阳入长江。游女:水上的女神。 [3]方:用竹或木编成的渡筏。这里是渡过的意思。 [4]翘翘:众多的样子。错:错杂。薪:草。言:语助词。刈(yì):割。楚:蔓生的草,可以饲马。 [5]之子:那个女子。于归:出嫁。于:语助词,无义。秣:用草料喂牲畜。 [6]蒌:即蒌蒿,草名。

静　女

静女其姝[1],俟我於城隅[2]。爱而不见[3],搔首踟蹰[4]。

静女其娈[5],贻我彤管[6]。彤管有炜[7],说怿女美[8]。

自牧归荑[9],洵美且异[10]。匪女之为美[11],美人之贻。

【注释】

[1]静:幽娴。姝:美丽。 [2]俟:等待。 [3]爱:同"薆",隐蔽着。不见:没有被发现。 [4]踟蹰(chíchú):走来走去。 [5]娈:美。 [6]贻:赠。彤管:一说是赤管的笔,一说是一种像笛的乐器,一说是红管草。 [7]炜(wěi):红而发光。 [8]说怿:心喜。说:同"悦"。女,同"汝",指彤管。 [9]牧:郊外放牲畜的地方。归:同"馈",赠。荑(tí):初生的茅草。 [10]洵:确实。异:好得出奇。 [11]匪:同"非"。女,同"汝",指荑草。

木 瓜

投我以木瓜[1]，报之以琼琚[2]。匪报也[3]，永以为好也！

投我以木桃[4]，报之以琼瑶[5]。匪报也，永以为好也！

投我以木李[6]，报之以琼玖[7]。匪报也，永以为好也！

【注释】

[1]投：赠。 [2]琼：美玉。琚：一种佩玉。 [3]匪，同"非"。 [4]木桃：即桃子。 [5]琼瑶：美玉。 [6]木李，即李子。 [7]玖：像玉的浅黑色石头。

子 衿

青青子衿[1]，悠悠我心[2]。纵我不往[3]，子宁不嗣音[4]？

青青子佩[5]，悠悠我思。纵我不往，子宁不来？

挑兮达兮[6]，在城阙兮[7]。一日不见，如三月兮。

【注释】

[1]子：男子的美称，指女子的情人。衿（jīn）：衣领。青衿是周代学子的服装。 [2]悠悠：形容忧思深长。 [3]纵：虽然。 [4]宁：难道。嗣：韩诗作"诒"，寄。音：消息。 [5]佩：佩玉。 [6]挑达：急速地走来走去。 [7]城阙：指城门边。阙：城门楼。

蒹 葭

蒹葭苍苍[1]，白露为霜。所谓伊人[2]，在水一方[3]。

溯洄从之[4]，道阻且长；溯游从之，宛在水中央。

蒹葭凄凄[5]，白露未晞[6]。所谓伊人，在水之湄[7]。

溯洄从之,道阻且跻[8];溯游从之,宛在水中坻[9]。
蒹葭采采[10],白露未已,所谓伊人,在水之涘[11]。
溯洄从之,道阻且右[12];溯游从之,宛在水中沚[13]。

【注释】

[1]蒹葭(jiānjiā):芦苇。 苍苍:形容草木茂密、青苍的样子。 [2]伊人:那个人。 [3]一方:另一边。 [4]溯(sù):指逆流而上。洄:盘旋曲折的水道。从:追寻踪迹。 [5]凄凄:同"萋萋",形容草木茂盛。 [6]晞:干。 [7]湄:水边。 [8]跻(jī):地势越来越高。 [9]坻(chí):水中高地。 [10]采采:形容草木茂盛。 [11]涘(sì):水边。 [12]右:迂回弯曲。 [13]沚(zhǐ):水中小洲。

屈 原

离 骚[1] (节选)

帝高阳之苗裔兮,朕皇考曰伯庸[2]。摄提贞于孟陬兮,惟庚寅吾以降[3]。皇览揆余初度兮,肇锡余以嘉名[4]。名余曰正则兮,字余曰灵均[5]。 纷吾既有此内美兮,又重之以修能[6]。扈江离与辟芷兮,纫秋兰以为佩[7]。汩余若将不及兮,恐年岁之不吾与[8]。朝搴阰之木兰兮,夕揽洲之宿莽[9]。日月忽其不淹兮,春与秋其代序[10]。惟草木之零落兮,恐美人之迟暮[11]。不抚壮而弃秽兮,何不改此度[12]?乘骐骥以驰骋兮,来吾道夫先路[13]!昔三后之纯粹兮,固众芳之所在[14]。杂申椒与菌桂兮,岂维纫夫蕙茝[15]!彼尧、舜之耿介兮,既遵道而得路[16]。何桀纣之猖披兮,夫唯捷径以窘步[17]。惟夫党人之偷乐兮,路幽昧以险隘[18]。岂余身之惮殃兮,恐皇舆之败绩[19]!忽奔走以先后兮,及前王之踵武[20]。荃不察余之中情兮,反信谗而齌怒[21]。余固知謇謇之为患兮,忍而不能舍也[22]。指九天以为正兮,夫唯灵修之故也[23]。曰黄昏以为期兮,羌中道而改路[24]!初既与余成言兮,后悔遁而有他[25]。余既不难夫离别兮,伤灵修之数化[26]。余既滋兰之九畹兮,又树蕙之百亩[27]。畦留夷与揭车兮,杂杜衡与芳芷[28]。冀枝叶之峻茂兮,原俟时乎吾将刈[29]。虽萎绝其亦何伤兮,哀众芳之芜秽[30]。众皆竞进以贪婪兮,凭不厌乎求索[31]。羌内恕己以量人兮,各兴心而嫉妒[32]。忽驰骛以追逐兮,非余心之所急[33]。老冉冉其将至兮,恐修名之不立[34]。朝饮木兰之坠露兮,夕餐秋菊之落英[35]。苟余情其信姱以练要兮,长颔颔亦何伤[36]。擥木根以结茝兮,贯薜荔之落蕊[37]。矫菌桂以纫蕙兮,索胡绳之纚纚[38]。謇吾法夫前修兮,非世俗之所服[39]。虽不周於今之人兮,原依彭咸之遗则[40]。长太息以掩涕兮,哀民生之多艰[41]。余虽好修姱以鞿羁兮,謇朝谇而夕替[42]。既替余以蕙纕兮,又申之以揽茝[43]。亦余心之所善兮,虽九死其犹未悔[44]。怨灵修之浩荡兮,终不察夫民心[45]。众女嫉余之蛾眉兮,谣诼谓余以善淫[46]。固时俗之工巧兮,偭规矩而改错[47]。背绳墨以追曲兮,竞周容以为度[48]。忳郁邑余侘傺兮,吾独穷困乎此时也[49]。宁溘死以流亡兮,余不忍为此态也[50]。鸷鸟之不群兮,自前世而固然[51]。何方圜之能周兮,夫孰异道而相安[52]?屈心而抑志兮,忍尤而攘诟[53]。伏清白以死直兮,固前圣之所厚[54]。悔相道之不察兮,延伫乎吾将反[55]。回朕车以复路兮,及行迷之未远[56]。步余马於兰皋兮,驰椒丘且焉止息[57]。进不入以离尤兮,退将复修吾初服[58]。制芰荷以为衣兮,集芙蓉以为裳[59]。不吾知其亦已兮,苟余情其信芳[60]。高余冠之岌岌兮,长余佩之陆离[61]。芳与泽其杂糅兮,唯昭质其犹未亏[62]。忽反顾以游目兮,将往观乎四荒[63]。佩缤纷其繁饰兮,芳菲菲其弥章[64]。民生各有所乐兮,余独好修以为常[65]。虽体解吾犹未变兮,岂余心之可惩[66]。

【注释】

　　[1]"离骚"二字的含义,有"离忧"(司马迁说)、"遭忧"(班固说)等。　[2]高阳:远古部落首领颛顼的称号。朕:我。皇考:对先祖的美称。皇:光明。考:已故的祖先。　[3]摄提:星名。贞:正,正当。孟陬(zōu):正月初春,寅月。这句是说,自己是在夏历正月的庚寅日降生的。　[4]皇:即"皇考"。览:观察。揆:估量。初度:刚刚降临时的情况。肇:开始。锡:赐予。嘉:美好。　[5]正:公正。则:法则。灵:美,善。均:平均。　[6]纷:形容盛多。内美:指

先天具有的美好的品质。重:加上。修能:优越的才能。　[7]扈:披在身上。江离:香草名。辟:同"僻",安静。芷:香草名。纫(rèn):连缀成串。秋兰:兰草的一种。佩:佩在身上的饰物。　[8]汩(gǔ),水流疾速的样子,这里比喻年光如逝水。与:待。不吾与:不等待我。　[9]搴(qiān),拔取。阰(pí),大土坡。木兰:香木名,又叫辛夷。揽:采。宿莽:一种经冬不枯的草。　[10]忽:倏忽。形容时光迅速。淹:久留。代序:交替更代。　[11]惟:语助词。美人:比喻国君,可能是楚怀王。迟暮:年老。　[12]抚壮:趁年盛之时。度:态度,或指现行法度。　[13]骐骥:骏马,比喻贤臣。道:同"导",引导。先路:前驱。　[14]三后:指夏禹、商汤、周文王。纯粹:指有美好的德行。固:本来。众芳:许多香草,比喻贤臣。在:聚集。　[15]杂:指广泛搜罗。申椒:申地出产的花椒。菌桂:肉桂。蕙:香草,又名薰草。茝(chǎi):白芷。以上申椒、菌桂等芳香之物皆用来比喻贤人。　[16]耿:光明。介:大。耿介:光明正大。　[17]猖:猖狂。披:邪恶。夫:彼。捷径:斜出的小路,比喻不走正途。窘步:困窘难行。　[18]党人:结党营私之人。偷乐:苟安享乐。路:比喻国家前途。幽昧:昏暗不明。险隘:危险狭隘。　[19]惮:畏惧。殃:灾祸。皇舆:本是君王的车驾,比喻国家。败绩:本指军队大败,引申为国家崩溃。　[20]奔走以先后:指为国事匆匆奔忙。忽:迅疾的样子,如同"匆匆地"。及:赶上。前王:指上文的尧、舜和三后。踵武:足迹。　[21]荃:香草名,比喻楚王。齌(jì)怒:暴怒,引申为猛烈。　[22]謇謇:忠言直谏的样子。忍而不能舍:想忍耐却止不住。　[23]九天:九重天。正:同"证"。灵修:此说神明而有远见的人,是对楚王的尊称。　[24]据考证这句是衍文,应该删去。　[25]成言:指彼此有约定。悔遁:因反悔而改变心意。他:指他心。　[26]难:怕,畏惧。数(shuò):屡次。化:变化。　[27]滋:栽培,繁殖。九:虚数,表示很多。畹:三十亩为一畹,一说十二亩。　[28]畦:田垄,用作动词,指一行一行地种植。　[29]翼:希望。峻茂:高大茂盛。俟:等待。　[30]萎绝:枯萎夭折。众芳芜秽:比喻人才的堕落变质。　[31]竞进:争先恐后地追逐利禄权势。凭:满,形容求索之甚。厌:同"餍",满足。求索:追求探索。　[32]羌:楚方言,语助词。恕:原谅。兴心而嫉妒:指生不良之心而嫉妒贤良。　[33]骛(wù):奔走。追逐：指追名逐利。　[34]冉冉：渐渐。修名：美名。　[35]落英：落花。一说"落"是"始"的意思。落英：初生的花瓣。　[36]苟：如果。信：确实。姱(kuā)：美好。以：同"与"。练要：精诚而坚定。长：永远。顑颔(kǎnhàn)：形容脸色憔悴，这里比喻因廉洁而贫困。　[37]擥：同"揽"。根：指香根木。薜荔：香草名。　[38]矫：举，拿。索：作动词用，搓绳。胡绳：香草名，叶可做绳。纚纚(xǐ)：长而下垂，整齐美观的样子。　[39]謇：楚方言，语助词。法：效法。前修：前代贤人。服：佩戴。　[40]周：相合，相容。彭咸：据王逸注，彭咸乃殷代贤臣，谏君不听，投水而死。遗则：遗留下的法则，即榜样。　[41]太息：叹息。掩涕：掩面拭泪。民：人。民生：人生。　[42]好修：爱慕美好的行为。羁(jī)：马缰绳。羁：马笼头，用作动词，指受拘束，被牵制。谇(suì)：谏诤。替：废。　[43]蕙纕(xiāng)："纕蕙"的倒文。纕，用作动词，佩带。申：加上。此句主语是"余"，表示不会因佩蕙遭殃而退却，还要再采香茝，坚守节操。[44]善：崇尚。　[45]浩荡：水大的样子，引申为放纵自恣，糊里糊涂。民心：人心，指屈原自己的用心。　[46]众女：比喻在楚王周围的一群小人。娥眉：形容女子的眉毛秀丽，这里指美貌。谣诼：污蔑。　[47]固：诚然是。时俗：时俗之人。工巧：善于取巧。偭(miǎn)：背弃。规矩：指法度。改错：不走正道。错：同"措"。　[48]背：违反。绳墨：测量时用来取直的工具，这里比喻法度。追曲：追随邪恶。周容：苟合以取悦于人。度：行为准则。　[49]忳(tún)：烦闷、忧郁。郁邑：愁苦不安。佗傺(chàchì)：失意、孤独。　[50]溘(kè)：忽然。此态：苟合取容的态度。　[51]鸷鸟：鹰、鹞之类的猛禽，这里比喻刚强正直的人。不群：不同流合污。　[52]方：方的凿子，比喻方正的君子。圜：同"圆"，圆孔，比喻圆滑的小人。能周：能够相合。异道：志趣不同。　[53]屈心：使心受委屈。抑志：压抑意志。忍尤：忍受不白之冤。尤：罪过。攘：取也，引申为忍受。诟：辱骂。　[54]伏：同"服"，保持。死直：因行为正直而死。厚：看重、重视。　[55]延伫：长久站立。一说伸颈垫脚而望的样子。反：同"返"。　[56]复路：走回头路。及：趁着。　[57]步：指马徐行。兰皋：有兰草的水旁陆地。椒丘：生有椒树的小山。且焉止息：暂且在那儿休息一下。　[58]进不入：进身于君前而不被君所用。离尤：同"罹尤"，获罪。初服：从前的服饰，比喻固有的品德。　[59]制：裁制。芰(jì)：菱花。荷：荷叶。集：积聚。芙蓉：荷花。裳：下衣。　[60]不吾知：即"不知吾"，不了解我。亦已：也就算了。　[61]岌岌(jí)：高高的样子。陆离：长长的样子。　[62]芳：香草的芬芳。泽：佩玉的润泽。昭质：光辉纯洁的品质。亏：亏损。　[63]反顾：回头看。游目：纵目四望。四荒：四方边远的地方。　[64]弥章：更加显著。章：同"彰"。　[65]以为常：习以为常。　[66]体解：肢解，古代一种酷刑。惩(chéng)：戒惧。

以上是全篇第一大段。诗人从自叙身世写起，然后征引古代帝王的行事以为鉴戒，表示自己热爱祖国的决心；并反复申明自己同群小的对立，虽受排挤也不肯改变初衷。

九章·涉江[1]

余幼好此奇服兮，年既老而不衰[2]。带长铗之陆离兮，冠切云之崔嵬[3]。被明月兮珮宝璐[4]，世溷浊而莫余知兮，吾方高驰而不顾[5]。驾青虬兮骖白螭[6]，吾与重华游兮瑶之圃[7]。登昆仑兮食玉英[8]，与天地兮同寿，与日月兮齐光！哀南夷之莫吾知兮，旦余济乎江湘[9]。乘鄂渚而反顾兮，欸秋冬之绪风[10]。步余马兮山皋，邸余车兮方林[11]。乘舲船余上沅兮，齐吴榜以击汰[12]。船容与而不进兮，淹回水而疑滞[13]。朝发枉陼兮，夕宿辰阳[14]。苟余心其端直兮，虽僻远之何伤[15]！入溆浦余儃佪兮，迷不知吾所如[16]。深林杳以冥冥兮，乃猿狖之所居。山峻高以蔽日兮，下幽晦以多雨。霰雪纷其无垠兮，云霏霏而承宇[17]。哀吾生之无乐兮，幽独处乎山中。吾不能变心而从俗兮，固将愁苦而终穷。接舆髡首兮，桑扈臝行[18]。忠不必用兮，贤不必以[19]。伍子逢殃兮，比干菹醢[20]。与前世而皆然兮，吾又何怨乎今之人[21]！余将董道而不豫兮，固将重昏而终身[22]。

乱曰：鸾鸟凤皇，日以远兮[23]。燕雀乌鹊，巢堂坛兮[24]。露申辛夷，死林薄兮[25]。腥臊并御，芳不得薄兮[26]。阴阳易位，时不当兮[27]。怀信侘傺，忽乎吾将行兮[28]。

【注释】

　　[1]该篇大约作于楚顷襄王三年(前296)春初,这时屈原从鄂渚又被放逐到溆浦。诗中所写的是屈原渡江而南,沿沅水西上,最后困处山中的一段经历和感受,故题名"涉江"。　[2]奇服:不平凡的服饰,比喻自己与众不同的追求。　[3]长铗:长剑。冠:用作动词,戴。切云:一种高形的冠。崔嵬:高耸的样子。　[4]被:同"披"。明月:夜光珠。璐:美玉名。　[5]溷浊:同"混浊"。高驰:远远地走开。　[6]青、白:指虬、螭的颜色。　[7]重华:即舜。瑶之圃:即下句中的昆仑。相传昆仑山产玉。圃:园。　[8]玉英:玉的花。　[9]南夷:南方没有开化的人。旦:清晨。济:渡过。　[10]乘:登上。欸(āi):悲叹。绪风:徐风。　[11]邸:停放。方林:靠近树林。方:同"傍"。　[12]舲(líng):有窗的小船。上:逆沅水而上。吴榜:吴地式样的船桨。一说"吴"为大。汰:水波。　[13]淹:停留。回水:曲折的流水。疑滞:船停滞不前。疑:同"凝"。　[14]枉陼:地名,旧属湖南常德。陼:同"渚"。辰阳:地名,故城在今湖南辰溪西。　[15]端直:正直。[16]僤佪:徘徊。如:往。　[17]垠:边际。霏霏:形容浓云密布。承宇:弥漫天空。　[18]接舆:春秋时楚国的贤士,当时被称作狂者。髡(kūn):剃发。髡首:剃掉头发,是古代对罪人的一种刑法。桑扈:古代贤士。臝行:赤身露体而行。接舆、桑扈:都是乱世的贤者。[19]忠、贤:即下文的伍子胥和比干。以:和"用"同义,指被任用。　[20]伍子:即伍子胥,楚人。因谏吴王夫差,不听,反而被逼自杀。　[21]与:同"举"。前世:从古以来。　[22]董道:守正道。董:正。豫:犹疑。重昏:遭到重重障蔽。昏:暗。　[23]鸾鸟、凤皇:都是鸟中之王,这里比喻贤人。　[24]燕、雀、乌、鹊:这里比喻小人。巢:筑巢。堂:殿堂。坛:祭坛。堂、坛:比喻朝廷。[25]露:露水。申:重。露申:露加浓。即"白露为霜"的意思。辛夷:香木名。林薄:草木交错的树林。两句用香花异草枯死丛林比喻贤人穷困死于山野。[26]腥臊:这里比喻小人。御:进用,指被国君任用。芳:芳香之物,比喻君子。薄:迫,指接近国君。　[27]阴:指夜。阳:指昼。言世道反常,是非颠倒。[28]怀信:怀抱忠信。忽:精神恍惚,形容内心茫然无所适从。将行:

身将远行。

九歌·山鬼[1]

若有人兮山之阿[2],被薜荔兮带女萝[3]。既含睇兮又宜笑[4],子慕予兮善窈窕[5]。乘赤豹兮从文狸[6],辛夷车兮结桂旗[7];被石兰兮带杜衡,折芳馨兮遗所思[8]。余处幽篁兮终不见天[9],路险难兮独后来[10]。表独立兮山之上[11],云容容兮而在下[12]。杳冥冥兮羌昼晦[13],东风飘兮神灵雨[14]。留灵修兮憺忘归[15],岁既晏兮孰华予[16]?采三秀兮于山间[17],石磊磊兮葛蔓蔓[18]。怨公子兮怅忘归,君思我兮不得闲。山中人兮芳杜若[19],饮石泉兮荫松柏[20],君思我兮然疑作[21]。雷填填兮雨冥冥[22],猨啾啾兮狖夜鸣[23]。风飒飒兮木萧萧[24],思公子兮徒离忧[25]。

【注释】

[1]楚国神话中有巫山神女的传说,本篇描写的可能是早期流传的神女形象。 [2]若:仿佛。山之阿:山中深曲的地方。 [3]被:同"披"。女萝:蔓生的植物,又叫松萝。带女萝:以女萝为衣带。 [4]含睇:含情而视。睇(dì),微视。宜笑:笑得很美。 [5]子:指山鬼所思念的人。慕:爱慕。善:美好。 [6]赤豹:皮毛呈褐色的豹。文狸:毛色有花纹的狸。 [7]辛夷车:以辛夷木为车。结:编结。桂旗:以桂为旗。 [8]芳馨:指香花或香草。遗所思:赠给所思念的人。 [9]篁(huáng):竹子的通称。幽篁:竹林深处。 [10]后来:来迟了。 [11]表:突出的。 [12]容容:同"溶溶",形容云像流水似的慢慢移动。 [13]昼晦:白天而光线昏暗。 [14]飘:急风回旋的吹。神灵雨:指雨神指挥着下雨。 [15]这句说希望灵修能到这儿来,然后留住他,使他乐而忘归。下文的"怅忘归"是说自己惆怅忘返,与此不同。 [16]晏:晚。岁既晏:等于说年华老大。华予:认为我年轻美丽。 [17]三秀:即灵芝。传说灵芝一年开三次花。秀:开花。于山:即巫山。于(wū):同"巫"。 [18]磊磊:众石攒聚。葛:蔓生植物。蔓蔓:形容纠缠纷乱。 [19]山中人:山鬼自指。

芳杜若:像杜若那样芳洁。　　[20]石泉:山石中流出的泉水。荫:住在树下。比喻品质坚贞。　　[21]然疑作:可是又因为我是鬼而心疑。然:也可解为肯定的意思。就是说疑信交加,指山鬼对于"君思我"的半信半疑。　　[22]填填:雷声。雨冥冥:阴暗的雨天。　　[23]猨:同"猿"。啾啾:猿的叫声。狖(yòu):长尾猿。　　[24]飒飒(sà):风声。萧萧:落叶声。　　[25]徒:徒然。离忧:牢愁,忧伤。

汉乐府

有 所 思[1]

　　有所思,乃在大海南。何用问遗君[2]？双珠玳瑁簪[3],用玉绍缭之[4]。闻君有他心,拉杂摧烧之[5]。摧烧之,当风扬其灰[6]。从今以往,勿复相思！相思与君绝[7]！鸡鸣狗吠,兄嫂当知之[8]。妃呼狶[9]！秋风肃肃晨风飔[10],东方须臾高知之[11]。

【注释】

　　[1]有所思:汉乐府鼓吹歌辞。　　[2]何用:拿什么。问遗(wèi):赠送。　　[3]玳瑁:一种龟类动物,其甲可做各种装饰品。簪:古人用来插挽发髻的饰发之物。　　[4]绍缭:缠绕。　　[5]拉杂:胡乱,不再珍惜之意。　　[6]当风:迎风。　　[7]"从今"三句:从今以后,不再相爱,对你的爱永远断绝。　　[8]"鸡鸣"两句:写女子回想当初和男子幽会时的情景,觉得旧情难舍。　　[9]妃呼狶(xī):表声字,叹息声。　　[10]肃肃:风声。晨风:鸟名,即雉。雉常朝鸣以求偶。飔:同"思",思慕。　　[11]高:即"皓",指东方发白。

饮马长城窟行[1]

　　青青河畔草,绵绵思远道[2]。远道不可思,宿昔梦见之[3]。梦见在我傍,忽觉在他乡[4]。他乡各异县,展转不相见[5]。枯桑知天风,海水知天寒[6]。入门各自媚,谁肯相为言[7]!客从远方来,遗我双鲤鱼[8]。呼儿烹鲤鱼,中有尺素书[9]。长跪读素书,书中竟何如[10]?上言加飡饭,下言长相忆[11]。

【注释】

[1]饮(yìn)马长城窟行:汉乐府相和歌辞。 [2]绵绵:心不绝的样子。 [3]宿昔:义同"夙夕",即早晚。一说"宿昔"为夜晚。 [4]觉(jué):惊醒。 [5]展转:同"辗转"。 [6]"枯桑"二句:枯桑四面通风,所以深知高空的风吹;海水露天无遮,所以深知节气的寒冷。比喻思妇、征夫离别的孤凄之苦,旁人是体会不到的。 [7]媚:爱。为言:同我交谈。为:施与、给予。 [8]双鲤鱼:指藏书信的木函,上下合成,中间夹书信,木板上刻鱼形,分开则成双鱼。 [9]烹鲤鱼:比喻打开木函。尺素:用帛写的信。古人书信多用一尺一寸长的简或帛书写,故称"尺书"、"尺牍"、"尺素"等。 [10]长跪:伸直了腰跪着。竟何如:即究竟写了什么内容。 [11]"上言"二句:上、下犹言前后。飡:同"餐"。相忆:相思。

陌 上 桑[1]

日出东南隅[2],照我秦氏楼。秦氏有好女,自名为罗敷[3]。罗敷喜蚕桑[4],采桑城南隅。青丝为笼系,桂枝为笼钩[5]。头上倭堕髻[6],耳中明月珠[7]。缃绮为下裙[8],紫绮为上襦[9]。行者见罗敷,下担捋髭须[10]。少年见罗敷,脱帽著帩头[11]。耕者忘其犁,锄者忘其锄。来归相怨怒,但坐观罗敷[12]。

使君从南来[13],五马立踟蹰[14]。使君遣吏往,问是谁家姝[15]?"秦氏有好女,自名为罗敷。""罗敷年几何?""二十尚不足,十五颇有馀。"使君谢罗敷[16]:"宁可共载不[17]?"罗敷前置辞:"使君一何愚[18]!使君自有妇,罗敷自有夫。"

"东方千馀骑[19],夫婿居上头[20]。何用识夫婿?白马从骊驹[21]。青丝系马尾,黄金络马头。腰中鹿卢剑[22],可值千万馀。十五府小史[23],二十朝大夫[24];三十侍中郎,四十专城居[25]。为人洁白皙,鬑鬑颇有须[26]。盈盈公府步[27],冉冉府中趋[28]。坐中数千人,皆言夫婿殊[29]。"

【注释】

[1]陌上桑:汉乐府相和歌辞。 [2]隅:方。 [3]自名:本名,叫做。 [4]憙:喜好、爱好。 [5]笼:采桑用的篮子。系,竹篮上的绳子。 [6]倭堕髻:又叫"堕马髻",发髻偏在一边,好像要掉下来的样子。 [7]耳中:指戴在耳垂上。 [8]缃:浅黄色。绮,有花纹的丝织品。 [9]上襦:短上衣。 [10]捋髭须:用手抚摸着胡须。髭,上唇的胡子。 [11]帩头:帕头,古代男子裹发的纱巾。 [12]但:只。坐,因为。 [13]使君:汉代对太守或刺史的称呼。 [14]五马:指使君的车驾。踟蹰,徘徊不前貌。 [15]姝:美女。 [16]谢:问,告。 [17]宁:表示诘问,用同"其"。共载:同乘一车,指嫁给自己。不:同"否"。 [18]一何:何等,多么。 [19]千馀骑(jì):指其夫随从之盛。 [20]居上头:在前列。 [21]从:后面跟着。骊驹:黑马驹。 [22]鹿卢剑:剑柄上有辘轳形花纹或饰物的剑。 [23]府小史:在郡府做小官。 [24]朝大夫:在朝为大夫。 [25]专城居:为一城之长,如太守之类。 [26]鬑鬑:须发稀疏貌。颇:少,略微。 [27]盈盈:缓步从容貌。公府步:官步。 [28]冉冉:义同"盈盈"。 [29]殊:与众不同。

古诗十九首

行行重行行

其 一

行行重行行[1],与君生别离[2]。相去万馀里,各在天一涯[3]。道路阻且长,会面安可知。胡马依北风,越鸟巢南枝[4]。相去日已远,衣带日已缓[5]。浮云蔽白日,游子不顾返。思君令人老,岁月忽已晚。弃捐勿复道,努力加餐饭。

【注释】

[1]行行重行行,意为不停顿地前行,以女方的想象写其在外的丈夫。 [2]生别离:这是化用《九歌·少司命》的句子"悲莫悲兮生别离"。 [3]涯:方。 [4]依:依恋。巢:栖。 [5]衣带:腰带。缓:宽松。

迢迢牵牛星
其 十

迢迢牵牛星[1],皎皎河汉女[2]。纤纤擢素手[3],札札弄机杼[4]。终日不成章[5],泣涕零如雨[6]。河汉清且浅,相去复几许。盈盈一水间[7],脉脉不得语[8]。

【注释】

[1]迢迢:遥远的样子。 [2]皎皎:明亮的样子。河汉:银河,俗称天河。 [3]擢:举起。 [4]札札:织布时机杼的响声。杼:织机上的梭子。 [5]不成章:织不成布之意。章:布上的纹理,代指布。 [6]零:落下。 [7]盈盈:水清浅的样子。一水:指天河。 [8]脉脉:含情对视的样子。

魏晋南北朝诗

曹 操

蒿 里 行[1]

关东有义士[2],兴兵讨群凶。初期会盟津[3],乃心在咸阳。军合力不齐,踌躇而雁行。势利使人争,嗣还自相戕。淮南弟称号[4],刻玺於北方。铠甲生虮虱,万姓以死亡[5]。白骨露於野,千里无鸡鸣。生民百遗一[6],念之断人肠。

【注释】

[1]蒿里行:汉乐府旧题,当时流行的挽歌。　[2]关东:函谷关以东。　[3]盟津:即孟津。　[4]指袁绍之弟袁术在淮南寿春自立为帝。　[5]万姓:百姓。　[6]生民:人民。

短 歌 行[1]

对酒当歌,人生几何?譬如朝露,去日苦多。慨当以慷,忧思难忘。何以解忧?唯有杜康。青青子衿,悠悠我心[2]。但为君故,沉吟至今。呦呦鹿鸣,食野之苹。我有嘉宾,鼓瑟吹笙[3]。明明如月,何时可掇。忧从中来,不可断绝。越陌度阡,枉用相存[4]。契阔谈䜩[5],心念旧恩。月明星稀,乌鹊南飞。绕树三匝,何枝可依?山不厌高,海不厌深。周公吐哺[6],天下归心。

【注释】

[1]短歌行:汉乐府旧题。　[2]这两句出自《诗经·郑风·子衿》,表示对贤才的思念。　[3]这四句出自《诗经·小雅·鹿鸣》,本为宴客之诗,这里表示对贤才的渴求。　[4]存:存问,问候。　[5]契阔:远离久别。　[6]哺:口中咀嚼之食。

苦寒行[1]

北上太行山,艰哉何巍巍!羊肠坂诘屈[2],车轮为之摧。树木何萧瑟,北风声正悲。熊罴对我蹲,虎豹夹路蹄。谿谷少人民,雪落何霏霏。延颈长叹息,远行多所怀。我心何怫郁,思欲一东归。水深桥梁绝,中路正徘徊。迷惑失故路,薄暮无宿栖[3]。行行日已远,人马同时饥。担囊行取薪,斧冰持作糜[4]。悲彼《东山》诗[5],悠悠使我哀。

【注释】

[1]苦寒行:汉乐府旧题。 [2]诘屈:曲折。 [3]薄:迫近。 [4]挑着行囊去拾柴生火,拿着斧头破冰取水熬粥。 [5]《东山》:《诗经》厌战之篇。

王 粲

七哀诗(三首)

其 一

西京乱无象[1],豺虎方遘患[2]。复弃中国去[3],远身适荆蛮[4]。亲戚对我悲,朋友相追攀。出门无所见,白骨蔽平原。路有饥妇人,抱子弃草间。顾闻号泣声,挥涕独不还。未知身死处,何能两相完?驱马弃之去,不忍听此言。南登霸陵岸[5],回首望长安。悟彼《下泉》人[6],喟然伤心肝。

【注释】

[1]东汉迁都洛阳,故称长安为西京。 [2]遘:同"构"。 [3]中国:指中原地区。 [4]荆蛮:指荆州。周朝人称南方民族为南蛮。 [5]霸陵:汉文帝陵,临近霸水。 [6]《下泉》:《诗经》思治之诗。

其 二

荆蛮非我乡,何为久滞淫[1]?方舟溯大江[2],日暮愁我心。山冈有余映[3],岩阿增重阴[4]。狐狸驰赴穴,飞鸟翔故林。流波激清响,猴猿临岸吟。迅风拂裳袂,白露沾衣襟。独夜不能寐,摄衣起抚琴。丝桐感人情[5],为我发悲音。羁旅无终极[6],忧思壮难任。

【注释】

[1]滞淫:长时间逗留。 [2]方舟:两船并行。 [3]余映:落日余晖。 [4]岩阿:山谷。 [5]丝桐:琴。 [6]羁旅:羁留他乡。

从军诗(五首)

其 四

朝发邺都桥[1],暮济白马津[2]。逍遥河堤上,左右望我军。连舫逾万艘[3],带甲千万人[4]。率彼东南路[5],将定一举勋。筹策运帷幄,一由我圣君。恨我无时谋,譬诸具官臣[6]。鞠躬中坚内,微画无所陈。许历为完士[7],一言犹败秦。我有素餐责,诚愧伐檀人。虽无铅刀用[8],庶几奋薄身。

【注释】

[1]邺都:先秦旧城,位于今河北临漳县。曹操晋封魏王后,亦定都于此。 [2]济:渡河。白马津,距邺都一百余里。 [3]连舫:两船并行。 [4]带甲:即披坚执锐的士兵。 [5]率:遵循。 [6]具官:聊以充数之官。 [7]许历:战国时赵人,随赵军击秦,有出谋划策之功。完士:平凡无奇之人。 [8]铅刀:铅刀一击即钝,古代文人常用以自谦。

曹 植

美 女 篇

美女妖且闲[1],采桑歧路间。柔条纷冉冉,落叶何翩翩。攘袖见素手,皓腕约金环[2]。头上金爵钗,腰佩翠琅玕。明珠交玉体,珊瑚间木难[3]。罗衣何飘飘,轻裾随风还。顾盼遗光采,长啸气若兰。行徒用息驾[4],休者以忘餐。借问女安居,乃在城南端。青楼临大路,高门结重关。容华耀朝日,谁不希令颜。媒氏何所营,玉帛不时安。佳人慕高义,求贤良独难[5]。众人徒嗷嗷,安知彼所观。盛年处房室,中夜起长叹[6]。

【注释】

[1]妖:艳丽。闲:同"娴"。 [2]约:环绕。 [3]交、间:皆披挂之义。木难:一种宝珠。 [4]息驾:停车。 [5]良:确实。 [6]中夜:半夜。

公 燕 诗

公子敬爱客[1],终宴不知疲。清夜游西园[2],飞盖相追随[3]。明月澄清影,列宿正参差[4]。秋兰被长坂,朱华冒绿池[5]。潜鱼跃清波,好鸟鸣高枝。神飚接丹毂[6],轻辇随风移。飘飘放志意,千秋长若斯。

【注释】

[1]公子:指曹丕。　[2]清夜:寂静之夜。　[3]盖:车厢的顶篷。　[4]宿(xiǔ):星宿。参差:此处形容天空星点疏落。　[5]朱华:指芙蓉。　[6]毂(gǔ):车轴。丹毂是王子所乘之车。

赠白马王彪　并序

黄初四年正月,白马王、任城王与余俱朝京师,会节气[1]。到洛阳,任城王薨[2]。至七月,与白马王还国[3]。后有司以二王归藩[4],道路宜异宿止,意毒恨之[5]。盖以大别在数日[6],是用自剖,与王辞焉,愤而成篇。

谒帝承明庐,逝将归旧疆[7]。清晨发皇邑,日夕过首阳[8]。伊洛广且深,欲济川无梁。泛舟越洪涛,怨彼东路长。顾瞻恋城阙,引领情内伤[9]。

太谷何寥廓,山树郁苍苍。霖雨泥我涂,流潦浩纵横[10]。中逵绝无轨[11],改辙登高冈。修坂造云日[12],我马玄以黄[13]。

玄黄犹能进,我思郁以纡。郁纡将何念,亲爱在离居。本图相与偕,中更不克俱[14]。鸱枭鸣衡轭,豺狼当路衢。苍蝇间白黑,谗巧反亲疏。欲还绝无蹊,揽辔止踟蹰。

踟蹰亦何留,相思无终极。秋风发微凉,寒蝉鸣我侧。原野何萧条,白日忽西匿。归鸟赴乔林,翩翩厉羽翼[15]。孤兽走索群,衔草不遑食。感物伤我怀,抚心长太息。

太息将何为,天命与我违。奈何念同生[16],一往形不归。孤魂翔故域,灵柩寄京师。存者忽复过,亡没身自衰。人生处一世,去若朝露晞。年在桑榆间[17],影响不能追。自顾非金石,咄嗟令心悲[18]。

心悲动我神,弃置莫复陈。丈夫志四海,万里犹比邻。恩爱苟不亏,在远分日亲。何必同衾帱,然后展殷勤。忧思成疾疢,无乃儿女仁。仓卒骨肉情,能不怀苦辛。

苦辛何虑思,天命信可疑。虚无求列仙,松子久吾欺[19]。变故在斯须[20],百年谁能持。离别永无会,执手将何时。王其爱玉体,俱享黄发期[21]。收泪即长路[22],援笔从此辞。

【注释】

[1]白马王:指曹植的异母弟曹彪。白马(今河南滑县)是其封地。任城王:指曹植的同母兄曹彰。封于任城。会节气:汉魏旧制,每逢立春、立夏、立秋与立冬的四个节气,各地的诸侯王要聚集京城,参与朝会之礼。 [2]薨(hōng):旧时称诸侯死为薨。据《世说新语》所传,曹彰是被魏文帝曹丕毒死的。 [3]国:封国,封地。 [4]归藩:诸侯王回到封地。 [5]毒恨:痛恨。 [6]大别:永别。 [7]逝:发语词。 [8]首阳:首阳山。 [9]引领:伸长脖颈去看。 [10]潦:雨水积地。 [11]逵:大路。 [12]修坂:长长的山坡。造:达到。 [13]玄黄:生病的模样。 [14]不克:不能。 [15]厉:振动,振奋。 [16]同生:同胞,指曹彰。 [17]桑榆:日落西山,比喻人到暮年。 [18]咄嗟(duōjiè):叹息声。 [19]松子:赤松子,神话传说中的仙人。 [20]斯须:极短的时间。 [21]黄发:长寿,因长寿老人多有白发变黄者。 [22]即:就。即路:上路出发。

阮　籍

咏怀诗(八十二首)

其　一

夜中不能寐,起坐弹鸣琴。薄帷鉴明月,清风吹我襟。孤鸿号外野,翔鸟鸣北林。徘徊将何见,忧思独伤心。

其 三

嘉树下成蹊,东园桃与李。秋风吹飞藿,零落从此始。繁华有憔悴,堂上生荆杞。驱马舍之去,去上西山趾[1]。一身不自保,何况恋妻子。凝霜被野草,岁暮亦云已[2]。

【注释】

[1]西山:即首阳山,相传是伯夷、叔齐隐居之地。 [2]已:终了。

其三十三

一日复一夕,一夕复一朝。颜色改平常[1],精神自损消。胸中怀汤火[2],变化故相招。万事无穷极,知谋苦不饶[3]。但恐须臾间,魂气随风飘。终身履薄冰,谁知我心焦?

【注释】

[1]颜色:容颜。 [2]汤火:热水和烈火。此处比喻内心的痛苦。 [3]知:同"智"。

张 华

情诗(五首)
其 三

清风动帷帘,晨月照幽房[1]。佳人处遐远[2],兰室无容光。襟怀拥虚景[3],轻衾覆空床。居欢惜夜促,在戚怨宵长。拊枕独啸叹,感慨心内伤。

【注释】

[1]幽房:指闺房。 [2]佳人:良人,爱人。 [3]景:同"影"。

其 五

　　游目[1]四野外,逍遥独延伫[2]。兰蕙缘清渠,繁华荫绿渚。佳人不在兹,取此欲谁与?巢居知风寒,穴处识阴雨。不曾远别离,安知慕俦侣?

【注释】

　　[1]游目:放眼。　[2]延伫:伫立。

潘 岳

悼亡诗(三首)
其 一

　　荏苒冬春谢[1],寒暑忽流易[2]。之子归穷泉[3],重壤永幽隔。私怀谁克从,淹留亦何益。僶俛恭朝命[4],回心反初役[5]。望庐思其人,入室想所历。帏屏无仿佛,翰墨有余迹。流芳未及歇,遗挂犹在壁。怅恍如或存[6],周遑忡惊惕[7]。如彼翰林鸟[8],双栖一朝只。如彼游川鱼,比目中路析。春风缘隙来[9],晨霤承檐滴。寝息何时忘,沈忧日盈积。庶几有时衰[10],庄缶犹可击[11]。

【注释】

　　[1]荏苒:辗转。　[2]流易:变化。　[3]之子:那个女子,语出《诗经·桃夭》,后称新婚女子。此处指亡妻。穷泉:黄泉之下。　[4]僶俛(mǐnmiǎn):努力,勉强。朝命:朝廷的命令。　[5]初役:为妻子服丧之前担任的官职。　[6]怅恍(huǎng):恍惚。　[7]周遑:惶恐。忡(chōng):忧惧。　[8]翰林鸟:展翅飞翔于林间的鸟。翰:羽翮。　[9]隙:门缝。　[10]庶几:但愿。衰:减退。　[11]庄缶:用《庄子·至乐》典。庄子丧妻,他认为死生变化是万物之理,任其自然才是天下最快乐的事情,所以不但不哭,反而敲着瓦盆唱歌。

其 二

皎皎窗中月,照我室南端。清商应秋至[1],溽暑随节阑[2]。凛凛凉风升,始觉夏衾单。岂曰无重纩[3],谁与同岁寒?岁寒无与同,朗月何胧胧[4]。展转盻枕席[5],长簟竟床空。床空委清尘,室虚来悲风。独无李氏灵[6],仿佛睹尔容。抚衿长叹息,不觉涕沾胸。沾胸安能已,悲怀从中起[7]。寝兴目存形,遗音犹在耳。上惭东门吴[8],下愧蒙庄子[9]。赋诗欲言志,此志难具纪。命也可奈何,长戚自令鄙[10]。

【注释】

[1]清商:凉风。　[2]阑:末了。　[3]重纩(kuàng):夹袄。　[4]胧胧:月光不太明亮的样子。　[5]盻(xì):看。　[6]李氏灵:汉武帝李夫人死,武帝思之,方士招魂,令其显灵。　[7]中:心中。　[8]东门吴:《列子》曰:"魏有东门吴,子死而不忧。"　[9]蒙庄子:蒙县的庄子。　[10]戚:忧虑。《论语》:"小人长戚戚。"

陆 机

长 歌 行

逝矣经天日,悲哉带地川。寸阴无停晷[1],尺波岂徒旋。年往迅劲矢,时来亮急弦[2]。远期鲜克及[3],盈数固希全[4]。容华夙夜零,体泽坐自捐。兹物苟难停[5],吾寿安得延?俯仰逝将过,倏忽几何间。慷慨亦焉诉,天道良自然。但恨功名薄,竹帛无所宣[6]。迨及岁未暮,长歌乘我闲。

【注释】

[1]寸阴:一寸光阴,很短的时间。晷:日影。　[2]亮:确实。弦:弓弦。[3]远期:指一百二十岁的上寿。　[4]盈数:长命百岁。　[5]兹物:指青春年华。　[6]竹帛:史籍。宣:叙述,宣扬。

赴洛道中作(二首)
其 一

总辔登长路[1],呜咽辞密亲[2]。借问子何之,世网婴我身[3]。永叹遵北渚[4],遗思结南津。行行遂已远,野途旷无人。山泽纷纡余[5],林薄杳阡眠[6]。虎啸深谷底,鸡鸣高树巅。哀风中夜流,孤兽更我前[7]。悲情触物感,沈思郁缠绵。伫立望故乡,顾影凄自怜。

【注释】

[1]总辔:揽住车驾的缰绳。 [2]密亲:近亲。 [3]世网:各种社会现实。婴:缠绕。 [4]永叹:长叹。 [5]纡余:蜿蜒曲折。 [6]阡眠:同"芊眠",形容草木茂盛。 [7]更:经过。

其 二

远游越山川,山川修且广。振策陟崇丘[1],安辔遵平莽。夕息抱影寐[2],朝徂衔思往[3]。顿辔倚高岩[4],侧听悲风响。清露坠素辉,明月一何朗。抚枕不能寐,振衣独长想[5]。

【注释】

[1]振策:挥动马鞭。陟(zhì):登上。 [2]息:就寝。 [3]徂(cú):往,启程。 [4]顿辔:勒马驻足。 [5]振衣:穿上衣服。

左 思

咏史(八首)
其 二

郁郁涧底松,离离山上苗[1]。以彼径寸茎,荫此百尺条[2]。世胄蹑高位[3],英俊沈下僚。地势使之然,由来非一朝。金张藉旧业[4],七叶珥汉貂[5]。冯公岂不伟[6],白首不见招。

【注释】

[1]离离:形容草木下垂的样子。 [2]荫:遮蔽。 [3]世胄:世家子弟。胄:后裔。 [4]金张:汉代的金日䃅(mì dī),七代皆为皇宫内侍,张汤亦数代相继为宫中亲近官职。 [5]七叶:七世。珥:插着。珥汉貂,比喻皇帝近臣帽上都插着貂尾。 [6]冯公:冯唐,汉文帝时人,年老而官位一直不得升迁。

其 五

皓天舒白日,灵景耀神州[1]。列宅紫宫里[2],飞宇若云浮。峨峨高门内,蔼蔼皆王侯[3]。自非攀龙客[4],何为欻来游[5]。被褐出阊阖[6],高步追许由[7]。振衣千仞冈,濯足万里流。

【注释】

[1]灵景:日光。 [2]紫宫:紫微宫,星宿名,古人称天帝所居,因以比喻京城皇宫。 [3]蔼蔼:形容众多。 [4]攀龙客:攀龙附凤谋求官位之人。 [5]欻(xū):匆忙。 [6]被褐:穿上平民粗布衣裳。阊阖:皇宫,帝都。 [7]许由:尧时高人,尧欲传位于许由,许由不受,逃至箕山,隐居躬耕。

王羲之

兰亭诗(五首)

其 一

悠悠大象运[1],轮转无停际。陶化非吾因[2],去来非吾制。宗统竟安在,即顺理自泰。有心未能悟,适足缠利害。未若任所遇,逍遥良辰会。
【注释】
　　[1]大象:泛指天地万物。　[2]陶化:变化。

其　二

　　三春启群品[1],寄畅在所因。仰望碧天际,俯磐绿水滨[2]。寥朗无厓观[3],寓目理自陈。大矣造化功,万殊莫不均[4]。群籁虽参差,适我无非新。
【注释】
　　[1]群品:天地万物。　[2]磐:一作"瞰"。　[3]厓:同"涯"。　[4]万殊:万事万物。

陶渊明

归园田居(五首)
其　一

　　少无适俗韵[1],性本爱丘山。误落尘网中,一去三十年。羁鸟恋旧林,池鱼思故渊。开荒南野际,守拙归园田[2]。方宅十余亩,草屋八九间。榆柳荫后檐,桃李罗堂前。暧暧远人村[3],依依墟里烟。狗吠深巷中,鸡鸣桑树巅。户庭无尘杂,虚室有余闲。久在樊笼里,复得返自然。
【注释】
　　[1]韵:气质。　[2]守拙:拙于做官,辞职回家。　[3]暧暧:不清晰的样子。

其 二

野外罕人事[1],穷巷寡轮鞅。白日掩荆扉[2],虚室绝尘想[3]。时复墟里人[4],披草共来往[5]。想见无杂言,但道桑麻长。桑麻日已长,我土日已广。常恐霜霰至,零落同草莽。

【注释】

[1]人事:世俗应酬纷扰。 [2]荆扉:柴门,简陋的门户。 [3]尘想:各种世俗之想。 [4]墟里:村落。 [5]披:拨开。

饮酒(二十首)

其 五

结庐在人境[1],而无车马喧。问君何能尔[2],心远地自偏。采菊东篱下,悠然见南山[3]。山气日夕佳[4],飞鸟相与还。此中有真意,欲辩已忘言。

【注释】

[1]人境:尘世纷扰之地。 [2]君:作者自称。尔:如此。 [3]南山:庐山。 [4]日夕:傍晚。

其 七

秋菊有佳色,裛露掇其英[1]。泛此忘忧物[2],远我遗世情。一觞虽独进,杯尽壶自倾。日入群动息[3],归鸟趋林鸣。啸傲东轩下,聊复得此生。

【注释】

[1]裛(yì)露:沾带着露水。英:花。 [2]泛:用水冲泡。 [3]群动:各种有生之物。

谢灵运

登池上楼

潜虬媚幽姿[1],飞鸿响远音。薄霄愧云浮[2],栖川怍渊沈[3]。进德智所拙[4],退耕力不任[5]。徇禄反穷海[6],卧痾对空林[7]。衾枕昧节候[8],褰开暂窥临[9]。倾耳聆波澜[10],举目眺岖嵚[11]。初景革绪风[12],新阳改故阴[13]。池塘生春草,园柳变鸣禽。祁祁伤豳歌[14],萋萋感楚吟[15]。索居易永久[16],离群难处心[17]。持操岂独古,无闷征在今[18]。

【注释】

[1]潜虬:潜伏在水底的龙。这句是作者以潜虬自比而有自我欣赏、自我怜惜的意思。 [2]薄:迫近。 [3]怍(zuò):惭愧。渊沈:潜伏在深水里。此指潜虬。 [4]进德:增进德业。 [5]任:承担、承受。 [6]徇禄:追求禄位。反:返回。 [7]卧痾:卧病。 [8]衾枕:被子、枕头,指代卧病。 [9]褰:揭开,拉开。 [10]波澜:这里指水流的声音。 [11]岖嵚:起伏不平的群山。 [12]初景:初春的阳光。革:革除,驱散。绪风:冬日的余风。 [13]故阴:冬天的阴寒。 [14]"祁祁"句:用《诗经·豳风·七月》诗意。诗曰:"春日迟迟,采蘩祁祁。女心伤悲,殆及公子同归。"祁祁:众多繁盛的样子。 [15]"萋萋"句:用《楚辞·招隐士》诗意。诗曰:"王孙游兮不归,春草生兮萋萋。"萋萋:花草繁盛的样子。 [16]索居:孤独地生活。 [17]处心:安顿自己的心灵。 [18]无闷:不苦闷。语出《易经·乾卦》:"遁世无闷。"征:征验。

登江中孤屿

江南倦历览[1],江北旷周旋[2]。怀新道转迥[3],寻异景不延[4]。乱流趋正绝[5],孤屿媚中川[6]。云日相辉映,空水共澄鲜[7]。表灵物莫赏[8],蕴真谁为传[9]。想像昆山姿[10],缅邈区中缘[11]。始信安期术[12],得尽养生年[13]。

【注释】

[1]历览:遍游。 [2]旷周旋:尚未游历。 [3]怀新:怀着探新寻异的心情。迥:远。 [4]景:同"影",日光。 [5]乱流:船只渡过河流。乱:横渡。趋正绝:船只朝正面直驶。绝:横渡。 [6]媚中川:在河流中显现出娇媚的姿态。 [7]空水:天空与江水。澄鲜:澄澈明艳。 [8]表灵:显现出大自然的灵秀风光。物:风物、风光。莫赏:没有人欣赏。 [9]蕴真:隐藏着仙人。真:真人,仙人。谁为传:有谁能为这些仙人传写其事。 [10]昆山姿:昆仑山雄奇的姿态。昆仑山是传说中神仙居住的地方。 [11]缅邈:遥远。区中缘:人世间的俗缘。 [12]安期:即安期生,传说中的仙人,有长生不老之术。[13]养生年:天年,自然的寿命。

登石门最高顶诗[1]

晨策寻绝壁[2],夕息在山栖。疏峰抗高馆[3],对岭临回溪。长林罗户穴,积石拥基阶[4]。连岩觉路塞,密竹使径迷。来人忘新术[5],去子惑故蹊。活活夕流驶[6],嗷嗷夜猿啼[7]。沈冥岂别理[8],守道自不携[9]。心契九秋干[10],目玩三春荑[11]。居常以待终[12],处顺故安排[13]。惜无同怀客[14],共登青云梯[15]。

【注释】

[1]石门:山名,在今浙江嵊县西北。 [2]策:手杖,此用作动词,拄着手杖。 [3]疏:远。抗:相对。 [4]基阶:台阶的最底层。 [5]术:道路。[6]活活:水流声。 [7]嗷嗷:猿的鸣叫声。 [8]沈冥:深沉无欲。 [9]携:分离。此指不专一,有二心。 [10]九秋干:在秋风中挺立的树木。 [11]三春荑:春天萌生的茅草嫩芽。 [12]"居常"句:意谓身处贫困,安然面对死亡。古人认为,贫者士之常。 [13]处顺:顺应自然。安排:安于世事万物的推迁运行。 [14]同怀客:有共同志向的人。 [15]青云梯:登山之路,因山高入

云,故称。此指隐逸之路。

鲍　照

代出自蓟北门行[1]

羽檄起边亭[2],烽火入咸阳[3]。征骑屯广武[4],分兵救朔方[5]。严秋筋竿劲[6],房阵精且强[7]。天子按剑怒[8],使者遥相望[9]。雁行缘石径[10],鱼贯度飞梁[11]。箫鼓流汉思[12],旌甲被胡霜[13]。疾风冲塞起,沙砾自飘扬。马毛缩如蝟[14],角弓不可张[15]。时危见臣节[16],世乱识忠良。投躯报明主[17],身死为国殇。

【注释】

[1]代:拟。出自蓟北门行:乐府旧题。　[2]羽檄:插有羽毛的告急文书。[3]咸阳:古都城,在今陕西。　[4]广武:地名,在今山西代县。　[5]朔方:地名,在今内蒙古鄂尔多斯一带。　[6]严秋:深秋。筋:弓弦。竿:箭杆。　[7]房阵:敌人的阵容。　[8]按剑:抚剑。　[9]遥相望:言使者不断,前后相望。　[10]雁行:像大雁一样排列整齐的行列。　[11]鱼贯:像游鱼一样前后连贯地串行。飞梁:架设在山间的桥梁。　[12]汉思:对汉朝的思念。[13]旌甲:旌旗、铠甲。被:同"披",覆盖。　[14]缩如蝟:严寒中马的身体紧缩,毛如刺猬般张开。　[15]角弓:用角装饰的弓。不可张:因天寒手僵,拉不开弓。　[16]见:同"现",表现。　[17]投躯:献身。

拟行路难[1](十八首)
其　一

璇闺玉墀上椒阁[2],文窗绣户垂罗幕[3]。中有一人字金兰,被服纤罗采芳藿[4]。春燕差池风散梅[5],开帏对景弄春爵[6]。含歌揽涕恒抱愁[7],人生几时得为乐。宁作野中之双凫[8],不愿云间之别鹤[9]。

【注释】

[1]行路难:乐府旧题。 [2]璇闺:用美玉做的门。椒阁:以椒和泥涂饰的闺房。椒:一种香料。 [3]文窗:绘有花纹的窗户。罗幕:用绮罗做成的帷幕。 [4]纤罗:纤细精致的绮罗。藿:藿香,一种多年生芳香草本植物。[5]差池:参差,前后高低不一。散:吹落。 [6]对景:对着日影。爵:同"雀"。[7]揽涕:拭泪。 [8]凫:野鸭。 [9]别鹤:无偶之孤鹤。

其 二

对案不能食[1],拔剑击柱长叹息。丈夫生世会几时[2],安能蹀躞垂羽翼[3]? 弃置罢官去,还家自休息。朝出与亲辞[4],暮还在亲侧。弄儿床前戏,看妇机中织。自古圣贤尽贫贱,何况我辈孤且直[5]。

【注释】

[1]案:进食用的小几。 [2]会:能有。 [3]安能:怎能。蹀躞:小步走路的样子。 [4]亲:父母亲。 [5]孤:孤寒无势。

梅 花 落[1]

中庭杂树多[2],偏为梅咨嗟。问君何独然[3],念其霜中能作花[4],露中能作实[5],摇荡春风媚春日。念尔零落逐寒风[6],徒有霜华无霜质[7]。

【注释】

[1]梅花落:乐府旧题。 [2]中庭:庭院中。 [3]咨嗟:赞叹、赞美。[4]作花:开花。 [5]作实:结果。 [6]零落:飘零、坠落。 [7]徒有:空有。霜华:秋霜一般的外表。霜质:经冬耐寒的品性。

谢　朓

暂使下都夜发新林至京邑赠西府同僚[1]

大江流日夜,客心悲未央[2]。徒念关山近[3],终知返路长[4]。秋河曙耿耿[5],寒渚夜苍苍。引领见京室[6],宫雉正相望[7]。金波丽鳷鹊[8],玉绳低建章[9]。驱车鼎门外[10],思见昭丘阳[11]。驰晖不可接[12],何况隔两乡。风云有鸟路[13],江汉限无梁[14]。常恐鹰隼击[15],时菊委严霜[16]。寄言罻罗者[17],寥廓已高翔[18]。

【注释】

[1]下都:指金陵。新林:地名,在今南京西南。京邑:京城,指金陵。西府:荆州随王府。　[2]未央:没有止境。　[3]关山近:距离京城越来越近。[4]返路长:返回荆州的路越来越远。　[5]秋河:秋夜的银河。耿耿:明亮的样子。　[6]引领:伸长脖子远望。　[7]宫雉:宫墙。　[8]金波:月光。鳷鹊:宫殿名。　[9]玉绳:星名。建章:宫殿名。　[10]鼎门:原指春秋时九鼎出入之门,此指金陵城门。　[11]昭丘:楚昭王的墓。　[12]驰晖:阳光。[13]风云:指天空。　[14]限:阻隔。梁:桥梁。　[15]鹰隼:两种猛禽,此喻奸邪势力。　[16]委:同"萎",枯萎,衰败。　[17]罻罗者:张设罗网之人。罻、罗:都是罗网,此处用作动词。　[18]寥廓:辽远空阔貌。

之宣城郡出新林浦向板桥[1]

江路西南永[2],归流东北骛[3]。天际识归舟,云中辨江树。旅思倦摇摇,孤游昔已屡。既欢怀禄情[4],复协沧洲趣[5]。嚣尘自兹隔[6],赏心於此遇[7]。虽无玄豹姿,终隐南山雾[8]。

【注释】

[1]之:到。宣城郡:地名,在今安徽宣城。　[2]永:长。　[3]归流:由西

入东归入大海的江水。骛:奔跑。　[4]怀禄情:贪恋禄位的念头。　[5]沧洲趣:隐居情怀。　[6]嚚尘:喧嚣的尘世。自兹:从此。　[7]赏心:内心喜悦赏好之事。　[8]《列女传》曰:陶答子治陶三年,家富三倍。其妻泣曰:南山之豹为了保全皮毛,隐藏在雾中,至于那些猪狗,一旦肥了,就会遭到宰杀。果然一年之后,陶家即遭盗贼杀害。这两句是说,自己虽然没有玄豹的姿质,却可以趁此机会隐居避祸。

萧　纲

楚 妃 叹

　　幽闺情脉脉,漏长宵寂寂[1]。草萤飞夜户,丝虫绕秋壁。薄笑未为欣[2],微叹还成戚。金簪鬓下垂,玉箸衣前滴[3]。
【注释】
　　[1]漏长:滴漏声相隔的时间长,犹言时光过于漫长。漏,古代滴水计时的器具。　[2]薄笑:勉强装出的笑容。未,据《玉台新咏》卷七校改。　[3]玉箸,本是玉筷的意思,此处比喻眼泪。

何　逊

临行与故游夜别[1]

　　历稔共追随[2],一旦辞群匹[3]。复如东注水,未有西归日。夜雨滴空阶,晓灯暗离室。相悲各罢酒,何时同促膝。
【注释】
　　[1]故游:故人,友人。　[2]稔(rěn):年。　[3]群匹:群侣,群友。

阴　铿

江津送刘光禄不及[1]

依然临江渚[2],长望倚河津[3]。鼓声随听绝[4],帆势与云邻[5]。泊处空余鸟,离亭已散人[6]。林寒正下叶,钓晚欲收纶[7]。如何相背远[8],江汉与城闉[9]。

【注释】

[1]江津:江边渡口。刘光禄:刘孺,字孝稚,曾任光禄卿。不及:没有赶上。 [2]依然:依恋貌。江渚:江边。 [3]长望:远望。 [4]鼓声:击鼓以示开船的信号。 [5]帆势:船帆的姿影。 [6]离亭:江边送别之亭。 [7]纶:钓鱼的丝绳。 [8]相背远:远别,各分东西。 [9]城闉:城门外层的曲城。

庾　信

拟咏怀(二十七首)
其　七

榆关断音信[1],汉使绝经过[2]。胡笳落泪曲,羌笛断肠歌[3]。纤腰减束素[4],别泪损横波[5]。恨心终不歇,红颜无复多。枯木期填海[6],青山望断河[7]。

【注释】

[1]榆关:地名,在今陕西榆林东,此借指边塞。 [2]汉使:汉朝使节,此指故国的使者。 [3]胡笳、羌笛:均为北方少数民族乐器。 [4]束素:束腰之白色丝带。此句谓腰细使束带为宽。 [5]横波:目光、眼神。 [6]"枯木"句:《山海经·北山经》载,炎帝之女溺死东海,化而为鸟,常衔木石填海。 [7]"青山"句:望以青山阻断河流。

其十一

摇落秋为气[1],凄凉多怨情。啼枯湘水竹[2],哭坏杞梁城[3]。天亡遭愤战[4],日蹙值愁兵[5]。直虹朝映垒[6],长星夜落营[7]。楚歌饶恨曲[8],南风多死声[9]。眼前一杯酒,谁论身后名[10]。

【注释】

[1]摇落:草木在秋风中摇动、衰落。气:节候。 [2]湘水竹:又称湘妃竹。传说舜南巡,至苍梧而死,二妃娥皇、女英自沉湘水。死前望苍梧而哭,泪洒竹上,形成斑点,故名。 [3]"哭坏"句:春秋时齐大夫杞梁战死,其妻痛哭不已,杞城为之崩颓。 [4]天亡:《史记·项羽本纪》载,项羽被困垓下,对他的部属说,此天亡我,非战之罪也。 [5]日蹙:一天天缩小。 [6]"直虹"句:古时人们认为直虹映照军垒为兵败之征。 [7]"长星"句:古时人们认为大人物都有星宿与之相配。天上星落预示人间大人物的去世。 [8]楚歌:项羽被困垓下,夜闻四面楚歌,以为楚地尽为汉有,遂起末路之叹。 [9]南风:古歌名。《左传》襄公十八年载,晋楚相争时,晋师旷通过乐曲以判断战争结局。他说,南风不竞,多死声。以此断定楚军必败。 [10]"眼前"二句:用《世说新语·任诞》典,张翰放纵不拘,自云:"使我有身后名,不如即时一杯酒。"

寄王琳诗

玉关道路远,金陵信使疏。独下千行泪,开君万里书。

南北朝乐府民歌

子夜四时歌[1]

自从别欢后[2],叹音不绝响。黄檗向春生[3],苦心随日长[4]。

【注释】

[1]子夜四时歌:南朝乐府旧题。 [2]欢:女子对恋人的爱称。 [3]黄檗:树名,树心味苦。 [4]苦心:双关树心与人心。

三 洲 歌[1]

送欢板桥湾,相待三山头。遥见千幅帆,知是逐风流[2]。风流不暂停,三山隐行舟。愿作比目鱼,随欢千里游。

【注释】

[1]三洲歌:南朝乐府旧题。 [2]逐风流:乘风疾驶。风流:双关船行与生活浪漫。

木 兰 诗[1]

唧唧复唧唧[2],木兰当户织。不闻机杼声[3],唯闻女叹息。问女何所思,问女何所忆。"女亦无所思,女亦无所忆。昨夜见军帖[4],可汗大点兵[5]。军书十二卷,卷卷有爷名。阿爷无大儿,木兰无长兄。愿为市鞍马[6],从此替爷征。"

东市买骏马,西市买鞍鞯[7],南市买辔头,北市买长鞭。旦辞爷娘去,暮宿黄河边。不闻爷娘唤女声,但闻黄河流水鸣溅溅[8]。旦辞黄河去,暮至黑山头[9]。不闻爷娘唤女声,但闻燕山胡骑鸣啾啾[10]。

万里赴戎机[11],关山度若飞。朔气传金柝[12],寒光照铁衣[13]。将军百战死,壮士十年归。

归来见天子,天子坐明堂[14]。策勋十二转[15],赏赐百千强[16]。可汗问所欲,"木兰不用尚书郎[17],愿驰明驼千里足[18],送儿还故乡"。

爷娘闻女来,出郭相扶将[19]。阿姊闻妹来,当户理红妆。小弟闻姊来,磨刀霍霍向猪羊[20]。开我东阁门,坐我西阁床。脱我战时袍,著我旧时裳。当窗理云鬓[21],对镜帖花黄[22]。出门看火伴,火伴皆惊惶。"同行十二年,不知木兰是女郎。"雄兔脚扑朔[23],雌兔眼迷离[24]。双兔傍地走,安能辨我是雄雌。

【注释】

[1]木兰诗:北朝乐府民歌。 [2]唧唧:叹息声。 [3]机杼声:织布机纺织的声音。杼:梭子。 [4]军帖:征兵的文书。 [5]可汗:古代西北少数民族君王的称号。 [6]为:替。市:购买。 [7]鞯:衬于马鞍下的垫子。 [8]鸣溅溅:流水激射声。 [9]黑山:杀虎山,在今内蒙古呼和浩特东南。 [10]燕山:燕然山,即今蒙古境内的杭爱山。啾啾:战马嘶鸣声。 [11]戎机:军机、战事。 [12]朔气:北方严寒之气。金柝:行军用具,即刁斗,白天做饭,晚上打更。 [13]铁衣:铠甲。 [14]明堂:天子朝会、庆赏、祭祀之所。 [15]策勋:记功于策。策:文书。转:勋位之等第。每升一级为一转。 [16]强:多、余。 [17]尚书郎:官职名,尚书省属官,此代指高官。 [18]明驼:善走之骆驼。 [19]郭:外城。 [20]霍霍:磨刀时发出的声响。 [21]浓密的头发。 [22]花黄:古代妇女的面饰,以金黄色的纸剪成星月花鸟等形贴于额上,或于额上涂点黄色。 [23]扑朔:四脚搔爬的样子。 [24]迷离:双眼为毛发遮蔽而眯缝的样子。

敕勒歌[1]

敕勒川,阴山下[2]。天似穹庐[3],笼盖四野。天苍苍,野茫茫,风吹草低见牛羊[4]。

【注释】

[1]敕勒歌:北朝乐府民歌。敕勒:匈奴族后裔。 [2]阴山:山名。今河套以北,大漠以南诸山之统称。 [3]穹庐:游牧民族居住的毡帐。 [4]见:同"现",显现。

唐 诗

王 绩

野 望

东皋薄暮望[1],徙倚欲何依[2]。树树皆秋色,山山唯落晖。牧人驱犊返[3],猎马带禽归。相顾无相识,长歌怀采薇[4]。

【注释】

[1]东皋:指作者在故乡隐居时的游息之地。皋,水边的高地,也泛指高地。薄暮:傍晚。 [2]徙倚:徘徊,彷徨。 [3]犊:小牛。 [4]"长歌"句:殷代灭亡后,伯夷、叔齐二殷臣隐居首阳山,不食周粟,采薇而食。这里用这个典故表示避世隐居之意。薇:一种野菜,俗称野豌豆,嫩叶可吃。

王 勃

送杜少府之任蜀川[1]

城阙辅三秦[2],风烟望五津[3]。与君离别意,同是宦游人[4]。海内存知己,天涯若比邻[5]。无为在歧路,儿女共沾巾。

【注释】

[1]少府:当时县尉的通称。之任:赴任。蜀川:泛指蜀地。 [2]城阙:指长安城,阙是皇宫门前两边的望楼。三秦:泛指长安附近的关中地区。 [3]五津:岷江有白华津、万里津、江首津、涉头津、江南津五大渡口,称五津。这里代指杜少府将去的地方。 [4]宦游人:为做官而远游四方的人。 [5]比邻:近邻。

杨　炯

从军行

烽火照西京[1],心中自不平。牙璋辞凤阙[2],铁骑绕龙城[3]。雪暗凋旗画[4],风多杂鼓声。宁为百夫长[5],胜作一书生。

【注释】

[1]西京:指京城长安。　[2]牙璋:古代发兵时所用的兵符,由凸凹两块组成,两块相合后呈牙状,分别由朝廷和带兵主帅掌管。凤阙:汉武帝在长安建凤阙。这里指代长安。　[3]龙城:汉代匈奴祭天的地方,这里泛指敌方要地。　[4]凋旗画:因大雪弥漫,遮天蔽日,军旗上的彩画黯然失色。　[5]百夫长:指军队的低级军官。

骆宾王

在狱咏蝉

西陆蝉声唱[1],南冠客思侵[2]。那堪玄鬓影[3],来对白头吟[4]。露重飞难进,风多响易沉。无人信高洁,谁为表予心?

【注释】

[1]西陆:指秋天。　[2]南冠:指囚徒。客思:在外而思乡的心绪。　[3]玄鬓影:古代人把鬓发梳得看上去像蝉翼一样,这里用玄鬓影指代蝉。　[4]白头吟:原为古乐府曲名,曲调哀怨。这里语意双关。

于易水送人[1]

此地别燕丹[2],壮士发冲冠[3]。昔时人已没,今日水犹寒。

【注释】

[1]易水:河名,在今河北西部。 [2]燕丹:燕太子丹。 [3]壮士:指荆轲。

沈佺期

独不见[1]

卢家少妇郁金堂[2],海燕双栖玳瑁梁[3]。九月寒砧催木叶[4],十年征戍忆辽阳[5]。白狼河北音书断[6],丹凤城南秋夜长[7]。谁为含愁独不见,更教明月照流黄[8]。

【注释】

[1]独不见:乐府旧题。诗题又作《古意》。 [2]卢家少妇:梁武帝萧衍《河中之水歌》中的人物,这里代指美貌的少妇。郁金堂:用郁金香浸酒和泥涂壁的堂屋。 [3]海燕:又名越燕,产于南方海滨,春季北飞,于室内营巢。玳瑁梁:以玳瑁为饰的屋梁。玳瑁是一种水生动物,甲坚硬有文采。 [4]"九月"句:指九月将要换季,寒风中,砧声急切,树叶飘零。砧:捣衣用的垫石。木叶:树叶。 [5]辽阳:泛指辽东地区,当时为东北边防要地。 [6]白狼河北:即上句所说的辽阳。白狼河:又名大凌河,在今辽宁,流经锦州入海。 [7]丹凤城:指长安。因汉武帝在长安建"凤阙",所以称长安为"丹凤城"。 [8]流黄:黄紫相间的丝织品,这里指帏帐。

宋之问

渡汉江

岭外音书断[1],经冬复历春。近乡情更怯,不敢问来人。

【注释】

[1]岭外:指作者被贬的岭南地区。

贺知章

咏柳

碧玉妆成一树高,万条垂下绿丝绦[1]。不知细叶谁裁出?二月春风似剪刀。

【注释】

[1]丝绦(tāo):用丝编织的带子,这里形容低垂飘曳的柳条。

陈子昂

登幽州台歌

前不见古人,后不见来者。念天地之悠悠,独怆然而涕下[1]。

【注释】

[1]怆然:伤感的样子。

张若虚

春江花月夜

春江潮水连海平,海上明月共潮生。滟滟随波千万里[1],何处春江无月明!江流宛转绕芳甸[2],月照花林皆似霰[3]。空里流霜不觉飞,汀上白沙看不见[4]。江天一色无纤尘,皎皎空中孤月轮。江畔何人初见月?江月何年初照人?人生代代无穷已,江月年年只相似。不知江月待何人,但见长江送流水。白云一片去悠悠,青枫浦上不胜愁[5]。谁家今夜扁舟子[6]?何处相思明月楼?可怜楼上月徘徊,应照离人妆镜台。玉户帘中卷不去,捣衣砧上拂还来。此时相望不相闻,愿逐月华流照君。鸿雁长飞光不度[7],鱼龙潜跃水成文[8]。昨夜闲潭梦落花,可怜春半不还家。江水流春去欲尽,江潭落月复西斜。斜月沉沉藏海雾,碣石潇湘无限路[9]。不知乘月几人归,落月摇情满江树。

【注释】

[1]滟滟:波光闪烁的样子。 [2]芳甸:长满花草的原野。 [3]霰(xiàn):雪珠子。这里形容月光照耀下的花朵。 [4]汀:水边平地,这里指沙滩。 [5]青枫浦:泛指水边。 [6]扁(piān)舟子:指飘荡江湖的游子。 [7]"鸿雁"句:古代有鸿雁传书的说法。光不度:指鸿雁飞不出眼前的月光去给游子传信。 [8]鱼龙:指鱼,古代有鲤鱼传书的说法。 [9]碣石:山名,在今河北。这里泛指北方地区。潇湘:潇水和湘水的合称,在今湖南,这里指代南方地区。无限路:极言南北相距遥远,思妇游子天各一方。

王 翰

凉 州 词

葡萄美酒夜光杯[1],欲饮琵琶马上催[2]。醉卧沙场君莫笑[3],古来征战几人回?

【注释】

[1]夜光杯:指精美的酒杯。 [2]催:指催饮,即兴劝酒。另一种解释为伴奏,也可通。 [3]沙场:战场。

王 湾

次北固山下[1]

客路青山外[2],行舟绿水前。潮平两岸阔,风正一帆悬[3]。海日生残夜,江春入旧年。乡书何处达[4],归雁洛阳边。

【注释】

[1]次:停宿。 [2]客路:旅途。 [3]风正:风和,风顺。 [4]乡书:家书。

崔 颢

黄 鹤 楼

昔人已乘黄鹤去[1],此地空余黄鹤楼。黄鹤一去不复返,白云千载空悠悠。晴川历历汉阳树[2],芳草萋萋鹦鹉洲[3]。日暮乡关何处是[4]?烟波江上使人愁。

【注释】

[1]昔人:指传说中曾经在此地成仙或驻留过的仙人。 [2]历历:清晰、分明的样子。 [3]萋萋:草茂盛的样子。鹦鹉洲:唐时在汉阳西南长江中,后渐被江水冲没。 [4]乡关:家乡。

王之涣

凉 州 词

黄河远上白云间,一片孤城万仞山。羌笛何须怨杨柳[1],春风不度玉门关[2]。

【注释】

[1]怨杨柳:双关语,既说羌笛所奏的《折杨柳》曲调哀怨,又指杨柳尚未发青。　[2]春风不度:指春天迟迟不到。玉门关:在今甘肃敦煌西。

王昌龄

从军行[1](七首)

其 一

烽火城西百尺楼[2],黄昏独坐海风秋。更吹羌笛关山月,无那金闺万里愁[3]。

【注释】

[1]从军行:乐府旧题,多写军旅战争。　[2]百尺楼:指置烽火的戍楼。[3]无那(nuò):无奈。金闺:指住在华美闺房里的少妇。

其 四

青海长云暗雪山[1],孤城遥望玉门关。黄沙百战穿金甲[2],不破楼兰终不还[3]。

【注释】

[1]青海:即青海湖,在今青海西宁西。唐军和吐蕃军经常在这里发生战争。雪山:指祁连山。　[2]穿:磨穿。　[3]楼兰:汉代西域国名,这里借汉喻唐,喻指侵扰西北的敌人。

其 五

大漠风尘日色昏,红旗半卷出辕门[1]。前军夜战洮河北[2],已报生擒吐谷浑[3]。

【注释】

　　[1]辕门：军营的寨门。　[2]洮(táo)河：黄河的一条支流，在今甘肃西部。　[3]吐谷(yù)浑：国名，位于洮水西南，唐初，时常侵扰边境，这里泛指敌首。

出　　塞

　　秦时明月汉时关[1]，万里长征人未还。但使龙城飞将在[2]，不教胡马度阴山[3]。

【注释】

　　[1]"秦时"句：互文见义，指秦汉时的明月和关塞。　[2]龙城飞将：龙城即卢龙城，在今河北喜峰口一带，汉武帝时李广在此任太守，匈奴不敢犯边，号称"飞将军"。这里泛指善战的将军。　[3]阴山：在今内蒙古南部。汉时匈奴经常据此侵扰边境。

闺　　怨

　　闺中少妇不知愁，春日凝妆上翠楼[1]。忽见陌头杨柳色[2]，悔教夫婿觅封侯[3]。

【注释】

　　[1]凝妆：盛妆。　[2]陌头：路边。　[3]觅封侯：指从军谋求建立边功以取得封侯的奖赏。

芙蓉楼送辛渐

寒雨连江夜入吴,平明送客楚山孤。洛阳亲友如相问,一片冰心在玉壶。

孟浩然

望洞庭湖赠张丞相

八月湖水平[1],涵虚混太清[2]。气蒸云梦泽[3],波撼岳阳城。欲济无舟楫[4],端居耻圣明[5]。坐观垂钓者[6],徒有羡鱼情[7]。

【注释】

[1]湖水平:指湖水上涨,与湖岸相平。 [2]"涵虚"句:湖水涨后天水相接,水天合一。"虚"与"太清"均指天空。 [3]云梦泽:古泽名,范围很广,包括现在湖北南部、湖南北部一带。 [4]"欲济"句:双关语,暗喻想做官却无人举荐。 [5]端居:独处,闲居,指隐居。耻圣明:有愧于这个圣明的时代。 [6]垂钓者:比喻执政者,指张九龄丞相。 [7]羡鱼情:比喻希望出仕的心情。

过故人庄[1]

故人具鸡黍[2],邀我至田家。绿树村边合,青山郭外斜。开轩面场圃[3],把酒话桑麻[4]。待到重阳日[5],还来就菊花[6]。

【注释】

[1]过:过访。故人:老朋友。 [2]具:备办。 [3]轩:窗子。面:对着。场:农家晒谷的场地。圃:菜园。 [4]把酒:端着酒杯。 [5]重阳日:即农历九月九日重阳节。古人这一天要登高、赏菊。 [6]就菊花:指赏菊、饮菊花

酒。就:接近。

宿建德江

移舟泊烟渚[1],日暮客愁新。野旷天低树[2],江清月近人[3]。

【注释】

[1]烟渚:暮烟笼罩下的江中小洲。 [2]"野旷"句:原野空旷,极目远望,遥远的天际看起来比树还低。 [3]"江清"句:江水清澈,月亮映在水面上,好像有意来和旅人亲近。

王 维

渭川田家

斜光照墟落[1],穷巷牛羊归[2]。野老念牧童,倚杖候荆扉[3]。雉雊麦苗秀[4],蚕眠桑叶稀。田夫荷锄立,相见语依依[5]。即此羡闲逸,怅然吟《式微》[6]。

【注释】

[1]斜光:夕阳的光辉。墟落:村庄。 [2]穷巷:深巷,僻巷。 [3]荆扉:柴门。 [4]雉雊(gòu):野鸡鸣叫。 [5]依依:依恋不舍的样子。 [6]吟《式微》:《诗经·邶风》中有"式微式微,胡不归"的句子。"吟式微"表现作者意欲归隐田园的心情。

山居秋暝

空山新雨后[1],天气晚来秋。明月松间照,清泉石上流。竹喧归浣女,莲动下渔舟。随意春芳歇,王孙自可留[2]。

【注释】

[1]浣(huàn)女:洗衣服的女子。 [2]"王孙"句:《楚辞·招隐士》:"王孙兮归来,山中兮不可久留。"这里反用其意,暗寓自愿归隐山林的意思。王孙:作者自喻。

鹿柴[1](辛夷坞)

木末芙蓉花[2],山中发红萼。涧户寂无人[3],纷纷开且落。

【注释】

[1]柴(zhài):栅。 [2]木末:树梢。芙蓉花:指辛夷花。辛夷一名木笔,开放时像荷花,所以诗中称为芙蓉花。 [3]涧户:指山中幽谷,涧崖相向好似门户,故称涧户。

竹 里 馆

独坐幽篁里[1],弹琴复长啸[2]。深林人不知,明月来相照。

【注释】

[1]幽篁:深密的竹林。 [2]复:又。

少 年 行

新丰美酒斗十千[1],咸阳游侠多少年。相逢意气为君饮,系马高楼垂柳边。

【注释】

[1]新丰:即今西安临潼新丰镇,唐代以产美酒而著名。

使至塞上

单车欲问边[1],属国过居延[2]。征蓬出汉塞[3],归雁入胡天。大漠孤烟直,长河落日圆。萧关逢候骑[4],都护在燕然[5]。

【注释】

[1]单车:轻车简从。问边:到边疆去察看、慰问。 [2]"属国"句:"过居延属国"的倒文。汉代称仍保留原有国号的附属国为属国。 [3]征蓬:被风卷起飞扬的蓬草,这里是作者自喻。 [4]萧关:在今宁夏固原东南。候骑(jì):骑马的侦察兵。 [5]都护:边疆的最高统帅,这里指河西节度使。燕然:山名,即杭爱山,在今蒙古人民共和国境内。这里借指最前线。

相 思

红豆生南国[1],春来发几枝?愿君多采撷[2],此物最相思。

【注释】

[1]红豆:一种产于南方的草本木质豆科植物,果实鲜红浑圆。传说古代一位女子因丈夫死在边地,哭死于树下,化为红豆,所以人们又称它为"相思子"。 [2]采撷:采摘。

九月九日忆山东兄弟

独在异乡为异客,每逢佳节倍思亲。遥知兄弟登高处,遍插茱萸少一人[1]。

【注释】

[1]茱萸(zhūyú):一种有香气的植物。古代风俗,重阳节登高时,佩戴茱

萸囊,或将茱萸插在头上,据说可以避邪。

送元二使安西

渭城朝雨裛轻尘[1],客舍青青柳色新。劝君更尽一杯酒,西出阳关无故人[2]。

【注释】

[1]渭城:故址在今西安西北渭水北岸。裛(yì):同"浥",沾湿,湿润。
[2]阳关:故址在今敦煌西南。

高　适

燕　歌　行

汉家烟尘在东北[1],汉将辞家破残贼。男儿本自重横行,天子非常赐颜色[2]。摐金伐鼓下榆关[3],旌旆逶迤碣石间[4]。校尉羽书飞瀚海[5],单于猎火照狼山[6]。山川萧条极边土,胡骑凭陵杂风雨[7]。战士军前半死生[8],美人帐下犹歌舞!大漠穷秋塞草腓[9],孤城落日斗兵稀。身当恩遇恒轻敌[10],力尽关山未解围。铁衣远戍辛勤久[11],玉箸应啼别离后[12]。少妇城南欲断肠[13],征人蓟北空回首[14]。边庭飘飖那可度,绝域苍茫无所有!杀气三时作阵云[15],寒声一夜传刁斗[16]。相看白刃血纷纷,死节从来岂顾勋[17]?君不见沙场征战苦,至今犹忆李将军[18]!

【注释】

[1]汉家:借指唐朝。唐诗常以汉代唐。烟尘:烽烟和尘土,这里指战争的警报。　[2]赐颜色:厚加赏赐之意。　[3]摐(chuāng)金伐鼓:行军时击钲打鼓。金:指钲、锣之类。下:出。榆关:即山海关。　[4]逶迤:连绵不

绝的样子。碣石：山名，在今河北昌黎北。这里泛指东北地带。　[5]校尉：武官名。这里泛指统兵将帅。羽书：插有羽毛的紧急军情文书。瀚海：大沙漠。　[6]单于：匈奴人对部族首领的称呼，这里指敌人的首领。猎火：古代游牧民族作战前，往往举行大规模的校猎，作为军事演习。狼山：泛指北疆交战之地。　[7]胡骑：敌方骑兵。凭陵杂风雨：倚仗优势发动狂风暴雨般的进攻。　[8]半死生：形容伤亡很重。　[9]穷秋：深秋。腓（féi）：枯萎。[10]当：受。　[11]铁衣：铁甲，喻指远征的战士。　[12]玉箸：此处借指远征将士家中的妻子。　[13]城南：长安的居住区在城南。　[14]蓟北：蓟州、幽州一带，今河北北部地区。这里泛指东北边地。　[15]三时：指晨、午、晚，即整日。阵云：战云。　[16]"寒声"句：彻夜传来刁斗的寒声。刁斗是军中巡更、煮饭两用的铜器。　[17]死节：指为国献身。　[18]李将军：指汉代名将李广。

塞上听吹笛

雪净胡天牧马还，月明羌笛戍楼间。借问梅花何处落[1]，风吹一夜满关山。

【注释】

[1]梅花：指《梅花落》，笛曲名。这里，"梅花"和"落"都有双关的语意。

营　州　歌

营州少年厌原野[1]，狐裘蒙茸猎城下[2]。虏酒千钟不醉人[3]，胡儿十岁能骑马。

【注释】

[1]营州为北魏时所置，治所在龙城（今辽宁朝阳），唐时移治柳城（今辽宁

锦州西北)。厌:同"餍",饱经,习惯于。　[2]蒙茸:纷乱的样子。　[3]虏酒:少数民族所酿的酒。

别董大(二首)

其　一

千里黄云白日曛[1],北风吹雁雪纷纷。莫愁前路无知己[2],天下谁人不识君?

【注释】

[1]曛:指夕阳西沉时的昏黄景色。　[2]前路:将要前去的地方。

岑　参

白雪歌送武判官归京[1]

北风卷地白草折[2],胡天八月即飞雪[3]。忽如一夜春风来,千树万树梨花开。散入珠帘湿罗幕[4],狐裘不暖锦衾薄[5]。将军角弓不得控[6],都护铁衣冷难着[7]。瀚海阑干百丈冰[8],愁云惨淡万里凝。中军置酒饮归客[9],胡琴琵琶与羌笛。纷纷暮雪下辕门[10],风掣红旗冻不翻[11]。轮台东门送君去,去时雪满天山路。山回路转不见君,雪上空留马行处。

【注释】

[1]判官:掌管文书的官吏。　[2]白草:西北地区的一种草,很有韧性,秋天干枯时变成白色。　[3]胡天:指西北少数民族地区。　[4]罗幕:丝织品做成的帐幕。　[5]狐裘:狐皮做的衣服。　[6]不得控:拉不开。　[7]都护:与上句的将军都是泛指戍边将士。铁衣:铁甲。　[8]瀚海:大沙漠。阑干:纵横的样子。　[9]中军:原指主帅亲自统率的军队,这里指主帅所住的营帐。

[10]辕门:军营的大门。 [11]"风掣"句:天气非常寒冷,沾着雪的军旗冻硬了,风吹时不再飘动。掣:牵,拽。

走马川行奉送封大夫出师西征

君不见,走马川,雪海边[1],平沙莽莽黄入天。轮台九月风夜吼[2],一川碎石大如斗,随风满地石乱走。匈奴草黄马正肥,金山西见烟尘飞[3],汉家大将西出师。将军金甲夜不脱,半夜军行戈相拨,风头如刀面如割。马毛带雪汗气蒸,五花连钱旋作冰[4],幕中草檄砚水凝[5]。虏骑闻之应胆慑,料知短兵不敢接,车师西门伫献捷[6]。

【注释】

[1]雪海:指天山之北的沙漠苦寒地区。 [2]轮台:在今新疆乌鲁木齐西北。 [3]金山:即阿尔泰山。烟尘:指战争的烽烟。 [4]五花连钱:五花和连钱均指斑驳的马毛色。旋:立即。 [5]草檄:起草声讨敌人的檄文。 [6]车师:唐安西都护府所在地,在吐鲁番附近。

逢入京使

故园东望路漫漫[1],双袖龙钟泪不干[2]。马上相逢无纸笔,凭君传语报平安。

【注释】

[1]故园:本指家乡。岑参有别墅在长安杜陵山中,故称长安为故园。 [2]龙钟:形容泪湿衣袖的情状。

李 白

蜀 道 难[1]

　　噫吁嚱,危乎高哉[2]！蜀道之难,难于上青天！蚕丛及鱼凫,开国何茫然[3]！尔来四万八千岁,不与秦塞通人烟。西当太白有鸟道[4],可以横绝峨眉巅[5]。地崩山摧壮士死,然后天梯石栈相钩连[6]。上有六龙回日之高标[7],下有冲波逆折之回川[8]。黄鹤之飞尚不得过,猿猱欲度愁攀援[9]。青泥何盘盘[10],百步九折萦岩峦[11]。扪参历井仰胁息[12],以手抚膺坐长叹。问君西游何时还？畏途巉岩不可攀[13]。但见悲鸟号古木,雄飞雌从绕林间。又闻子规啼夜月[14],愁空山。蜀道之难,难于上青天,使人听此凋朱颜[15]。连峰去天不盈尺,枯松倒挂倚绝壁。飞湍瀑流争喧豗[16],砯崖转石万壑雷[17]。其险也如此,嗟尔远道之人,胡为乎来哉！剑阁峥嵘而崔嵬[18],一夫当关,万夫莫开。所守或匪亲[19],化为狼与豺。朝避猛虎,夕避长蛇,磨牙吮血,杀人如麻。锦城虽云乐[20],不如早还家。蜀道之难,难于上青天,侧身西望长咨嗟！

【注释】

　　[1]蜀道难:乐府古题。　[2]噫吁嚱(xūhū):感叹词。　[3]蚕丛、鱼凫:传说中古代蜀国的两个国王。　[4]太白:太白山,秦岭主峰,在今陕西眉县境内。鸟道:仅容飞鸟通过的道路,极言山路狭窄险峻。　[5]横绝:横过、横渡。　[6]"地崩"二句:相传秦惠王许嫁五名美女给蜀王。蜀王派五位大力士去迎接。返经梓潼时,一条大蛇钻入山洞。五位力士拽住蛇尾往外拉,结果地崩山塌,力士被压死,美女化为山上石头,山也分成五岭。从此,秦蜀两地才能交通往来。　[7]六龙:古代神话,羲和驾着六条龙拉的车,载着太阳在天空运行。回日:使日车回转。这里是说,蜀山高入云际,连太阳的龙车遇到它也只好折回。标:标记。　[8]冲波:水流激荡。逆折:水流倒流回旋。回川:迂回曲折的河流。　[9]猿猱(náo):泛指猿猴。　[10]青泥:青泥岭,在今陕西略阳西北。　[11]岩峦:山峰。　[12]参(shēn)、井:二十八宿之一。参是蜀的分

野,井是秦的分野。胁息:敛住呼吸,不敢出气。　[13]巉(chán)岩:险峻的山岩。　[14]子规:鸟名,又称杜鹃、杜宇,蜀地最多。相传蜀王杜宇,号望帝,死后化为子规鸟,鸣声悲怆,听起来好像是"不如归去"。　[15]凋朱颜:红润的容颜为之失色。　[16]喧豗(huī):喧闹声,此处指水流冲击的轰鸣。[17]砯(pīng)崖:水击崖石的声音。　[18]剑阁:在今四川剑门东北的大剑山、小剑山之间的一座雄关,形势险要,易守难攻。峥嵘:突兀高耸的样子。　[19]匪:同"非"。　[20]锦城:即锦官城,成都的别称。

行 路 难[1]

　　金樽清酒斗十千[2],玉盘珍羞直万钱[3]。停杯投箸不能食[4],拔剑击柱心茫然。欲渡黄河冰塞川,将登太行雪满山。闲来垂钓碧溪上,忽复乘舟梦日边[5]。行路难,行路难!多歧路,今安在?长风破浪会有时,直挂云帆济沧海[6]。

【注释】

　　[1]行路难:乐府旧题,多写世路艰难和离别感伤。　[2]金樽:华美的酒器。斗十千:一斗价值十千钱。　[3]珍羞:珍贵的菜肴。羞:同"馐"。直:同"值"。　[4]箸(zhù):筷子。　[5]"闲来"二句:用吕尚和伊尹的典故,表示人生遭遇变幻难测;同时也表达自己希冀被皇帝召回重用的愿望。垂钓碧溪:传说姜太公吕尚曾在磻溪垂钓,年纪很大才得到周文王重用。乘舟梦日边:传说伊尹在得到商王成汤重用前,曾梦见自己乘船经过日月旁边。　[6]云帆:长帆。

将 进 酒[1]

　　君不见,黄河之水天上来,奔流到海不复回。君不见,高堂明镜悲白发,朝如青丝暮成雪。人生得意须尽欢,莫使金樽空对月。天生我材必有用,千金散尽还复来。烹羊宰牛且为乐,会须一饮三百杯。岑夫子,丹丘生[2],将进酒,杯莫停。与君歌一曲,请君为我倾耳听。钟鼓馔玉不足贵[3],但愿长醉不复醒。古来圣贤皆寂寞,惟有饮者留其名。陈王昔时宴平乐,斗酒十千恣欢谑[4]。主人何为言少钱,径须沽取对君酌[5]。五花马,千金裘,呼儿将出换美酒[6],与尔同销万古愁。

【注释】

[1]将进酒:乐府旧题。将(qiāng),敬辞,请。　[2]岑夫子、丹丘生:指李白的友人岑勋和元丹丘。　[3]钟鼓:指代富贵人家宴会时用的乐器。馔玉:珍美如玉的饮食。　[4]陈王:指三国时魏国的陈王曹植。平乐:宫观名,在洛阳。曹植《名都篇》:"归来宴平乐,美酒斗十千。"　[5]径须:只管。沽取:买来。　[6]将出:拿出。

子夜吴歌(秋歌)

长安一片月,万户捣衣声[1]。秋风吹不尽,总是玉关情[2]。何日平胡虏,良人罢远征[3]。

【注释】

[1]捣衣:洗衣时将衣服放在石砧上,用木棒捶击,使其柔软干净。这里指为戍边的亲人捣洗寒衣。　[2]玉关:玉门关,这里泛指边关。　[3]良人:古时妇女对丈夫的称呼。

宣州谢朓楼饯别校书叔云

弃我去者,昨日之日不可留;乱我心者,今日之日多烦忧。长风万里送秋雁,对此可以酣高楼[1]。蓬莱文章建安骨[2],中间小谢又清发[3]。俱怀逸兴壮思飞[4],欲上青天览明月[5]。抽刀断水水更流,举杯销愁愁复愁。人生在世不称意,明朝散发弄扁舟[6]。

【注释】

[1]酣高楼:酣饮于高楼。 [2]"蓬莱"句:东汉时学者称东观(国家藏书处)为道家蓬莱山,唐人多以蓬山、蓬阁指秘书省。李云任秘书省校书郎,所以诗中用"蓬莱文章"指李云的文章。"建安骨"即建安风骨。这里用来赞美李云的文章有建安风骨。 [3]小谢:指谢朓。清发:指清新秀发的诗风。 [4]逸兴:超逸豪放的意兴。 [5]览:同"揽"。 [6]散发弄扁舟:意思是说放浪江湖,遁隐世外。

秋 浦 歌[1]

炉火照天地[2],红星乱紫烟。赧郎明月夜[3],歌曲动寒川[4]。

【注释】

[1]秋浦即今安徽贵池,以秋浦河而得名。 [2]炉火:指冶炼的火光。 [3]赧(nǎn)郎:指被炉火映红脸膛的冶炼工人。 [4]歌曲:指冶炼工人的劳动号子。动:震荡。寒川:带有寒意的河川。

玉 阶 怨[1]

玉阶生白露,夜久侵罗袜[2]。却下水晶帘[3],玲珑望秋月[4]。

【注释】

[1]玉阶怨:乐府旧题。属于《相和歌·楚调曲》,以宫怨为题材。 [2]侵:浸,浸透。 [3]却下:放下。水晶帘:用水晶串成的珠帘。 [4]玲珑:澄澈空明的样子。

峨眉山月歌

峨眉山月半轮秋,影入平羌江水流[1]。夜发清溪向三峡[2],思君不见下渝州[3]。

【注释】

[1]影:指月影。平羌:即今青衣江,发源于四川芦山,流至峨眉山东的乐山入岷江。 [2]清溪:溪名。三峡:指乐山的黎头、背峨、平羌三峡。清溪就在黎头峡上游。 [3]渝州:唐代州名,州治在今重庆。

渡荆门送别

渡远荆门外[1],来从楚国游[2]。山随平野尽,江入大荒流。月下飞天镜,云生结海楼[3]。仍怜故乡水[4],万里送行舟。

【注释】

[1]荆门:山名,在今湖北宜都西北长江南岸。 [2]楚国:指现在的湖北一带。 [3]海楼:海市蜃楼。 [4]怜:爱。

春夜洛城闻笛

谁家玉笛暗飞声[1],散入春风满洛城。此夜曲中闻折柳[2],何人不起故园情?

【注释】

[1]暗飞声:夜间听笛,笛声从暗处飞来。 [2]折柳:即《折杨柳》,笛曲名。

赠汪伦

李白乘舟将欲行,忽闻岸上踏歌声[1]。桃花潭水深千尺,不及汪伦送我情。

【注释】

[1]踏歌:唐代民间流行的一种手拉手、两足踏地打节拍的歌唱方式。

望天门山

天门中断楚江开,碧水东流至此回[1]。两岸青山相对出,孤帆一片日边来。

【注释】

[1]回:盘旋回转。

黄鹤楼送孟浩然之广陵[1]

故人西辞黄鹤楼[2],烟花三月下扬州。孤帆远影碧空尽,唯见长江天际流。

【注释】

[1]黄鹤楼:在湖北武昌长江边。广陵:即今江苏扬州。 [2]西辞:孟浩然从黄鹤楼到东边的广陵去,所以称"西辞"。

杜 甫

望 岳

岱宗夫如何[1]?齐鲁青未了[2]。造化钟神秀[3],阴阳割昏晓[4]。荡胸生层云[5],决眦入归鸟[6]。会当凌绝顶[7],一览众山小[8]。

【注释】

[1]岱宗:指泰山。　[2]"齐鲁"句:遥望泰山,跨越齐、鲁两地,青苍的峰峦,连绵不断。齐、鲁:春秋时两个诸侯国的国名,齐在泰山北,鲁在泰山南。青未了:指山色一望无边。青:指山色。　[3]"造化"句:意思是说,大自然把山岳的雄奇秀丽都集中于泰山了。造化:大自然。钟:聚集。神秀:神奇秀丽。[4]"阴阳"句:意思是,由于泰山山势高大,山南山北在同一时间判若晨昏。阴阳:山北背日为阴,山南向日为阳。割:分割、划分。　[5]"荡胸"句:远望层云自山中升起,使人心胸为之荡漾。荡胸:心胸摇荡。　[6]"决眦"句:意思是,目送归鸟渐渐地消失在远方,眼眶几乎都要睁裂了。决:裂开。眦(zì):眼眶。入:没。　[7]会当:终当,一定要。凌绝顶:登上顶峰。[8]"一览"句:化用《孟子·尽心上》中"登泰山而小天下"之意。

兵车行

车辚辚[1],马萧萧[2],行人弓箭各在腰[3]。耶娘妻子走相送[4],尘埃不见咸阳桥。牵衣顿足拦道哭,哭声直上干云霄[5]。道傍过者问行人[6],行人但云点行频[7]。或从十五北防河[8],便至四十西营田[9]。去时里正与裹头[10],归来头白还戍边。边庭流血成海水[11],武皇开边意未已[12]。君不闻汉家山东二百州[13],千村万落生荆杞[14]。纵有健妇把锄犁[15],禾生陇亩无东西[16]。况复秦兵耐苦战[17],被驱不异犬与鸡。长者虽有问[18],役夫敢申恨[19]?且如今年冬,未休关西卒[20]。县官急索租[21],租税从何出?信知生男恶,反是生女好[22]。生女犹得嫁比邻[23],生男埋没随百草。君不见,青海头[24],古来白骨无人收。新鬼烦冤旧鬼哭,天阴雨湿声啾啾[25]。

【注释】

[1]辚辚:车行声。　[2]萧萧:马鸣声。　[3]行人:行役之人,从军出征的人。　[4]耶:同"爷"。　[5]干:冲、犯。　[6]道旁过者:指诗人自己。

[7]点行:按户籍名册强行征调从军。 [8]或:有的人。 [9]西营田:在西面边境一面驻守一面垦荒种田。 [10]里正:即里长。唐制一百户人家为一里,设里正一人。 [11]边庭:边境。 [12]武皇:汉武帝,这里借指唐玄宗。开边:用武力开拓疆土。 [13]汉家:汉朝,这里借指唐朝。山东:指华山以东的广大地区。 [14]荆杞:荆棘、枸杞等野生灌木。 [15]纵:即使。 [16]无东西:分辨不出东西行列。 [17]秦兵:从关中地区征来的士兵。 [18]长者:征夫对诗人(即"道旁过者")的尊称。 [19]役夫:征夫自称。申恨:申说心中的怨恨。 [20]休:停止征调。 [21]县官:原指皇帝,此次泛指官府。 [22]信:诚,果然。恶:不好。 [23]比邻:近邻。 [24]青海头:现在的青海湖边。唐军和吐蕃的战争经常在这一带进行。 [25]啾啾:想象中鬼哭的呜咽声。

月　夜

今夜鄜州月[1],闺中只独看[2]。遥怜小儿女,未解忆长安[3]。香雾云鬟湿,清辉玉臂寒[4]。何时倚虚幌[5],双照泪痕干。

【注释】

[1]鄜(fū)州:今陕西富县,当时杜甫的妻子儿女寄居在那里。 [2]闺中:闺中人,指作者的妻子。 [3]"遥怜"二句:意思是,儿女年幼无知,还不懂得思念远在长安的父亲,也不理解母亲望月的心事。 [4]"香雾"二句:想象妻子久久望月,发湿臂冷的情形。 [5]虚幌:轻薄透明的帘幕。

春　望

国破山河在,城春草木深。感时花溅泪,恨别鸟惊心[1]。烽火连三月,家书抵万金。白头搔更短,浑欲不胜簪[2]。

【注释】

　　[1]"感时"二句：感喟时局的动荡,怅恨与亲人的离别,对着花儿也溅泪,听到鸟鸣也惊心。另一种解释是：因为感时和恨别,花也溅泪,鸟也惊心。
　　[2]"白头"二句：指头上的白发,越搔越稀疏,简直都梳不拢了。古代的男子束发,所以用簪子。浑：简直。

羌村（三首）
其　一

　　峥嵘赤云西,日脚下平地[1]。柴门鸟雀噪,归客千里至[2]。妻孥怪我在[3],惊定还拭泪。世乱遭飘荡,生还偶然遂[4]。邻人满墙头,感叹亦歔欷[5]。夜阑更秉烛[6],相对如梦寐。

【注释】

　　[1]"峥嵘"二句：写黄昏时景色。峥嵘：原指山的高峻,这里用来形容重叠的云层。赤云：火烧云,太阳偏西时把云映成火红色。日脚：太阳从云隙中射到地面的光线。　[2]归客：杜甫自称。　[3]妻孥(nú)：妻子和儿女。怪：疑怪。　[4]生还：活着回来。遂：遂愿,如愿。　[5]歔欷：叹气,抽泣。　[6]夜阑：夜深。　秉烛：燃烛,掌灯。

其　二

　　晚岁迫偷生[1],还家少欢趣。娇儿不离膝,畏我复却去[2]。忆昔好追凉,故绕池边树[3]。萧萧北风劲,抚事煎百虑[4]。赖知禾黍收[5],已觉糟床注[6]。如今足斟酌[7],且用慰迟暮。

【注释】

　　[1]晚岁：晚年。偷生：苟活。　[2]"娇儿"二句：娇儿总是围在我身边,怕我还要离开他们。　[3]"忆昔"二句：回忆上次在家,正当炎夏,晚上常在池边

树下纳凉。追凉：乘凉，纳凉。 [4]"萧萧"二句：而这次回来，北风萧萧，已是深秋。追抚往事，不由得百感交集，百忧煎心。 [5]赖知：幸而知道。 [6]糟床：榨酒的器具。注：指酒流出来。 [7]足斟酌：有足够的酒可喝。斟酌：指喝酒。

其 三

群鸡正乱叫，客至鸡斗争[1]。驱鸡上树木，始闻叩柴荆[2]。父老四五人，问我久远行[3]。手中各有携，倾榼浊复清[4]。苦辞酒味薄[5]，黍地无人耕。兵革既未息[6]，儿童尽东征。请为父老歌，艰难愧深情。歌罢仰天叹，四座泪纵横[7]。

【注释】

[1]客：即下文的"父老"，指邻居。 [2]叩：敲。柴荆：柴门。 [3]问：慰问、看望。 [4]榼(kē)：盛酒的器具。浊复清：指有的酒浊，有的酒清。 [5]苦辞：一再地解释。 [6]兵革：兵器和盔甲，这里指战争。 [7]四座：满座。

石 壕 吏

暮投石壕村[1]，有吏夜捉人。老翁逾墙走，老妇出看门。吏呼一何怒[2]，妇啼一何苦。听妇前致词："三男邺城戍[3]。一男附书至[4]，二男新战死。存者且偷生，死者长已矣。室中更无人，惟有乳下孙[5]。有孙母未去，出入无完裙。老妪力虽衰，请从吏夜归。急应河阳役[6]，犹得备晨炊。"夜久语声绝，如闻泣幽咽。天明登前途，独与老翁别。

【注释】

[1]投：投宿。石壕村：在今河南陕县东。 [2]一何：何其，多么。 [3]邺城：今河南安阳。 [4]附书至：捎信回家。 [5]乳下孙：还在吃奶的孙子。

[6]河阳:现在的河南孟州。

新婚别

兔丝附蓬麻[1],引蔓故不长。嫁女与征夫,不如弃路旁。结发为君妻,席不暖君床。暮婚晨告别,无乃太匆忙[2]!君行虽不远,守边赴河阳。妾身未分明,何以拜姑嫜[3]?父母养我时,日夜令我藏[4]。生女有所归,鸡狗亦得将[5]。君今往死地[6],沉痛迫中肠。誓欲随君去,形势反苍黄[7]。勿为新婚念,努力事戎行。妇人在军中,兵气恐不扬。自嗟贫家女,久致罗襦裳[8]。罗襦不复施,对君洗红妆。仰视百鸟飞,大小必双翔。人事多错迕[9],与君永相望!

【注释】

[1]兔丝:即菟丝子,一种蔓生的草,多缠附在其他植物上生长。 [2]无乃:岂非。 [3]姑嫜:即婆婆、公公。按当时的礼法习俗,新妇于婚后三天,拜祭祖庙、拜见公婆,这样才能正式定下名分。 [4]藏:指深居闺中。 [5]将:跟随。 [6]死地:危险的境地,这里指战场、前线。 [7]苍黄:同"仓皇"。 [8]致:置办。 [9]错迕(wǔ):错杂交迕,不尽如人意。

蜀 相

丞相祠堂何处寻[1]?锦官城外柏森森[2]。映阶碧草自春色,隔叶黄鹂空好音。三顾频烦天下计[3],两朝开济老臣心[4]。出师未捷身先死[5],长使英雄泪满襟。

【注释】

[1]丞相祠堂:即武侯祠,在今成都南郊。 [2]锦官城:指成都。森森:树木繁茂的样子。 [3]顾:看望,拜访。 [4]两朝:指刘备、刘禅父子两朝。开

济:开创基业,匡济危难。 [5]出师:出兵,指伐魏。

春夜喜雨

好雨知时节,当春乃发生。随风潜入夜,润物细无声。野径云俱黑[1],江船火独明。晓看红湿处,花重锦官城[2]。

【注释】

[1]"野径"句:黑云密布,天上地下漆黑一片,连小路都看不见。 [2]花重:花朵经雨的润湿,饱含水分,色彩分外浓艳,也显得沉甸甸的,所以说"重"。

茅屋为秋风所破歌

八月秋高风怒号,卷我屋上三重茅。茅飞渡江洒江郊,高者挂罥长林梢[1],下者飘转沉塘坳[2]。南村群童欺我老无力,忍能对面为盗贼[3]。公然抱茅入竹去,唇焦口燥呼不得,归来倚杖自叹息。俄顷风定云墨色[4],秋天漠漠向昏黑[5]。布衾多年冷似铁,娇儿恶卧踏里裂[6]。床头屋漏无干处,雨脚如麻未断绝。自经丧乱少睡眠,长夜沾湿何由彻[7]!安得广厦千万间[8],大庇天下寒士俱欢颜,风雨不动安如山!呜呼!何时眼前突兀见此屋[9],吾庐独破受冻死亦足!

【注释】

[1]罥(juàn):缠绕,挂结。 [2]塘坳(ào):积水的洼地或池塘。 [3]忍能:竟能忍心如此。 [4]俄顷:一会儿。 [5]漠漠:灰蒙蒙的样子。向:将近。 [6]恶卧:睡觉不老实。一说因布被太冷而厌恶入睡。 [7]彻:彻晓,到天亮。 [8]安得:哪得,哪有。 [9]突兀:高耸的样子。见:同"现",出现。

江畔独步寻花(七绝句)
其 六

黄四娘家花满蹊,千朵万朵压枝低。留连戏蝶时时舞,自在娇莺恰恰啼[1]。

【注释】

[1]恰恰:正好、适时。一说为"着意"、"用心"。

闻官军收河南河北

剑外忽传收蓟北[1],初闻涕泪满衣裳。却看妻子愁何在[2],漫卷诗书喜欲狂[3]。白日放歌须纵酒,青春作伴好还乡[4]。即从巴峡穿巫峡,便下襄阳向洛阳[5]。

【注释】

[1]剑外:指剑门关以南的地区,即蜀地。蓟北:泛指幽州、蓟州一带,即现在的河北北部地区。这里是安史叛军的根据地。 [2]却看:回头看。 [3]漫卷:胡乱地卷起。 [4]青春:春天。 [5]洛阳:杜甫原注:"余有田园在东京。"东京就是洛阳。

绝句(四首)
其 三

两个黄鹂鸣翠柳,一行白鹭上青天。窗含西岭千秋雪[1],门泊东吴万里船[2]。

【注释】

[1]"窗含"句:意思是西岭的雪景映入窗子。西岭:指岷山,在成都西,山

巅积雪长年不化。　[2]东吴:泛指江南地区。

登　高

风急天高猿啸哀,渚清沙白鸟飞回。无边落木萧萧下,不尽长江滚滚来。万里悲秋常作客,百年多病独登台[1]。艰难苦恨繁霜鬓[2],潦倒新停浊酒杯。

【注释】

　　[1]百年:指一生,终身。　[2]苦恨:甚恨,恨极。

登岳阳楼

昔闻洞庭水,今上岳阳楼。吴楚东南坼,乾坤日夜浮[1]。亲朋无一字,老病有孤舟[2]。戎马关山北[3],凭轩涕泗流[4]。

【注释】

　　[1]"吴楚"二句:意思是,吴楚两地好像被洞庭湖分开了一样,天地日月也好像日夜浸浮在湖中一样。这里是着力铺写洞庭湖的壮阔。春秋战国时的吴、楚两地,分别在洞庭湖的东西两面。坼(chè):分裂。乾坤:指天地、日月。[2]老病:杜甫时年五十七岁,患有多种疾病。　[3]"戎马"句:当时吐蕃入侵,西北边境不宁。戎马,喻指战事。　[4]轩:窗户。涕泗:眼泪、鼻涕。

江南逢李龟年[1]

岐王宅里寻常见[2],崔九堂前几度闻[3]。正是江南好风景,落花时节又逢君。

【注释】

[1]李龟年:开元、天宝年间(713—756)的著名歌唱家。 [2]岐王:唐睿宗的儿子李范。 [3]崔九:崔涤,唐玄宗的宠臣。

韩　愈

山　石

山石荦确行径微[1],黄昏到寺蝙蝠飞。升堂坐阶新雨足,芭蕉叶大支子肥[2]。僧言古壁佛画好,以火来照所见稀。铺床拂席置羹饭[3],疏粝亦足饱我饥[4]。夜深静卧百虫绝,清月出岭光入扉[5]。天明独去无道路,出入高下穷烟霏[6]。山红涧碧纷烂漫[7],时见松枥皆十围。当流赤足踏涧石,水声激激风吹衣。人生如此自可乐,岂必局束为人鞿[8]。嗟哉吾党二三子[9],安得至老不更归[10]。

【注释】

[1]荦(luò)确:险峻不平的样子。微:狭窄。 [2]支子:一为"栀子",夏天开花的常绿灌木。 [3]羹饭:泛指菜饭。 [4]疏粝(lì):粗糙的食物。粝:指糙米。 [5]扉:门户。 [6]烟霏:流动的烟云。 [7]烂漫:光彩照人的样子。 [8]鞿(jī):套在马口上的缰绳,这里作动词用,义为控制、约束。[9]吾党二三子:指与作者志同道合的朋友们。 [10]不更归:更不归的倒文。归:指退出官场,归隐。

左迁至蓝关示侄孙湘

一封朝奏九重天[1],夕贬潮州路八千。欲为圣明除弊事,肯将衰朽惜残年[2]。云横秦岭家何在,雪拥蓝关马不前。知汝远来应有意,好收吾骨瘴江边[3]。

【注释】

[1]朝奏:上给皇帝的意见书。九重天:借指皇帝。　[2]惜残年:顾惜年老的性命。　[3]瘴江边:指潮州,当时岭南一带多瘴气。

早春呈水部张十八员外(二首)

其　一

天街小雨润如酥[1],草色遥看近却无。最是一年春好处,绝胜烟柳满皇都[2]。

【注释】

[1]天街:皇城中的街道。酥:酥油,乳制品。　[2]绝胜:远远超过。

孟　郊

游　子　吟

慈母手中线,游子身上衣。临行密密缝,意恐迟迟归。谁言寸草心[1],报得三春晖[2]。

【注释】

[1]寸草:小草。　[2]三春晖:春天的阳光,比喻母爱。

秋怀(十五首)

其　二

秋月颜色冰,老客志气单。冷露滴梦破,峭风梳骨寒[2]。席上印病文,肠中转愁盘[3]。疑怀无所凭,虚听多无端[4]。梧桐枯峥嵘,声响如哀弹。

【注释】

　　[1]老客:长时间漂泊在外的人。单:弱。　[2]"冷露"二句:病中又兼秋寒,夜里难以沉睡,故不时被露水滴落的声音惊醒,所以说"滴梦破"。冷风吹在身上,寒意刺骨,所以叫"梳骨寒"。　[3]"席上"二句:久病在床,所以肌肤上印着席上的花纹。愁思百结,好像肠子在腹中转成一个盘一样。　[4]"疑怀"二句:精神上十分空虚,以至于产生了幻觉。

李　贺

李凭箜篌引

　　吴丝蜀桐张高秋[1],空山凝云颓不流[2]。湘娥啼竹素女愁[3],李凭中国弹箜篌[4]。昆山玉碎凤凰叫,芙蓉泣露香兰笑[5]。十二门前融冷光[6],二十三丝动紫皇[7]。女娲炼石补天处,石破天惊逗秋雨[8]。梦入神山教神妪,老鱼跳波瘦蛟舞。吴质不眠倚桂树[9],露脚斜飞湿寒兔[10]。

【注释】

　　[1]吴丝蜀桐:指用吴丝做弦、蜀桐为身干,制作精美的箜篌。张:弹奏。[2]凝云:凝滞不动的云彩。颓:堆集、凝滞的样子。　[3]湘娥:湘水女神,即传说中舜帝二妃娥皇与女英。素女:神话中的霜神。　[4]中国:国中,指长安。　[5]玉碎、凤凰叫:形容声音的清脆。芙蓉泣露:形容乐曲的幽咽。香兰笑:形容乐曲的欢快。　[6]十二门:指代长安。长安城四面各有三门。　[7]二十三丝:指箜篌,竖箜篌有二十三弦。紫皇:天神。　[8]逗:引发、激发。[9]吴质:即神话中在月中砍桂树的吴刚。　[10]寒兔:古代神话中说月中有玉兔和蟾蜍。

雁门太守行[1]

黑云压城城欲摧,甲光向日金鳞开。角声满天秋色里[2],塞上燕脂凝夜紫[3]。半卷红旗临易水[4],霜重鼓寒声不起[5]。报君黄金台上意[6],提携玉龙为君死[7]。

【注释】

[1]雁门太守行:乐府旧题。 [2]角:军中所吹奏的乐器。 [3]"塞上"句:夜色中塞上的泥土好像是燕脂凝成,紫色更为浓重。 [4]易水:在今河北易县。 [5]不起:敲不响。 [6]黄金台:战国时燕昭王为招揽人才而修筑的高台,故址在今易县东南。 [7]玉龙:宝剑名。

梦 天

老兔寒蟾泣天色[1],云楼半开壁斜白[2]。玉轮轧露湿团光[3],鸾珮相逢桂香陌[4]。黄尘清水三山下,更变千年如走马[5]。遥望齐州九点烟[6],一泓海水杯中泻[7]。

【注释】

[1]老兔、寒蟾:指代月亮。泣天色:月色凄清,仿佛兔、蟾在哭泣。 [2]云楼:想象中的月中楼阁。壁斜白:月光斜照。 [3]轧:碾。 [4]鸾珮:指戴着鸾珮的仙女。桂香陌:月宫里的路。传说月中有桂树,故称"桂香陌"。 [5]"黄尘"二句:王琦注:"蓬莱、方丈、瀛洲三神山俱在海中,今视其下,有时变为黄尘,有时变为清水。千年之间,时复更换,而自天上观之,则犹走马之速也。"这里化用其意,与末二句均写在天上对人间的感受。 [6]齐州:中州,即中国。 [7]泓:水深且清的样子。

秋　来

桐风惊心壮士苦,衰灯络纬啼寒素[1]。谁看青简一编书[2],不遣花虫粉空蠹[3]？思牵今夜肠应直,雨冷香魂吊书客。秋坟鬼唱鲍家诗[4],恨血千年土中碧[5]！

【注释】

[1]衰灯:昏暗不明的灯。络纬:一种昆虫,俗称纺织娘。寒素:指秋天。　[2]青简:竹简。纸张发明前,文字刻于竹简之上,故竹简常指书册。　[3]花虫:蛀书虫,一名蠹虫。粉:花虫蛀蚀竹简落下的碎屑。蠹(dù):蛀蚀。　[4]鲍家诗:指鲍照的《代蒿里行》,蒿里是古代的坟地。　[5]"恨血"句:《庄子·外物》记载:"苌弘死于蜀,藏其血,三年,化为碧。"

金铜仙人辞汉歌　并序

魏明帝青龙元年八月[1],诏宫官牵车西取汉武帝捧露盘仙人[2],欲立置前殿。宫官既拆盘,仙人临载,乃潸然泪下[3],唐诸王孙李长吉遂作《金铜仙人辞汉歌》[4]。

茂陵刘郎秋风客[5],夜闻马嘶晓无迹。画栏桂树悬秋香[6],三十六宫土花碧[7]。魏官牵车指千里,东关酸风射眸子[8]。空将汉月出宫门[9],忆君清泪如铅水[10]。衰兰送客咸阳道,天若有情天亦老。携盘独出月荒凉,渭城已远波声小[11]。

【注释】

[1]青龙:魏明帝曹睿的年号(233—237)。　[2]宫官:宦官。牵:引,驾驶。　[3]潸(shān)然:流泪的样子。　[4]唐诸王孙:李贺是唐郑王李亮的后代。　[5]茂陵:汉武帝的陵墓。刘郎:汉武帝刘彻。　[6]秋香:桂花的芬芳。　[7]三十六宫:汉时长安的三十六所宫殿。土花:苔藓。　[8]东关:长安东门。酸风:刺眼的冷风。　[9]将:扶持,这里引申为伴随。　[10]君:指

汉武帝刘彻。　[11]渭城:今陕西咸阳东北。

白居易

长 恨 歌

汉皇重色思倾国[1],御宇多年求不得[2]。杨家有女初长成,养在深闺人未识。天生丽质难自弃,一朝选在君王侧。回眸一笑百媚生,六宫粉黛无颜色[3]。春寒赐浴华清池,温泉水滑洗凝脂[4]。侍儿扶起娇无力,始是新承恩泽时。云鬓花颜金步摇[5],芙蓉帐暖度春宵。春宵苦短日高起,从此君王不早朝。承欢侍宴无闲暇,春从春游夜专夜。后宫佳丽三千人,三千宠爱在一身。金屋妆成娇侍夜[6],玉楼宴罢醉和春。姊妹弟兄皆列土[7],可怜光彩生门户。遂令天下父母心,不重生男重生女。骊宫高处入青云,仙乐风飘处处闻。缓歌慢舞凝丝竹,尽日君王看不足。渔阳鼙鼓动地来[8],惊破霓裳羽衣曲。九重城阙烟尘生[9],千乘万骑西南行。翠华摇摇行复止[10],西出都门百馀里。六军不发无奈何,宛转蛾眉马前死。花钿委地无人收,翠翘金雀玉搔头[11]。君王掩面救不得,回看血泪相和流。黄埃散漫风萧索,云栈萦纡登剑阁[12]。峨嵋山下少人行,旌旗无光日色薄。蜀江水碧蜀山青,圣主朝朝暮暮情。行宫见月伤心色,夜雨闻铃肠断声。天旋日转回龙驭[13],到此踌躇不能去。马嵬坡下泥土中,不见玉颜空死处。君臣相顾尽沾衣,东望都门信马归[14]。归来池苑皆依旧,太液芙蓉未央柳。芙蓉如面柳如眉,对此如何不泪垂。春风桃李花开日,秋雨梧桐叶落时。西宫南苑多秋草,宫叶满阶红不扫。梨园弟子白发新[15],椒房阿监青娥老[16]。夕殿萤飞思悄然,孤灯挑尽未成眠。迟迟钟鼓初长夜,耿耿星河欲曙天[17]。鸳鸯瓦冷霜华重,翡翠衾寒谁与共。悠悠生死别经年,魂魄不曾来入梦。临邛道士鸿都客[18],能以精诚致魂魄。为感君王展转思,遂教方士殷勤觅。排空驭气奔如电,升天入地求之遍。上穷碧落下黄泉[19],两处茫茫皆不见。忽闻海上有仙山,山在虚无缥缈间。楼阁玲珑五云起,其中绰约多仙子。中有一人字太真,雪肤花貌参差是[20]。金阙西厢叩玉扃[21],转教小玉报双成[22]。闻道汉家天子使,九华帐里梦魂惊。揽衣推枕起徘徊,珠箔银屏迤逦开[23]。云鬓半偏新睡觉,花冠不整下堂来。风吹仙袂飘飘举,犹似霓裳羽衣舞。玉容寂寞泪阑干[24],梨花一枝春带雨。含情凝睇谢君王,一别音容两渺茫。昭阳殿里恩爱绝,蓬莱宫中日月长。回头下望人寰处,不见长安见尘雾。唯将旧物表深情,钿合金钗寄将去[25]。钗留一股合一扇,钗擘黄金合分钿[26]。但令心似金钿坚,天上人间会相见[27]。临别殷勤重寄词,词中有誓两心知。七月七日长生殿,夜半无人私语时。在天愿作比翼鸟,在地愿为连理枝。天长地久有时尽,此恨绵绵无绝期。

【注释】

[1]汉皇:汉武帝。这里以汉武帝及李夫人借指唐明皇与杨贵妃。　[2]御宇:御临宇内,指统治天下。　[3]六宫粉黛:皇宫内所有的妃嫔。　[4]凝脂:白嫩细滑的皮肤。　[5]云鬓:古代常用"云"来形容妇女头发黑且多的样子。金步摇:一种钗。　[6]金屋:汉武帝年少时曾说:"若得阿娇作妇,当作金屋贮之。"　[7]列土:封建统治者把部分土地分封给贵族。　[8]"渔阳"句:指安禄山造反之事。　[9]九重城阙:指京城。　[10]翠华:皇帝的车驾。　[11]花钿、翠翘、金雀、玉搔头:皆为首饰名。　[12]云栈:高入云霄的栈道。　[13]天旋日转:局势扭转,指郭子仪收复长安,唐肃宗派人接回唐玄宗。龙驭:皇帝的车驾。　[14]信马归:任马随意前行。　[15]梨园弟子:唐玄宗训练的艺人。　[16]椒房:后妃住的宫殿。阿监:宫中的女官。青娥:年轻美好的容颜。此处指宫女。　[17]耿耿:微明的样子。　[18]临邛(qióng)道士鸿都客:临邛的道士来到京城做客。临邛:今四川邛崃。鸿都:后汉都城洛阳宫门名,在此借指长安。　[19]碧落:道家称天界为碧落。黄泉:地下、阴间。　[20]参差:仿佛。　[21]金阙:金碧辉煌的宫殿。扃(jiōng):门户。　[22]小玉:吴王夫差之女的名字。双成:西王母的侍女名。　[23]迤逦(yǐlǐ):渐次,依次。　[24]阑干:纵横交错的样子。　[25]钿合:用珠宝镶嵌的金盒。　[26]擘(bò):用手分开。　[27]会:会当,应该。

上阳白发人 愍怨旷也[1]

上阳人,上阳人,红颜暗老白发新[2]。绿衣监使守宫门[3],一闭上阳多少春。玄宗末岁初选入,入时十六今六十。同时采择百余人,零落年深残此身[4]。忆昔吞悲别亲族,扶入车中不教哭。皆云入内便承恩,脸似芙蓉胸似玉。未容君王得见面,已被杨妃遥侧目[5]。妒令潜配上阳宫,一生遂向空房宿。宿空房,秋夜长,夜长无寐天不明。耿耿残灯背壁影,萧萧暗雨打窗声。春日迟,日迟独坐天难暮。宫莺百啭愁厌闻,梁燕双栖老休妒。莺归燕去长悄然,春往秋来不记年。唯向深宫望明月,东西四五百回圆[6]。今日宫中年最老,大家遥赐尚书号[7]。小头鞋履窄衣裳,青黛点眉眉细长。外人不见见应笑,天宝末年时世妆。上阳人,苦最多。少亦苦,老亦苦,少苦老苦两如何。君不见昔时吕向《美人赋》,又不见今日上阳白发歌。

【注释】

[1]上阳:唐宫名,在东都洛阳。愍(mǐn):悲悯,同情。怨旷:宫女们被关在深宫里,不得婚配。　[2]暗老:不知不觉地老去。　[3]绿衣监使:唐代京都的园苑设监,穿绿色公服。　[4]残:残留,剩下。　[5]侧目:斜着眼睛看。　[6]四五百回圆:月圆四五百回,四十余年。　[7]大家:宫中的口语,称皇帝为大家。尚书:三国、北魏时,宫中设有女尚书,唐代时也有相当于前代女尚书职位的官职。

琵琶行 并序

元和十年,予左迁九江郡司马[1]。明年秋,送客湓浦口[2],闻舟中夜弹琵琶者。听其音,铮铮然有京都声。问其人,本长安倡女,尝学琵琶于穆、曹二善才[3];年长色衰,委身为贾人妇[4]。遂命酒,使快弹数曲。曲罢,悯默[5]。自叙少小时欢乐事,今漂沦憔悴,转徙于江湖间。予出官二年[6],恬然自安;感斯人言,是夕始觉有迁谪意[7]。因为长句,歌以赠之,凡六百一十二言,命曰《琵琶行》[8]。

　　浔阳江头夜送客[9],枫叶荻花秋瑟瑟[10]。主人下马客在船,举酒欲饮无管弦。醉不成欢惨将别,别时茫茫江浸月。忽闻水上琵琶声,主人忘归客不发。寻声暗问弹者谁,琵琶声停欲语迟。移船相近邀相见,添酒回灯重开宴[11]。千呼万唤始出来,犹抱琵琶半遮面。转轴拨弦三两声,未成曲调先有情。弦弦掩抑声声思[12],似诉平生不得意。低眉信手续续弹,说尽心中无限事。轻拢慢捻抹复挑[13],初为《霓裳》后《绿腰》[14]。大弦嘈嘈如急雨,小弦切切如私语[15]。嘈嘈切切错杂弹,大珠小珠落玉盘。间关莺语花底滑[16],幽咽泉流水下难。冰泉冷涩弦凝绝,疑绝不通声暂歇。别有幽愁暗恨生,此时无声胜有声。银瓶乍破水浆迸,铁骑突出刀枪鸣。曲终收拨当心画[17],四弦一声如裂帛。东舟西舫悄无言,唯见江心秋月白。沉吟放拨插弦中[18],整顿衣裳起敛容[19]。自言本是京城女,家在虾蟆陵下住。十三学得琵琶成,名属教坊第一部。曲罢曾教善才伏,妆成每被秋娘妒。五陵年少争缠头[20],一曲红绡不知数。钿头云篦击节碎[21],血色罗裙翻酒污。今年欢笑复明年,秋月春风等闲度。弟走从军阿姨死,暮去朝来颜色故。门前冷落鞍马稀,老大嫁作商人妇。商人重利轻别离,前月浮梁买茶去[22]。去来江口守空船,绕船月明江水寒。夜深忽梦少年事,梦啼妆泪红阑干。我闻琵琶已叹息,又闻此语重唧唧[23]。同是天涯沦落人,相逢何必曾相识。我从去年辞帝京,谪居卧病浔阳城。浔阳小处无音乐,终岁不闻丝竹声。住近湓江地低湿,黄芦苦竹绕宅生。其间旦暮闻何物,杜鹃啼血猿哀鸣。春江花朝秋月夜,往往取酒还独倾。岂无山歌与村笛,呕哑嘲哳难为听[24]。今夜闻君琵琶语,如听仙乐耳暂明。莫辞更坐弹一曲,为君翻作琵琶行[25]。感我此言良久立,却坐促弦弦转急[26]。凄凄不似向前声,满座重闻皆掩泣。就中泣下谁最多,江州司马青衫湿[27]。

【注释】

　　[1]左迁:贬官、降职。司马:官名,刺史的副职。　[2]湓浦口:湓水流入长江的地方,又称为湓口。　[3]善才:唐代把弹琵琶的艺人称为"善才"。[4]委身:将自己托付给别人,这里指女子嫁人。贾(gǔ)人:商人。　[5]悯默:心中悲愁,不吐露。　[6]出官:由京官贬为外官。　[7]迁谪(zhé):降职

外调。　[8]命:取名。行:乐府歌辞的一种。　[9]浔阳江:长江流经九江处。[10]瑟瑟:风吹草木的声音。　[11]回灯:重新张灯。　[12]"弦弦"句:弹奏时用掩按抑遏的手法,造成声调幽咽,余韵深长的效果。　[13]拢、捻、抹、挑:琵琶弹奏的指法。　[14]《霓裳》:《霓裳羽衣曲》。《绿腰》:当时京城里流行的曲调。　[15]大弦:最粗的弦。小弦:细的弦。嘈嘈:声音长而重。切切:声音细碎而急。　[16]间关:鸟鸣声。滑:形容莺声婉转流利。　[17]拨:弹琵琶时所用的工具。　[18]沉吟:思量忖度、犹豫不决的样子。　[19]敛容:收敛面部的神情。　[20]五陵:汉代帝王的陵墓,包括长陵、安陵、阳陵、茂陵、平陵。这是豪门富族的聚居地,所以"五陵年少"指的是有钱有势人家的少年。缠头:当时的一种风俗,歌舞伎表演完毕后,以绫帛等物品相赠,叫缠头彩。[21]钿头云篦(bì):镶有珠宝的发篦。击节:打拍子。　[22]浮梁:今江西景德镇。　[23]唧唧:叹息声。　[24]嘲哳(zhāozhā):杂乱而繁碎的声音。[25]翻:按曲调创作歌词。　[26]却坐:退回原地重新坐下。促弦:将音调调得高一些。　[27]青衫:青色是唐代最低品级的文官服装的颜色。白居易当时是江州司马,官从九品,故穿青衫。

问刘十九

绿蚁新醅酒[1],红泥小火炉。晚来天欲雪,能饮一杯无[2]?

【注释】

　　[1]绿蚁:新酿的酒,面上有淡绿色的浮渣,称为绿蚁。醅(pēi):没有过滤过的酒。　[2]无:疑问词。用法同"否"、"吗"。

钱塘湖春行[1]

孤山寺北贾亭西[2],水面初平云脚低[3]。几处早莺争暖树,谁家新燕啄春泥。乱花渐欲迷人眼,浅草才能没马蹄。最爱湖东行不足,绿杨阴里白沙堤[4]。

【注释】

[1]钱塘湖:西湖。 [2]孤山寺:孤山在西湖中后湖和外湖之间,山上有寺,名为孤山寺。贾亭:贾公亭,贞元年间(785—805)杭州刺史贾全所建。[3]云脚:出现在雨前或雨后接近地面的云气。 [4]白沙堤:即白堤,一名断桥堤。后人误以为是白居易所筑之堤,其实后者在钱塘门北。

元 稹

遣悲怀(三首)
其 三

闲坐悲君亦自悲,百年都是几多时。邓攸无子寻知命[1],潘岳悼亡犹费词[2]。同穴窅冥何所望[3],他生缘会更难期。唯将终夜长开眼,报答平生未展眉。

【注释】

[1]邓攸无子:西晋河东太守邓攸在战乱中为保全侄儿丢弃自己的儿子,终身无子。 [2]潘岳悼亡:西晋潘岳在妻子死后曾写下著名的《悼亡诗》三首。 [3]窅(yǎo)冥:黄泉之下。

张 籍

秋 思

洛阳城里见秋风,欲作归书意万重。忽恐匆匆说不尽,行人临发又开封[1]。

【注释】

[1]行人:捎带书信的人。

王　建

当窗织

叹息复叹息,园中有枣行人食。贫家女为富家织,翁母隔墙不得力[1]。水寒手涩丝脆断[2],续来续去心肠烂[3]。草虫促促机下啼[4],两日催成一匹半。输官上顶有零落[5],姑未得衣身不著。当窗却羡青楼倡,十指不动衣盈箱。

【注释】

[1]翁母:公婆。不得力:得不到帮助。　[2]涩:不灵活。　[3]烂:形容心情十分愁苦烦乱。　[4]草虫:蟋蟀,又叫促织。促促:用促织之名,指劳动的紧促。　[5]输:输送。上顶:最上。

杜　牧

题乌江亭[1]

胜败兵家事不期[2],包羞忍耻是男儿。江东子弟多才俊[3],卷土重来未可知。

【注释】

[1]乌江亭:在今安徽和县东北乌江浦。　[2]不期:不可预料。　[3]江东:安徽芜湖以下之长江下游南岸地区。

赤　壁

折戟沉沙铁未销,自将磨洗认前朝[1]。东风不与周郎便,铜雀春深锁二乔[2]。

【注释】

[1]将:拿起。认前朝:认清是前朝的遗物。　[2]铜雀:铜雀台,曹操所建供他暮年享乐的地方。二乔:乔家姐妹,东吴美女。大乔是孙策的妻子,小乔是周瑜的妻子。

过华清宫绝句(三首)
其　一

长安回望绣成堆[1],山顶千门次第开[2]。一骑红尘妃子笑[3],无人知是荔枝来。

【注释】

[1]绣成堆:骊山两侧的东绣岭和西绣岭,岭上遍植花木,远望如锦绣。[2]次第:依次。　[3]红尘:快马扬起的尘土。妃子:指杨贵妃。

泊　秦　淮

烟笼寒水月笼沙,夜泊秦淮近酒家。商女不知亡国恨[1],隔江犹唱《后庭花》[2]。

【注释】

[1]商女:歌妓。　[2]江:秦淮河。后庭花:陈后主所作《玉树后庭花》,后被称为亡国之音。

寄扬州韩绰判官

青山隐隐水遥遥,秋尽江南草木凋。二十四桥明月夜[1],玉人何处教吹箫[2]。

【注释】

[1]二十四桥:扬州的二十四座桥。一说为红药桥。 [2]玉人:即韩绰。

山 行

远上寒山[1]石径斜,白云生处有人家。停车坐爱枫林晚[2],霜叶红于二月花。

【注释】

[1]寒山:深秋之山。 [2]坐:因为。

许 浑

咸阳城东楼

一上高城万里愁,蒹葭杨柳似汀洲[1]。溪云初起日沉阁,山雨欲来风满楼。鸟下绿芜秦苑夕[2],蝉鸣黄叶汉宫秋。行人莫问当年事[3],故国东来渭水流。

【注释】

[1]汀洲:水中的小洲。 [2]芜:长满乱草。 [3]当年事:指秦、汉灭亡的史实。

李商隐

锦　瑟

锦瑟无端五十弦,一弦一柱思华年[1]。庄生晓梦迷蝴蝶[2],望帝春心托杜鹃[3]。沧海月明珠有泪[4],蓝田日暖玉生烟[5]。此情可待成追忆,只是当时已惘然。

【注释】

[1]无端:无缘无故,没有任何理由。华年:盛年。　[2]"庄生"句:《庄子·齐物论》中记载,庄子梦见蝴蝶,醒后不知是庄子梦里化为蝴蝶,还是蝴蝶梦里化为庄子。　[3]望帝:周末蜀王杜宇,望帝是他的号。相传他死后魂魄化为啼血的杜鹃鸟。　[4]"沧海"句:晋人张华《博物志·异人》中记载:"南海外有鲛人……其眼能泣珠。"　[5]蓝田:在今陕西蓝田,有玉山,产良玉。

夜雨寄北[1]

君问归期未有期[2],巴山夜雨涨秋池[3]。何当共剪西窗烛[4],却话巴山夜雨时。

【注释】

[1]这首诗是作者写给妻子王氏的,长安在巴山之北,故称"寄北"。　[2]君:指王氏。　[3]巴山:大巴山,又叫巴岭。此处泛指巴蜀一带。　[4]何当:何时能。

无题(二首)

其　一

昨夜星辰昨夜风,画楼西畔桂堂东。身无彩凤双飞翼,心有灵犀一点通[1]。隔座送钩春酒暖,分曹射覆蜡灯红[2]。嗟余听鼓应官去[3],走马兰台类断蓬[4]。

【注释】

[1]灵犀:传说犀牛彼此间是用角来互表心灵。这里形容相爱的两个人之间心意相通。 [2]送钩:指藏钩,即藏钩于手中令人猜。分曹:分为游戏的双方。射覆:器皿下藏着东西让人猜,与"藏钩"都是古代的游戏。 [3]应官:去官府听候差遣。 [4]兰台:秘书省。转蓬:飘转的蓬草,比喻自己官职低微,像蓬草一样被风胁裹,身不由己。

无 题

相见时难别亦难,东风无力百花残。春蚕到死丝方尽,蜡炬成灰泪始干。晓镜但愁云鬓改[1],夜吟应觉月光寒。蓬山此去无多路[2],青鸟殷勤为探看[3]。

【注释】

[1]云鬓:年轻女子如云的发鬓。云鬓改:容颜憔悴。 [2]蓬山:蓬莱山,海外三仙山之一。 [3]青鸟:神话中说西王母的使者是三只青鸟。后借指爱情信使。

马嵬(二首)
其 二

海外徒闻更九州[1],他生未卜此生休。空闻虎旅传宵柝[2],无复鸡人报晓筹[3]。此日六军同驻马[4],当时七夕笑牵牛[5]。如何四纪为天子[6],不及卢家有莫愁[7]。

【注释】

[1]九州:战国时代的阴阳五行家邹衍认为,中国的九州是海内的小九州,

合称赤县神州,而海外还有大九州,神州只是其中之一。　[2]虎旅:玄宗入蜀时的禁兵。　[3]鸡人:宫中不养鸡,所以有专门掌管敲击更筹报晓的卫士。[4]此日:即杨贵妃被杀之日。六军:据《周礼》古代天子有六军,后泛指皇帝的军队。　[5]笑牵牛:天宝十年(751)的七夕之夜,唐玄宗与杨贵妃曾在长生殿,嘲笑牛郎织女的别长会短,相约世世为夫妇。　[6]四纪:岁星十二年行天一周,称为一纪,四纪就是四十八年。唐玄宗在位四十五年,近四纪。　[7]莫愁:传说中古代洛阳女子,嫁为卢家妇。

安定城楼[1]

迢递高城百尺楼[2],绿杨枝外尽汀洲。贾生年少虚垂泪[3],王粲春来更远游[4]。永忆江湖归白发,欲回天地入扁舟[5]。不知腐鼠成滋味,猜意鹓雏竟未休[6]。

【注释】

[1]安定:汉代郡名,唐代改为泾州。　[2]迢递:高峻。百尺楼:泾州城楼。　[3]贾生:西汉贾谊,少有才学,文帝召为博士,想重用他,但受到朝臣猜忌排挤,出为长沙王太傅。　[4]王粲:建安七子之一,汉末动乱时,至荆州依刘表,颇不得意,曾春日登城楼,作《登楼赋》,抒写远游不遇之悲。　[5]入扁舟:暗用范蠡功成身退泛舟五湖事。　[6]"不知"二句:《庄子·秋水篇》中说,惠子在梁为相,庄子去见他。惠子担心庄子要取代自己的地位,就下令搜捕庄子。庄子告诉他鹓雏是不会跟鸱鸟去争腐鼠的。腐鼠:喻禄位。鹓(yuān)雏:凤凰一类的神鸟。猜意:猜疑。

常　娥

云母屏风烛影沉[1],长河渐落晓星沈[2]。常娥应悔偷灵药[3],碧海青天夜夜心。

【注释】

[1]云母:矿物名,可用来装饰屏风、门窗。 [2]长河:银河。 [3]"常娥"句:《淮南子·览冥训》中记载后羿曾向西王母求取不死之药,常娥偷吃之后,奔入月宫,成了月中仙子。

宋 诗

王禹偁

村 行

马穿山径菊初黄,信马悠悠野兴长[1]。万壑有声含晚籁[2],数峰无语立斜阳。棠梨叶落胭脂色[3],荞麦花开白雪香。何事吟馀忽惆怅?村桥原树似吾乡[4]。

【注释】

[1]信:任凭,随着。野兴:对山野景物的兴趣。 [2]晚籁(lài):傍晚的声音。 [3]棠梨:果树名。 [4]原:郊野。

春居杂兴[1](二首)

其 一

两株桃杏映篱斜,妆点商山副使家[2]。何事春风容不得[3]?和莺吹折数枝花。

【注释】

[1]杂兴:杂作。 [2]商山:在今陕西商县东。副使:指团练副使,宋代为

虚衔。　[3]何事:为什么。

林　逋

山园小梅(二首)
其　一

众芳摇落独暄妍[1],占尽风情向小园。疏影横斜水清浅[2],暗香浮动月黄昏[3]。霜禽欲下先偷眼[4],粉蝶如知合断魂[5]。幸有微吟可相狎[6],不须檀板共金尊[7]。

【注释】

[1]摇落:凋谢、零落。暄(xuān)妍:形容梅花开得鲜丽茂盛。　[2]疏影横斜:指梅影错落有致。　[3]暗香:梅香。　[4]霜禽:羽毛白色的禽鸟。偷眼:偷看。　[5]如、合:均为揣测之辞。断魂:犹言销魂。　[6]微吟:低吟。狎:亲近。　[7]檀板:歌唱时用以击节的檀木板。金尊:金杯。尊,同"樽"。

晏　殊

无　题[1]

油壁香车不再逢[2],峡云无迹任西东[3]。梨花院落溶溶月[4],柳絮池塘淡淡风。几日寂寥伤酒后[5],一番萧索禁烟中[6]。鱼书欲寄何由达[7],水远山长处处同。

【注释】

[1]无题:一作《寓意》,又作《寄远》。　[2]油壁香车:用油漆涂饰车壁的

轻便小车,多为女子所乘。 [3]峡云:巫山之云,喻指情人的行踪。 [4]溶溶:水流动的样子。此处形容流泻的月光。 [5]伤酒:饮酒过量。 [6]禁烟:古代清明前一二日的寒食节,禁火,吃冷食,谓之禁烟,过了节后再重新生火。 [7]鱼书:指书信,古代有鲤鱼传书的传说。

李　觏

乡　思

人言落日是天涯,望极天涯不见家。已恨碧山相阻隔[1],碧山还被暮云遮。

【注释】

[1]碧山:此处不用"青"、"绿"而用"碧"字,寓以重、暗之意,这样更符合暮色苍茫中山的色彩。

梅尧臣

鲁山山行[1]

适与野情惬[2],千山高复低。好峰随处改,幽径独行迷。霜落熊升树,林空鹿饮溪。人家在何许[3]?云外一声鸡。

【注释】

[1]鲁山:一名露山,在今河南鲁山县东北。 [2]适:恰好。野情:喜好山水自然的情趣。惬:畅快。 [3]何许:什么地方。

田 家 语

庚辰诏书[1]：凡民三丁籍一[2]，立校与长[3]，号弓箭手[4]，用备不虞[5]。主司欲以多媚上[6]，急责郡吏；郡吏畏，不敢辩，遂以属县令[7]。互搜民口[8]，虽老幼不得免。上下愁怨，天雨淫淫[9]，岂助圣上抚育之意耶？因录田家之言，次为文[10]，以俟采诗者云。[11]

谁道田家乐？春税秋未足。里胥扣我门[12]，日夕苦煎促[13]。盛夏流潦多[14]，白水高于屋。水既害我菽，蝗又食我粟。前月诏书来，生齿复板录[15]。三丁籍一壮，恶使操弓韣[16]。州符今又严[17]，老吏持鞭朴[18]。搜索稚与艾[19]，唯存跛无目[20]。田间敢怨嗟[21]，父子各悲哭。南亩焉可事？买箭卖牛犊。愁气变久雨，铛缶空无粥[22]。盲跛不能耕，死亡在迟速。我闻诚所惭，徒尔叨君禄[23]。却咏归去来[24]，刈薪向深谷[25]。

【注释】

[1]庚辰：宋仁宗康定元年（1040），作者时为河南襄城令。 [2]三丁籍一：宋代兵制，凡乡兵每户三丁抽一。丁：成年人。籍：登记、征集。 [3]校与长：均为军职名。校：统率各路弓箭手的头领。长：队长。 [4]弓箭手：乡兵名称，以五十人为一队。 [5]不虞：犹言不测。 [6]主司：主管征集弓箭手的官吏。 [7]属（zhǔ）：同"嘱"。 [8]民口：户口。 [9]淫淫：久雨的样子。 [10]次：编排、整理。 [11]采诗者：搜集各地诗歌的官吏。云：语助词，无实义。 [12]里胥：地保之类的公差。 [13]煎促：逼迫、催促。 [14]流潦：即大水。潦：同"涝"。 [15]生齿：人口。板录：登记。 [16]弓韣（dú）：弓套。此指弓。 [17]州符：州府的命令。 [18]朴：同"扑"，击打。 [19]稚与艾：小的和老的。古代称五十曰艾。 [20]无目：瞎子。 [21]田间：乡里。敢：岂敢，哪敢。 [22]铛（chēng）缶（fǒu）：锅子与瓦罐。 [23]徒尔：徒然。叨：枉受，不应该得而得。君禄：官俸。 [24]归去来：指陶潜辞赋《归去来兮辞》。 [25]刈（yì）薪：割柴草。

欧阳修

戏答元珍[1]

春风疑不到天涯[2],二月山城未见花[3]。残雪压枝犹有桔,冻雷惊笋欲抽芽[4]。夜闻归雁生乡思[5],病入新年感物华[6]。曾是洛阳花下客[7],野芳虽晚不须嗟。

【注释】

[1]元珍:丁宝臣字,当时他任峡州(治所在夷陵)军事判官。 [2]天涯:欧阳修当时贬谪夷陵,此地离京城路途遥远,故云。 [3]山城:指夷陵,境内多山。 [4]冻雷:寒雷。 [5]乡思(sì):乡愁。 [6]物华:物产。 [7]"曾是"句:洛阳以牡丹花著名,作者曾于仁宗天圣年间任洛阳留守推官,写过《洛阳牡丹记》。

画眉鸟[1]

百啭千声随意移[2],山花红紫树高低[3]。始知锁向金笼听[4],不及林间自在啼。

【注释】

[1]画眉鸟:一作"郡斋闻百舌"。 [2]百啭千声:形容鸟鸣声婉转动听。 [3]树高低:树木随山势而变化,有高有低。 [4]金笼:精制的鸟笼。

春日西湖寄谢法曹歌[1]

西湖春色归,春水绿于染。群芳烂不收[2],东风落如糁[3]。参军春思乱如云[4],白发题诗愁送春。遥知湖上一樽酒,能忆天涯万里人[5]。万里思春尚有情,忽逢春至客心惊。雪消门外千山绿,花发江边二月晴。少年把酒逢春色,今日逢春头已白。异乡物态与人殊,惟有东风旧相识。

【注释】

[1]西湖:此指许州(今河南许昌附近)西湖。谢法曹:谢伯初,字景山,时在许州任法曹参军。 [2]烂不收:指群花委地,不可挽留。 [3]糁(sǎn):米饭粒儿。落如糁:形容东风中花絮飘洒的样子。 [4]参军:散官名,没有一定的职掌。此指谢伯初。 [5]天涯万里人:作者此时贬谪夷陵,故云。

苏舜钦

淮中晚泊犊头[1]

春阴垂野草青青[2],时有幽花一树明[3]。晚泊孤舟古祠下[4],满川风雨看潮生。

【注释】

[1]淮中:淮河上。犊(dú)头:淮河岸边的地名。 [2]垂野:指阴云笼盖原野。[3]幽花:僻静地方的花朵。 [4]古祠:祭祀祖先或先贤的祠堂。

览　　照[1]

铁面苍髯目有棱[2],世间儿女见须惊[3]。心曾许国终平虏[4],命未逢时合退耕[5]。不称好文亲翰墨[6],自嗟多病足风情。一生肝胆如星斗[7],嗟尔顽铜岂见明[8]。

【注释】

[1]览照:自我观看镜中影像。 [2]铁面:面黑如铁,常喻指刚直无私。

苍髯(rán)：青黑色的胡须。目有棱：目光威严。　[3]世间儿女：指凡俗之人。　[4]许国：以身报国。平房：平定敌人的入侵。　[5]逢时：遭逢好时代。　[6]称：相符。翰墨：指笔与墨，引申为文辞、文学。　[7]肝胆如星斗：胸襟光明磊落。　[8]顽铜：指镜，古代用铜作镜。

王安石

明妃曲[1]（二首）

其　一

　　明妃初出汉宫时，泪湿春风鬓脚垂[2]。低徊顾影无颜色[3]，尚得君王不自持[4]。归来却怪丹青手[5]，入眼平生未曾有。意态由来画不成，当时枉杀毛延寿[6]。一去心知更不归，可怜着尽汉宫衣。寄声欲问塞南事，只有年年鸿雁飞。家人万里传消息，好在毡城莫相忆[7]！君不见咫尺长门闭阿娇[8]，人生失意无南北。

【注释】

　　[1]明妃：即王昭君。汉南郡秭归（今湖北秭归）人，名嫱，字昭君，汉元帝宫妃。晋时避司马昭讳改称明君，后人因称明妃。　[2]春风：指昭君姣好的容颜。　[3]低徊：徘徊。无颜色：脸上因愁苦而失色。　[4]不自持：无法自我克制。　[5]丹青手：画师。　[6]毛延寿：汉元帝时画师，因所画的昭君不如本人而被杀。　[7]毡城：匈奴所居的毡帐。　[8]长门：长门宫。阿娇：汉武帝陈皇后的小名。陈皇后失宠后被幽禁在长门宫内。

登飞来峰[1]

　　飞来山上千寻塔[2]，闻说鸡鸣见日升。不畏浮云遮望眼[3]，只缘身在最高层[4]。

【注释】

[1]飞来峰:在越州(今浙江绍兴)飞来山,山上有塔高二十三丈,人至此可见海上日出。 [2]千寻:极言其高。古时以八尺为一寻。 [3]浮云:暗喻朝中奸佞无道的小人。 [4]只缘:只因为。

梅　花

墙角数枝梅,凌寒独自开[1]。遥知不是雪,为有暗香来[2]。

【注释】

[1]凌寒:冒着严寒。 [2]暗香:幽香。

王　令

暑旱苦热

清风无力屠得热[1],落日着翅飞上山[2]。人固已惧江海竭,天岂不惜河汉干[3]。昆仑之高有积雪[4],蓬莱之远常遗寒[5]。不能手提天下往[6],何忍身去游其间[7]?

【注释】

[1]屠:消除。 [2]着翅:安上翅膀。 [3]河汉:天河。 [4]昆仑:中国西部大山。山极高,上有终年不化的积雪。 [5]蓬莱:神话传说中东方的仙岛。 [6]天下:指天下人。 [7]身去:只身独往。

苏　轼

和子由渑池怀旧[1]

人生到处知何似？应似飞鸿踏雪泥。泥上偶然留指爪，鸿飞那复计东西？老僧已死成新塔[2]，坏壁无由见旧题[3]。往日崎岖还记否？路长人困蹇驴嘶[4]。

【注释】

[1]子由：苏辙（苏轼弟）的字。　[2]老僧：指渑池寺庙的主持奉闲和尚。新塔：指佛塔。僧人死后，建塔葬其骨灰。　[3]旧题：旧诗。苏轼嘉祐元年（1056）赴京应考，路过渑池，曾在奉闲和尚居室的壁上题诗。　[4]蹇(jiǎn)：跛足。

六月二十七日望湖楼醉书[1]（五首）

其　一

黑云翻墨未遮山[2]，白雨跳珠乱入船。卷地风来忽吹散，望湖楼下水如天[3]。

【注释】

[1]望湖楼：在杭州西湖边昭庆寺前，五代时吴越王钱氏所建。　[2]翻墨：形容乌云浓而黑。　[3]水如天：形容天放晴后水天一色。

书鄢陵王主簿所画折枝[1]（二首）

其　一

论画以形似，见与儿童邻。赋诗必此诗，定非知诗人。诗画本一律，天工与清新[2]。边鸾雀写生[3],赵昌花传神[4]。何如此两幅[5],疏淡含精匀。谁言一点红,解寄无边春[6]。

【注释】

　　[1]鄢陵:今河南鄢陵。主簿:宋代官职名。　[2]天工:合乎自然的技巧。[3]边鸾:中唐画家,善画花鸟。　[4]赵昌:宋代画家,善画花鸟。　[5]两幅:指王主簿画。　[6]解寄:会寄托着。

荔 支 叹

　　十里一置飞尘灰[1],五里一堠兵火催。颠阬仆谷相枕藉[2],知是荔支龙眼来[3]。飞车跨山鹘横海[4],风枝露叶如新采。宫中美人一破颜[5],惊尘溅血流千载。永元荔支来交州[6],天宝岁贡取之涪[7]。至今欲食林甫肉[8],无人举觞酹伯游[9]。我愿天公怜赤子,莫生尤物为疮痏[10]。雨顺风调百谷登,民不饥寒为上瑞[11]。君不见:武夷溪边粟粒芽,前丁后蔡相笼加[12]。争新买宠各出意,今年斗品充官茶[13]。吾君所乏岂此物?致养口体何陋耶[14]!洛阳相君忠孝家[15],可怜亦进姚黄花[16]。

【注释】

　　[1]置:与下句的"堠",均为驿站名。　[2]阬:同"坑"。相枕藉:相互枕垫着,极言死者之多。　[3]龙眼:桂圆,一种岭南名贵水果。　[4]鹘(hú):鹰类猛禽。　[5]宫中美人:指杨贵妃。破颜:露出笑容。　[6]永元:汉和帝刘肇年号(89—105)。交州:汉代地名,在今两广南部一带。　[7]天宝:唐玄宗年号(742—756)。涪(fú):涪州,今四川涪陵,古代盛产荔枝。　[8]林甫:李林甫,唐玄宗时的奸臣。　[9]举觞(shāng):举杯。酹(lèi):浇酒于地以示祭奠。伯游:汉代唐羌,曾向汉和帝上书谏阻进贡荔枝龙眼。　[10]尤物:珍贵之物。疮痏(wěi):疮疤。此喻指灾祸。　[11]上瑞:最好的祥瑞。　[12]前丁后蔡:指丁谓与蔡襄。笼加:笼装加封进贡。　[13]斗品:用来比试茶艺高下与茶品优劣的上品好茶。　[14]致养:奉养。口体:口腹、身体。　[15]洛

阳相君：钱惟演，字希圣，曾留守西京洛阳。　[16]可怜：可惜。姚黄花：牡丹花中的极品。

黄庭坚

登 快 阁[1]

痴儿了却公家事[2]，快阁东西倚晚晴。落木千山天远大，澄江一道月分明。朱弦已为佳人绝[3]，青眼聊因美酒横[4]。万里归船弄长笛[5]，此心吾与白鸥盟[6]。

【注释】

[1]快阁：在太和（今江西泰和）东赣江边。　[2]痴儿：犹言痴人，作者自指。了却公家事：谓办完官事。　[3]"朱弦"句：春秋时伯牙善鼓琴，钟子期最知音。子期死后，伯牙绝弦，不再弹琴。　[4]"青眼"句：晋阮籍能作青白眼。嵇喜来，他作白眼以示厌恶；嵇康来，则作青眼以示爱重。横，指目光流动。　[5]弄：吹奏。　[6]与白鸥盟：与鸥鸟为友，多用以指隐者自乐。

寄黄几复[1]

我居北海君南海[2]，寄雁传书谢不能[3]。桃李春风一杯酒，江湖夜雨十年灯。持家但有四立壁[4]，治病不蕲三折肱[5]。想得读书头已白，隔溪猿哭瘴溪藤[6]。

【注释】

[1]黄几复：名介，豫章（今江西南昌）人，黄庭坚少年时的好朋友。　[2]北海：指作者当时任职的德州德平镇。南海：指黄几复当时任职的广东四会。　[3]"寄雁"句：旧说雁飞至衡阳而折返，四会在衡阳之南，自然盼不到雁来。

谢:道歉。　[4]"持家"句:谓黄几复家境清寒,屋里仅有四面墙壁。　[5]蕲(qí):求。三折肱(gōng):比喻阅历多。古时有"三折肱为良医"的说法。[6]瘴溪:旧传广东一带多瘴气,故云。

雨中登岳阳楼望君山(二首)
其　一

投荒万死鬓毛斑[1],生入瞿塘滟滪关[2]。未到江南先一笑,岳阳楼上对君山。

【注释】

[1]投荒:流窜到荒远的地方。万死:极言处境之艰难。　[2]瞿塘:长江三峡之一,在四川奉节东。滟滪(yànyù):石堆名,在瞿塘峡口。

秦　观

春日(五首)
其　二

一夕轻雷落万丝[1],霁光浮瓦碧参差[2]。有情芍药含春泪,无力蔷薇卧晓枝[3]。

【注释】

[1]万丝:形容雨细如丝线。　[2]霁光:雨晴后的阳光。参差(cēncī):不齐的样子。此指阳光参差闪烁。　[3]无力:形容娇柔的样子。卧晓枝:垂挂在绿枝上。

陈师道

绝句(四首)
其　四

书当快意读易尽,客有可人期不来[1]。世事相违每如此,好怀百岁几回开?

【注释】
　　[1]可人:知己。

除夜对酒赠少章[1]

　　岁晚身何托,灯前客未空。半生忧患里,一梦有无中。发短愁催白,颜衰酒借红[2]。我歌君起舞,潦倒略相同。

【注释】
　　[1]除夜:除夕。少章:秦观的弟弟秦觏的字。　　[2]酒借红:脸因酒而泛红。

张　耒

初见嵩山[1]

　　年来鞍马困尘埃,赖有青山豁我怀[2]。日暮北风吹雨去,数峰清瘦出云来。

【注释】
　　[1]嵩山:在河南登封北,为五岳中的中岳。　　[2]赖:依靠、凭借。豁:舒展。

晁说之

明皇打球图[1]

宫殿千门白昼开,三郎沉醉打球回[2]。九龄已老韩休死[3],明日应无谏疏来[4]。

【注释】

[1]明皇:唐玄宗李隆基。 [2]三郎:玄宗排行第三,故称。 [3]九龄:唐代贤臣张九龄,与韩休同为玄宗朝直言敢谏的宰相。 [4]谏疏:古代大臣规劝君王改正错误的奏章。

徐俯

春游湖[1]

双飞燕子几时回,夹岸桃花蘸水开[2]。春雨断桥人不度[3],小舟撑出柳阴来。

【注释】

[1]湖:此指杭州西湖。 [2]蘸(zhàn):浸入。 [3]断桥:在西湖上,"断桥残雪"为西湖十景之一。度:即"渡"。

曾几

三衢道中[1]

梅子黄时日日晴,小溪泛尽却山行[2]。绿阴不减来时路,添得黄鹂四五声。

【注释】

[1]三衢:今浙江衢州。因境内有三衢山,故称。 [2]泛:乘船。

陈与义

伤 春

庙堂无策可平戎,坐使甘泉照夕烽[1]。初怪上都闻战马[2],岂知穷海看飞龙[3]!孤臣霜发三千丈[4],每岁烟花一万重[5]。稍喜长沙向延阁[6],疲兵敢犯犬羊锋[7]。

【注释】

[1]坐:因。甘泉:汉宫殿名。汉文帝时,匈奴入侵,报警的烽火遍于甘泉数月。 [2]上都:指北宋都城汴京。 [3]岂知:怎料到。穷海:僻远的海上。飞龙:指宋高宗赵构。 [4]孤臣:失君之臣,此指诗人自己。 [5]"每岁"句:语出杜甫《伤春》:"关塞三千里,烟花一万重。" [6]向延阁:向子諲,字伯恭,当时任潭州知州。延阁,汉代皇家藏书处。 [7]疲兵:指向子諲统率的部队。犬羊:对金兵的蔑称。

牡 丹

一自胡尘入汉关[1],十年伊洛路漫漫[2]。青墩溪畔龙钟客[3],独立东风看牡丹。

【注释】

[1]胡尘:指金兵。 [2]十年:金兵于靖康元年(1126)攻占汴京,到绍兴六年(1136)春写此诗时,正好十年。伊洛:洛阳。 [3]青墩:在今浙江桐乡北,作者当时寓居在这里。龙钟客:诗人自指。龙钟:形容

老态。

道中寒食(二首)
其 二

斗粟淹吾驾[1],浮云笑此生。有诗酬岁月,无梦到功名。客里逢归雁,愁边有乱莺。杨花不解事[2],更作倚风轻。

【注释】

[1]斗粟:指微薄的官俸。淹吾驾:使我的车马滞留。 [2]杨花:柳絮。不解事:不晓世事。

朱淑真

元夜[1](三首)
其 三

火烛银花触目红[2],揭天鼓吹闹春风[3]。新欢入手愁忙里[4],旧事惊心忆梦中。但愿暂成人缱绻[5],不妨常任月朦胧。赏灯那得工夫醉,未必明年此会同。

【注释】

[1]元夜:即元宵,阴历正月十五夜,旧俗此夜放灯以庆。 [2]火烛银花:形容元宵灯火绚丽灿烂。 [3]揭天:犹言冲天。鼓吹:打击乐和管乐。 [4]新欢:新的情人。入手:到来。 [5]缱绻(qiǎnquǎn):亲爱难舍的样子。

刘子翚

汴京纪事[1]（二十首）
其 一

帝城王气杂妖氛[2]，胡虏何知屡易君[3]。犹有太平遗老在[4]，时时洒泪向南云[5]。

【注释】

[1]汴京：北宋都城，今河南开封。 [2]妖氛：祸乱的妖气。 [3]屡易君：多次更换宋朝君王。 [4]太平遗老：指太平时代的北宋遗民。 [5]南云：南天，此指南宋王朝。

陆 游

游山西村

莫笑农家腊酒浑[1]，丰年留客足鸡豚[2]。山重水复疑无路，柳暗花明又一村。箫鼓追随春社近[3]，衣冠简朴古风存。从今若许闲乘月[4]，拄杖无时夜叩门[5]。

【注释】

[1]腊酒：头年腊月里酿制的酒。 [2]豚(tún)：小猪。 [3]箫鼓追随：指箫鼓声不断。春社：古代以立春后第五个戊日为春社日，旧俗此日祭祀土地祈丰年。 [4]闲乘月：乘着月光闲游。 [5]无时：不定时，随时。

关 山 月

和戎诏下十五年[1]，将军不战空临边[2]。朱门沉沉按歌舞[3]，厩马肥死弓断弦[4]。戍楼刁斗催落月[5],三十从军今白发。笛里谁知壮士心[6],沙头空照征人骨。中原干戈古亦闻[7],岂有逆胡传子孙[8]?遗民忍死望恢复[9],几处今宵垂泪痕!

【注释】

　　[1]和戎:与敌方讲和。此指隆兴元年(1163)孝宗派遣使臣王之望使金,与金人议和事。　[2]空临边:白到边塞驻扎。　[3]朱门:指豪门贵族。沉沉:形容屋宇深邃。按歌舞:依照乐曲的节奏表演。　[4]厩(jiù):马棚。　[5]戍楼:防守边界的岗楼。　[6]笛:《关山月》为汉乐府横吹曲名,多用笛吹奏。　[7]干戈:战争。　[8]逆胡传子孙:金人侵占中原后,已传国四世。逆胡:对金人的蔑称。　[9]遗民:指金人统治下的中原百姓。

临安春雨初霁[1]

　　世味年来薄似纱[2],谁令骑马客京华[3]?小楼一夜听春雨,深巷明朝卖杏花。矮纸斜行闲作草[4],晴窗细乳戏分茶[5]。素衣莫起风尘叹[6],犹及清明可到家[7]。

【注释】

　　[1]临安:南宋都城,今浙江杭州。霁(jì):雨过天晴。　[2]世味:对世俗人情的兴味。　[3]京华:即京城。　[4]矮纸:幅面短小的纸。闲作草:陈师道《石氏画苑》诗有"事忙不草书"语,这里反用其意。　[5]细乳:煮茶时水面泛起的白色泡沫,又称乳花。分茶:点茶的一种,须以技艺使汤面茶乳幻出字迹图案,宋人常以之与围棋、书法、弹琴等并提。　[6]"素衣"句:晋陆机《为顾彦先赠妇》诗有"京洛多风尘,素衣化为缁"语,这里反用其意。　[7]犹及:还赶得上。

十一月四日风雨大作

僵卧孤村不自哀[1],尚思为国戍轮台[2]。夜阑卧听风吹雨[3],铁马冰河入梦来[4]。

【注释】

[1]僵卧:手脚不动地躺着。 [2]轮台:在新疆,此泛指极边远的地方。[3]夜阑:夜深。[4]铁马:披着甲的战马,亦指精锐的骑兵。冰河:冰冻的河流。

沈园[1](二首)

其 一

城上斜阳画角哀[2],沈园非复旧池台。伤心桥下春波绿,曾是惊鸿照影来[3]。

【注释】

[1]沈园:故址在今浙江绍兴禹迹寺南。 [2]画角:彩绘的军中号角。[3]惊鸿:此指陆游前妻唐琬。古代常以鸿惊飞时姿态的轻捷比喻美女的风采。

范成大

四时田园杂兴(六十首)

其二十五

梅子金黄杏子肥,麦花雪白菜花稀。日长篱落无人过[1],惟有蜻蜓蛱蝶飞[2]。

【注释】

　　[1]过:造访。　　[2]蛱蝶:蝴蝶的一种,喜欢在日照充足的地方活动。

后催租行[1]

　　老父田荒秋雨里,旧时高岸今江水。佣耕犹自抱长饥[1],的知无力输租米[2]。自从乡官新上来,黄纸放尽白纸催[3]。卖衣得钱都纳却,病骨虽寒聊免缚[4]。去年衣尽到家口[5],大女临歧两分首。今年次女已行媒[6],亦复驱将换升斗[7]。室中更有第三女,明年不怕催租苦。

【注释】

　　[1]佣耕:做雇农,替人耕种。　　[2]的知:确知。　　[3]黄纸:指皇帝免租的诏书。白纸:地方政府催租的公文。　　[4]缚:捆绑。　　[5]家口:人口。　　[6]行媒:许配人家。　　[7]将:语助词,常置于动词后。升斗:此指少量粮食。

州　桥[1]

　　南望朱雀门[2],北望宣德楼[3],皆旧御路也[4]。

　　州桥南北是天街[5],父老年年等驾回[6]。忍泪失声询使者[7]:几时真有六军来?[8]

【注释】

　　[1]州桥:天汉桥的俗称,在汴京城内。　　[2]朱雀门:汴京里城的正南门。　　[3]宣德楼:汴京宫城的正门楼。　　[4]御路:即御街。　　[5]天街:京城的街道。　　[6]等驾回:等待皇帝的车驾回来。　　[7]使者:指作者。　　[8]六军:古时天子有六军,此指南宋军队。

尤 袤

题米元晖潇湘图[1](二首)
其 一

万里江天杳霭[2],一村烟树微茫。只欠孤篷听雨,恍如身在潇湘。

【注释】

[1]米元晖:北宋画家米芾之子米友仁,史称"小米",父亲称"大米",有"米家山水"之美誉。《潇湘图》:米友仁的传世山水名作。 [2]杳霭:深远的云雾。

杨万里

闲居初夏午睡起二绝句
其 一

梅子留酸软齿牙[1],芭蕉分绿与窗纱。日长睡起无情思[2],闲看儿童捉柳花[3]。

【注释】

[1]留酸:梅子尚未熟透,食后有余酸。软齿牙:因食酸味而觉牙软。 [2]无情思(sī):没有情绪。 [3]柳花:柳絮。

过松源晨炊漆公店[1](五首)
其 五

莫言下岭便无难,赚得行人错喜欢[2]。政入万山围子里[3],一山放出一山拦。

【注释】

[1]松源:在今江西弋阳境内。　[2]赚(zuàn):骗。　[3]政:同"正"。

萧德藻

登岳阳楼

不作苍茫去,真成浪荡游。三年夜郎客[1],一柁洞庭秋[2]。得句鹭飞处,看山天尽头。犹嫌未奇绝,更上岳阳楼。

【注释】

[1]夜郎:汉代西南地区小国,在今贵州西部。　[2]柁(duò):同"舵",用以控制船方向的装置。

朱 熹

鹅湖寺和陆子寿[1]

德义风流夙所钦[2],别离三载更关心。偶扶藜杖出寒谷[3],又杠篮舆度远岑[4]。旧学商量加邃密[5],新知培养转深沉。却愁说到无言处[6],不信人间有古今。

【注释】

[1]鹅湖寺:在江西铅山县北,旧名仁寿院。陆子寿:陆九龄,字子寿,南宋著名理学家。　[2]德义:道德和义理。　[3]藜杖:藜茎制做的手杖。　[4]篮舆:竹轿。远岑:远山。　[5]邃密:深入细致。　[6]无言处:指双方见解达成一致的时候。

观书有感(二首)
其 一

半亩方塘一鉴开[1],天光云影共徘徊。问渠哪得清如许[2]?为有源头活水来。

【注释】

[1]鉴:镜子。 [2]渠:它,指方塘之水。如许:如此,像这样。

姜 夔

过 垂 虹[1]

自作新词韵最娇[2],小红低唱我吹箫[3]。曲终过尽松陵路[4],回首烟波十四桥[5]。

【注释】

[1]垂虹:垂虹桥,在江苏吴江县东。 [2]自作新词:指姜夔自度的名曲《暗香》、《疏影》。韵最娇:音节谐婉。 [3]小红:范成大府中的家妓,后送与姜夔。低唱:轻声唱。[4]松陵:在吴江县。 [5]烟波:指风雪迷漫。十四桥:此为泛指而非实数。

戴复古

夜宿田家

簦笠相随走路歧[1],一春不换旧征衣[2]。雨行山崦黄泥坂[3],夜扣田家白板扉。身在乱蛙声里睡,心从化蝶梦中归。乡书十寄九不达[4],天北天南雁自飞。

【注释】

  [1]簦(dēng):古代有柄的笠。歧:岔路。 [2]征衣:旅途用的衣服。[3]崦(yān):山口隘道。坂:山坡。 [4]乡书:家书。

赵师秀

约　客[1]

  黄梅时节家家雨[2],青草池塘处处蛙。有约不来过夜半,闲敲棋子落灯花[3]。

【注释】

  [1]约客:一作《有约》或《绝句》。 [2]家家雨:极言雨水之多。 [3]灯花:古时油灯灯芯燃烧时结成的花状物。

翁　卷

乡村四月

  绿遍山原白满川[1],子规声里雨如烟[2]。乡村四月闲人少,才了蚕桑又插田[3]。

【注释】

  [1]川:平川、平地。 [2]子规:杜鹃鸟的别名,多于暮春啼叫。 [3]了:完结,结束。

刘克庄

戊辰即事[1]

  诗人安得有青衫[2],今岁和戎百万缣[3]。从此西湖休插柳,剩栽桑树养吴蚕[4]。

【注释】

[1]戊辰:宋宁宗嘉定元年(1208)。　[2]青衫:唐代九品文官穿的黑色的官服。　[3]缣(jiān):细绢。　[4]剩:全、都。吴蚕:苏州是当时著名的丝绸出产地,故云。

病后访梅九绝
其　一

梦得因桃数左迁[1],长源为柳忤当权[2]。幸然不识桃并柳[3],却被梅花累十年[4]。

【注释】

[1]梦得:刘禹锡字梦得。左迁:贬谪。　[2]长源:李泌字长源。忤(wǔ):不顺从。　[3]幸然:幸亏。　[4]累十年:刘克庄曾因写《落梅》诗而被弹劾贬官。从"诗祸"发生到开禁,其间正好十年。

叶绍翁

游园不值[1]

应怜屐齿印苍苔[2],小扣柴扉久不开[3]。春色满园关不住,一枝红杏出墙来。

【注释】

[1]不值:不遇。　[2]应怜:爱惜。屐齿:指木底鞋的两道高齿。　[3]小扣:轻轻地敲。

文天祥

扬子江

自通州至扬子江口[1]，两潮可到。为避渚沙[2]，及许浦[3]，顾诸从行者[4]，故绕去出北海[5]，然后渡扬子江。

几日随风北海游,回从扬子大江头[6]。臣心一片磁针石[7],不指南方不肯休。

【注释】

[1]通州：今江苏南通。扬子江口：即扬子津，在江苏江都南。　[2]渚沙：指附近的小洲与沙滩。　[3]许浦：即浒浦。在江苏常熟东北。　[4]顾：看到。　[5]故：故意。　[6]回：迂回。　[7]磁针石：指指南针。

过零丁洋[1]

辛苦遭逢起一经[2],干戈寥落四周星[3]。山河破碎风飘絮,身世浮沉雨打萍。惶恐滩头说惶恐[4],零丁洋里叹零丁[5]。人生自古谁无死,留取丹心照汗青[6]！

【注释】

[1]零丁洋：在广东中山南，亦作伶仃洋。　[2]遭逢：遭遇到朝廷选拔。起一经：因精通经籍而以进士第一及第。　[3]寥落：荒寂冷落。四周星：四年。作者自德祐元年(1275)起兵抗元至被俘时，历经四年。　[4]惶恐滩：原名黄公滩，在今江西万安，是赣江十八滩中最险的一滩。　[5]零丁：孤苦的样子。　[6]丹心：指报国的决心。汗青：史册。古代记事用竹简，制简时，须用火烤去竹汗（水分），故称汗青。

汪元量

醉歌（十首）
其　三

淮襄州郡尽归降[1]，鞞鼓喧天入古杭[2]。国母已无心听政[3]，书生空有泪成行。

【注释】

[1]"淮襄"句：咸淳九年(1273)二月，宋襄阳知府吕文焕降元，江淮诸郡亦先后出降。　[2]鞞(pí)鼓：亦作"鼙鼓"，古代军中的一种战鼓。古杭：即南宋都城临安，今浙江杭州。　[3]国母：此指谢太后。无心听政：指降意已决。

谢　翱

西台哭所思[1]

残年哭知己[2]，白日下荒台。泪落吴江水[3]，随潮到海回。故衣犹染碧[4]，后土不怜才[5]。未老山中客，唯应赋《八哀》[6]。

【注释】

[1]西台：指桐庐富春江畔的严子陵钓台。　[2]知己：指文天祥。作者曾追随文天祥起兵抗元，转战各地，兵败分手时，文天祥以家藏端砚"玉带生"相赠。　[3]吴江：指富春江。　[4]故衣：文天祥被囚大都（今北京），始终穿着宋朝的衣服，故云。犹染碧：还浸染着烈士的碧血。　[5]后土：指皇天后土。[6]《八哀》：杜甫为悼念张九龄、李光弼等而写的诗。此以自比，寄托对文天祥的哀思。

金 元 诗

元好问

岐 阳[1] （三首选一）

百二关河草不横[2]，十年戎马暗秦京[3]。岐阳西望无来信，陇水东流闻哭声[4]。野蔓有情萦战骨，残阳何意照空城。从谁细向苍苍问[5]，争遣蚩尤作五兵[6]。

【注释】

[1]岐阳:即凤阳,又称岐州,在今陕西凤翔。 [2]百二关河:《史记·高祖本纪》:"秦,形胜之国……持戟百万,秦得百二焉。"裴骃《集解》引苏林说:"秦地险固,二万人(足)当诸侯百万人也。" [3]秦京:原指秦国首都咸阳,此指岐阳。 [4]陇水:陇地之水,指渭水,流经甘肃陇西、陇城等地,经凤翔向东流入黄河。 [5]苍苍:天的颜色,此代指天。 [6]蚩尤:《史记·五帝本纪》:"蚩尤作乱,不用帝命。于是黄帝乃征师诸侯,与蚩尤战于涿鹿之野,遂禽杀蚩尤。"此指蒙古兵。五兵:原指矛、戟、钺、盾、弓矢五种兵器,此指战争。

壬辰十二月车驾东狩后即事[1] （五首选一）

惨淡龙蛇日斗争[2]，干戈直欲尽生灵。高原水出山河改，战地风来草木腥[3]。精卫有冤填瀚海，包胥无泪哭秦庭[4]。并州豪杰知谁在[5]，莫拟分军下井陉[6]。

【注释】

[1]车驾东狩:天兴元年(1232)正月,蒙古军围汴京。十二月,金哀宗出京东走河朔,至黄河北岸,与蒙古军战,失利,退守归德(今河南商丘)。 [2]龙、

蛇：比喻金、蒙古。　[3]"高原"句：金为保卫汴京，决河水挡蒙古兵，未成而被击溃。草木腥：形容在战争中死亡的人多。　[4]包胥：申包胥，春秋时楚大夫。吴国攻打楚国，他被派往秦国求援，在秦庭哭了七日七夜，终于感动了秦哀公，发兵救楚。　[5]并州豪杰：此指驻守河朔的金朝将帅。　[6]莫拟：不打算。井陉(xíng)：关名，此处指金哀宗退守的归德。

台山杂咏[1]（十六首选一）

云山吞吐翠微中，淡绿深青一万重[2]。此景只应天上有，岂知身在妙高峰[3]。

【注释】

[1]台山：五台山，在今山西东北部五台，五峰环抱耸立，峰顶平坦似台，故名。　[2]翠微：指青翠掩映的山腰幽深处。一万重：指山的颜色层次多。　[3]妙高峰：即佛经中的须弥山，此处比喻五台山。

杨　载

宗阳宫望月[1]

老君台上凉如水，坐看冰轮转二更[2]。大地山河微有影，九天风露寂无声。蛟龙并起承金榜，鸾凤双飞载玉笙[3]。不信弱流三万里[4]，此身今夕到蓬瀛[5]。

【注释】

[1]宗阳宫：在杭州西湖边上，本宋德寿宫后圃，内有老君台、得月楼。[2]冰轮：指明月。　[3]蛟龙：指金匾旁的龙形雕饰。金榜：金制的匾额。鸾凤：喻指歌儿舞女。　[4]弱流：即弱水，指到达仙境的途径。　[5]蓬瀛：即蓬

莱、瀛洲,皆仙山名。

到 京 师

城雪初消荠菜生,角门深巷少人行[1]。柳梢听得黄鹂语,此是春来第一声。

【注释】

[1]角门:旁门。

范 梈

王氏能远楼

游莫羡天池鹏[1],归莫问辽东鹤[2]。人生万事须自为,趾步江山即寥廓。请君得酒勿少留,为我痛酌王家能远之高楼。醉捧勾吴匣中剑[3],斫断千秋万古愁。沧溟朝旭射燕甸[4],桑枝正搭虚窗面。昆仑池上碧桃花[5],舞尽东风千万片。千万片,落谁家?愿倾海水溢流霞[6]。寄谢尊前望乡客,底须惆怅惜天涯[7]!

【注释】

[1]天池鹏:神话中南海的大鹏鸟。 [2]辽东鹤:汉辽东人丁令威,学道化为鹤,飞临城门华表,吟诗有"城郭如故人民非"句。 [3]勾吴:即吴钩,宝刀名。 [4]燕甸:燕地的郊野。 [5]"昆仑"句:传说神仙西王母居于昆仑池,池上有碧桃,三千年开花,三千年结果,吃了可长生不老。 [6]流霞:神话传说中的仙酒名,喝了以后不饥不渴。 [7]底须:何须。

虞集

挽文丞相

徒把金戈挽落晖,南冠无奈北风吹[1]。子房本为韩仇出[2],诸葛安知汉祚移[3]。云暗鼎湖龙去远,月明华表鹤归迟[4]。不须更上新亭望,大不如前洒泪时[5]。

【注释】

[1]南冠:囚犯。指文天祥被俘后解往北方,囚于燕京。 [2]"子房"二句:张良字子房,祖先为韩国人,秦灭韩后,为韩报仇,派人刺秦始皇,不果。后辅佐刘邦建立汉朝。 [3]汉祚:蜀汉的国运。 [4]鼎湖龙去:《史记·封禅书》载,黄帝铸鼎于荆山,鼎成,乘龙飞去。后以指帝王之死。1279年春,南宋最后一个皇帝赵昺在南海厓山投海而死,南宋亡。 [5]"不须"二句:用东晋士人新亭对泣的佚事(见《世说新语》),谓南宋的半壁江山也保不住,比不上东晋士人还可以北望中原而洒泪。

听 雨

屏风围坐鬓毵毵,绛蜡摇光照暮酣[1]。京国多年情尽改,忽听春雨忆江南。

【注释】

[1]毵毵(sān):形容毛发细长。绛蜡:红烛。酣:饮酒尽兴。暮酣:既可指夜色之浓,亦可指暮饮尽兴。

揭傒斯

题风烟雪月四梅图 (四首选一)

高花开几点,淡霭拂我衣。遥瞻应不见,相对尚依稀。

梦 武 昌

黄鹤楼前鹦鹉洲,梦中浑似昔时游[1]。苍山斜入三湘路,落日平铺七泽流[2]。鼓角沉雄遥动地,帆樯高下乱维舟[3]。故人虽在多分散,独向南池看白鸥。

【注释】

[1]浑似:非常像。 [2]七泽:泛指楚地诸湖、云梦古泽。 [3]维舟:系舟。

明 诗

高 启

牧 牛 词

尔牛角弯环,我牛尾秃速[1],共拈短笛与长鞭,南陇东岗去相逐。日斜草远牛行迟,牛劳牛饥惟我知。牛上唱歌牛下坐,夜归还向牛边卧。长年牧牛百不忧,但恐输租卖我牛[2]!

【注释】

[1]秃速:或作"秃㩙",稀疏的样子。 [2]输租:交租。

青丘子歌 并序

江上有青丘,予徙家其南,因自号青丘子。闲居无事,终日苦吟。间作《青丘子歌》,言其意,以解诗淫之嘲。

青丘子,臞而清[1],本是五云阁下之仙卿[2]。何年降谪在世间,向人不道姓与名。蹑屩厌远游[3],荷锄懒躬耕。有剑任锈涩,有书任纵横。不肯折腰为五斗米[4],不肯掉舌下七十城[5]。但好觅诗句,自吟自酬赓[6]。田间曳杖复带索,傍人不识笑且轻。谓是鲁迂儒、楚狂生。青丘子闻之不介意,吟声出吻不绝咿咿鸣。朝吟忘其饥,暮吟散不平。当其苦吟时,兀兀如被酲[7]。头发不暇栉,家事不及营。儿啼不知怜,客至不果迎。不忧回也空[8],不慕猗氏盈[9]。不惭被宽褐,不羡垂华缨。不问龙虎苦战斗,不管乌兔忙奔倾。向水际独坐,林中独行。斫元气,搜元精,造化万物难隐情。冥茫八极游心兵,坐令无象作有声。微如破悬虱[10],壮若屠长鲸。清同吸沆瀣[11],险比排峥嵘。霭霭晴云披,轧轧冻草萌。高攀天根探月窟,犀照牛渚万怪呈[12]。妙意俄同鬼神会,佳景每与江山争。星虹助光气,烟露滋华英。听音谐韶乐[13],咀味得太羹[14]。世间无物为我娱,自出金石相轰铿[15]。江边茅屋风雨晴,闭门睡足诗初成。叩壶自高歌[16],不顾俗耳惊。欲呼君山老父携诸仙所弄之长笛[17],和我此歌吹月明。但愁欻忽波浪起[18],鸟兽骇叫山摇崩。天帝闻之怒,下遣白鹤迎。不容在世作狡狯[19],复结飞佩还瑶京[20]。

【注释】

[1]臞(qú):消瘦,也作"癯"。　[2]五云阁:道教仙阁。仙卿:仙人。　[3]蹑屩(niè juē):脚穿草鞋。　[4]五斗米:指低级官吏的微薄俸禄。　[5]掉舌下七十城:指刘邦谋士郦食其说齐王田广以七十城降汉之事。　[6]酬赓(gēng):作诗唱和。　[7]兀兀:昏沉之状。酲(chéng):酒醉。　[8]回:指颜回。空:穷困。　[9]猗氏:历史上有名的富翁。盈:豪富。　[10]破悬虱:《列子·汤问》:"纪昌学射于飞卫,飞卫曰:'学视而后可。'昌以牦悬虱于牖,南面望之,三年之后如车轮,射之,贯虱之心而悬不绝。"　[11]沆瀣(hàngxiè):冬天北方夜气。　[12]犀照牛渚:《晋书·温峤传》:"温峤至牛渚矶,水深不可测,世云其下多怪物,峤遂燃犀角照之,须臾见水族覆火,奇形异状。"　[13]韶:相传为舜帝时音乐名。　[14]太羹:古代祭祀时所用的肉汁。　[15]金石:指所作诗歌,因为内容充实,就像掷地有声的金石。　[16]叩壶自高歌:《晋书·王敦传》:"(王敦)每酒后辄吟魏武帝乐府歌曰:'老骥伏枥,志在千里。烈士暮年,壮心不已。'以如意打唾壶为

节。" [17]君山老父:唐谷神子《博异记》载,贾客吕筠卿春夜泊舟君山,忽一老父袖出三笛。取最小者吹之三声,波涛沉漾,鱼龙跳喷。四声五声鸟兽叫噪,月色昏昧。舟人大恐,老父遂止。 [18]歘(xū):忽然。 [19]狡狯(kuài):嬉戏,开玩笑。 [20]瑶京:传说中天帝的京城。

登金陵雨花台望大江

大江来从万山中,山势尽与江流东。钟山如龙独西上[1],欲破巨浪乘长风。江山相雄不相让,形胜争夸天下壮。秦皇空此瘗黄金,佳气葱葱至今王[2]。我怀郁塞何由开?酒酣走上城南台[3]。坐觉苍茫万古意,远自荒烟落日之中来。石头城下涛声怒[4],武骑千群谁敢渡[5]?黄旗入洛竟何祥[6]?铁锁横江未为固[7]。前三国,后六朝,草生宫阙何萧萧!英雄乘时务割据,几度战血流寒潮。我今幸逢圣人起南国[8],祸乱初平事休息。从今四海永为家,不用长江限南北。

【注释】

[1]钟山:一名紫金山,在今南京中山门外。 [2]瘗(yì):埋葬。《丹阳记》:"秦始皇埋金玉杂宝以压天子气,故曰金陵。" [3]城南台:指雨花台,在今南京南聚宝山上。 [4]石头城:故址在今南京清凉山。 [5]武骑千群:指隋朝贺若弼、韩擒虎率领的欲过江击陈的数十万雄师。谁敢渡:面对兵临长江的形势,佞臣孔范却对陈后主说:"长江天堑,古来限隔,虏军岂能飞渡?"陈后主笑以为然,遂疏于防范。结果,陈国灭亡,后主被俘。 [6]黄旗入洛:指吴主孙皓见云似黄旗青盖入于洛阳,以为是吴灭晋之兆,实则吴后被晋所灭,孙皓投降,被囚至洛阳,故云"竟何祥"。祥:吉凶的先兆。 [7]铁锁横江:指晋将王濬率军冲破横江铁锁灭吴之事。 [8]圣人:指朱元璋。他是今安徽凤阳人,跟随郭子兴起兵于濠州,故云"起南国"。

李东阳

寄彭民望[1]

斫地哀歌兴未阑[2],归来长铗尚须弹[3]。秋风布褐衣犹短,夜雨江湖梦亦寒。木叶下时惊岁晚,人情阅尽见交难。长安旅食淹留地,惭愧先生苜蓿盘[4]。

【注释】

[1]彭民望,名泽,湖南攸县人,以举人官应天通判,擅长七律。 [2]斫地哀歌:杜甫《短歌行赠王郎司直》有"王郎酒酣拔剑斫地歌莫哀"句。 [3]铗:剑把。长铗:犹长剑。 [4]苜蓿盘:苜蓿,一种野菜。唐薛令之为东宫侍读,清贫,因作诗自嘲:"朝日上团团,照见先生盘。盘中何所有?苜蓿长阑干。"后因以"苜蓿盘"指小官清苦的生活。

李梦阳

石将军战场歌[1]

清风店南逢父老,告我己巳年间事。店北犹存古战场,遗镞尚带勤王字[2]。忆昔蒙尘实惨怛[3],反复势如风雨至。紫荆关头昼吹角[4],杀气军声满幽朔[5]。胡儿饮马彰义门[6],烽火夜照燕山云。内有于尚书[7],外有石将军。石家官军若雷电,天清野旷来酣战。朝廷既失紫荆关,吾民岂保清风店!牵爷负子无处逃,哭声震天风怒号。儿女床头伏鼓角,野人屋上看旌旄[8]。将军此时挺戈出,杀敌不异草与蒿。追北归来血洗刀[9],白日不动苍天高。万里风尘一剑扫,父子英雄古来少[10]。天生李晟为社稷,周之方叔今元老[11]。单于痛哭倒马关[12],羯奴半死飞狐道[13]。处处欢声噪鼓旗,家家牛酒犒王师。休夸汉室嫖姚将[14],岂说唐朝郭子仪[15]。沈吟此事六十春,此地经过泪满巾。黄云落日古骨白,沙砾惨淡愁行人。行人来折战场柳,下马坐望居庸口[16]。却忆千官迎驾初,千乘万骑下皇都[17]。乾坤得见中兴主,日月重开再造图。枭雄不数云台士[18],杨石齐名天下无[19]。呜呼杨石今已无,安得再生此辈西备胡。

【注释】

　　[1]石将军:石亨,渭南人。明正统十四年(1449),蒙古瓦剌首领也先入寇,英宗亲征,在土木堡(今河北怀来东)被俘。石亨受于谦荐,于京城九门外屯兵抗敌,获胜,进爵为侯。后骄纵,以谋叛论斩。　[2]勤王:臣子率兵救援皇室,此处指保卫京城。　[3]蒙尘:君王遭难逃亡,此指英宗被也先所掳。　[4]紫荆关:在今河北易县西北。　[5]幽朔:幽州和朔方,泛指今河北、山西一带。　[6]彰义门:京城九门之一。　[7]于尚书:于谦,字廷益,钱塘人。也先入寇,英宗被俘,谦力排南迁之议,由兵部左侍郎迁兵部尚书。也先逼京师,谦亲自督战,击退之,论功加少保。也先见中国有备,遂议和,送归英宗。后被徐有贞、石亨谮死。　[8]"儿女"二句:孩子们闻鼓角声而伏不敢动,乡里人攀登上屋窥探战事的情况。　[9]追北:追逐败逃的敌人。北:同"败"。　[10]父子英雄:指石亨及其从子彪。石彪追击余寇有功,进指挥佥事。　[11]此二句,沈德潜《明诗别裁集》以为语意重复,当删去。　[12]倒马关:在今河北唐县西北。明代与居庸、紫荆合称三关。石亨追破伯颜帖木儿于此。　[13]飞狐道:飞狐口,在今河北涞源北、蔚县南。　[14]嫖姚将:指霍去病。汉时,霍为嫖姚校尉,前后六击匈奴,拜骠骑将军,封冠军侯。　[15]郭子仪:唐著名将领,破安禄山,有再造唐室之功。　[16]居庸口:在今北京昌平西北,为长城重要隘口。　[17]"却忆"二句:也先败后,于景泰元年(1450)八月,送英宗还北京。　[18]枭雄:此用褒义,英雄豪杰之意。云台士:指功臣。东汉明帝永平中,追纪中兴功臣,图画邓禹等二十八将于云台。　[19]杨石:指杨洪和石亨。杨洪当时以总兵镇守宣府,率兵追击余寇,至霸州而破之,封侯。

何景明

秋江词

烟渺渺,碧波远,白露晞[1],翠莎晚[2]。泛绿漪[3],蒹葭浅[4],浦风吹帽寒发短[5]。美人立,江中流,暮雨帆樯江上舟,夕阳帘栊江上楼[6]。舟中采莲红藕香,楼前踏翠芳草愁。芳草愁,西风起。芙蓉花,落秋水。鱼初肥,酒正美。江白如练月如洗[7],醉下烟波千万里。

【注释】

[1]晞:干。 [2]翠莎晚:翠绿的莎草已经成熟。莎草是一种草本植物,俗称香附子。 [3]漪:涟漪,细微的波纹。 [4]蒹葭(jiānjiā):蒹,荻草。葭,芦苇。 [5]浦风:水边的风。吹帽:用晋朝孟嘉的典故,此谓青年潇洒风流。 [6]帘栊:悬挂竹帘的窗户。 [7]练:白绢。

唐 寅

桃花庵歌

桃花坞里桃花庵,桃花庵里桃花仙;桃花仙人种桃树,又摘桃花换酒钱。酒醒只在花前坐,酒醉还来花下眠;半醉半醒日复日,花落花开年复年。但愿老死花酒间,不愿鞠躬车马前[1];车尘马足贵者趣,酒盏花枝贫者缘。若将富贵比贫者,一在平地一在天;若将贫贱比车马,他得驱驰我得闲。别人笑我忒风颠[2],我笑他人看不穿;不见五陵豪杰墓,无花无酒锄作田!

【注释】

[1]"不愿"句:用陶渊明"不愿为五斗米折腰"意。 [2]忒(tè):太,过甚。

杨 慎

柳

垂杨垂柳管芳年,飞絮飞花媚远天。金距斗鸡寒食后[1],玉蛾翻雪暖风前[2]。别离江上还河上,抛掷桥边共路边[3]。游子魂消青塞月,美人肠断翠楼烟。

【注释】

[1]金距斗鸡:一本作"金茧抱春",皆用以形容早春时节刚冒出的嫩黄色柳芽。 [2]玉蛾:柳絮。暖风:春风。 [3]"别离"二句:古人有折柳赠别的习俗,故杨柳多抛掷在别后的路桥边上。

李攀龙

杪秋登太华绝顶[1]
其 二

缥缈真探白帝宫[2],三峰此日为谁雄[3]?苍龙半挂秦川雨[4],石马长嘶汉苑风[5]。地敞中原秋色尽,天开万里夕阳空。平生突兀看人意,容尔深知造化功[6]。

【注释】

[1]杪秋:犹言暮秋,农历九月。 [2]缥缈:高远隐约的样子。白帝宫:在华山顶上,侍奉和祭祀主宰西方之神的白帝。 [3]三峰:华山三大主峰莲花峰、仙人掌峰、落雁峰。 [4]苍龙:华山苍龙岭。秦川:与下文"汉苑"同指关中平原,因为是秦、汉帝国发祥地,故称。 [5]石马:华山玉女祠前洞穴中有石如马。 [6]造化:指自然的创造化育。

挽王中丞[1]

其　一

司马台前列柏高[2],风云犹自夹旌旄。属镂不是君王意,莫作胥山万里涛[3]。

【注释】

[1]王中丞:王忬,字民应,太仓(今江苏太仓)人,王世贞的父亲。为蓟辽总督,进右都御史,故称中丞。后被严嵩陷害而死。挽诗共二首,此选第一首。　[2]司马台:王忬以右副都御史兵部侍郎为蓟辽总督,古代御史称柏台,侍郎称少司马,故云司马台。　[3]"属镂"二句:《史记·伍子胥列传》载,子胥被谗,吴王赐属(zhǔ)镂剑,命子胥自刭死,吴王取其尸,盛以鸱夷,浮之江中。吴人为立祠江上,名曰胥山。后世传说子胥死而为潮神,以发泄其郁怒不平之气。这两句谓忬之死由于严嵩陷害,并非出于世宗的本意。

王世贞

登太白楼[1]

昔闻李供奉[2],长啸独登楼。此地一垂顾,高名百代留。白云海色曙[3],明月天门秋[4]。欲觅重来者,潺湲济水流。

【注释】

[1]太白楼:在山东济宁州(今山东济宁)。　[2]李供奉:指李白。天宝元年(742),李白应诏入京,待诏翰林供奉。　[3]海色:拂晓的天色。　[4]天门:此处作天空解。

袁宏道

显灵宫集诸公以城市山林为韵[1]
其 二

野花遮眼酒沾涕,塞耳愁听新朝事。邸报束作一筐灰[2],朝衣典与栽花市。新诗日日千余言,诗中无一忧民字。旁人道我真聩聩,口不能言指山翠。自从老杜得诗名,忧君爱国成儿戏。言既无庸默不可[3],阮家那得不沉醉[4]?眼底浓浓一杯春,恸于洛阳年少泪[5]。

【注释】

[1]显灵宫,又名王灵官祠,在今北京西郊。 [2]邸报:朝廷文件。 [3]无庸:犹无用。庸,同"用"。 [4]阮家:指阮籍。 [5]洛阳年少:指汉贾谊。贾谊痛心朝政,其《论治安策》有"可为痛苦者一,可为流涕者二"之语。

陈子龙

小 车 行[1]

小车班班黄尘晚[2],夫为推,妇为挽。出门何所之?青青者榆疗吾饥[3],愿得乐土共哺糜[4]。风吹黄蒿,望见垣堵,中有主人当饲汝[5]。叩门无人室无釜[6],踯躅空巷泪如雨。

【注释】

[1]崇祯十年(1637),子龙中进士,选得绍兴推官。是年六月,京城一带大旱,山东遭蝗灾,流亡遍野。这首诗是作者赴任途中目击饥民流离而作。 [2]班班:车鸣声。 [3]"青青者"句:言荒年无食,以榆树叶充饥。 [4]哺糜:喝粥。 [5]"风吹"三句:意谓风吹开黄蒿,望见屋墙,饥民安慰自己说,这里有住家,主人会施舍一点吃的东西。 [6]釜:煮饭的锅。

张煌言

被执过故里[1]

苏卿仗汉节,十九岁华迁[2];管宁客辽东,亦阅十九年[3];还朝千古事,归国一身全。予独生不辰[4],家国两荒烟[5]。飘零近廿载[6],仰止愧前贤[7]。岂意避秦人[8],翻作楚囚怜[9]!蒙头来故里[10],城郭尚依然;仿佛丁令威,魂归华表巅[11]。有觍此面目[12],难为父老言。知者哀其辱,愚者笑其颠;或有贤达士,谓此胜锦旋。人生七尺躯,百岁宁复延!所贵一寸丹,可逾金石坚。求仁而得仁,抑又何怨焉!

【注释】

[1]此诗作于康熙三年(1664)七月,作者被清军俘获后,押经宁波时所作。 [2]"苏卿"二句:指汉苏武出使匈奴事。苏武仗汉节牧羊,始终不屈,前后达十九年,才被释回国。 [3]"管宁"二句:管宁,三国魏人,东汉末,避乱居辽东,乱后始归。 [4]生不辰:生不逢时。 [5]"家国"句:指国破家亡。 [6]"飘零"句:张煌言自顺治二年(1645)至康熙三年(1664)被俘,与清军辗转斗争,前后恰值十九年。 [7]仰止:敬仰的意思。 [8]避秦:避乱。 [9]楚囚:俘虏。 [10]蒙头:遮住头;羞愧得没脸见人的意思。 [11]仿佛二句:《搜神后记》载,丁令威本辽东人,学道成,化鹤归辽,集城门华表柱。华表,古代设在宫殿、城垣、坟墓前的石柱。以上四句,言其被俘后重回故里,心中极为羞愧。 [12]觍:面有愧色。锦旋:即衣锦还乡。 [13]丹:丹心,忠心。 [14]求仁:语出《论语·述而》:"求仁而得仁,又何怨?"此处是说希求杀身成仁,以死报国,又有何怨?

夏完淳

别云间[1]

三年羁旅客,今日又南冠[2]。无限山河泪,谁言天地宽?已知泉路近[3],

欲别故乡难。毅魄归来日[4],灵旗空际看[5]。

【注释】

[1]云间:今上海松江。 [2]南冠:即楚囚,指被俘之人。 [3]泉路:黄泉路,指死亡。 [4]毅魄:坚强不屈的魂魄。 [5]灵旗:古代出兵时所用的旗。

清 诗

吴伟业

临清大雪[1]

白头风雪上长安,裋褐疲驴帽带宽[2]。辜负故园梅树好,南枝开放北枝寒[3]。

【注释】

[1]临清:在今山东西北部,邻接河北。 [2]长安:此指代北京。裋褐(shùhè):古代贫贱者所穿的粗陋衣服。疲驴:指骑着疲弱的驴子。 [3]"南枝"句:语本《白氏六帖》"大庾(岭)多梅,南枝既落,北枝始开"。

黄宗羲

山居杂咏 (六首选一)

锋镝牢囚取次过[1],依然不废我弦歌[2]。死犹未肯输心去,贫亦其能奈我何[3]?廿两棉花装破被,三根松木煮空锅。一冬也是堂堂地,岂信人间胜著多[4]。

【注释】

[1]锋镝:这里借指屠杀。取次:随便。 [2]弦歌:这里作弦诵解,指弦歌与诵读。 [3]"死犹"两句:死亡尚且不能使我屈服,贫穷又能把我怎么样呢?输心:即输诚、献纳诚心,投降屈服为输诚。其:岂。 [4]胜著:胜算,好办法。

顾炎武

海　　上 (四首选一)

日入空山海气侵,秋光千里自登临。十年天地干戈老,四海苍生痛哭深[1]。水涌神山来白鸟,云浮仙阙见黄金[2]。此中何处无人世,只恐难酬烈士心[3]。

【注释】

[1]"十年"两句:谓清兵入关以来干戈不息,人民受难,天地为之衰老,极言战乱时间之长、危害程度之烈。 [2]"水涌"两句:写望海时的想象。神山、仙阙,借喻海上抗清根据地。《史记·封禅书》谓海上神山有"禽兽尽白,而黄金、银为宫阙"。诗中白鸟、黄金据此。 [3]"此中"句:疑指海上弹丸之地,难实现遗民的恢复愿望。烈士:忠烈之士,指明遗民。

屈大均

鲁 连 台[1]

一笑无秦帝[2],飘然向海东。谁能排大难,不屑计奇功。古戍三秋雁[3],高台万木风。从来天下士[4],只在布衣中[5]。

【注释】

[1]鲁连台:鲁连台在古聊城(今山东聊城西北)。鲁连,即鲁仲连,战国时

齐人。有计谋,但不肯做官。常周游各国,排难解纷。后因被视为奇伟高韬、不慕荣利的代表人物。　[2]"一笑"句:比喻鲁仲连不把秦帝放在眼里。[3]古戍:古代戍守之地。　[4]天下士:鲁仲连曾对平原君说:"所贵于天下之士者,为人排患释难解纷乱而无所取也。"　[5]布衣:借指平民。古代平民不能衣锦绣,故称。

王士祯

真州绝句 (五首选一)[1]

江干多是钓人居[2],柳陌菱塘一带疏[3]。好是日斜风定后[4],半江红树卖鲈鱼。

【注释】

[1]真州:今江苏仪征。　[2]江干:江边。钓人:渔人。　[3]柳陌:柳树成荫的小路。　[4]好是:最好的是。

秦淮杂诗 (十四首选一)[1]

新歌细字写冰纨[2],小部君王带笑看[3]。千载秦淮呜咽水,不应仍恨孔都官[4]。

【注释】

[1]秦淮:即南京秦淮河,明时,城内河畔舞榭歌楼甚多。　[2]新歌:指明末阮大铖所作的传奇《燕子笺》、《春灯谜》等。冰纨(wán):洁白的细绢。明末,福王在南京建立南明小朝廷。阮大铖用吴绫作朱丝阑,命王铎以楷书将《燕子笺》等剧本缮写其上,进奉宫中。　[3]小部:梨园小部。唐玄宗时梨园法部所设置的少年歌舞乐队,共三十人,年龄都在十五岁以下。这里借指南明

宫中的戏班。　[4]孔都官:孔范,南朝陈后主时任都官尚书,与陈后主的宠妃孔贵人结为兄妹。陈后主荒淫无度,对孔范言听计从,陈终亡于隋。这里是将孔范比作阮大铖。

秋　　柳 （四首选一）

　　秋来何处最销魂?残照西风白下门[1]。他日差池春燕影[2],只今憔悴晚烟痕。愁生陌上黄骢曲[3],梦远江南乌夜村[4]。莫听临风三弄笛[5],玉关哀怨总难论[6]。

【注释】

　　[1]白下:白下城,故址在今南京金川门外。旧时以白下为南京的别称。[2]他日:此指昔日。差(cī)池:参差不齐。　[3]黄骢(cōng)曲:即黄骢叠,曲调名。唐段安节《乐府杂录·黄骢叠》:"(唐)太宗定中原时所乘战马也。后征辽,马毙。上叹惜,乃命乐工撰此曲。"　[4]乌夜村:《旧唐书·音乐志二》:"《乌夜啼》,宋临川王(刘)义庆所作也。元嘉十七年,徙彭城王义康于豫章。义庆时为江州,至镇,相见而哭,为帝所怪,征还宅,大惧。妓妾夜闻乌啼声,扣斋阁云:'明日应有赦。'其年更为南兖州刺史,作此歌。"　[5]弄笛:唐王之涣《凉州词》:"羌笛何须怨杨柳,春风不度玉门关。"乐府横吹曲有《折杨柳》。[6]玉关:玉门关,在今甘肃敦煌西南。

施闰章

燕子矶[1]

　　绝壁寒云外,孤亭落照间[2]。六朝流水急[3],终古白鸥闲。树暗江城雨[4],天青吴楚山。矶头谁把钓?向夕未知还[5]。

【注释】

[1]燕子矶:在今南京北郊观音山上,俯临大江。 [2]孤亭:指燕子矶观音阁。 [3]流水急:比喻六朝改朝换代之速。 [4]江城:指南京。 [5]向夕:傍晚。

宋 琬

九日同姜如龙王西樵程穆倩诸君登慧光阁[1]

塞鸿犹未到芜城[2],载酒登楼雨乍晴。山色浅深随夕照,江流日夜变秋声。上方钟磬疏林满,十里笙歌画舫明。空负黄花羞短发[3],寒衣三浣客心惊。

【注释】

[1]九日:指农历九月九日重阳节。 [2]芜城:古城名,即广陵城(今江苏扬州)。西汉吴王刘濞建都于此。南朝宋竟陵王刘诞据广陵反,兵败死焉,城遂荒芜。鲍照作《芜城赋》以讽之,因得名。 [3]黄花:指菊花。古人在重阳节这一天有登高、赏菊的习俗。

查慎行

初得家书

九十日来乡梦断,三千里外客愁疏。凉轩灯火清砧月[1],恼乱翻因一纸书。

【注释】

[1]凉轩:凉阁。清砧:捶衣石的美称。唐杜甫《暝》诗:"半扉开烛影,欲掩见清砧。"

赵执信

出　都[1]

事往浑如梦[2],忧来岂有端[3]。罢官怜酒失,去国觉天寒[4]。北阙烟中远[5],西山马首宽[6]。十年一挥手,今日别长安[7]。

【注释】

[1]诗人因"国丧"期间观演《长生殿》而罢官,被迫离京。　[2]浑:简直。　[3]端:头绪。　[4]国:国都。　[5]北阙:指宫殿北面的门楼。　[6]西山:北京西郊群山的总称。马首宽:指马头前面的道路宽广。　[7]长安:指北京。

吴嘉纪

绝　句

白头灶户低草房[1],六月煎盐烈火旁。走出门前炎日里,偷闲一刻是乘凉。

【注释】

[1]灶户:即专以煮盐为生的民户,此代指盐民。

叶燮

客发苕溪[1]

客心如水水如愁,容易归帆趁疾流[2]。忽讶船窗送吴语[3],故山月已挂船头[4]。

【注释】

[1]客:诗人自指。苕(tiáo)溪:水名,在今浙江北部,流经湖州(今浙江吴兴)入太湖。 [2]容易:指船趁着疾速的顺水飞驰。 [3]吴语:吴地方言,这里指乡音。 [4]故山:指故乡。

沈德潜

过 许 州[1]

到处陂塘决决流[2],垂杨百里罨平畴[3]。行人便觉须眉绿[4],一路蝉声过许州。

【注释】

[1]许州:辖境在今河南许昌。 [2]陂(bēi)塘:池塘。决决:流水的声音。 [3]罨(yǎn):遮掩。平畴:平整的田野。 [4]行人:出行的人,指诗人自己。

袁 枚

马 嵬 (四首选一)[1]

莫唱当年长恨歌,人间亦自有银河[2]。石壕村里夫妻别[3],泪比长生殿上多[4]。

【注释】

[1]马嵬:即马嵬坡,在今陕西兴平境内。唐安史之乱中,唐玄宗宠妃杨玉环被迫自缢于此。 [2]银河:即天河。俗传,每年农历七月七日夜,牛郎、织女两星方能渡银河相会一次。全句借指民间夫妻被隔离两地的极多。 [3]石壕村:唐杜甫有《石壕吏》名篇,内写安史之乱中百姓生离死别之苦。 [4]

长生殿:唐华清宫殿名,旧址在今陕西临潼华清池。白居易《长恨歌》:"七月七日长生殿,夜半无人私语时。在天愿作比翼鸟,在地愿为连理枝。"陈鸿《长恨歌传》:"言毕,执手各呜咽。"

遣　兴 （二十四首选一）

但肯寻诗便有诗,灵犀一点是吾师。夕阳芳草寻常物,解用都为绝妙词。

苔

白日不到处,青春恰自来。苔花似米小,也学牡丹开。

赵　翼

论　诗

李杜诗篇万口传[1],至今已觉不新鲜。江山代有才人出[2],各领风骚数百年。

【注释】

[1]李杜:李白与杜甫。　[2]才人:才子。这里指有文学才能的人。

山行看红叶

十月清霜萎绿莎[1],翻看红锦绚山阿[2]。天公也有才人习,晚景诗尤绮丽多。

【注释】

[1]绿莎(suō)：莎，草名，此泛指绿草。　[2]阿(ē)：大的丘陵。

晓　　起

茅店荒鸡叫可憎[1]，起来半醒半懵腾[2]。分明一段劳人画，马啮残刍鼠瞰灯。

【注释】

[1]可憎(zēng)：可恨。　[2]懵(méng)腾：朦胧迷糊的样子。

郑　燮

竹　　石

咬定青山不放松，立根原在破岩中。千磨万击还坚劲，任尔东西南北风。

江　　晴　（二首选一）

雾里山疑失，雷鸣雨未休。夕阳开一半，吐出望江楼。

喜　　雨

宵来风雨撼柴扉[1]，早起巡檐点滴稀[2]。一径烟云蒸日出[3]，满船新绿买秧归。田中水浅天光净,陌上泥融燕子飞[4]。共说今年秋稼好,碧湖红稻鲤鱼肥。

【注释】

[1]柴扉:柴门。 [2]巡檐:来往于檐前。 [3]一径:一路。 [4]陌上:即阡陌,田间小路。泥融:谓雨后泥土湿润。

金 农

题瘦马图

古战场中数箭瘢[1],悲凉老马识桑干[2]。而今衰草斜阳里,人作牛羊一例看。

【注释】

[1]箭瘢(bān):箭伤痊愈后留下的疤痕。 [2]"桑干"(gān)句:桑干:河名,今河北永定河上游。唐贾岛《渡桑干》诗:"客舍并州已十霜,归心日夜忆咸阳。无端更渡桑干水,却望并州是故乡。"此处老马所识之桑干,有故乡之寓意,谓老马识得归途。

黄 任

西湖杂诗 (二首)

珍重游人入画图,楼台绣错与茵铺。宋家万里中原土,博得钱塘十顷湖。

画罗纨扇总如云[1],细草新泥簇蝶裙。孤愤何关儿女事,踏青争上岳王坟![2]

【注释】

[1]画罗纨扇:此指代游人。 [2]岳王:岳飞。

严遂成

三垂冈[1]

英雄立马起沙陀[2],奈此朱梁跋扈何[3]。只手难扶唐社稷,连城且拥晋山河[4]。风云帐下奇儿在,鼓角灯前老泪多[5]。萧瑟三垂冈畔络[6],至今人唱百年歌。

【注释】

[1]三垂冈:冈名,在今山西潞城西。唐李克用曾置酒于此。 [2]沙陀:西突厥之别部,居新疆天山北路。唐宪宗时,首领朱邪执宜降唐,子朱邪赤心助唐平庞勋起义有功,赐姓李,名国昌。子克用起兵云中,并略各地,镇压黄巢起义,封为晋王。与梁王朱温为争夺割据地盘而长期作战。克用死后,子存勖灭后梁,称后唐,尊李克用为太祖。此处英雄指李克用。 [3]朱梁:指朱温,其先依黄巢,后叛变降唐,赐名全忠。与李克用联兵镇压黄巢起义,封为梁王,成为当时主要的割据势力之一。天祐元年(904),拥军迫昭宗迁都,不久,代唐称帝,建都于汴(开封),号为梁,史称后梁。 [4]"只手"两句:言李克用无力扶持唐朝,只能保有自己的领地。 [5]"风云"两句:《新五代史·唐庄宗纪》:"初,克用破孟方立于邢州,还军上党,置酒三垂冈,伶人奏《百年歌》,至于衰老之际,声辞甚悲,坐上皆凄怆。时存勖在侧,方五岁。克用慨然捋须,指而笑曰:'吾行老矣,此奇儿也。后二十年,其能代我战于此乎?'"克用死后,天祐四年(907),李存勖果然在上党乘雾设伏,大破朱温。存勖过三垂冈时感叹说:"此先王置酒处也。" [6]萧瑟:指萧瑟之气。络:此处意为笼罩。汉班固《西都赋》:"笼山络野。"

黄景仁

都门秋思 (四首选一)

五剧车声隐若雷[1],北邙惟见冢千堆[2]。夕阳劝客登楼去,山色将秋绕郭来[3]。寒甚更无修竹倚[4],愁多思买白杨栽[5]。全家都在风声里,九月衣裳未剪裁[6]。

【注释】

　　[1]"五剧"句:大街上车声隐隐好像雷响。五剧:指京城里四通八达的街道。　[2]北邙(máng):山名,在今河南洛阳北,东汉及北魏的王侯公卿多葬于此,后常用以泛指墓地。冢(zhǒng):坟墓。　[3]将:带。郭:外城。　[4]这句化用杜甫《佳人》"天寒翠袖薄,日暮倚修竹"句意,描写清寒已极的景况。[5]白杨:落叶乔木。《古诗十九首》:"白杨多悲风,萧萧愁煞人。"　[6]这句反用《诗经·豳风·七月》"九月授衣"句意。

癸巳除夕偶成 (二首)

　　千家笑语漏迟迟,忧患潜从物外知[1]。悄立市桥人不识,一星如月看多时。

　　年年此夕费吟呻,儿女灯前窃笑频[2]。汝辈何知吾自悔,枉抛心力作诗人[3]。

【注释】

　　[1]"千家"两句:千家笑语,欢度除夕,时间慢慢流逝;诗人从时间流逝、外物潜变中感受到忧患。漏:更漏,计时器。　[2]"年年"两句:诗人年年除夕都要哼哼唧唧地作诗,儿女看见便在灯前窃笑。　[3]枉抛:空费。

龚自珍

咏　　史

　　金粉东南十五州[1],万重恩怨属名流。牢盆狎客操全算[2],团扇才人踞上游[3]。避席畏闻文字狱[4]，著书都为稻粱谋。田横五百人安在，难道归来尽列侯[5]？

【注释】

[1]金粉：古时妇女化妆用的铅粉，这里借以形容奢侈。东南十五州：泛指江浙一带繁富之地。 [2]牢盆：汉代称煮盐的器具为牢盆，这里借指把持盐政的官僚。狎客：善于奉承拍马、甚得主子信任的门客。操全算：指操纵全局。此句意谓盐官手下的狎客控制了整个盐务。 [3]团扇才人：东晋时，王珉任中书令，生活放荡，不理政事，喜欢手执白团扇。此句意谓像王珉这样的人占据着官府的高位。 [4]"避席"句：因作品犯忌而遭到统治者的杀害或被囚禁，谓之文字狱。清朝为了钳制言论，曾大兴文字狱。避席：离座避开。 [5]田横：秦末汉初人。楚汉相争时，曾自立为齐王。刘邦灭楚称帝后，田横逃入海岛，屡拒招降，自杀而死，部下五百人亦皆自杀。

己亥杂诗 （三一五首选二）

九州生气恃风雷，万马齐喑究可哀[1]。我劝天公重抖擞，不拘一格降人材[2]。（过镇江，见赛玉皇及风神、雷神者，祷祠万数，道士乞撰青词[3]。）

浩荡离愁白日斜，吟鞭东指即天涯[4]。落红不是无情物，化作春泥更护花。

【注释】

[1]喑(yīn)：哑。 [2]不拘一格：打破常规。 [3]青词：道教祭神，以青藤纸写祭文，故称道士的祭文为青词。 [4]吟鞭：诗人手中的马鞭。吟鞭东指：指向东南进发。

西郊落花歌

出丰宜门一里[1]，海棠大十围者八九十本。花时车马太盛，未尝过也。三月二十六日,大风;明日风少定,则偕金礼部应城、汪孝廉潭、朱上舍祖毂、家弟自毂[2],出城饮而有此作。

　　西郊落花天下奇,古来但赋伤春诗。西郊车马一朝尽,定庵先生沽酒来赏之。先生探春人不觉,先生送春人又嗤[3]。呼朋亦得三四子,出城失色神皆痴。如钱塘潮夜澎湃,如昆阳战晨披靡[4],如八万四千天女洗脸罢[5],齐向此地倾胭脂。奇龙怪凤爱漂泊[6],琴高之鲤何反欲上天为[7]?玉皇宫中空若洗,三十六界无一青蛾眉[8]。又如先生平生之忧患,恍惚怪诞百出难穷期。先生读书尽三藏[9],最喜维摩卷里多清词[10]。又闻净土落花深四寸[11],冥目观想尤神驰。西方净国未到,下笔绮语何漓漓[12]!安得树有不尽之花更雨新好者[13],三百六十日长是落花时。

【注释】

　　[1]丰宜门:金代京城(中都)南面三门之一,旧址在今北京右安门外西南。[2]金礼部应城:礼部官员金应城。孝廉:清代举人的别称。上舍:清代称监生。家弟自毂:指作者族弟龚自毂。　[3]嗤:讥笑。　[4]昆阳:地名,故址在今河南叶县境内。公元23年,刘秀在此以少胜多,大破王莽。披靡:草木随风而倒,此比喻花落于地。　[5]八万四千:佛典中言物之众多,皆举八万四千之数。　[6]奇龙怪凤:此比喻落花。　[7]琴高:传说中的神仙。　[8]三十六界:道教谓玉皇宫和人世之间相隔三十六层天。青蛾眉:以青黛画眉的美女,此指仙女。　[9]三藏(zàng):佛家语,指佛教的经藏、律藏、论藏三类典籍。[10]维摩:即《维摩经》,全名为《维摩诘所说经》。天女散花的故事即出于此。[11]净土:指佛国,亦即下文的"西方净国"。落花深四寸:《无量寿经》:"又风吹散花,遍满佛土,随色次第,而不杂乱,柔软光泽,馨香芬烈。足履其上,陷下四寸,随举足矣,原复如故。"　[12]绮语:此指绮丽之辞。漓漓:水流不断貌,此谓清词丽句滔滔不绝。　[13]更雨(yù)新好者:落下更多新的好的花来。雨:此作动词,引申为落。《妙法莲花经·化城喻品》:"香风吹萎华,更雨新好者。"

林则徐

出嘉峪关感赋[1]

严关百尺界天西,万里征人驻马蹄。飞阁遥连秦树直,缭垣斜压陇云低[2]。天山巉峭摩肩立,瀚海苍茫入望迷[3]。谁道崤函千古险,回头只见一丸泥[4]。

【注释】

[1]嘉峪关:在今甘肃嘉峪关西、嘉峪山东南麓,长城终点。 [2]缭垣:指山间盘绕的长城。 [3]瀚海:指戈壁大沙漠。 [4]崤函:即函谷关,故址在今河南灵宝西南。古有"以一丸泥封函谷关"语。

魏 源

寰海十章 (选一)

城上旌旗城下盟[1],怒潮已作落潮声。阴疑阳战玄黄血[2],电挟雷攻水火并。鼓角岂真天上降?琛珠合向海王倾[3]。全凭宝气销兵气,此夕蛟宫万丈明[4]。

【注释】

[1]城下盟:在敌人兵临城下时订立的和约。此指1841年清政府和英军所订的《广州和约》。 [2]阴疑阳战:《周易·文言传》云:"阴疑于阳必战。"玄黄血:《周易·坤上六》云:"龙战于野,其血玄黄。"玄黄:杂色。 [3]琛珠:珠宝。海王:海龙王。这里指英国。 [4]"全凭"两句:意为清朝投降派全凭赔款来消除战祸,以致英国宫殿堆满了珠宝,放射出明亮的珠光宝气。

何绍基

山　雨

　　短笠团团避树枝,初凉天气野行宜。溪云到处自相聚,山雨忽来人不知。马上衣巾任沾湿,村边瓜豆也离披[1]。新晴尽放峰峦出[2],万瀑齐飞又一奇!

【注释】

　　[1]离披:分散的样子。此指瓜豆经雨枝叶散乱状。　[2]新晴:雨后天晴。

郑　珍

经 死 哀[1]

　　虎卒未去虎隶来,催纳捐欠声如雷[2]。雷声不住哭声起,走报其翁已经死。长官切齿目怒瞋[3]:"吾不要命只要银!若图作鬼即宽减[4],恐此一县无生人!"促呼捉子来[5],且与杖一百:"陷父不义罪何极?欲解父悬速足陌[6]!"呜呼,北城卖屋虫出户[7],南城又报缢三五!

【注释】

　　[1]经(jīng)死:自经,上吊自杀。　[2]捐欠:所欠的赋税。捐,旧时税收的名目。　[3]瞋(chēn):睁大眼睛瞪人。　[4]宽减:指减免赋税。　[5]促呼:急促呼喊。　[6]足陌:古时以百钱为陌,实足一百叫足陌,以不足百数的钱作百钱用叫短陌。这里是指交清税款。　[7]虫出户:指人死未葬,尸腐出蛆。

黄遵宪

今 别 离 (四首选一)[1]

　　别肠转如轮,一刻即万周[2]。眼见双轮驰,益增中心忧[3]。古亦有山川,古亦有车舟。车舟载离别,行止犹自由。今日舟与车,并力生离愁。明知须臾景,不需稍绸缪。钟声一及时[4],顷刻不少留。虽有万钧柁,动如绕指柔。岂无打头风[5],亦不畏石尤[6]。送者未及返,君在天尽头。望影倏不见,烟波杳悠悠。去者一何速,归定留滞不？所愿君归时,快乘轻气球[7]。

【注释】

[1]今别离:本系乐府旧题,作者时任驻英使馆参赞,作《今别离》四首,分咏火车轮船、电报、照相与东西半球昼夜相反四事。　[2]此句化用孟郊《远游联句》"别肠车轮转,一日一万周"。　[3]中心:心中。　[4]及时:到点。　[5]打头风:逆风。　[6]石尤风:相传石氏女嫁尤郎为妻,尤经商远出不归。石氏女悔未能阻其行,临卒发愿:今后凡有商旅远行,我当作大风,为天下妇人阻之。后世因称逆风为石尤风。　[7]轻气球:氢气球。

丘逢甲

往　事[1]

往事何堪说,征衫血泪斑。龙归天外雨,鳌没海中山[2]。银烛鏖诗罢,牙旗校猎还[3]。不知成异域,夜夜梦台湾。

【注释】

[1]往事:回忆抗日保台的血战。　[2]"龙归"两句:写抗日失败,台湾沦陷。龙:指清朝国旗黄龙旗。"龙"从天外飞来的腥风血雨中归去,指台湾主权丧失。鳌没:用《列子·汤问》典,传说东海中有岱舆、员峤等五座山,由十五巨鳌负载。后被龙伯国人钓走六鳌,于是岱舆、员峤两山便沉没于大海。此指台湾沦陷。　[3]"银烛"两句:写回忆中的台湾往事。

谭嗣同

狱中题壁

望门投止思张俭[1],忍死须臾待杜根[2]。我自横刀向天笑,去留肝胆两昆仑[3]。

【注释】

[1]张俭:字元节,东汉末高平人。任东部督邮时,曾弹劾残害百姓的宦官侯览。侯览指使爪牙以"部党"即结党叛乱的罪名上书陷害他,逼得他只好逃亡,"望门投止,莫不重其名行,破家相容"(《后汉书·张俭传》)。这里以张俭陷党锢受到人们的保护之事喻指维新派的遭遇。　[2]杜根:字伯坚,东汉末定陵人,安帝初举孝廉,为郎中。当时邓太后临朝摄政,外戚弄权,他上书要求太后归政于安帝。太后怒,令人把他装在布袋里在殿上摔死。执法人因知他的名望,施刑不加力,后又载出城外,待其苏醒。太后使人检视,他装死三日,目中生蛆,因得逃窜,隐身酒店当酒保。邓太后被诛后,他复职为侍御史(见《后汉书·杜根传》)。这里以杜根与太后、外戚斗争受迫害之事喻指维新派的遭遇。　[3]两昆仑:指康有为和作者自己。变法失败,康有为潜逃出京,以图东山再起,而作者则拒绝奔逃,准备牺牲。一"去"一"留",其"肝胆"都光明磊落。一说两昆仑指康有为和侠客大刀王五(见梁启超《饮冰室诗话》)。

梁启超

读陆放翁集[1] (四首选一)

诗界千年靡靡风,兵魂销尽国魂空。集中什九从军乐[2],亘古男儿一放翁[3]。

【注释】

[1]陆放翁集:即陆游的诗集《剑南诗稿》。　[2]集:指陆游诗集。什九:

十分之九。　[3]亘(gèn)古:从古以来。作者自注:"中国诗家无不言从军苦者,惟放翁则慕为国殇(为国牺牲),至老不衰。"

章炳麟

狱中赠邹容

邹容吾小弟[1],被发下瀛洲[2]。快剪刀除辫[3],干牛肉作糇[4]。英雄一入狱,天地亦悲秋。临命须掺手,乾坤只两头[5]。

【注释】

[1]小弟:两人被捕时,章三十六岁,邹仅十九岁。　[2]被发:同"披发",即尚未束发。古代男子一般二十岁行束发礼,表示已成人。下瀛洲:指东渡日本留学。　[3]除辫:剪去辫子。清朝统治者入关以后,强迫各族人民学习满族人留辫子。邹容剪去辫子,是一种革命行动。　[4]糇(hóu):干粮。　[5]临命:临死。掺手:同"搀手"。乾坤:天地。二句意谓:愿与邹容搀起手来,同赴刑场。

秋　瑾

日人石井君索和即用原韵

漫云女子不英雄[1],万里乘风独向东[2]。诗思一帆海空阔,梦魂三岛月玲珑[3]。铜驼已陷悲回首[4],汗马终惭未有功[5]。如许伤心家国恨,那堪客里度春风。

【注释】

[1]漫云:不要说。　[2]万里乘风:用宗悫"乘长风破万里浪"语意,兼指乘船东渡。　[3]三岛:指日本。　[4]"铜驼"句:回顾祖国濒于危亡,感到悲

痛。铜驼已陷,用晋朝索靖预见洛阳宫门的铜驼将没于荆棘之中的典故。 [5]"汗马"句:惭愧尚未为祖国立下汗马功劳。汗马:指战马疾驰疆场而流汗,比喻立下战功,亦泛指立功。

苏曼殊

以诗并画留别汤国顿 (二首选一)[1]

蹈海鲁连不帝秦[2],茫茫烟水著浮身[3]。国民孤愤英雄泪,洒上鲛绡赠故人[4]。

【注释】

[1]此为诗人离日归国时赠别友人之作。 [2]"蹈海"句:用战国时齐人鲁仲连义不帝秦典,详见《史记·鲁仲连邹阳列传》。 [3]著(zhuó):同"着",安置。 [4]鲛绡(jiāoxiāo):传说中鲛人所织的绡。《述异志》卷上:"南海出鲛绡纱,泉室(鲛人)潜织,一名龙纱。其价百余金。以为服,入水不濡。"此指绘有图画的绢制品。

本事诗十章 (选一)

春雨楼头尺八箫[1],何时归看浙江潮[2]?芒鞋破钵无人识[3],踏过樱花第几桥?

【注释】

[1]尺八:管乐器。诗人自注:"日本尺八与汉土洞箫少异,其曲有名《春雨》,殊凄惘。日僧有专吹尺八行乞者。" [2]浙江潮:即钱塘江潮。诗人作此诗前一年,曾归国养病于杭州,故诗中有"何时归看"之语。 [3]芒鞋:草鞋。破钵:指和尚化缘时用的钵盂。此时诗人已出家为僧。

第二卷 赋

战 国 赋

宋 玉

高 唐 赋[1]

昔者楚襄王与宋玉游于云梦之台,望高唐之观[2]。其上独有云气,崒兮直上[3],忽兮改容,须臾之间,变化无穷。王问玉曰:"此何气也?"玉对曰:"所谓朝云者也。"王曰:"何谓朝云?"玉曰:"昔者先王尝游高唐[4],怠而昼寝,梦见一妇人曰:'妾巫山之女也,为高唐之客。闻君游高唐,愿荐枕席。'王因幸之[5]。去而辞曰:'妾在巫山之阳,高丘之阻。旦为朝云,暮为行雨。朝朝暮暮,阳台之下。'旦朝视之,如言。故为立庙,号曰朝云。"王曰:"朝云始出,状若何也?"玉对曰:"其始出也,晫兮若松树[6];其少进也,晢兮若姣姬[7]。扬袂障日,而望所思。忽兮改容,偈兮若驾驷马[8],建羽旗。湫兮如风[9],凄兮如雨。风止雨霁[10],云无处所。"王曰:"寡人方今可以游乎?"玉曰:"可。"王曰:"其何如矣?"玉曰:"高矣显矣,临望远矣。广矣普矣,万物祖矣[11]。上属于天,下见于渊。珍怪奇伟,不可称论。"王曰:"试为寡人赋之。"玉曰:"唯唯[12]。"

惟高唐之大体兮,殊无物类之可仪比。巫山赫其无畴兮[13],道互折而层累。登巉岩而下望兮,临大阺之稸水[14]。遇天雨之新霁兮,观百谷之俱集。濞汹汹其无声兮[15],溃淡淡而并入[16]。滂洋洋而四施兮,蓊湛湛而弗止。长风至而波起兮,若丽山之孤亩。势薄岸而相击兮,隘交引而却会。崪中怒而特高兮[17],若浮海而望碣[18]。砾磥磥而相摩兮[19],巆震天之礚礚[20]。巨石溺溺之瀺灂兮[21],沫潼潼而高厉[22]。水澹澹而盘纡兮[23],洪波淫淫之溶滴[24]。奔扬踊而相击兮,云兴声之霈霈[25]。猛兽惊而跳骇兮,妄奔走而驰迈。虎豹豺兕,失气恐喙;雕鹗鹰鹞,飞扬伏窜。股战胁息,安敢妄挚[26]?

于是水虫尽暴[27],乘渚之阳;鼋鼍鳣鲔[28],交积纵横,振鳞奋翼,蜲蜲蜿蜿[29]。中阪遥望[30],玄木冬荣。煌煌荧荧[31],夺人目精。烂兮若列星,曾不可殚形。榛林郁盛,葩华覆盖。双椅垂房[32],纠枝还会。徙靡澹淡[33],随波阖薱[34]。东西施翼,猗狔丰沛[35]。绿叶紫裹,丹茎白蒂。纤条悲鸣,声似竽籁。清浊相和,五变四会[36]。感心动耳,回肠伤气。孤子寡妇,寒心酸鼻。长吏隳官[37],贤士失志。愁思无已,叹息垂泪。

登高远望,使人心瘁。盘岸巑岏[38],裖陈硙硙[39]。磐石险峻,倾崎崖隙[40]。岩岖参差,从横相追。畎互横牾[41],背穴偃蹠[42]。交加累积,重叠增益。状若砥柱[43],在巫山下。仰视山颠,肃何千千[44],炫耀虹霓。俯视峥嵘[45],窒寥窈冥[46],不见其底,虚闻松声。倾岸洋洋,立而熊经[47]。久而不去,足尽汗出。悠悠忽忽,怊怅自失。使人心动,无故自恐。贲育之断[48],不能为勇。卒愕异物[49],不知所出。继继莘莘[50],若生于鬼,若出于神。状似走兽,或象飞禽。谲诡奇伟,不可究陈。上至观侧,地盖底平[51]。箕踵漫衍[52],芳草罗生。秋兰茝蕙,江离载菁[53]。青茎射干[54],揭车苞并[55]。薄草靡靡[56],联延夭夭[57]。越香掩掩[58],众雀嗷嗷[59]。雌雄相失,哀鸣相号。王雎鹂黄[60],正冥楚鸠[61],秭归思妇[62],垂鸡高巢[63],其鸣喈喈。当年邀游[64],更唱迭和,赴曲随流[65]。

有方之士[66],羡门、高溪、上成、郁林、公乐、聚谷[67]。进纯牺[68],祷璇室[69],醮诸神[70],礼太一[71]。传祝已具[72],言辞已毕,王乃乘玉舆[73],驷仓螭[74],垂旒旌[75],旆合谐[76]。绁大弦而雅声流[77],冽风过而增悲哀。于是调讴[78],令人㦗悇憯凄[79],胁息增欷[80]。于是乃纵猎者,基趾如星[81]。传言羽猎[82],衔枚无声。弓弩不发,罘罕不倾[83]。涉漭漭[84],驰苹苹[85]。飞鸟未及起,走兽未及发。弥节奄忽[86],蹄足洒血。举功先得,获车已实。

王将欲往见,必先斋戒[87]。差时择日[88],简舆玄服[89]。建云旆[90],霓为旌[91],翠为盖[92]。风起雨止[93],千里而逝。盖发蒙[94],往自会[95]。思万方,忧国害。开贤圣[96]，辅不逮[97]。九窍通郁精神察[98]，延年益寿千万岁。

【注释】

[1]高唐：即高阳。高阳是帝颛顼的姓氏，为楚之先祖。 [2]观(guàn)：即台。高阳观是楚人在巫山之南建筑的祭祀先祖高阳的高台。 [3]崪(zú)：亦作"崒"，山高峻的样子，形容云气如高峻的山。 [4]先王：指楚怀王，为楚威王之子，楚襄王之父，名熊槐，公元前328年至公元前299年在位。 [5]幸之：幸，君王与女子发生性关系的文雅表达方式。 [6]怼(duì)：茂盛的样子。树(shí)：树木直立的样子。 [7]晢(zhé)：光明。姣姬：美女。 [8]偈(jié)：快速奔驰。 [9]湫(jiū)：清凉的样子。 [10]霁(jì)：雨止，天放晴。 [11]祖：开始，指万物以此始生之地为祖。 [12]唯唯(wěi)：答应的声音，表示恭敬、谦卑。 [13]畴：同"俦"，匹配、同类。 [14]坻(dǐ)：同"坻"，山坡，或山旁的突出部分。稸：同"蓄"，积蓄。 [15]滭(pì)：洪水迅猛而至的声音。汹汹：形容波涛的声音。 [16]溃：众水合流的样子。淡淡：水流平稳地流过的样子。 [17]崪(cuì)：同"萃"，聚集。 [18]碣：即碣石，山名，在今河北昌黎西北的渤海边。"若浮海而望碣"句，"碣"后原衍"石"字，据王念孙《读书杂志·志馀下》删。"碣"与上文之"会"、下文之"磕"、"厉"、"澹"、"霈"、"迈"、"喙"、"窜"、"挚"押韵，若"碣"后有"石"字，就失韵了。 [19]砾(lì)：小石。磊磊(lěi)：石头很多的样子。 [20]礐(hōng)：水石相击声。磕(kē)：水石相击声。 [21]溺溺(nì)：淹没。瀺灂(chán zhuó)：大石在水中出没的样子。 [22]沫(mò)：此指浪涛溅起之水沫、浪花。潼潼(tóng)：水势高的样子。厉：起。 [23]澹澹：水摇动的样子。 [24]淫淫：流得很远的样子。溶瀷(yì)：水波动荡。 [25]霈霈(pèi)：象声词，形容波浪相击的声音。 [26]挚：同"鸷"，凶猛。 [27]暴(pù)：晒。 [28]鼋(yuán)：即鳖。鼍(tuó)：鼍龙，即今之扬子鳄，俗名"猪婆龙"。鳣(shàn)：鳝鱼。鲔(wěi)：鲟鱼。 [29]蜲蜲蜿蜿：鱼鳖等动物游动的样子。 [30]中阪(bǎn)：山坡间。 [31]煌煌荧荧：形容花草树木光彩鲜明。 [32]椅(yī)：树名，又名山桐子、水冬瓜。房：指山桐子的果实。 [33]徙靡(mǐ)：枝条摇动的样子。澹淡：水波小纹。 [34]闇蔼(àn'ǎi)：指树荫遮在水波上形成的昏暗的样子。 [35]猗柅：同"旖

旎",柔美的样子。丰沛:众多的样子。 [36]五变:五音变化。五音,五声音阶上的五个级,即宫、商、角、徵(zhǐ止)、羽,相当于现行简谱的1、2、3、5、6。四会:四方之声与之相会合。 [37]隳(huī)官:废失官职。 [38]巑岏(cuán wán):山高大险峻的样子。 [39]裖(zhèn)陈:齐整耸立的样子。硙硙(wéi):高的样子。 [40]崖隤(tuí):山崖坠落。 [41]陬(zōu):山角。牾(wǔ):抵挡。 [42]偓蹠(zhí):山石高高耸立像踩着什么东西一样。 [43]砥柱:山名,原在今河南三门峡市东北黄河急流之中,因其形如柱,故名。 [44]肃:肃穆。千千:同"芊芊(qiān)",山色浓绿。 [45]峥嵘:同"峥嵘",深黑的样子。 [46]窐寥(wāliáo):当作"窐(qiāo)寥",空寂的样子。窈冥:深远难见的样子。 [47]熊经:熊攀树而自悬。经:悬挂。 [48]贲(bēn):即孟贲,战国时的勇士,卫人,一说为齐人。育:夏育,卫国人,也是战国时的勇士。断:决断。 [49]卒:同"猝",忽然。愕:同"遌",遇到。卒愕异物:突然遇到怪异之物。 [50]继继(xǐ)、莘莘(shēn):均形容众多的样子。 [51]厎(dǐ):平坦。 [52]箕踵:指山势似簸箕的后跟,前阔后窄。漫衍:连绵不断。 [53]江蓠:香草名,又名蘼芜(míwú),即芎藭。载:则。菁(jīng):花。 [54]荃(quán):香草名,又叫荪。射(yè)干:又作"夜干",一名乌扇,也叫乌莲,植物名,根状茎可入药。 [55]揭车:香草名,高数尺,花白,味辛。苞并:丛生。 [56]薄草:草木茂密。靡靡:互相依倚的样子。 [57]联延:连绵。夭夭:茂盛而艳丽。 [58]越香:香气远播。掩掩:同"馣馣(ān)",香气。 [59]嗷嗷:象声词,鸟雀哀鸣声。 [60]王雎(jū):水鸟名,即雎鸠,又名鱼鹰。鹂黄:鸟名,即黄鹂。 [61]正冥:其义未详,疑为鸟名。楚鸠:鸟名,也叫布谷、杜鹃、杜宇或子规。 [62]秭归:鸟名,即子规。思妇:鸟名。 [63]垂鸡:鸟名,疑即锦鸡。高巢:在高处筑巢。 [64]当年:"当羊"之讹。当羊,即徜徉。遨游:游乐。 [65]赴曲:鸟儿鸣叫如同歌曲。随流:随鸟声而成曲。 [66]有方之士:有方术之士,指方士。指古代求仙炼丹,自言能长生不死的人。 [67]羡门、高溪、上成、郁林、公乐、聚谷:均为方士之名。 [68]进:祭。牺:作祭品用的毛色纯一的牲畜。 [69]祷:祭祀。璇室:用宝玉装饰的宫室。 [70]醮(jiào):祭祀、祈祷神灵的一种活动。诸神:百神。 [71]礼:敬神;祭神以致福。太一:地位最尊的天神。　[72]具:准备。　[73]玉舆:饰有宝玉的车子。[74]驷苍螭(chī):驾着苍龙。苍:青色。螭:传说中一种没有角的龙。　[75]旒(liú):旗帜边缘上悬垂的饰物。旌:旗子的通称。　[76]斾(pèi):旗边上下垂的装饰品。合谐:配合协调。　[77]紬(chōu):抽引。大弦:古代琴、瑟、琵琶等弦乐器的宫声弦。雅声:典雅纯正的乐声。　[78]调讴(tiáoōu):调整歌声。　[79]怀悷(línlì):悲伤的样子。　[80]胁息:屏住呼吸。增:更加。欷(xī):叹息,抽泣。　[81]基趾:工作基址,为居下承上的东西,这里借指手下簇拥的人马。　[82]传言:传话。羽猎:帝王狩猎,士卒背着羽箭随从,因名羽猎。　[83]罘(fú):一种捕兔的网。罕:同"䍐",一种捕鸟用的长柄小网。倾:施放。　[84]漭漭(mǎng):水广远的样子。　[85]芊芊:草丛生的样子。[86]弭节:止住车马。奄忽:急遽的样子。　[87]斋戒:旧时祭祀鬼神时,沐浴更衣,戒除嗜欲(如不饮酒,不吃荤等),以表示虔诚。　[88]差:义同"择",选择。　[89]简舆玄服:选择好的车辆,穿上黑色衣服。简:选择。　[90]建云斾:树起饰有云彩的旗子。　[91]霓为旌:指旗子上绘有彩虹。　[92]翠为盖:以翠鸟的羽毛为车盖。翠,鸟名,即翡翠,又名翠鸟。　[93]风起雨止:形容迅速,如风刮起雨停止那样转瞬即逝。　[94]发蒙:启发蒙昧。　[95]往自会:与神女相会。　[96]开:开发重用。贤圣:贤人。　[97]辅:辅助。不逮:不及,不足。　[98]九窍:指人身上的九个窟窿,包括头部七窍和腹臀二窍。通郁:郁结之气得以通畅。精神察:精神清明。

神女赋[1]

楚襄王与宋玉游于云梦之浦[2],使玉赋高唐之事[3]。其夜王寝[4],果梦与神女遇,其状甚丽,王异之。明日,以白玉[5]。玉曰:"其梦若何?"王对曰:"晡夕之后[6],精神恍惚,若有所喜。纷纷扰扰[7],未知何意。目色仿佛,乍若有记。见一妇人,状甚奇异。寐而梦之,寤不自识。罔兮不乐,怅然失志。于是抚心定气,复见所梦。"玉曰[8]:"状何如也?"王曰[9]:"茂矣美矣,诸好备矣。盛矣丽矣,难测究矣。上古既无,世所未见。瑰姿玮态,不可胜赞。其始来也,耀乎若白日初出照屋梁;其少进也,皎若明月舒其光。须臾之间,美貌横生。晔兮如华[10],温乎如莹。五色并驰,不可殚形。详而视之,夺人目精。其盛饰也,则罗纨绮缋盛文章[11],极服妙采照万方。振绣衣[12],被袿裳[13],秾不短[14],纤不长[15],步裔裔兮曜殿堂[16]。忽兮改容,婉若游龙乘云翔。嫷被服[17],倪薄装[18]。沐兰泽[19],含若芳[20]。性和适,宜侍旁。顺序卑,调心肠。"王曰[21]:"若此盛矣,试为寡人赋之。"玉曰:"唯唯。"

夫何神女之姣丽兮,含阴阳之渥饰[22]。被华藻之可好兮[23],若翡翠之奋翼[24]。其象无双,其美无极。毛嫱鄣袂[25],不足程式[26];西施掩面[27],比之无色。近之既妖,远之有望[28]。骨法多奇[29],应君之相[30]。视之盈目,孰者克尚[31]?私心独悦,乐之无量。交希恩疏[32],不可尽畅[33]。他人莫睹,王览其状[34]。其状峨峨[35],何可极言[36]。貌丰盈以庄姝兮[37],苞温润之玉颜[38]。眸子炯其精朗兮[39],瞭多美而可观[40]。眉联娟以蛾扬兮[41],朱唇的其若丹[42]。素质干之酺实兮[43],志解泰而体闲[44]。既姽婳于幽静兮[45],又婆娑乎人间[46]。宜高殿以广意兮,翼放纵而绰宽[47]。动雾縠以徐步兮[48],拂墀声之珊珊[49]。望余帷而延视兮[50],若流波之将澜[51]。奋长袖以正衽兮[52],立踯躅而不安[53]。澹清静其愔嫕兮[54],性沉详而不烦[55]。时容与以微动兮[56],志未可乎得原[57]。意似近而既远兮,若将来而复旋[58]。褰余帱而请御兮[59],愿尽心之惓惓[60]。怀贞亮之洁清兮[61],卒与我兮相难[62]。陈嘉辞而云对兮[63],吐芬芳其若兰[64]。精交接以来往兮[65],心凯康以乐欢。神独亨而未结兮[66],魂茕茕以无端[67]。含然诺其不分兮[68],喟扬音而哀叹[69]。颒薄怒以自持兮[70],曾不可乎犯干[71]。

于是摇珮饰[72],鸣玉鸾[73],整衣服,敛容颜[74],顾女师[75],命太傅[76]。欢情未接[77],将辞而去[78]。迁延引身[79],不可亲附[80]。似逝未行[81],中若相首[82]。目略微眄[83],精彩相授[84],志态横出[85],不可胜记。意离未绝[86],神心怖覆[87]。礼不遑讫[88],辞不及究[89]。愿假须臾[90],神女称遽[91]。徊肠伤气[92],颠倒失据[93]。阁然而暝[94],忽不知处。情独私怀[95],谁者可语[96]。惆怅垂涕,求之至曙[97]。

【注释】

　　[1]作者代表襄王,用襄王的口气来叙事和抒情,开汉代辞赋"代言体"之先河。　[2]云梦:即云梦泽,春秋战国时期楚国的大泽,跨长江南北,为楚王游猎之地。浦(pǔ):水边。　[3]高唐之事,指襄王与宋玉游云梦,宋玉为他讲述先王遇神女之事。详见《高唐赋》正文及其注释。　[4]王寝:楚襄王躺在床上睡觉。　[5]白:告诉。　[6]晡(bū)夕:同义合成词,傍晚的意思。[7]纷纷扰扰:喜悦的样子。　[8]玉曰:宋淳熙本李善注《文选》原讹作"王曰",据《文选》六臣注本及黄侃《文选平点》改。　[9]王曰:宋淳熙本李善注《文选》原讹作"玉曰",据《文选》六臣注本及黄侃《文选平点》改。　[10]晔(yè):光辉灿烂。华:同"花"。　[11]罗:稀疏而轻软的丝织品。纨(wán):细绢。绮(qǐ):有花纹的丝织品。缋(huì):布匹的头尾,亦称机头。文章:文彩。[12]振:拂拭。绣:华丽的,精美的。　[13]被:同"披",穿着。袿(guī):妇女所穿的上等长袍。裳(cháng):下身的衣服,裙子。　[14]襛(nóng):原指衣服厚的样子,这里指穿着厚实的衣服。　[15]纤:原指细纹的丝织品,这里指穿着窄小的衣服。　[16]裔裔(yì):步履轻盈的样子。曜(yào):照耀。[17]媠(tuǒ):同"婧",美好。被服:罩在外面的衣服。　[18]侻(tuì):恰好,相宜。薄装:淡妆。　[19]沐:本义为洗头发,这里是涂抹的意思。　[20]含若芳:(头发上)含有杜若的芳香。若:杜若,香草名。　[21]王曰:前面"王曰'茂矣美矣,诸好备矣'云云"是楚襄王对宋玉所问"状如何也"的作答,而此一"王曰'若此盛矣,试为寡人赋之'",乃另起一层,是楚襄王作答后紧接着又向宋玉提出要求。这种"王曰"之后接着又"王曰"的句式,属于"一人之辞中加'曰'字以别更端之语者"。此种体例古书中多有之,详参俞樾《古书疑义举例》卷二"一人之辞而加曰字例"。　[22]含:钟,集中。阴阳:此指天地。古人认为天属阳,地属阴。渥饰:浓艳。　[23]华藻:文彩。　[24]翡翠:鸟名。[25]毛嫱(qiáng):古代美女名。障袂(mèi):用衣袖遮蔽。袂:衣袖。　[26]不足程式:不能比量的意思。程式:法式,标准。　[27]西施:古代美女名。[28]远:指远望。有:同"又"。望:仰望,景仰。　[29]骨法:骨相。奇:异常。[30]应:适应,适合。君:君王。相:相貌,容貌。应君之相,指适合君王要求的

长相。　[31]克:能。尚:超过。　[32]希:同"稀",稀少。疏:疏浅。　[33]不可尽畅:不能尽情痛快地倾诉衷肠。　[34]王:指楚襄王。主张《神女赋》为写宋玉梦神女者均将此"王"字改作"玉"。然"他人莫睹,王览其状"两句正承上文"玉曰:'状如何也?'王曰:'茂矣美矣,诸好备矣……'"云云而言,若作"玉览其状",反而前后文矛盾、失去照应了。　[35]峨峨:庄严高峻的样子。[36]极言:说得尽。　[37]丰盈:丰满。姝(shū):美好。　[38]苞:美盛。温润之玉颜:容貌姿色如玉之温润美好。　[39]眸(móu)子:眼中瞳仁。炯:明亮。　[40]瞭(liǎo):明亮。　[41]联娟:弯曲而纤细。蛾:蚕蛾。蚕蛾的触须弯曲而又细长,古人常用以形容女子的眉毛之美。　[42]的:鲜明,鲜艳。[43]素:同"愫",本性。质:质朴。干:正的意思。醲(nòng):同"浓",厚。[44]志:情志,心情。解:同"懈",懈怠,懒惰。泰:安定,安适。体:身体。闲:空闲,清闲。这句写她志操闲雅,体态安静。　[45]姽嫿(guǐhuà):闲静美好的样子。　[46]婆娑(suō):盘旋,徘徊。　[47]翼:放纵的样子。绰(chuò):宽裕。　[48]雾縠(hú):薄如云雾的轻纱。　[49]墀(chí):台阶。珊珊:象声词。　[50]余:"余"者乃宋玉代表楚襄王,用楚襄王的口气来叙事和抒情,即"代言体"。"望余帷而延视兮"中之"余"字和下文"褰余帱而请御兮"之"余"字、"卒与我兮相难"之"我"字用法相同。帷:床帐。延视:久久地注视。[51]若流波之将澜:好像流水将要掀起波澜。澜,大波。　[52]衽(rèn):衣襟。　[53]踯躅(zhízhú):徘徊。　[54]澹(dàn):安居乐业。愔(yīn):和悦。嫕(yì):和蔼可亲。　[55]沉详:沉着安详。　[56]容与:情绪起伏不定的样子。　[57]原:同"源",揣度。　[58]旋:回转。　[59]褰(qiān):揭起,撩起。帱(chóu):床帐。御:君王与女子性交的文雅表达方式。　[60]惓惓(quán):同"拳拳",诚恳。　[61]怀贞亮之洁清:怀有贞亮高洁的志向。贞亮:坚贞高尚。洁清:纯洁清白。　[62]卒:最终。难:拒绝。　[63]陈嘉辞而云对:对她陈述美好的言词。云对:述说,应答。　[64]吐芬芳其若兰:形容口中所说的言词如杜若兰草般美好。　[65]精:精神。交接、往来:均为交往。　[66]亨:沟通。结:结合。　[67]茕茕(qióng):孤独无依的样子。端:头绪。[68]然诺:许诺。不分(fèn):不甘心。　[69]喟(kuì):叹息。　[70]颁(pǐng):收起笑容,脸色变得严肃;一说为发怒时脸色变青的样子。薄怒:微怒。持:矜持,庄重。　[71]曾:竟,乃。犯干:触犯。　[72]摇:飘动,摇曳。珮饰:即佩饰,指身上佩带的各种饰物。　[73]鸣:使物发出声响。玉鸾:玉铃,用玉做成,形状像鸾鸟,是挂在车前横木上的车铃。　[74]敛容颜:收起笑容;脸色变得严肃。敛,收敛。　[75]顾:问。女师:女教师。　[76]太傅:本为辅导太子的官,这里代指神女的侍从,与"女师"相类。　[77]欢情:欢爱之情。未接:没有结合。　[78]将:将要。辞:辞别。去:离开。　[79]迁延:倒退。引身:抽身,离去。　[80]亲附:亲近,接近。　[81]逝:往。行:去,离开。　[82]中:心中,内心。相首:相向。　[83]略:同"䂊(luò)",斜视。微眄(miàn):微微斜视。　[84]精采:神采,精神光采。授:给予。　[85]志态:情意姿态。　[86]意:心意。离:离去。未绝:指感情不能断绝。　[87]怖:恐怖。覆:颠倒。　[88]不遑:来不及。讫:完结,终了。　[89]辞:言词。究:完结,终了。　[90]假:借。须臾:片刻。　[91]称:声称。遽:急促。　[92]徊:同"回",旋转。徊肠伤气:形容焦急忧伤,十分痛苦。　[93]颠倒:指神魂颠倒。失据:失去依托。　[94]阇(yǎn)然:遽然,忽然。暝(míng):日落,天黑。　[95]情:衷情。独:唯独,独有。私怀:内心的情感。　[96]语:诉说。　[97]求之:指寻求神女。至曙:到天亮。

汉　赋

司马相如

子　虚　赋[1]

　　楚使子虚使于齐,王悉发车骑,与使者出畋。畋罢,子虚过诧乌有先生[2],亡是公存焉。坐定,乌有先生问曰:"今日畋乐乎?"子虚曰:"乐。""获多乎?"曰:"少。""然则何乐?"曰:"仆乐齐王之欲夸仆以车骑之众,而仆对以云梦之事也。"曰:"可得闻乎?"子虚曰:"可。王车驾千乘,选徒万骑,畋于海滨。列卒满泽,罘网弥山[3],掩兔辚鹿[4],射麋脚麟[5]。骛于盐浦[6],割鲜染轮[7]。射中获多,矜而自功。顾谓仆曰:'楚亦有平原广泽游猎之地,饶乐若此者乎？楚王之猎,孰与寡人乎？'仆下车对曰:'臣,楚国之鄙人也。幸得宿卫,十有馀年,时从出游,游于后园,览于有无,然犹未能遍睹也,又焉足以言其外泽者乎？'齐王曰:'虽然,略以子之所闻见而言之。'仆对曰:'唯唯。'

'臣闻楚有七泽,尝见其一,未睹其馀也。臣之所见,盖特其小小耳者,名曰云梦。云梦者,方九百里,其中有山焉。其山则盘纡茀郁[8],隆崇嵂崒[9];岑崟参差[10],日月蔽亏。交错纠纷,上干青云;罢池陂陁[11],下属江河。其土则丹青赭垩[12],雌黄白坿[13],锡碧金银,众色炫耀,照烂龙鳞。其石则赤玉玫瑰[14],琳瑉昆吾[15],瑊玏玄厉[16],碝石碔砆[17]。其东则有蕙圃,衡兰芷若,芎藭菖蒲,江蓠蘪芜,诸柘巴苴[18]。其南则有平原广泽,登降陁靡[19],案衍坛曼[20],缘以大江,限以巫山。其高燥则生葴菥苞荔[21],薛莎青薠[22]。其埤湿则生藏莨兼葭[23],东蘠雕胡[24],莲藕菰芦[25],菴闾轩于[26]。众物居之,不可胜图。其西则有涌泉清池,激水推移。外发芙蓉菱华[27],内隐巨石白沙;其中则有神龟蛟鼍[28],玳瑁鳖鼋[29]。其北则有阴林,其树楩楠豫章[30],桂椒木兰,檗离朱杨[31],樝梨樗栗[32],橘柚芬芳;其上则有鹓雏孔鸾[33],腾远射干[34];其下则有白虎玄豹,蟃蜒貙犴[35]。

'于是乃使剸诸之伦[36],手格此兽。楚王乃驾驯驳之驷[37],乘雕玉之舆,靡鱼须之桡旃[38],曳明月之珠旗[39]。建干将之雄戟[40],左乌号之雕弓[41],右夏服之劲箭[42]。阳子骖乘[43],孅阿为御[44],案节未舒[45],即陵狡兽[46]。蹴蛩蛩[47],轔距虚[48],轶野马[49],轊騊駼[50],乘遗风[51],射游骐[52]。倏眒倩浰[53],雷动熛至[54],星流霆击。弓不虚发,中必决眦[55],洞胸达腋[56],绝乎心系。获若雨兽[57],揜草蔽地[58]。于是楚王乃弭节徘徊,翱翔容与,览乎阴林,观壮士之暴怒,与猛兽之恐惧,徼𫘤受诎[59],殚睹众物之变态。

'于是郑女曼姬[60],被阿𬘓[61],揄纻缟[62],杂纤罗,垂雾縠[63]。襞积褰绉[64],纡徐委曲,郁桡溪谷[65]。衯衯裶裶[66],扬袘戌削[67],蜚襳垂髾[68]。扶舆猗靡[69],翕呷萃蔡[70],下靡兰蕙,上拂羽盖。错翡翠之威蕤[71],缪绕玉绥[72]。眇眇忽忽,若神仙之仿佛。

'于是乃相与獠于蕙圃[73],媻珊勃窣[74],上乎金堤。揜翡翠[75],射鵕齹[76],微矰出[77],孅缴施[78]。弋白鹄,连驾鹅[79],双鸧下,玄鹤加。息而后发,游于清池。浮文鹢[80],扬旌栧,张翠帷,建羽盖。罔玳瑁[81],钩紫贝。摐金鼓[82],吹鸣籁;榜人歌,声流喝[83]。水虫骇,波鸿沸。涌泉起,奔扬会。礧石相击[84],硍硍磕磕[85],若雷霆之声,闻乎数百里之外。将息獠者,击灵鼓[86],起烽燧。车按行,骑就队。缅乎淫淫[87],般乎裔裔[88]。

'于是楚王乃登云阳之台,怕乎无为[89],憺乎自持;勺药之和具[90],而后御之。不若大王终日驰骋,曾不下舆,脟割轮焠[91],自以为娱。臣窃观之,齐殆不如。'于是齐王无以应仆也。"

乌有先生曰:"是何言之过也!足下不远千里,来贶齐国[92],王悉发境内之士,备车骑之众,与使者出畋,乃欲勠力致获,以娱左右,何名为夸哉?问楚地之有无者,愿闻大国之风烈[93],先生之馀论也。今足下不称楚王之德厚,而盛推云梦以为高,奢言淫乐,而显侈靡,窃为足下不取也。必若所言,固非楚国之美也;有而言之,是章君之恶也;无而言之,是害足下之信也。彰君恶,伤私义[94],二者无一可,而先生行之,必且轻于齐而累于楚矣[95]。且齐东陼巨海[96],南有琅邪,观乎成山[97],射乎之罘[98],浮渤澥[99],游孟诸。邪与肃慎为邻[100],右以汤谷为界;秋畋乎青丘,徬徨乎海外,吞若云梦者八九于其胸中,曾不蒂芥。若乃俶傥瑰伟,异方殊类,珍怪鸟兽,万端鳞崒,充牣其中,不可胜记;禹不能名,契不能计。然在诸侯之位,不敢言游戏之乐,苑囿之大;先生又见客,是以王辞而不复,何为无以应哉?"

【注释】

[1]子虚:虚托之人。 [2]过:拜访。诧:夸耀。 [3]罘(fú):捕兔的网。网:捕鱼的网。弥(mí):满。 [4]掩:同"奄",覆盖、罩住。辚:用车轮辗压。 [5]麋:麋鹿。脚:本指动物的小腿,此用为动词,捉住小腿。麟:一种大鹿,非指古人作为祥瑞之物的麟。 [6]骛:纵横奔驰。盐浦:海边盐滩。 [7]鲜:指鸟兽的生肉。染轮:血染车轮。 [8]盘纡:迂回曲折。茀郁:山势曲折的样子。 [9]隆崇:高耸之状。葎崒(lǜzú):山势高峻险要的样子。 [10]岑崟(yín):山势高峻的样子。参差:形容山岭高低不齐的样子。 [11]罢池(pítuó):山坡倾斜的样子。陂陀:义同"罢池"。 [12]丹:朱砂。青:石青,可

制染料。赭(zhě):赤土。垩(è):白土。　[13]雌黄:一种矿物名,即石黄,可制橙黄色染料。白垩:石灰。　[14]赤玉:赤色的玉石。玫瑰:一种紫色的宝石。　[15]琳珉:一种比玉稍次的石。昆吾:同"琨珸",一种美石。　[16]瑊玏(jiānlē):似玉的美石。玄厉:一种黑色的石头。　[17]碝(ruǎn)石:一种次于玉的石头。碔砆(wǔfū):一种次于玉的美石,质地赤色而有白色斑纹。　[18]诸柘:甘蔗。巴苴:芭蕉。　[19]登降:此言地势高低不平,或登上或降下。陁(yǐ)靡:山坡倾斜绵延的样子。　[20]案衍:地势低下。坛曼:地势平坦。　[21]葴(zhēn):马蓝,草名。菥:一种像燕麦的草。苞:草名,形似茅草,可编席织鞋。荔:草名,其根可制刷。　[22]薛:即蒿,亦即艾蒿。莎:一种蒿类植物名。青薠:一种形似莎而比莎大的植物名。　[23]藏莨:即狗尾巴草,也称狼尾草。蒹葭(jiānjiā):芦苇。　[24]东蘠:草名,状如蓬草,结实如葵子,可以吃。雕胡:菰米。　[25]菰芦:菰米的嫩茎和芦笋。　[26]菴𦽏:蒿类植物名,子可入药。轩芋:即蕕(yóu)草,一种生于水中或湿地里的草。　[27]外:指池水表面之上。发:开放。芙蓉:即荷花。菱华:即菱花,开小白花。华:同"花"。　[28]蛟:古代传说中能发水的一种龙。　[29]玳瑁:龟类动物,其有花纹的甲壳可做装饰品。鼋:大鳖。　[30]梗:黄梗木。楠:楠木。豫章:樟木。　[31]蘖:即黄蘖树。其高数丈,其皮外白里黄。离:同"樆(lí)",即山梨树。朱杨:生于水边的树名,即赤茎柳。　[32]楂(zhā)梨:即山楂树。樗(yǐng)栗:樗枣,今称黑枣。　[33]鹓雏(yuānchú):传说中似凤凰的鸟名。孔:孔雀。鸾:鸾鸟,传说中似凤凰的鸟名。　[34]腾远:即"腾猿"之误字,善腾跃的猿猴。射(yè,夜)干:似狐而小的动物,能上树,其鸣如猿。　[35]蟃蜒:同"獌蜒",一种似狸的狼类大兽,传说其长百寻(当为一寻之误)。貙(chū):一种似狸而大的猛兽。犴:一种似狐的野狗。　[36]剸诸:春秋时代的吴国勇士,曾替吴公子光刺杀吴王僚。此指像专诸一样的勇士。伦:类。　[37]驯:被驯服。駮:毛色不纯的马。驷(sì):古代四匹马驾一车称驷,此泛指马。　[38]靡:同"麾",挥动。鱼须:海中大鱼之须,用来做旗子的穗饰。桡(ráo)旃:轻柔飘荡的旗帜。　[39]曳:摇动。明月:珍珠名。　[40]建:举起。干将:本为春秋时代吴国的著名制剑工匠,此指利刃。雄戟:三面有刃的戟。

汉　赋　459

[41]乌号:古代良弓名。雕弓:雕刻花纹的弓。　[42]夏服:同"夏箙(fú)",盛箭的袋子。相传善射的夏后羿有良弓繁弱,还有良箭,装在箭袋之中,此箭袋即称夏服。　[43]阳子:即孙阳,字伯乐,秦穆公之臣,以善相马著称。骖乘:陪乘的人。古时乘车,驾车者居中,尊者居左,右边一人陪乘,以御意外,称骖乘。　[44]孅阿(xiān'ē):传说是为月神驾车的仙女,后人泛称善驾车者为纤阿。　[45]案节:马走得缓慢而有节奏。此言马未急行。未舒:指马足尚未尽情奔驰。此亦言马未急行。　[46]陵:侵凌,此指践踏。狡兽:强健的猛兽。　[47]蹴:践踏。蛩(qióng)蛩:传说中的怪兽,其状如马,善奔驰。　[48]距虚:一种善于奔走的野兽名,其状如驴。　[49]轶:突击,冲犯。　[50]辒(wèi):同"轊(wèi)",用车轴头撞击。騊駼(táotú):北方野马名。或释为良马。　[51]遗风:千里马名。　[52]骐:野兽名,似马。　[53]倏眒(shūshēn):迅速的样子。倩浰(liàn):迅疾的样子。　[54]猋(biāo):即飙风,迅疾的大风。　[55]中(zhòng):射中。决:裂开。眥(zì):眼眶。　[56]洞:贯穿。掖:同"腋"。　[57]获:指猎物。雨(yù):下雨。这里指像雨点降落一样。　[58]揜:同"掩",遮蔽。　[59]徼(yāo):拦截。犰(jù):极度疲倦。受:接受。诎:穷尽。此指精疲力竭。　[60]郑女:郑国女子。古代郑国多美女。曼姬:美女。曼:皮肤细腻柔美。　[61]被:同"披"。此指穿衣。阿(ē):轻细的丝织品。緆(xì):细布。　[62]揄:牵曳。纻:同"苎",苎麻织成的布。缟:白绸布。　[63]雾縠(hú):轻柔的细纱。　[64]襞(bì)积:形容女子腰间裙褶重重叠叠。褰(qiān)绉:形容衣服上的纹理很多。褰:缩。　[65]郁桡:深曲的样子。　[66]衯(fēn)衯裶(fēi)裶:衣服长长的样子。　[67]扬:抬起。袘(yì):裙子下端边缘。戌削:形容裙缘整齐的样子。　[68]蜚:同"飞"。飘动。襳(xiān):妇女上衣上的飘带。髾(shāo):本指妇女燕尾形的发髻,此指衣服的燕尾形的下端。　[69]扶舆:与下文"猗靡"皆形容衣服合身,体态婀娜的样子。　[70]噏呷(xīxiá)、萃蔡:均为象声词,形容人走路时衣服摩擦所发出的响声。　[71]错:间杂。翡翠:鸟名,有蓝色和绿色的羽毛。翡翠鸟的羽毛常用来做装饰品。葳蕤(ruí):指作装饰的羽毛发亮。　[72]缪绕:同"缭绕"。绥:同"緌(ruí)",古代帽带结子的下垂部分。玉绥:用玉装饰的帽带。　[73]獠:夜间

打猎。　[74]媻姗:走路缓慢的样子。勃窣:缓缓前行的样子。　[75]掩:同"弇(yǎn)",撒网捕鸟。　[76]鵕䴊(jùnyí):锦鸡。　[77]矰:短箭。　[78]孅:同"纤",纤细。缴(zhuó):系在箭上的丝绳,射鸟用。施:射出。　[79]连:牵连。此指用带丝线的箭射中鸳鹅。鸳鹅:野鹅。　[80]浮:漂浮。文鹢:指船头绘有鹢鸟图案的画船。文:同"纹"。　[81]罔:同"网",用网捕取。　[82]㪣(chuāng):撞击。金鼓:形如铜锣的古乐器,即钲。　[83]流喝(yè):声音悲凉嘶哑。　[84]礧(léi)石:以石下投。　[85]硍硍、礚礚(kē):均为水石互相撞击的声音。　[86]灵鼓:六面鼓。　[87]缅(xǐ)乎:连续不断的样子。淫淫:渐进的样子。此指队伍缓缓前行的样子。　[88]班(pán)乎:依次相连的样子。裔裔(yì):络绎不绝地向前行进的样子。　[89]怕乎:安静无事的样子。无为:泰然无事。　[90]勺药:即芍药,五味调料的总称。和:调和。具:同"俱",齐备。　[91]脔(luán):同"脔",把肉切成小块。轮焠:在车轮间烤肉吃。　[92]贶(kuàng):赐,此指赐教。　[93]风:美好的风范。烈:功业。　[94]私义:指信义。　[95]轻:轻视。累:牵累。　[96]陼:水边。此用为动词,面临。　[97]成山:山名,在今山东荣成东北。　[98]之罘(fú):山名,在今山东福山东北。　[99]渤澥(xiè):即今之渤海。　[100]邪:同"斜",指侧翼方向。肃慎:古代国名。

上 林 赋[1]

亡是公听然而笑曰[2]:"楚则失矣,而齐亦未为得也。夫使诸侯纳贡者,非为财币,所以述职也;封疆画界者,非为守御,所以禁淫也。今齐列为东藩,而外私肃慎[3],捐国逾限,越海而田,其于义固未可也。且二君之论,不务明君臣之义,正诸侯之礼,徒事争于游戏之乐,苑囿之大,欲以奢侈相胜,荒淫相越,此不可以扬名发誉,而适足以贬君自损也。

"且夫齐、楚之事,又乌足道乎[4]!君未睹夫巨丽也,独不闻天子之上林乎?左苍梧,右西极,丹水更其南,紫渊径其北。终始灞、浐[5],出入泾、渭[6];

酆、镐、潦、潏[7],纡馀委蛇,经营乎其内;荡荡乎八川分流,相背而异态。东西南北,驰骛往来:出乎椒丘之阙,行乎洲淤之浦;经乎桂林之中,过乎泱漭之野,汨乎混流,顺阿而下,赴隘狭之口。触穹石,激堆埼,沸乎暴怒,汹涌澎湃。滭弗宓汩[8],逼侧泌㴸[9],横流逆折,转腾潎洌,滂濞沆溉;穹隆云桡,宛潬胶盭,逾波趋浥,涖涖下濑;批岩冲拥,奔扬滞沛,临坻注壑,瀺灂霣坠[10];沉沉隐隐,砰磅訇磕;潏潏淈淈,湁潗鼎沸。驰波跳沫,汩㴔漂疾。悠远长怀,寂漻无声,肆乎永归。然后灏溔潢漾,安翔徐回;翯乎滈滈,东注太湖,衍溢陂池。

"于是乎鲛龙赤螭,鯩鰽渐离[11],鰅鰫鳍魠[12],禺禺魼鳎[13];揵鳍掉尾,振鳞奋翼,潜处乎深岩。鱼鳖讙声,万物众多;明月珠子,的皪江靡。蜀石黄碝,水玉磊砢;磷磷烂烂,采色澔汗,丛积乎其中。鸿鹔鹄鸨[14],鴐鹅属玉[15],交精旋目[16],烦鹜庸渠[17],箴疵鵁卢[18],群浮乎其上。汎淫泛滥,随风澹淡,与波摇荡,奄薄水渚,唼喋菁藻,咀嚼菱藕。

"于是乎崇山矗矗,龙嵸崔巍;深林巨木,崭岩参差。九嵕嶻嶭[19],南山峨峨[20],岩陁甗锜[21],摧崣崛崎[22]。振溪通谷[23],蹇产沟渎[24],谽呀豁閜[25]。阜陵别隝[26],崴磈崴廆[27],丘虚堀礨[28],隐辚郁𡹪[29],登降施靡[30],陂池貏豸[31],沇溶淫鬻[32],散涣夷陆[33],亭皋千里[34],靡不被筑[35]。揵以绿蕙,被以江蓠,糅以藥芜,杂以留夷。布结缕[36],攒戾莎,揭车衡兰,槀本射干,茈姜蘘荷,葴持若荪,鲜支黄砾,蒋芧青薠,布濩闳泽,延曼太原。离靡广衍,应风披靡,吐芳扬烈,郁郁菲菲,众香发越,肸蚃布写[37],晻薆咇茀[38]。

"于是乎周览泛观,缜纷轧芴[39],芒芒恍忽,视之无端,察之无涯,日出东沼,入乎西陂。其南则隆冬生长,踊水跃波;其兽则𤛑旄貘犛[40],沉牛麈麋[41],赤首圜题[42],穷奇象犀[43]。其北则盛夏含冻裂地,涉冰揭河;其兽则麒麟角端[44],騊駼橐驼[45],蛩蛩驒騱[46],駃騠驴骡[47]。

"于是乎离宫别馆,弥山跨谷;高廊四注,重坐曲阁;华榱璧珰,辇道纚属;步櫩周流,长途中宿。夷嵕筑堂,累台增成,岩窔洞房,俛杳眇而无见,仰攀橑而扪天;奔星更于闺闼,宛虹拖于楯轩。青龙蚴蟉于东箱,象舆婉僤于西清,灵圄燕于闲馆[48],偓佺之伦[49],暴于南荣。醴泉涌于清室,通川过于中庭。盘石振崖,嵚岩倚倾。嵯峨磼嶪,刻削峥嵘。玫瑰碧琳,珊瑚丛生,琘玉旁唐,玢豳文鳞;赤瑕驳荦,杂臿其间,晁采琬琰[50],和氏出焉。

"于是乎卢橘夏熟,黄甘橙楱[51],枇杷橪柿,亭柰厚朴,樗枣杨梅,樱桃蒲陶[52],隐夫薁棣,答遝离支[53],罗乎后宫,列乎北园;貤丘陵,下平原。扬翠叶,扤紫茎;发红华,垂朱荣。煌煌扈扈,照曜钜野;沙棠栎槠,华枫枰栌,留落胥邪[54],仁频并间[55],欃檀木兰[56],豫章女贞[57]。长千仞,大连抱;夸条直畅[58],实叶葰楙。攒立丛倚,连卷欐佹;崔错癹骫[59],坑衡閜砢[60];垂条扶疏,落英幡纚,纷溶箾蔘,猗狔从风,藰莅芔歙[61],盖象金石之声,管籥之音。柴池茈虒[62],旋还乎后宫。杂袭累辑,被山缘谷,循阪下隰;视之无端,究之无穷。

"于是乎玄猨素雌,蜼玃飞蠝[63],蛭蜩蠗蝚[64],螹胡縠蛫[65],栖息乎其间。长啸哀鸣,翩幡互经,夭蟜枝格,偃蹇杪颠;隃绝梁,腾殊榛,捷垂条,掉希间;牢落陆离,烂漫远迁。若此者数百千处。娱游往来,宫宿馆舍;庖厨不徙,后宫不移,百官备具。

"于是乎背秋涉冬,天子校猎。乘镂象,六玉虬;拖蜺旄,靡云旗;前皮轩,后道游。孙叔奉辔[66],卫公参乘[67],扈从横行,出乎四校之中[68],鼓严簿[69],纵猎者。河江为阹,泰山为橹,车骑雷起,殷天动地,先后陆离,离散别追,淫淫裔裔,缘陵流泽,云布雨施。生貔豹,搏豺狼,手熊罴,足野羊;蒙鹖苏,绔白虎,被班文,跨壄马,凌三峻之危,下碛历之坻;径峻赴险,越壑厉水。椎蜚廉,弄獬豸[70],格虾蛤[71],铤猛氏[72],罥騕褭[73],射封豕。箭不苟害,解脰陷脑;弓不虚发,应声而倒。

"于是乘舆弭节徘徊,翱翔往来,睨部曲之进退,览将帅之变态。然后侵淫促节,儵夐远去。流离轻禽,蹴履狡兽,轊白鹿,捷狡兔;轶赤电,遗光耀;追怪物,出宇宙;弯蕃弱[74],满白羽;射游枭[75],栎蜚遽[76]。择肉而后发,先中而命处;弦矢分,艺殪仆。然后扬节而上浮,凌惊风,历骇猋,乘虚无,与神俱。躏玄鹤[77],乱昆鸡[78];遒孔鸾,促鵕鸃;拂鷖鸟,捎凤凰;捷鹓雏,揜焦明[79]。道尽途殚,回车而还。消遥乎襄羊[80],降集乎北纮;率乎直指,晻乎反乡。蹷石阙[81],历封峦,过鳷鹊,望露寒,下棠梨[82],息宜春[83]。西驰宣曲[84],濯鹢牛首[85],登龙台[86],掩细柳[87]。观士大夫之勤略,均猎者之所得获,徒车之所辚轹,步骑之所蹂若,人臣之所蹈藉,与其穷极倦劇,惊惮詟伏,不被创刃而死者,他他籍籍,填坑满谷,掩平弥泽。

"于是乎游戏懈怠,置酒乎颢天之台,张乐乎胶葛之宇;撞千石之钟,立万石之虡;建翠华之旗,树灵鼍之鼓。奏陶唐氏之舞[88],听葛天氏之歌[89];千人唱,万人和;山陵为之震动,川谷为之荡波。巴渝宋蔡[90],淮南干遮[91],文成颠歌[92],族居递奏,金鼓迭起,铿锵闛鞈,洞心骇耳。荆吴郑卫之声,韶濩武象之乐[93],阴淫案衍之音,鄢郢缤纷[94],激楚结风[95],俳优侏儒,狄鞮之倡[96],所以娱耳目乐心意者,丽靡烂漫于前,靡曼美色,若夫青琴、宓妃之徒[97],绝殊离俗,妖冶娴都,靓妆刻饰,便嬛绰约,柔桡嫚嫚,妩媚孅弱。曳独茧之褕袣,眇阎易以恤削,便姗嫳屑,与俗殊服。芬芳沤郁,酷烈淑郁;皓齿粲烂,宜笑的皪;长眉连娟,微睇绵藐;色授魂与,心愉于侧。

"于是酒中乐酣,天子芒然而思,似若有亡,曰:'嗟乎!此大奢侈!朕以览听馀闲,无事弃日,顺天道以杀伐,时休息于此。恐后叶靡丽,遂往而不返,非所以为继嗣创业垂统也。'于是乎乃解酒罢猎,而命有司曰:'地可垦辟,悉为农郊,以赡萌隶。隤墙填堑,使山泽之人得至焉。实陂池而勿禁,虚宫馆而勿仞。发仓廪以救贫穷,补不足,恤鳏寡,存孤独。出德号,省刑罚,改制度,易服色,革正朔,与天下为更始。'

"于是历吉日以斋戒,袭朝服,乘法驾,建华旗,鸣玉鸾,游于六艺之囿[98],驰骛乎仁义之涂,览观《春秋》之林。射《狸首》,兼《驺虞》,弋玄鹤,舞干戚;载云䍐,揜群雅;悲《伐檀》,乐乐胥[99];修容乎礼园,翱翔乎书圃;述《易》道,放怪兽;登明堂,坐清庙;次群臣,奏得失。四海之内,靡不受获。于斯之时,天下大说,乡风而听,随流而化;㵤然兴道而迁义,刑错而不用;德隆于三王,而功羡于五帝。若此,故猎乃可喜也。若夫终日驰骋,劳神苦形,罢车马之用,抏士卒之精;费府库之财,而无德厚之恩;务在独乐,不顾众庶;亡国家之政,贪雉兔之获,则仁者不繇也。从此观之,齐楚之事,岂不哀哉!地方不过千里,而囿居九百,是草木不得垦辟而人无所食也。夫以诸侯之细,而乐万乘之侈,仆恐百姓被其尤也。"

于是二子愀然改容,超若自失,逡巡避席,曰:"鄙人固陋,不知忌讳,乃今日见教,谨受命矣。"

【注释】

[1]上林:古宫苑名。故址在今西安西及周至、户县界。本秦旧苑,汉武帝时重新扩建,南傍终南山,北滨渭水,周围三百里,内建离宫七十座,可供上万兵马纵驰其中。 [2]亡是公:假设人物。亡:同"无"。听(yǐn)然:笑的样子。失:错误、过失。 [3]私:私自交往。肃慎:古民族,分布于黑龙江、松花江流域。 [4]乌足:何足。 [5]灞:河水名,发源于陕西蓝田,流经长安灞桥,再向西北与浐水汇合注入渭水。浐:河水名,发源于陕西蓝田西南,流经长安。 [6]泾:河水名,发源于甘肃,流入陕西。渭:河水名,发源于甘肃,经陕西流入黄河。 [7]酆:也作"沣"、"丰",河水名,源于陕西咸阳南之秦岭,流经长安,再注入渭水。镐:同"滈",河水名,源出陕西长安南,北流入渭水。今仅存上游,下游淤塞。潦(lào):河水名,即"涝水",源出陕西户县南,东北流入渭水。潏(jué):河水名,源出陕西终南山,西北流入渭水。 [8]汦(bì)弗:水盛大的样子。宓(mì)汨:水流迅疾的样子。 [9]逼侧:相逼。泌㳑(bìzhì):水流撞击声。 [10]瀺灂(chánzhuó):小水声。霣(yǔn)坠:同"陨坠",陨落。此指水流入沟谷中。 [11]鱼䱁(gèngméng):鱼名,形似鳝鱼,体大。渐(jiàn)离:旧谓鱼名,其状不详。 [12]鰅(yú):鱼名,或称班鱼,皮有纹。鳙(yōng):鱼名,也称黑鲢、花鲢。鳁(qián):鱼名,形似鳝。鮀(tuó):鱼名,也叫黄颊,此种鱼颊黄口大。 [13]禺禺:鱼名,一种黄地黑纹、皮有毛的鱼。鮭(qù):鱼名,即比目鱼。鳎(tǎ):鱼名,即鲵鱼,俗称"娃娃鱼"。 [14]鸿:大雁。鹄:天鹅。鹔(sù):即鹔鹴,一种似雁的鸟。鸨(bǎo):鸟名,体比雁大。 [15]属(zhǔ)玉:鸟名,似鸭而大。 [16]交精:同"鹡鸰",鸟名,形如凫,高脚,长喙,头上长有红毛冠。旋目:同"䴉目",水鸟名,比鹭大而尾短,生有红白色的羽毛。 [17]烦鹜:鸟名,似鸭而小。庸渠:水鸟名,形似凫,灰色,鸡足。 [18]箴疵(zhēncī):水鸟名,黑苍色。鵁卢:水鸟名,即鸬鹚,善捕食鱼。 [19]九嵏(zōng):山名,在今陕西醴泉东北。巀薛(jiéniè):高峻的样子。 [20]南山:终南山。峨峨:高峻的样子。 [21]岩:险峻。陭(yǐ):倾斜。甗(yǎn):本为古代炊器,即甑。此指甑形的山,同"巘",即上大下小的山。锜(qí):古代炊器,即三足锅。此形容山石嵌空如三足锅。 [22]摧崣:同"崔

巍"。崛崎:同"崎岖"。　[23]振:收敛。通:流。此言有的地方是收蓄流水的山溪,有的地方是水流贯通的山谷。　[24]寋产:曲折的样子。沟渎:河沟。[25]谽呀:大而空的样子。豁閜(xiǎ):开阔空虚的样子。　[26]阜:山丘。陵:大山丘。别:离。隝:同"岛",水中的山。　[27]崴磈:高峻的样子。嵔瘣:山势高峻的样子。　[28]丘虚:堆积不平的样子。崛礨:山势不平的样子。[29]隐辚:山不平之状。郁壘:山不平的样子。　[30]登降:地势有高有低。施靡:山势绵延的样子。　[31]陂池(pōtuó):倾斜的样子。貏豸(bǐzhì):山势渐平的样子。　[32]沈溶淫鬻:水流缓慢的样子。　[33]散涣:即"涣散"。此指水泛滥四散。夷陆:平坦的原野。　[34]亭皋:平坦的水边之地。亭:平也。皋:水边之地。　[35]靡:无。被筑:筑地使其平坦。　[36]布:布满。结缕:多年蔓生草名,形似茅草。　[37]肸蚃(xīxiǎng):指香气四溢,浸人心脾。写:同"泻",宣泄。　[38]晻薆(yèài):香气散发。咇茀(bìfú):香气浓郁。[39]缤纷:众多繁盛的样子。轧芴(wù):致密不可分辨。　[40]犎(yóng):一种野牛,即犎牛,古名犦牛,颈上有肉堆。一说即单峰驼。旄:旄牛。獏:同"貊",兽名,形似熊。犛(máo):同"牦",即牦牛。　[41]沉牛:即水牛,因能沉没水中而得名。麈(zhǔ):驼鹿,似鹿而尾大,头生一角。　[42]赤首:古兽名。圜题:同"圆题",即圆蹄,似鹿的兽名。　[43]穷奇:怪兽名,似牛,生蝟毛,鸣声如狗吠。象犀:大象和犀牛。　[44]角端:兽名,似猪,鼻端上生一角,兽走。[45]駒駼(táotú):兽名,似马。橐驼:即骆驼。　[46]蛩(qióng)蛩:传说中似马的兽名。驒骎(diānxī):一种野马名,毛色青黑,生有白鳞,纹如鼍鱼。[47]駃騠(juétí):骏马名。　[48]灵圉:众神的统称。燕:闲居休息。闲观:清闲的馆舍。　[49]偓佺:仙人名,传说他吃松子,身上长毛,方眼,善走。伦:类。　[50]晁采:即朝采,美玉名。传说此玉早晨发出白光,故名朝采。[51]甘:同"柑"。楱(còu):桔类水果,皮有皱纹,故又名皱子。　[52]蒲陶:即葡萄。　[53]荅遝(tà):树名,果实似李子。离支:即荔枝。　[54]留落:石榴。胥馀:椰子树。　[55]仁频:槟榔树。并闾:棕榈树。　[56]欃檀:檀树。[57]女贞:冬青树。　[58]夸:同"荂(fū)",花。　[59]崔错:繁茂交错。癹骫(báwěi):树枝盘纡纠结的样子。　[60]坑衡:形容树木树干高举横出的样子。坑,同"抗"。阿砢(ěluǒ):形容树枝相倚相扶的样子。　[61]菼茲(liúlì):风吹草木所发出的凄清声。虖歙(hūxī):同"呼吸",这里指风声迅疾。[62]偨(cī)池:即差池,参差不齐。茈虒(cǐzhì):不齐的样子。　[63]蜼(wèi):一种长尾猿,形似猕猴。玃(jué):一种大猴子。飞蠝(lěi):鼯鼠,一种小飞鼠。蠝,同"鼯"。　[64]蛭(zhì):一种能飞的兽。蜩(tiáo):兽名,生于西方深山,毛色如猴,能爬高树。蠼猱(juénáo):猕猴。　[65]獑(chán)胡:一种似猴的兽。縠(hú):一种像狗的野兽。蜿(guǐ):一种猿类动物。　[66]孙叔:古代善御者孙阳,号伯乐。此代指驾车的人。一说指汉武帝时的太仆公孙贺(字子叔)。奉辔:手执马缰绳驾车。　[67]卫公:古代善御者卫庄公,此代指善御者。一说指汉武帝时的大将军卫青。骖乘:古代在车右陪乘的武士。[68]四校:指天子射猎时的四支队伍。　[69]鼓:击鼓。严簿:森严的卤簿。(按:天子出外时,为其护卫的仪仗队称卤簿。)　[70]弄:以手摆布。獬豸(xièzhì):传说中的兽名,似鹿,一角。　[71]格:击杀。虾蛤:猛兽名。[72]铤(chán):铁把小矛。此指用矛刺杀。猛氏:兽名,如熊而小,毛浅而有光泽。　[73]羂(juàn):挂。此指用绳索绊取野兽。骚裹(yǎoniǎo):古代神马名,相传赤毛金嘴,日行千里。　[74]繁弱:古代良弓名。　[75]枭:枭羊,即狒狒。狌类,能食人。　[76]栎:搏击。蜚虡:传说中的神兽,鹿头龙身。[77]玄鹤:黑鹤。古代传说鹤千年化为苍,又千年变为黑,谓之玄鹤。　[78]昆鸡:即鹍鸡,鸟名,似鹤,黄白色。　[79]焦明:凤凰类的鸟名。　[80]招摇:逍遥。襄羊:同"徜徉",自由往来的样子。　[81]蹑:踏上。石阙:与下文的封峦、鳷(zhī)鹊、露寒都是楼观名。这四个楼观皆建于甘泉宫(故址在今陕西省淳化县西北甘泉山上)外。　[82]棠梨:宫名,在甘泉宫东南三十里处。[83]宜春:宫名,在长安南,近曲江池。　[84]宣曲:宫名,在长安西昆明池附近。　[85]濯:同"櫂(zhào)",船桨。此指划船。鹢(yì):鸟名。此指船头画着鹢的船。牛首:池名,上林十池之一,在上林苑西边。　[86]龙台:楼观名,在今陕西户县东北,靠近渭水。　[87]掩:息。细柳:楼观名,在今陕西长安县西南,昆明池的南面。　[88]陶唐氏:即尧。相传尧初居于陶,后封于唐,故称其为陶唐氏。　[89]葛天氏:传说中的远古帝王。《吕氏春秋·古乐》记载道:

"昔葛天氏之乐,三人操牛尾,投足以歌八阕。" [90]巴渝:舞名。宋、蔡:古国名,此指宋、蔡的音乐。 [91]淮南:国名,此指该国的音乐。干遮:曲名。 [92]文成:汉时辽西县名,其地之人善歌。颠:同"滇",汉时西南小国名,在今云南省昆明市一带。 [93]韶:舜时音乐。濩(huò):商汤乐曲。武:周武王之乐。象:周公之乐。以上之乐皆为所谓庙堂之乐,与前言荆、吴、郑、卫的民间音乐不同。 [94]鄢、郢:皆楚国地名,此指二地的乐舞。缤纷:舞姿飘逸的样子。 [95]激楚:楚国舞乐名,其声高亢激越。结风:歌曲结尾的余声。一说结风亦为歌曲名。 [96]狄鞮(tí):西方的种族名,即西戎。倡:同"娼",古代乐妓。 [97]青琴:古代神女名。宓妃:洛水女神。 [98]六艺:六经,即《诗》、《书》、《礼》、《乐》、《易》、《春秋》。囿:苑囿。此指书的园地。 [99]乐胥:语出《诗经·小雅·桑扈》:"君子乐胥,受天之祜。"这里是说天子读乐胥诗句,以贤人在位为乐。

魏晋南北朝赋

王　粲

登　楼　赋[1]

　　登兹楼以四望兮,聊暇日以销忧[2]。览斯宇之所处兮[3],实显敞而寡仇[4]。挟清漳之通浦兮[5],倚曲沮之长洲[6]。背坟衍之广陆兮[7],临皋隰之沃流[8]。北弥陶牧[9],西接昭丘[10];华实蔽野[11],黍稷盈畴。虽信美而非吾土兮[12],曾何足以少留[13]。

　　遭纷浊而迁逝兮[14],漫逾纪以迄今[15]。情眷眷而怀归兮[16],孰忧思之可任[17]。凭轩槛以遥望兮[18],向北风而开襟。平原远而极目兮,蔽荆山之高岑[19]。路逶迤而修迥兮[20],川既漾而济深[21]。悲旧乡之壅隔兮[22],涕横坠而弗禁。昔尼父之在陈兮,有"归欤"之叹音[23]。钟仪幽而楚奏兮[24],庄舄显而越吟[25]。人情同于怀土兮,岂穷达而异心[26]。

　　惟日月之逾迈兮[27],俟河清其未极[28]。冀王道之一平兮[29],假高衢而骋力[30]。惧匏瓜之徒悬兮[31],畏井渫而莫食[32]。步栖迟以徙倚兮[33],白日忽其将匿。风萧瑟而并兴兮[34],天惨惨而无色[35]。兽狂顾以求群兮,鸟相鸣而举翼。原野阒其无人兮[36],征夫行而未息。心凄怆以感发兮,意忉怛而憯恻[37]。循阶除而下降兮[38],气交愤于胸臆。夜参半而不寐兮,怅盘桓以反侧[39]。

【注释】

[1]据《文选》李善注引《荆州记》:"当阳(在今湖北)城楼,王仲宣登而作赋。"一说为麦城城楼。　[2]聊:姑且,暂且。暇:闲暇。一说"暇"同"假",借。　[3]斯宇:即"兹楼"。　[4]显敞:明亮宽敞。寡仇:少有其匹。仇:匹敌,比。　[5]挟:带。漳:水名。浦:大水有小口别通他水曰浦。通浦:指漳水与沮水会合处。　[6]沮:水名,与漳水合流后入长江。　[7]背:背靠,指楼北。坟:高。衍:平。　[8]临:面对。皋:水边高地。隰(xí):低湿之地。　[9]弥:终,极至。陶:地名,相传为春秋时越人范蠡(陶朱公)的葬地。牧:远郊。　[10]昭丘:春秋时楚昭王坟墓。　[11]华:同"花"。畴:田地。　[12]土:故土。　[13]曾:语助词。少留:暂居。　[14]纷浊:纷乱污浊,指世乱。迁逝:迁徙流亡,指避乱于荆州。　[15]漫:长久。纪:古以十二年为一纪。　[16]眷眷:怀恋的样子。　[17]任:经受。　[18]凭:倚。轩槛:城楼上的窗户和栏杆。　[19]荆山:山名,在今湖北南漳。岑:山小而高耸者。　[20]修迥:长远。　[21]漾:水流长远的样子。济:渡。　[22]壅:阻塞。　[23]尼父:孔子。孔子周游列国时绝粮于陈,曾叹息说:"归欤!归欤!"　[24]钟仪:春秋时楚国乐师,曾被囚于晋国。晋侯"使与之琴,操南音(楚乐曲)",晋臣范文子称赞他"乐操土风,不忘旧也"。　[25]庄舄(xì):春秋时越国人,仕楚任显职,而病中思念故乡,仍旧操越国方音说话、呻吟。显:显贵。　[26]穷:困顿,指处于逆境。达:显贵。　[27]惟:思。一说为语首助词。逾迈:消逝。　[28]河清:相传黄河一千年清一次,后世就以河清比喻太平盛世。未极:未至。　[29]一平:统一安定。　[30]高衢:大道,喻良好政治局面。骋力:施展才华。　[31]匏(páo)瓜:葫芦的一种。《论语·阳货》载孔子语:"吾岂匏瓜也哉,焉能系而不食?"本为孔子自喻才能难以施展,这里又借以为喻。　[32]渫(xiè):淘井使

水清洁。《周易·井卦》:"井渫不食,为我心恻。"意谓淘井后水已清洁,而无人吃水,使我痛心。 [33]栖迟:游息。徙倚:徘徊。 [34]并兴:指风从四面同时吹起。 [35]惨惨:暗淡无光貌。 [36]阒(qù):寂静。 [37]忉怛(dāo dá):忧伤的样子。憯(cǎn)恻:悲痛。 [38]阶除:阶梯。除:台阶。 [39]盘桓:徘徊,指愁绪重重。

陶渊明

归去来兮辞[1]

余家贫,耕植不足以自给。幼稚盈室[2],缾无储粟[3],生生所资[4],未见其术。亲故多劝余为长吏[5],脱然有怀[6],求之靡途[7]。会有四方之事[8],诸侯以惠爱为德[9],家叔以余贫苦[10],遂见用于小邑。于时风波未静[11],心惮远役[12],彭泽去家百里[13],公田之利[14],足以为酒,故便求之。及少日,眷然有归欤之情[15]。何则?质性自然,非矫厉所得[16]。饥冻虽切,违己交病[17]。尝从人事[18],皆口腹自役。于是怅然慷慨,深愧平生之志。犹望一稔[19],当敛裳宵逝[20]。寻程氏妹丧于武昌[21],情在骏奔[22],自免去职。仲秋至冬,在官八十余日。因事顺心[23],命篇曰《归去来兮》。乙巳岁十一月也[24]。

归去来兮,田园将芜胡不归[25]!既自以心为形役[26],奚惆怅而独悲[27]?悟已往之不谏,知来者之可追[28]。实迷途其未远,觉今是而昨非。舟遥遥以轻飏[29],风飘飘而吹衣。问征夫以前路,恨晨光之熹微[30]。乃瞻衡宇[31],载欣载奔。僮仆欢迎,稚子候门。三径就荒[32],松菊犹存。携幼入室,有酒盈樽。引壶觞以自酌[33],眄庭柯以怡颜[34]。倚南窗以寄傲[35],审容膝之易安[36]。园日涉以成趣,门虽设而常关。策扶老以流憩[37],时矫首而遐观[38]。云无心以出岫[39],鸟倦飞而知还。景翳翳以将入[40],抚孤松而盘桓[41]。

归去来兮,请息交以绝游。世与我而相违,复驾言兮焉求[42]!悦亲戚之情话,乐琴书以消忧。农人告余以春及,将有事于西畴。或命巾车[43],或棹孤舟[44]。既窈窕以寻壑[45],亦崎岖而经丘。木欣欣以向荣,泉涓涓而始流。善万物之得时[46],感吾生之行休[47]!

已矣乎,寓形宇内复几时[48],曷不委心任去留[49],胡为遑遑欲何之[50]?富贵非吾愿,帝乡不可期[51]。怀良辰以孤往,或植杖而耘耔[52]。登东皋以舒啸[53],临清流而赋诗。聊乘化以归尽[54],乐夫天命复奚疑!

【注释】

[1]来、兮:语助词。 [2]幼稚:年幼的孩子。 [3]缾:同"瓶",储放粮食的陶器。 [4]生生:维持生计。 [5]长吏:此指郡县中的佐吏。 [6]脱然:豁然。 [7]靡:无。 [8]会:恰逢。四方之事:指桓玄篡政,刘裕等起兵勤王。 [9]诸侯:指刘裕等将领。惠爱:施爱于人。 [10]家叔:叔父陶夔,时任太常卿。 [11]风波未静:指时世不宁。 [12]远役:指赴远方做官。 [13]彭泽:县名,在今江西。 [14]公田:此指县令的俸田。 [15]眷然:眷顾留恋的样子。归欤:回去。欤,语助词。 [16]矫厉:矫情造作。 [17]病:痛苦。 [18]人事:指仕宦。 [19]稔(rěn):谷物成熟。 [20]敛裳:指收拾衣物。宵逝:连夜归去。 [21]寻:不久。程氏妹:陶渊明的妹妹,嫁程氏,故称。武昌:县名。治所在今湖北鄂州。 [22]骏奔:急赴。 [23]顺心:随心。 [24]乙巳岁:晋安帝义熙元年(405)。 [25]芜:荒芜。胡:为什么。 [26]心为形役:心志为形体所驱使。 [27]奚(xī):何。 [28]谏:下对上的规劝,此指劝止、挽回。追:补救,弥补。 [29]飏(yáng):飘荡。 [30]熹微:天色微明。 [31]衡宇:衡门之宅。古代贫贱者的居室仅安一衡木为门而没有框,后遂以衡门代指隐居者的陋室。 [32]三径:赵岐《三辅决录》记载,东汉蒋诩辞官隐居,在房前竹下开三条小路,只与高士求仲、羊仲来往。后常以三径代指隐者之所。 [33]觞(shāng):酒杯。 [34]眄(miǎn):斜视。怡:愉悦。 [35]寄傲:寄托清高孤傲的情志。 [36]审:领会,明白。容膝:形容居室狭小,仅容起坐。 [37]策:持。扶老:筇地之竹,别名扶老,是制做手杖的良材,故也称手杖为扶老。憩(qì):休息。 [38]矫首:抬头。 [39]岫(xiù):山峦。 [40]景:日光。翳(yì)翳:昏暗的样子。 [41]盘桓:徘徊。 [42]驾言:驾车出游。言:语助词。焉求:何求。 [43]巾车:有帷的车。 [44]棹:船桨。此用作动词,划。 [45]窈窕:指山路深曲。 [46]善:羡慕。 [47]

行休:将要结束。　[48]寓形:寄身。　[49]曷(hé)不:何不。委心:随意。[50]遑遑:急切匆忙的样子。　[51]帝乡:仙境。　[52]植:同"置",放下。[53]耘:锄草。耔:培土固苗。　[53]皋:水边高地。舒啸:放声长啸。　[54]聊:姑且。乘化:依顺自然之大化。

鲍　照

芜　城　赋[1]

　　弥迤平原[2],南驰苍梧涨海[3],北走紫塞雁门[4]。柂以漕渠[5],轴以昆冈[6]。重江复关之隩[7],四会五达之庄[8]。

　　当昔全盛之时[9],车挂轊[10],人驾肩[11];廛闬扑地[12],歌吹沸天[13]。孳货盐田[14],铲利铜山[15]。才力雄富,士马精妍[16]。故能奓秦法,佚周令[17],划崇墉[18],刳浚洫[19],图修世以休命[20]。是以板筑雉堞之殷[21],井干烽橹之勤[22],格高五岳[23],袤广三坟[24],崒若断岸[25],矗似长云,制磁石以御冲[26],糊赪壤以飞文[27]。观基扃之固护[28],将万祀而一君[29]。出入三代[30],五百余载,竟瓜剖而豆分[31]。

　　泽葵依井[32],荒葛罥涂[33]。坛罗虺蜮[34],阶斗麏鼯[35]。木魅山鬼[36],野鼠城狐[37],风嗥雨啸,昏见晨趋[38]。饥鹰厉吻[39],寒鸱吓雏[40]。伏虣藏虎[41],乳血飧肤[42]。崩榛塞路[43],峥嵘古馗[44]。白杨早落,塞草前衰。棱棱霜气[45],簌簌风威[46]。孤蓬自振[47],惊砂坐飞[48]。灌莽杳而无际[49],丛薄纷其相依[50]。通池既已夷[51],峻隅又已颓[52]。直视千里外,唯见起黄埃。凝思寂听,心伤已摧。

　　若夫藻扃黼帐[53],歌堂舞阁之基。璇渊碧树[54],弋林钓渚之馆[55],吴蔡齐秦之声,鱼龙爵马之玩[56],皆熏歇烬灭[57],光沉响绝[58]。东都妙姬[59],南国丽人,蕙心纨质[60],玉貌绛唇[61],莫不埋魂幽石,委骨穷尘[62]。岂忆同舆之愉乐[63],离宫之辛苦哉[64]?

　　天道如何?吞恨者多[65]。抽琴命操[66],为芜城之歌。歌曰:边风急兮城上寒,井径灭兮丘陇残[67],千龄兮万代,共尽兮何言[68]!

【注释】

[1]据《文选》李善注,此赋是鲍照登广陵故城而作。广陵,扬州的古称,故城在今江苏江都东北。汉高帝十二年(前195),刘邦封兄子刘濞于此,称吴王,经营三十余年而成强藩。赋中所称广陵全盛之时,即始自西汉。 [2]弥迤(mǐyǐ):相连而倾斜渐平的样子。平原:指广陵一带的平原。 [3]南驰:与下面的"北走"均极言广陵通达之地辽远。苍梧:汉郡名,在今广西梧州一带。涨海:南海的别称。 [4]紫塞:指长城。崔豹《古今注》:"秦筑长城,土色紫,汉塞亦然;一云雁门草紫色,故曰紫塞。"雁门:关塞名,在今山西北部。 [5]栖:引。漕渠:指邗沟,春秋时吴国所筑运河,流经广陵。 [6]轴以昆冈:指广陵以昆冈为轴心。昆冈:又名阜冈、广陵冈,广陵城筑于其上。 [7]重关复江:谓广陵处于许多江河关口深处。隩:深隐之处。 [8]庄:大道。 [9]全盛之时:指西汉吴王刘濞在广陵建都之时。 [10]挂辖(wèi):车轴相互阻碍碰撞。辖,车轴顶端。 [11]驾肩:同"摩肩"。 [12]廛闬(chánhàn):同"民宅"。廛,居民区。闬,里门。朴地:遍地。 [13]歌吹:歌唱吹奏。 [14]孳:滋生。货:财货。 [15]铲:指开采。 [16]士马:同"人马"。精妍:精良。 [17]参:同"侈",奢侈,引申为超越。佚,同"轶",超。 [18]划:开。崇墉:高峻的城墙。 [19]刳(kū):挖。浚洫(xù),深沟,指护城河。 [20]修世:永世。休命:美好的命运。 [21]板筑:旧时筑墙方式,此指修筑城墙。板:筑墙用的夹板。筑:板内填土后夯实用的杵。雉堞:指城墙。雉:城墙高一丈长三丈为一雉。堞:城上女墙,即城垛。殷:盛大。 [22]井幹(hán):建造高大建筑物时用的架子,木柱相交如同井上木栏。烽橹:城上备有烽火的望楼。 [23]格:格局。 [24]袤(mào)广三坟:指幅员广阔。袤,南北的长度。广,东西长度。三坟,未详。一说借指兖州、青州、徐州,此三州与广陵相接;一说即三分,指九州之土而言,与上文"五岳"相配。 [25]崒(zú):高峻。断岸:绝壁。 [26]磁石:《三辅黄图》说,秦代"阿房宫以磁石为门,怀刃者止之"。御冲:防御突然的袭击,指磁石能吸住袭击者的刀剑。糊:指涂抹城墙。 [27]赪(chēng)壤:赤色的泥土。飞文:指城墙上飞动光彩。 [28]基局(jiōng):

指城阙。基,城基。扃,门上的关键。固护:牢固。 [29]祀:年。一君:指一家一姓的统治。 [30]出入:同"经历"。三代:指汉、魏、晋。 [31]瓜剖豆分:比喻广陵城被毁坏。 [32]泽葵:莓苔之类。 [33]萬:蔓草。胃(juàn):挂绕。涂:途。 [34]坛:堂。罗:遍布。虺(huì):毒蛇。蜮(yù):传说中的短狐,能含沙射人为灾。 [35]麇(jūn):獐。鼯(wú):鼠类动物。 [36]魅:精怪。 [37]城狐:以城墙为洞穴的狐狸。 [38]见:同"现"。 [39]厉:同"砺"。吻:口边,指嘴。 [40]鸱(chī):鹞鹰。吓:恐吓。雏:小鸟。 [41]虣:同"暴",当是指猛虎。 [42]乳血:同"饮血"。飧肤:同"食肉"。飧同"餐"。 [43]榛:丛生的树木。 [44]峥嵘:阴森的样子。馗:同"逵",大道。 [45]棱棱:严寒的样子。 [46]簌(sù)簌:风声劲疾的样子。 [47]自振:自己飘转。 [48]坐飞:无故而飞。 [49]灌莽:丛生的草木。杳:深远。 [50]丛薄:草木丛杂。 [51]通池:城壕。夷:平。 [52]峻隅:城上高耸的角楼。隅,城楼一角。颓:倾塌。 [53]藻扃:彩绘的门户。藻,文采。黼(fǔ)帐:绣帐。黼,黑白相间的花纹。 [54]璇(xuán)渊:同"玉池"。璇,美玉。碧树:同"玉树"。碧,青玉。 [55]弋:用系有绳的箭射鸟,泛指射猎。 [56]二句泛指汇集于广陵城的各地音乐与各种杂技。爵,同"雀"。 [57]薰:香气。烬灭:犹言"灰飞烟飞"。 [58]光沈:光彩消失。沈,同"沉"。 [59]东都:洛阳。 [60]蕙心纨质:比喻美人质性芳洁。 [61]绛:大红。 [62]委:弃。 [63]同舆:指后妃与君王同车,深受宠爱。 [64]离宫:本指帝王的行宫,此指冷宫,失宠后妃的居室。 [65]吞恨:同"抱恨","饮恨"。 [66]命操:同"谱曲"。操,琴曲名。 [67]井径:田间小路。井:井田,泛指田亩。丘陇:坟墓。 [68]共尽:指人与万物同归于尽。

江 淹

别 赋

黯然销魂者[1],唯别而已矣。况秦吴兮绝国[2],复燕宋兮千里[3]。或春苔兮始生,乍秋风兮暂起[4]。是以行子肠断,百感凄恻。风萧萧而异响,云漫漫而奇色。舟凝滞于水滨[5],车逶迟于山侧[6]。棹容与而讵前[7],马寒鸣而不息。掩金觞而谁御[8],横玉柱而霑轼[9]。居人愁卧[10],怳若有亡[11]。日下壁而沉彩[12],月上轩而飞光[13]。见红兰之受露[14],望青楸之离霜[15]。巡层楹而空掩[16],抚锦幕而虚凉[17]。知离梦之踯躅,意别魂之飞扬[18]。故别虽一绪[19],事乃万族[20]。

至若龙马银鞍[21],朱轩绣轴[22],帐饮东都[23],送客金谷[24]。琴羽张兮箫鼓陈[25],燕赵歌兮伤美人[26]。珠与玉兮艳暮秋[27],罗与绮兮娇上春[28]。惊驷马之仰秣[29],耸渊鱼之赤鳞[30]。造分手而衔涕[31],感寂漠而伤神[32]。

乃有剑客惭恩[33],少年报士[34],韩国赵厕[35],吴宫燕市[36]。割慈忍爱[37],离邦去里[38],沥泣共诀[39],抆血相视[40],驱征马而不顾[41],见行尘之时起,方衔感于一剑[42],非买价于泉里[43]。金石震而色变[44],骨肉悲而心死[45]。

或乃边郡未和[46],负羽从军[47];辽水无极[48],雁山参云[49]。闺中风暖,陌上草熏[50];日出天而曜景[51],露下地而腾文[52]。镜朱尘之照烂[53],袭青气之烟煴[54]。攀桃李兮不忍别,送爱子兮霑罗裙。

至如一赴绝国[55],讵相见期[56]?视乔木兮故里,决北梁兮永辞[57]。左右兮魂动,亲宾兮泪滋[58]。可班荆兮赠恨[59],唯罇酒兮叙悲[60]。值秋雁兮飞日,当白露兮下时。怨复怨兮远山曲[61],去复去兮长河湄[62]。

又若君居淄右[63],妾家河阳[64]。同琼珮之晨照[65],共金炉之夕香。君结绶兮千里[66],惜瑶草之徒芳[67]。惭幽闺之琴瑟[68],晦高台之流黄[69]。春宫閟此青苔色[70],秋帐含兹明月光。夏簟清兮昼不暮[71],冬釭凝兮夜何长[72]!织锦曲兮泣已尽,回文诗兮影独伤[73]。

傥有华阴上士[74],服食还山[75]。术既妙而犹学,道已寂而未传[76];守丹灶而不顾[77],炼金鼎而方坚[78]。驾鹤上汉[79],骖鸾腾天[80];暂游万里[81],少别千年[82]。惟世间兮重别[83],谢主人兮依然[84]。

下有芍药之诗[85],佳人之歌[86],桑中卫女,上宫陈娥[87]。春草碧色,春水渌波[88],送君南浦[89],伤如之何!至乃秋露如珠,秋月如珪[90],明月白露,光阴往来。与子之别,思心徘徊[91]。

是以别方不定,别理千名[92]。有别必怨,有怨必盈[93],使人意夺神骇[94],心折骨惊[95]。虽渊、云之墨妙[96],严、乐之笔精[97];金闺之诸彦[98],兰台之群英[99];赋有凌云之称[100],辩有雕龙之声[101],谁能摹暂离之状,写永诀之情者乎!

【注释】

[1]黯然:心神沮丧的样子。 [2]秦:秦国,在今陕西。吴:吴国,在今江浙。绝国:隔绝之国,言极遥远。 [3]燕:燕国,在今河北北部。宋:宋国,在今河南东部。 [4]乍:忽然。 [5]凝滞:滞留不前。 [6]逶迟:徘徊,迟缓的样子。 [7]櫂(zhào):船桨,借指船。容与:荡漾不进貌。讵:岂。 [8]掩:覆盖。金觞:精美的酒杯。御:进用。 [9]横:横置,指搁置不用。玉柱:琴瑟上玉制的弦柱,用以系弦,借指琴瑟。霑轼:指眼泪沾湿车轼。轼,车前端供人凭靠的横木。 [10]居人:留居者,指送行的人。 [11]怳:同"恍",失意的样子。若有亡:若有所失。亡,失。 [12]日下壁:谓太阳从西墙外下落。沉彩:沉没光彩。 [13]轩:楼阁的栏杆。飞光:指月光散发。 [14]红兰:秋兰,兰至秋变红。 [15]楸:落叶乔木名。离:同"罹",遭受。 [16]巡:巡行。层:高。榴:房柱;也用作计房的量词,屋一列为一榴,这里借指房屋。空掩:指行人已去楼已空。掩:掩门。 [17]虚凉:指帐内无人。 [18]意:料想。飞扬:飘荡。 [19]一绪:同一种情绪。 [20]族:类别。 [21]龙马:高头大马。 [22]朱轩绣轴:指贵族的豪华车乘。轩:轩车,大夫以上所乘。轴:车轴。 [23]帐饮:设帐饯别。东都:汉代长安的城门名。西汉时疏广与其侄疏受皆为汉宣帝所器重,告老还乡时,公卿大夫设帐为他们饯别,送者车数百辆。 [24]金谷:西晋石崇的花园别墅,在今洛阳北。晋惠帝元康六年(296),石崇与诸友于此聚会,送别征西将军祭酒王诩回长安。 [25]羽:古代五音(宫商角徵羽)之一,即羽音。一说即羽扇,指舞具。 [26]燕赵:借指美人。《古诗十九首》:"燕赵多佳人,美者颜如玉。"伤美人,指美人歌离别,心中悲伤。 [27]珠、玉、罗、绮:均指歌女服饰。 [28]上春:初春。 [29]驷马:同驾一车的四匹马。仰秣:仰首咀嚼。秣,以草料喂马。 [30]竦:同"悚",惊动。 [31]

造:到。衔涕:含泪。　[32]寂漠:同"寂寞"。　[33]剑客:侠客。惭恩:惭愧于未能报恩。　[34]报士:杀仇报恩之士。　[35]韩国:指聂政事。战国时人聂政为替严仲子报仇,刺杀了韩国国相侠累,随后自杀。赵厕:指豫让事。春秋时晋人豫让为替智伯报仇,曾潜入赵襄子的宫厕谋刺襄子,事未成而死。[36]吴宫:指专诸事。春秋时吴人专诸曾为吴公子光刺杀吴王僚,自己亦被杀。燕市:指荆轲事。战国时卫人荆轲曾与好友高渐离饮于燕国街市,后荆轲为燕太子丹报仇而入秦行刺秦王政,事未成而被害。　[37]慈:指父母。爱:指妻、子。　[38]里:故里。　[39]沥泣:洒泪。沥:滴落。诀:诀别。　[40]抆(wèn):擦拭。血:血泪,指泪尽泣之以血,极言悲痛之深。　[41]顾:回首。[42]衔感:怀恩感遇。　[43]买价:买取声价。泉里:黄泉下,指死。二句谓侠客们乃是仗剑报恩,不是为换取身后声名而赴死。　[44]金石:指钟、磬一类乐器。色变:《燕丹子》说,秦武阳佐荆轲入秦宫廷刺秦王,秦宫钟磬奏响,秦武阳吓得面如死灰。　[45]骨肉:聂政刺杀侠累后,即自我破面决眼剖腹出肠而死,遂被暴尸于市。其姊悲叹弟死而名字埋没不彰,乃在尸体旁宣布聂政姓名,随后自杀。心死,指极度悲哀。　[46]未和:指有战事。　[47]羽:箭,借指武器。　[48]辽水:即今辽河,纵贯辽宁,注入渤海。　[49]雁山:即今山西北部雁门山。　[50]熏:香气。　[51]曜景:闪耀光辉。景:日光。　[52]腾文:指露珠在日光下呈现光彩。　[53]镜:用作动词,照。朱尘:红尘,即尘灰。照烂:明亮灿烂。　[54]袭:侵,扑。青气:春天草木的气息。烟煴:同"氤氲",气浓郁的样子。　[55]绝国:遥远而又隔绝的国家。　[56]讵:岂。　[57]决:同"诀",诀别。梁:桥。　[58]滋:溢。　[59]班荆:铺柴草而坐。班:布。赠恨:对人诉说离情别恨。　[60]罇:同"樽",酒器。　[61]远山曲:远山曲折处。　[62]湄:水边。　[63]淄:淄水,在今山东境内。右:西。　[64]河阳:黄河北边。阳:水之北山之南为阳。　[65]琼佩:用美玉制的佩饰。照:照镜。[66]结绶:以绶系印,借指出仕。绶:系官印的丝带。　[67]瑶华:仙花,比喻居家的少妇。徒芳:比喻年华虚度。　[68]幽闺:深闺。　[69]晦:昏暗。流黄:黄色丝绢,指帷幕。二句谓别后生活慵懒,琴瑟不弹,流黄弗拭。　[70]春宫:指少妇所居的庭院。闭(bì):关闭。　[71]簟(diàn):竹席。清:清凉。

[72]缸(gāng):灯。凝:光聚集不动,指灯下无人活动。 [73]织锦曲:《晋书·列女传》记载,前秦苻坚时苏蕙织锦为回文诗,以赠远徙流沙的丈夫窦滔。"宛转循环以读之,词甚凄惋。"回文诗:一种既可顺读也可倒读的诗体。苏蕙回文诗纵横反复都可读通。 [74]傥:同"倘",或。华阴:县名,在今陕西,这里指华山。上士,得道的方士。 [75]服食:指服用丹药。还山:一作"还仙",指成仙。 [76]寂:静,指进入微妙境界。未传:未得真传。 [77]不顾:不问世事。 [78]方坚:意志正坚决。 [79]汉:天汉,即银河。 [80]骖鸾:同"乘鸾",与驾鹤同为方士想象的升天方式。 [81]蹔:同"暂"。 [82]少别千年:即传说的"天上方七日,人间已千年"。少,小。 [83]重:看重。 [84]谢:辞。依然:依恋的样子。二句指得道升天者仍有离情别绪。 [85]芍药之诗:指《诗经·郑风·溱洧》:"维士与女,伊其相谑,赠之以芍药。" [86]佳人之歌:指《汉书·外戚传》李延年歌:"北方有佳人,绝世而独立。" [87]桑中:卫国地名。上宫:陈国地名,均为春秋时男女欢会之所。语出《诗经·鄘风·桑中》:"云谁之思,美孟姜矣。期我乎桑中,要我乎上宫,送我乎淇之上矣。"卫女、陈娥,本为《诗经》中所咏及的女子,这里泛指恋爱中的少女。娥:美女。四句借古代诗歌写男女相爱。 [88]渌(lù):水清澈。 [89]南浦:指送别之地。《楚辞·九歌·河伯》:"子交手兮东行,送美人兮南浦。"浦,水边。 [90]珪:上尖下方的长条形玉器。一说为圆形玉器。 [91]徘徊:同"萦绕"。 [92]"是以"二句:指离别的情形不一,离别的原因也多种多样。 [93]盈:满,指哀怨充溢于胸。 [94]骇:乱。 [95]心折骨惊:即心惊骨折。 [96]渊、云:指西汉著名辞赋家王褒、扬雄。褒字子渊,雄字子云。 [97]严、乐:指西汉著名文士严安、徐乐。 [98]金闺:指西汉长安金马门,有著作之庭,当时的文人学士公孙弘等曾待诏于此。闺,城门。彦:俊才。 [99]兰台:东汉宫中藏书之所,设兰台令史,傅毅、班固均曾任此职。 [100]凌云:形容文章辞气高妙。 [101]雕龙:比喻有文采,有如雕刻龙文。

唐 宋 赋

李 白

剑 阁 赋[1]

咸阳之南,直望五千里,见云峰之崔嵬[2]。前有剑阁横断,倚青天而中开。上则松风萧飒瑟飓[3],有巴猿兮相哀[4]。旁则飞湍走壑[5],洒石喷阁[6],汹涌而惊雷。

送佳人兮此去[7],复何时兮归来?望夫君兮安极,我沉吟兮叹息。视沧波兮东注[8],悲白日兮西匿。鸿别燕兮秋声,云愁秦而暝色[9]。若明月出于剑阁兮,与君两乡对酒而相忆[10]。

【注释】

[1]剑阁:又名剑门关,在今四川剑阁县北。 [2]咸阳:秦故都,即今陕西咸阳。崔嵬:山峰高峻的样子。 [3]瑟飓(yù):狂风吹动的样子。 [4]巴猿:巴蜀之猿。 [5]湍(tuān):急流的水。 [6]洒石喷阁:冲刷着山石,喷洒着剑阁。 [7]佳人:君子贤人,此指李白友人王炎。 [8]沧波:指大江大河。 [9]燕:燕地,指北方。秦:关中地区,古属秦地。 [10]两乡:指秦蜀两地。

杜 牧

阿 房 宫 赋[1]

六王毕[2],四海一[3]。蜀山兀[4],阿房出[5]。覆压三百余里[6],隔离天日[7]。骊山北构而西折,直走咸阳[8]。二川溶溶[9],流入宫墙。五步一楼,十步一阁;廊腰缦回[10],檐牙高啄[11];各抱地势[12],钩心斗角[13]。盘盘焉[14],囷囷焉[15]。蜂房水涡[16],矗不知其几千万落[17]。长桥卧波,未云何龙[18]?复道行空,不霁何虹[19]?高低冥迷,不知西东[20]。歌台暖响,春光融融[21];舞殿冷袖,风雨凄凄。一日之内,一宫之间,而气候不齐[22]。

妃嫔媵嫱[23],王子皇孙[24],辞楼下殿,辇来于秦[25]。朝歌夜弦,为秦宫人。明星荧荧[26],开妆镜也;绿云扰扰[27],梳晓鬟也[28];渭流涨腻[29],弃脂水也;烟斜雾横[30],焚椒兰也;雷霆乍惊[31],宫车过也;辘辘远听[32],杳不知其所之也[33]。一肌一容[34],尽态极妍[35]。缦立远视[36],而望幸焉[37],有不得见者三十六年!燕赵之收藏[38],韩魏之经营,齐楚之精英,几世几年,摽掠其人[39],倚叠如山[40],一旦不能有[41],输来其间[42]。鼎铛玉石,金块珠砾[43],弃掷逦迤[44],秦人视之,亦不甚惜。

嗟乎!一人之心,千万人之心也[45]。秦爱纷奢[46],人亦念其家,奈何取之尽锱铢[47],用之如泥沙!使负栋之柱[48],多于南亩之农夫[49];架梁之椽[50],多于机上之工女[51];钉头磷磷[52],多于在庾之粟粒[53];瓦缝参差,多于周身之帛缕[54];直栏横槛[55],多于九土之城郭[56];管弦呕哑[57],多于市人之言语。使天下之人,不敢言而敢怒,独夫之心[58],日益骄固[59]。戍卒叫[60],函谷举[61],楚人一炬[62],可怜焦土。

呜呼!灭六国者,六国也,非秦也;族秦者[63],秦也,非天下也。嗟夫!使六国各爱其人[64],则足以拒秦;使秦复爱六国之人,则递三世可至万世而为君[65],谁得而族灭也?秦人不暇自哀[66],而后人哀之;后人哀之而不鉴之[67],亦使后人而复哀后人也。

【注释】

[1]阿房(ēpáng)宫:宫苑名,旧址在今陕西西安西南阿房村,秦始皇所建。秦亡后被项羽焚烧,大火三月不灭。 [2]六王:指战国时齐、楚、燕、韩、赵、魏六国之君。毕:结束,指被秦王所灭。 [3]四海一:天下统一。 [4]兀:光秃,指树木被砍光。 [5]出:出现,指建成。 [6]覆压:覆盖。 [7]隔离天日:隔断、遮蔽了天空和日光。 [8]骊山:山名,在今陕西临潼东南。构:构筑。走:趋向。咸阳:秦故都,即今陕西咸阳。 [9]二川:指渭河和樊川。溶溶:河水盛大的样子。 [10]廊腰:走廊转折处。缦(màn)回:萦绕回环的样子。 [11]檐牙:指飞笋高翘的屋檐,形如牙齿。高啄:形容飞檐如禽鸟高

啄。[12]抱:抱守,依托。[13]钩心:指建筑物彼此钩连,向着中心。斗角:指楼阁檐牙相互对凑,如同斗角。[14]盘盘焉:回环曲折的样子。[15]囷(qūn)囷焉:纡回盘旋的样子。[16]蜂房水涡:如蜂房密布,如水涡盘旋。[17]矗:高耸。落:人聚居的地方。[18]长桥卧波:长桥横跨渭水之上。未云何龙:天上无云,哪会出现龙?[19]复道:连接楼阁的空中通道。霁(jì):雨过天晴。[20]冥迷:分辨不清。[21]暖响:温柔甜暖的乐音。融融:和乐的样子。[22]不齐:不一。[23]妃嫔句:泛指后宫的姬妾。妃:皇帝的妾、太子王侯的妻。嫔(pín)、嫱(qiáng):宫廷女官名。媵(yìng):后妃陪嫁的人。[24]"王子"句:指六国王侯的子女。[25]辇(niǎn):古代以人推挽的车。[26]明星荧荧:形容妆镜之多如明星闪烁。[27]绿云扰扰:形容宫女发浓如绿云浮动。[28]鬟(huán):环形发髻。[29]渭流涨腻:渭水涨起一层油腻。[30]烟斜雾横:烟雾弥漫飘散。[31]霆:霹雳。乍:突然。[32]辘(lù)辘:车轮滚动声。[33]杳(yǎo):渺远。之:往、到。[34]一肌一容:每一肌肤,每一容颜。[35]妍(yán):美好。[36]缦立:久立。缦,同"慢"。[37]望幸:盼望皇帝宠幸。[38]收藏:和下文的"经营"、"精英"都指金玉珍宝。[39]摽掠:抢夺。摽,同"剽"。[40]倚叠:堆积。[41]有:占有。[42]其间:指阿房宫内。[43]"鼎铛"二句:把宝鼎、美玉看作铁锅、石头,把黄金、珍珠看作土块、沙砾。铛(chēng):一种平底铁锅。砾(lì):碎沙石。[44]逦迤(lǐyǐ):接连不断的样子。[45]心:此指欲望。[46]纷奢:纷华奢侈。[47]锱铢(zīzhū):极小的重量单位。[48]负栋之柱:支撑栋梁的柱子。[49]南亩:泛指田地。[50]架梁之椽(chuán):架在屋檐上的木条。[51]机:指织布机。[52]磷磷:水清见石的样子,此处形容钉头明亮闪耀。[53]庾(yǔ):粮仓。[54]帛缕:丝帛服装的线缕。[55]直栏横槛(jiàn):纵横的栏杆。[56]九土:九州,指全国。[57]呕哑:形容乐声杂乱。[58]独夫:失去人心的暴君,此指秦始皇。[59]骄固:骄横、顽固。[60]戍卒叫:戍边的士卒叫喊。此指陈胜、吴广起义。[61]函谷举:函谷关被攻占。指刘邦入关。[62]楚人一炬:指项羽烧秦宫室。[63]族秦:使秦灭族。[64]使:假使。[65]递:传递。三世:指秦朝共有秦始皇、秦二世和孺子婴三君。　　[66]不暇:无暇,来不及。　　[67]鉴之:以之为鉴,以秦朝的覆灭为鉴戒。

欧阳修

秋 声 赋

　　欧阳子方夜读书[1],闻有声自西南来者,悚然而听之[2],曰:"异哉!"初淅沥以萧飒[3],忽奔腾而砰湃[4],如波涛夜惊,风雨骤至。其触于物也,鏦鏦铮铮[5],金铁皆鸣;又如赴敌之兵[6],衔枚疾走[7],不闻号令,但闻人马之行声。余谓童子:"此何声也?汝出视之。"童子曰:"星月皎洁,明河在天[8]。四无人声,声在树间。"

　　余曰:"噫嘻悲哉,此秋声也,胡为乎来哉[9]!盖夫秋之为状也[10],其色惨淡,烟霏云敛[11];其容清明,天高日晶[12];其气慄冽[13],砭人肌骨[14];其意萧条[15],山川寂寥[16]。故其为声也,凄凄切切,呼号愤发[17]。丰草绿缛而争茂[18],佳木葱茏而可悦[19]。草拂之而色变,木遭之而叶脱。其所以摧败零落者,乃其一气之余烈[20]。夫秋,刑官也[21],于时为阴[22];又兵象也[23],于行为金[24]。是谓天地之义气[25],常以肃杀而为心[26]。天之于物,春生秋实。故其在乐也,商声主西方之音,夷则为七月之律[27]。商,伤也,物既老而悲伤;夷,戮也,物过盛而当杀[28]。

　　"嗟夫!草木无情,有时飘零。人为动物,惟物之灵[29],百忧感其心,万事劳其形,有动乎中,必摇其精[30]。而况思其力之所不及,忧其智之所不能!宜其渥然丹者为槁木,黟然黑者为星星[31]。奈何非金石之质[32],欲与草木而争荣?念谁为之戕贼[33],亦何恨乎秋声!"

　　童子莫对[34],垂头而睡。但闻四壁虫声唧唧,如助余之叹息。

【注释】

　　[1]欧阳子:欧阳修自称。方:正在。　　[2]悚(sǒng)然:惊惧的样子。　　[3]淅沥:雨、雪、风的声音。萧飒(sà):风吹树木声。　　[4]砰湃(pēngpài):

波涛冲激声。　[5]钺钺(cōng)铮铮(zhēng):金属相击声。　[6]赴敌:奔击敌人。　[7]衔枚:古时行军,令士兵衔枚,以防喧哗。枚:形如筷子的小木棍。[8]明河:银河。　[9]胡为:为何。　[10]盖夫:句首发语词。　[11]烟霏云敛:烟飞云收。　[12]日晶:阳光灿烂。　[13]慄冽:同"凛冽",寒冷的样子。[14]砭(biān):刺。　[15]意:神态。萧条:凋零。　[16]寂寥(liáo):静寂而空旷。　[17]愤发:同"奋发"。　[18]丰草绿褥(rù):浓茂的草碧绿繁茂。[19]葱茏:草木葱绿繁盛的样子。　[20]一气:指秋气。余烈:残余的威力。[21]刑官:周代设六官,以司寇为秋官,掌刑狱。　[22]于时为阴:在时令上属于阴。古时春夏为阳,秋冬为阴。　[23]兵象:战争的征象。　[24]于行为金:在五行中,秋属于金。五行指金、木、水、火、土。　[25]义气:正气,秋冬严凝之气。　[26]心:指意志。　[27]商:古乐五音之一。夷则:古乐十二律之一。　[28]杀:肃杀,削减。　[29]惟物之灵:是万物的灵长。　[30]摇:摇落,耗损。精:精神。　[31]渥(wò)然:润泽貌。黟(yī)然:乌黑的样子。[32]质:指人的肉体。　[33]戕(qiāng)贼:摧残。　[34]莫对:不回答。

苏　轼

前赤壁赋[1]

　　壬戌之秋[2],七月既望[3],苏子与客泛舟游于赤壁之下[4]。清风徐来,水波不兴。举酒属客[5],诵明月之诗,歌窈窕之章[6]。少焉,月出于东山之上,徘徊于斗牛之间[7]。白露横江[8],水光接天。纵一苇之所如[9],凌万顷之茫然[10]。浩浩乎如凭虚御风[11],而不知其所止;飘飘乎如遗世独立[12],羽化而登仙[13]。于是饮酒乐甚,扣舷而歌之[14]。歌曰:"桂棹兮兰桨[15],击空明兮泝流光[16]。渺渺兮予怀[17],望美人兮天一方[18]。"客有吹洞箫者[19],倚歌而和之[20]。其声呜呜然,如怨如慕,如泣如诉[21],余音袅袅,不绝如缕,舞幽壑之潜蛟,泣孤舟之嫠妇[22]。

　　苏子愀然,正襟危坐[23],而问客曰:"何为其然也?[24]"

客曰："'月明星稀,乌鹊南飞',[25]此非曹孟德之诗乎?西望夏口,东望武昌[26],山川相缪,郁乎苍苍[27],此非孟德之困于周郎者乎[28]?方其破荆州[29],下江陵[30],顺流而东也,舳舻千里[31],旌旗蔽空,酾酒临江,横槊赋诗[32],固一世之雄也,而今安在哉!况吾与子渔樵于江渚之上[33],侣鱼虾而友麋鹿[34];驾一叶之扁舟,举匏樽以相属[35]。寄蜉蝣于天地[36],渺沧海之一粟[37]。哀吾生之须臾[38],羡长江之无穷。挟飞仙以遨游[39],抱明月而长终。知不可乎骤得[40],托遗响于悲风[41]。"

苏子曰:"客亦知夫水与月乎?逝者如斯,而未尝往也[42];盈虚者如彼,而卒莫消长也[43]。盖将自其变者而观之,则天地曾不能以一瞬[44];自其不变者而观之,则物与我皆无尽也[45],而又何羡乎[46]!且夫天地之间,物各有主,苟非吾之所有,虽一毫而莫取。惟江上之清风,与山间之明月,耳得之而为声,目遇之而成色,取之无禁,用之不竭,是造物者之无尽藏也,而吾与子之所共适[47]。"

客喜而笑,洗盏更酌[48]。肴核既尽[49],杯盘狼藉[50]。相与枕藉乎舟中[51],不知东方之既白。

【注释】

[1]赤壁:此指黄州城外赤鼻矶(一名赤壁),并非三国时周瑜破曹之赤壁。苏轼在此是借题发挥。　[2]壬戌:宋神宗元丰五年(1082)。　[3]既望:农历十六日。望,农历每月十五日。　[4]苏子:苏轼自称。　[5]属(zhǔ):劝酒。　[6]明月之诗:指《诗经·陈风·月出》。窈窕之章:指《月出》首章。　[7]斗牛:星宿名,指北斗星和牵牛星。　[8]白露:月下水气。横:弥漫。　[9]纵:放纵,听任。一苇:一片苇叶,比喻小舟。如:往。　[10]凌:渡,越过。万顷之茫然:指茫然无际的万顷江面。　[11]凭虚:凌空。　[12]遗世独立:抛弃人世,超然卓立。　[13]羽化:道家谓飞升成仙。　[14]扣舷(xián):敲打着船边。　[15]"桂棹"(zhào)句:桂木做的棹,木兰做的桨。形容划船工具的精美。　[16]空明:明澈如空的江面。泝(sù):逆流而行。　[17]渺渺:遥远的样子。予怀:我的心。　[18]美人:所思慕的人。天一方:天一边。　[19]洞箫:单管直吹的箫。　[20]"倚歌"句:按着歌曲的节拍相应和。　[21]"如怨"

二句:形容箫声如悲怨,如思慕,如哭泣,如倾诉。　[22]舞、泣:都是使动用法。幽壑:深谷,深渊。蛟:龙。嫠(lí)妇:寡妇。　[23]愀(qiǎo)然:忧愁的样子。危坐:端庄而坐。　[24]何为其然:箫音为何这样悲切。　[25]"明月"二句:曹操《短歌行》中的诗句,表达了曹操思慕贤才的愿望。　[26]夏口:今湖北汉口。武昌:今湖北鄂城。　[27]"山川"二句:山水缭绕,一片苍翠。缪:同"缭(liáo)",缭绕。郁:草木繁盛。　[28]孟德:曹操,字孟德。　[29]方:当。其:指曹操。破荆州:赤壁之战前,曹操趁荆州刺史刘表新逝,击破荆州。[30]下江陵:指曹操击败刘备,攻下江陵。　[31]舳舻(zhúlú):长方形的大船。　[32]"酾酒"二句:对江饮酒,横矛赋诗。酾(shī)酒:斟酒,此处指饮酒。槊(shuò):长矛。　[33]渔樵:捕鱼打柴。江渚:江上的沙洲。　[34]"侣鱼"句:以鱼虾为伴侣,以麋鹿为朋友。　[35]匏(páo)樽:一种葫芦做成的酒器。[36]蜉蝣:小昆虫,朝生暮死。比喻人生短促。　[37]"渺沧海"句:渺小得像大海中的一粒小米。　[38]须臾:片刻。　[39]挟:挟持,携带,此处为"伴随"意。　[40]骤:急速,马上。　[41]"托遗响"句:把洞箫的余音寄托在悲凉的秋风里。　[42]往:消逝。　[43]盈虚:指月满、月亏。彼:指月亮。卒:终于。[44]曾:竟。　[45]"自其"二句:从那不变的方面来看,那么天地万物和我都没有穷尽。　[46]何羡乎:羡慕什么?　[47]适:享用,享受。　[48]洗盏更酌:洗刷杯盏,重新斟酒。　[49]肴核:菜肴和果品。　[50]狼藉:杂乱。[51]藉:垫。

明 清 赋

何景明

东 门 赋

　　步出东门,四顾何有? 敝冢培累,连畛接亩[1]。有一男子,饥卧冢首[2]。傍有妇人,悲挽其手。两人相语,似是夫妇。夫言告妇:"今日何处? 于此告别,各自分去。前有大家,可为尔主。径往投之,亦自得所。我不自存,实难活汝。"妇言谓夫："出言何绝！念我与君,少小结发。何言中路,弃捐决别[3]！毕身奉君,不得有越[4]。"夫闻妇言："此言诚难。三日无食,肠如朽菅[5]。仰首鼓喙,思得一餐[6]。大命旦夕,何为迁延？即死从义,弗如两完[7]。"妇谓夫言："尔胡弗详？死葬同沟,生处两乡。饱为污人,饿为义殇[8]。纵令生别,不如死将[9]。"夫愠视妻："言乃执古[10]。死生亦大,尔何良苦？死为王侯,不如生为奴房；朱棺而葬,不如生处蓬户。生尚有期,死即长腐。潜寐黄泉,美谥何补[11]？"夫妇辩说,踟蹰良久[12]。妇起执夫,悲啼掩口。夫揖辞妇,扠泪西走[13]。十声呼之,不一回首。

【注释】

[1]敝冢：残破的坟墓。培累：连绵不绝的样子。畛(zhěn)：田间小路。[2]冢首：坟头。　[3]弃捐：抛弃。决：同"诀"。　[4]毕身奉君：终生侍候您。[5]菅(jiān)：一种草,可作笤帚或刷子。　[6]鼓喙(huì)：动嘴。喙：嘴。[7]两完：两人都活下来。　[8]义殇：符合道德行为半路死去。　[9]死将：死。将：助词,无义。　[10]愠(yùn)：怒。执古：固执不化。　[11]潜寐黄泉：指长眠地下。美谥(shì)：好听的名声。　[12]踟蹰(chíchú)：来回走动。[13]扠(wěn)：拭,擦。

蒲松龄

绰然堂会食赋　并序

有两师六弟,共一几餐[1]。弟之长者方能御,少者仅数龄。每食情状可哂,戏而赋之[2]。

僮跄跄兮登台,碗铮铮兮饭来[3]。南闱闱兮扉启,东振振兮帘开[4]。出两行而似雁,足乱动而成雷。小者飞忙而跃舞,大者矜持而徘徊。迨夫塞户登堂,并肩连袂[5],夺坐争席,椅声错地[6],似群牛之骤奔,拟万鹤之争唳[7]。

甫能安坐,眼如望羊[8]。相何品兮堪用,齐噪动兮仓皇[9]。袖拂篚兮沾热沛,身远探兮如堵墙[10]。箸森森以刺目,臂密密而遮眶[11]。脱一瞬兮他顾,旋回首兮净光[12]！或有求而弗得,颜暴变而声怆[13]；或眼明而手疾,叠大卷以如梁。赤手搏肉,饼破流汤[14]。唇膏欲滴,喙晕生光[15]。骨横斜其满地,汁淋漓以沾裳。

若夫厨役无良,庖丁不敬[16],去肉留皮,脂团膜胜[17],既少酱而乏椒,又毛卷而革硬[18]。共秉匕而踌躇,殊萧索而寡兴[19]。乃择瘦而翻肥,案狼籍而交横。时而嘉旨偶多,一卷犹剩[20],虑已迟晚,恐人先竟,连口直吞,双睛斜瞪。脍如拳而下咽,噎类鹅而伸颈[21],嘴澎澎而难舍,已促饼而急竟[22]。合盘托来,一掬而净。举坐失色,良久方定。

夫然后息争心,消贪念,箸高阁,饼干咽[23]。无可奈何,呼葱觅蒜。既饱糇粮,乃登粥饭[24]。众口流餟,声闻邻院[25]。惟夏韭与冬萝,共戚戚而厌见[26]。即盐齑之稍嘉,亦眼忙而指乱[27]。至挂颡而撑肠,始哄然而一散[28]。

乱曰：一日兮两回,望集兮开斋[29]。斋之开兮众所盼,争不得兮失所愿。呜呼！日日常为鸡鹜争,可怜可怜馋众生[30]！

【注释】

[1]两师六弟：两位塾师,六名弟子。 [2]御：骑马。 哂(shěn)：笑。 [3]僮：这里指送饭的僮仆。跄(qiàng)跄：走路不稳的样子。铮铮：指碗勺撞击声。 [4]閛(pēng)閛：开关门的声音。扉启：大门打开。 [5]迨：等到。塞户登堂：挤进门走进堂屋来。袂(mèi)：衣袖。 [6]错：一本作"挫",撞击。 [7]骤奔：突然狂奔。唳(lì)：鹤鸣。 [8]甫：刚刚。望羊：远望的样子。 [9]相：观察。品：指菜肴。 [10]簋(guǐ)：古代的一种盛食器,圆口,两耳。沈(shěn)：汁。 [11]箸：筷子。 [12]脱：假如。 [13]颜：脸色。怆(chuàng)：悲伤。 [14]赤手搏肉：意思是不用工具,下手抓肉。 [15]唇膏：嘴唇上的油脂。喙晕(huìyùn)：嘴上的光圈。 [16]厨役：伙夫。庖(páo)丁：厨师。 [17]脂团膜胜：意思是肉少皮多。膜：动物体内的薄皮。 [18]革：去毛的肉皮。 [19]秉匕(bǐ)：手拿羹匙。殊：非常。寡兴：缺乏兴致。 [20]嘉旨：美味。 [21]脍(kuài)：熟肉。 [22]澎澎：满涨的样子。促饼：快速吃饼。 [23]箸高阁：把筷子放到一边。 [24]糇(hóu)：干粮。登：端上。 [25]餟(chuò)：吸食。 [26]戚戚：忧愁的样子。 [27]盐齑

(jī):加盐的蒜泥、韭菜泥等。　[28]拄颡(sǎng):顶到嗓子眼。颡:咽喉。[29]开斋:开饭。　[30]鹜(wù):野鸭。

第三卷 词

唐五代词

敦煌词

凤 归 云

幸因今日,得睹娇娥。眉如初月,目引横波。素胸未消残雪,透轻罗。□□□□,朱含碎玉[1],云鬓婆娑[2]。　东邻有女,相料实难过[3]。罗衣掩袂,行步逶迤[4],逢人问语羞无力,态娇多。锦衣公子见,垂鞭立马,肠断知么?

儿家本是,累代簪缨[5]。父兄皆是,佐国良臣。幼年生于闺阁,洞房深[6]。训习礼仪足,三从四德,针指分明[7]。　娉得良人,为国愿长征。争名定难[8],未有归程。徒劳公子肝肠断,漫生心[9]。妾身如松柏,守志强过,曾女坚贞[10]。

【注释】

[1]朱:指嘴唇。碎玉:比喻洁白的牙齿。　[2]云鬓:乌云般的发鬓。婆娑:茂密而蓬松。　[3]难过:难以比并,比不过。　[4]逶迤:步态轻盈优雅。　[5]簪缨:显贵之家。　[6]洞房:深邃的内室。　[7]针指:即针黹,缝纫刺绣的手工技术。分明:这里指精通、干练。　[8]争名:显身扬名。定难:平定兵祸,消除灾难。　[9]谩:虚浮。　[10]曾女:不知确指何人。有学者认为,"曾女"为"鲁女"之讹,指春秋时鲁国秋胡之妻。据汉刘向《列女传》,秋胡新婚离家宦游,其妻子幽居独处。5年后,秋胡回乡,路遇采桑女,出言调戏,没想到竟是自己妻子。秋胡妻知道真相后,投水自尽。

抛 球 乐

珠泪纷纷湿绮罗,少年公子负恩多。当初姊姊分明道,莫把真心过与他。□□子细思量著,淡薄知闻解好么?[1]

【注释】

[1]这句话的意思大致是,那些交情浅薄的人能懂得别人的好心么?

菩 萨 蛮

霏霏点点回塘雨[1],双双支支鸳鸯语[2]。灼灼野花香,依依金缕黄[3]。盈盈江上女,两两溪边舞。皎皎绮罗光,轻轻云粉妆。

【注释】

[1]回塘:回环曲折的水池。 [2]支支:象声词。 [3]金缕黄:指柳树。

菩 萨 蛮

枕前发尽千般愿,要休且待青山烂[1]。水面上秤锤浮,直待黄河彻底枯。白日参辰现[2],北斗回南面。休即未能休,且待三更见日头。

【注释】

[1]休:罢休,指背弃爱情的盟誓。 [2]参辰:两颗星的名称。两星分别在东方和西方,出没各不相见,更何况在白天。辰星也叫商星。

浣 溪 沙

五里滩头风欲平,张帆举棹觉船轻。柔舻不施停却棹[1],是船行。 满眼风波多陕汋[2],看山恰似走来迎。子细看山山不动,是船行。

【注释】

[1]柔舻:同"柔橹",操橹轻摇。 [2]陕汋:变幻不定。陕,同"闪"。

浣 溪 沙

浪打轻船雨打篷,遥看篷下有渔翁。蓑笠不收船不系,任西东。 即问渔翁何所有?一壶清酒一竿风。山月与鸥长作伴,五湖中[1]。

【注释】

[1]五湖:古代关于五湖的说法不一,其中之一是指太湖、洮涡、彭蠡、青草、洞庭。这里只是泛指江湖之中。

望 江 南

莫攀我,攀我太心偏[1]。我是曲江临池柳[2],这人折了那人攀。恩爱一时间。

【注释】

[1]心偏:固执,死心眼儿。 [2]曲江:曲江池,在今西安东南,是唐代京城长安的一处游赏胜地。

鹊 踏 枝

叵耐灵鹊多瞒语[1],送喜何曾有凭据。几度飞来活捉取,锁上金笼休共语。 比拟好心来送喜[2],谁知锁我在金笼里。愿他征夫早归来,腾身却放我向青云里。

【注释】

　　[1]叵耐:可恨。瞒语:欺瞒的话。　[2]比拟:本打算。

南　歌　子

　　斜倚朱帘立,情事共谁亲?分明面上指痕新。罗带同心谁绾?甚人踏破裙?　蝉鬓因何乱[1]?金钗为甚分?红妆垂泪忆何君?分明殿前实说,莫沉吟。

　　自从君去后,无心恋别人。梦中面上指痕新。罗带同心自绾,被狙儿踏破裙[2]。　蝉鬓朱帘乱,金钗旧股分。红妆垂泪哭郎君。信是南山松柏,无心恋别人。

【注释】

　　[1]蝉鬓:古代妇女的一种发式。　[2]狙儿:猢狲,猴子。

李　白

菩　萨　蛮

　　平林漠漠烟如织[1],寒山一带伤心碧[2]。暝色入高楼,有人楼上愁。玉阶空伫立,宿鸟归飞急。何处是归程,长亭更短亭[3]。

【注释】

　　[1]平林:平展的树林。　[2]伤心碧:望之令人伤心的碧绿色。　[3]长亭、短亭:古代设在大路旁供行人休憩的亭舍,通常每十里一长亭,五里一短亭。古人送别分手,也常在长亭。

忆秦娥

箫声咽,秦娥梦断秦楼月[1]。秦楼月,年年柳色,灞陵伤别[2]。　乐游原上清秋节[3],咸阳古道音尘绝[4]。音尘绝,西风残照,汉家陵阙。

【注释】

[1]这里引用了箫史、弄玉的故事。传说箫史是秦穆公时候的人,善吹箫,箫声引来孔雀、凤凰。秦穆公的女儿弄玉爱慕他,秦穆公就把弄玉嫁给箫史,并为他们建造了一座凤台,箫史在台上教习弄玉。几年后,夫妻一同乘凤凰飞去。这里的"秦娥"是泛指长安思念离家丈夫的女子。　[2]灞陵:在今西安东,附近有灞桥,为长安人送别的地方。　[3]乐游原:长安最高处,是当时的游览胜地。　[4]咸阳古道:从长安往西北从军或者经商,咸阳是必经之地。

张志和

渔歌子

西塞山前白鹭飞[1],桃花流水鳜鱼肥。青箬笠,绿蓑衣,斜风细雨不须归。

【注释】

[1]西塞山:在今浙江吴兴西南慈湖镇。

刘禹锡

忆江南

和乐天春词,依《忆江南》曲拍为句。

春去也,多谢洛阳人[1]。弱柳从风疑举袂,丛兰裛露似沾巾[2],独坐亦含嚬[3]。

【注释】

[1]谢:告别。　[2]裛(yè):沾湿。　[3]嚬:同"颦",皱眉。

竹 枝 词

山桃红花满上头,蜀江春水拍山流。花红易衰似郎意,水流无限似侬愁。

竹 枝 词

山上层层桃李花,云间烟火是人家。银钏金钗来负水,长刀短笠去烧畲[1]。

【注释】

[1]烧畲:烧山草开荒。俗称火耕。

竹 枝 词

杨柳青青江水平,闻郎江上唱歌声。东边日出西边雨,道是无晴却有晴。

浪 淘 沙

日照澄洲江雾开,淘金女伴满江隈[1]。美人首饰侯王印,尽是沙中浪底来。

【注释】

[1]江隈:江流回环弯曲处。

浪淘沙

莫道谗言如浪深,莫言迁客似沙沈。千淘万漉虽辛苦[1],吹尽寒沙始到金。

【注释】

[1]漉:过滤。

白居易

花非花

花非花,雾非雾。夜半来,天明去。来如春梦不多时,去似朝云无觅处。

忆江南

江南好,风景旧曾谙[1]。日出江花红胜火,春来江水绿如蓝[2]。能不忆江南?

【注释】

[1]谙:熟悉。 [2]蓝:蓝草,叶子可制青蓝色染料。

长相思

汴水流[1],泗水流。流到瓜洲古渡头[2],吴山点点愁[3]。 思悠悠,恨悠悠。恨到归时方始休,月明人倚楼。

【注释】

[1]汴水:水名。其故道流经江苏省的旧徐州合泗水入淮河,隋以后改道由安徽泗县入淮河。泗水:水名,淮河支流。发源于山东,因为由四源合为一水,故名。 [2]瓜洲:地名,在江苏邗江县南,大运河入长江处。 [3]吴山:吴地(今江苏浙江一带)的山。

张　籍

一七令　赋花

花,落早,开赊[1]。对酒客,兴诗家。能回游骑[2],每驻行车。宛宛清风起,茸茸丽日斜。　且愿相留欢洽,惟愁虚弃光华[3]。明年攀折知不远,对此谁能更叹嗟?

【注释】

[1]赊:迟缓。 [2]回游骑:能让行人回缰驻马,流连观赏。 [3]光华:光阴。

温庭筠

菩萨蛮

小山重叠金明灭[1],鬓云欲度香腮雪。懒起画蛾眉,弄妆梳洗迟。　照花前后镜,花面交相映。新帖绣罗襦[2],双双金鹧鸪[3]。

【注释】

[1]小山:有三种解释。一说指画有风景的屏风;一说指画眉的式样,即小山眉;一说指妇女头上的发梳。 [2]帖:同"贴",一种刺绣工艺。襦:短衣。 [3]鹧鸪:鸟名。花间词中出现的鹧鸪,用意多与鸳鸯同,取雌雄成对的意思。

菩 萨 蛮

水精帘里颇黎枕[1],暖香惹梦鸳鸯锦。江上柳如烟,雁飞残月天。　藕丝秋色浅[2],人胜参差剪[3]。双鬓隔香红,玉钗头上风。

【注释】

[1]水精:即水晶。颇黎:状如水晶的宝石。　[2]藕丝:藕白色。这句写衣服的颜色。　[3]人胜:按古代风俗,在正月七日(人日)制作的人形首饰。

更 漏 子

玉炉香[1],红蜡泪,偏照画堂秋思。眉翠薄[2],鬓云残,夜长衾枕寒。　梧桐树,三更雨,不道离情正苦。一叶叶,一声声,空阶滴到明。

【注释】

[1]玉炉:玉制的香炉。　[2]眉翠:眉上所画的翠黛色。

梦 江 南

千万恨,恨极在天涯。山月不知心里事,水风空落眼前花。摇曳碧云斜。

梦 江 南

梳洗罢,独倚望江楼。过尽千帆皆不是,斜晖脉脉水悠悠,肠断白蘋洲[1]。

【注释】

[1]白蘋洲:开满白色蘋花的洲渚。蘋,水草名,叶有长柄,柄端生四片小

叶成田字形。这里指男女相别分手的地方。

韦　庄

菩萨蛮

人人尽说江南好,游人只合江南老。春水碧于天,画船听雨眠。　垆边人似月[1],皓腕凝霜雪[2]。未老莫还乡,还乡须断肠。

【注释】

[1]垆:古时酒店中安放酒坛的土台。　[2]霜雪,原作"双雪",从《彊村丛书》本《金奁集》改。

菩萨蛮

劝君今夜须沉醉,罇前莫话明朝事。珍重主人心,酒深情亦深。　须愁春漏短,莫诉金杯满[1]。遇酒且呵呵[2],人生能几何!

【注释】

[1]诉:这里有"抱怨"的意思。　[2]呵呵:笑声。

菩萨蛮

洛阳城里春光好,洛阳才子他乡老。柳暗魏王堤[1],此时心转迷。　桃花春水渌[2],水上鸳鸯浴。凝恨对残晖,忆君君不知。

【注释】

[1]魏王堤:唐代洛阳城中的一处风景名胜。　[2]渌:清澈。

思 帝 乡

春日游,杏花吹满头。陌上谁家年少,足风流。妾拟将身嫁与,一生休。纵被无情弃,不能羞。

牛 峤

菩 萨 蛮

玉楼冰簟鸳鸯锦,粉融香汗流山枕[1]。帘外辘轳声[2],敛眉含笑惊。柳阴烟漠漠,低鬟蝉钗落。须作一生拚[3],尽君今日欢。

【注释】

[1]山枕:枕头。古代枕头多用木、瓷制作,中凹,两端凸起,形如山峰。 [2]辘轳:井上汲水的起重装置。 [3]拚:舍弃,豁出。

张 泌

浣 溪 沙

晚逐香车入凤城[1],东风斜揭绣帘轻,漫回娇眼笑盈盈。 消息未通何计是,便须佯醉且随行,依稀闻道"太狂生[2]!"

【注释】

[1]凤城:京都的美称。 [2]生:语助词。

牛希济

生查子

春山烟欲收,天澹稀星小。残月脸边明,别泪临清晓。　语已多,情未了,回首犹重道:记得绿罗裙,处处怜芳草。

李 珣

巫山一段云

古庙依青嶂,行宫枕碧流[1]。水声山色锁妆楼,往事思悠悠。　云雨朝还暮,烟花春复秋。啼猿何必近孤舟,行客自多愁。

【注释】

[1]行宫:古代帝王在外地巡游居住的宫室。

南 乡 子

乘彩舫,过莲塘,棹歌惊起睡鸳鸯。游女带香偎伴笑,争窈窕,竞折团荷遮晚照。

顾 敻

诉衷情

永夜抛人何处去[1],绝来音。香阁掩,眉敛,月将沉。争忍不相寻[2],怨孤衾。换我心,为你心,始知相忆深。

【注释】

[1]永夜:长夜。 [2]争:怎。

冯延巳

鹊　踏　枝

谁道闲情抛掷久,每到春来,惆怅还依旧。日日花前常病酒[1],敢辞镜里朱颜瘦[2]。　　河畔青芜堤上柳,为问新愁,何事年年有？独立小楼风满袖,平林新月人归后。

【注释】

[1]病酒:饮酒过度,沉醉如病。 [2]朱颜:年少时美好的面容。

鹊　踏　枝

粉映墙头寒欲尽,宫漏长时[1],酒醒人犹困。一点春心无限恨,罗衣印满啼妆粉。　　柳岸花飞寒食近[2],陌上行人,杳不传芳信。楼上重檐山隐隐,东风尽日吹蝉鬓。

【注释】

[1]宫漏:宫中的滴漏声。古代滴漏以计时。 [2]寒食:节令名。在农历清明节前一或二日。据《荆楚岁时记》,寒食节为纪念春秋时介之推而设。这一天禁生火炊爨,只吃冷食。

谒　金　门

风乍起,吹皱一池春水。闲引鸳鸯香径里,手挼红杏蕊。　　斗鸭阑干独倚[1],碧玉搔头斜坠[2]。终日望君君不至,举头闻鹊喜。

【注释】

[1]斗鸭:使鸭相斗的博戏。 [2]搔头:簪的别名。

李　璟

浣溪沙

菡萏香销翠叶残,西风愁起绿波间。还与韶光共憔悴,不堪看。 细雨梦回鸡塞远[1],小楼吹彻玉笙寒。多少泪珠无限恨,倚阑干。

【注释】

[1]鸡塞:古塞名。在今内蒙古磴口西北哈隆格乃峡谷口。

李　煜

虞美人

春花秋月何时了,往事知多少。小楼昨夜又东风,故国不堪回首月明中。雕阑玉砌应犹在,只是朱颜改。问君能有几多愁,恰似一江春水向东流。

乌夜啼

林花谢了春红,太匆匆。无奈朝来寒雨晚来风。燕脂泪[1],留人醉,几时重。自是人生长恨水长东。

【注释】

[1]燕脂:即胭脂。一种红色颜料。女性用来化妆,也用来代指女性。

乌夜啼

无言独上西楼,月如钩。寂寞梧桐深院锁深秋。剪不断,理还乱,是离愁。别是一般滋味在心头。

浪淘沙

帘外雨潺潺,春意阑珊[1]。罗衾不耐五更寒。梦里不知身是客,一晌贪欢[2]。　独自莫凭阑,无限江山,别时容易见时难。流水落花春去也,天上人间。

【注释】

[1]阑珊:消歇,衰落,将尽。　[2]一晌:短暂的时间。

破阵子

四十年来家国,三千里地山河。凤阁龙楼连霄汉[1],玉树琼枝作烟萝[2]。几曾识干戈?　一旦归为臣虏,沈腰潘鬓消磨[3]。最是仓皇辞庙日[4],教坊犹奏别离歌[5]。垂泪对宫娥。

【注释】

[1]凤阁龙楼:皇宫内的楼阁宫阙。　[2]烟萝:草木茂盛,烟气氤氲,藤蔓缠绕。　[3]沈腰潘鬓:南朝梁沈约老病,腰围骤减;晋潘岳年仅32岁,便生白发。后以"沈腰潘鬓"形容体弱早衰。　[4]辞庙:指帝王被俘时辞别祖庙。[5]教坊:唐代掌管音乐歌舞的官署。

宋　词

林　逋

相思令

吴山青[1],越山青[2],两岸青山相对迎。谁知离别情？　　君泪盈,妾泪盈,罗带同心结未成[3]。江头潮已平。

【注释】

[1]吴山:在浙江杭州市南钱塘江北岸。　[2]越山:指浙江绍兴市以北钱塘江以南的山。　[3]罗带同心:古人把香罗带打成结表示两人同心相爱。

范仲淹

渔家傲

塞下秋来风景异[1],衡阳雁去无留意[2]。四面边声连角起。千嶂里[3],长烟落日孤城闭。　　浊酒一杯家万里,燕然未勒归无计[4]。羌管悠悠霜满地[5]。人不寐,将军白发征夫泪。

【注释】

[1]塞下:边界上的险要之处。　[2]衡阳雁去:湖南衡阳旧城南有回雁峰,相传北雁南飞到此为止,不再向南。　[3]嶂:形如屏障的山峰。　[4]燕然未勒:燕然,山名。即蒙古人民共和国境内的杭爱山。东汉窦宪击败北单于,追至燕然山刻石勒功而返。"燕然未勒"指边境尚未安宁。　[5]羌管:羌笛。因出自羌地而得名。

御街行

纷纷坠叶飘香砌[1]。夜寂静,寒声碎。真珠帘卷玉楼空[2],天淡银河垂地。年年今夜,月华如练,长是人千里。　　愁肠已断无由醉。酒未到,先成泪。残灯明灭枕头欹[3]。谙尽孤眠滋味。都来此事[4],眉间心上,无计相回避。

【注释】

[1]香砌:有落花香气的台阶。 [2]真珠:即珍珠。 [3]欹(qī):斜,倾侧。 [4]都来:算来。

剔银灯

与欧阳公席上分题。

昨夜因看《蜀志》。笑曹操、孙权、刘备。用尽机关,徒劳心力,只得三分天地。屈指细寻思,争如共、刘伶一醉[1]。人世都无百岁。少痴呆[2]、老成尪悴[3]。只有中间,些子少年[4],忍把浮名牵系。一品与千金[5],问白发、如何回避。

【注释】

[1]刘伶:晋代名士,"竹林七贤"之一,蔑视礼法,放达不羁,尤以嗜酒闻名。 [2]痴呆:天真无知。 [3]尪悴:佝偻衰弱。 [4]些子:少许,一点点。 [5]一品:古代官僚的最高品级。

张　先

天仙子

时为嘉禾小倅[1],以病眠,不赴府会。

《水调》数声持酒听[2],午醉醒来愁未醒。送春春去几时回?临晚镜,伤流景[3],往事后期空记省[4]。　　沙上并禽池上暝[5],云破月来花弄影。重重帘幕密遮灯,风不定,人初静。明日落红应满径。

【注释】

　　[1]嘉禾:宋代郡名,今浙江嘉兴。小倅:小官。　[2]《水调》:唐宋时流行的一支曲调。　[3]流景:像水一样流逝的时光。　[4]后期:后会的期约。[5]并禽:成对的鸟。

木 兰 花

　　乙卯吴兴寒食[1]。

　　龙头舴艋吴儿竞[2],笋柱秋千游女并[3]。芳洲拾翠暮忘归,秀野踏青来不定[4]。　　行云去后遥山暝[5],已放笙歌池院静[6]。中庭月色正清明,无数杨花过无影。

【注释】

　　[1]吴兴:今浙江湖州。　[2]舴艋:蚱蜢式的小船。　[3]笋柱秋千:竹制的秋千架。　[4]踏青:古代风俗,寒食清明出外郊游,叫做踏青。　[5]行云:这里借用了巫山神女故事,用行云比喻游女。宋玉《高唐赋》述楚王游高唐,梦见与神女欢会。神女说:"妾在巫山之阳,高丘之阻。旦为行云,暮为行雨。朝朝暮暮,阳台之下。"　[6]放:停歇。

青 门 引

　　乍暖还轻冷,风雨晚来方定。庭轩寂寞近清明,残花中酒[1],又是去年病。　　楼头画角风吹醒,入夜重门静。那堪更被明月,隔墙送过秋千影!

【注释】

　　[1]中(zhòng)酒:醉酒。

晏 殊

浣溪沙

一曲新词酒一杯,去年天气旧亭台。夕阳西下几时回? 无可奈何花落去,似曾相识燕归来。小园香径独徘徊[1]。

【注释】

[1]香径:落花飘香的小路。

木兰花

池塘水绿风微暖,记得玉真初见面[1]。重头歌韵响铮琮[2],入破舞腰红乱旋[3]。 玉钩阑下香阶畔,醉后不知斜日晚。当时共我赏花人,点检如今无一半[4]!

【注释】

[1]玉真:原指仙人,这里用来指歌妓舞女。 [2]重头:乐曲中同一曲调重复多遍,称为重头。铮琮:金属、玉器之类撞击的声音。这里用来形容清脆悦耳的歌声。 [3]入破:唐宋大曲每套共有十多遍,分为散序、中序、破三大段。破的第一段为"入破",节奏由缓转急。 [4]点检:查点。

踏莎行

小径红稀,芳郊绿遍,高台树色阴阴见。春风不解禁杨花,蒙蒙乱扑行人面。 翠叶藏莺,朱帘隔燕,炉香静逐游丝转[1]。一场愁梦酒醒时,斜阳却照深深院。

【注释】

[1]游丝:飘动的蛛丝。

蝶恋花

槛菊愁烟兰泣露。罗幌轻寒[1],燕子双飞去。明月不谙离恨苦,斜光到晓穿朱户[2]。　昨夜西风凋碧树。独上高楼,望尽天涯路。欲寄彩笺兼尺素,山长水阔知何处!

【注释】

[1]罗幌:丝罗做的帷幕。　[2]朱户:朱门。指富贵之家。

宋　祁

玉楼春

东城渐觉风光好,縠皱波纹迎客棹[1]。绿杨烟外晓寒轻,红杏枝头春意闹。　浮生长恨欢娱少,肯爱千金轻一笑?为君持酒劝斜阳,且向花间留晚照。

【注释】

[1]縠(chú)皱:即绉纱,用来比喻水波。

欧阳修

踏莎行

候馆梅残[1],溪桥柳细,草薰风暖摇征辔[2]。离愁渐远渐无穷,迢迢不断如春水。　寸寸柔肠,盈盈粉泪,楼高莫近危栏倚。平芜尽处是春山,行人更在春山外。

【注释】

[1]候馆:迎候宾客的馆舍。 [2]薰:香气弥漫。辔:马缰。

蝶恋花

庭院深深深几许?杨柳堆烟,帘幕无重数。玉勒雕鞍游冶处,楼高不见章台路[1]。 雨横风狂三月暮。门掩黄昏,无计留春住。泪眼问花花不语,乱红飞过秋千去。

【注释】

[1]章台路:章台街是汉代长安城中的一条繁华街道,因位于章台而得名。后常用作游乐场所或歌楼妓馆的代称。

生查子

去年元夜时[1],花市灯如昼[2]。月上柳梢头,人约黄昏后。 今年元夜时,月与灯依旧。不见去年人,泪湿春衫袖。

【注释】

[1]元夜:元宵节之夜。 [2]花市:卖花的街市。

采桑子

群芳过后西湖好,狼籍残红[1]。飞絮濛濛。垂柳阑干尽日风。 笙歌散尽游人去,始觉春空。垂下帘栊。双燕归来细雨中。

【注释】

[1]狼籍:纷乱状。

浪淘沙

把酒祝东风,且共从容[1]。垂杨紫陌洛城东。总是当时携手处,游遍芳丛。聚散苦匆匆,此恨无穷。今年花胜去年红。可惜明年花更好,知与谁同?

【注释】

[1]首二句化自司空图《酒泉子》"把酒祝东风,且从容",添一"共"字,增加人与景的互动。

柳 永

鹤冲天

黄金榜上[1],偶失龙头望[2]。明代暂遗贤[3],如何向[4]?未遂风云便[5],争不恣狂荡[6]。何须论得丧。才子词人,自是白衣卿相[7]。　烟花巷陌,依约丹青屏障[8]。幸有意中人,堪寻访。且恁偎红翠,风流事、平生畅。青春都一晌。忍把浮名,换了浅斟低唱。

【注释】

[1]黄金榜:指科举考试中试的名单。　[2]龙头:唐宋时称状元为龙头。[3]明代:政治清明的时代。　[4]向:语助词。　[5]风云便:好的机遇。[6]争不:怎不。　[7]白衣卿相:白衣,没有任何功名的普通人。白衣卿相即无其名而有其实的卿相,意思相当于无冕之王。　[8]依约:隐约。屏障:屏风。

昼夜乐

洞房记得初相遇,便只合、长相聚。何期小会幽欢,变作离情别绪。况值阑珊春色暮,对满目、乱花狂絮。直恐风光好,尽随伊归去。　　一场寂寞凭谁诉。算前言,总轻负。早知恁地难拼,悔不当时留住。其奈风流端正外,更别有,系人心处。一日不思量,也攒眉千度。

雨霖铃

寒蝉凄切[1]。对长亭晚,骤雨初歇。都门帐饮无绪[2],留恋处、兰舟催发[3]。执手相看泪眼,竟无语凝噎。念去去千里烟波,暮霭沈沈楚天阔[4]。多情自古伤离别,更那堪冷落清秋节。今宵酒醒何处,杨柳岸、晓风残月。此去经年[5],应是良辰、好景虚设。便纵有千种风情,更与何人说。

【注释】

[1]寒蝉:蝉的一种,在秋天鸣叫。　[2]都门:京都(这里指汴京)的城门。帐饮:在露天张设帐幕宴饮饯别。　[3]兰舟:船的美称。　[4]楚天:古代长江中下游一带属楚国,故称南方的天空为楚天。　[5]经年:经过一年或多年。

凤栖梧

独倚危楼风细细,望极春愁,黯黯生天际。草色烟光残照里,无言谁会凭栏意。　　拟把疏狂图一醉[1]。对酒当歌,强乐还无味。衣带渐宽终不悔,为伊消得人憔悴。

【注释】

[1]疏狂:狂放散漫。

定风波

自春来,惨绿愁红,芳心是事可可[1]。日上花梢,莺穿柳带,犹压香衾卧。

暖酥消[2],腻云亸[3],终日厌厌倦梳裹。无那,恨薄情一去,音书无个。　　早知恁么,悔当初、不把雕鞍锁。向鸡窗[4]、只与蛮笺象管[5],拘束教吟课。镇相随[6],莫抛躲,针线闲拈伴伊坐。和我,免使年少,光阴虚过。

【注释】

　　[1]是事:凡事,任何事。可可:无所谓,不在意。　[2]暖酥消:肌肤消瘦。[3]腻云亸(duǒ):腻云,指头发。亸,下垂。　[4]鸡窗:传说晋人宋处宗养了一只会说人语的鸡,常把鸡笼放在窗前与之交谈。　[5]蛮笺:即蜀笺,蜀地产的彩色笺纸。象管:笔。　[6]镇:镇日,整天。

戚　氏

　　晚秋天,一霎微雨洒庭轩[1]。槛菊萧疏,井梧零乱惹残烟。凄然,望乡关。飞云黯淡夕阳间。当时宋玉悲感[2],向此临水与登山。远道迢递,行人凄楚,倦听陇水潺湲。正蝉吟败叶,蛩响衰草[3],相应喧喧。　　孤馆度日如年。风露渐变,悄悄至更阑。长天净,绛河清浅[4],皓月婵娟。思绵绵。夜永对景,那堪屈指,暗想从前。未名未禄,绮陌红楼[5],往往经岁迁延。　　帝里风光好[6],当年少日,暮宴朝欢。况有狂朋怪侣,遇当歌、对酒竞留连[7]。别来迅景如梭[8],旧游似梦,烟水程何限。念利名、憔悴长萦绊。追往事、空惨愁颜。漏箭移[9]、稍觉轻寒。听鸣咽、画角数声残。对闲窗畔,停灯向晓,抱影无眠。

【注释】

　　[1]庭轩:庭院中的长廊。　[2]宋玉悲感:悲秋之情。宋玉《九辩》:"悲哉秋之为气也!萧瑟兮草木摇落而变衰。"　[3]蛩:蟋蟀。　[4]绛河:天河的别称。　[5]绮陌:繁华或风景美丽的道路。　[6]帝里:京都。　[7]"遇当歌"句:曹操《短歌行》:"对酒当歌,人生几何。"　[8]迅景:飞逝的光阴。　[9]漏箭:刻漏之箭,古代计时器漏壶上的一种设备,这里指时间。

望海潮

东南形胜[1],三吴都会[2],钱塘自古繁华。烟柳画桥,风帘翠幕,参差十万人家。云树绕堤沙,怒涛卷霜雪,天堑无涯[3]。市列珠玑,户盈罗绮,竞豪奢。

重湖叠巘清嘉[4]。有三秋桂子,十里荷花。羌管弄晴,菱歌泛夜,嬉嬉钓叟莲娃。千骑拥高牙[5],乘醉听箫鼓、吟赏烟霞。异日图将好景[6],归去凤池夸[7]。

【注释】

[1]形胜:形势优越、风景美好的地区。 [2]三吴都会:钱塘(今浙江杭州)位于钱塘江北岸,旧属吴国,隋、唐时为杭州治所,所以说三吴都会。都会:人口、货物集散的大都市。 [3]天堑:天然的险阻,指钱塘江。 [4]重湖:西湖以白堤为界,分为里湖和外湖。叠巘:重叠的山峰。 [5]高牙:牙旗,将军用的旗帜。 [6]图:用作动词,描绘。 [7]凤池:即凤凰池,皇帝宫苑中的池沼。这里用来代指朝廷。

八声甘州

对潇潇暮雨洒江天,一番洗清秋。渐霜风凄紧,关河冷落[1],残照当楼。是处红衰翠减[2],苒苒物华休[3]。惟有长江水,无语东流。 不忍登高临远,望故乡渺邈,归思难收。叹年来踪迹,何事苦淹留[4]。想佳人、妆楼颙望[5],误几回、天际识归舟[6]。争知我,倚阑干处,正恁凝愁。

【注释】

[1]关河:山河。关,关山。 [2]是处:处处,到处。 [3]物华:自然景色。 [4]何事:为何。 [5]颙(yóng)望:呆呆地凝望。 [6]"误几回"句:多次错把远处船只当作自己期待中的归舟。

晏几道

临江仙

梦后楼台高锁,酒醒帘幕低垂。去年春恨却来时。落花人独立,微雨燕双飞。　　记得小蘋初见[1],两重心字罗衣[2],琵琶弦上说相思。当时明月在,曾照彩云归。

【注释】

[1]小蘋:歌伎的名字。　[2]心字罗衣:一说指用心字香熏过的罗衣,一说指衣领为心字形的罗衣。

鹧鸪天

彩袖殷勤捧玉钟[1],当年拼却醉颜红。舞低杨柳楼心月,歌尽桃花扇底风。从别后,忆相逢,几回魂梦与君同?今宵剩把银釭照[2],犹恐相逢是梦中!

【注释】

[1]玉钟:酒杯的美称。　[2]剩:一再,再三。釭:灯。

鹧鸪天

小令尊前见玉箫[1],银灯一曲太妖娆。歌中醉倒谁能恨?唱罢归来酒未消。　　春悄悄,夜迢迢,碧云天共楚宫遥[2]。梦魂惯得无拘检,又踏杨花过谢桥[3]。

【注释】

[1]玉箫:歌女的名字。　[2]"碧云"句:这句借用了楚王与巫山神女的故事。　[3]谢桥:唐代有著名歌伎谢秋娘。谢桥指歌伎门前的桥。

阮 郎 归

天边金掌露成霜[1],云随雁字长。绿杯红袖趁重阳,人情似故乡。　兰佩紫,菊簪黄,殷勤理旧狂[2]。欲将沈醉换悲凉,清歌莫断肠。

【注释】

[1]金掌:铜制的仙人手掌。汉武帝曾作承露盘,以金掌擎盘。　[2]殷勤:认真执着。

思 远 人

红叶黄花秋意晚,千里念行客。飞云过尽,归鸿无信,何处寄书得？泪弹不尽临窗滴,就砚旋研墨。渐写到别来,此情深处,红笺为无色。

苏　轼

江 城 子

湖上与张先同赋,时闻弹筝。

凤凰山下雨初晴。水风清,晚霞明。一朵芙蕖[1],开过尚盈盈。何处飞来双白鹭？如有意,慕娉婷[2]。忽闻江上弄哀筝,苦含情,遣谁听？烟敛云收,依约是湘灵[3]。欲待曲终寻问取,人不见,数峰青[4]。

【注释】

[1]芙蕖:荷花。　[2]娉婷:姿态美好。　[3]依约:隐约。湘灵:一说指湘夫人。相传舜妃溺于湘水,为湘夫人。一说湘灵即湘水之神。　[4]"欲待"三句:唐钱起《省试湘灵鼓瑟》:"曲终人不见,江上数峰青。"

江 城 子

乙卯正月二十日夜记梦。

十年生死两茫茫！不思量,自难忘。千里孤坟,无处话凄凉。纵使相逢应不识,尘满面,鬓如霜。　夜来幽梦忽还乡。小轩窗,正梳妆。相顾无言,惟有泪千行。料得年年肠断处,明月夜,短松冈。

江 城 子　密 州 出 猎

老夫聊发少年狂。左牵黄,右擎苍[1]。锦帽貂裘[2],千骑卷平冈。为报倾城随太守[3],亲射虎,看孙郎[4]。　酒酣胸胆尚开张[5]。鬓微霜,又何妨！持节云中,何日遣冯唐[6]？会挽雕弓如满月[7],西北望,射天狼[8]。

【注释】

[1]黄:黄狗。苍:苍鹰。指猎犬和猎鹰。　[2]锦帽貂裘:汉代羽林军的服饰。这里指随从将士的服装。　[3]太守:作者自称。　[4]"亲射虎"二句:孙郎,指孙权。孙权曾经猎杀老虎。　[5]尚:更。　[6]"持节"二句:汉文帝时,魏尚为云中太守,抗击匈奴有功,后因事被罢职。后冯唐代为辩白,汉文帝命冯唐持节前往云中赦罪复职。苏轼此时的处境与魏尚罢职时相似。　[7]会:定将。　[8]天狼:星名,主侵掠。这里比喻侵犯北宋的辽和西夏。

水 调 歌 头

丙辰中秋,欢饮达旦,大醉,作此篇,兼怀子由。

明月几时有？把酒问青天。不知天上宫阙,今夕是何年？我欲乘风归去,又恐琼楼玉宇[1],高处不胜寒[2]。起舞弄清影,何似在人间[3]? 转朱阁,低绮户,照无眠[4]。不应有恨,何事长向别时圆?人有悲欢离合,月有阴晴圆缺,此事古难全。但愿人长久,千里共婵娟[5]。

【注释】

[1]琼楼玉宇:指月中的宫殿。 [2]高处:相传月宫清冷,称为"广寒清虚之府"。 [3]何似:哪像,不如。 [4]无眠:因有心事不能入睡的人。 [5]婵娟:美好。这里指美好的月亮。

浣溪沙

簌簌衣巾落枣花,村南村北响缫车[1],牛衣古柳卖黄瓜[2]。 酒困路长惟欲睡,日高人渴谩思茶[3],敲门试问野人家。

【注释】

[1]缫车:缫丝的用具。 [2]牛衣:蓑衣的一类,用草编制,供牛保暖。 [3]谩:满,很。

卜算子

缺月挂疏桐,漏断人初静[1]。谁见幽人独往来?缥缈孤鸿影。 惊起却回头,有恨无人省。拣尽寒枝不肯栖,寂寞沙洲冷。

【注释】

[1]漏断:指夜深。

水龙吟 次韵章质夫杨花词

似花还似非花,也无人惜从教坠[1]。抛家傍路,思量却是,无情有思。萦损柔肠[2],困酣娇眼,欲开还闭,梦随风万里,寻郎去处,又还被、莺呼起。不恨此花飞尽,恨西园、落红难缀[3]。晓来雨过,遗踪何在?一池萍碎[4]。春色三分,二分尘土,一分流水。细看来,不是杨花,点点是离人泪。

【注释】

[1]从:任凭,听任。　[2]萦损:由于长久的牵缠、消磨而损害。　[3]难缀:难以让落花重新在枝头复活。　[4]"一池"句:据说杨花飘落水中便化为浮萍。

水调歌头

欧阳文忠公尝问余:琴诗何者最善?答以退之《听颖师琴》诗最善[1]。公曰:此诗最奇丽,然非听琴,乃听琵琶也。余深然之。建安章质夫家善琵琶者,乞为歌词。余久不作,特取退之词,稍加栝[2],使就声律,以遗之云。

昵昵儿女语[3],灯火夜微明。恩怨尔汝来去[4],弹指泪和声。忽变轩昂勇士,一鼓填然作气[5],千里不留行。回首暮云远,飞絮搅青冥[6]。　众禽里,真彩凤,独不鸣。跻攀寸步千险,一落百寻轻[7]。烦子指间风雨,置我肠中冰炭[8],起坐不能平。推手从归去,无泪与君倾。

【注释】

[1]韩愈《听颖师弹琴》:"昵昵儿女语,恩怨相尔汝。划然变轩昂,勇士赴敌场。浮云柳絮无根蒂,天地阔远随飞扬。喧啾百鸟群,忽见孤凤凰。跻攀分寸不可上,失势一落千丈强!嗟余有两耳,未省听丝篁。自闻颖师弹,起坐在一旁。推手遽止之,湿衣泪滂滂。颖乎尔诚能!无以冰炭置我肠。"　[2]栝:原为矫正木竹弯曲的一种工具。引申为根据诗文原有的内容剪裁、改写为另一体裁的作品。　[3]昵昵:亲密。　[4]尔汝:不分你我,卿卿我我。　[5]填然:鼓声。　[6]青冥:辽远的天空。　[7]寻:长度单位。古代八尺为一寻。[8]肠中冰炭:内心情感剧烈变化。

定风波

三月七日,沙湖道中遇雨[1],雨具先去,同行皆狼狈,余独不觉。已而遂晴。故作此词。

莫听穿林打叶声,何妨吟啸且徐行。竹杖芒鞋轻胜马[2],谁怕?一蓑烟雨任平生。　料峭春风吹酒醒[3],微冷。山头斜照却相迎。回首向来萧瑟处[4],归去。也无风雨也无晴。

【注释】

[1]沙湖:在黄州东南。　[2]芒鞋:草鞋。　[3]料峭:冷峻。　[4]向来:已过去的。萧瑟:风雨吹打树林的声音。

念奴娇　赤壁怀古[1]

大江东去,浪淘尽、千古风流人物。故垒西边[2],人道是、三国周郎赤壁[3]。乱石穿空,惊涛拍岸,卷起千堆雪。江山如画,一时多少豪杰。　遥想公瑾当年,小乔初嫁了[4],雄姿英发[5]。羽扇纶巾[6],谈笑间、樯橹灰飞烟灭[7]。故国神游,多情应笑我[8],早生华发。人生如梦,一尊还酹江月[9]。

【注释】

[1]赤壁:湖北江汉之间有多处称为赤壁的地方。苏轼作《念奴娇》所在的黄州赤壁矶是其中之一。据考三国赤壁之战的战场在湖北蒲圻。　[2]故垒:旧时的营垒。　[3]周郎:周瑜24岁为中郎将,吴中称为周郎。　[4]小乔:周瑜的妻子,以貌美著称。　[5]英发:见解言论卓越不凡。　[6]羽扇纶巾:魏晋时人的装束。纶巾,青丝带做的头巾。　[7]樯橹:指赤壁之战中曹军的战船。　[8]"多情"句:"应笑我多情"的倒文。　[9]酹:把酒洒在地上祭奠。

满 庭 芳

有王长官者,弃官三十三年,黄人谓之王先生。因送陈慥来过余,因为赋此。

三十三年,今谁存者?算只君与长江。凛然苍桧[1],霜干苦难双。闻道司州古县[2],云溪上、竹坞松窗。江南岸,不因送子,宁肯过吾邦? 摐摐[3]。疏雨过,风林舞破[4],烟盖云幢。愿持此邀君,一饮空缸[5]。居士先生老矣!真梦里、相对残釭。歌声断,行人未起,船鼓已逄逄[6]。

【注释】

[1]苍桧:桧树类似松柏,比喻人品行高洁。 [2]司州古县:指黄陂,当时王长官住在这里。 [3]摐摐(chuāng):雨声。 [4]风林舞破:破指大曲中"破"的乐段,节奏急促。这句说风吹动树林像"破"舞一样急速摇动。 [5]一饮空缸:"空"用作动词,意思是一气喝光一缸酒。 [6]逄逄(páng):象声词。

蝶 恋 花

花退残红青杏小。燕子飞时,绿水人家绕。枝上柳绵吹又少,天涯何处无芳草! 墙里秋千墙外道。墙外行人,墙里佳人笑。笑渐不闻声渐悄,多情却被无情恼。

秦 观

满 庭 芳

山抹微云,天粘衰草,画角声断谯门[1]。暂停征棹,聊共引离尊。多少蓬莱旧事[2],空回首、烟霭纷纷。斜阳外,寒鸦万点,流水绕孤村。 销魂,当此际,香囊暗解,罗带轻分[3]。谩赢得、青楼薄幸名存[4]。此去何时见也?襟袖上、空惹啼痕。伤情处,高城望断,灯火已黄昏。

【注释】

[1]谯门:城上望远的楼。 [2]蓬莱旧事:据载秦观居蓬莱阁(今浙江绍兴市龙山下)时曾发生过一段恋情。另,蓬莱又是传说中的仙山名。 [3]罗带轻分:古人以结带表相爱。这里以罗带轻分象征别离。 [4]"谩赢得"二句:杜牧《遣怀》诗:"十年一觉扬州梦,赢得青楼薄幸名。"

鹊 桥 仙

纤云弄巧[1],飞星传恨[2],银汉迢迢暗度[3]。金风玉露一相逢[4],便胜却人间无数。 柔情似水,佳期如梦,忍顾鹊桥归路!两情若是久长时,又岂在朝朝暮暮?

【注释】

[1]纤云弄巧:空中缕缕的云霞变幻出种种奇巧的模样。传说中织女的工作就是编织天空的彩云。这句也暗示这一天是乞巧节,即牛郎织女相会的"七夕"。 [2]飞星:指急切赴约的牵牛、织女星。 [3]银汉:银河。 [4]金风:秋风。玉露:白露的美称。

踏莎行　郴州旅舍[1]

雾失楼台,月迷津渡。桃源望断无寻处[2]。可堪孤馆闭春寒,杜鹃声里斜阳暮[3]。 驿寄梅花[4],鱼传尺素[5],砌成此恨无重数。郴江幸自绕郴山,为谁流下潇湘去?

【注释】

[1]郴州:今湖南郴州。 [2]桃源:指陶渊明在《桃花源记》中描写的世外

仙境。　[3]杜鹃声里:相传杜鹃的叫声像是"不如归去",容易勾起离人的愁思。　[4]驿寄梅花:南朝宋·陆凯《赠范晔诗》:"折花逢驿使,寄与陇头人。江南无所有,聊寄一枝春。"　[5]鱼传尺素:《古诗十九首》:"客从远方来,遗我双鲤鱼。呼儿烹鲤鱼,中有尺素书。"

浣溪沙

漠漠轻寒上小楼,晓阴无赖似穷秋[1],淡烟流水画屏幽。　自在飞花轻似梦,无边丝雨细如愁,宝帘闲挂小银钩。

【注释】

[1]无赖:无聊赖,无可如何。

好事近

春路雨添花,花动一山春色。行到小溪深处,有黄鹂千百。　飞云当面化龙蛇,夭矫转空碧[1]。醉卧古藤阴下,了不知南北。

【注释】

[1]夭矫:宛转屈伸自如。

贺　铸

捣练子

斜月下,北风前,万杵千砧捣欲穿。不为捣衣勤不睡,破除今夜夜如年[1]。

【注释】

[1]破除:冲破、消除。

鹧鸪天

重过阊门万事非[1],同来何事不同归?梧桐半死清霜后,头白鸳鸯失伴飞。　原上草,露初晞[2],旧栖新垅两依依[3]。空床卧听南窗雨,谁复挑灯夜补衣。

【注释】

[1]阊门:苏州著名的城门,代指苏州。　[2]晞:水蒸发而干涸。　[3]旧栖:以往的住处。垅:坟墓。

踏莎行

杨柳回塘,鸳鸯别浦[1],绿萍涨断莲舟路。断无蜂蝶慕幽香,红衣脱尽芳心苦[2]。　返照迎潮[3],行云带雨,依依似与骚人语[4]:当年不肯嫁春风,无端却被秋风误!

【注释】

[1]别浦:大水有小口别通叫浦,也叫别浦。　[2]芳心苦:荷的莲子心味苦。　[3]返照:送夕阳西下。　[4]骚人:诗人。

行路难

缚虎手,悬河口,车如鸡栖马如狗[1]。白纶巾,扑黄尘,不知我辈可是蓬蒿人[2]?衰兰送客咸阳道[3],天若有情天亦老。作雷颠,不论钱,谁问旗亭美酒斗十千[4]?　酌大斗[5],更为寿[6],青鬓常青古无有。笑嫣然,舞翩然,当垆秦女十五语如弦[7]。遗音能记秋风曲[8],事去千年犹恨促。揽流光,系扶桑[9],争奈愁来一日却为长[10]。

【注释】

[1]"车如"句：语出《后汉书·陈蕃传》，表现气概之豪迈。　[2]"不知"句：李白《南京别儿童入京》："仰天大笑出门去，我辈岂是蓬蒿人。"蓬蒿人，寻常的庸人。　[3]"衰兰"二句：李贺《金铜仙人辞汉歌》中诗句。　[4]旗亭：酒楼。　[5]斗：古代酒器。　[6]为寿：庆寿，贺寿。　[7]如弦：如音乐歌唱。[8]秋风曲：指汉武帝所作《秋风辞》。　[9]扶桑：传说中东方的神树，太阳升起于其下。　[10]争奈：怎奈。

青玉案

凌波不过横塘路[1]，但目送，芳尘去。锦瑟华年谁与度[2]？月台花榭，琐窗朱户[3]，只有春知处。　碧云冉冉蘅皋暮[4]，彩笔新题断肠句[5]。试问闲情都几许[6]？一川烟草，满城风絮，梅子黄时雨。

【注释】

[1]凌波：形容女性步履轻盈。　[2]锦瑟华年：美好的年华。李商隐《锦瑟》："锦瑟无端五十弦，一弦一柱思华年。"　[3]琐窗：雕饰连琐形花枝的窗。[4]蘅皋：长着杜蘅的水边高地。杜蘅，香草。　[5]彩笔：据《南史·江淹传》，江淹以文章著称，一夜梦见有人向他索还彩笔，江淹从怀中掏出一枝五色笔交给那人，从此后作诗绝无佳句。　[6]都几许：共有多少。

六州歌头

少年侠气，交结五都雄[1]。肝胆洞[2]，毛发耸。立谈中，死生同，一诺千金重[3]。推翘勇[4]，矜豪纵，轻盖拥，联飞鞚[5]，斗城东。轰饮酒垆，春色浮寒瓮。吸海垂虹[6]。闲呼鹰嗾犬，白羽摘雕弓，狡穴俄空，乐匆匆[7]。似黄粱梦[8]。辞丹凤[9]，明月共，漾孤篷。官冗从[10]，怀佺傱[11]，落尘笼，簿书丛[12]。鹖弁如云众[13],供粗用,忽奇功。笳鼓动[14],渔阳弄。思悲翁,不请长缨[15],系取天骄种[16]。剑吼西风。恨登山临水,手寄七弦桐,目送归鸿[17]。

【注释】

[1]五都:汉、唐各有五都。唐五都为长安、洛阳、凤翔、江陵、太原。这里泛指大都市。 [2]洞:洞明。 [3]一诺千金:《史记·季布列传》引楚人谚:"得黄金百斤,不如得季布一诺。" [4]翘勇:特别勇敢者。 [5]飞鞚:飞驰的马。 [6]吸海垂虹:像巨鲸和长虹那样深吸狂饮。传说虹能吸水。 [7]悤悤:急遽的样子。 [8]黄粱梦:唐·沈既济《枕中记》记卢生在邯郸旅舍,遇吕翁授一枕,梦中经历了一生岁月,富贵荣华。醒来一无所有,入梦时煮的黄粱还没熟。 [9]丹凤:唐代长安有丹凤门,代指长安。 [10]冗从:侍卫官名。 [11]倥偬:事务繁忙,匆促。 [12]簿书丛:承担繁重的文书工作。 [13]鹖弁:武官的帽子,代指武官。 [14]"笳鼓"二句:写安禄山举兵叛乱。笳鼓指战场音乐。渔阳,在今河北蓟县一带,安禄山于此起兵。弄,弄兵。 [15]请长缨:据《汉书·终军传》,终军向朝廷"请愿受长缨",誓缚敌首,献俘阙下。 [16]天骄种:《汉书·匈奴传》:"胡者,天之骄子也。"后天骄用来泛指边疆少数民族。 [17]"手寄"二句:嵇康《赠秀才入军》诗:"目送归鸿,手挥五弦。"

周邦彦

瑞 龙 吟

章台路。还见退粉梅梢,试花桃树。愔愔坊陌人家[1],定巢燕子,归来旧处。　　黯凝伫。因念个人痴小[2],乍窥门户。侵晨浅约宫黄[3],障风映袖,盈盈笑语。　　前度刘郎重到[4],访邻寻里,同时歌舞[5]。唯有旧家秋娘[6],声价如故。吟笺赋笔,犹记《燕台》句[7]。知谁伴、名园露饮,东城闲步?事与孤鸿去[8]。探春尽是,伤离意绪。官柳低金缕。归骑晚,纤纤池塘飞雨。断肠院落,一帘风絮。

【注释】

[1]憎憎：安闲的样子。　[2]个人：那人。　[3]浅约宫黄：浅约，浅淡地涂着。宫黄，古代妇女在额上涂饰黄色作为装饰。　[4]前度刘郎：语出刘禹锡《再游玄都观》："种桃道士知何处，前度刘郎今又来。"　[5]同时：当时。 [6]秋娘：杜牧《杜秋娘》诗序记，杜秋娘为唐代金陵女子，善唱《金缕衣》曲，后入宫，为宪宗所宠。　[7]《燕台》句：李商隐《柳枝》诗序：柳枝为洛中里娘，善歌吹。一日见到李商隐写的《燕台诗》，十分倾慕，托人向李乞诗。　[8]事与孤鸿去：杜牧《题安州浮云寺楼寄湖州张郎中》："恨如春草多，事与孤鸿去。"

兰陵王

柳阴直，烟里丝丝弄碧。隋堤上[1]，曾见几番，拂水飘绵送行色？登临望故国[2]，谁识京华倦客？长亭路，年去岁来，应折柔条过千尺。　闲寻旧踪迹。又酒趁哀弦，灯照离席。梨花榆火催寒食[3]。愁一箭风快，半篙波暖，回头迢递便数驿，望人在天北。　凄恻，恨堆积。渐别浦萦回，津堠岑寂[4]。斜阳冉冉春无极。念月榭携手，露桥闻笛。沈思前事，似梦里，泪暗滴。

【注释】

[1]隋堤：指汴京附近汴河一带的堤，筑于隋朝。　[2]故国：指故乡。 [3]"梨花"句：寒食节前，正当梨花盛开。又，唐宋时期朝廷于清明日以榆柳的火赐百官。　[4]津堠：码头上供守望、住宿的处所。

苏幕遮

燎沉香[1]，消溽暑[2]。鸟雀呼晴，侵晓窥檐语[3]。叶上初阳乾宿雨。水面清圆，一一风荷举。　故乡遥，何日去？家住吴门[4]，久作长安旅。五月渔郎相忆否？小楫轻舟，梦入芙蓉浦。

【注释】

[1]燎:燃烧。沉香,又名沉水,是一种香气很浓的香料。 [2]溽暑:湿热的夏天天气。 [3]侵晓:刚刚天亮时。 [4]吴门:苏州。苏州是古代吴国的都城,故名。

六丑　蔷薇谢后作

正单衣试酒,恨客里光阴虚掷。愿春暂留,春归如过翼[1],一去无迹。为问花何在?夜来风雨,葬楚宫倾国[2]。钗钿堕处遗香泽。乱点桃蹊,轻翻柳陌。多情为谁追惜?但蜂媒蝶使,时叩窗槅[3]。　东园岑寂,渐蒙笼暗碧[4]。静绕珍丛底[5],成叹息。长条故惹行客[6]。似牵衣待话,别情无极。残英小、强簪巾帻[7]。终不似,一朵钗头颤袅[8],向人欹侧。漂流处、莫趁潮汐。恐断红尚有相思字,何由见得[9]?

【注释】

[1]过翼:空中飞过的鸟。 [2]楚宫倾国:楚王宫里的美人。倾国,语出汉代李延年歌:"北方有佳人,绝世而独立。一顾倾人城,再顾倾人国。" [3]窗槅:窗格子。 [4]蒙笼暗碧:由于草木茂盛,景色更为幽暗了。 [5]珍丛:珍贵的(蔷薇)花丛。 [6]"长条"句:惹,挑逗。蔷薇有刺,会勾住行人衣服,故云。[7]巾帻:古人戴的头巾。 [8]颤袅:摇曳。 [9]"漂流"四句:暗用红叶题诗故事。据范摅《云溪友议》:舍人卢渥偶然从皇宫御沟的流水中拾到一片红叶,叶上题写着一首绝句:"水流何太急,深宫尽日闲。殷勤谢红叶,好去到人间。"

满　庭　芳

夏日溧水无想山作[1]。

风老莺雏,雨肥梅子,午阴嘉树清圆。地卑山近[2],衣润费炉烟。人静鸟鸢自乐,小桥外、新绿溅溅[3]。凭栏久,黄芦苦竹[4],拟泛九江船。　　年年如社燕[5],飘流瀚海,来寄修椽[6]。且莫思身外,长近尊前。憔悴江南倦客,不堪听、急管繁弦。歌筵畔,先安簟枕,容我醉时眠。

【注释】

[1]溧水:县名,在今江苏。　[2]地卑:地势低洼。　[3]溅溅(jiān):急流的水声。　[4]"黄芦苦竹"二句:白居易贬于江州(九江)时,作《琵琶行》,其中有"黄芦苦竹绕宅生"的句子。　[5]社燕:相传燕子在每年春天的社日由南向北飞,秋天的社日又飞回去,所以称为"社燕"。　[6]修椽:用来承屋瓦的长椽,为燕子筑巢之所。

蝶恋花　早行

月皎惊乌栖不定。更漏将阑,辘轳牵金井[1]。唤起两眸清炯炯,泪花落枕红绵冷。　　执手霜风吹鬓影。去意徊徨[2],别语愁难听。楼上阑干横斗柄[3],露寒人远鸡相应。

【注释】

[1]辘轳:一作"辘轳",井上汲水用具。　[2]徊徨:彷徨不安。　[3]阑干:横斜欲坠的样子。斗柄:指北斗星中五至七星,状如斗柄。

李清照

点　绛　唇

蹴罢秋千,起来慵整纤纤手。露浓花瘦,薄汗轻衣透。　　见有人来,袜刬金钗溜[1]。和羞走[2]。倚门回首,却把青梅嗅。

【注释】

[1]袜刬:仅穿袜子走路。　[2]和羞:含羞。

浣溪沙　闺情

绣面芙蓉一笑开,斜飞宝鸭衬香腮[1]。眼波才动被人猜。　　一面风情深有韵,半笺娇恨寄幽怀。月移花影约重来。

【注释】

[1]宝鸭:指两颊所贴鸭形图案,可参敦煌壁画供养人之妇女绘画。或以为指钗头形状为鸭形的宝钗。

如梦令

昨夜雨疏风骤,浓睡不消残酒。试问卷帘人[1],却道海棠依旧。知否,知否?应是绿肥红瘦。

【注释】

[1]卷帘人:正在卷帘的侍女。

一剪梅

红藕香残玉簟秋[1]。轻解罗裳[2],独上兰舟。云中谁寄锦书来?雁字回时,月满西楼。　　花自飘零水自流。一种相思,两处闲愁。此情无计可消除,才下眉头,却上心头。

【注释】

[1]红藕:荷花。　[2]轻解:轻挽。玉簟:竹席的美称。

行 香 子

　　草际鸣蛩,惊落梧桐,正人间天上愁浓。云阶月色,关锁千重。纵浮槎来[1],浮槎去,不相逢。　　星桥鹊驾,经年才见,想离情别恨难穷。牵牛织女,莫是离中？甚霎儿晴[2],霎儿雨,霎儿风。

【注释】

　　[1]"纵浮槎"三句:据晋张华《博物志》:相传天河与大海相通,有人乘木筏在海上航行了十多天,曾到达天河并遇见牛郎(牵牛)。　[2]甚:为甚,为什么。

如 梦 令

　　常记溪亭日暮[1],沉醉不知归路。兴尽晚回舟,误入藕花深处。争渡,争渡,惊起一滩鸥鹭。

【注释】

　　[1]溪亭:山东济南的一处名泉。

醉 花 阴

　　薄雾浓云愁永昼,瑞脑销金兽[1]。佳节又重阳,玉枕纱厨[2],半夜凉初透。东篱把酒黄昏后[3],有暗香盈袖。莫道不销魂,帘卷西风,人比黄花瘦。

【注释】

　　[1]瑞脑:龙脑,香料。金兽:兽形的铜香炉。销:燃尽。　[2]纱厨:纱帐。[3]东篱:晋陶渊明《饮酒》诗其五:"采菊东篱下,悠然见南山。"后以东篱代指菊花或菊圃。

凤凰台上忆吹箫

香冷金猊[1],被翻红浪,起来慵自梳头。任宝奁尘满[2],日上帘钩。生怕离怀别苦,多少事、欲说还休。新来瘦,非干病酒[3],不是悲秋。　　休休[4]。这回去也,千万遍《阳关》[5],也则难留。念武陵人远[6],烟锁秦楼[7]。唯有楼前流水,应念我、终日凝眸。凝眸处,从今又添,一段新愁。

【注释】

[1]金猊:猊猊形的铜香炉。　[2]宝奁:华贵的梳妆匣。　[3]非干:不关。　[4]休休:完了,没有办法了。　[5]阳关:王维《送元二使安西》:"渭城朝雨浥轻尘,客舍青青柳色新。劝君更进一杯酒,西出阳关无故人。"唐人根据这首诗谱成《阳关三叠》曲。　[6]武陵人远:陶渊明《桃花源记》说武陵渔人曾进入桃花源,出来后却再也找不到入口了。　[7]秦楼:即凤台,箫史与弄玉所居处。这里指自己的居所。

渔家傲

天接云涛连晓雾,星河欲转千帆舞。仿佛梦魂归帝所[1],闻天语,殷勤问我归何处?　我报路长嗟日暮,学诗漫有惊人句[2]。九万里风鹏正举[3],风休住,蓬舟吹取三山去[4]。

【注释】

[1]帝所:天帝居住的处所。　[2]漫:徒然,枉自。　[3]"九万"句:《庄子·逍遥游》:"有鸟焉,其名为鹏,背若泰山,翼若垂天之云,抟扶摇羊角而上者九万里。"　[4]蓬舟:状如飞蓬之舟。三山:传说中的海上三神山:蓬莱、方丈、瀛洲。

武 陵 春

风住尘香花已尽[1],日晚倦梳头。物是人非事事休,欲语泪先流。 闻说双溪春尚好[2],也拟泛轻舟。只恐双溪舴艋舟,载不动,许多愁。

【注释】

[1]尘香:风吹花落,尘土为之香。 [2]双溪:江名,在今浙江金华。本为两条溪,至金华合流为一的一段,称双溪。

永 遇 乐

落日熔金,暮云合璧[1],人在何处?染柳烟浓,吹梅笛怨[2],春意知几许。元宵佳节,融合天气,次第岂无风雨[3]。来相召,香车宝马,谢他酒朋诗侣。 中州盛日[4],闺门多暇,记得偏重三五[5]。铺翠冠儿[6],撚金雪柳[7],簇带争济楚[8]。如今憔悴,风鬟霜鬓,怕见夜间出去。不如向,帘儿底下,听人笑语。

【注释】

[1]暮云合璧:暮云连成一片,像白玉相合。 [2]吹梅笛怨:唐曲中有《大梅花》、《小梅花》等曲。 [3]次第:转眼间。 [4]中州盛日:指北宋时汴京鼎盛时期。中州,今河南。 [5]偏重三五:宋代元宵节为重大节日。三五,旧历正月十五夜。 [6]铺翠冠儿:以翡翠装饰的帽子。 [7]撚(niǎn)金雪柳:雪柳,元宵妇女插戴的首饰之一。撚金,以撚金为饰。 [8]簇带:满满地插戴着。济楚:齐整,漂亮。

声 声 慢

寻寻觅觅,冷冷清清,凄凄惨惨戚戚。乍暖还寒时候[1],最难将息[2]。三杯两盏淡酒,怎敌他,晚来风急。雁过也,正伤心,却是旧时相识[3]。满地黄花堆积。憔悴损,如今有谁堪摘?守着窗儿,独自怎生得黑[4]。梧桐更兼细雨,到黄昏,点点滴滴。这次第[5],怎一个愁字了得!

【注释】

[1]乍暖还寒:指天气变化无常。 [2]将息:调理,保养。 [3]旧时相识:大雁是信使,又以北方为故乡。"旧时相识"的意思是曾在故乡见过,或曾托它传递书信。 [4]怎生:怎么,如何。 [5]次第:境况,情境。

辛弃疾

青玉案 元夕

东风夜放花千树,更吹落、星如雨[1]。宝马雕车香满路。凤箫声动[2],玉壶光转[3],一夜鱼龙舞[4]。 蛾儿雪柳黄金缕[5],笑语盈盈暗香去。众里寻他千百度,蓦然回首,那人却在,灯火阑珊处[6]。

【注释】

[1]"东风"二句:都是描写京城元宵放灯的情景。 [2]凤箫:箫的美称。 [3]玉壶:比喻月亮。一说指花灯。 [4]鱼龙:鱼形、龙形的灯。 [5]蛾儿、雪柳:元宵日妇女戴的首饰。黄金缕,一说比喻柳丝。 [6]阑珊:零落。

水龙吟 登建康赏心亭[1]

楚天千里清秋,水随天去秋无际。遥岑远目[2],献愁供恨,玉簪螺髻[3]。落日楼头,断鸿声里[4],江南游子。把吴钩看了[5],栏干拍遍,无人会、登临意。 休说鲈鱼堪鲙,尽西风、季鹰归未[6]?求田问舍,怕应羞见,刘郎才气[7]。可惜流年,忧愁风雨,树犹如此[8]!倩何人、唤取红巾翠袖[9],揾英雄泪[10]。

【注释】

[1]建康赏心亭:建康是六朝时期的京城,今南京。赏心亭在城西下水门城上,下临秦淮河。 [2]遥岑:远山。 [3]螺髻:女子螺旋形的发髻。 [4]断鸿:失群的孤雁。 [5]吴钩:泛指利剑。 [6]"休说"三句:据《晋书·张翰传》,张翰见秋风起而思念吴中的菰菜、莼羹和鲈鱼脍,于是放弃功名回到故乡。张翰字季鹰。尽,尽管。 [7]"求田"三句:据《三国志·陈登传》,有一次许汜对刘备说:陈登不懂主客之礼,我去见陈登,陈登自己睡在大床上而让我睡在下床。刘备回答说:现在天下大乱,你作为国士,应当忧国忘家,有志于救世。但你实际上只会求田问舍(购置田地房产),没有什么有益于国家的建议,这是陈登所鄙视的,他怎么会跟你交谈呢?要是我的话,我更要睡到百尺楼上,让你睡在地下,你我相差何止于上下床之间啊!陈登字元龙,刘郎指刘备。[8]树犹如此:据《世说新语·言语》:桓温北征,经过金城时,见到以前种的柳树已经十围,慨然叹道:"木犹如此,人何以堪!" [9]红巾翠袖:指歌女。[10]揾(wèn)揩拭。

摸 鱼 儿

淳熙己亥,自湖北漕移湖南[1],同官王正之置酒小山亭[2],为赋。

更能消几番风雨,匆匆春又归去。惜春长怕花开早,何况落红无数。春且住!见说道[3],天涯芳草迷归路。怨春不语。算只有殷勤、画檐蛛网,尽日惹飞絮。　　长门事,准拟佳期又误。蛾眉曾有人妒。千金纵买相如赋,脉脉此情谁诉[4]？君莫舞,君不见,玉环飞燕皆尘土[5]。闲愁最苦。休去倚危栏,斜阳正在,烟柳断肠处。

【注释】

[1]"淳熙"二句:宋孝宗淳熙六年(1179),辛弃疾由湖北转运副使调任湖南转运副使。 [2]同官:同僚。 [3]见说:听说。 [4]"长门事"五句:司马相如《长门赋·序》记汉武帝时陈皇后失宠,以黄金百斤请司马相如为文以呈

武帝,陈皇后复得宠幸。　[5]玉环:杨贵妃的小名。飞燕:赵飞燕,汉成帝所宠爱的皇后,失宠后废为庶人,自尽。两人都以善妒闻名。

踏 莎 行

赋稼轩,集经句。

进退存亡[1],行藏用舍[2],小人请学樊须稼[3]。衡门之下可栖迟[4],日之夕矣牛羊下[5]。　去卫灵公,遭桓司马[6],东西南北之人也[7]。长沮桀溺耦而耕[8],丘何为是栖栖者[9]。

【注释】

[1]进退存亡:出于《易·乾·文言》:"知进退存亡而不失其正者,其惟圣人乎。"　[2]行藏用舍:《论语·述而》:"子谓颜渊曰:'用之则行,舍之则藏,唯我与尔有是夫。'"　[3]"小人"句:《论语·子路》:"樊迟请学稼。子曰:'吾不如老农。'请学为圃。子曰:'吾不如老圃。'樊迟出,子曰:'小人哉,樊须也!……'"樊须字子迟,孔子弟子。　[4]"衡门"句:《诗经·衡门》:"衡门之下,可以栖迟。"　[5]"日之夕"句:《诗经·君子于役》:"日之夕矣,牛羊下来。"　[6]"去卫灵公"二句:据《论语·卫灵公》,孔子不愿意回答卫灵公关于战争的问题,决然离开卫国。据《孟子·万章上》,孔子离开卫国到宋国,司马桓魋威胁要杀他,孔子微服离开宋国。　[7]"东西"句:据《礼记·檀弓上》,孔子说:"今丘也,东西南北之人也。"　[8]"长沮"句:《论语·微子》:"长沮、桀溺耦而耕。孔子过之,使子路问津焉。"　[9]"丘何为"句:《论语·宪问》:"微生亩谓孔子曰:'丘何为是栖栖者与?无乃为佞乎?'孔子曰:'非敢为佞也,疾固也。'"

丑 奴 儿

少年不识愁滋味,爱上层楼。爱上层楼,为赋新词强说愁。　而今识尽愁滋味,欲说还休。欲说还休,却道"天凉好个秋!"

清 平 乐

茅檐低小,溪上青青草。醉里吴音相媚好[1],白发谁家翁媪[2]? 大儿锄豆溪东,中儿正织鸡笼。最喜小儿亡赖[3],溪头卧剥莲蓬。

【注释】

[1]吴音:泛指南方方言。相媚好:形容老翁老妇交谈的口音语调听起来亲密和悦。 [2]翁媪:老公公、老婆婆。 [3]亡赖:无赖,这里是自在无拘束的意思。

破 阵 子

为陈同甫赋壮词以寄[1]。

醉里挑灯看剑,梦回吹角连营。八百里分麾下炙[2],五十弦翻塞外声[3],沙场秋点兵。 马作的卢飞快[4],弓如霹雳弦惊。了却君王天下事,赢得生前身后名,可怜白发生。

【注释】

[1]陈同甫:即陈亮。陈亮字同甫。 [2]"八百"句:绵延数百里的部队都可以分到熟肉。一说"八百里"指牛。据《晋书·王济传》载,有牛名叫八百里驳。 [3]五十弦:古瑟有五十弦。这里泛指各种乐器。 [4]的卢:一种性烈的快马。

西江月 夜行黄沙道中[1]

明月别枝惊鹊,清风半夜鸣蝉。稻花香里说丰年,听取蛙声一片。

八个星天外,两三点雨山前。旧时茅店社林边[2],路转溪桥忽见。

【注释】

[1]黄沙道中:黄沙岭,在江西上饶之西。 [2]社林:土地庙边的树林。

水龙吟　过南剑双溪楼[1]

举头西北浮云,倚天万里须长剑[2]。人言此地,夜深长见,斗牛光焰[3]。我觉山高,潭空水冷,月明星淡。待燃犀下看,凭栏却怕,风雷怒,鱼龙惨。

峡束苍江对起[4],过危楼、欲飞还敛。元龙老矣,不妨高卧,冰壶凉簟。千古兴亡,百年悲笑,一时登览。问何人,又卸片帆沙岸,系斜阳缆?

【注释】

[1]南剑:州名,今福建南平。双溪:剑溪和樵川,二水交流,绕城而过。双溪楼在剑溪上。 [2]"举头"二句:《庄子·说剑》:"上决浮云,下绝地纪。此剑一用,匡诸侯,天下服矣。此天子之剑也。" [3]"人言"三句:据《晋书·张华传》:豫章人雷焕观察到斗牛之间有剑气,掘地,果然得到龙泉、太阿两把宝剑。后来两剑在延平津忽然跃入水中,化为二龙。斗牛,指二十八宿中的斗宿和牛宿。 [4]"峡束"句:束是约束、捆束的意思。苍江对起,指剑溪、樵川交流而过。

沁园春

灵山齐庵赋[1],时筑偃湖未成。

叠嶂西驰,万马回旋,众山欲东。正惊湍直下,跳珠倒溅;小桥横截,缺月初弓。老合投闲,天教多事,检校长身十万松[2]。吾庐小,在龙蛇影外[3],风雨声中。　　争先见面重重,看爽气朝来三数峰。似谢家子弟,衣冠磊落[4];相如庭户[5],车骑雍容。我觉其间,雄深雅健[6],如对文章太史公。新堤路,问偃湖何日,烟水濛濛?

【注释】

[1]灵山:在今江西上饶境内。 [2]检校:巡察、点视。 [3]龙蛇:喻松树。 [4]"似谢家"二句:据《晋书·谢玄传》,谢安问道:"子弟亦何豫人事,而正欲使其佳?"谢玄回答:"譬如芝兰玉树,欲使其生于庭阶耳。"磊落:庄重、从容、大方。 [5]"相如"二句:《史记·司马相如列传》:"相如之临邛,从车骑,雍容闲雅甚都。" [6]"雄深雅健"二句:韩愈评柳宗元文章"雄深雅健,似司马子长"。司马迁字子长,自称太史公。

沁 园 春

将止酒,戒酒杯使勿近。

杯汝来前!老子今朝,点检形骸[1]。甚长年抱渴[2],咽如焦釜[3];于今喜睡,气似奔雷。汝说"刘伶[4],古今达者,醉后何妨死便埋。"浑如此,叹汝于知己,真少恩哉! 更凭歌舞为媒,算合作人间鸩毒猜[5]。况怨无大小,生于所爱;物无美恶,过则为灾。与汝成言,"勿留亟退,吾力犹能肆汝杯。"杯再拜道:"麾之即去[6],招则须来。"

【注释】

[1]点检形骸:检束自己的行为。 [2]渴:对酒的渴望。 [3]焦釜:烧热的锅。 [4]刘伶:据《晋书·刘伶传》,刘伶常乘鹿车,携一壶酒,命人带着锸(掘土工具)跟随,吩咐说:"死便埋我。" [5]鸩毒:借指毒酒。鸩是一种有毒的鸟。 [6]麾:同"挥",指挥。

西 江 月

醉里且贪欢笑,要愁那得功夫。近来始觉古人书[1],信著全无是处。

昨夜松边醉倒,问松:"我醉何如?"只疑松动要来扶,以手推松曰:"去!"

【注释】

[1]"近来"二句:《孟子·尽心下》:"尽信书,则不如无书。"

鹧鸪天

有客慨然谈功名,因追念少年时事,戏作。

壮岁旌旗拥万夫,锦襜突骑渡江初[1]。燕兵夜娖银胡䩮[2],汉箭朝飞金仆姑[3]。　追往事,叹今吾,春风不染白髭须。却将万字平戎策[4],换得东家种树书[5]。

【注释】

[1]锦襜突骑:穿着锦衣,能冲突军阵的精锐骑兵。　[2]燕兵:指北方的宋兵。娖(chuò),整理。银胡䩮:镶银的箭袋。　[3]金仆姑:箭名。　[4]平戎策:平定入侵敌军的策论。　[5]"换得"句:表示退隐耕种。东家:东邻。

贺新郎

邑中园亭,仆皆为赋此词[1]。一日,独坐停云[2],水声山色,竞来相娱,意溪山欲援例者。遂作数语,庶几仿佛渊明思亲友之意云[3]。

甚矣吾衰矣[4]!怅平生、交游零落,只今馀几?白发空垂三千丈,一笑人间万事,问何物能令公喜[5]?我见青山多妩媚,料青山见我多如是[6]。情与貌,略相似。　一尊搔首东窗里[7],想渊明、《停云》诗就,此时风味。江左沈酣求名者[8],岂识浊醪妙理?回首叫云飞风起。不恨古人吾不见,恨古人不见吾狂耳[9]!知我者,二三子[10]。

【注释】

[1]此词:指《贺新郎》词调。　[2]停云:停云堂,辛弃疾晚年住铅山县时

的游息之所。　[3]渊明思亲友之意：陶渊明《停云》诗序："停云，思亲友也。"　[4]"甚矣"句：《论语·述而》："子曰：'甚矣吾衰也，久矣吾不复梦见周公。'"　[5]公：作者自指。　[6]"我见"二句：据《新唐书·魏征传》，唐太宗曾说："人言征举动疏慢，我但见其妩媚耳。"　[7]"一尊"句：陶渊明《停云》诗："静寄东轩，春醪独抚。良朋悠邈，搔首延伫。"　[8]"江左"二句：苏轼《和陶渊明饮酒诗》："江左风流人，醉中亦求名。渊明独清真，谈笑得此生。"　[9]"不恨"二句：据《南史·张融传》，张融常叹道："不恨我不见古人，所恨古人不见我。"　[10]"知我"二句：语出《论语》，二三子，孔子用来称他的学生。

永遇乐　京口北固亭怀古

千古江山，英雄无觅、孙仲谋处[1]。舞榭歌台，风流总被[2]、雨打风吹去。斜阳草树，寻常巷陌，人道寄奴曾住[3]。想当年，金戈铁马，气吞万里如虎。元嘉草草[4]，封狼居胥，赢得仓皇北顾。四十三年[5]，望中犹记，烽火扬州路。可堪回首，佛狸祠下[6]，一片神鸦社鼓。凭谁问：廉颇老矣，尚能饭否[7]？

【注释】

　　[1]孙仲谋：孙权，三国时吴帝。曾在京口建立国都，并击败进犯的曹操军。　[2]风流：指英雄事业的声誉影响。　[3]"人道"三句：南朝宋武帝刘裕小字寄奴。他从京口起事，并率师北伐，建立帝业。　[4]"元嘉"三句：指宋文帝刘义隆不能继承父亲刘裕的功业，草草出兵北伐，招致惨败。封狼居胥，指企图北伐立功。狼居胥一名狼山，在今内蒙古西北。汉代霍去病曾追击匈奴至此，封山而还。　[5]"四十三年"三句：作者回忆自己43年前南归的情景。　[6]"佛狸"三句：指国土沦陷，北方敌占区的寺庙中香火旺盛。佛狸祠，原为后魏太武帝(小字佛狸)的行宫。这里借指沦陷区的寺庙。神鸦，在庙中吃祭品的乌鸦。社鼓，社日祭神的鼓声。　[7]"凭谁问"三句：据《史记·廉颇蔺相如列传》，赵王想要起用廉颇，派使者去观察年事已高的廉颇身体是否强健。使者回报说："廉将军虽老，尚善饭。然与臣坐，顷之三遗矢矣。"赵王认为廉颇已

老,便不再召他。

张元幹

贺新郎　送胡邦衡待制赴新州[1]

梦绕神州路。怅秋风、连营画角,故宫《离黍》。底事昆仑倾砥柱[2],九地黄流乱注[3]?聚万落千村狐兔[4]。天意从来高难问,况人情老易悲难诉!更南浦[5]、送君去。　　凉生岸柳催残暑。耿斜河[6]、疏星淡月,断云微度。万里江山知何处?回首对床夜语[7]。雁不到、书成谁与?目尽青天怀今古[8],肯儿曹恩怨相尔汝[9]!举大白[10],听《金缕》[11]。

【注释】

[1]胡邦衡:胡铨,南宋的坚决主战派。此词是当他遭受贬谪时作者为他送行而作。　[2]"底事"句:底事,为何。据《水经注》,黄河发源于昆仑山,砥柱山在黄河中。　[3]九地:即遍地。　[4]狐兔:比喻侵略者。　[5]南浦:送别的地方。　[6]斜河:天河。耿:明亮。　[7]回首:不堪回首的意思。　[8]怀古:关怀国家兴亡大事。　[9]"肯儿曹"句:儿曹恩怨,个人私情。韩愈《听颖师弹琴》诗:"昵昵儿女语,恩怨相尔汝。"　[10]举大白:以杯喝酒。　[11]《金缕》:《贺新郎》词调的另一名称。

张孝祥

六州歌头

长淮望断[1],关塞莽然平。征尘暗,霜风劲,悄边声,黯销凝[2]。追想当年事,殆天数,非人力。洙泗上[3],弦歌地,亦膻腥。隔水毡乡[4],落日牛羊下,区脱纵横[5]。看名王宵猎[6],骑火一川明,笳鼓悲鸣,遣人惊。　　念腰间箭,匣中剑,空埃蠹[7],竟何成! 时易失,心徒壮,岁将零[8],渺神京[9]。干羽方怀远[10],静烽燧[11],且休兵。冠盖使[12],纷驰骛,若为情[13]。闻道中原遗老,常南望、翠葆霓旌[14]。使行人到此,忠愤气填膺,有泪如倾。

【注释】

[1]长淮:淮河。绍兴和议签订后,淮河是宋金的分界线。 [2]黯销凝:黯然出神。 [3]"洙泗"三句:洙、泗二水,流经山东曲阜,这里曾是孔子讲学的地方。弦歌地,指有礼乐文化的地区。膻腥,指领土被金人占领。 [4]毡乡:北方民族住毡帐,故称其所居为毡乡。 [5]区(ōu)脱:匈奴语称边境上用于戍守的土堡为区脱。 [6]名王:指敌方的将帅。 [7]埃蠹:被尘埃覆盖,蠹虫侵蚀。 [8]零:尽。 [9]神京:指汴京。 [10]"干羽"句:古代帝王舞干羽(盾和鸟羽)表示修文德。这里是指宋廷罢兵休战,向敌求和。 [11]烽燧:烽烟。 [12]冠盖使:求和的使者。 [13]若为情:何以为情,怎么好意思。 [14]翠葆霓旌:皇帝的仪仗。这里指王师。

念奴娇 过洞庭

洞庭青草[1],近中秋、更无一点风色。玉鉴琼田三万顷[2],著我扁舟一叶。素月分辉,明河共影[3],表里俱澄澈。悠然心会,妙处难与君说。　　应念岭表经年[4],孤光自照,肝胆皆冰雪。短发萧骚襟袖冷[5],稳泛沧溟空阔[6]。尽挹西江[7],细斟北斗[8],万象为宾客[9]。扣舷独啸[10],不知今夕何夕?

【注释】

[1]洞庭青草:洞庭湖在今湖南岳阳市西南,青草湖在洞庭湖之南,两湖相通,总称洞庭湖。 [2]玉鉴:玉镜。 [3]明河:天河。 [4]岭表:五岭以南,今广东、广西地区。 [5]萧骚:稀疏。 [6]沧溟:大水弥漫的样子。 [7]挹:舀,酌取。西江:指长江。 [8]细斟北斗:把北斗(星)当作酒器来斟酒。 [9]万象:万物。 [10]扣舷:敲击着船沿。

陆　游

钗头凤

红酥手[1],黄縢酒[2],满城春色宫墙柳。东风恶,欢情薄,一怀愁绪,几年离索[3]。错,错,错!　春如旧,人空瘦,泪痕红浥鲛绡透[4]。桃花落,闲池阁。山盟虽在[5],锦书难托。莫,莫,莫!

【注释】

[1]红酥手:红润柔嫩的手。　[2]黄縢酒:即黄封酒,当时的官酒。　[3]离索:离散。　[4]鲛绡:神话中鲛人(人鱼)所织的丝绢,后用作手帕的别称。　[5]山盟:古人认为盟誓应当像山一般不可动摇,故称山盟。

卜算子　咏梅

驿外断桥边[1],寂寞开无主。已是黄昏独自愁,更著风和雨。　无意苦争春,一任群芳妒。零落成泥碾作尘,只有香如故!

【注释】

[1]驿:古代官府设置的交通站。

陈　亮

水调歌头　送章德茂大卿使虏[1]

不见南师久,谩说北群空[2]。当场只手[3],毕竟还我万夫雄。自笑堂堂汉使,得似洋洋河水,依旧只流东。且复穹庐拜[4],会向藁街逢[5]。　尧之都,舜之壤,禹之封[6]。于中应有、一个半个耻臣戎[7]。万里腥膻如许,千古英灵安在,磅礴几时通[8]?胡运何须问,赫日自当中[9]!

【注释】

　　[1]使虏:这里指出使金国。　[2]"不见"二句:南师,指南宋北伐的军队。谩说,妄说。北群空:韩愈《送温处士赴河阳军序》:"伯乐一过冀北之野,而马群遂空。"北群空,指没有良马(比喻无良才)。　[3]当场只手:独当一面、独立支撑的意思。　[4]且:姑且。穹庐:北方民族居住的圆形帐篷。　[5]藁街:在长安城中。汉时少数民族与外国使者居住的地方。会:必定。　[6]"尧之都"三句:中原地区是尧、舜、禹的故土故都。壤,土地。封,疆域。　[7]臣戎:向外族称臣。　[8]磅礴:浩然充沛的正气。　[9]"赫日"句:指宋朝的国运如日中天。

刘　过

沁　园　春

寄辛承旨[1]。时承旨招,不赴。

斗酒彘肩[2],风雨渡江[3],岂不快哉! 被香山居士[4],约林和靖[5],与坡仙老[6],驾勒吾回[7]。坡谓:"西湖,正如西子,浓抹淡妆临照台。"[8]二公者,皆掉头不顾,只管传杯。　白言:"天竺去来。图画里、峥嵘楼阁开。爱纵横二涧,东西水绕,两峰南北,高下云堆。"[9]遁曰:"不然,暗香浮动[10],不若孤山先访梅[11]。须晴去,访稼轩未晚,且此徘徊[12]。"

【注释】

　　[1]辛承旨:指辛弃疾。　[2]斗酒彘肩:据《史记·项羽本纪》,鸿门宴上,刘邦的勇士樊哙往见项王,项王赐他斗卮酒(一大斗酒)和彘肩(猪蹄膀)。[3]渡江:指渡过钱塘江。　[4]香山居士:白居易。他曾任杭州刺史。　[5]林和靖:林逋。曾隐居西湖近二十年。　[6]坡仙老:苏轼。曾知杭州。　[7]驾勒吾回:强行把我拉回。　[8]"坡谓"三句:苏轼《饮湖上初晴后雨》诗:"欲把西湖比西子,淡妆浓抹总相宜。"　[9]"白言"六句:西湖北山有上天竺、中天竺、下天竺三寺,所在风景优美。白居易《寄韬光禅师》诗:"东涧水流西涧

水,南山云起北山云",就是描写这一带的景色。　[10]暗香浮动:林逋《梅花》诗:"疏影横斜水清浅,暗香浮动月黄昏。"　[11]孤山:里、外西湖间的界山。[12]徘徊:流连,盘桓。

姜　夔

扬　州　慢

　　淳熙丙申至日[1],予过维扬[2]。夜雪初霁,荠麦弥望[3]。入其城则四顾萧条,寒水自碧。暮色渐起,戍角悲吟[4]。予怀怆然,感慨今昔,因自度此曲。千岩老人以为有黍离之悲也[5]。

　　淮左名都[6],竹西佳处[7],解鞍少驻初程。过春风十里[8],尽荠麦青青。自胡马、窥江去后[9],废池乔木,犹厌言兵。渐黄昏,清角吹寒,都在空城。

　　杜郎俊赏[10],算而今、重到须惊。纵豆蔻词工,青楼梦好[11],难赋深情。二十四桥仍在[12],波心荡、冷月无声。念桥边红药[13],年年知为谁生。

【注释】

　　[1]至日:冬至日。　[2]维扬:扬州。　[3]荠麦:荠菜和麦子。一说,荠麦是对生的麦子。　[4]戍角:军营中发出的号角声。　[5]黍离之悲:亡国之痛。《诗经·黍离》:"彼黍离离",意思是故国宫殿的废墟上长满了禾黍。[6]淮左:宋代淮南东路。　[7]竹西佳处:扬州城东有竹西亭,景致清幽。[8]春风十里:杜牧《赠别》诗:"春风十里扬州路,卷上珠帘总不如。"　[9]胡马窥江:金兵于1129年和1161年两次南侵,扬州都遭到严重毁坏。　[10]杜郎:指杜牧。俊赏,卓越的赏鉴。　[11]"纵豆蔻"二句:杜牧咏扬州的诗《赠别》有"豆蔻枝头二月初",《遣怀》有"赢得青楼薄幸名"的句子。　[12]二十四桥:旧址在今扬州西郊,杜牧《寄扬州韩绰判官》诗:"二十四桥明月夜,玉人何处教吹箫。"　[13]红药:红芍药花。二十四桥中有红药桥。

翠楼吟

淳熙丙午冬,武昌安远楼成[1],与刘去非诸友落之,度曲见志。予去武昌十年,故人有泊舟鹦鹉洲者,闻小姬歌此词,问之,颇能道其事,还吴为予言之。兴怀昔游,且伤今之离索也。

月冷龙沙[2],尘清虎落[3],今年汉酺初赐[4]。新翻胡部曲[5],听毡幕、元戎歌吹[6]。层楼高峙。看槛曲萦红,檐牙飞翠。人姝丽。粉香吹下,夜寒风细。

此地宜有词仙,拥素云黄鹤[7],与君游戏。玉梯凝望久[8],叹芳草、萋萋千里。天涯情味,仗酒祓清愁[9],花销英气。西山外,晚来还卷、一帘秋霁。

【注释】

[1]安远楼:即武昌南楼。 [2]龙沙:指阴山以外的沙漠。 [3]虎落:为边防而设的竹篱。 [4]汉酺:指国家有庆典时,赐天下百姓饮酒庆贺。 [5]胡部曲:胡乐。 [6]元戎:统帅。 [7]拥素云黄鹤:传说曾有仙人乘黄鹤憩于武昌城楼,后因名其楼为黄鹤楼。 [8]玉梯:指高楼。 [9]祓:消除。

踏莎行

自沔东来[1],丁未元日至金陵江上,感梦而作。

燕燕轻盈,莺莺娇软[2],分明又向华胥见[3]。夜长争得薄情知,春初早被相思染。 别后书辞,别时针线,离魂暗逐郎行远[4]。淮南皓月冷千山[5],冥冥归去无人管[6]。

【注释】

[1]沔:沔州,今湖北汉阳。 [2]燕燕、莺莺:指所恋女子。 [3]华胥:梦中。《列子》:"黄帝昼寝而梦游于华胥之国。" [4]郎行:情郎所在。 [5]淮南:指合肥,恋人所在地。 [6]冥冥:夜间。

点绛唇

丁未冬过吴松作[1]。

燕雁无心,太湖西畔随云去。数峰清苦,商略黄昏雨。　第四桥边[2],拟共天随住[3]。今何许。凭栏怀古,残柳参差舞。

【注释】

[1]吴松:吴淞江,太湖支流。　[2]第四桥:即苏州甘泉桥。　[3]天随:唐诗人陆龟蒙号天随子,常以一叶扁舟游于江湖间。

暗　香

辛亥之冬,予载雪诣石湖[1]。止既月,授简索句,且征新声[2]。作此两曲,石湖把玩不已,使工妓隶习之,音节谐婉,乃名之曰《暗香》、《疏影》[3]。

旧时月色,算几番照我,梅边吹笛。唤起玉人[4],不管清寒与攀摘。何逊而今渐老[5],都忘却、春风词笔。但怪得、竹外疏花,香冷入瑶席。　江国[6],正寂寂。叹寄与路遥[7],夜雪初积。翠尊易泣[8],红萼无言耿相忆[9]。长记曾携手处,千树压、西湖寒碧。又片片、吹尽也,几时见得。

【注释】

[1]石湖:宋诗人范成大,自号石湖居士。　[2]且征新声:征求新的词调。　[3]暗香、疏影:咏梅花的词调。语出林逋《梅花》诗:"疏影横斜水清浅,暗香浮动月黄昏。"　[4]"唤起"二句:贺铸《浣溪沙》词:"玉人和月摘梅花。"玉人,美人。　[5]"何逊"二句:何逊,南朝梁诗人,曾在扬州作过《咏早梅》诗。这里作者以何逊自比。　[6]江国:江水流经的乡土。　[7]寄与路遥:三国吴陆凯寄范晔诗:"折梅逢驿使,寄与陇头人。"　[8]翠尊:翠绿色的酒杯。　[9]红萼:指红梅。

疏　影

苔枝缀玉[1]。有翠禽小小,枝上同宿。客里相逢,篱角黄昏,无言自倚修竹[2]。昭君不惯胡沙远,但暗忆、江南江北。想佩环[3]、月夜归来,化作此花幽独。　　犹记深宫旧事[4],那人正睡里,飞近蛾绿。莫似春风,不管盈盈[5],早与安排金屋[6]。还教一片随波去,又却怨、玉龙哀曲[7]。等恁时、重觅幽香,已入小窗横幅[8]。

【注释】

[1]"苔枝"句:据范成大《梅谱》,绍兴、吴兴一带的古梅"苔须垂于枝间,或长数寸,风至,绿丝飘飘可玩。"　[2]"无言"句:杜甫《佳人》诗:"天寒翠袖薄,日暮倚修竹"。　[3]"想佩环"三句:杜甫《咏怀古迹》咏王昭君:"画图省识春风面,环佩空归月夜魂"。　[4]"犹记"三句:用寿阳公主梅花妆事。相传南朝宋武帝女寿阳公主日卧于含章殿檐下,有梅花飘落在公主额上,成五出之花,拂之不去。后宫中人纷纷仿效,画梅于额,称为梅花妆。蛾绿,指眉。　[5]盈盈:仪态美好的样子。　[6]金屋:据《汉武故事》,汉武帝小时曾对他姑母说:"若得阿娇作妇,当作金屋贮之也"。　[7]玉龙哀曲:指笛曲《梅花落》。玉龙,笛名。李白《与史郎中饮听黄鹤楼上吹笛》:"黄鹤楼中吹玉笛,江城五月落梅花"。　[8]横幅:画幅。

齐　天　乐

丙辰岁,与张功父会饮张达可之堂[1],闻屋壁间蟋蟀有声,功父约予同赋,以授歌者。功父先成,辞甚美。予徘徊茉莉花间,仰见秋月,顿起幽思,寻亦得此。蟋蟀,中都呼为促织[2],善斗,好事者或以三、二十万钱致一枚,镂象齿为楼观以贮之[3]。

庾郎先自吟愁赋[4],凄凄更闻私语。露湿铜铺[5],苔侵石井,都是曾听伊处。哀音似诉,正思妇无眠,起寻机杼[6]。曲曲屏山[7],夜凉独自甚情绪!

西窗又吹暗雨。为谁频断续,相和砧杵[8]。候馆迎秋[9],离宫吊月[10],别有伤心无数。《豳》诗漫与[11],笑篱落呼灯,世间儿女。写入琴丝[12],一声声更苦。

【注释】

[1]张功父:张镃。 [2]中都:指南宋京城临安(今浙江杭州)。 [3]楼观:楼台。 [4]庾郎:庾信,他的《愁赋》今不传。这里可能是指他的《伤心赋》、《哀江南赋》等。 [5]铜铺:铜的铺首。铺首是旧式建筑上用来衔门环的装饰。 [6]机杼:织布机。 [7]屏山:屏风上画的山水。 [8]砧杵:捣衣的用具。 [9]候馆:客馆。 [10]离宫:行宫,皇帝出行所居住的宫室。 [11]《豳》诗漫与:《诗经·豳风·七月》描写了蟋蟀。漫与:写成诗歌。 [12]写入琴丝:作者自注:"宣政间,有士大夫制《蟋蟀吟》。"

鹧 鸪 天

元夕有所梦。

肥水东流无尽期[1]。当初不合种相思[2]。梦中未比丹青见[3],暗里忽惊山鸟啼。 春未绿,鬓先丝[4]。人间别久不成悲。谁教岁岁红莲夜[5],两处沉吟各自知。

【注释】

[1]肥水:亦作淝水,在安徽。 [2]种相思:红豆名相思子,所以说"种"。 [3]丹青:画图。 [4]丝:花白。 [5]红莲夜:指元宵灯节。红莲:莲花灯。

汉 宫 春

次韵稼轩蓬莱阁[1]。

一顾倾吴[2],苎萝人不见[3],烟杳重湖。当时事如对弈,此亦天乎。大夫仙去[4],笑人间、千古须臾。有倦客、扁舟夜泛,犹疑水鸟相呼。　　秦山对楼自绿[5],怕越王故垒[6],时下樵苏[7]。只今倚阑一笑,然则非欤。小丛解唱[8],倩松风、为我吹竽。更坐待、千岩月落,城头眇眇啼乌。

【注释】

[1]蓬莱阁:在会稽(今浙江绍兴)卧龙山下。　[2]一顾:汉李延年歌:"北方有佳人,绝世而独立。一顾倾人城,再顾倾人国。"倾吴:用西施故事。西施为春秋时越国的乡村女子,以貌美著称。传说她被越王选中,通过范蠡献给吴王夫差,促成了吴国的灭亡。　[3]苎罗人:西施为越国苎罗村人。　[4]大夫仙去:大夫指文种。文种为越大夫,助越王灭吴。功成后,范蠡劝文种离去,文种不听,最终被越王杀害。墓在卧龙山。　[5]秦山:在会稽东南。　[6]越王故垒:越王台,在今浙江绍兴卧龙山西。　[7]樵苏:樵,砍柴;苏,割草。　[8]小丛:这里指稼轩的侍女。

吴文英

八声甘州　陪庾幕诸公游灵岩

渺空烟四远,是何年青天坠长星[1]？幻苍崖云树,名娃金屋,残霸宫城[2]。箭径酸风[3]射眼,腻水染花腥[4]。时靸双鸳响,廊叶秋声。　　宫里吴王沈醉,倩五湖倦客[5],独钓醒醒。问苍天无语,华发奈山青。水涵空、阑干高处,送乱鸦斜日落渔汀。连呼酒,上琴台去,秋与云平。

【注释】

[1]此句意指不知道什么时候天上坠落下一颗大星,化作了青山丛林。[2]名娃:指西施;残霸:指吴王夫差。夫差曾于此地筑宫室安置西施。　[3]酸风:秋风。语出李贺《金铜仙人辞汉歌》"东关酸风射眸子"。　[4]腻水:胭脂水。语出杜牧《阿房宫赋》:"渭流涨腻,弃脂水也。"花腥,花的香气。　[5]五湖倦客:指范蠡。

莺啼序

残寒正欺病酒，掩沉香绣户。燕来晚、飞入西城，似说春事迟暮。画船载、清明过却，晴烟冉冉吴宫树[1]。念羁情、游荡随风，化为轻絮。　　十载西湖，傍柳系马，趁娇尘软雾。溯红渐招入仙溪[2]，锦儿偷寄幽素[3]。倚银屏、春宽梦窄[4]，断红湿、歌纨金缕[5]。暝堤空[6]，轻把斜阳，总还鸥鹭。　　幽兰渐老，杜若还生[7]，水乡尚寄旅。别后访六桥无信[8]，事往花委，瘗玉埋香[9]，几番风雨？长波妒盼[10]，遥山羞黛，渔灯分影春江宿。记当时、短楫桃根渡[11]。青楼仿佛，临分败壁题诗[12]，泪墨惨淡尘土。　　危亭望极，草色天涯，叹鬓侵半苎[13]。暗点检，离痕欢唾[14]，尚染鲛绡；嚲凤迷归[15]，破鸾慵舞[16]。殷勤待写，书中长恨，蓝霞辽海沉过雁，漫相思、弹入哀筝柱。伤心千里江南，怨曲重招，断魂在否[17]？

【注释】

[1]吴宫：指南宋的宫苑。南宋京城临安原属吴地。　[2]"溯红"句：循着花溪渐次被引入仙境。暗用刘晨、阮肇天台山遇仙故事。　[3]锦儿：指侍女。　[4]春宽梦窄：指相聚时间短促。　[5]断红：指眼泪。歌纨，歌唱所执的纨扇。金缕，金线绣的舞衣。　[6]暝：天色渐暗。　[7]杜若：香草名。　[8]六桥：西湖外湖有"映波"等六桥。　[9]瘗玉埋香：指美人长逝。　[10]"长波"二句：意为湖水和远山也自惭比不上美人的容貌。盼：形容美人眼波流动之美。黛：眉毛。　[11]短楫桃根渡：指送别情人。王献之《桃叶歌》有"桃叶连桃根"之句，桃叶为王献之妾，相传桃根为桃叶之妹。　[12]临分：临别。　[13]鬓侵半苎：头发半白。苎：白色苎麻。　[14]离痕：泪痕。　[15]嚲凤迷归：迷归，怅惘不知所归。嚲，下垂，颓丧。　[16]破鸾慵舞：据范泰《鸾鸟诗序》，罽宾王捉获一只鸾鸟，鸾鸟郁郁不乐，三年不鸣。罽宾王夫人提议说：听说鸾鸟见到同伴就会鸣叫，何不用镜子照它？结果鸾鸟见到镜中自己的形象，哀鸣奋飞，当场命绝。　[17]"伤心"三句：《楚辞·招魂》："目极千里兮伤春心，魂兮

归来哀江南。"

唐多令

何处合成愁？离人心上秋。纵芭蕉不雨也飕飕。都道晚凉天气好,有明月,怕登楼。　　年事梦中休[1],花空烟水流。燕辞归、客尚淹留[2]。垂柳不萦裙带住[3],漫长是,系行舟。

【注释】

[1]年事:岁月,年岁。　[2]"燕辞"句:曹丕《燕歌行》:"群燕辞归鹄南翔,念君客游多思肠。慊慊思归恋故乡,君何淹留寄他方?"　[3]萦:旋绕。裙带,代指行人。

周　密

一萼红　登蓬莱阁有感

步深幽,正云黄天淡,雪意未全休。鉴曲寒沙[1],茂林烟草,俯仰千古悠悠。岁华晚、飘零渐远,谁念我、同载五湖舟[2]？磴古松斜[3],厓阴苔老[4],一片清愁。

回首天涯归梦,几魂飞西浦[5],泪洒东州。故国山川,故园心眼,还似王粲登楼[6]。最负他、秦鬟妆镜[7],好河山、何事此时游！为唤狂吟老监[8],共赋消忧。

【注释】

[1]鉴曲:鉴湖边。鉴湖即镜湖,在浙江绍兴市南。　[2]同载五湖舟:据《国语·越语》,范蠡帮助越王灭吴后,乘轻舟泛游五湖,不知所终。　[3]磴:石级。　[4]厓阴:山的角落中阴暗处。　[5]"几魂飞"二句:句后作者自注:"阁在绍兴,西浦、东州皆其地。"　[6]王粲登楼:建安时期诗赋家王粲曾作《登楼赋》,抒写去国怀乡之情。　[7]秦鬟:秦女发鬟,比喻山。妆镜:比喻水。　[8]狂吟老监:唐诗人贺知章,曾为秘书监,自号四明狂客。贺为绍兴人,晚年

回乡隐居。

张　炎

高阳台　西湖春感

接叶巢莺[1],平波卷絮[2],断桥斜日归船[3]。能几番游？看花又是明年。东风且伴蔷薇住,到蔷薇、春已堪怜。更凄然,万绿西泠[4],一抹荒烟。　　当年燕子知何处？但苔深韦曲,草暗斜川[5]。见说新愁,如今也到鸥边。无心再续笙歌梦,掩重门、浅醉闲眠。莫开帘,怕见飞花,怕听啼鹃。

【注释】

[1]接叶:浓密相接的树叶。　[2]絮:柳絮。　[3]断桥:在西湖里外湖之间。　[4]西泠:桥名。在孤山下。　[5]韦曲:长安城中名胜,唐代韦氏世居于此。斜川,在江西星子、都昌两县之间的湖泊中,风景佳胜。这里借别处地名写西湖景象。

元明清词

元好问

水调歌头　赋三门津

黄河九天上,人鬼瞰重关[1]。长风怒卷高浪,飞洒日光寒。峻似吕梁千仞[2],壮似钱塘八月[3],直下洗尘寰。万象入横溃[4],依旧一峰闲。　　仰危巢,双鹄过,杳难攀。人间此险何用,万古秘神奸[5]。不用燃犀下照,未必饮飞强射[6],有力障狂澜。唤取骑鲸客[7],挝鼓过银山[8]。

【注释】

[1]"人鬼"句:三门津为黄河中非常险要的地段,河面分为人门、鬼门、神

门,水流湍急,仅人门可以通船。　[2]吕梁:山名。在今山西省西部,黄河与汾河之间。《庄子·达生》:"孔子观于吕梁,悬水三十仞,流沫四十里。"　[3]钱塘八月:指八月钱塘江潮。　[4]横溃:河水决堤泛滥。　[5]"万古"句:神奸指水中怪物。如唐李公佐《古岳渎经》所记夏禹锁禁淮涡水神无支祁于龟山下一类事。　[6]"未必"句:伙飞是春秋时楚国勇士,后以泛指勇士。汉代以伙飞为武官名,掌弋射。又据《宋史》,后梁开平中,武肃王钱镠在钱塘江筑捍海塘,由于海潮太大无法施工,曾命强弩数百射潮头。　[7]骑鲸客:指李白。陆游《八十四吟》之二:"饮敌骑鲸客,行追缩地仙。"　[8]挝(zhuā):敲击。

摸　鱼　儿

太和五年乙丑岁赴试并州,道逢捕雁者云:"今旦获一雁,杀之矣。其脱网者悲鸣不能去,竟自投于地而死。"予因买得之,葬之汾水之上,累石为识,号曰雁丘。时同行者多为赋诗,予亦有《雁丘词》。旧所作无宫商,今改定之。

问世间,情是何物,直教生死相许。天南地北双飞客,老翅几回寒暑[1]。欢乐趣,离别苦,就中更有痴儿女。君应有语。渺万里层云,千山暮雪,只影向谁去？　　横汾路[2],寂寞当年箫鼓,荒烟依旧平楚。招魂楚些何嗟及[3],山鬼暗啼风雨[4]。天也妒。未信与、莺儿燕子俱黄土。千秋万古。为留待骚人,狂歌痛饮,来访雁丘处。

【注释】

[1]老翅:饱经风霜的双翅。　[2]"横汾路"三句:《文选》汉武帝《秋风辞》并序,汉武帝曾巡视汾阴(在今山西,旧属并州),与群臣宴饮尽欢。《秋风辞》中有"泛楼船兮济汾河,横中流兮扬素波。箫鼓鸣兮发棹歌,欢乐极兮哀情多"等句。平楚:远望之中广袤齐平的丛树。　[3]招魂:指楚辞《招魂》,传为宋玉或屈原作。楚些:指楚辞。　[4]山鬼:屈原《九歌》有《山鬼》篇。

杨 慎

临 江 仙

《廿一史弹词》第三段说秦汉开场词。

滚滚长江东逝水,浪花淘尽英雄[1]。是非成败转头空。青山依旧在,几度夕阳红。　白发渔樵江渚上,惯看秋月春风。一壶浊酒喜相逢。古今多少事,都付笑谈中。

【注释】

[1]此句化用苏轼《念奴娇·赤壁怀古》"大江东去,浪淘尽,千古风流人物"意。

徐 灿

踏 莎 行

芳草才芽,梨花未雨,春魂已作天涯絮。晶帘宛转为谁垂?金衣[1]飞上樱桃树。　故国茫茫,扁舟何许?夕阳一片江流去。碧云犹叠旧山河,月痕休到深深处。

【注释】

[1]金衣:指黄莺。《开元天宝遗事》:"明皇于禁苑中见黄莺,呼为金衣公子。"

陈维崧

贺新郎　赠苏昆生

苏,固始人,南曲为当今第一。曾与说书叟柳敬亭同客左宁南幕下,梅村先生为赋《楚两生行》。

吴苑春如绣。笑野老[1]、花颠酒恼,百无不有。沦落半生知己少,除却吹箫屠狗[2]。算此外、谁欤吾友?忽听一声河满子[3],也非关泪湿青衫透。是鹃血,凝罗袖。　　武昌万叠戈船吼。记当日、征帆一片,乱遮樊口。隐隐舵楼[4]歌吹响,月下六军搔首。正乌鹊、南飞时候[5]。今日华清风景换,剩凄凉、鹤发开元叟。我亦是,中年后。

【注释】

[1]野老:杜甫《哀江头》:"少陵野老吞声哭"。　[2]吹箫:伍子胥出奔,吹箫乞食。屠狗:《史记·刺客列传》:"荆轲既至燕,爱燕之狗屠及善击筑者高渐离。"　[3]唐张祜《宫词》:"故国三千里,深宫二十年。一声何满子,双泪落君前。"　[4]舵楼:双层船的尾部。　[5]南飞:曹操《短歌行》:"月明星稀,乌鹊南飞。绕树三匝,无枝可依。"

朱彝尊

解佩令　自题词集

十年磨剑[1],五陵结客,把平生、涕泪都飘尽。老去填词,一半是,空中传恨。几曾围、燕钗蝉鬓?　　不师秦七[2],不师黄九[3],倚新声、玉田[4]差近。落拓江湖,且分付、歌筵红粉。料封侯、白头无分!

【注释】

[1]十年磨剑:唐贾岛《剑客》:"十年磨一剑,霜刃未曾试。"　[2]秦七:北宋词人秦观,行七,故云。　[3]黄九:北宋文学家黄庭坚,行九,与上句相连,意为作者为词不以北宋诸人为宗。　[4]玉田:南宋词人张炎字。

王士禛

蝶恋花　和漱玉词

凉夜沉沉花漏[1]冻,欹枕无眠,渐觉荒鸡[2]动。此际闲愁郎不共,月移窗罅春寒重。　　忆共锦衾无半缝,郎似桐花,妾似桐花凤。往事迢迢徒入梦,银筝断续连珠弄[3]。

【注释】

[1]花漏:计时器。《翻译名义集》:"远公之门,有僧慧要,患山中无刻漏,乃于水上立十二时芙蓉,因波而轮,以定十二时,晷景无差,今日远公莲花漏是也。"　[2]荒鸡:三更前鸡鸣为荒鸡。《晋书·祖逖传》:"(逖)……中夜闻荒鸡鸣,蹴刘琨觉曰'此非恶声',因起舞。"　[3]连珠弄:河间杂弄曲名。

纳兰性德

长相思[1]

山一程,水一程,身向榆关[2]那畔行,夜深千帐灯。　　风一更,雪一更,聒碎乡心梦不成,故园无此声。

【注释】

[1]此为性德扈从康熙赴盛京,行至山海关时作。　[2]榆关:山海关。

厉鹗

齐天乐　吴山望隔江霁雪

瘦筇如唤登临去,江平雪晴风小。湿粉楼台,酽寒城阙,不见春红吹到。微茫越峤[1],但半汜云根[2],半销莎草。为问鸥边,而今可有晋时棹[3]?

清愁几番自遣,故人稀笑语,相忆多少!寂寂寥寥,朝朝暮暮,吟得梅花俱恼。　　将花插帽,向第一峰头倚空长啸。忽展斜阳,玉龙天际绕。

【注释】

[1]峤:尖而高的山。越峤:钱塘南岸群山。　[2]冱(hù):冻结。云根:深山云起之处。　[3]此句含《世说新语·任诞》中王子猷"雪夜访戴"故事。

张惠言

水调歌头　（五首选一）

东风无一事,妆出万重花。闲来阅遍花影,椎有月钩斜。我有江南铁笛[1],要倚一枝香雪,吹彻玉城霞。清影渺难即,飞絮满天涯。　　飘然去,吾与汝,泛云槎[2]。东皇[3]一笑相语:芳意在谁家?难道春花开落,又是春风来去,便了却韶华?花外春来路,芳草不曾遮。

【注释】

[1]铁笛:朱熹《铁笛亭诗序》:"侍郎胡明仲,尝与武夷山隐者刘君兼道游,刘善吹铁笛,有穿云裂石之声……"　[2]云槎:云中仙舟,用海客乘槎至银河故事。　[3]东皇:屈原《九歌》中有《东皇太一》篇,指掌握春季的天帝。

周　济

渡江云　杨花

春风真解事,等闲吹遍,无数短长亭。一星星是恨,直送春归,替了落花声。　　凭阑极目,荡春波、万种春情。应笑人春粮几许?便要数征程[1]。冥冥,车轮落日,散绮余霞,渐都迷幻景。问收向,红窗画箧,可算飘零?相逢只有浮云好,奈蓬莱东指,弱水盈盈[2]。休更惜,秋风吹老纯羹[3]。

【注释】

　　[1]"应笑人"三句:《庄子·逍遥游》:"适百里者宿舂粮,适千里者三月聚粮",意为杨花飘荡万里,无法计算行程。　[2]弱水:《山海经·大荒西经》:"西海之南,流沙之滨,赤水之后,黑水之前,有大山名曰昆仑之丘。……其下有弱水之渊环之。"盈盈:《古诗十九首》之"迢迢牵牛星":"盈盈一水间,脉脉不得语。"　[3]此句用《世说新语·识鉴》中张翰因秋风起,顿生莼鲈之思的故事。

第四卷　散曲

元代散曲

关汉卿

［南吕·一枝花］　不伏老

攀出墙朵朵花[1],折临路枝枝柳。花攀红蕊嫩,柳折翠条柔,浪子风流。凭着我折柳攀花手,直煞得花残柳败休。半生来折柳攀花,一世里眠花卧柳。

［梁州］我是个普天下郎君领袖[2],盖世界浪子班头[3]。愿朱颜不改常依旧,花中消遣,酒内忘忧。分茶攧竹[4],打马藏阄,通五音六律滑熟[5]。甚闲愁到我心头。伴的是银筝女银台前理银筝笑倚银屏,伴的是玉天仙携玉手并玉肩同登玉楼,伴的是金钗客歌《金缕》捧金樽满泛金瓯。你道我老也,暂休。占排场风月功名首[6],更玲珑又剔透[7]。我是个锦阵花营都帅头,曾玩府游州。

［隔尾］子弟每是个茅草岗沙土窝初生的兔羔儿乍向围场上走,我是个经笼罩受索网苍翎毛老野鸡蹅踏的阵马儿熟[8]。经了些窝弓冷箭蜡枪头,不曾落人后。恰不道人到中年万事休,我怎肯虚度了春秋。

［尾］我是个蒸不烂煮不熟捶不匾炒不爆响珰珰一粒铜豌豆[9],恁子弟每谁教你钻入他锄不断斫不下解不开顿不脱慢腾腾千层锦套头[10]。我玩的是梁园月[11],饮的是东京酒[12],赏的是洛阳花[13],攀的是章台柳[14]。我也会围棋会蹴踘会打围会插科[15],会歌舞会吹弹会咽作会吟诗会双陆[16]。你便是落了我牙歪了我嘴瘸了我腿折了我手,天赐与我这几般歹症候[17],尚兀自不

肯休[18]。则除是阎王亲自唤[19],神鬼自来勾,三魂归地府,七魄丧冥幽,天哪!那其间才不向烟花路儿上走[20]。

【注释】

[1]花:指妓女。本曲中的"花"、"柳"都是此意。 [2]郎君:与下句的"浪子"意同,指浪荡的男子,花花公子。 [3]盖世界:全世界。班头:首领。[4]分茶:一种游戏式的茶艺。擸(diān)竹:与下句中的"打马"、"藏阄"都是游戏名。 [5]五音六律:指音乐声律。滑熟:娴熟。 [6]这句是说自己在各种风流场合游艺圈子中都名列榜首。 [7]玲珑又别透:聪明而机灵。 [8]蹅(zhǎ)踏:磨练。阵马儿:阵势。这句是说自己见过世面,经受过各种打击,因而经验丰富。 [9]匾:同"扁"。 [10]恁:您,你们。锦套头:诱人的圈套。[11]梁园月:代指美景。梁园是西汉梁孝王刘武的一座花园。 [12]东京酒:指美酒。东京在这里指开封。 [13]洛阳花:牡丹花,最美的花。洛阳牡丹古来闻名。 [14]章台柳:指美丽的妓女。这是用典。 [15]蹴鞠:踢足球。打围:打猎。插科:指演戏。 [16]嚇作:与下面的"双陆"都是游戏名。 [17]歹症候:坏毛病。 [18]尚兀自:还是,依然。 [19]则除是:除非是。 [20]烟花:妓女,青楼。

[南吕·四块玉] 别情

自送别,心难舍,一点相思几时绝。凭栏袖拂杨花雪。溪又斜,山又遮,人去也。

[双调·沉醉东风]

咫尺的天南地北[1],霎时间月缺花飞。手执着饯行杯,眼阁着别离泪[2]。刚道得声保重将息,痛煞煞教人舍不得,好去者望前程万里。

【注释】

[1]咫尺:形容很近的距离。 [2]阁:同"搁"。

[仙吕·一半儿] 题情

碧纱窗外静无人,跪在床前忙要亲。骂了个负心回转身。虽是我话儿嗔,一半儿推辞一半儿肯。

马致远

[双调·夜行船] 秋思

百岁光阴一梦蝶[1],重回首往事堪嗟。今日春来,明朝花谢。急罚盏夜阑灯灭[2]。

[乔木查]想秦宫汉阙,都做了衰草牛羊野。不恁么渔樵没话说[3]。纵荒坟横断碑,不辨龙蛇[4]。

[庆宣和]投至狐踪与兔穴,多少豪杰。鼎足虽坚半腰里折[5]。魏耶?晋耶?

[落梅风]天教你富,莫太奢。没多时好天良夜。富家儿更做到你心似铁,争辜负了锦堂风月[6]。

[风入松]眼前红日又西斜,疾似下坡车。不争镜里添白雪[7],上床与鞋履相别[8]。莫笑巢鸠计拙[9],葫芦提一向装呆[10]。

[拨不断]利名竭,是非绝。红尘不向门前惹,绿树偏宜屋角遮,青山正补墙头缺。更那堪竹篱茅舍。

[离亭宴煞]蛩吟罢一觉才宁贴[11],鸡鸣时万事无休歇。何年是彻?看密匝匝蚁排兵,乱纷纷蜂酿蜜,急攘攘蝇争血。裴公绿野堂[12],陶令白莲社[13]。爱秋来那些:和露摘黄花,带霜烹紫蟹,煮酒烧红叶。想人生有限杯,浑几个重

阳节[14]。嘱付俺顽童记者[15]:便北海探吾来[16],道东篱醉了也[17]。

【注释】

[1]一梦蝶:一场梦。用庄子梦蝶的典故。 [2]急:赶快。罚盏:行令饮酒,输者罚。这里泛指喝酒。 [3]怎么:这样。没话说:没有谈天论地的材料。 [4]不辨龙蛇:认不清碑上的那些如龙蛇盘屈般的字。也可理解为分不清荒坟中的那些死者是龙一般的大人物还是蛇一般的小百姓。 [5]鼎足:这句连同下面的"魏耶?晋耶"是说鼎足三分的魏、蜀、吴三国照样转眼间相继灭亡,而胜利者是魏国还是晋朝根本说不清楚。 [6]争:怎。锦堂风月:美好景致,美好生活。 [7]不争:不料,只因为。白雪:指白发。 [8]这句是说,今晚上床睡觉而明天是死是活谁也料不定。 [9]巢鸠计拙:像自己不会做巢而强占鹊鸟窝巢的鸠鸟一样缺少计谋。这是用典。 [10]葫芦提:糊涂。 [11]蛩:蟋蟀。宁贴:安宁妥帖。 [12]裴公:指唐朝曾任宰相的大臣裴度。绿野堂:裴度所建的别墅名。他晚年受宦官排挤,就修绿野堂隐居。 [13]陶令:指曾任彭泽县令的陶渊明。白莲社:东晋末住在庐山东林寺的和尚慧远发起组织的一个宗教性会社。慧远曾邀请陶渊明参加,但陶实际上未加入。 [14]浑:还,还有。 [15]记者:记着。 [16]便:就是,哪怕是。北海:指汉末曾任北海相的孔融,他以好客喜酒著称。 [17]道:说。东篱:马致远的号。

[越调·天净沙] 秋思

枯藤老树昏鸦,小桥流水人家,古道西风瘦马。夕阳西下,断肠人在天涯。

[般涉调·耍孩儿] 借马

近来时买得匹蒲梢骑[1],气命儿般看承爱惜。逐宵上草料数十番,喂饲得膘息胖肥。但有些秽污却早忙刷洗,微有些辛勤便下骑。有那等无知辈,出言要借,对面难推。

[七煞]懒设设牵下槽[2],意迟迟背后随,气忿忿懒把鞍来鞴。我沉吟了半晌语不语,不晓事颏人知不知[3]?他又不是不精细,道不得"他人弓莫挽,他人马休骑"?

[六煞]不骑呵西棚下凉处栓,骑时节拣地皮平处骑。将青青嫩草频频的喂。歇时节肚带松松放,怕坐的困尻包儿款款移[4]。勤觑着鞍和辔,牢踏着宝镫,前口儿休提[5]。

[五煞]饥时节喂些草,渴时节饮些水。着皮肤休使粗毡屈。三山骨休使鞭来打[6],砖瓦上休教稳着蹄。有口话你明明的记:饱时休走,饮了休驰。

[四煞]抛粪时教干处抛,尿绰时教净处尿。拴时节拣个牢固桩橛上系。路途上休要踏砖块,过水处不教践起泥。这马知人义[7],似云长赤兔[8],如益德乌骓[9]。

[三煞]有汗时休去檐下拴,渲时休教浸着颏[10]。软煮料草铡底细。上坡时款把身来耸,下坡时休叫走得疾。休道人忒寒碎[11]。休教鞭颩着马眼[12],休教鞭擦损毛衣。

[二煞]不借时恶了兄弟,不借时反了面皮。马儿行嘱咐叮咛记:鞍心马户将伊打[13],刷子去刀莫作疑[14]。则叹的一声长吁气,哀哀怨怨,切切悲悲。

[一煞]早晨间借与他,日平西盼望你。倚门专等来家内。柔肠寸寸因他断,侧耳频频听你嘶。道一声好去,早两泪双垂。

[尾]没道理没道理,忒下的忒下的[15]。恰才说来的话君专记,一口气不违借与了你。

【注释】

[1]蒲梢骑:蒲梢马。蒲梢是古代产于大宛国的名马。 [2]懒设设:懒洋洋。 [3]颏人:骂人语。 [4]尻(kāo)包儿:屁股。款款:慢慢地。 [5]前口儿:嚼口,套在马嘴上的有铁链的缰绳。 [6]三山骨:胯骨。 [7]知人义:通人性。 [8]云长:关羽的字。赤兔:关羽的坐骑,名马。 [9]益德:张飞的字。乌骓:张飞的坐骑,名马。 [10]渲:刷洗。 [11]这句说:你不要认为我说得太过寒酸琐碎。 [12]颩(diū):打。 [13]鞍心:骑在马上的。马户:暗

指驴。"驴"字可以拆为"马"和"户"。　[14]刷子去刀:暗指"吊"字。"刷"字去掉"刀"旁即为"吊"。"驴"和"吊"合起来是骂人粗话,各自单独用亦可作骂人语。　[15]忒下的:做得太过分,出手太狠。

白　朴

[中吕·阳春曲]　知几[1]

今朝有酒今朝醉,且尽樽前有限杯。回头沧海又尘飞[2]。日月疾,白发故人稀。

【注释】

[1]知几(jī):知道事物的玄机。　[2]沧海又尘飞:"沧海桑田"之意。

[仙吕·寄生草]　饮

长醉后方何碍,不醒时有甚思。糟腌两个功名字[1],醅淹千古兴亡事[2],麴埋万丈虹蜺志[3]。不达时皆笑屈原非[4],但知音尽说陶潜是。

【注释】

[1]糟:酒糟。　[2]醅:尚未过滤的酒。　[3]麴:酒粬,用以酿酒的药物。虹蜺志:比喻远大志向。　[4]达:得志,官运亨通。

乔　吉

[双调·水仙子]　重观瀑布

天机织罢月梭闲[1],石壁高垂雪练寒。冰丝带雨悬霄汉,几千年晒未干。

露华凉人怯衣单。似白虹饮涧,玉龙下山,晴雪飞滩。

【注释】

[1]天机:天上的织机。传说天上有织女,善织。

[正宫·绿幺遍] 自述

不占龙头选[1],不入名贤传。时时酒圣,处处诗禅。烟霞状元,江湖醉仙。笑谈便是编修院[2]。留连,批风抹月四十年[3]。

【注释】

[1]不占龙头选:意谓不去争夺状元进士之类功名。龙头:古时称状元为"龙头"。 [2]编修:官名,为史官,一般均由进士担任。明清时代属翰林院。但历史上并没有"编修院"这样的机构。 [3]批风抹月:指在风流生活中逍遥快活。

[中吕·满庭芳] 渔父词

秋江暮景,胭脂林障,翡翠山屏。几年罢却青云兴[1],直泛沧溟[2]。卧御榻弯的腿疼,坐羊皮惯得身轻[3]。风初定,丝纶慢整,牵动一潭星。

【注释】

[1]罢却:消除,不再有。青云兴:做官往上爬的兴趣。 [2]泛:乘船游览。沧溟:大海。 [3]坐羊皮:指隐居生活。暗用汉代隐士严光的典故。

睢景臣

[般涉调·哨遍] 高祖还乡[1]

社长排门告示[2],但有的差使无推故[3],这差使不寻俗。一壁厢纳草除根[4],一边又要差夫。索应付。又言是车驾[5],都说是銮舆,今日还乡故。王乡老执定瓦台盘,赵忙郎抱着酒胡芦。新刷来的头巾,恰糨来的绸衫,畅好是妆么大户[6]。

[耍孩儿]瞎王留引定火乔男女[7],胡踢蹬吹笛擂鼓[8]。见一彪人马到庄门[9],匹头里几面旗舒[10]。一面旗白胡阑套住个迎霜兔[11],一面旗红曲连打着个毕月乌[12],一面旗鸡学舞[13],一面旗狗生双翅,一面旗蛇缠胡芦。

[五煞]红漆了叉,银铮了斧。甜瓜苦瓜黄金镀[14]。明晃晃马镫枪尖上挑[15],白雪雪鹅毛扇上铺。这几个乔人物,拿着些不曾见的器仗,穿着些大作怪衣服。

[四煞]辕条上都是马,套顶上不见驴。黄罗伞柄天生曲。车前八个天曹判[16],车后若干递送夫[17]。更几个多娇女,一般穿着,一样妆梳。

[三煞]那大汉下的车,众人施礼数。那大汉觑得人如无物。众乡老展脚舒腰拜,那大汉那身着手扶[18]。猛可里抬头觑[19],觑多时认得,险气破我胸脯。

[二煞]你须身姓刘,你妻须姓吕。把你两家儿根脚从头数。你本身做亭长耽几盏酒[20],你丈人教村学读几卷书。曾在俺庄东住,也曾与我喂牛切草,拽坝扶锄[21]。

[一煞]春采了桑,冬借了俺粟,零支了米麦无重数。换田契强秤了麻三秤[22],还酒债偷量了豆几斛。有甚胡突处[23]:明标着册历[24],见放着文书。

[尾]少我的钱差发内旋拨还[25],欠我的粟税粮中私准除。只道刘三谁肯把你揪抟住[26],白什么改了姓更了名唤作汉高祖[27]。

【注释】

[1]高祖:指汉高祖刘邦。刘邦称帝后曾回沛县老家。　[2]社长:犹村长。排门告示:挨家挨户通知。　[3]这句说:无论有什么差使谁都不许推脱。　[4]一壁厢:一边。纳草:交纳草料。　[5]车驾:与下句中的"銮舆"都是对皇帝车马仪仗的称呼。也可代指皇帝。　[6]畅好:正好。妆么大户:冒充阔人。　[7]王留:人名。火:一伙。乔男女:装腔作势的家伙。　[8]胡踢蹬:胡乱。　[9]一彪:一队。　[10]匹头里:迎头。舒:舒展开来。　[11]这句所写的旗是

月旗。旗上画有玉兔。白胡阑:白圆圈。　[12]这句所写的旗是日旗。红曲连:红圆圈。传说日中有三足金乌,故旗上画有金乌。古时星历家以各种鸟兽名配称星宿名,这里的"毕月乌"就是。　[13]这句所写的旗是凤旗。下面两句所写的旗分别是飞虎旗和龙旗。　[14]这句写的是金瓜锤,一种仪仗器械。[15]这句写的是朝天镫,也是一种仪仗用品。　[16]天曹判:天上的判官。指那些面无表情的侍从官。　[17]递送夫:传递东西的民夫。指别的侍从人员。

　　[18]那:同"挪",挪动。着手:用手。　[19]猛可里:猛然间。　[20]亭长:略同村长。刘邦早年曾任泗上亭长。　[21]拽垻(jù)扶锄:指耕田种地。拽垻:拉犁。两牛拉一犁为一垻。　[22]此句中,前一"秤"字指称量,用称称。后一"秤"字指一种度量单位,十斤。　[23]胡涂:糊涂。　[24]册历:账本。[25]差发:指顶替服劳役的钱(应服劳役而不愿去,出钱顶替)。旋拨还:马上还给我。　[26]刘三:刘邦排行第三。揪捽:抓,扭。　[27]白什么:为什么。"高祖"是刘邦死后的庙号。

张可久

[中吕·山坡羊]　闺思

　　云松螺髻[1],香温鸳被[2],掩春闺一觉伤春睡。柳花飞,小琼姬[3],一声雪下呈祥瑞,把团圆梦儿生唤起。谁,不做美?呸,却是你!

【注释】

　　[1]云:指乌云一样的头发。螺髻:螺形的发髻。　[2]鸳被:绣有鸳鸯图案的被子。　[3]琼姬:美丽的婢女。

[越调·凭栏人]　江夜

　　江水澄澄江月明,江上何人搓玉筝[1]?隔江和泪听,满江长叹声。

【注释】

[1]挢(chōu):指弹奏。

[中吕·卖花声] 怀古

美人自刎乌江岸[1],战火曾烧赤壁山[2],将军空老玉门关[3]。伤心秦汉,生民涂炭[4],读书人一声长叹。

【注释】

[1]这句指项羽宠姬虞美人垓下自刎之事。 [2]这句指三国赤壁大战之事。 [3]这句指汉代名臣班超出使西域,晚年希望能生入玉门关之事。 [4]涂炭:形容受难遭殃。

[南吕·一枝花] 湖上晚归[1]

长天落彩霞,远水涵秋镜。花如人面红,山似佛头青。生色围屏,翠冷松云径,嫣然眉黛横。但携将旖旎浓香[2],何必赋横斜瘦影[3]。

[梁州]挽玉手留连锦英,据胡床指点银瓶。素娥不嫁伤孤另[4]。想当年小小[5],问何处卿卿。东坡才调[6],西子娉婷[7]。总相宜千古留名,吾二人此地私行。六一泉亭上诗成,三五夜花前月明,十四弦指下风生。可憎[8],有情。捧红牙合和伊州令[9]。万籁寂,四山静,幽咽泉流水下声。鹤怨猿惊。

[尾]岩阿禅窟鸣金磬[10],波底龙宫漾水精。夜气清,酒力醒。宝篆销[11],玉漏鸣[12]。笑归来仿佛二更,煞强似踏雪寻梅灞桥冷。

【注释】

[1]湖:指杭州西湖。 [2]旖旎浓香:指浑身散发着香气的美女。 [3]赋:吟咏。横斜瘦影:指梅花。用林逋《梅花》诗典。 [4]素娥:嫦娥。 [5]

小小:苏小小,南朝时钱塘的一个妓女。 [6]东坡:指苏轼。才调:才华。 [7]西子:西施。婷婷:指女子体态美好。苏轼《饮湖上初晴后雨》诗把西湖比作西施。 [8]可憎:可爱。 [9]红牙:红色的拍板。伊州令:乐曲名。 [10]岩阿:山岩凹处。禅窟:佛寺。磬:乐器名。 [11]宝篆:指点燃的香料的烟。因其缭绕盘结形如篆字而称。 [12]漏:古代计时器。

张养浩

[中吕·山坡羊] 潼关怀古[1]

峰峦如聚,波涛如怒,山河表里潼关路[2]。望西都[3],意踌躇[4]。伤心秦汉经行处[5],宫阙万间都做了土。兴,百姓苦;亡,百姓苦。

【注释】

[1]潼关:关名,在今陕西潼关县。 [2]山河表里:指潼关外有黄河,内有华山。 [3]西都:指长安。 [4]踌躇:这里指思潮起伏。 [5]秦汉经行处:所经过的秦汉时代的旧地。

[南吕·一枝花] 咏喜雨

用尽我为民为国心,祈下些值玉值金雨。数年空盼望,一旦遂沾濡[1]。唤省焦枯。喜万象春如故,恨流民尚在途[2]。留不住都弃业抛家,当不的也离乡背土[3]。

[梁州]恨不的把野草翻腾做菽粟,澄河沙都变化做金珠,直使千门万户家豪富。我也不枉了受天禄[4]。眼觑着灾伤教我没是处,只落的雪满头颅。

[尾声]青天多谢相扶助,赤子从今罢叹吁。只愿的三日霖霪不停住,便下当街上似五湖,都淹了九衢[5],犹自洗不尽从前受过的苦。

【注释】

[1]沾濡:沾湿,湿润。　[2]恨:怅恨,遗憾。　[3]当不的:受不住。[4]天禄:朝廷的俸禄。　[5]九衢:通往四方的大路。

贯云石

[双调·殿前欢]

畅幽哉[1]！春风无处不楼台。一时怀抱俱无奈,总对天开。就渊明归去来[2],怕鹤怨山禽怪。问甚功名在？酸斋是我,我是酸斋。

【注释】

[1]畅幽:痛快,舒畅。　[2]就:靠近,效法。归去来:归隐。也指陶渊明的《归去来辞》。

[双调·清江引]

若还与他相见时,道个真传示[1]:不是不修书,不是无才思,绕清江买不得天样纸[2]。

【注释】

[1]道个真传示:转达一句真心话。　[2]天样:天一样大。

徐再思

[双调·水仙子]　夜雨

一声梧叶一声秋,一点芭蕉一点愁,三更归梦三更后。落灯花,棋未收,叹新丰孤馆人留[1]。枕上十年事,江南二老忧[2],都到心头。

【注释】

[1]这句是说自己就像唐人马周一样孤零零地滞留他乡。用典。 [2]二老:父母亲。

[双调·沉醉东风] 春情

一自多才间阔[1],几时盼得成合[2]。今日个猛见他门前过,待唤着怕人瞧科[3]。我这里高唱当时水调歌[4],要识得声音是我。

【注释】

[1]一自:自从。多才:女子对情人的称呼。间阔:分别。 [2]成合:幽会。 [3]瞧科:看见。 [4]水调歌:曲名。

刘时中

[正宫·端正好] 上高监司[1]

众生灵遭魔障[2],正值着时岁饥荒。谢恩光拯济皆无恙,编做本词儿唱。

[滚绣球]去年时正插秧,天反常,那里取若时雨降。旱魃生四野灾伤[3]。谷不登,麦不长,因此万民失望。一日日物价高涨,十分料钞加三倒[4],一斗粗粮折四量[5]。煞是凄凉!

[倘秀才]殷实户欺心不良[6],停塌户瞒天不当[7]。吞象心肠歹伎俩,谷中添秕屑,米内插粗糠。怎指望他儿孙久长!

[滚绣球]甑生尘老弱饥[8],米如珠少壮荒。有金银那里每典当[9],尽枵腹高卧斜阳[10]。剥榆树餐,挑野菜尝。吃黄不老胜如熊掌[11],蕨根粉以代糇粮[12]。鹅肠苦菜连根煮[13],荻笋芦萵带叶咂[14]。则留下杞柳株樟。

[倘秀才]或是搋麻柘稠调豆浆[15],或是煮麦麸稀和细糠。他每早合掌擎拳谢上苍。一个个黄如经纸,一个个瘦似豺狼,填街卧巷。

[滚绣球]偷宰了些阔角牛,盗斫了些大叶桑。遭时疫无棺活葬,贱卖了些家业田庄。嫡亲儿共女,等闲参与商[16]。痛分离是何情况,乳哺儿没人要撇入长江!那里取厨中剩饭杯中酒,看了些河里孩儿岸上娘。不由我不哽咽悲伤。

[倘秀才]私牙子船湾外港[17],行过河中宵月朗。则发迹了些无徒米麦行[18]。牙钱加倍解[19],卖面处两般装[20]。昏钞早先除了四两[21]。

[滚绣球]江乡相[22],有义仓[23],积年系税户掌[24]。借贷数补答得十分停当[25],都侵用过将官府行唐[26]。那近日劝粜到江乡[27],按户口给月粮。富户都用钱买放,无实惠尽是虚桩[28]。充饥画饼诚堪笑,印信凭由却是谎[29]。快活了些社长知房[30]。

[伴读书]磨灭尽诸豪壮[31],断送了些闲浮浪[32]。抱子携男扶筇杖[33],尪羸伛偻如虾样[34],一丝游气沿途创[35]。阁泪汪汪。

[货郎]见饿莩成行街上[36],乞丐拦门斗抢,便财主每也怀金鹄立待其亡[37]。感谢这监司主张,似汲黯开仓[38],披星带月热中肠。济与粜亲临发放,见孤孀疾病无皈向[39],差医煮粥分厢巷。更把赃输钱分例米多般儿区处的最优长[40]。众饥民共仰,似枯木逢春,萌芽再长。

[叨叨令]有钱的贩米谷置田庄添生放[41],无钱的少过活分骨肉无承望。有钱的纳宠妾买人口偏兴旺,无钱的受饥馁填沟壑遭灾障。小民好苦也么哥[42],小民好苦也么哥!便秋收鬻妻卖子家私丧。

[三煞]这相公爱民忧国无偏党,发政施仁有激昂。恤老怜贫,视民如子,起死回生,扶弱摧强。万万人感恩知德,刻骨铭心,恨不得展草垂缰[43]。覆盆之下[44],同受太阳光。

[二煞]天生社稷真卿相,才称朝廷作栋梁。这相公主见宏深,秉心仁恕,治政公平,莅事慈祥。可与萧曹比并[45],伊傅齐肩[46],周召班行[47]。紫泥宣召[48],花衬马蹄忙[49]。

[一煞]愿得早居玉笋朝班上[50],伫看金瓯姓字香[51]。入阙朝京,攀龙附凤,和鼎调羹[52],论道兴邦。受用取貂蝉济楚[53],衮绣峥嵘[54],珂珮丁当[55]。普天下万民乐业,都知是前任绣衣郎[56]。

[尾声]相门出相前人奖,官上加官后代昌。活被生灵恩不忘,粒我烝民德

怎偿[57]。父老儿童细较量,樵叟渔夫曹论讲。共说东湖柳岸旁,那里清幽更舒畅。靠着云卿苏圃场[58],与徐孺子流芳挹清况[59]。盖一座祠堂人供养,立一统碑碣字数行。将德政因由都载上,使万万代官民见时节想。

【注释】

　　[1]监司:官名。高监司:一般认为是高昉。　　[2]生灵:指老百姓。魔障:指灾难。　　[3]旱魃(bá):旱魔。　　[4]这句说:十足的钞票换新钞时要倒贴三成。　　[5]折四:打四折。　　[6]殷实:富裕。　　[7]停塌:指囤积粮食。[8]甑(zèng):蒸饭器具。　　[9]那里每:到哪里。　　[10]枵腹:饿着肚子。[11]黄不老:野菜名。　　[12]糇粮:干粮。　　[13]鹅肠:野菜名。　　[14]荻、芦:均植物名。笋、蒿指其嫩茎。哤(zhuāng):吞咽。　　[15]这句说:有的人把柞树的果实捶碎调和在水中当成豆浆。　　[16]这句连同上句是说亲生儿女也随便卖掉再不相见。参、商:都是星宿名,两星从不同时出现。　　[17]私牙子船:走私的商船。　　[18]发迹:这里指大赚钱财。无徒:品行恶劣。　　[19]牙钱:经纪商的佣金。解:给。　　[20]两般装:指量面时做手脚。　　[21]这句说:破烂的钞票先被扣下四成。　　[22]江乡相:靠近江的乡村那边。　　[23]义仓:储备救灾粮的仓库。　　[24]这句说:多年来一直由富户掌管。　　[25]这句说:收支账目做得天衣无缝。　　[26]侵用:贪污侵占。行唐:搪塞蒙蔽。[27]劝粜:官府平价卖粮救灾。　　[28]虚桩:空话,假事。　　[29]印信:官府的印章。凭由:文书凭据。　　[30]社长:犹如村长。知房:指县衙门中办理具体事务的吏员。　　[31]磨灭:消磨泯灭。　　[32]闲浮浪:无业游民。　　[33]筇(qióng)杖:竹拐杖。　　[34]尪(wāng)羸(léi):瘦弱。　　[35]创:同"闯"。[36]饿莩(piǎo):饿死的人。　　[37]便:即使。怀金:怀里藏着金银。鹄立:像天鹅一样伸长脖子站着。　　[38]汲黯:汉武帝时官员,曾在灾荒年间未经批准就动用官仓粮食救济灾民。　　[39]皈向:依靠。　　[40]赃输钱:罚没款项。分例米:按规定应分给灾民的粮食。区处:处理。优长:妥当。　　[41]生放:放债。　　[42]也么哥:固定格助词,无实义。　　[43]展草垂缰:意思是愿意变狗变马来报答恩德。用典。　　[44]这句连同下句是说:就像覆着的盆子下面的人都能享受到太阳光一样,每个人都得到了高监司的恩惠。　　[45]萧曹:指汉

代贤相萧何、曹参。　[46]伊傅：指商朝贤相伊尹、傅说。　[47]周召：指周朝名臣周公旦、召公奭。　[48]紫泥：指皇帝的诏书。　[49]这句是想象高监司春风得意地回朝升官。　[50]玉笋朝班：形容美好的朝臣队列。　[51]这句说：马上就可以看到他的美名传遍全国。金瓯：指国家。　[52]和鼎调羹：比喻大臣辅佐皇帝治理国家。　[53]受用：享受。貂蝉：汉代大臣官帽上的一种饰物。济楚：漂亮。　[54]衮绣：绣有龙纹的官服。峥嵘：这里指华贵。[55]珂珮：官服上的玉制饰品。　[56]绣衣郎：汉代侍御史的别称。高昉曾任过侍御史，所以这么称他。　[57]粒：给饭吃。烝民：人民。　[58]云卿：苏云卿，南宋隐士，自己种菜过活，人称其菜园为"苏圃"。　[59]徐孺子：名稚，东汉隐士。

卢　挚

[双调·蟾宫曲]

　　沙三伴哥来嗏[1]，两腿青泥，只为捞虾。太公庄上，杨柳阴中，磕破西瓜。小二哥昔涎剌塔[2]，碌轴上淹着个琵琶[3]。看荞麦开花，绿豆生芽。无是无非，快活煞庄家[4]。

【注释】

　　[1]沙三、伴哥：人名。嗏(cha)：语尾助词。　[2]昔涎剌塔：形容肮脏。[3]碌轴：石碾子。琵琶：这里形容躺在碾子上的人。　[4]快活煞：快活到极点。庄家：农民。

杜仁杰

[般涉调·耍孩儿]　庄家不识勾栏[1]

　　风调雨顺民安乐，都不似俺庄家快活。桑蚕五谷十分收，官司无甚差科[2]。当村许下还心愿,来到城中买些纸火[3]。正打街头过,见吊个花碌碌纸榜[4],不似那答儿闹穰穰人多[5]。

[六煞]见一个人手撑着椽做的门,高声的叫请请,道迟来的满了无处停坐。说道前截儿院本《调风月》[6],背后幺末敷演《刘耍和》[7]。高声叫:赶散易得[8],难得的妆哈[9]。

[五煞]要了二百钱放过咱,入得门上个木坡[10],层层叠叠团圞坐。抬头觑是个钟楼模样[11],往下觑却是人旋窝[12]。见几个妇女向台儿上坐。又不是迎神赛社[13],不住的擂鼓筛锣。

[四煞]一个女孩儿转了几遭,不多时引出一伙。中间里一个央人货[14],裹着枚皂头巾顶门上插一管笔,满脸石灰更着些黑道儿抹[15]。知他待是如何过?浑身上下,则穿领花布直裰[16]。

[三煞]念了会诗共词,说了会赋与歌,无差错。唇天口地无高下[17],巧语花言记许多。临绝末[18],道了低头撮脚[19],爨罢将么拨[20]。

[二煞]一个妆做张太公,他改做小二哥[21]。行行行说向城中过。见个年少的妇女向帘儿下立,那老子用意铺谋待取做老婆[22]。教小二哥相说合。但要的豆谷米麦[23],问甚布娟纱罗。

[一煞]教太公往前那不敢往后那[24],抬左脚不敢抬右脚,翻来覆去由他一个。太公心下实焦躁,把一个皮棒槌则一下打做两半个[25]。我则道脑袋天灵破,则道兴词告状[26],划地大笑呵呵[27]。

[尾]则被一胞尿,爆的我没奈何[28]。刚捱刚忍更待看些儿个[29],枉被这驴颓笑杀我[30]。

【注释】

[1]庄家:农民。勾栏:演出戏剧及各种技艺的场所,略同戏院。 [2]官司:官府。差科:指交税服役。 [3]纸火:纸钱香烛。还愿拜神用。 [4]花碌碌:花花绿绿。纸榜:指海报。 [5]那答儿:那里。闹穰穰:闹哄哄。 [6]院本:一种戏剧形式。《调风月》:剧名。 [7]幺末:杂剧。《刘耍和》:剧名。 [8]赶散:指跑江湖艺人的街头表演。 [9]妆哈:指勾栏的正式演出。 [10]木坡:指木制的梯形看台。 [11]钟楼模样:指戏台。 [12]人旋窝:拥挤的

人群。　[13]迎神、赛社:都是古代的祭神仪式。　[14]央人货:害人虫。[15]这句写那"央人货"[即副净角色]脸上的化妆。　[16]直裰:长袍。[17]唇天口地:口若悬河,吹牛。　[18]临绝末:到最后。　[19]道了:说唱完了。撺脚:收脚。　[20]这句说:演完爨之后就开始演杂剧。爨:正剧之前的一段小演唱。　[21]小二哥:对店铺伙计的通称。　[22]老子:老汉。铺谋:策划。　[23]这句连下句意思是不管粮食还是丝绸布匹都愿意拿出来。[24]那:同"挪"。　[25]皮棒槌:一种演戏用的道具。　[26]则道:只说,本以为。　[27]划地:平白地,反而。　[28]爆:憋,涨。　[29]这句说:本想强忍着再看一会儿。　[30]这句意思是被剧中的张太公逗得大笑,因而尿憋不住了。驴颓:公驴的生殖器。骂人语。

明代散曲

陈铎

[双调·水仙子]　葬士[1]

寻龙倒水费殷勤[2],取向金穴无定准[3],藏风聚气胡谈论。告山人须自忖[4]:拣一山葬你先人,寿又长身又旺,官又高财又稳,不强如干谒侯门?

【注释】

[1]葬士:即给人看葬地的风水先生。　[2]寻龙倒水:指寻找位于所谓龙穴的宝地。　[3]取向:看墓地的朝向。金穴:指定墓位。　[4]山人:指葬士。忖:考虑。

[正宫·醉太平]　挑担[1]

麻绳是知己,匾担是相识。一年三百六十回,不曾闲一日。担头上讨了些儿利,酒房中买了一场醉,肩头上去了几层皮。常少柴没米。

【注释】

[1]挑担:挑夫。

[双调·水仙子] 刷印匠

手中终日和烟煤,盆内常时调墨汁,鼻端久惯闻胶气。靠书房觅口食,浑身上黑水淋漓。千张纸常盘弄,大藏经都葺理[1],但问着一字不知。

【注释】

[1]大藏经:汉文佛经的总称。葺理:修补整理。

[双调·沉醉东风] 夏夜

芭蕉上萧萧雨声,池塘边聒聒蛙鸣。雨萧萧动客愁,蛙聒聒供诗兴。雨和蛙展转难听。雨搅离人梦不成,蛙又把诗翁唤醒。

王 磐

[中吕·满庭芳] 失鸡

平生淡薄,鸡儿不见,童子休焦。家家都有闲锅灶,任意烹炮。煮汤的贴他三枚火烧[1],穿炒的助他一把胡椒,到省了我开东道[2]。免终朝报晓,直睡到日头高。

【注释】

[1]火烧:烧饼。 [2]到:倒,反而。开东道:做东道主。

[中吕·朝天子] 咏喇叭

喇叭,锁哪[1],曲儿小腔儿大。官船来往乱如麻,全仗你抬身价。军听了军愁,民听了民怕,那里去辨什么真共假?眼见的吹翻了这家,吹伤了那家,只吹的水尽鹅飞罢。

【注释】

[1]锁哪:即唢呐,乐器名。

冯惟敏

[双调·胡十八] 刈麦

其 三

穿和吃不索愁[1],愁的是遭官棒。五月半间便开仓[2],里正哥过堂[3],花户每比粮[4]。卖田宅无买的,典儿女陪不上[5]。

【注释】

[1]不索:不必。 [2]开仓:指征收税粮。 [3]里正:里长保长之类。过堂:提犯人审问。 [4]花户:指农民。比粮:被催逼交粮。 [5]陪:同"赔"。

[正宫·醉太平] 李中麓醉归堂夜话[1]

包龙图任满[2],于定国迁官[3],小民何处得伸冤?望金门路远[4]。严刑峻法锄良善,甜言美语扶凶犯。死声淘气叫皇天,老天公不管。

【注释】

[1]李中麓:李开先,号中麓,明代文学家。 [2]包龙图:即指包拯,曾任龙图阁直学士。 [3]于定国:汉代以执法严明著称的清官。 [4]金门:汉代宫门名。这里指朝廷。

[双调·清江引] 八不用

其　一

乌纱帽满京城日日抢,全不在贤愚上。新人换旧人,后浪推前浪,谁是谁非不用讲。

薛论道

[南商调·黄莺儿] 塞上重阳

荏苒又重阳[1],拥旌旄倚太行[2],登临疑是青霄上。天长地长,云茫水茫,胡尘净扫山河壮。望遐荒[3],王庭何处[4]？万里尽秋霜。

【注释】

[1]荏苒:时光流逝。　[2]旌旄:军旗,大将之旗。太行:山名。　[3]遐荒:荒凉的远地。　[4]王庭:本指匈奴单于的朝廷,这里指敌军统帅的大营。

[中吕·桂枝香] 仕途

其　二

宦情仕路,千门万户。漫云邪正相疾[1],更苦妍媸相妒[2]。存一念忠赤,孤危谁助？薰莸同器[3],冰炭同炉。妨贤病国千般有,天理人心半点无。

【注释】

[1]疾:嫉妒,嫉恨。　[2]妍:美。媸:丑。　[3]薰:香。莸:臭。

其　四

明投暗购,龙争虎斗。致身那用文章[1]？进步全凭铜臭[2]。头尖的上天,老实靠后。清浊混混,谁与别流？红缨白马争先去,赤手空拳在后头。

【注释】

[1]致身:做官。　[2]进步:晋升。铜臭:钱。

朱载堉

[南商调·山坡羊]　交情可叹

叹世情其实可笑。交朋友尽都是虚情假套。如今人那有刘备关张？也没有雷陈管鲍[1]。假情怀肺腑相交,酒和肉常吃才好。有钱时今日与张三哥贺喜温居,明日与李四弟祝寿送号。怕只怕运蹇时乖[2],忘却了小嬉认不得少交[3]。听着,衣残帽破正眼不瞧。听着,与他作揖他便说不劳不劳,佯常去了。

【注释】

[1]雷陈:指东汉人雷义与其好友陈重。管鲍:指春秋时齐国人管仲与其好友鲍叔牙。他们都是古代交友的典范。　[2]运蹇时乖:背时倒霉。　[3]小嬉:同"少交",从小就有交情的朋友。

施绍莘

[南仙吕入双调·步步娇]　泖上新居[1]

水际幽居疑浮岛,结构多精巧。垂杨隐画桥,转过湾儿,竹屋风花扫。门僻是谁敲？卖鱼人带雨提鱼到。

[醉扶归]淡茫茫水镜推窗晓,点疏疏渔灯夜候潮。暗昏昏鸠雨过平皋[2],白微微鹭雪销残照。蓼汀秋水乍添篙,只觉的地浮天涨乾坤小。

[皂罗袍]闲则扳罾把钓[3],将鱼篮一个,背月而挑。巨鳌紫蟹带生糟[4],晚潮压酒宾堪招。围棋赌胜,猜拳赛高。共联白社[5],约会青苗[6]。更有闲中交际山阴棹[7]。

[好姐姐]种花儿不低不高,恰教他水流花照。芙蓉五色,夹过水西桥。更荷花绕,每逢秋夏香难了,透着衣裾不可销。

[香柳娘]更春风岸桃,更春风岸桃,水肥花少,痴肥恰是村妆貌。种篱边野菜,种篱边野菜,夜雨带泥挑,滋味新鲜好。向池边联句,向池边联句,不用甚推敲,别是山林调。

[尾文]常常浊酒沉酣倒,高卧时闻拍枕潮,自起推窗正月上了。

【注释】

[1]泖上:地名,作者的别墅所在地。　[2]鸠雨:形容色如鸠鸟昏濛濛的雨。下句的"鹭雪"指色白如鹭鸟的雪。　[3]罾:一种渔具。　[4]糟:用酒糟腌制。　[5]白社:指隐士所居。　[6]青苗:指庄稼成长的季节。　[7]山阴棹:指朋友相聚所乘的船。

[双调·新水令] 夜雨

没人庭院种芭蕉,惨模糊隔窗烟草。引凄凉来枕畔,欺薄命上花梢[1]。急打轻敲,乱洒斜飘,总送个愁来到。

[驻马听]烛影红摇,蔫蔫风威寒正悄。茶烟青绕,腾腾篆字湿初飘[2]。低杨直接水西桥,鸣蛙总在池边草。一兜儿轩屋小[3],闷开窗可竟是无昏晓。

[沉醉东风]盼远信云昏雁杳,怆心期水涨天遥。一阵价孤灯暗盏昏,一阵价万叶临窗闹。打梨花门掩墙高,柔橹咿呀鹜外摇,烟雾里垂杨画阁。

[折桂令]一声声空外潇潇。鸡也胶胶[4],漏也寥寥[5]。竹也萧萧,树也摇摇。怎消得帘衣袅袅,窗纸条条。扯淡的把香也烧烧[6],棋也敲敲,书也枭枭[7],灯也挑挑。

[离亭宴带歇拍煞]檐头铁马偏生闹[8],怏怏残梦才惊觉。这凄凉怎熬。

地儿卑,后近山;宅儿小,斜通竹;窗儿矮,前临沼。但从教有泪垂[9],总只是无人到。白茫茫长暮潮。讨得个风回门自关,雾湿弦初劣,火歇衣刚燥。准备著惜花起早。听得人耳待聋,要得人眉皱了。

【注释】

　　[1]薄命:指花。　[2]篆字:指燃烧香料升起的缭绕如篆字的烟。　[3]一兜儿:一个。　[4]胶胶:形容鸡鸣声。　[5]漏:指计时的漏刻的滴水声。[6]扯淡:无聊。　[7]枭枭:翻翻。　[8]铁马:铁片做的风铃。　[9]但从教:纵然。

清代散曲

吴锡麒

[南仙吕·掉角儿]　吴兴道中观插秧者[1]

　　听田讴水乡最宜[2],鸣秧鼓梅天新霁。转桑阴时看笠欹[3],立草泥不嫌脚腻。这边抛,那边接,井字排,针尖簇,绿混东西[4]。风来暗长,雨来更肥。娇儿比一般田稚[5],煞费栽培。

【注释】

　　[1]吴兴:地名,在今浙江吴兴。　[2]田讴:田歌。　[3]欹:歪斜。　[4]绿混东西:到处一片绿色。　[5]田稚:幼苗。

蒲松龄

[正宫·九转货郎儿]

　　雀顶儿分明癣块[1],泮池上公然摇摆[2],真似古丢丢在望乡台[3]。若听起谈天口阔论来,人人是头名好秀才[4]。

[二转]远躲开仇雠书架,厌气死酸辛砚瓦,论棋酒聪明俺自佳。那文宗呵俺则道圣明裁了他[5],又只道提学不下山东马[6]。况山东偌大[7],或今遭漏了咱。

　　[三转]岑可差吊牌忽到[8],这一场惊慌不小。一盆冰水向顶门浇,似阎罗王勾牒到,把狂魂儿惊吊了。半晌间心慌跳,相看时有如木雕。忽然自笑,怕也难逃。恹头搭脑[9],只得向法场捱一刀。

　　[四转]巣新谷行囊趋办,先找出少年时熟文半卷,又搜得难题目百千篇装成担。似江西书贩,携来寓店。头不抬,身不起,嘛嘛的从新念。旧的当看,新的宜掀,好功夫急切何能遍?救命的菩萨又唤不转。天!饶俺几天,将一部久别的《四书》再一展[10]。

　　[五转]闻昨夕考牌已送,狠命的咕哝,恨不能一口咽胸中。更既定,头始蒙,覆去翻来意怔忡[11]。不觉的一炮扑咚,二炮崩烘,一刹时三炮似雷轰,远比那午时三刻还堪痛[12]。只得提篮攒动。道门外火烛笼璁[13],万头攒聚不通风。汗蒸人气,腥臊万种,便合那听热审的囚徒一样同[14]。

　　[六转]吁吁喘喘塞登门内,战战咯咯开怀脱履。俺则见歪歪鳖鳖三三五五的鬼烂奚[15],吆吆喝喝搜仔细,一个家低秀笃速拍拍打打得得塞塞。那黯黯惨惨影影绰绰灯光深处,坐着个巍巍峨峨的阎魔大帝[16]。俺蹲在挨挨挤挤稠稠密密里,只听得悠悠扬扬弯弯曲曲门子声低。见一群纷纷藉藉叱叱闹闹归房皂隶[17],嘻嘻哈哈号声一片吹。

　　[七转]似阎君在歇魂台畔,他频频将生死簿翻。一会写了两三言[18],黑溜溜传与合场看。见了的打罕[19],乍寻思并没个缝儿钻。心惊战,回头谩把良朋唤。就是那最关切的父兄,也只在密匝匝人缝里看一眼。

　　[八转]思久全无承破[20],只得趁闲墨儿频磨。想不起甚题文那句儿相合,怎奈何也呵!有一首较可较可[21],转思量全不在心窝。漫把头颅摸,甚腾那也呵[22]。经半日脱稿才哦,那捷笔邻兄已收拾朱络[23],瞒肩头说我过我过[24]。那短命太阳疾似流梭,渐向西方错。瞭高的恁偻俪也呵[25],人长呵也呵,恰便似活挑着肝肠在滚油锅。

　　[九转]忙促促写成两块,丢将去凭他怎布摆。出得场门鸟喜画笼开,丢笔

砚才赴阳台[26],那块癖早上心来。这一篇似差讹未曾改,那一篇真真可坏。湿淋浸冷汗常揩,悔从前做的是何来!忽传昨宵已把卷箱抬,相顾也失色。陡听的老宗师丢将个川字来[27],又渐把雄心丢放在九霄外。脱离了鼎镬适刚才,那歪鳖的头巾依旧摔。

【注释】

　　[1]雀顶:清代秀才公服帽顶上的雀形饰物。癖块:指心病。　[2]泮池:官学前的水池。　[3]古丢丢:失魂落魄的样子。望乡台:传说中阴间可供新鬼眺望家乡的地方。　[4]秀才:清代府、州、县官学学生称生员,俗称秀才。　[5]文宗:清代主管一省文教的官员提督学政的俗称。这里指主考官。圣明:指皇帝。[6]提学:提督学政的简称。不下山东马:不在山东停留。　[7]偌:这么。　[8]岑可差:形容速度很快。吊牌:考试通知。　[9]恢头搭脑:垂头丧气的样子。　[10]四书:《大学》、《中庸》、《论语》、《孟子》四种古书的合称。　[11]怔忡:惊惶不安。　[12]午时三刻:古代处决犯人的时辰。　[13]笼璁:这里是指闪闪烁烁的样子。　[14]热审:清代的一种审判制度,每年小满后十日起至立秋前一日止为"热审"期,此期内所审的轻罪人犯可减轻或免除刑罚。　[15]鬼烂奚:指差役。骂人语。　[16]阎魔大帝:指考官。　[17]皂隶:差役。　[18]两三言:指题目。　[19]打罕:纳闷。　[20]承破:承题和破题。八股文的两个组成部分。[21]首:篇。较可:较好。　[22]腾挪:指搜索枯肠。　[23]邻兄:邻桌的考生。朱络:红色网袋。　[24]瞒:按着。　[25]瞭:明亮。恁偻伊:这样精明。　[26]赴阳台:指睡觉。　[27]老宗师:对提学的尊称。川字:指不及格的符号,三竖,像个"川"字。

明清俗曲

同　　心

　　眉儿来,眼儿去,我和你一齐看上。不知几百年修下来,与你恩爱这一场。便道更有个妙人儿,你我也插他不上。人看着你是男我是女,怎知我二人合一

个心肠。若将我二人上一上天平也,你半斤我八两。(《挂枝儿·欢部》)

得 书

寄书来,未拆封,先垂泪。想当初行相随,立相随,坐卧相随,还只恐梦魂儿和你相抛离。谁想今日里,盼望这一封书。你就是一日中有千万个书来也,这书儿也当不得你。(《挂枝儿·想部》)

春

去年的芳草青青满地,去年的桃杏依旧满枝,去年的燕子双双来至。去年的杜鹃花又开了,去年的杨柳又垂丝。怎么去年去的人儿也,音书没半纸?(《挂枝儿·感部》)

蜡 烛

蜡烛儿,我两个浇成一对。要坚心,耐久远,双双拜献神祇。说长道短一任傍人议。只为心热常流泪,生怕你变成灰。守着一点初心也,和你风流直到底。(《挂枝儿·咏部》)

小 曲

其 一

从南来了一行雁,也有成双也有孤单。成双的欢天喜地声嘹亮,孤单的落

在后头飞不上。不看成双只看孤单,细思量,你的凄凉和我是一般样。细思量,你的凄凉和我是一般样。(《万花小曲》)

其 二

孤雁在天边叫,鲤鱼儿在水面上飘。雁看着鱼,鱼看着雁,只是干急躁。雁叫声鱼,一心里要和你凤鸾交;鱼叫声雁,又吃亏这水波儿阻隔着。雁叫声鱼我的人;鱼叫声雁我那滑翠翠的娇娇,鱼叫声雁我那滑翠翠的娇娇。要团圆,除非是雁化了凤,鱼化了龙,就把龙门跳。要团圆,除非是雁化了凤,鱼化了龙,就把龙门跳。(《万花小曲》)

桐 城 歌

一更一点月照台,月照窗台郎不来。月照窗台郎不来,一壶美酒顿成醋,一笼好火化灰台。小乖还不来,苦难捱,月迎腮,眼泪汪汪换睡鞋。(《万花小曲》)